Das Flüstern des Blutes

Christine Feehan

Das Flüstern des Blutes

Roman

Aus dem Amerikanischen von
Ulrike Moreno

Weltbild

Die amerikanische Originalausgabe erschien 2013 unter dem Titel *Dark Lycan*
bei The Berkley Publishing Group, Penguin Group (USA) Inc.

Besuchen Sie uns im Internet
www.weltbild.de

Genehmigte Lizenzausgabe für Verlagsgruppe Weltbild GmbH,
Steinerne Furt, 86167 Augsburg

Übersetzung: Ulrike Moreno
Umschlaggestaltung: Johannes Frick, Neusäß
Umschlagmotiv: www.shutterstock.com (© conrado, © Creative Travel Projects,
© Helga Pataki, © David Carillet)
Gesamtherstellung: GGP Media GmbH, Pößneck
Printed in the EU
ISBN 978-3-95569-103-5

2017 2016 2015 2014
Die letzte Jahreszahl gibt die aktuelle Lizenzausgabe an.

Für Misty Valverde

Wir hoffen, dass deine Reisen sicher und gefahrlos waren
und du gesund und munter bist.
Du hast große Träume und genießt das Leben.
Wir haben dich vermisst bei FAN!

KAPITEL EINS

Nebelschleier umwaberten die Bäume. Der noch nicht ganz volle Mond hatte einen gelben Hof, der matt und dennoch leuchtend war. Dieser Mondzyklus war eine gefährliche Zeit, besonders, wenn der Nebel dicht und dunkel war, etwa fußhoch über dem Boden stand und sich zwischen den Bäumen hindurchschlängelte wie etwas sehr Lebendiges. Der Nebel dämpfte die Geräusche, trübte die Sinne und bevorteilte die schattenhaften Gestalten, die den Unachtsamen auflauerten.

Tatijana aus dem Clan der Drachensucher erwachte unter der Erde, von vielen Schichten heilkräftigen schwarzen Lehms umgeben und bedeckt. Dieses an lebenswichtigen Nährstoffen und Mineralien reiche Erdreich hüllte sie von allen Seiten ein. Lange Zeit lag sie in Furcht und Panik da, lauschte ihrem eigenen Herzschlag und fühlte sich zu leicht, zu eingeengt und zu wehrlos unter all der Erde. Und ihr war heiß. Sehr heiß. An der Erdoberfläche über ihr spürte sie die Gegenwart der Wächter. Sie beschützten sie, hatten sie gesagt, was wahrscheinlich sogar stimmte, aber sie war so lange eine Gefangene gewesen – war sogar schon in Gefangenschaft zur Welt gekommen –, dass sie niemand anderem vertraute als Branislava, ihrer Schwester. Und Bronnie, ihr einziger Trost, lag friedlich schlafend neben ihr.

Tatijanas Herzschlag wurde lauter, bis er wie Donner in ihren Ohren war. Sie ertrug es nicht, in der Erde eingeschlossen zu sein. Sie musste hinaus, um Freiheit zu finden. Um sich frei zu *fühlen*. Wie das wohl war? Sie wusste nichts von der Welt. Und wie auch? Ihr ganzes Leben hatte sie unter der Erde, tief in den Eishöhlen, verbracht, ohne irgendjemand anderen zu sehen oder zu sprechen als die, die sie quälten und in Angst und Schrecken hielten. Sie kannte kein anderes Leben, doch das hatte sich nun geändert – oder nicht?

Hatten Bronnie und sie ein kaltes, Furcht erregendes Gefängnis gegen einen goldenen Käfig eingetauscht? Wenn ja, hatten ihre Gefängniswärter einen Riesenfehler gemacht, als sie sie zur Genesung in der Erde untergebracht hatten. Tatijana wusste kaum, wie es war, in ihrer wahren Gestalt zu sein. Sie hatte Jahrhunderte in Drachengestalt verbracht, und Drachen konnten sich ziemlich leicht durch die Erde fortbewegen.

Bronnie, flüsterte sie ihrer Schwester über ihre telepathische Verbindung zu. *Ich weiß, dass du deinen Schlaf brauchst. Aber ich werde weiter unsere neue Welt erforschen und in der Morgendämmerung mit weiteren Informationen zurückkehren.*

Branislava regte sich im Geiste, als wollte sie protestieren, wie sie es immer tat, wenn Tatijana ihr sagte, dass sie ging.

Ich muss es tun.

Ich komme mit, antwortete Bronnie mit weit entfernt klingender Stimme, obwohl sie im Bewusstsein ihrer Schwester war.

Tatijana wusste, dass Branislava sich zwingen würde zu erwachen, obwohl sie tief im Innersten, wo sie es beide brauchten, noch nicht wirklich geheilt war. Sie hatten immer alles zusammen unternommen und das Schlimmste miteinander durchgemacht. Bronnie und sie waren nie wirklich getrennt gewesen, nicht einmal, als sie beide in Eis eingeschlossen waren und sich nur ansehen konnten. Selbst in dieser Lage hatten sie noch ihre telepathische Verbindung aufrechterhalten.

Diesmal nicht, Bronnie. Heute muss ich das für mich tun, flüsterte sie wie jedes Mal, wenn sie erwachte, um ihre neue Welt zu erforschen. Und sie versprach Bronnie auch stets, vorsichtig zu sein.

Keiner würde sie jemals wieder einsperren, weder sie noch ihre Schwester, schwor Tatijana sich bei jedem Erwachen in der Abenddämmerung. Und von Nacht zu Nacht wurde sie stärker. Kraft und Energie durchströmten ihren Körper, und mit ihnen stellte sich auch Selbstvertrauen ein. Sie war fest entschlossen, dafür zu sorgen, dass Bronnie und sie bald auf eigenen Füßen stehen und niemandem verpflichtet sein würden.

Tatijana wusste allerdings nicht, wie sie ihrer Schwester beibringen sollte, dass sie nicht nach den Regeln anderer leben wollte. Sie waren Karpatianerinnen und entstammten dazu noch der Linie der Drachensucher. Das bedeutete etwas für den Prinzen der Karpatianer und all die anderen. Die Männer standen buchstäblich Schlange, weil sie hofften, entweder Bronnie oder sie für sich beanspruchen zu können. Aber Tatijana konnte nicht unter der Herrschaft eines anderen leben. Sie war einfach nicht dazu imstande. Sie wollte nie wieder erleben, dass ihr jemand sagte, was sie zu tun hatte, nicht einmal, wenn es zu ihrem eigenen Besten war. Sie erhob sich, wann sie wollte, und erforschte ihre neue Welt nach ihren eigenen Regeln.

Tatijana war fest entschlossen, ihren eigenen Weg zu finden, sich ihre eigenen Kenntnisse anzueignen und ihre eigenen Fehler zu machen. Bronnie war stets die Stimme der Vernunft. Sie beschützte Tatijana vor ihrer impulsiven Natur, aber nicht mehr. So sehr sie Branislava auch liebte, war dies doch etwas, was Tatijana brauchte.

Sie übermittelte ihrer Schwester Liebe, Wärme und das Versprechen, im Morgengrauen zurückzukehren. Die Gestalt eines blauen Drachen anzunehmen war ein Kinderspiel – Tatijana hatte Jahrhunderte in dieser Gestalt gelebt, deren Struktur und Form sich vertrauter für sie anfühlten als ihr eigener Körper.

Statt sich aus der Erde zu erheben, wo ihre Wachen sie sehen würden, grub sie sich noch tiefer in sie hinein. Da sie bereits einen Tunnel angelegt hatte, kam sie in der ziemlich festen Erde schnell voran. Sie hatte beschlossen, erst mehrere Kilometer entfernt von ihrem Ruheplatz die Erde zu verlassen, um Branislavas Sicherheit zu gewährleisten und die Wachen nicht darauf aufmerksam zu machen, wie früh sie aufgestanden war. In Gestalt ihres blauen Drachen bewegte sie sich durch den Tunnel wie ein Maulwurf, buddelte, falls nötig, und drückte die teilweise eingestürzte Erde wieder fest, während sie kontinuierlich auf ihr Ziel zueilte.

In einem dichten Wald kam sie hervor. Natürlich hatte sie vorher sorgfältig die Erde über ihr durchleuchtet, bevor sie den keilförmigen Kopf ihres Drachen aus dem verborgenen Tunneleingang steckte. Sie tauchte mitten in einem dichten grauen Nebel auf, in dem die Bäume wie riesige, missgestaltete Vogelscheuchen mit ausgestreckten Armen aussahen und gerade genug schwankten, um ihnen das Aussehen von Ungeheuern zu verleihen.

Doch Tatijana, die viele echte Ungeheuer gekannt hatte, schreckte der in grauen Dunst gehüllte Wald nicht im Geringsten. Freiheit war etwas Erstaunliches. Ihre Augen waren zwar noch sehr empfindlich, aber abgesehen davon fühlte sich die Welt so an, als gehörte sie ihr, und des trüben Nebels wegen brannten ihre Augen nicht einmal.

Nachdem sie die Gestalt gewechselt hatte, legte sie moderne Kleidung an, eine Hose aus einem weichen Baumwollstoff, die ihr Bewegungsfreiheit gab, und eine Bluse, die sie ein paar Nächte zuvor an einer Frau im Dorf gesehen hatte. Sie war der Frau gefolgt und hatte sich ihren Kleidungsstil genauestens angesehen, um ihn jederzeit aus dem Gedächtnis nachbilden zu können. Alles erschien Tatijana fremd und eigenartig, doch das gehörte nun mal zu der Aufregung ihrer Entdeckungen. Sie wollte durch eigene Erfahrung lernen und nicht nur einem anderen Geist Informationen entnehmen.

Sie genoss es, wie der Nebel sich um ihre Beine legte und ihr das Gefühl gab, als ginge sie durch Wolken, während sie den Wald durchquerte. Im letzten Moment erinnerte sie sich daran, auch ihre Kleidung durch Schuhe zu ergänzen, obwohl sie sie noch immer als sehr unbequem empfand. Tatijana hatte das Gefühl, als zögen sie sie herunter, und sie fühlten sich sehr fremd an ihrem Körper an.

Der Wind, der durch die Bäume pfiff, wirbelte Laub auf und trieb Nebelschwaden um die Stämme. Der Nebel begann, vom Boden aufzusteigen, als sie auf das einzige Licht am Waldrand zuging, das sie sehen konnte. Musik strömte aus dem Gebäude und rief und lockte sie, doch diesmal wusste sie ohnehin schon, dass sie sich diese schönen Melodien nicht nur von Weitem anhören würde. Normalerweise wählte sie jede Nacht einen anderen Ort, um Informationen zusammenzutragen, die sie dann mit ihrer Schwester teilte. Aber heute ...

Seit ein paar Tagen zog dieses kleine Haus am Waldrand sie bei jedem Aufstehen wie magisch an. Das Gefühl war so stark, dass es schon beinahe zwanghaft war. Ein paar Tage hatte sie widerstanden, doch eine weitere Nacht würde ihr das nicht gelingen. Langsam näherte sie sich dem Gebäude. Wie immer verbreiteten die Fenster ein gelbes Leuchten, als starrten sie zwei Augen durch den dichten Nebel an. Ein kalter Schauder lief ihr über den Rücken, aber sie ging beharrlich weiter darauf zu.

Die Taverne *Wilder Eber* lag direkt am Waldrand und war auf drei Seiten von dichtem Gesträuch und Bäumen umgeben, die jedem reichlich Deckung boten, der sich schnell verstecken musste. Neben Zuflucht, Kameradschaft und ausgezeichneten Fluchtmöglichkeiten, sollte die Polizei einmal zu nahe herankommen, bot das Wirtshaus seinen Stammgästen auch die Behaglichkeit eines Kaminfeuers, warmes Essen und reichlich alkoholische Getränke. Die Gäste waren raue Burschen; dies hier war kein Ort für Schüchterne, und selbst die Polizei mied dieses

Lokal normalerweise. Niemand stellte Fragen, und jeder war bemüht, sich um seine eigenen Angelegenheiten zu kümmern und nur ja nichts anderes zu bemerken.

Fenris Dalka ging fast jeden Abend in das Wirtshaus, warum also kam er sich dann heute so lächerlich dabei vor, als er, wie so oft, mit einem Bier vor sich an der Bar saß und vorgab, es zu trinken? Verärgert stieß er den Atem aus und hielt den Blick nach vorn gerichtet, auf den Spiegel hinter dem Tresen, um die Eingangstür im Auge zu behalten. Von seinem günstigen Blickwinkel aus konnte er nicht nur die Tür, sondern auch jede Ecke der Schenke sehen. Er hatte diesen perfekten Sitzplatz schon vor einiger Zeit entdeckt, und wann immer er jetzt hereinkam und dort jemand saß, baute er sich einfach vor ihm auf und starrte ihn an, bis der andere aufstand und eilig den Platz freimachte.

Fen wusste, wie einschüchternd er wirkte, und machte sich sein verwegenes, gefährliches Aussehen auch zunutze. Er war groß, aber es waren vor allem seine breiten Schultern und die mächtige Brust, seine muskulösen Arme, die dunklen Bartstoppeln und seine durchdringenden, kalten blauen Augen, mit denen er anderen bis in die Seele blickte, was den Leuten Angst einflößte. Er brauchte nur selten etwas zu sagen, und so wollte er es auch haben. Die Stammgäste kannten ihn und wussten, dass man ihn besser in Ruhe ließ.

Im Hintergrund spielte Musik, und hin und wieder lachte jemand, doch meistens unterhielten sich die Gäste nur flüsternd miteinander. Nur der Barkeeper sprach Fen an, wenn er hereinkam. Ein paar der Stammgäste hoben eine Hand oder nickten ihm zu, aber die meisten vermieden es sogar, ihn anzusehen. Er sah fast so gefährlich aus, wie er war. Ein Mann ohne Freunde, der nur seinem Bruder Dimitri vertraute und immer auf der Jagd oder auf der Suche war. Fenris Dalka war sogar noch schonungsloser und brutaler, als die Gerüchte über ihn besagten.

Sein Haar war lang, sehr dicht, gewellt und silbergrau mit

schwarzen Strähnen, und es fiel ihm bis weit über den Rücken. Meistens band er es im Nacken mit einem Lederriemen zusammen. Er hatte große Hände mit vernarbten Fingerknöcheln. Auch sein Gesicht wies Narben auf, eine in der Nähe seines Auges und noch eine weitere, die von seinem Auge bis zur Mitte seines Gesichts verlief. Weitaus mehr Narben trug er jedoch an seinem Körper. Jahrhunderte des Kampfes und der Verteidigung, jede Schlacht und jeder Sieg waren buchstäblich in seine Knochen eingestanzt.

Selbst geflüsterte Gespräche konnte er mit seinem scharfen Gehör leicht belauschen, und diese Fähigkeit ermöglichte es ihm, eine ungeheure Menge an Informationen zusammenzutragen. Aber heute Abend war das anders. Heute war er nicht der Informationen wegen hier ... Irgendetwas völlig anderes hatte ihn hierhergezogen ... Eine Art innerer Zwang, dem er sich nicht entziehen konnte, hatte ihn hierhergeführt.

Voller Unbehagen spielte er mit seinem Bierkrug, legte die Finger um den Griff und schloss sie zu einer Faust, bis er sich zwingen musste loszulassen, um das Glas nicht zu zerbrechen. Er war kein Mann, der tat, was ihm von anderen befohlen wurde. Fen misstraute allem, was er nicht verstehen konnte – und dieses dringende Bedürfnis, das ihn Nacht für Nacht hierher zurücktrieb und auf irgendetwas warten ließ, verstand er nicht. Was hatte es nur damit auf sich?

Dies hier war ein Tummelplatz der Gesetzlosen und ein idealer Ort für geheime Treffen. Er und sein Bruder Dimitri hatten die Spelunke gleich nach seiner Rückkehr in die Karpaten entdeckt. Damals hatten sie unbedingt einen sicheren, abgelegenen Ort finden müssen, an dem sie sich aufhalten und reden konnten, ohne von irgendjemandem gesehen zu werden, der beide oder einen von ihnen kennen könnte. Fen wollte absolut sichergehen, dass Dimitri nicht in Gefahr geriet. Niemand durfte wissen, dass sie Brüder waren. Man durfte sie nicht einmal miteinander in Verbindung bringen, weil er sonst Dimitris Leben gefährden würde – und dazu war er nicht bereit. Es waren so viele Jahre vergangen, dass die Leute ihn vergessen hatten oder ihn für tot hielten, und um der Sicherheit seines Bruders willen durfte dieser Irrtum nicht berichtigt werden.

Fen kannte jedes Gesicht in der Schenke. Die meisten kamen sogar schon länger her als er. Der neueste Gast war der verdächtigste. Er war erst vor ein paar Wochen in der Gegend eingetroffen und hatte die untersetzte Statur eines Jägers oder Försters, kleidete sich aber distinguierter. Er war jemand, den man nicht unterschätzen sollte. An seiner Art, sich zu bewegen, konnte jeder sehen, dass er ein guter Kämpfer sein musste. Und er war zweifellos bewaffnet. Er nannte sich Zev und war offensichtlich neu in dieser Gegend. Was er hier zu tun hatte, verriet er nicht, doch Fen würde seinen letzten Dollar darauf verwetten, dass er auf der Jagd nach irgendjemandem war. Er sah nicht so aus, als wäre er von der Polizei, aber er war definitiv jemandem auf der Spur. Fen hoffte, dass nicht er es war. Sicherheitshalber nutzte er jede Gelegenheit, um diesen Zev zu beobachten und sich einzuprägen, wie er sich bewegte, welche Hand er bevorzugt benutzte und wo er seine Waffen trug.

Wie Fens war auch Zevs Haar länger, als es üblich war. Es war von einem dunklen Kastanienbraun und so dicht, dass es an einen kostbaren Pelz erinnerte. Seine Augen waren grau und wachsam, immer in Bewegung, immer ruhelos, während sein Körper stets ganz still und reglos blieb. Fen fand es sehr bezeichnend, dass sich in der Bar bisher noch keiner mit ihm angelegt hatte.

Der Wind frischte auf, fuhr rauschend durch die Bäume, launisch und verspielt, und trieb Äste an die Seitenwand der Schenke, sodass sie ächzten und knackten und Gefahr ankündigten, sofern man die im Wind enthaltene Information verstehen konnte. Fen atmete tief aus und blickte durch das Fenster in den dunklen Wald hinaus.

Nebelschwaden schlängelten sich durch die Bäume, streckten sich wie gierige Finger aus und wanden sich an den Bäumen hinauf, bis sie den Wald in einen dichten Grauschleier gehüllt hatten. Er musste gehen – sofort! Ihm blieben nur noch fünf Tage bis zum Vollmond, was ihm genau zwei Tage gab, um einen sicheren Platz zu finden, an dem er die Gefahr aussitzen konnte. Die drei Tage vor dem Vollmond, der Vollmond selbst und die drei Tage danach waren die gefährlichsten für ihn. Trotzdem rührte er sich nicht von dem Barhocker, nicht einmal, als sein Selbsterhaltungstrieb ihn förmlich anschrie, es zu tun. Jedes Haar an seinem Körper war gesträubt, sowohl vor Schreck als auch als Fühler, um selbst die kleinsten Einzelheiten zu erfassen.

Während er mit der Fingerspitze Muster auf den beschlagenen Bierkrug malte, wurde sein Blick wieder zu dem Spiegel hingezogen. Fen konnte nicht die ganze Bandbreite des Farbspektrums ausmachen, doch je schwächer das Licht war, desto mehr Grauschattierungen konnte er sehen. Er konnte keinen Unterschied zwischen Gelb, Grün oder Orange wahrnehmen, für ihn sahen diese Farben gleich aus – wie ein trüber, gelblich grauer Ton. Rot wirkte wie bräunliches Grau oder Schwarz, Blau jedoch konnte er erkennen. Aber auch wenn er nicht über die Fähigkeit verfügte, Farben zu unterscheiden, machten sein scharfes Gehör, sein hervorragender Geruchssinn und seine weit reichende Sehkraft diesen Mangel mehr als wieder wett.

Ihr Duft erreichte ihn, sowie sie zur Tür hereinkam. Eine Frau. *Die* Frau. War sie der Köder, um ihn zu fassen? Wenn ja, dann hatte er angebissen. Ihr Duft – nach frischer Erde, Wald und wildem Honig, nach geheimen dunklen Stellen und der Nacht an sich – zog ihn in seinen Bann, wie kein noch so teures Parfum es könnte. In der vergangenen Woche war sie hin und wieder im *Wilden Eber* erschienen. Drei Mal nur, um genau zu sein, und doch war er schon wie behext von ihr. Sie hatte ihn völlig mühelos erobert, einfach indem sie durch die Tür hereingekommen war. Noch nie hatte er eine so schöne, betörende Frau gesehen. Sie brachte jedes Gespräch zum Verstummen, wenn sie eintrat, was sie jedoch nicht einmal zu bemerken schien. Und genau das war das Problem. Sie wirkte viel zu jung und arglos, um ohne Begleitung einen Ort wie diesen aufzusuchen.

Fen hatte das Getuschel einiger der Männer gehört und wusste daher, dass sie hier nicht sicher war. Die beiden Bardamen warfen ihr böse Blicke zu, weil das Interesse der Männer von dem Moment an, in dem *sie* hereinkam, nicht mehr ihnen galt. Aber auch dessen schien die Frau sich nicht bewusst zu sein. Sie hatte ein selbstsicheres Auftreten und schien den Raubtieren, die sie umgaben, keinerlei Beachtung beizumessen – und Raubtiere *waren* sie. Der einzige Grund, warum sie bisher noch nicht belästigt worden war, war der, dass Fen sehr deutlich gemacht hatte, dass sie unter seinem Schutz stand. Als einer der Männer begonnen hatte, sie anzumachen, war Fen augenblicklich aufgestanden. Das war alles. Er hatte sich einfach nur erhoben.

Der andere Mann hatte augenblicklich aufgegeben, und niemand hatte einen weiteren Versuch gewagt, aber es war nur eine Frage der Zeit, wie lange das so bleiben würde. Nach einer geflüsterten Unterhaltung, die Fen belauscht hatte, hatten drei Männer den Plan gefasst, ihr zu folgen, wenn sie das Lokal verließ und Fen einmal nicht da sein würde, um sie zu beschützen. Nein, das stimmte so nicht ganz, berichtigte er sich selbst. Unter den drei Männern waren nur zwei Verschwörer, und der dritte war ein Freund von ihnen, der sie zur Vernunft zu bringen versuchte. Fen hätte ihnen sagen können, dass es besser wäre, nicht auf das Gelingen dieses Plans zu wetten und auf ihren Freund zu hören, doch damit hielt er sich nicht auf. Stattdessen ließ er nur die Schultern rollen, ballte die Fäuste und entspannte sie wieder, streckte die Finger und senkte den Blick auf seine Hände, die solche tödliche Waffen sein konnten.

Dann beobachtete er die Frau im Spiegel. Er hatte gesehen,

wie sie bei jedem Besuch in der Bar einen neuen Drink probierte, den sie offensichtlich jemand anderen trinken sah, und jedes Mal verzog sie das Gesicht, spuckte den Alkohol ins Glas zurück und ging von der Bar zu dem kleinen Bereich hinüber, wo sie tanzen konnte. Wieder schien sie allem anderen gegenüber völlig gleichgültig zu sein und sich ganz und gar in der Musik zu verlieren. Fen war sich sicher, dass sie nur des Tanzens wegen die Bar aufsuchte.

Sie sprach nie, nicht einmal mit dem Barmann, was Fen allmählich zu der Frage brachte, ob sie überhaupt sprechen konnte oder vielleicht stumm war. Ihre Haut war weiß wie Porzellan, als sähe sie nie die Sonne, ihr Haar schön und so lang, dass es ihr bis über die Taille fiel, als wäre es in ihrem Leben noch nicht oft geschnitten worden. Wahrscheinlich könnte sie sogar darauf sitzen. Wie immer trug sie es zu einem Zopf geflochten, der so dick war wie sein Handgelenk, seidig schimmerte und eine Farbe hatte, die er nicht bestimmen konnte. Wenn das Licht darauf fiel, schien sich der Farbton sogar zu verändern, was allerdings auch nur an seiner eigenen Wahrnehmung von Farben liegen könnte.

Und plötzlich ertappte sie ihn dabei, wie er sie anstarrte. Fen konnte nicht damit aufhören, und als sie beim Tanzen unvermittelt aufschaute, begegneten ihre Blicke sich im Spiegel. Im ersten Moment blieb ihm fast das Herz stehen, und dann begann es, wild zu pochen. Normalerweise hatten Frauen keine solche Wirkung auf ihn. Sein Mund wurde nicht trocken, seine Kehle schmerzte nicht, und seine Eckzähne verschärften sich nicht. Er hatte sich immer – *immer* – unter Kontrolle. Und doch … Als er Donner in seinen Ohren grollen hörte, atmete er tief durch und rief Jahrhunderte der Disziplin zu Hilfe.

Emotionen stumpften ab und verschwanden mit der Zeit. Die wenigen, die ihm geblieben waren, verspürte er, wenn er *der andere* war, aber nicht in dieser Gestalt. Manchmal vergaß er, wie es war, sich in seiner derzeitigen Gestalt zu befinden. Doch trotz seiner enormen Selbstkontrolle merkte er, als er der Frau in die Augen schaute, dass er nicht mehr wegsehen konnte. Sie verzauberte ihn. Fesselte ihn. Aber er traute ihr nicht – weder ihr noch seiner ungewohnten, sehr seltsamen Reaktion auf sie.

Ein heftiger Windstoß traf die Schenke, fuhr durch den Kamin herunter und ließ Funken aus dem Feuer aufsprühen. Ein Scheit fiel von dem Rost und rollte auf die Öffnung zu, wo es abrupt zum Halten kam, aber Flammen loderten empor und tanzten hoch in den Kamin hinein, während die Spalten in dem Scheit hell glühten. Fen blickte sich zum Fenster um. Der dichte Nebel, der aus dem Wald herankroch, legte sich um das Wirtshaus und schloss das ganze Gebäude wie in einem riesigen glitzernden Spinnengewebe ein.

Die Frau hörte auf zu tanzen und zog Fens Aufmerksamkeit wieder auf sich, als sie in das Feuer starrte, anscheinend genauso fasziniert davon wie er von ihr. Sie trat näher, und er ertappte sich dabei, dass er die Stirn runzelte und die Frau durch den Spiegel noch genauer beobachtete. In ihren Augen spiegelten sich die aufzüngelnden Flammen wider; die Linsen schienen so facettenreich zu sein, dass sie an geschliffene Diamanten erinnerten. Sie trat näher an den Kamin heran. Zu nahe. Es war ein offener, mit Bergen von glühender Asche und hungrig aufschlagenden Flammen gefüllter Kamin. Fen glitt von seinem Barhocker.

Langsam streckte sie eine Hand nach dem Feuer aus. Wenn sie so weitermachte, würde ihre Handfläche direkt über den Flammen landen. Mit blitzartiger Geschwindigkeit tauchte Fen hinter ihr auf, griff um sie herum nach ihrem Handgelenk und zog es zurück, bevor die Flammen ihre zarte Haut versengen konnten.

Für einen Moment versteifte sie sich, als wollte sie sich wehren, und er spürte eine hauchzarte, kaum wahrnehmbare geistige Berührung, die ihn zutiefst erschreckte. Wer war sie? *Was* war sie? Er hielt seine Barrieren jedoch mühelos aufrecht und achtete darauf, die Frau nur ganz behutsam zu berühren, um ihr kein Gefühl der Bedrohung zu vermitteln. Sie entspannte sich langsam wieder, und er atmete tief ihren Duft ein, da ihr Kopf seiner Schulter so nahe war, dass der dicke, seidige Zopf seine Haut streifte. Fen sog ihren Duft tief in seine Lugen. Sie roch wie die Sünde. Wie das Paradies und alles, was er nicht hatte – und niemals haben würde.

»Es ist heiß, das Feuer. Es wird Sie verbrennen«, sagte er leise, um von niemand anderem in der Bar gehört zu werden.

Sie war intelligent, das spürte er, aber irgendetwas war mit ihr geschehen, und offensichtlich gab es Dinge, die sie nie erfahren oder von denen sie keine Kenntnis hatte. Amnesie? Trauma? Eine andere Erklärung gab es nicht. Jeder kannte sich mit Feuer aus, und ihr mangelndes Wissen darüber machte sie umso verletzlicher.

»Sie werden sich die Haut verbrennen«, erklärte er ihr geduldig. »Und das wäre äußerst schmerzhaft für Sie.«

Sie fuhr fort, ihn mit großen, verwirrten Augen anzusehen. Er versuchte, die Warnung in mehreren anderen Sprachen zu wiederholen. Sie schaute ihn jedoch nur weiter an, und sie erregten langsam zu viel Aufmerksamkeit. Bei jeder ihrer Bewegungen zog sie die Blicke aller Anwesenden auf sich, und Fen wollte nicht, dass irgendjemand sie für eine leichte Beute hielt, weil sie sich offenbar nicht einmal mit den grundlegendsten Dingen wie Feuer auskannte. Am Ende sah er keine andere Möglichkeit, als um sie herumzutreten und seine eigene Hand, mit der Handfläche nach unten, in das Feuer zu halten.

Die Fremde schaute zu, und ihre Augen wurden immer größer, als seine Haut Blasen zu werfen begann und der Geruch von verbranntem Fleisch aufstieg. Dann ergriff sie plötzlich seinen Arm und riss seine Hand aus dem Kamin zurück.

»Verstehen Sie jetzt?«, fragte er und zeigte ihr die Verletzungen.

Wortlos drehte sie seine Hand um, sodass ihre Handfläche seine bedeckte, ohne die verbrannten Stellen zu berühren, und dennoch spürte er ihre Energie in seine Haut eindringen. Eine angenehme Kühle durchflutete die Blasen. Dann hob sie seine Hand an ihren Mund, und Fen stockte der Atem. Er konnte sich weder bewegen noch sprechen, als sie ihren Kopf auf seine Hand senkte. Ihre Zunge berührte die Blasen, ganz leicht, kaum spürbar nur, und trotzdem begann er zu zittern, und seine Knie wurden ein bisschen weich. Schlimmer noch – sein Körper reagierte mit einer Woge machtvoller Gefühle, die ihm das Blut in die Lenden trieb und ein fast schmerzhaftes Ziehen dort auslöste.

Nur langsam, ja fast widerstrebend gab sie seine Hand wieder frei. Fen hob sie an, um sie zu untersuchen, weil er noch immer diese angenehme Kühle darauf spürte, als hätte sie ein heilendes Gel auf die mit Blasen bedeckte Haut gegeben. Aber die Blasen waren verschwunden, das Brennen hatte aufgehört, und seine Hand war nicht einmal mehr gerötet.

Fen sog scharf den Atem ein. Nun wusste er, was sie war. Keine andere Spezies konnte so mühelos mit ihrem Speichel heilen. Sie konnte nur Karpatianerin sein – eine Rasse von Wesen, die in den Karpaten heimisch war. Nur wenigen war ihre Existenz bekannt. Fen runzelte die Stirn, als er versuchte, sich einen Reim auf all das zu machen, denn eigentlich ergab es keinen Sinn. Er bezweifelte, dass eine Karpatianerin allein eine Bar aufsuchen würde, und schon gar nicht solch eine verrufene Spelunke wie den *Wilden Eber*. Außerdem würde eine Angehörige dieser Spezies sich nicht nur mit Feuer auskennen, sondern auch gut geschult in allen anderen Dingen sein. Niemand lebte so lange wie Karpatianer, ohne im Laufe der Zeit Unmengen von Wissen anzusammeln. Was war ihr widerfahren? Und warum war sie nicht in Begleitung?

Er spürte einen scharfen Blick und sah, dass es Zevs war, als er aufschaute. Der Mann starrte die Frau so neugierig an, dass Fen instinktiv ein wenig die Haltung veränderte, damit sie nicht länger in Zevs Blickfeld war. Erstaunt schaute sie zu Fen auf, warf dann einen schnellen Blick um seinen kräftigen Körper herum zu Zev und trat rasch wieder hinter Fen.

»Sie sind an diesem Ort nicht sicher«, sagte er, obwohl er das nur ungern zugab. »Das ist eine raue Bande, die hier verkehrt.«

Sie lächelte ihn an. Lächelte! Sein Herz machte einen Satz, sein Magen verkrampfte sich, und das Blut rauschte heiß durch seine Adern. Ihre Zähne waren sehr weiß, ihre Lippen so voll und rot wie aus einer Vision. Er holte tief Luft, obwohl er wusste, dass das ein Fehler war, aber dennoch sog er den Duft der Frau in seine Lungen. Sog sie selbst tief in sich hinein und ließ sie dort verweilen und sein Innerstes aufwühlen, bis er wusste, dass er sie wiederfinden konnte – und würde.

Dann hob er sanft ihr Kinn an, um ihren Blick auf seinen Mund zu lenken. »Besonders Zev ist gefährlich«, formte er geräuschlos mit den Lippen, da er befürchtete, dass dieser Fremde das gleiche außergewöhnliche Gehör besaß wie er. »Die anderen auch, aber nicht so wie er. Verstehen Sie?«

Tatijana nickte. Natürlich verstand sie, obwohl die Auswirkung, die seine Berührung auf sie hatte, sie weit mehr beschäftigte als seine Warnung. Sie fühlte sich ganz eindeutig zu ihm hingezogen – zu diesem Mann, der sich in seinen Gedanken Fen nannte. Er erschien ihr menschlich wie alle anderen in dieser Bar, als sie ganz leicht an sein Bewusstsein rührte, und doch verwirrte er sie sehr. Er hatte sich mit blitzartiger Geschwindigkeit bewegt. Mit *übernatürlicher* Geschwindigkeit. Wie konnte er also menschlich sein und sich trotzdem mit der Schnelligkeit eines Karpatianers bewegen? Und noch etwas: Sie hatte keine Energie gespürt, die seiner Bewegung vorausgegangen war, und das war sehr ungewöhnlich.

Er war auch sehr viel muskulöser als die meisten karpatianischen Männer, obwohl er deren Größe hatte. Seine Augen waren anders, und sie hatte schon mehr als genug Zeit damit verbracht, ihn heimlich zu beobachten, wenn er an der Bar vor seinem Drink gesessen hatte. Er trank nicht wirklich davon, und trotzdem verschwand die gelbe Flüssigkeit nach und nach aus seinem Glas. Tatijana hatte noch nicht herausgefunden, wie er das zustande brachte, wusste jedoch, dass sie es lernen wollte.

Warum hatte er Zev als besonders gefährlich hingestellt? Ihr selbst erschien der Mann wie jeder andere Mensch in diesem Lokal. »Warum Zev?« Sie war sehr geübt darin, von den Lippen abzulesen. Schon vor langer Zeit, als Kind, hatte sie es gelernt, als sie, eingeschlossen in Eis, die Grausamkeit ihres Vaters hatte mitansehen müssen, wenn er Tiere und Menschen gleichermaßen geopfert hatte. Niemand war vor ihm sicher gewesen. Magier, Karpatianer, Jaguare, Lykaner – keine Spezies wurde von ihm verschont. Nicht einmal die Toten waren vor Xavier sicher.

Sie sah Fen an und formte ihre Frage mit den Lippen, um sicherzugehen, dass ihr nicht versehentlich ein Laut entwich, falls er tatsächlich Karpatianer war. Sie fühlte sich unerklärlich stark zu ihm hingezogen, aber da er so geheimnisvoll, ja rätselhaft war, wollte sie nichts riskieren. Tatijana war noch nicht bereit dazu, sich von irgendeinem Mann beanspruchen zu lassen. Sie brauchte Zeit für sich allein, und da man ihr alles über Seelengefährten erzählt hatte, wusste sie, dass ein Mann sich ihr Leben sogar ohne ihre Zustimmung zu eigen machen könnte. Das *durfte* nicht passieren – nicht ihr. Nicht jetzt, da sie zum ersten Mal in ihrem Dasein ihr Leben tatsächlich genoss. Ihre Entdeckungsreisen waren aufregend und beglückend. Sie fühlte sich ungemein lebendig, und sie wollte nicht, dass irgendetwas oder -jemand ihr das wieder nahm.

Im Grunde war sie nicht einmal ganz sicher, ob sie überhaupt eine Beziehung zu jemandem haben könnte – oder jedenfalls eine gesunde. Denn dazu wäre Vertrauen nötig, und das hatte sie ganz einfach nicht. Nur Branislava, ihrer einzigen Verbündeten, vertraute sie. Sie waren so viel zusammen gewesen, dass die Vorstellung, getrennt zu sein, sehr schwierig war, doch Tatijana wusste auch, dass sie diese Zeit für sich allein ganz dringend brauchte. Wie sollten sie herausfinden, wer sie waren und was sie mochten, wenn sie nie die Zeit hatten, Klarheit über diese Fragen zu erlangen?

»Weil ich es weiß«, antwortete auch Fen nur mit den Lippen. Dann streckte er die Hand aus und strich ihr eine lose Haarsträhne hinter das Ohr.

Tatijana stockte der Atem. Seine Berührung bewirkte etwas Seltsames – und Beunruhigendes – in ihrem Körper. Sie trat zurück, aber sie konnte nicht die Augen von ihm abwenden.

Das Heulen eines Wolfes in einiger Entfernung draußen ließ sie beide gleichzeitig zum Fenster herumfahren. Aus dem Augenwinkel sah sie, dass auch Zev auf das Geräusch reagiert hatte, und Fen bemerkte seine plötzliche Bewegung ebenfalls. Soweit sie sehen konnte, hatte jedoch niemand sonst das schaurige Geräusch gehört.

Denn dies war kein Wolf, der den Mond anheulte, sondern einer, der andere zur Jagd aufrief. Mindestens drei weitere Wölfe antworteten, aus noch größerer Ferne sogar, aber sie hörten sich nicht wie das Wolfsrudel aus dieser Gegend an. Sie klangen angriffslustig und entschlossen, als hätten sie schon Beute in Sicht. Vor allem jedoch hörte sich der Ruf in Tatijanas Ohren ein wenig unecht an, so als wären die Wölfe … andersartig.

Ihr Blick richtete sich auf Fens Gesicht. Es war wie versteinert, völlig regungslos. Er hatte keine Miene verzogen, und trotzdem spürte sie die Veränderung in ihm. Obwohl er nach außen hin einen entspannten Eindruck machte, fühlte sie seine Anspannung und Kampfbereitschaft.

»Ich muss gehen«, formte sie mit den Lippen und trat einen weiteren Schritt zurück.

Sofort galt seine ganze Aufmerksamkeit wieder ihr. Er runzelte die Stirn und blickte erneut aus dem Fenster. »Ich begleite Sie.« Diesmal sagte er es laut.

Köpfe wandten sich ihnen zu. Zwei der Männer setzten eine finstere Miene auf; es waren die, die flüsternd vereinbart hatten, der schönen Fremden zu folgen. Ihr Freund hatte sie offenbar nicht überzeugen können, obwohl er noch immer auf sie einzureden schien.

Tatijana hatte erwartet, dass es früher oder später geschehen würde, aber sie wusste auch, dass sie sich nur in Nebel aufzulösen brauchte, um zu verschwinden. Deshalb verließ sie sich voll und ganz darauf, dass sie sicher sein würde, was immer auch geschehen mochte.

Ihr war jedoch auch bewusst, dass Fen seine Absicht, sie zu begleiten, laut verkündet hatte, weil er sie vor den Männern in der Schenke beschützen wollte – und vielleicht auch vor dem, was dort draußen wartete, was immer es auch sein mochte. Ihr erster Impuls war, sein Angebot freundlich abzulehnen – aus reinem Selbsterhaltungstrieb heraus, weil sie mit keinem Mann eine nähere Bekanntschaft wünschte. Doch da war auch dieser fast zwanghafte Wunsch in ihr, bei Fen zu sein, auch wenn es keinen erkennbaren Grund dafür gab.

Nur deshalb riskierte sie es, ein weiteres Mal an seinen Geist zu rühren. Er schien ein ganz normaler Mann zu sein … Vielleicht war es ja der faszinierende Widerspruch, den er verkörperte, oder seine ungeheure Anziehungskraft, doch sie nickte ihm zu, um ihn wissen zu lassen, dass sie ein paar Schritte mit ihm gehen würde. Schließlich wusste sie, dass sie auch ihn beschützen konnte, falls es Ärger geben sollte.

Zev entfernte sich von der Bar, knöpfte seinen Mantel zu und verließ die Schenke, ohne auch nur einen Blick in ihre Richtung zu werfen. Als wären Fens Worte ein Signal gewesen, steckten die drei Verschwörer die Köpfe zusammen, tuschelten miteinander und standen auf, um ihre Mäntel und Hüte anzuziehen, bevor auch sie das Lokal verließen. Einer der Männer warf Fen einen etwas nervösen Blick zu, während die anderen beiden lüstern nach Tatijana schielten.

Ihr wurde schwer ums Herz. Offensichtlich brachte sie Fen in Gefahr, wenn sie mit ihm ging. Sie öffnete den Mund, um zu sagen, dass sie doch lieber auf seine Begleitung verzichtete, doch er nahm ihre Hand und zog sie zur Tür. Kaum griff die Wärme seiner Haut auf ihre über, schlug ihr Herz gleich höher, und eine Million Schmetterlinge schienen in ihrem Bauch zu erwachen. Seine Hand war viel größer als ihre, die in seiner geradezu verschwand, und diese Tatsache gab Tatijana das Gefühl, sehr feminin und zu sein – eine brandneue Erfahrung für sie.

Sie wollte nicht, dass dieses unglaubliche Gefühl verging. Außerdem war sie sicher, dass sie Fen beschützen konnte, ohne ihm zu zeigen, was sie war. Wenn nötig, würde sie alle schlechten Erinnerungen in ihm auslöschen. Und zudem brauchte sie Nahrung. Es war also gar nicht so schwer, sich einzureden, dass sie sehr gute Gründe hatte, sich von Fen durch den Wald begleiten zu lassen.

»Wo ist dein Mantel?«, fragte er.

Mantel. Jeder trug hier einen Mantel. Karpatianer konnten ihre Körpertemperatur regulieren, und Tatijana verspürte weder Hitze noch Kälte, was auch der Grund dafür war, dass sie die Flammen nicht gespürt hatte. Aber Karpatianer scheuten auch keine Mühen, um sich in die menschliche Gesellschaft einzufügen, weil niemand etwas von ihrer Existenz erfahren durfte. Das war eine der wichtigsten Regeln innerhalb ihrer Gesellschaft. Bevor sie und Bronnie zur Heilung unter die Erde gebracht worden waren, hatte man ihnen diese Regel eingebläut. Und nun hatte sie doch tatsächlich vergessen, dass die Menschen Mäntel trugen!

Schnell blickte sie zu den Kleiderhaken an der Tür hinüber, an denen viele der Gäste ihre Jacken und Hüte aufhängten.

Sofort erschien ein langer Mantel mit Kapuze dort – und Tatijana warf einen raschen Blick in den Spiegel, froh, dass niemand es bemerkt zu haben schien. Dann deutete sie mit dem Kinn auf den Kapuzenmantel. Falls Fen verwundert war, ließ er es sich nicht anmerken. Er nahm einfach nur den langen Mantel von dem Haken und hielt ihn auf.

Tatijana zögerte, nicht ganz sicher, wie sie sich jetzt zu verhalten hatte. Aber Fen trat schon näher, schob einen ihrer Arme in den Ärmel und zog den Mantel über ihren Rücken. Dann wartete er geduldig, während sie in den zweiten Ärmel schlüpfte. Als das erledigt war, drehte er sie um und knöpfte ihr den Mantel zu. Und die ganze Zeit über, während er jeden Knopf in die dafür vorgesehene Öse schob, stand sie mit angehaltenem Atem da und starrte ihm ins Gesicht.

Er war schön. Trotz der Narben in dem harten, eckigen, sehr männlichen Gesicht war er ein schöner Mann. Sie prägte sich seinen Knochenbau, die Form seiner Nase, den Schnitt seines Mundes und sein starkes Kinn genau ein, weil sie sich ihr Leben lang an ihn erinnern wollte – an ihn und diesen Augenblick. Vielleicht würde sie nie wieder einen solchen Moment oder ein solches Gefühl erleben, und dies war ein Augenblick, der ausgekostet werden musste.

Fen griff um sie herum und öffnete die Tür. Ein kalter Windstoß fuhr herein. Tatijana hob das Kinn, um tief die frische Nachtluft einzuatmen und sich vom Wind mit Informationen versorgen zu lassen. Fen trat so dicht vor ihr aus der Tür, dass sein Körper ihren vor den Elementen schützte. Ohne ihre Hand loszulassen, sah er sich wachsam um.

Graue Nebelschleier hüllten die Schenke ein und verdeckten die Aussicht auf den Wald. Die Baumkronen, die sich geisterhaft aus dem Dunst erhoben, sahen aus, als schwebten sie ohne Stämme über den dichten Schwaden.

»Wohin?«, fragte Fen.

Tatijana zeigte nach links in Richtung Wald. Die Wölfe waren verstummt, und sie hoffte, dass sie noch immer weit entfernt von ihnen waren. Fen zog sie an der Hand ein weniger näher an sich heran, bevor sie losgingen. Sie nahm den urwüchsigen, erdhaften Geruch nach altem Wald wahr, der Fen anhaftete. Sie mochte diesen Duft, weil er für sie Freiheit und Unabhängigkeit versinnbildlichte und beides etwas war, das sie sich mehr als alles andere wünschte.

Auch die Nacht selbst roch verführerisch. Es war eine kühle Nacht mit einem mitternachtsblauen, sternenübersäten Himmel und einem hell leuchtenden Mond. Dieser schwer zu beschreibende Duft beschwor alles herauf, was Tatijana in der kurzen Zeit seit ihrer Befreiung aus ihrem Gefängnis zu lieben gelernt hatte. Außerdem wollte sie in Fens Nähe bleiben und ihre Lungen mit ihm und seinem Duft füllen, um ihn so tief in sich aufzunehmen, dass sie ihn nie wieder vergessen würde.

»Verrate mir deinen Namen! Ich bin Fen. Fenris Dalka«, sagte er, während er mit absolutem Selbstvertrauen weiter in den Wald hineinschritt. Er schien ein Mann zu sein, der Furcht nicht kannte.

Sie blickte zu ihm auf, betrachtete ihn ausgiebig und rührte noch einmal prüfend an seinen Geist, um sicher sein zu können, dass sie nicht gefährdet war. Dann öffnete sie den Mund, um ihm ihren Namen zu sagen, musste jedoch feststellen, dass sie es nicht konnte. Irgendetwas hielt sie davon ab. Dieser seltsame Drang, bei ihm zu sein, war viel zu stark. Vielleicht war sie einfach noch zu neu für sie, diese Anziehung zwischen einem Mann und einer Frau. Tatiana hatte so etwas noch nie zuvor erlebt. Sie hatte sich niemals auch nur im Mindesten zu jemand anderem in der Schenke hingezogen gefühlt, nicht einmal ein kleines bisschen. Bei dem Gedanken schüttelte sie den Kopf und lächelte Fen an.

Er erwiderte das Lächeln. »Du weißt offenbar, wie faszinierend geheimnisvolle Frauen sind, nicht wahr? Das reizt mich nur noch mehr. Und übrigens kann ich von den Lippen ablesen«, fügte er hinzu.

Da sie wollte, dass er ihren Namen kannte, formte sie »Tatijana« mit den Lippen und hob jede Silbe hervor, damit es leichter für ihn war. Er verstand den Namen jedoch gleich beim ersten Mal.

»Tatijana ist ein schöner Name. Lebst du hier in der Nähe?«

Sie zuckte mit den Schultern, zufrieden, einfach nur Hand in Hand mit ihm zu gehen. Sie *musste* jeden Moment mit ihm in ihrem Bewusstsein speichern. Eigentlich müsste sie ihm ihre Hand entziehen, denn schließlich kannte sie ihn nicht einmal. Und sie kannte auch nicht die Verhaltensregeln zwischen Mann und Frau, doch für diesen einen Moment und zum ersten Mal in ihrem Leben fühlte sie sich wie eine ganz normale Frau. Normal und sehr real. Sie war keine Karpatianerin und keine Drachensucherin. Sie war auch nicht die Tochter eines Magiers, sondern einfach nur eine Frau, die sich an der Gesellschaft eines Mannes erfreute.

»Ich habe einmal hier gelebt, doch das ist lange her«, erzählte Fen von sich aus. »Und ich bin auch nur zu einem kurzen Besuch zurückgekommen und muss bald wieder fort.« Er ließ den Blick über die dunklen Umrisse der Bäume gleiten, die sich aus dem grauen Dunst erhoben. »Ich hatte vergessen, wie schön es hier ist.«

Tatijana stimmte ihm im Stillen zu. Sie hätte tanzen können in dem dunklen Wald, so glücklich war sie. Etwas so Simples, wie einen nächtlichen Waldspaziergang zu unternehmen, durchflutete sie mit wilder Freude, und Fens Gesellschaft war ein zusätzliches Geschenk. Sie nickte zu seinen Worten und kam sich ein bisschen albern vor, weil sie nicht laut sprach, aber vielleicht dachte er ja, sie könnte es nicht. Es kümmerte sie nicht einmal, ob er sie deswegen vielleicht bemitleidete, obwohl sie nichts dergleichen fand, als sie seine Gedanken durchleuchtete. *Was* sie fand, war ... Hingezogenheit.

»Lebst du schon lange hier?«, fragte er.

Sie blickte ihm prüfend ins Gesicht, doch obwohl sein Ton ihr das Gefühl gab, als wäre sie der wichtigste Mensch auf der Welt für ihn und als wollte er eine Antwort hören, schaute er sie nicht an. Sein Blick war ruhelos und bewegte sich unaufhörlich zwischen den Ästen der Bäume und dem Boden hin und her. Es war, als versuchte er, mit seinem Blick den dichten Nebelschleier zu durchdringen.

War ihr etwas entgangen? Irgendeine Warnung? Auch sie schaute sich prüfend um und sandte ihre Sinne aus, um alles sorgfältig zu durchleuchten und eine mögliche Bedrohung aufzuspüren. Weiter vorn und ein wenig links von ihnen standen versteckt zwischen den Bäumen die drei Männer, die das Lokal nach Zev verlassen hatten. Tatijana seufzte. Natürlich. Sie hatte ja gewusst, dass sie versuchen würden, an sie heranzukommen. Sie hatte sich in eine magische Welt davontragen lassen, in der es keine Gefahren gab. Alles und jeder, der sie hier bedrohen könnte, erschien geradezu belanglos im Vergleich zu Xavier.

Sie berührte Fens Arm. »Ich muss gehen«, formte sie mit den Lippen. »Du kannst jetzt umkehren.«

Sie wollte ihn nicht in Schwierigkeiten bringen. Tatijana war nicht sicher, dass er menschlich war, doch wenn er es war und es zu einem Kampf käme, wären drei gegen einen nicht fair, und wenn Fen noch so groß war und gefährlich aussah. Sie dagegen konnte sich in Dunst auflösen, und sie würden sie nicht finden, doch Fen musste beschützt werden, wenn nötig auch vor seiner eigenen Ritterlichkeit.

Er verhielt abrupt den Schritt. »Du weißt, dass sie dort sind, nicht?«

Sie nickte widerstrebend, weil sie sich damit verriet. Doch andererseits hatte auch er sich mit dieser Bemerkung verraten.

Die drei Männer befanden sich in einer Entfernung, in der sie bei dem dichten Nebel und im Schutz der eng zusammenstehenden Bäume für menschliche Augen unmöglich zu sehen waren.

»Ich kümmere mich um sie, während du verschwindest.«

Tatijana schüttelte den Kopf. Sie hatte schon befürchtet, dass er zu der Art von Mann gehörte, deren Beschützerinstinkt stark ausgeprägt war. Deshalb sandte sie ihm einen kleinen »Impuls« zu, sie allein zu lassen. Als er sie daraufhin finster ansah und die Brauen zusammenzog, wusste Tatijana, dass sie einen großen Fehler gemacht hatte. Fen war weit mehr, als er zu sein schien, und dieser kleine »Impuls«, den sie an ihm ausprobiert hatte, war viel zu aufschlussreich für ihn gewesen.

Was war er? Ein Magier? Das glaubte sie nicht. Sie war jahrhundertelang von dem mächtigsten Magier, den die Welt je gekannt hatte, gefangen gehalten worden, und Fen ähnelte ihm ganz und gar nicht, weder körperlich noch geistig, wie sie beim Durchleuchten seiner Gedanken gesehen hatte. War er ein Jaguarmensch? Auch das glaubte sie nicht. Damit blieben nur noch Karpatianer und Lykaner. Wenn er Karpatianer wäre, hätte sein Energiefeld es ihr schon verraten. Lykaner waren die einzige andere Spezies, die nicht dieses für andere sichtbare Energiefeld erzeugte.

Sie beschloss, es darauf ankommen zu lassen. »Ich kann mich sehr gut selbst verteidigen. Du musst gehen. Diese Männer verfolgen mich, nicht dich.«

KAPITEL ZWEI

Fen erstarrte förmlich, während die Erde unter seinen Füßen zu erbeben schien und die Bäume um sie herum ins Schwanken gerieten. Er hatte schon fast vergessen, dass er Karpatianer war. Er hatte so lange als *Abscheulichkeit* gelebt, die als schlimmer erachtet wurde als bösartige Wölfe oder abtrünnige Rudel, die gejagt und getötet werden mussten. Seine Art, der Mischling, konnte in der Lykaner-Welt nicht geduldet werden.

Er war sowohl Karpatianer als auch Lykaner, und diese Mischung machte ihn zu einem Ausgestoßenen. Seit Jahrhunderten hatte er mit der Bedrohung eines über ihn verhängten Todesurteils leben müssen. Deshalb konnte es für ihn keine Seelengefährtin geben, das war unter den gegebenen Umständen völlig ausgeschlossen. Diesen sinnlosen Traum hatte er schon lange aufgegeben. Seine Lungen brannten, und plötzlich merkte er, dass er den Atem anhielt. Tatijana blickte mit ihren erstaunlich grünen Augen zu ihm auf, deren Farbe jetzt von ihrem tiefen Smaragdgrün zu einem faszinierenden, facettenreichen Aquamarin wechselte.

Sie wusste es. Die Anzeichen waren die ganze Zeit für beide da gewesen, aber sie hatten sie ignoriert, sie missverstanden oder schlicht und einfach nicht geglaubt. Auf einer trügerischen, absolut irrealen Ebene hatte er sein ganzes Leben auf diesen Moment gewartet. Und sie existierte, seine Seelengefährtin! Die eine Frau, die die andere Hälfte seiner Seele in sich trug! Sie war das Licht in seiner Dunkelheit und brachte richtige Farben und wahre Gefühle in sein Leben zurück.

Und das alles fand auf einmal statt, im selben Augenblick. Plötzlich waren die Gefühle wieder da, die Farben. Tatijanas Haar war rotgolden, wie er jetzt sah, auch wenn es im Schatten zu dunkleren, mehr roten als goldenen Tönen wechselte. Für einen Moment ließ er sich einfach nur von seinen Emotionen überfluten. Er wollte irgendwohin gehen, wo nur Liebe sein würde, mit dieser Frau, diesem unglaublichen Wunder, das vor ihm stand und mit großen, erschrockenen Augen zu ihm aufblickte.

Furcht flackerte in ihrem Blick auf, und würde sie auch nur die Hälfte seiner Geschichte kennen, würde sie jetzt um ihr Leben laufen. Fen legte sanft eine Hand an ihre Wange und strich mit dem Daumen über ihre seidenweiche Haut. Sein Herz geriet ins Stottern, und das Blut dröhnte ihm in den Ohren.

»Meine Liebste«, sagte er leise und bedauernd. »Ich würde alles dafür geben, dich an mich zu binden, doch dein Schutz geht vor. Du darfst nicht in meiner Nähe sein. Ich bin zum Tode verurteilt, und jeder, der mir Zuflucht gewährt oder in anderer Weise hilft, wird mit mir sterben. Und falls sie dich finden und erkennen, was du bist, werden sie nichts riskieren, sondern auch dich umbringen.«

Tatijana blickte auf. Fens Erklärung war das Letzte, was sie erwartet hatte. Sie hatte sich für seine Inanspruchnahme gewappnet, für die Worte, von denen sie wusste, dass sie ihre Seelen für alle Zeit verbinden würden. Danach würde es kein Leben mehr ohne ihn geben und keine kostbare Freiheit mehr – gerade das, was sie sich über alles wünschte.

»Warum sollte dich jemand töten wollen?« Sie klang nur ein klein wenig vorwurfsvoll und leicht verstimmt. Dann blickte sie zu den drei Männern hinüber, die sich in der Ferne zwischen den Bäumen verborgen hielten. Sie warteten darauf, das Paar aus dem Hinterhalt zu überfallen, und würden nicht durchs Unterholz kriechen – zumindest nicht, bis sie mehr Mut gesammelt hatten. »Was hast du dir zuschulden kommen lassen?«

Bei ihrem ein wenig anklagenden Tonfall erschien ein schwaches Lächeln auf seinem Gesicht. »Tu nicht so, als wolltest du von mir beansprucht werden! Du hast dich nach Kräften bemüht, mich an der Erkenntnis zu hindern, dass du meine Seelengefährtin bist. Ich glaube nicht, dass weibliche Empörung und Verärgerung die richtige Reaktion sind. Eigentlich müsstest du vor Freude tanzen.«

»Nun, das tue ich aber nicht. Tanzen vor Freude, weil du mein Seelengefährte bist, meine ich. Ich kann im Moment keinen Gefährten haben, weil ich genug mit mir selbst zu tun habe.«

Sein Grinsen verwandelte sich in ein Lächeln, das seine Züge weicher und ihn noch anziehender machte. Seine Augen waren erstaunlich. In der Schenke waren sie von einem hellen, kalten Blau gewesen wie das Eis in den Höhlen, das so lange Tatijanas Zuhause gewesen war. Sie hatte sich wie magisch angezogen gefühlt von seinen Augen. Doch nun waren sie von einem tieferen, intensiveren Blau, das sie an die glitzernden Saphire erinnerte, die sie in Xaviers Versteck für Juwelen und Artefakte gesehen hatte, die er für seine Magie benutzte. Sie hatte absolut nicht das Gefühl, dass es ihre Schuld war, dass sie sich wie ein Dummkopf verhielt – nicht bei einem Mann, der derart blaue Augen hatte.

Sie hob die Hand. »Aber die Sache ist die, Fen: Ich werde meinen Seelengefährten – oder auch jeden anderen Karpatianer – nicht im Stich lassen, wenn er Probleme hat. Weshalb bist du zum Tode verurteilt worden und von wem?«

Er schüttelte den Kopf. »Du weißt, wie man die Dinge kompliziert, nicht wahr?«

Tatijana gefiel der Gedanke, dass sie sein Leben komplizierter machen *konnte*, er gefiel ihr sogar sehr. Diese Erfahrung hatte sie noch nie gemacht und war daher ziemlich stolz auf ihre Fähigkeiten.

Fen lächelte noch breiter, und erst da wurde ihr bewusst, dass sie nicht darauf geachtet hatte, ihr Bewusstsein vor ihm zu verschließen. Er war dort, bevor sie wusste, wie ihr geschah, durchströmte sie mit Wärme, füllte jede öde, einsame Stelle in ihr aus, verschmolz mit ihrem Geist und verband sie miteinander. Sie erhielt kurze Einblicke in seine Erinnerungen, die sie aber äußerst seltsam fand und die irgendwie überhaupt nicht wie die eines Karpatianers wirkten.

»Es macht dir Spaß, mich auf den Arm zu nehmen«, beschuldigte er sie, doch das Lachen in seiner Stimme und die Wärme in seinen unglaublich blauen Augen bewiesen, dass er keineswegs verärgert war.

Ihres Wissens hatte sie noch nie jemanden »auf den Arm genommen« und brauchte einen Moment, um die unbekannte Redewendung zu übersetzen, aber dann dachte sie, dass er recht hatte und es ihr wirklich Spaß machte, ihn »auf den Arm zu nehmen«. Er bot ihr ja auch so viele neue und aufregende Erfahrungen. »Ja, das stimmt«, gestand sie, doch dann verblasste das Lächeln auf ihrem Gesicht. »Diese drei Männer, die darauf warten, mich zu überfallen, stellen für uns beide keine wirkliche Bedrohung dar, aber du scheinst sehr ernst zu meinen, was du über dieses Todesurteil sagtest. Ist dieser Zev hinter dir her? Hast du deshalb gesagt, gerade er sei sehr gefährlich?«

Fen seufzte und zog ihre Hand an seine Brust. »Du wirst wirklich auf einer Erklärung bestehen, nicht? Falls jemand herausfindet, dass du Bescheid weißt, werden sie auch hinter dir her sein.«

Tatijana schob das Kinn vor. »Ich habe keine Angst, Fen. Ich habe Ungeheuern gegenübergestanden, die du dir nicht einmal vorstellen kannst ...« Ihr Blick glitt prüfend über seine harten Züge und die scharfen Linien in seinem Gesicht. »Oder vielleicht ja doch. Aber der Punkt ist, dass ich nicht vor Schwierigkeiten davonlaufe und mich auch nicht verstecken werde. Also sag mir schon, warum man dich töten will!«

»Also gut. Es ist Jahrhunderte her, doch damals war ich auf der Jagd nach einem besonders grausamen Vampir. Einem solch mächtigen und brutalen, wie ich noch nie zuvor einem begegnet war. Er zerstörte ganze Dörfer und tötete all ihre Bewohner, aber aus irgendeinem Grund konnte ich ihn überhaupt nicht spüren, weder seine Energie noch irgendwelche anderen Merkmale, durch die man einen Vampir aufspüren kann. Wenn man Vampire jagt, ist es manchmal das, was *nicht* da ist, was sie verrät, doch er war mir immer einen Schritt voraus. Mithilfe seiner Verwüstungen konnte ich ihn zwar verfolgen, aber ich schaffte es einfach nicht, ihm je zuvorzukommen.«

Fen hielt inne und blickte sich nach den drei wartenden Männern um, woran Tatijana sofort erkannte, dass er sie die ganze Zeit über belauscht hatte. Karpatianische Jäger besaßen enorme Fähigkeiten und waren sich ihrer Umgebung jederzeit bewusst, selbst wenn sie sich vollkommen auf eine Sache – oder Person – zu konzentrieren schienen.

Sie war ein bisschen enttäuscht, dass sie nicht seine ganze Aufmerksamkeit gehabt hatte, so wie er die ihre. »Weißt du, diese Männer bringen mich jetzt ernsthaft auf die Palme«, sagte sie und wollte auf sie zumarschieren, wobei sie ganz vergaß, dass Fen noch ihre Hand hielt. So schaffte sie zwei Schritte und kam zu einem abrupten Halt. Ärgerlich fuhr sie herum und funkelte ihn an. »Was tust du?«

»Ich frage mich, was du vorhast«, erwiderte er mit erhobener Augenbraue.

Brüsk wandte sie sich wieder den Männern zu. »Ihr widert mich an, ihr drei«, rief sie. »Wenn ihr vorhabt, uns zu überfallen, dann bringt es hinter euch! Ich versuche hier, ein wichtiges Gespräch zu führen, und Fen hat euretwegen Schwierigkeiten, sich darauf zu konzentrieren. Also fasst endlich Mut und kommt ans Licht, wo wir beide euch erledigen werden, oder zieht den Schwanz ein und schleicht euch heim!«

Fen brach in schallendes Gelächter aus. Dieses tiefe, ein wenig heisere Geräusch war so unerwartet und so maskulin, dass es in ihrem Körper nachzuhallen schien und kleine Stromstöße durch ihre Blutbahn sandte.

»Ich habe keine Schwierigkeiten, mich zu konzentrieren«, sagte er, vielleicht eine Oktave leiser. »Ich nehme jedes Wort von dir zu Kenntnis.«

Sie rümpfte ein wenig ihre hübsche kleine Nase. »Du solltest mir etwas erklären. Wenn der Seelengefährte einer Frau sich *weigert*, sie zu beanspruchen, sollte es eine vernünftige Erklärung dafür geben.«

»Du willst doch gar nicht, dass ich dich für mich beanspruche«, erinnerte er sie.

»Das hat damit nichts zu tun.«

Fen merkte, dass er grinste. Die drei im Unterholz wartenden Menschen besprachen, wie sie weiter vorgehen sollten, nachdem sie nun nicht mehr auf den Überraschungseffekt bauen konnten. Der eine von ihnen versuchte noch immer, den anderen beiden klarzumachen, dass sie betrunken waren und sich in Schwierigkeiten bringen würden. Er könne nicht zulassen, dass sie einer Frau etwas antaten, beharrte er.

Fen achtete nicht weiter auf das Gerede der Männer; er war aufrichtig fasziniert von der Frau, die ihm schon beinahe auf der Nase herumtanzte. In der Regel waren Karpatianerinnen groß und hatten dunkles Haar, aber Tatijana war eher zierlich und hatte helle, sich ständig verändernde Haare und erstaunlich grüne Augen.

Er war fast geblendet von den lebhaften Farben, die er nach all den Jahrhunderten sah, in denen es für ihn nur fleckige, trübe Töne gegeben hatte. Und obwohl die Intensität seiner Gefühle ihn nahezu überwältigte, war er doch voller Freude über seine neu erwachten Emotionen.

»Ich will eine Erklärung von dir, und als deine Seelengefährtin glaube ich auch, eine zu verdienen.« Sie klang schnippisch und ein wenig von oben herab.

»Und komme, was da wolle, du wirst auf keinen Fall das Vernünftigste tun und mich verlassen?«, versetzte er.

Sie hatte ihn. Das Geheimnisvolle und Faszinierende an ihr zog ihn fast ebenso sehr an wie der Ruf ihrer Seele nach der seinen. Die Anziehung zwischen ihnen war sehr stark, und er war nicht sicher, ob er letztendlich die Kraft haben würde, Tatijana gehen zu lassen.

»Natürlich nicht. Glaubst du, ich bin ein Feigling?« Wie eine störrische Stute warf sie den Kopf zurück und deutete auf die drei Männer, die jetzt mit leiser Stimme und in dem Glauben, sie könnten nicht belauscht werden, miteinander stritten. »Wie sie? Ich bin Karpatianerin. Ich mag zwar keine praktische Kampferfahrung haben, aber ich kann dir garantieren, dass ich alle Arten von Feinden kenne und weiß, wie man sie am besten schlagen kann. Ich werde weder vor einem Kampf davonlaufen, noch werde ich mir von irgendjemand anderem etwas befehlen lassen.«

Sie war … fantastisch. Der Mond war teilweise verdeckt von Nebelschleiern, doch ihr langer Zopf schien geradezu Funken zu sprühen.

»Und woher hast du deine Kenntnisse?«, fragte Fen.

Sie zuckte mit den Schultern. »Vielleicht ist der Name meines Vaters dir bekannt. Er war der mächtigste Magier aller Zeiten und nannte sich Xavier. Er war ein falscher Freund der Karpatianer und brachte sie jahrelang dazu zu glauben, das Bündnis zwischen Magiern und Karpatianern sei ein starkes. Er wollte Unsterblichkeit erlangen, doch die Karpatianer verrieten ihm nicht ihr Geheimnis. Er tötete den Seelengefährten meiner Mutter und hielt sie gefangen, wie es nur der machtvollste Magier konnte. Er zwang sie, Kinder mit ihm zu haben, und sie bekam Drillinge, zwei Mädchen und einen Jungen. Meine Schwester

Branislava, meinen Bruder Soren und mich. Er brauchte uns unseres Blutes wegen.«

Fen war schockiert und wusste, dass es ihm anzusehen war. »Ich habe vor Jahrhunderten bei diesem Mann studiert. Wir alle taten es. Und niemand wusste etwas von seiner Niedertracht?«

Tatijana schüttelte den Kopf. »Meine Schwester und ich wurden von Geburt an in seinem Unterschlupf tief unter dem Eis gefangen gehalten, wo er sich von unserem Blut ernährte und uns so immer in geschwächtem Zustand hielt. Unsere Mutter hatte uns vollständig verwandelt, als ihr klar wurde, was Xavier vorhatte, in der Hoffnung, dass wir einen Weg finden würden zu entkommen. Er tötete sie, sobald er merkte, dass wir ihn mit dem Blut versorgen konnten, nach dem es ihn so sehr verlangte.«

Fen war den Karpaten jahrhundertelang ferngeblieben, und sein Bruder Dimitri hatte noch keine Zeit gehabt, ihm viel Neues zu erzählen. Zu erfahren, dass ein solch großartiger Magier wie Xavier sie verraten hatte und derartige Schandtaten an einer Karpatianerin und seinen eigenen Kindern verübt hatte, ließ Fens Blut gefrieren. Er hatte Täuschung und Falschheit in Gestalt von Vampiren erlebt, aber von jemandem, den sein Volk als solch guten Freund und Verbündeten betrachtet hatte – nein, da erschien Xaviers Verrat noch weitaus schlimmer. Sie alle hatten ihm vertraut.

»Wie lange wurdet ihr gefangen gehalten?«

Zum ersten Mal sah er Tatijana zögern. Ihre Hand zitterte, als sie sich eine lose Haarsträhne zurückstrich. Fen bedeckte ihre Hand mit seiner.

»Mein ganzes Leben. Jahrhunderte. Bis vor zwei Jahren hatten wir die Eishöhlen nie verlassen. Und dann waren wir zur Heilung in der Erde«, gab sie zu.

»Und der Prinz erlaubt dir, ganz allein irgendwohin zu gehen?

Unbeschützt von seinen Jägern?« Er gab sich keine Mühe, den Ärger oder die Empörung in seiner Stimme zu verbergen.

Tatijana schüttelte schnell den Kopf. »Er hat keine Ahnung, dass ich aufgewacht bin. Keiner von ihnen weiß es. Unsere Beschützer glauben, wir seien in Sicherheit unter der Erde. Aber ich brauchte das Gefühl von Freiheit.« Sie suchte seinen Blick. »Ich brauchte *das* hier.«

Fen verstand, was sie ihm vermitteln wollte. Sie war nicht aus Trotz entwischt oder weil sie ihre Bewacher leichtsinnigerweise überlisten wollte. Nein, sie brauchte wirklich das Gefühl von Freiheit – was er gut verstehen konnte. In gewisser Weise waren auch karpatianische Jäger nicht mehr frei, wenn sie jegliches Gefühl und die Fähigkeit, Farben zu sehen, verloren hatten. Sie kannten danach nur noch ein Ziel – ihre Seelengefährtin zu finden. Falls es ihnen nicht gelang, während die Jahre dahingingen, liefen sie Gefahr, zu Wesen der Finsternis, den Untoten, zu werden. Das Einzige, was Jägern blieb, war die Jagd und Vernichtung der Vampire und die Suche nach ihrer Seelengefährtin.

»Ich habe dir von mir erzählt«, sagte sie. »Jetzt bist du an der Reihe.«

»Ich glaube, wir bekommen gleich Besuch. Zwei von den dreien. Der Dritte hat beschlossen, seine Freunde allein zu lassen, nachdem er ihnen ihre Idiotie nicht ausreden konnte – und ich muss zugeben, dass er sich wirklich alle Mühe gegeben hat.« Fen hätte fast gelacht über Tatijanas Gesichtsausdruck. Sie sah absolut gequält aus – und hinreißend zugleich.

»Das kann doch nicht dein Ernst sein!« Sie fasste sich ungläubig an den Kopf und fuhr herum zu den beiden Männern, die aus dem Gebüsch hervorkrochen. »Sind diese Kerle wirklich derart dumm? Was ist los mit ihnen?«

»Das ist der Alkohol. Du hast ihn ausgespuckt, als du ihn probiert hast, aber viele Menschen mögen ihn und reagieren sehr stark darauf. Je mehr sie trinken, desto hemmungsloser werden sie, und dann treffen sie manchmal wirklich sehr dumme Entscheidungen.«

»Sie schwanken ja schon regelrecht«, bemerkte sie. »Einer kann sich kaum noch auf den Beinen halten. Glauben sie wirklich, sie hätten eine Chance gegen dich? Ich kann mir vorstellen, dass sie bei einer Frau den Fehler machen, aber sie müssen dich in der Schenke doch gesehen haben.«

»Alkohol beeinträchtigt das klare Denken.« Fen wandte sich nun auch den beiden Männern zu, die auf sie zukamen, und veränderte ein wenig seine Haltung, um sich einen Schritt vor Tatijana zu stellen.

Doch sie presste die Lippen zusammen, und Fen sah aus dem Augenwinkel ihren Gesichtsausdruck, der nichts Gutes verhieß und plötzlich sehr verärgert und entschlossen war. Er spürte die in ihr aufwallende Energie, bevor sie sich mit blitzartiger Geschwindigkeit bewegte.

Du musst menschlich erscheinen!, erinnerte er sie schnell und blieb an ihrer Seite, während er ihr die Warnung auf telepathischem Weg übermittelte.

Im letzten Moment tauchte sie als Mensch aus den Nebelschwaden auf und machte einen Satz durch die Luft, um einen perfekten Tritt gegen den Unterleib des aggressivsten Mannes zu landen, unter dem der Angreifer sich krümmte. Er taumelte und sank zu Boden. Blinzelnd schaute er zu Tatijana auf.

Fen pfiff leise durch die Zähne, als der zweite Mann torkelnd stehen blieb und aus dumpfen Augen seinen Freund anstarrte.

»Gut gemacht«, lobte Fen. »Ich bin beeindruckt.« Er streckte Tatijana die Hand hin. »Geht nach Hause, Jungs! Hier draußen kann es nachts sehr schnell gefährlich werden.«

Tatijana nahm seine Hand und folgte ihm tiefer in den Wald hinein. Fen schlug den schmalen Pfad ein, der zum Dorf zurückführte. Dort würde sie sicherer sein, und er wusste, dass sie ihm ihren Ruheplatz ohnehin nicht zeigen würde. Er warf einen letzten Blick zurück auf die beiden Angreifer und sah, wie einer sich bemühte, dem anderen vom Boden aufzuhelfen.

Wieder hüllte der Nebel sie von allen Seiten ein. Tatijana räusperte sich. »Du sagtest vorhin, du wärst auf der Jagd nach einem besonders grausamen Vampir gewesen. Bitte erzähl mir mehr darüber! Ich würde es wirklich gern hören.«

Fen blickte auf ihren Scheitel herab. Sie reichte ihm nicht einmal bis zur Schulter, und trotzdem war sie ein Gegner, mit dem man rechnen musste. Tatijana hatte keinen geistigen Zwang in ihre Stimme gelegt, doch sich ihr zu widersetzen würde schier unmöglich sein. Er hatte keine Erfahrung mit Seelengefährten und daher auch keine Ahnung, ob der Zauber, mit dem sie ihn belegt hatte, einer war, den jede Frau problemlos über ihren karpatianischen Gefährten verhängen konnte.

»Der Vampir nannte sich Vitrona, und egal, was ich tat, ich konnte ihm nie zuvorkommen. Ich habe ihn kein einziges Mal gespürt. Ich konnte nur dem Weg seiner verheerenden Zerstörung folgen. Ganze Dörfer, so viele Menschen und vor allem Lykaner hatte er vernichtet. Er löschte sie aus. Mehr als einmal machte er kehrt und überrumpelte mich, was bis dahin immer völlig unmöglich gewesen war. Ich habe den Vampir viele Jahrhunderte gejagt, und selbst damals war ich schon kein Anfänger.«

»Ich habe Vampire und ihre Grausamkeit gesehen«, gab Tatijana zu. »Xavier hatte ein Bündnis mit einem.«

Fen schüttelte den Kopf. »Vor Jahrhunderten noch schlossen Vampire keine Bündnisse. Sie haben sich inzwischen zu einer sogar noch größeren Gefahr entwickelt, aber dieser Vitrona tötete nicht nur des Blutrauschs wegen, sondern aus purer Lust am Morden. Wie es scheint, war er nicht nur ein Vampir, sondern auch ein Lykaner – nein, kein Lykaner, aber ein einzelgängerischer, bösartiger Wolf. Lass ihn uns Werwolf nennen.«

Tatijana sog scharf den Atem ein und griff nach ihrem Hals. »Lykaner können sich im Sonnenlicht aufhalten. Sie können sich unbemerkt von Karpatianern und Magiern bewegen. Lykaner sind die einzige Spezies, die Xavier sich nur schwer verschaffen konnte, weil es so schwierig ist, sie aufzuspüren.«

»Die Lykaner blieben damals in ihren eigenen Dörfern, doch dieser Grundsatz änderte sich, als Vitrona ihre Reihen lichtete und alle, ob Mann, Frau oder Kinder, niedermetzelte. Keiner konnte diesen Vampir aufhalten.« Fen senkte den Kopf, als ihn die Erinnerung an so viele brutal ermordet aufgefundene Familien überfiel. »Nicht mal ich.« Für einen Moment schnürte der Kummer ihm die Kehle zu – Kummer, den er nie hatte empfinden können, bis seine Seelengefährtin ihm die Fähigkeit zu intensiven Empfindungen zurückgegeben hatte.

Tatijanas Finger schlossen sich um seine. »Als ich dich bat, mir davon zu erzählen, habe ich nicht daran gedacht, dass die Erinnerung an diese Dinge diesmal vielleicht mit Gefühlen verbunden sein könnte. Bitte verzeih mir! Du musst nicht fortfahren.«

Fen war fast ein bisschen schockiert darüber, wie die geistige Verbindung zwischen ihnen mit jedem Moment stärker wurde. Sehr behutsam rührte er an ihr Bewusstsein und merkte, wie bestürzt sie über den Gedanken war, dass sie ihm dieses Unwohlsein bereitet hatte. Noch nie zuvor war jemand seinetwegen bestürzt gewesen, soweit er sich erinnern konnte.

Er zog ihre Hand an seine Brust und drückte sie an sein Herz, während er weiter auf das – relativ – sichere Dorf zuging. Der ganze Wald lag mittlerweile unter einer dichten Nebeldecke, die es fast unmöglich machte, die Bäume zu sehen, bis sie direkt vor ihnen aufragten. Aber Fen konnte sie durch das Haar an seinem Körper und die Energie, die von den Pflanzen ausging, spüren.

So führte er Tatijana zielsicher den Pfad durch den Wald entlang.

»Du hast mir ein unermessliches Geschenk gemacht, meine Liebe. Mit dir spazieren zu gehen ist friedlich und aufregend zugleich. Allein schon dein Interesse an meiner Vergangenheit ist ein Wunder, das ich nicht erwartet hatte.«

Unter halb gesenkten Wimpern warf sie ihm einen kurzen Blick aus ihren erstaunlich grünen Augen zu. »Ich habe auch Interesse an deiner Zukunft, Fen. Nach dem zu urteilen, was ich über Seelengefährten herausgefunden habe, kommt einer nicht gut für längere Zeit ohne den anderen aus.«

»Dann werde ich mit meiner Geschichte fortfahren. Ich verfolgte Vitrona also ein ganzes, sehr, sehr langes Jahr, und in dieser Zeit bemerkte ich, dass noch ein anderer Jäger ihn aufzuspüren versuchte – ein Lykaner. Er war ein Elitejäger, einer aus der Spezialtruppe der Lykaner, die bösartige Wölfe jagen, die Menschen und ihre eigene Spezies töten, so wie wir Karpatianer Jagd auf die Vampire machen, die Menschen überfallen. Die Fähigkeiten dieses Lykaners waren beeindruckend, und ich brachte ihm großen Respekt entgegen. Er kam Vitrona zweimal näher als ich, und trotzdem gelang es auch ihm nicht, den Vampir zu fassen.«

»Wie schrecklich für euch beide!«, sagte Tatijana. »Was war denn so anders an diesem Vampir?«

»Wenn man die Untoten jagt, gibt es bestimmte Anzeichen, nach denen man Ausschau halten muss, doch dieser Vampir war fast unmöglich zu finden mit einer der üblichen Methoden. Es gab keine Brandflecken, sofern er sie nicht mit voller Absicht im Vorbeigehen hinterließ, keine leeren Stellen, die darauf hinwiesen, wo er sich verbarg. Der Lykaner, dessen Name Vakasin war, jagte ihn schließlich nur mithilfe seines Geruchssinns. Wir taten uns zusammen, weil wir wussten, dass das unsere Chancen erhöhen würde, das Monster zu vernichten. Viele Male lieferten wir uns blutige Auseinandersetzungen mit Vitrona, bei denen wir beide furchtbare, lebensgefährliche Verwundungen davontrugen.« Fen zögerte, nicht sicher, wie er ihr den Rest erzählen sollte, denn er fürchtete sich vor ihrer Reaktion.

Tatijana blieb stehen, trat direkt vor ihn hin und verstellte ihm den Weg, sodass auch er anhalten musste. »Ich habe dir von Xavier erzählt. Er war der meistgehasste Verbrecher und Gegner des karpatianischen Volkes. Frauen verloren ihre Babys und konnten irgendwann überhaupt keine Kinder mehr bekommen. Der große Magier, der einen derartigen Verrat an den Karpatianern verübte, war mein eigener Vater. Was auch immer dein Geheimnis ist, ich glaube nicht, dass es so schlimm sein kann wie meines. Egal, was geschehen ist, du musst es mir erzählen.«

Die einzige Person, der Fen genug vertraute, um sein Geheimnis preiszugeben, war sein Bruder. Er war Tatijana gerade erst begegnet, aber sie war seine Seelengefährtin, und die konnte man nicht belügen. Sie konnte in sein Bewusstsein eindringen, wann immer sie wollte, genau wie er in ihres, was es ihnen beiden unmöglich machte, irgendetwas vor dem anderen zu verbergen.

Er wunderte sich, dass er sich bereits so wohlfühlte mit ihr, als wären sie schon lange Zeit zusammen, aber die geheimnisvolle Aura, die sie umgab, war so stark wie eh und je und zog ihn ebenso magnetisch an wie ihre offensichtliche Verbindung.

»Ich brauchte oft Blut, und es war niemand da, um es mir zu geben, niemand außer Vakasin, der jedoch Lykaner war. Manchmal spendete auch ich ihm Blut, wenn unsere Jagd uns an Orte führte, wo es keine Nahrung für uns gab oder unsere Verwundungen zu zahlreich waren und wir auf ihre Heilung warten mussten. In einem Kampf trugen wir beide lebensbedrohliche Verletzungen davon und brauchten große Mengen Blut zum Überleben.«

Tatijana blickte weiter mit großen Augen zu ihm auf. Ihr unverwandter, aufmerksamer Blick hielt ihn gefangen, sodass er nicht einmal wegschauen konnte, obwohl seine nächsten Worte dazu führen könnten, dass sie sich gegen ihn wandte.

»Vakasin und ich wurden beide zu einer Abscheulichkeit – zu etwas, das die Lykaner als *Sange rau* bezeichnen, was *schlechtes Blut* oder auch *gemischtes Blut* bedeutet. Wir wurden sowohl Lykaner als auch Karpatianer, ähnlich wie Vitrona, der auch beides war. Wir hatten keine Ahnung, wie es dazu gekommen war, wahrscheinlich weil unser Blut sich mit der Zeit vermischte und uns in gewisser Weise veränderte.« Er gestand seine Verfehlung schnell, weil er es eilig hatte, das Geständnis hinter sich zu bringen.

Tatijanas Gesichtsausdruck veränderte sich nicht, und sie wich auch nicht vor Fen zurück. Sie sah ihn nur an, als erwartete sie mehr.

Fen räusperte sich. »Vielleicht verstehst du nicht, was ich gesagt habe. Ich bin kein Karpatianer und auch kein Lykaner, sondern beides. Ein Ausgestoßener, der von beiden Spezies nicht geduldet werden kann. Die Lykaner haben Elitetruppen, die jemanden wie mich jagen und auf der Stelle töten.«

Tatijana runzelte die Stirn. »Aber warum denn? Nicolas' Bruder Manolito ist MaryAnns Seelengefährte. Manolito und MaryAnn sind wie du, und niemand jagt sie.«

Fen schüttelte den Kopf. »Das kann nicht sein.«

»Ich hörte, wie Nicolas dem Prinzen erzählte, dass MaryAnn Lykanerin ist. Also trägt sie – wie nun auch ihr Seelengefährte Manolito – karpatianisches *und* lykanisches Blut in sich. Niemand scheint sich jedoch darüber aufzuregen.«

»Das darf keiner wissen! Sie dürfen es niemandem erzählen! Die Problematik des gemischten Blutes ist nicht allgemein bekannt, denn sonst hätte mein Bruder es mir gesagt. Manolito und MaryAnn befinden sich in schrecklicher Gefahr. Falls die Lykaner davon erfahren, werden sie ihre Jäger zu ihnen schicken. Sie jagen in Rudeln, und wenn sie erst einmal jemandem auf der

Spur sind, machen sie nicht eher halt, bis sie ihre Beute getötet haben.«

Tatijana holte tief Luft. »Wenn die Lykaner MaryAnn und Manolito töten oder es auch nur versuchen würden, würden seine Brüder einen Krieg beginnen. So wie ich es sehe, würden die Brüder de la Cruz es füreinander mit der ganzen Welt aufnehmen. Nicolas und seine Seelengefährtin Lara haben meiner Schwester und mir ziemlich viel erklärt, wenn sie kamen, um uns Blut zu geben, während wir in der Erde heilten.«

»Es ist wichtig, Tatijana. Du musst sie warnen! Sobald das Todesurteil vom Rat verkündet wird, werden die Elitejäger, falls nötig, Jahrhunderte damit verbringen, Manolito und MaryAnn aufzuspüren und zu vernichten. Es gibt nur einige wenige von uns. Vakasin wurde von seiner eigenen Spezies getötet, nachdem er mir geholfen hatte, die Welt von Vitrona zu befreien. Die Lykaner waren grausam und schonungslos zu Vakasin, obwohl er nichts Unrechtes getan hatte. Er versuchte, ihnen klarzumachen, dass Vitrona zum Vampir geworden war, dass er nicht das Gleiche verkörperte, was wir beide möglicherweise waren, aber sie wollten nicht auf ihn hören.«

»Hätte Vakasin sich auch in einen Vampir verwandeln können?«, warf Tatijana ein. »Denn das war es doch, was die Lykaner befürchteten, oder?«

Fen nickte seufzend. »Ihm blieb nicht die Zeit, um es herauszufinden. Wie die Karpatianer sind auch die Lykaner eine sehr langlebige Spezies. Ich weiß nicht, was die Folge einer Kreuzung aus Lykanern und Karpatianern ist. Offensichtlich könnte ich ohne Seelengefährtin Gefahr laufen, mich in eine solche Abscheulichkeit wie Vitrona zu verwandeln, doch in Lykanergestalt zu bleiben hat mir über die langen, leeren Jahre hinweggeholfen.« Er zögerte. »Die besonderen Eigenschaften beider Spezies verstärken sich mit der Zeit und verändern sich, und während man immer mächtiger wird, verschärft sich der Ruf der Finsternis.«

Von Kummer überwältigt, schüttelte er den Kopf. Er hatte Vakasin als Jäger und als Mann geschätzt, doch bis heute war ihm nicht bewusst gewesen, dass er auch Zuneigung zu ihm empfunden hatte. Kameradschaft. Das Band zwischen zwei Männern, die Seite an Seite kämpften und gegenseitig aufeinander achtgaben. Vor der Begegnung mit Tatijana war er unfähig gewesen, solche Dinge zu empfinden. Emotionen waren sowohl ein Segen als auch ein Fluch, musste er nun feststellen.

»Vom Standpunkt der Lykaner aus gesehen, kann ich verstehen, warum sie ein solch machtvolles Geschöpf verurteilen. Es dauerte Jahre, Vitrona seiner Strafe zuzuführen. Und im Laufe der Jahrhunderte zerstörte er fast die gesamte Spezies der Lykaner, indem er auf brutalste und gemeinste Weise ein Rudel nach dem anderen vernichtete.«

»Er war ein *Vampir*«, wandte Tatijana ein. »Es ist genauso unvernünftig zu denken, dass jede Kreuzung aus einem Karpatianer und einem Lykaner etwas so Verabscheuungswürdiges tun würde wie Vitrona, wie zu glauben, jeder Magier müsste böse sein, nur weil Xavier durch und durch böse war.«

»Aber ein gewisses Misstrauen ist doch sicherlich angebracht, wenn Karpatianer und Magier aufeinandertreffen«, erwiderte Fen. »Du weißt, dass es so sein muss. Die Lykaner sind voll und ganz in der menschlichen Gesellschaft integriert. Sie arbeiten dort hauptsächlich im Gesetzesvollzug und bewahren kleine Rudel innerhalb der Städte. Lykaner gehen menschlichen Tätigkeiten nach. Sie werden von einem eigenen Schattenkabinett regiert und jenen, die über menschliche Ressourcen entscheiden. Fast alle Elitejäger gelten als Experten oder Spezialisten für wild lebende Tiere und bereisen die Welt, um in aller Stille bösartige Einzelgänger oder abtrünnige Rudel zu jagen.«

»Wie viele sind wie du?«

Fen zögerte. Er wusste nicht genau, wie die Antwort lautete, und fürchtete die Wahrheit. »Soweit ich mit Sicherheit sagen kann, gibt es nur mich und jetzt noch Manolito de la Cruz und seine Seelengefährtin MaryAnn.« Er hegte den leisen Verdacht, dass sein Bruder vielleicht auch schon in seine Welt hinübergewechselt war, doch er wusste es nicht mit Sicherheit.

»So wenige«, sagte Tatijana nachdenklich. »Das ist tatsächlich ein Problem. Wenn es mehr gäbe, würden die Lykaner es sich vielleicht zweimal überlegen, bevor sie beschlössen, euch alle umzubringen, aber bei nur dreien könnten sie zuschlagen, und keiner würde wissen, dass sie es waren.«

»Warum kümmern sich gerade Lara und Nicolas de la Cruz so um dich und deine Schwester? Bist du verwandt mit dieser Lara?«

Tatijana nickte. »Sie ist meine Großnichte, die Tochter von Razvan, dem Sohn meines Bruders Soren. Soren wurde von Xavier getötet, und er hielt auch meinen Neffen Razvan und Lara gefangen.«

»Dann lass der Familie de la Cruz durch Lara ausrichten, dass sie sehr vorsichtig sein sollen und niemand etwas von den Mischlingen unter ihnen erfahren darf.«

»Dachtest du, ich würde dich das alles allein durchstehen lassen?«, fragte Tatijana. »Was für eine Art von Seelengefährtin wäre ich, wenn ich dich jetzt im Stich ließe?«

Fen verspürte das ganz unerwartete Bedürfnis, laut zu lachen. »Die Art von Seelengefährtin, die nicht beansprucht werden will.«

»Das war, bevor ich wusste, dass du in Schwierigkeiten bist.« Sie warf ihren langen Zopf über die Schulter, und ihre Augen glitzerten wieder wie Smaragde. »Ich bin eine Drachensucherin. Wir laufen vor nichts davon.«

»Ich beginne zu verstehen, wie wahr das ist«, gab Fen zu. »Aber die Lykaner existieren seit Jahrhunderten, weil sie sich anpassen und mit jeder neuen Generation weiterentwickeln. Sie benutzen ihre menschlichen Gegenstücke dazu, sie bei Ermittlungen zu unterstützen und diejenigen aufzuspüren, die sie für Kriminelle halten.«

»Wie dich.«

»Vakasin hat seinen Mördern nichts von mir gesagt, und sie haben noch nicht herausgefunden, wer beziehungsweise was ich bin. Elitejäger, die hinter einem bösartigen Rudel her waren, begegneten mir, als ich dasselbe Rudel jagte, doch wie gesagt, sie wissen nichts Genaues über mich. Vielleicht vermutet Zev, was ich bin, doch er weiß es nicht. Die Jäger haben nicht viel Zeit, um mir auf die Spur zu kommen, um genau zu sein, nur jeweils eine Woche im Monat. Nur während der einwöchigen Vollmondphase fühlt meine Energie sich anders an für die Lykaner, und ihnen wird augenblicklich klar, was ich bin.«

Tatijanas fein gezeichnete Augenbrauen zogen sich zusammen. »Warum bist du hier in den Karpaten? Du bist doch wohl nicht zurückgekommen, um den Prinzen über deine Dualität zu informieren. Und du bist auch nicht zurückgekehrt, um ihm den Treueschwur zu leisten. Du bist ein Jäger. Du jagst Vampire. Uralte Jäger ändern ihre Gewohnheiten nicht.«

Fen seufzte. Tatijana sah aus wie eine zarte Blume, aber sie hatte einen stählernen Charakter und war hochintelligent. Sie mochte zwar nichts über Phänomene wie Feuer wissen, aber während ihrer jahrhundertelangen Gefangenschaft hatte sie nicht ihre Zeit verschwendet, sondern alles, was ihr begegnet war, sorgfältig studiert. Auch die Opfer ihres Vaters Xavier. Sie hatte gelernt, sie zu durchschauen und aus ihren Fähigkeiten und Erfahrungen zu schöpfen. Sie hatte nach Jägern und anderen gesucht, die zu kämpfen verstanden, um ihre Fluchtmöglichkeiten zu verbessern. Fen konnte fast fühlen, wie ihr Verstand die Teile eines Rätsels mit erstaunlicher Geschwindigkeit zusammensetzte.

»Du vermutest, dass es noch jemand anderen gibt – und zwar einen, den du als *Sange rau* bezeichnest«, sagte sie. »Du bist ihm hierher gefolgt, nicht wahr? Und dadurch hast du dich in die Schusslinie dieses Jägers begeben, von dem du in der Schenke sagtest, er sei gefährlich.«

Fen nahm ihre Hand und zog sie weiter auf das Dorf zu. Sie mussten den Wald hinter sich lassen, zumindest Tatijana. In die dichte Nebeldecke war Bewegung gekommen; sich schnell drehende Wirbel wühlten sie von innen auf. Fen verhielt einen Moment den Schritt und lauschte mit jedem seiner Sinne auf die in dem Nebel herumwirbelnden Informationsfetzen.

»Es ist ein Verdacht, mehr nicht, aber ja, ich vermute, dass Zev hier ist, um das gleiche Rudel zu jagen, das auch ich verfolgte, als ich auf ein seltsames, aber vertrautes Muster stieß. Ich glaube, dass Zev ein Lykaner ist und sehr gefährlich – insbesondere für jemanden wie mich.«

»Diese eine Woche im Monat, von der du sprachst, wird doch wohl nicht die während des Vollmonds sein?«, fragte sie.

Trotz des Ernstes der Lage musste Fen über die leichte Schärfe in Tatijanas Ton schmunzeln, bevor er nickte. »Doch, meine Liebe, genauso ist es.«

Sie schüttelte den Kopf. »Wenn also der große böse Wolf Zev hinter dir her ist, hältst du es dann wirklich für eine gute Idee, mit mir durch den Wald zu spazieren?«

Jetzt lachte Fen tatsächlich. Ihr Mantel war rot und hatte eine mit Webpelz besetzte Kapuze. »Wo in aller Welt hast du die Geschichte von Rotkäppchen und dem bösen Wolf gehört?«

»Wir hatten Lesematerial. Schriftrollen. Häute. Dünnes Pergament. Und irgendwann auch Bücher. Anfangs dachte Xavier, wir würden werden wie er, nur ihm untergeordnet. Ihm war nicht bewusst, dass meine Mutter uns auch ein Vermächtnis hinterlassen hatte, bevor er sie ermordete. Sie sorgte dafür, dass wir voll und ganz Karpatianer wurden, aber sie verheimlichte es ihm. Wir hatten die Fähigkeit, uns auf telepathische Weise zu verständigen und Xaviers Opfern Erinnerungen zu entziehen.

Als er merkte, dass wir ihn nicht unterstützen würden bei seinen Bemühungen, die karpatianische Spezies auszulöschen, hielt er uns ständig so blutarm und geschwächt, dass wir keine Chance hatten zu entkommen.«

»Er machte einen Fehler, als er euch erlaubte, euch zu bilden.«

»Ja, das tat er, und wir lernten noch weitaus mehr, als ihm bewusst war. Seine Zauber, die Fähigkeit, sie abzuwehren, das Gestaltwandeln, die Stärken und Schwächen jeder Spezies. Wir eigneten uns sehr viel Wissen an und warteten auf den Moment, in dem wir vielleicht stark genug sein würden, um ihn zu schlagen – oder uns zu verteidigen. Schließlich gelang es uns, Razvans Tochter zu befreien. Lara war noch so jung, und wir hatten gehofft, mit ihr fliehen zu können, um sie zu beschützen, aber Xavier benutzte Razvan, um auf Bronnie einzustechen, und ich konnte sie nicht dort zurücklassen, obwohl sie mich anflehte, ohne sie zu gehen. Danach waren Bronnie und ich wieder viele Jahre Gefangene, bis Lara zurückkehrte, um uns zu holen.«

Wieder drehte sich der Wind und brachte den Nebel um sie herum in Bewegung. Beide blieben abrupt stehen und sahen sich an.

Da ist Blut, sagte Fen entschieden. *Menschliches. Tod.* Das bösartige Wolfsrudel war im Wald. *Der Mensch ist direkt vor uns, aber ich befürchte, er ist schon tot.* Fen verständigte sich auf telepathische Weise mit Tatijana, und sowie er in ihrem Bewusstsein war, fühlte er sich durchströmt von Wärme – überall. All diese leeren Stellen in ihm waren plötzlich erfüllt von ihr. Die schreckliche Finsternis ließ nach, und Licht drang ein.

Der Tote ist der dritte Mann aus der Schenke, der ging, als ich die Männer ansprach. Sie war intelligent genug, seinem Beispiel zu folgen und sich auf geistiger Ebene mit ihm zu verständigen. Trotzdem hörte er Kummer, ja sogar Gewissensbisse in ihrer Stimme. *Es ist der Mann, der versucht hat, seine Freunde zur Vernunft zu bringen.*

Das Rudel roch wie abnormale Wölfe, Tiere, die ihre Beute aus purem Vergnügen rissen, nicht um sich zu ernähren, und die dann weitereilten, um noch mehr Angst und Schrecken zu verbreiten. Dafür lebten sie.

Echte Wölfe würden jedoch dafür verantwortlich gemacht werden, und menschliche Jäger würden ganze unschuldige Rudel auslöschen, weil die bösartigen Werwölfe Freude am Töten hatten.

Fen drückte Tatijanas Hand. *Es ist nicht deine Schuld.*

Ich habe die Männer aus ihrem Versteck getrieben, und er hat die Sicherheit der anderen verlassen.

Fen drehte sich der Magen um. *Schwing dich in die Luft und verschwinde von hier! Ich muss zurückgehen und die beiden anderen suchen. Das Rudel wird sie wittern und sie auch einfach nur so zum Vergnügen töten.*

Dann werde ich dich begleiten.

Angesichts der Entschiedenheit in ihrer Stimme kehrte er um, statt zu versuchen, Tatijana umzustimmen. Er konnte die absolute Entschlossenheit in ihrem Bewusstsein spüren. Wenn er sich nicht so wohlgefühlt hätte in ihrer Gesellschaft und alles an ihr nicht so sehr genossen hätte, wäre er vielleicht viel entschiedener aufgetreten – auch wenn es ihm bestimmt nicht viel genützt hätte.

Sie begannen zu laufen und benutzten ihre übernatürliche Geschwindigkeit, um über den Waldweg zu den beiden betrunkenen Männern zurückzukehren. Es dauerte nur Minuten, bis sie sie erreichten. Die beiden saßen unter einem Baum und tranken abwechselnd aus einem Flachmann. Einer der Männer fing gelegentlich zu grölen an.

Tatijana entfernte sich instinktiv von Fen, hielt sich zu seiner Linken und ließ ihn den beiden Betrunkenen allein gegenübertreten. Dafür war er ihr dankbar. Schon jetzt wusste er, dass das Rudel auf der Jagd war. Die bösartigen Werwölfe hatten die

Männer sowohl gehört als auch gerochen. Sie wussten, dass beide durch den Alkohol, den sie getrunken hatten, körperlich beeinträchtigt waren und leichte Beute sein würden. Tatijana und Fen konnten sich notfalls in die Luft erheben, doch die beiden Männer waren extrem verwundbar und gefährdet.

Fen schirmte seine Erscheinung ab, indem er sich mit dem Nebel vermischte, bis er direkt vor ihnen war, wo er einen Nebelschleier vorausschickte, um ganz natürlich daraus hervortreten zu können. Beide blickten zu ihm auf.

»Was machst du noch so spät hier draußen, Fen? Willst du 'nen Schluck?«, fragte einer und hielt ihm den Flachmann hin.

»Du bist Enre«, begrüßte Fen ihn. »Lebst du weit von hier entfernt?« Er sprach leise und nur zu den beiden Männern, obwohl wirklich keine Hoffnung bestand, dass das Rudel Tatijanas Anwesenheit in dem Wald noch nicht bemerkt hatte. Von dem Moment an, als der Leitwolf seinen heulenden Jagdschrei ausgestoßen und die anderen geantwortet hatten, war Fen klar gewesen, dass das abnormale Rudel in der Nähe war und jagte. Und er wusste auch, dass er für sie wie ein Mensch riechen würde.

»Und ich bin Gellert«, sagte der andere Mann mit schleppender Stimme und öffnete die Augen, um Enre den Flachmann aus der Hand zu nehmen. »Was machst du hier?«

»Kommt, lasst mich euch nach Hause bringen!«, schlug Fen freundlich vor. »Es ist zu kalt, um die ganze Nacht draußen zu bleiben. Eure Familien werden sich schon Sorgen machen.«

»Meine Frau hat mich rausgeschmissen«, gab Gellert mit schwerer Zunge zu. »Sie sagt, ich trink zu viel.« Er wirkte empört. »Dabei trink ich gar nich' viel. Und sie hat gesagt, ich hätt' mit Faye, dem Barmädchen, geschlafen.«

»Hast du ja auch«, warf Enre ein.

Gellert nahm einen tiefen Zug auf dem Flachmann. »Da war nix mit Schlafen«, erwiderte er grinsend.

»Er bleibt bei mir«, entschied Enre. »Ich hab keine Familie.«

Er klang nicht mehr ganz so betrunken wie vorher, und er schaffte es auch, sich aufzurappeln, und bückte sich nach Gellert. Der murrte, ließ sich aber von Fen und Enre auf die Beine ziehen.

»Ihr hättet auf euren Freund hören sollen, statt der Dame in den Wald zu folgen«, sagte Fen zu Enre.

Enre zuckte mit den Schultern. »Das war doch bloß Gerede. Ich hätt' ihr nix getan. Ich hätte Gellert eins auf die Rübe gegeben und ihn heimgeschleppt, wenn er das wirklich durchgezogen hätte.«

»Der Rotschopf will mich«, sagte Gellert mit undeutlicher Stimme. »Sie kommt jeden Abend in die Bar und tanzt für mich.«

»Der *Rotschopf*«, erwiderte Fen kalt, »ist meine Frau. Es ist also keine gute Idee, solche Dinge in meiner Gegenwart zu sagen.«

Gellert schielte mit roten, tränenden Augen zu ihm auf und rülpste laut. Der Geruch wehte auf Fen zu wie eine grüne Wolke. »Tut mir leid, Mann. Das wusste ich nicht. Komm, Enre, lass uns nach Hause gehen!«

Und da zerriss ein Geräusch die Stille. Schaurig. Nahe. Zu nahe. Das Geheul der Werwölfe auf der Jagd. Enre, der Nüchternere der beiden, erschauderte und sah sich misstrauisch um. Dieser erregte, beängstigend freudige Ton trieb auf dem Wind dahin, voll, rund und ganz anders und weitaus entnervender als der eines normalen Wolfes.

»Wir müssen gehen«, drängte Fen und packte Gellert am Arm, während Enre seinen anderen nahm. »Tatijana, lass uns jetzt allein, solange du noch kannst! Sich gegen ein Rudel zu verteidigen ist selbst für jemanden wie dich nicht leicht.«

Sie schob jedoch das Kinn vor und starrte in die Nacht hinaus. Wie Fen hatte auch sie ihre Sinne weit über die unmittelbare

Umgebung hinausgesandt, um die einzelnen Rudelmitglieder aufzuspüren – was völlig unmöglich sein würde, wie Fen nur allzu gut bewusst war. »Ich lasse dich nicht allein in diesem Kampf. Und die da werden keine Hilfe sein«, sagte sie mit einer Kopfbewegung zu den beiden Männern, ohne ihnen auch nur einen Blick zu gönnen.

»Hat einer von euch eine Waffe?«, zischte Fen und warf Tatijana einen beredten Blick zu. Sie würden nicht ohne einen Kampf von hier fortkommen. Je nach Größe des Rudels könnten sie sogar in echten Schwierigkeiten sein.

Über ihnen landete ein großer Kauz in den Ästen eines nahen Baumes. Für einen Moment legte er seine Flügel an und betrachtete die kleine Gruppe unter ihm. Dann waberte ein dichter Nebel um den Baumstamm herum auf, und aus dem grauen Dunst erschien ein Mann. Groß, breitschultrig und mit ebenso durchdringenden, intelligenten und kalten eisblauen Augen wie Fens ging er auf ihn zu. Er hatte langes Haar, schwarz wie die tiefste Nacht, das ihm offen auf den Rücken fiel, und seine Schritte waren von einer federnden Geschmeidigkeit.

Fen trat vor und ergriff die Unterarme des Mannes. Dies war die jahrhundertealte, traditionelle Begrüßung unter Kriegern.

»*Kolasz arwa-arvoval* – mögest du mit Ehre sterben«, begrüßte ihn der hochgewachsene Krieger, der ebenfalls Fens Unterarme drückte. »Ich würde mir einen solchen Kampf an deiner Seite nicht entgehen lassen wollen, *ekäm* – mein Bruder.«

»*Kolasz arwa-arvoval* – mögest du mit Ehre sterben, Dimitri, ekäm – mein Bruder«, sagte Fen. »Im Übrigen bist du herzlich willkommen zu diesem Kampf.«

KAPITEL DREI

Dann kämpfen wir zusammen«, sagte Fen und streckte die Hand nach Tatijana aus. »Das ist meine Seelengefährtin, die allerdings noch nicht beansprucht und ziemlich froh darüber ist. Tatijana, dieser Mann ist mein Bruder Dimitri.«

Dimitris kühler Blick glitt über sie. »Du bist eine Drachensucherin.«

Tatijana Nicken war so hoheitsvoll, dass Fen trotz des Ernstes der Situation ein Grinsen kaum verbergen konnte. Sie sah aus wie eine Königstochter.

»Hast du je gegen Werwölfe gekämpft, Tatijana?«, fragte Fen, obwohl er die Antwort schon zu kennen glaubte. Er hatte genug von ihrer Lebensgeschichte gehört, um zu wissen, dass sie keine praktische Erfahrung hatte.

Tatijana verzog das Gesicht. »Natürlich nicht. Schließlich war ich mein Leben lang in Eis eingeschlossen, aber ich kann trotzdem helfen. Sag mir einfach, was ich tun soll!«

»Werwölfe können Energie sehr gut vertuschen. Du wirst den Angriff nicht wahrnehmen, bevor er kommt. Sie bewegen sich ebenso schnell wie Karpatianer, und sie können nicht ohne einen speziellen silbernen Pflock oder eine silberne Kugel getötet werden. Und ihre Köpfe müssen abgetrennt und ihre Körper verbrannt werden.«

Tatijana nickte ernst zu seinen Worten.

»Dimitri, erinnere dich an unsere Kriegsspiele! Kämpfe, als bekämpftest du den *Sange rau!*«

»Das dürfte schwierig sein ohne spezielle Silberpflöcke«, gab Fens Bruder schon fast ein wenig belustigt zu bedenken.

»Ich habe immer ein paar Waffen dabei«, sagte Fen. »Das muss man, wenn Schurken in der Nähe sind.« Er griff in seine Jackentaschen und zog mehrere kleine Pflöcke heraus. Sie bestanden aus purem Silber und waren wie das Horn eines Einhorns geformt, schimmernde Spiralen, die ein kleines Vermögen wert waren.

»Wie tötet man sie?«, fragte Tatijana.

»Du musst ihnen den silbernen Pflock bis ganz ins Herz treiben«, warnte er. »Leider werden sie dir dabei nahe genug sein, um zu beißen, und sie reißen dir ganze Stücke Fleisch heraus, weil sie es auf die Arterien abgesehen haben. Sie werden auch versuchen, dir mit ihren Krallen die Gedärme aufzureißen. Und noch einmal: Sie sind sehr schnell!«

»Ich bin über den Wald geflogen und habe dreizehn gezählt. Es könnten auch mehr gewesen sein, aber sie sind schwer zu sehen«, sagte Dimitri. »Wir können die Menschen nicht im Stich lassen, doch wir könnten sie hier herausfliegen.«

»Bösartige Werwölfe werden jeden töten, der das Pech hat, ihnen zu begegnen. Sie sind schlimmer als Vampire, weil sie in Rudeln jagen«, erklärte Fen. »Tatijana, vielleicht solltest du die beiden Menschen hier fliegend herausbringen.«

»Ich werde dich nicht allein lassen. Ich kann besser kämpfen, als du ahnst. Es gab ein paar Lykaner, die in die Eishöhlen gebracht wurden. Ich habe mir ihre Stärken und Schwächen gemerkt und auch einen Blick in deinen Kopf getan, Fen. Nach alldem und deinen Erklärungen weiß ich, dass ich es schaffen kann.«

»Sie sind schon in der Nähe«, warnte Fen erneut.

»Woran merkst du das?« Dimitri drehte sich im Kreis. »Ich kann sie nicht spüren.«

»Ich rieche sie. Bring Enre und Gellert auf einen Baum und wirf einen Schutzschild über sie«, wies Fen ihn an.

Im selben Moment trat Zev aus dem Nebel und dem Unterholz heraus. Er wirkte kühl und selbstbewusst in seinem wehenden, offen stehenden Trenchcoat, und sein langes Haar war im Nacken zu einem Zopf zusammengebunden, ganz wie Dimitri und Fen das ihre trugen. Seine Augen waren von einem quecksilbernen Grau, das an kalten Stahl erinnerte, als er sich in dem kleinen Kreis von Kämpfern umblickte.

»Ihr könnt hier nicht bleiben.«

»Es gibt keinen sicheren Durchgang«, sagte Fen. »Karpatianer werden mit Lykanern kämpfen, um dieses außer Kontrolle geratene Rudel seiner Strafe zuzuführen.« Mit einer Kopfbewegung deutete er auf seinen Bruder und seine Gefährtin. »Das sind Dimitri und Tatijana.«

»Zev«, stellte sich der Neuankömmling vor. »Dieses verwilderte Rudel ist mein Problem. Ich habe die Jäger hergerufen, aber sie sind noch vierundzwanzig Stunden entfernt.«

Dimitri schwenkte die Hand in Richtung der beiden Betrunkenen, um die Kontrolle über ihr Bewusstsein zu übernehmen, und ließ seine Finger kreisen, um sie in die Sicherheit eines Schutzschildes zu bringen. Dann setzte er sie zwischen die höheren Äste eines Baumes und legte einen Bann auf sie, damit sie nicht entkommen konnten.

Zev sah Fen prüfend ins Gesicht. »Dimitri und Tatijana sind Karpatianer, aber du bist ein Lykaner.« Es war eine in ganz neutralem Ton hervorgebrachte Feststellung.

Nicht das geringste Misstrauen lag in Zevs Stimme, doch Fen wusste, dass der andere ihm plötzlich sehr misstraute. Warum sollte ein Lykaner mit zwei Karpatianern befreundet sein? Außerdem war es unmöglich, die Ähnlichkeit zwischen Dimitri und Fen zu übersehen. Zev war ein Spitzenermittler, was bedeutete, dass er vom Mitglied eines Elite-Jagdrudels zu einem allein agierenden Verbrecherjäger für das Schattenkabinett der Lykaner avanciert war. Er machte einen mehr als selbstbewussten Eindruck.

»Hast du eine Ahnung, wie groß das Rudel ist?«, fragte Fen ihn.

Zev nickte. »Groß. Das größte, dem ich je begegnet bin. Ich bin ihm schon seit Monaten auf der Spur.«

»Dimitri zählte dreizehn, und das nur im Vorbeiflug.«

»Es sind eher fünfzig bis siebzig. So viele individuelle Spuren konnte ich ausmachen, und ich bin nicht sicher, ob es nicht noch mehr sind. Sie neigen dazu, sich in Gruppen aufzuteilen, von denen jede für sich auf die Jagd geht, um sich dann später wieder mit den anderen zu vereinen.«

»Also konnten sie deshalb so viel Schaden anrichten«, murmelte Fen.

Zev warf ihm einen raschen Blick zu. »Dann warst du also auch hinter ihnen her?«

Fen nickte nur. Er hatte nicht die Absicht zuzugeben, dass Zev sich seiner Meinung nach irrte oder doch zumindest teilweise im Irrtum war. Er selbst war sich ziemlich sicher, dass das »verwilderte« Rudel zwar häufig tötete, aber entweder von einem Vampir verfolgt wurde, der weitaus mehr der brutalen Morde begangen hatte als das Rudel, oder dass er als Lykaner mit den Werwölfen unterwegs war. Der Vampir war intelligent. Er verwischte sehr gut seine Spuren und sorgte dafür, dass das Rudel für sein Werk verantwortlich gemacht wurde. Natürlich war das nur eine Annahme, für die Fen noch keinen handfesten Beweis hatte.

»Vor ein paar Wochen stieß ich auf ihre Opfer und beschloss, das Rudel zu verfolgen«, gab Fen zu. *Dimitri, sie kommen von deiner Linken auf dich zu. Tatijana, lös dich in Nebel auf oder erhebe dich in die Luft! Da sind zwei, die dich ins Visier genommen haben. Sie werden dich von zwei Seiten aus angreifen, und sie sind unglaublich schnell.*

Nebel wallte auf und hüllte sie in dichte graue Schwaden. Der Wind rauschte durch die Bäume, und schon war das »verwilderte« Rudel da, große, langbeinige Wölfe, die ihnen auf den Hinterbeinen entgegensprangen und mit jedem pfeilschnellen Satz neun Meter oder mehr überwanden. Die Wölfe strömten aus allen Richtungen in den Kreis, in einem lautlosen, unheimlichen Angriff, der durch ihre rot glühenden Augen, die durch den Nebel drängten, noch verschlimmert wurde.

Drei Wölfe sprangen Dimitri an, bevor er sich bewegen oder in Luft auflösen konnte, und alle drei schlugen ihre Zähne in ihn und trieben sie durch Haut und Muskeln hindurch bis auf die Knochen. Gleichzeitig gruben sich scharfe Krallen in seinen Bauch und versuchten, ihn dort aufzuschlitzen.

Nicht minder scharfe Krallen rissen Tatijanas Haut von der Schulter bis zur Hüfte auf, während sie versuchte, sich in Nebel aufzulösen. Sie erwischten sie schneller, als sie es je für möglich gehalten hätte. Fen stürmte an den Bestien vorbei, die aus allen Richtungen auf ihn losgingen, und seine Schnelligkeit und sein Schwung ermöglichten es ihm, das Tier umzustoßen, das ihm den Weg zu Tatijana versperrte. Als er an dem Werwolf vorbeikam, stieß er ihm den silbernen Pflock tief in die Brust. Das Geräusch des berstenden Herzens war sein Signal. Der Werwolf fiel, und Fen flog buchstäblich an den anderen drei vorbei, als sie ihn einzukreisen versuchten.

Endlich erreichte er Tatijana, riss einen Werwolf von ihr herab, wirbelte ihn herum und stach ihm den Pflock mit solcher Kraft ins Herz, dass er fast den ganzen Mann mit dem silbernen Dolch durchbohrte. Tatijana stieß dem zweiten Werwolf die Faust gegen die Kehle, als er mit seinen scharfen Zähnen nach ihrem Gesicht schnappte. Sie benutzte die immense Kraft der Karpatianerin, um den Werwolf ins Schwanken zu bringen. Als er zurücktaumelte, löste sie sich in Dunst auf und wollte sich in die Lüfte erheben.

Einige Blutstropfen, die sich mit dem Dunst vermischten, führten einen weiteren Werwolf geradewegs zu ihr. Er sprang hoch, schlug seine Krallen in ihren schon im Nebel verschwindenden Knöchel und riss sie zurück zu Boden. Fen sah es aus dem Augenwinkel, als zwei andere über ihn herfielen. Er spürte das Brennen zubeißender Zähne, den Druck mächtiger Kiefer und einen fürchterlichen Ruck an seiner Wade und an seinem Schenkel. Trotzdem schaffte er es, die beiden verderbten Wölfe von sich wegzustoßen, und hieb ihnen mit gewaltiger Kraft die Köpfe zusammen. Er brauchte nur ein paar Sekunden, um zu Tatijana zu gelangen.

Nebenbei registrierte er, wie Zev in Gestalt eines riesigen Lykaners – halb Mensch, halb Wolf – inmitten mehrerer Werwölfe im Kreis herumwirbelte. Sein Körper war zerfetzt und blutig, aber er bewegte sich mit Anmut und Zielgenauigkeit, als er Angriffen auswich, sich duckte und dann sogleich wieder unter einem der Werwölfe hervorschoss, um ihm einen Silberpflock ins Herz zu stoßen und auf der Stelle zum nächsten Angreifer herumzuwirbeln.

Fen packte den Werwolf, der sich in Tatijanas Knöchel verkrallt hatte, brach ihm das Genick und riss Tatijana wieder auf die Beine, all das in einer einzigen geschmeidigen Bewegung.

Geh!, befahl er. *Erhebe dich in die Luft!*

Einer der Wölfe landete auf Fens Rücken und trieb ihm die Zähne in den Nacken. So schnell sie konnte, erhob sich Tatijana in die Lüfte, verwandelte sich noch im Aufsteigen und nahm die Gestalt eines blauen Drachen an. Fen verwandelte sich derweil in einen Lykaner und nutzte dessen Kraft und muskulösen Körperbau, um den immer heftiger zuschnappenden Werwolf abzuschütteln.

Doch nun stürmte schon die zweite Welle von Angreifern heran. Fen fuhr zu der neuen Gefahr herum und sah, wie sie Dimitri und Zev, die Rücken an Rücken standen, umzingelten. Fen bewegte sich schnell wie der Blitz und nutzte die doppelte Geschwindigkeit, die ihm das karpatianisch-lykanische Blut verlieh, das in seinen Adern floss. Er stieß einem der Wölfe einen silbernen Pflock tief ins Herz und rannte weiter, als plötzlich ein riesenhafter Werwolf aus dem Nebel auftauchte.

Fen wusste sofort, dass dies kein gewöhnlicher Werwolf war. Es war der Vampir, der sich in einem verderbten Wolfrudel verbarg – nein, was er sah, war auch nicht nur irgendein Vampir, sondern sehr viel mehr als das! »Zev, Dimitri!«, schrie er. »Hinter euch! Ein *Sange rau*.«

Er selbst sprang schon über die Werwölfe hinweg, um seinen Bruder zu erreichen, bevor es der Neuankömmling tat. Dieser Spurt brachte Fen direkt vor den geradezu gigantischen Vampir. Rot glühende Augen richteten sich auf ihn, und dann griff der Wolf-Vampir ihn an. Mit gewaltiger Kraft, die den Boden unter ihren Füßen erbeben ließ, prallten sie gegeneinander. Der Zusammenstoß war so heftig, dass Fen seine eigenen Knochen klappern hörte. Ihm war, als wäre er gegen einen Fels geprallt, aber wenn er sich so fühlte, erging es seinem Gegner sicherlich nicht anders. Den letzten Silberpflock, den er noch hatte, stieß er in die Brust des Vampirs, um ihm die dolchartige Waffe ins Herz zu treiben. Doch es war sehr viel schwieriger, einen *Sange rau* zu töten als einen Lykaner oder einen Vampir. Fen hatte sehr viel Erfahrung im Kampf, aber sein Stoß zeigte keinerlei Wirkung.

Um ihn herum tobte der Kampf. Zev und Dimitri schlugen die Werwölfe zurück, während über ihnen der blaue Drache Angriffe flog und Feuer auf die Wölfe spie, die sich nicht in Fens, Dimitris oder Zevs Nähe befanden. Schließlich sollten ihre Verbündeten nicht getroffen werden.

»Ich sehe dich«, zischte der *Sange rau*. »Und ich erkenne dich.«

Fen erkannte ihn auch. Vor etwa hundert Jahren hatte Fen zu einem Rudel gehört, dessen Leitwolf dieser Lykaner gewesen war. Sein Name war Bardolf, und er war ganz besonders bösartig gewesen und hatte sein Rudel mit eiserner Hand geführt. Bei einer Jagd war er verschwunden, und als sie seine Spur verfolgt hatten, hatten sie Anzeichen eines blutigen Kampfes zwischen ihm und einem Untoten gefunden, wie Fen sich ziemlich sicher war. Beide waren jedoch nirgendwo zu finden gewesen, und es hatte auch keine Leichen gegeben. Aber jetzt wusste Fen, was damals geschehen war: Der Lykaner war über den Vampir hergefallen und hatte sein Blut getrunken, genug, um sich selbst in einen Untoten zu verwandeln.

»Ich kenne dich auch«, sagte Fen und duckte sich unter Bardolfs ausgestrecktem Arm hindurch, um nahe genug an den mächtigen Gegner heranzukommen, um ihm mit aller Kraft die Faust in die Brust zu stoßen.

Er hatte keine Silberpflöcke mehr. Um Bardolf zu töten, brauchte er nicht nur die silberne Waffe, sondern würde ihm auch das Herz aus der Brust reißen und es durch Feuer vernichten müssen. Nur wenige wussten, wie man jemanden wie Bardolf tötete, doch Fen hatte durch Versuch und Irrtum sehr viel Erfahrung gesammelt, als er vor Hunderten von Jahren den *Sange rau* verfolgt hatte. Er wusste, dass es sehr, sehr schwierig sein würde, das Ungeheuer zu vernichten.

So tief er konnte, stieß er die Faust in Bardolfs Brust und verdrehte und verrenkte sich, um der Schnauze mit den langen Fängen auszuweichen, die nach seiner Kehle schnappte. Die scharfen Zähne streiften ihn jedoch und rissen ihm das Fleisch auf. Er spürte den Schmerz für einen Moment, doch er verdrängte ihn und trieb seine Faust noch tiefer in die Brust des Vampirs, um mit den Fingern nach dem geschrumpften Herzen zu suchen. Töten konnte er die Bestie so nicht, aber er konnte sie aufhalten, um Tatijana Zeit zu verschaffen, das Rudel aus der Luft heraus zu dezimieren.

Bardolf warf sich zurück und stieß sich mit solch enormer Kraft von Fen ab, dass auch er zurückgeworfen wurde und seine

Faust aus der Brust des Untoten herausglitt. Fen taumelte noch und versuchte, das Gleichgewicht zurückzuerlangen; doch Bardolf nutzte diesen Vorteil nicht, um sich auf Fen zu stürzen, sondern sprang in die Luft und auf den kleinen Drachen zu, der so geschickt Flammen auf sie herunterspie.

»Fen!«, schrie Zev. »Fang auf!«

Dimitri und Zev nahmen die volle Wucht des Angriffs der nächsten Welle von Werwölfen auf sich, als Bardolf seine Bestien ganz offensichtlich auf Fen hetzte. Der Karpatianer und der Lykaner sprangen blitzschnell zwischen Fen und den zu erwartenden Angriff.

Fen hatte seine Hand schon in der Luft, bevor er zu Zev herumfuhr. Ein silbernes Schwert flog schwirrend auf ihn zu. Fen bekam den glitzernden Griff zu fassen, sprang in einer einzigen Bewegung in die Luft und durchtrennte Bardolfs Körper in der Mitte, als der untote Werwolf gerade nach dem stacheligen Schwanz des Drachen griff. Bardolfs misstönender Schrei erschütterte selbst die Bäume unter ihm.

Die Werwölfe brachen in ein fürchterliches Geheul aus, das das Unterholz erzittern ließ. Blätter starben ab, und Äste verbogen sich, um dem Körper des *Sange rau* auszuweichen, als er in zwei Teilen und mit einem ekelhaften Platschen wie ein Stein zu Boden fiel. Säure spritzte von seinem Körper weg und verbrannte alles, was ihr in den Weg kam.

Fen rannte auf den Kopf und die Brust der Bestie zu, doch ein großer Werwolf schnitt ihm schnell den Weg ab. Fen schwang bereits das Schwert, als ihm ein weiterer auf den Rücken sprang. Das Silberschwert durchschnitt Sehnen und Knochen und trennte einen Arm ab. Der Geruch nach Blut und verbranntem Fleisch machte die Werwölfe fast verrückt, sodass sie in wilder Raserei ihre Angriffe wiederaufnahmen und sich auf Dimitri und Zev stürzten und sie zu Boden rissen.

Tatijana! Hier!

Fen hatte keine andere Wahl, als seinem Bruder zu Hilfe zu eilen. Er wandte sich von dem durchtrennten Körper des Untoten ab, sprang über einen gefallenen Werwolf und landete mitten in dem tobsüchtigen Rudel. Er riss einen großen Werwolf von Dimitri, der ihm mit den Zähnen den Bauch aufriss und schon triumphierend nach seinen Gedärmen griff. Fen brach der Bestie das Genick und schleuderte sie auf eine andere, sodass beide gleichzeitig zu Boden gingen. Dann stürmte er durch das, was ihm wie eine Mauer aus Werwölfen erschien, um an seinen Bruder und an Zev heranzukommen.

Tatijana erschien über ihnen und ließ Feuer herabregnen, einen einzigen langen Strom aus Flammen, der Felle schwärzte, versengte und in Asche verwandelte. Werwölfe schrien vor Schmerz und Panik. Fen nutzte den Angriff aus der Luft, um die Reihen der Wölfe zu durchbrechen und Dimitri hochzureißen und aus der rasenden Meute fortzuzerren. Das Blut aus seinen Wunden spritzte zwischen und auf die völlig außer sich geratenen Wölfe.

Dimitri taumelte zurück, sein Gesichtsausdruck war geprägt von Schmerz. Dann straffte er sich, und der schmerzliche Ausdruck war von seinen Zügen wie weggewischt, als er die Hand nach dem silbernen Schwert ausstreckte. Fen warf es ihm zu und wandte sich ab, um zu Zev zurückzugehen.

Vorher warf er jedoch noch einen schnellen Blick auf die beiden Hälften von Bardolfs Körper. Schon jetzt gruben sich dessen Hände und Beine in die Erde, um an den jeweils anderen Teil heranzukommen und den Körper wieder zusammenzufügen.

Tatijana, nimm dir den zerteilten Sange rau *vor! Verbrenn diesen Kadaver, bevor es zu spät ist!*

Doch noch während er es ihr sagte, fügten sich die beiden Hälften zusammen, und der wiederhergestellte *Sange rau* verschwand im Nebel. Fen fluchte in seiner Muttersprache und brach einem weiteren Werwolf das Genick. Dimitri stürzte sich in das Gewühl der tobenden Werwölfe, eine Hand an seinen Bauch gepresst, in der anderen das silberne Schwert, und ließ die Klinge durch die Luft schwirren, um einen Werwolf nach dem anderen zu erlegen.

Ein scharfer Ruf vom Himmel führte den Rückzug der Werwölfe herbei, und während sie sich an Dimitri und seiner silbernen Klinge vorbeikämpften, schlug Fen jeden zurück, der noch versuchte, Zev zu töten. Sekunden später war das Rudel vollständig und lautlos im Nebel verschwunden. Nur die mit den Silberpflöcken in den Herzen waren auf dem Boden zurückgeblieben.

Dimitri hatte die Hand noch immer auf den Bauch gepresst und krümmte sich vor Schmerzen. Dann ging er in die Knie und sank nicht weit von seinem Bruder entfernt zu Boden. Fen hob das silberne Schwert auf und hieb den Werwölfen mit den Silberpflöcken im Herzen die Köpfe ab, bevor er sich seinem Bruder zuwandte.

Auch Zev hatte sich halb hingehockt. Ströme von Blut liefen über sein Gesicht und seine Brust. Fen nahm wieder menschliche Gestalt an, als er sich über Dimitri beugte. Sein Bruder war in sehr schlechter Verfassung. Ihn hatte die volle Wucht des Angriffs getroffen, als das Rudel aus dem Wald gestürmt war, um Fen anzugreifen. Dann hatte Fen sich den *Sange rau* vorgenommen, während Dimitri und Zev die anderen Werwölfe in einen Kampf verwickelt hatten, um Fen eine Chance zu geben, die größte Gefahr aus dem Weg zu räumen.

Tatijana! Sieh nach Zev! Dimitri ist dem Tode nahe.

Zuerst würde er seinen Bruder retten. Fen hatte Dimitri von seiner Furcht erzählt, dass ein solch machtvoller Räuber ihr Heimatland bedrohte, und nun war es Dimitri, der den Preis bezahlen würde.

Es war möglich, dass Tatijana Heilkräfte besaß, aber was,

wenn nicht? Das Risiko konnte Fen nicht eingehen. Es war besser, dass sie ihre Kräfte zunächst an dem Lykaner erprobte, nicht an Dimitri.

Halte durch, ekäm – *mein Bruder!*, flüsterte Fen auf telepathischem Weg. Er musste die geistige Verbindung mit Dimitri ununterbrochen aufrechterhalten, damit das Lebenslicht im Körper seines Bruders nicht erlosch. *Tatijana, ich brauche dich jetzt. Du musst uns vor Zevs Blicken abschirmen. Er darf nicht sehen, was ich tue.* Dimitri hatte sehr viel Blut verloren. Viel zu viel.

Fast augenblicklich spürte er ihre Gegenwart. Tatijana. Sein ganz privates Wunder. Sie strich mit der Hand über seine Schultern, als sie zu Zev hinüberging.

Dichter Nebel steht jetzt zwischen euch und dem Lykaner.

Danke, meine Liebe.

Fen zögerte nicht länger, sondern schob seine Hände in die klaffende Wunde an Dimitris Bauch und suchte nach der Hauptquelle des Blutes, das aus dem Körper seines Bruders heraussprudelte.

Ich werde mir nun meiner Umgebung nicht bewusst sein. Du bist mein einziger Schutz, warnte er Tatijana.

Ich halte dir den Rücken frei.

Er glaubte ihr. Zwar bezweifelte er, dass die Werwölfe zurückkehren würden, da ihr Rudelführer genug mit seinen eigenen Verletzungen und deren Heilung zu tun haben würde, bevor er wieder töten konnte, aber möglich war natürlich alles.

Fen ließ seine äußere Hülle von sich abfallen, damit er zu dem heilenden Licht aus purer Energie werden konnte, mit dem er in seinen Bruder eindrang. *Ich bin bei dir. Meine Seele ruft die deine*, flüsterte er.

Vorsichtig bewegte er sich durch Dimitris Körper zu den massiven Verletzungen in seinem Bauch. Die Werwölfe hatten ihre Krallen in ihn geschlagen, ihn gebissen und große Fleischfetzen aus ihm herausgerissen. Als Erstes musste Fen die Schäden an Arterien und Venen beheben und den Blutfluss stoppen. Es schien, als wäre Dimitris ganzer Bauchraum mit Blut gefüllt.

Ot ekäm ainajanak hany, jama. *Der Körper meines Bruders ist ein Klumpen Erde, dem Tode nahe.*

Es war lange her, seit er den Großen heilenden Gesang verwendet hatte, aber das hier war auch keine kleine Wunde. Wenn er es schaffen wollte, Dimitri zu heilen, würde er Zeit brauchen, Geduld und Blut. Machtvolles Blut.

Dimitris Lebenslicht war schon sehr schwach, es entfernte sich immer mehr von Fen, der seine Bemühungen verdoppelte. Die Zeit lief ihm davon. Er fand die Stellen, wo scharfe Zähne die wichtigsten Blutbahnen in Dimitris Körper durchgebissen hatten – es waren sehr viele Stellen, und der Schaden war weitaus schlimmer, als Fen es je gesehen hatte. Dimitri hatte in diesem Kampf gegen den *Sange rau* zu viel von sich gegeben.

Fen widerstand jedoch dem Drang, sich zu beeilen, und ließ sich Zeit, um jede beschädigte oder zerfetzte Arterie und jede Vene sowie alle wichtigen Organe mit größter Sorgfalt wiederherzustellen. Dabei fuhr er im Geiste fort, die heilenden Worte zu skandieren.

Wir, der Clan meines Bruders, umgeben ihn mit Liebe und mit Mitgefühl. Unsere heilenden Energien, uralten Zauberworte und Heilkräuter behüten den Körper meines Bruders und erhalten ihn am Leben.

Als er sicher war, dass er genug Schäden behoben hatte, damit Dimitris Körper sein Blut wieder hielt, riss Fen mit den Zähnen sein eigenes Handgelenk auf und drückte die Wunde an Dimitris Mund. Dimitri unternahm jedoch keinen Versuch, etwas von dem Blut aufzunehmen, nicht einmal, als Fen es direkt in seinen Mund tropfen ließ und Dimitri beim Schlucken half. Es kam nicht selten vor, dass ein Krieger, der so schwer verletzt wie Dimitri war und viele lange Jahrhunderte gelebt und gegen die Finsternis angekämpft hatte, den Tod vorzog. Aber Dimitri hatte jemanden, für den es sich zu leben lohnte. Er hatte Fen von seiner Seelengefährtin erzählt, die noch zu jung war, um sie zu beanspruchen, und die eine grauenhafte Kindheit überlebt hatte. Fen hatte keine Skrupel, die ihm von Dimitri anvertrauten Informationen zu benutzen.

Trink dir selbst und dem Mädchen zuliebe, von dem du mir erzählt hast! Die kleine Skyler, die so viel gelitten hat und ein bisschen Glück verdient. Lass dieses Glück jetzt nicht hier enden, Bruder!

Das Licht in Dimitri hatte sich schon so weit zurückgezogen, dass Fen befürchtete, es sei zu spät. *Du bist stark, mein Bruder. Denk nur an deine Seelengefährtin, die du noch nicht beansprucht hast! Sie wird ohne dich den Rest ihres Lebens in Trauer und Einsamkeit verbringen. Komm zurück, mein Bruder!*

Das schwache Licht hielt inne, stockte und verhielt sich still. Dann spürte Fen eine kaum merkliche Bewegung an seinem Handgelenk und half seinem Bruder schnell, die Leben spendende Flüssigkeit zu trinken. Doch obwohl Dimitri das Blut zu sich nahm, wusste Fen, dass es nicht genügen würde. Er war selbst geschwächt vom Blutverlust, und Heilen erforderte enorme Energie. Er würde schnell Nahrung aufnehmen und zurückkehren müssen, um das Lebenslicht seines Bruders nicht erlöschen zu lassen. Und so gab er Dimitri so viel Blut, wie er konnte, bevor er in seinen eigenen Körper zurückkehrte.

An zwei Stellen zugleich zu sein, seinen Bruder zu heilen, ihm Blut zu geben und ihm zu helfen, es in seinem Körper zu verteilen, forderte einen gewaltigen Tribut. War einer der Ihren so schwer verletzt wie Dimitri, nahmen normalerweise viele Karpatianer an dem heilenden Ritual teil.

Und Fen hatte auch noch ein anderes Problem: In Zevs Augen musste er unbedingt Lykaner bleiben. Es war unmöglich, Zevs Bewusstsein zu manipulieren. Tatijana konnte Dimitri und ihn zwar durch den Nebel vor Zevs Blicken abschirmen, aber trotzdem musste der Elitejäger auch weiter glauben, dass Fen ein Lykaner und keine Kreuzung aus Lykaner und Karpatianer war.

Fen erhob sich so abrupt, dass er ins Schwanken kam, gewann den Halt aber schnell wieder und vergewisserte sich, dass der Nebel noch dicht genug war, um seine Handlungen zu verbergen. Dann begab er sich in die Luft und zu den Bäumen, wo die beiden betrunkenen Menschen noch eingesponnen waren in dem Schutzschild, das Dimitri um sie gewoben hatte. Bevor er sie jedoch benutzte, um sich zu nähren und das Blut zu ersetzen, das er seinem Bruder gespendet hatte, ließ er durch ihre Poren so viel Alkohol wie möglich aus ihrem Organismus entweichen. In der Regel rührten Karpatianer nur selten verdorbenes Blut an, doch hier handelte es sich um einen Notfall – Fen musste nehmen, was er kriegen konnte.

Er nahm den Männern sehr viel Blut, und er wusste, dass Dimitri noch erheblich mehr benötigen würde. *Tatijana, wie lange brauchst du noch, bevor du mir helfen kannst?*

Ich habe Zev nun mit seiner Erlaubnis in einen heilenden Schlaf versetzt, doch der wird nicht lange anhalten.

Dann bring den Blitz herab und verbrenne die Kadaver! Sorge dafür, dass du auch das letzte bisschen Fell und Haar verbrennst! Entferne nicht die Silberpflöcke aus ihren Herzen, sonst können die Werwölfe sich regenerieren. Lass das Feuer alles vernichten, und dann sammeln wir die Pflöcke ein. Sobald du alles verbrannt hast, komm her und hilf mir! Ich muss meinen Bruder zurück ins Leben führen. Er hält sich schon in der Zwischenwelt auf.

Tatijanas erschrockenes Einatmen entging ihm nicht. Beide wussten, dass es äußerst schwierig war, jemanden zurückzuholen, der dem Tod so nahe war. Das Einzige, was Dimitri noch aufgehalten hatte, war das Wissen, wie sehr seine Seelengefährtin ohne ihn leiden würde, auch wenn er sie noch nicht für sich beansprucht hatte.

Fen eilte zu seinem Bruder zurück und kniete sich hin, um seinen Speichel mit von lykanischem Blut durchdrungener Erde zu vermischen und sie auf die schlimmsten von Dimitris Wunden zu packen. Dann holte er tief Luft und verließ seinen physischen Körper wieder, um zu reinem Licht zu werden.

In seiner Muttersprache und seinem charismatischsten und gebieterischsten Tonfall nahm er den jahrhundertealten, machtvollen Heilgesang seines Volkes wieder auf.

»Die Seele meines Bruders ist nur noch zur Hälfte hier. Die andere Hälfte irrt in der Totenwelt umher. Meine große Tat ist diese: Ich mache mich auf die Reise, um die andere Hälfte meines Bruders zu finden.«

Tatijana setzte sich neben ihn. »Wir tanzen. Wir singen.« Sie entnahm die Worte Fens Bewusstsein. »Wir träumen ekstatisch.«

»Um meinen geistigen Vogel herbeizurufen und die Tür zu der anderen Welt zu öffnen«, fuhr Fen fort.

Und schon spürte er die Kälte jenes anderen Ortes. Er war dort nach einem Kampf schon des Öfteren gewesen, hatte sich aber noch nie so weit wie Dimitri auf die andere Seite begeben.

»Ich setze mich auf meinen geistigen Vogel, und wir beginnen, uns zu bewegen. Wir sind unterwegs.« Er ließ seinen Worten Taten folgen und stieg an diesem langen Baum ins Dunkel und in die Kälte hinab, um Dimitri zu finden und ihn zurückzubringen. »Dem Stamm des Großen Baumes folgend, fallen wir in die Unterwelt.«

Sein eigener Atem fühlte sich wie Eis an. »Es ist sehr, sehr kalt.« Schlimmer als kalt. Er war noch nie so weit in dieser anderen Welt gewesen. In der Finsternis konnte er Heulen und Zähneknirschen hören, doch er ging weiter, ungerührt von dem, was ihn an einem Ort verfolgen mochte, an dem er nichts zu suchen hatte.

Er war mit Dimitri verbunden. Sie waren Brüder, und es bestand eine starke geistige Verbindung zwischen ihnen. »Mein Bruder und ich sind im Geiste, in unserem Herzen und unserer Seele miteinander verbunden. Meines Bruders Seele ruft mich. Ich höre den Ruf und folge der Spur.«

Als er sich dem schwachen Licht näherte, von dem er wusste, dass es Dimitris war, näherte sich etwas Dunkles und Schreckliches, aber auch Vertrautes. Etwas, das auch mit leiser, sanfter Stimme zu Dimitri sprach. »Hier bin ich, der Dämon, der meines Bruders Seele frisst.«

Fen kannte diese täuschend angenehme Stimme nur zu gut. Er würde sie überall erkennen. Fen war der älteste Bruder, Dimitri der jüngste, doch zwischen ihnen war noch Demyan gewesen, und fast von Anfang an hatte Demyan sich davor gedrückt, seine Pflicht zu erfüllen. Er war kein Mann von Ehre gewesen, und daher war es nicht überraschend für Fen gekommen, dass er schon früh den Weg der Untoten gewählt hatte. Dennoch war es hart für ihn gewesen zu entdecken, dass sein eigener Bruder sich dafür entschieden hatte, seine Seele aufzugeben und zum Vampir zu werden.

Danach hatte Fen sicherheitshalber oft nach Dimitri gesehen. Über die Jahrhunderte hinweg hatte er sich jedoch davon überzeugen können, dass sein jüngster Bruder ein Mann war, mit dem man rechnen musste, und dass Dimitri sich nie vor seinen Pflichten drückte, egal, wie schwierig sie auch waren. Und so war es auch sein jüngster Bruder gewesen, an den Fen sich gewandt hatte, als er gemerkt hatte, dass er sowohl Lykaner als auch Karpatianer war. Und Dimitri hatte ihm ohne Zögern einen Zufluchtsort geboten, an den er sich zurückziehen konnte, wenn er Ruhe und Heilung brauchte. Fen war der Grund gewesen, dass Dimitri mit den Wölfen in der Wildnis Bruderschaft geschlossen und Zufluchtsorte für sie eingerichtet hatte.

Demyan appellierte an Dimitris müde Seele und versprach

ihm Ruhe, Frieden und das Ende aller Schmerzen. Der Untote war so darauf konzentriert, Dimitris Licht an sich zu bringen, dass er Fen nicht einmal durch das Dunkel auf sich zukommen sah. Wahrscheinlich hätte er nie damit gerechnet, dass Fen seinem Bruder so weit folgen würde.

Wut stieg in Fen auf, heftige, wilde Wut, die ihn zittern ließ. Der Gedanke, dass Demyan all diese Zeit gewartet hatte, hier in der Dunkelheit verborgen, um einem seiner Brüder im Tod hier zu begegnen, machte Fen zorniger, als er je gewesen war. Dimitri hatte lange ehrenvoll in der Welt gekämpft, und jetzt, da er am verwundbarsten war und das Lebenslicht in ihm langsam erlosch, wollte sein eigener Bruder ihm die Ehre stehlen!

Wütend schlug Fen aus der Dunkelheit zu, im selben Moment, als Demyan nach Dimitris flackerndem Licht griff. Dimitri musste jedoch Gefahr gespürt haben, selbst im Angesicht des Todes noch, denn sein schwaches Lebenslicht entzog sich Demyans ausgestreckten, gierigen Fingern, und wenn auch nur für ein paar Zentimeter. Fen packte seinen ehrlosen Bruder und riss ihn zurück. Demyan schrie auf und stieß ein lang gezogenes, entsetztes Heulen aus, als er herumfuhr und seinen ältesten Bruder Fen zum Kampf gerüstet sah.

Nenäm ćoro; o kuly torodak. *Im Zorn bekämpfe ich den Dämon.*

Er flüsterte die Worte in Dimitris Bewusstsein, aber auch in Demyans. Es war der noch größere, mächtigere Heilgesang, den er jetzt in der Sprache ihrer Ahnen anwandte.

O kuly pél engem. *Er fürchtet mich.*

Finster starrte er Demyan in die Augen. *Du hast auch allen Grund, mich zu fürchten. Was fällt dir ein, auch nur daran zu denken, die Seele unseres Bruders zu stehlen?*

Tatijana, ruf den Blitz herab und gib ihn mir!, wandte Fen sich auf telepathischem Wege an sie. Er spürte ihre sofortige

Reaktion, hörte sogar das Knistern der heißen Energie, die sie durchströmte.

Ohne den Blick von Demyans Augen abzuwenden, sprach er im Geiste den nächsten Satz des heilenden Gesangs. Lejkkadak o kaŋa salamaval. *Ein Blitz wird seine Kehle treffen.*

Demyan versuchte zu entkommen, doch es war zu spät – der Blitz folgte Fen den Baum des Lebens hinunter und schlug mit absoluter Zielsicherheit in Demyans Kehle ein. Für einen Moment erhellte das gleißende Licht die Welt darunter, und Fen konnte die anderen schattenhaften Wesen sehen, die gierigen roten Augen, die Nacht für Nacht beobachteten, wie reine Seelen voller Licht sich außerhalb ihrer Reichweite vorbeibewegten. Auch sie warteten wie Demyan auf eine Seele, die ihre Stimme erkennen würde und noch nicht im nächsten Reich war – eine, die dem Tod bereits sehr nahe, aber noch nicht wirklich tot war.

Die Kreaturen waren näher gekommen – zu nahe. Sie wurden nicht angelockt von Dimitris ersterbendem Licht, da sie ihn geistig nicht erreichen konnten, sondern von dem Geruch von Fens Blut. Er hatte offene Wunden, um die er sich noch nicht gekümmert hatte. Wie schlimm die Verletzungen waren, wusste er nicht, und es interessierte ihn im Moment auch nicht.

Der gleißend helle Blitz fuhr zischend durch die Dunkelheit, und Demyan fiel zurück wie die anderen hungrigen Kreaturen, geblendet von dem schockierend weißen Schwert aus purer elektrischer Energie, das die absolute Finsternis zerriss.

Mit der vereinten Kraft des Lykaners und Karpatianers packte Fen seinen in Ungnade gefallenen Bruder und sah ihm in die Augen. *Ich zerbreche seinen Körper mit meinen bloßen Händen.*

Demyan schüttelte den Kopf, weil er wusste, was in dem heilenden Singsang als Nächstes kam, aber kein Laut entrang sich seinen Lippen. Er durfte kein Erbarmen erwarten. Fen hatte keins mit ihm.

Er wird verbogen und fällt auseinander. Während Fen die Worte skandierte, riss er Demyan in der Mitte entzwei und zerfetzte die beiden Teile. »Er läuft davon«, flüsterte er ins Dunkel, als Demyan kreischend und heulend versuchte, die Fetzen einzusammeln und sich davonzumachen, bevor die in der Nähe lauernden Kreaturen sich mit all ihrer Gier und ihrem Hunger auf ihn stürzten.

Fen wandte sich wieder Dimitris verblassendem Licht zu. Die Lebenskraft war fast erloschen. »Ich rette die Seele meines Bruders«, setzte er den heilenden Gesang laut fort.

Als er sich dem Lebenslicht seines Bruders näherte und ihn mit seinem eigenen, viel helleren und stärkeren Licht umgab, hörte er eine sanfte weibliche Stimme, die nicht Tatijanas war, zu Dimitri sprechen.

Verlass mich nicht! Bleib! Bleib bei mir! Ich weiß, dass du müde bist. Ich weiß, dass du dich quälst. Ich weiß, dass ich sehr viel verlange, aber geh nicht ohne mich, Dimitri, mein Geliebter! Mein Ein und Alles. Bleib bei mir!

Die leise, eindringliche Bitte war so intim, dass es Schuldgefühle in Fen weckte, sie zu hören. Die Stimme gehörte Skyler, Dimitris junger Seelengefährtin, die einen ganzen Kontinent von ihm entfernt war und dennoch um ihn kämpfte. Wie stark musste sie sein, dass sie so weit reichen konnte? Sehr wenige Karpatianer konnten eine solche Entfernung überwinden. Sie war ein Mensch, ein Kind noch nach den Maßstäben der karpatianischen Gesellschaft, und trotzdem kämpfte sie so tapfer um ihren Seelengefährten, wie jede erwachsene Karpatianerin es täte.

Das Licht wurde ein bisschen stärker, als gäbe Dimitri sich ihretwegen Mühe.

Skyler musste Fens Gegenwart gespürt haben, denn er merkte, dass sie plötzlich innehielt und ihn prüfend ansah. Als versuchte sie, ihn einzuschätzen. Sie wirkte nicht wie ein Kind auf ihn, sondern wie eine Frau. Wie eine Kriegerin, die bereit war zu kämpfen, falls es nötig sein sollte. Sie versuchte ganz offensichtlich einzuschätzen, ob er Freund oder Feind war. Er konnte wirklich spüren, wie sie sich für einen Kampf rüstete, und ihre Kraft war enorm und völlig unerwartet.

Ich werde ihn von diesem finsteren Ort zurückholen. Ich bin Fenris Dalka, Dimitris ältester Bruder. Ich werde ihn nicht in diesem Reich der Finsternis zurücklassen. Ich habe lange und hart um ihn gekämpft. Er wird heute Nacht nicht sterben.

Sie schwieg einen Moment, nicht, um seine Worte abzuwägen, sondern um ein Gefühl für Fen zu bekommen. Sie war in der Tat sehr stark. Und er mochte sie. Skyler war eine passende Lebensgefährtin für einen Krieger, der jahrhundertelang erfolgreich die Untoten gejagt und dem Ruf der Finsternis widerstanden hatte.

Danke, sagte sie lediglich.

Fen spürte ihre Bewegungen in Dimitris Geist, ihre flüchtige Berührung und ihre Zärtlichkeit, mit der sie ihm Kraft verlieh. Aber dann verblasste auch sie, da die Entfernung zu groß war, um die geistige Verbindung lange aufrechterhalten zu können.

»Ich halte die Seele meines Bruders in der hohlen Hand«, flüsterte Fen und hielt Dimitris Leben fest umfangen. »Ich setze ihn auf meinen geistigen Vogel. Indem wir dem Baum des Lebens nach oben folgen, kehren wir ins Land der Lebenden zurück.«

Schwankend vor Erschöpfung, kehrte Fen in seinen eigenen Körper zurück und sah sich um. Viel Zeit war vergangen, ohne dass er es bemerkt hatte. Ein Frösteln durchlief ihn. Die Kälte dieses fernen Ortes kroch selbst einem Karpatianer bis in die Knochen. Tatijana hatte die Nebelwand erhalten. Er konnte hören, dass Zev sie rief. Seine Stimme war schon kräftiger.

»Gib mir noch einen Moment! Wir versuchen, Dimitri zu retten«, antwortete Tatijana. »Die Werwölfe sind nicht zurückgekehrt. Ich helfe Fen beim Schließen dieser schlimmen Wunden.«

Sie wartete, bis Fen sich zu ihr umdrehte und sie ansah. Dann kniete sie neben ihm nieder, legte ihm die Hände auf die Schultern und beugte sich vor, um die schlanke Biegung ihres Halses freizulegen. Sein Herz verkrampfte sich. Selbst hier, unter solch furchtbaren Umständen, war Tatijana ruhig, dachte voraus und sorgte für ihn.

Fen zögerte nicht. Er schloss sie in die Arme, strich einmal mit der Zunge über diesen so verlockenden Puls und grub dann tief seine Zähne in ihre zarte Haut und trank. In seinem Kampf, Dimitri zu retten und ihn vom Rande des Todes zurückzubringen, hatte er kostbare Energie verbraucht. Er musste seinem Bruder noch mehr Blut geben und mit der Heilung seiner Wunden fortfahren, bevor er ihn in die belebende, heilende Erde legte.

Tatijana nahm seinen Kopf zwischen die Hände, während er trank, und streichelte sein Haar und seine Schläfen. Sie schmeckte himmlisch. Wie ein Wunder. Fen hatte noch nie über Geschmack nachgedacht, wenn er Nahrung aufgenommen hatte, aber der ihre verweilte auf seiner Zunge und löste einen wahren Rausch in seinen Adern aus. Fen spürte, wie sie sich in seinem ganzen Körper verströmte und Organe, Knochen, Gewebe, einfach alles von ihm beanspruchte. Kraft durchflutete ihn bei dem Zustrom ihres uralten karpatianischen Blutes. Sie entstammte einem sehr alten, starken Geschlecht und gab ihm großzügig und reichlich, was er brauchte. Danach achtete er darauf, die kleine Bisswunde an ihrem Hals sehr sorgfältig zu schließen, damit Zevs scharfe Augen sein Geheimnis nicht entdeckten.

»Du hast selbst sehr viele Wunden, Fen«, sagte sie. Sie schloss die Augen und legte ihre Hände auf die geringfügigeren Verletzungen, während Fen sich wieder auf die noch offene Bauchwunde seines Bruders konzentrierte.

»Wie du, meine Liebe«, sagte Fen nach einem prüfenden Blick auf sie.

»Ich habe die meisten von ihnen geheilt, während ich in der Luft war. Mach dir keine Sorgen um mich und erhalte Dimitri am Leben!«

Fen beugte sich über ihn, und während er eine Hand über seine offene Wunde hielt, versorgte er seinen Bruder erneut mit Blut aus seinem anderen Handgelenk. *Trink reichlich, mein Bruder, dann kannst du dich ausruhen!*

Tatijanas Hände strahlten eine wunderbare Wärme aus, die sie auf Dimitris Körper übertrug, während Fen heilendes Licht auf seine Bauchverletzung konzentrierte. Als Dimitri genügend Blut zu sich genommen hatte, um Fen für den Moment zufriedenzustellen, begann er, jede einzelne Wunde am Körper seines Bruders mit einer Mischung aus mit Lykaner-Blut getränkter Erde und seinem eigenen Speichel zu bedecken.

Lenk Zev ab, während ich eine Ruhestätte für meinen Bruder suche!, wies er Tatijana an und hob Dimitri auf die Arme.

Sie nickte. Tatijana sah ein wenig müde aus und war sehr blass. Sie hatte noch kein Blut zu sich genommen und trotzdem gekämpft wie eine Löwin, war verwundet worden wie die anderen und hatte alles in ihrer Macht Stehende getan, um Zev zu retten.

Ich werde schnell zurückkehren, um mich um dich zu kümmern, meine Liebe. Verzeih mir, dass ich dich nicht als Erste versorgt habe!

Dann hätte ich dich weniger gemocht, erwiderte sie und erhob ihre Stimme. »Zev, ich bin gleich bei dir. Tut mir leid, dass es so lange gedauert hat.«

Der Nebel um sie herum verdichtete sich noch mehr, und Fen wusste instinktiv, dass das Tatijanas Werk war.

Fen schwang sich mit seinem Bruder in den Armen in die Luft. Es war lange her, seit er seine karpatianischen Fähigkeiten genutzt hatte. Die Gestalt eines Lykaners beizubehalten und wie einer zu denken und zu leben hatte es ihm ermöglicht, die stets präsente Finsternis in Schach zu halten. Doch nun brauchte er seine karpatianischen Fähigkeiten. Er musste einen sicheren Ort finden, an dem sein Bruder ruhen und seine Wunden heilen konnte. Natürlich würde er ihn in der Erde aufsuchen und ihm Blut geben, wann immer er es brauchte, aber es durfte kein Ort sein, den vielleicht schon ein anderer als Unterschlupf benutzte. Keine Höhle also.

Er fand ein üppig bewachsenes Feld und wusste, dass die Erde außerordentlich reichhaltig sein musste. Ein Hund bellte in der Nähe des heruntergekommenen Bauernhauses, und er brachte ihn instinktiv zum Schweigen. Dann öffnete er die Erde für seinen Bruder. Er ging tief, sehr tief, und wob einen Schutzzauber über dem anderen, weil Dimitri hilflos und verwundbar sein würde, sollte irgendein Feind ihn hier finden. Als die Grube tief genug war, schwebte er mit seinem Bruder in den Armen in sie herab und bettete ihn behutsam in die fruchtbare und heilkräftige Erde. Fast augenblicklich spürte er wieder *ihre* Gegenwart. Es war diese junge und zugleich alte Seele, die Dimitris Gefährtin des Lebens war. Er wartete, während sie sich prüfend durch Dimitris Geist bewegte und sich vergewisserte, dass er noch lebte, auch wenn er dem Tode noch immer nahe war.

Er wird nicht sterben, erklärte sie. *Das wirst du doch nicht, mein Liebster?*

Als Dimitri sich bewegte, wie um zu antworten, strich sie vorsichtig, als wären es kleine Pinselstriche, mit den Fingerspitzen über die Risse und Ritzen, durch die die Finsternis in Dimitris Bewusstsein eingedrungen war. *Verhalte dich ruhig, Liebster! Ich werde bald zu dir kommen, wenn du geheilt und wieder stark bist. Aber zunächst einmal ruhst du dich aus. Nimm meine Liebe und hüll dich in sie ein, während du schläfst! Das Gleiche tat ich so viele unruhige Nächte mit deiner Liebe.*

Eine schlichte, völlig ungekünstelte Aufrichtigkeit lag in ihrer Stimme; eine Geradlinigkeit und Zuneigung, die nicht zu überhören waren. Ihre Gefühle für seinen Bruder gingen tief, das spürte Fen. Und die Verbindung zwischen Dimitri und Skyler war stark. Sie waren schon eng miteinander verflochten, trotz der großen Entfernung zwischen ihnen.

Mutter Erde, ich rufe dich um Hilfe an. Durch ihre Verbindung zu Dimitri drang Skylers Stimme auch wieder in Fens Bewusstsein ein. *Dies ist Dimitri, mein Seelengefährte. Die andere Hälfte meiner Seele. Ich bitte um eine Gunst für deine Tochter. Halte ihn ganz fest in deinen Armen! Heile ihn von allen Wunden! Er ist ein großartiger Krieger und hat seinem Volke stets ehrenhaft gedient. Beschütze ihn vor allem Übel, während du ihn umfangen hältst! Ich bitte dich in aller Demut und Bescheidenheit darum.*

Fen konnte tatsächlich die leichte Bewegung der Erde um sie herum spüren. Noch fruchtbarere Erde stieg zu ihnen auf, um ein Bett für Dimitri zu formen. *Schlaf gut, mein Bruder! Ich danke dir für deine Hilfe heute Nacht. Ohne dein Eingreifen hätte ich Bardolf vielleicht nicht rechtzeitig erreicht, um Tatijana zu retten.*

Er wartete, bis die Grube sich gefüllt hatte und das Feld wieder genauso aussah wie zuvor. Erst dann kehrte er zu dem Schlachtfeld im Wald zurück.

KAPITEL VIER

»Was für ein Kampf!«, sagte Zev, als Fen aus dem sich lichtenden Nebel zu dem Lykaner herüberkam, der halb sitzend, halb liegend an einem Baumstamm lehnte.

»Du siehst ein bisschen mitgenommen aus«, bemerkte Fen.

Ein bisschen war stark untertrieben. Tatsächlich war Zev von Kopf bis Fuß mit den Spuren scharfer Fänge und Krallen bedeckt, die ihm die Haut aufgerissen und das Fleisch zerfetzt hatten. Die Schmerzen, die er haben musste, ertrug er allerdings mit unerschütterlicher Ruhe.

»Vielleicht solltest du selbst mal einen Blick in den Spiegel werfen«, gab Zev mit einem breiten Grinsen zurück, das seine blendend weißen Zähne in der Dunkelheit aufblitzen ließ.

An der Art und Weise, wie er sich bewegte, konnte Fen jedoch erkennen, in welch schlechter Verfassung der Lykaner war. Wie Dimitri hatte er die ganze Wucht des letzten Angriffs auf sich genommen, um Fen Zeit zu verschaffen, Tatijana vor dem *Sange rau* zu retten.

»Nein, danke, darauf verzichte ich lieber. Tatijana hat sich um die Kadaver gekümmert, und ich muss diese beiden dort oben noch nach Hause bringen«, erwiderte Fen und deutete mit dem Kopf auf Enre und Gellert, die, noch immer von Schutzzaubern umhüllt, im Baum festsaßen. »Ich muss allerdings gestehen, dass ich müde bin.« Er ließ sich auf dem Boden nieder, weil er eine jähe Schwäche in den Beinen spürte. Fen hatte Dimitri sehr viel Blut gegeben und sich bisher noch nicht um seine eigenen Wunden gekümmert.

»Du wusstest, dass er hier war, nicht? Diese Abscheulichkeit, meine ich. Du hast ihn bis hierher verfolgt.«

Fen zuckte mit den Schultern. Es störte ihn nicht, dass Zev Bardolf als Abscheulichkeit bezeichnete. Die Untoten hatten sich dazu entschieden, ihre Seele aufzugeben, nur wusste er leider, dass Zev auch ihn für eine Abscheulichkeit oder einen *Sange rau* halten würde, wenn er die Wahrheit über Fens vermischtes Blut erführe. »Ich hatte Verdacht geschöpft. Als ich auf das Rudel stieß, dachte ich, ich sollte besser versuchen, Schadensbegrenzung zu betreiben und sie einen nach dem anderen zu erledigen, wenn möglich. Aber dann sah ich, was sie angerichtet hatten, und selbst für ein verwildertes Rudel erschienen mir diese Massaker zu brutal.«

»Das wusste ich nicht«, gab Zev zu. »Doch ich hätte es vermuten müssen«, fügte er hinzu, offenbar ärgerlich auf sich selbst. »Du nanntest ihn beim Namen.«

»Mein Rudel wurde vor Jahren von dem *Sange rau* vernichtet, und daraufhin schloss ich mich einem anderen Rudel in der Gegend an«, erklärte Fen. »Bardolf war der Leitwolf dieses Rudels. Er war ... brutal zu den jüngeren Mitgliedern. Ich hatte es sehr schwer bei ihm und wusste, dass ich nicht lange würde bleiben können.«

»Das kann ich mir vorstellen. Schließlich bist du selbst ein Alphatier, wie es im Buche steht. Man sollte meinen, du hättest längst ein eigenes Rudel«, stellte er mit einer Mischung aus Belustigung und Zweifel in der Stimme fest.

»Ein paar Monate, nachdem mein Rudel nahezu vernichtet worden war, wurde Bardolfs von demselben *Sange rau* angegriffen, der auch fast mein gesamtes Rudel ausgelöscht hatte. Dieser Teufel hinterließ Gräuel und Gemetzel, wohin er ging, und tötete jeden, der seinen Weg kreuzte. Zuerst nahm er sich die Frauen und Kinder vor, und dann begann er, die Männer zu töten. Bardolfs Gefährtin und seine Kinder starben beim ersten Angriff, und Bardolf geriet daraufhin fast völlig außer sich und machte sich allein auf die Jagd, während wir die Toten verbrannten. Niemand bemerkte anfangs, dass er nicht mehr da war, aber schließlich spürten wir ihn in einer Höhle in den Bergen auf.«

Fen legte den Kopf an den Baumstamm und schloss die Augen, als Tatijana sich neben ihn hinkniete. Statt nach diesem grauenvollen Kampf nach Blut und Tod zu riechen, verströmte sie wieder diesen ganz eigenen Duft nach Wald, erfrischend kühlem Regen und wildem Honig, den Fen so überaus betörend fand. Sanft strich sie mit den Händen über seine Wangen, und sofort überkam ihn eine angenehme Ruhe. Er blickte in ihr Gesicht, das von vollkommener Schönheit war mit der makellosen Haut, den langen, fedrigen Wimpern und den smaragdgrünen Augen, die aufleuchteten, als sie ihm ein Lächeln schenkte.

»Auch deine Wunden müssen versorgt werden, Fen«, erinnerte sie ihn sanft.

»Genau wie deine, meine Liebe«, antwortete er und ließ seine Finger zu der Verletzung an ihrer Schulter gleiten.

Ein jäher Windstoß fegte durch die Bäume, der Laub und Nebelfetzen zwischen die beiden Männer trieb und für einen Moment Fens Mund verbarg, der mit heilendem Speichel über Tatijanas Wunde glitt.

»Es ist nichts Ernstes«, sagte sie Zevs wegen laut. »Lass mich nach deinen Wunden sehen, Fen, die sehr viel schlimmer sind. Ich werde bald unter die Erde gehen müssen, und dann verheilen meine Verletzungen sehr schnell.«

Fen war stolz auf sie. Sie reagierte auch auf den kleinsten Wink. Was Zev anging, hatte Fen Lykaner zu sein, und Tatijana hatte sehr viel dazu beigetragen, sein Geheimnis zu bewahren. Jetzt beugte sie sich über seine Wunden, wobei ihr Körper vor Zev zum Teil verdeckte, was sie tat. Doch Fen war deswegen auch nicht allzu sehr besorgt, denn Karpatianer waren schließlich für ihre Heilkräfte bekannt.

Ihre Zunge strich über die Wunde, und sein ganzer Körper zog sich plötzlich krampfartig zusammen. Ihre Augen waren geschlossen, und sie sah so unglaublich sinnlich aus, dass sie ihm schier den Atem raubte. Ja, er war fast ein bisschen schockiert darüber, wie heftig sein Körper auf Tatijana reagierte.

Mir geht es genauso.

Ihre weiche Stimme in seinem Bewusstsein fühlte sich fast ebenso sinnlich an wie ihre Zunge an seiner Wunde. Und sie versuchte auch nicht, ihr eigenes Erstaunen – oder Verlangen – vor ihm zu verbergen.

»Du sagtest, ihr hättet Bardolf in einer Höhle in den Bergen aufgespürt«, bemerkte Zev, um den Faden wieder aufzunehmen.

Fen konnte gar nicht anders, als Tatijanas Gesicht mit sanften Fingern zu berühren. Sie lächelte, ohne in ihrer Arbeit innezuhalten, und hob unauffällig eine Hand voll Erde zwischen ihnen auf, die sie mit ihrem Speichel vermischte, um Fens schlimmste Bisswunden und Kratzer damit abzudecken.

»Was von dem Rudel noch übrig war, begleitete mich, um Bardolf zu suchen – und ihm beizustehen. Wir waren jedoch nicht mehr viele und hatten Verwundete bei uns, sodass wir also nicht so schnell vorankamen, wie wir es wollten. Wir wagten aber nicht, die Verwundeten allein zu lassen – schließlich war der *Sange rau* ganz in der Nähe –, doch wir wollten auch nicht riskieren, dass Bardolf ihn fand und allein den Kampf mit ihm aufnahm. Ich konnte die anderen nicht sich selbst überlassen, um voranzugehen, weil ich wusste, dass keiner von ihnen die Fähigkeit besaß, mit einer Bestie wie der fertigzuwerden, mit der wir es zu tun haben würden. Das verschaffte Bardolf einen guten Vorsprung vor uns.«

Fen war müde. So müde und erschöpft war er seit langer, langer Zeit nicht mehr gewesen. In der Zwischenwelt zu kämpfen, gestaltlos und nur mit seinem Verstand und Geist bewaffnet, war sehr aufreibend gewesen. Tatijana schien das zu wissen, denn ihre Hände bewegten sich mit erstaunlicher Entschiedenheit über ihn und nahmen ihm einen Teil der Last ab. Zev veränderte seine Haltung und stöhnte leise, was Fen auf den Gedanken brachte, dass Tatijana die gleichen Heilungsrituale auch bei dem Lykaner angewendet hatte.

Nicht die gleichen, widersprach sie ihm im Geiste, und ihr Atem strich wie ein warmer Hauch über Fens Haut, als sie ihm das Haar aus dem Gesicht strich, um einen besonders hässlichen Kratzer freizulegen.

Wieder spannte sein Körper sich ganz unerwartet an. *Nein, nicht die gleichen, meine Liebe*, stimmte er ihr zu und erfüllte ihren Geist mit seiner Wärme. Es war das Einzige, was er ihr in diesem Augenblick geben konnte.

Aus Furcht, Tatijana in noch größere Gefahr zu bringen, blickte Fen zu Zev hinüber. Bei seiner Müdigkeit wäre es nur allzu leicht, Fehler zu machen.

Zevs Augen waren geschlossen. Tiefe Furchen hatten sich in seine Züge gegraben, und er sah genauso erschöpft aus, wie Fen sich fühlte.

Unwillkürlich lachte er leise. »Wir sind in großartiger Verfassung, Zev. Ich freue mich wirklich nicht auf einen weiteren Tanz mit diesem Haufen, zumindest nicht heute Nacht. Abgesehen davon, dass ich unsere beiden betrunkenen Freunde dort oben sicher heimbringen muss, liegt noch jemand im Wald, der von den Werwölfen getötet wurde. Tatijana und ich haben die Leiche auf dem Weg zum Dorf gefunden. Das war es, was uns so schnell zurückkehren ließ.«

Zev bewegte sich, als wollte er sich erheben. Tatijana fuhr zu ihm herum und hob die Hand, um ihn zurückzuhalten. Er stöhnte, aber er fügte sich.

»Ich weiß nicht, wie schnell Lykaner gesunden«, sagte sie, »doch *so* schnell sicher nicht. Wenn du nicht willst, dass die Wunden wieder aufbrechen, dann lass dir noch ein paar Minuten Zeit! Ich werde dich zu deinem Gasthof zurückbringen, damit du dich ausruhen kannst, aber vorher muss ich Fen versorgen. Und wag es ja nicht, dich zu rühren!«

Zev lachte. »Sind alle Karpatianer so herrisch?«

Tatijana krauste ein wenig die Nase, doch ihre Augen funkelten vergnügt. »Nur die Frauen. Wir müssen so sein. Unsere Männer sind schwierig, weißt du, und daher bleibt uns gar nichts anderes übrig.« Als sie ihre smaragdgrünen Augen wieder auf Fen richtete, glitzerten sie vor Belustigung, was sie noch schöner aussehen ließ denn je.

»Wenn eure Männer euch nicht anständig behandeln, haben sie keinen Verstand im Kopf«, erklärte Zev. »Du bist eine schöne Frau und eine fabelhafte Kämpferin, Tatijana. Du hast nicht mal Angst gehabt, oder?«

Fen erstarrte innerlich und blickte um Tatijana herum zu Zev. Der Lykaner flirtete jedoch ganz offensichtlich nicht, sondern hatte nur eine sachliche Feststellung gemacht. Fen beruhigte sich schnell wieder, obwohl er gerade noch sehr angespannt und kampflustig gewesen war.

Tatijana stieß ihn an. »Gib fein acht, Wolfsjunge!«

Zev kicherte. »Der ist gut. Du kämpfst wie die Elite.«

Es war eine hinter einem beiläufigen Ton versteckte Frage.

Fen zwang sich zu einem breiten Lächeln, das seine starken weißen Zähne zeigte. Er hatte nun schon so lange als Lykaner gelebt, dass es ihm zur zweiten Natur geworden war. Er dachte wie ein Lykaner und würde ganz sicher keinen Fehler machen. Zev war listig, intelligent und unerschütterlich, ein sehr geschickter und erfahrener Kämpfer. Er war in ihren Kreis getreten und hatte versucht, sie wegzuschicken, und wenn sie gegangen *wären*, hätte er es ganz allein mit dem gesamten Rudel aufgenommen.

»Ich bin viel herumgekommen, und als Einzelgänger ohne Rudel jage ich mehr als die meisten anderen«, räumte Fen vorsichtig ein. »Seit ich den Verdacht hatte, dass Bardolf das abtrünnige Wolfsrudel anführte, habe ich die meiste Zeit damit verbracht, sie zu verfolgen und einen nach dem anderen auszuschalten.« Er warf Zev ein rasches Lächeln zu. »Ein paar Mal sind sie auf mich losgegangen und haben mir ganz schön das Fell gegerbt.«

Zev betrachtete ihn prüfend – mit Augen, die zu alt und viel zu scharf waren. »Das bezweifle ich. Aber du hast deinen Teil an Kämpfen gesehen. Du bist ebenso geschickt wie ich, vielleicht sogar noch geschickter, und das will schon etwas heißen.«

Fen hatte nicht so viel vor Zev verborgen, wie er es gern getan hätte. Zev gehörte zur Elite der Lykaner, von denen es nicht sehr viele gab. Ihre Geburt ging viel zügiger vonstatten, und sie waren auch viel stärker und intelligenter als die anderen Lykaner. Sie regenerierten sich auch viel schneller nach Verwundungen. Wenn ein Rudel ein Kind mit solchen Eigenschaften entdeckte, wurden es – egal, ob Mädchen oder Junge – zur Ausbildung auf eine Spezialschule geschickt.

»Du kannst noch nicht sehr alt gewesen sein, als dein Rudel vernichtet wurde«, stellte Zev fest.

Tatijana hockte sich auf die Fersen. »Das war's, meine Herren. Ihr werdet es beide überleben, obwohl ich vorschlagen würde, dass ihr beim nächsten Mal ein bisschen flinker seid. Denn falls ihr es noch nicht bemerkt habt, habe *ich* sehr wenige Bisswunden davongetragen.« Sie bedachte die beiden Männer mit einem frechen Grinsen.

Sie sind nur schon verheilt, meine Liebe, und deswegen ist es unfair, was du sagst, gab Fen auf telepathischem Wege zurück.

Die Lykaner sahen sich an und lachten beide. Die Spannung zwischen ihnen schien sich mit Tatijanas Bemerkung aufgelöst zu haben.

»Erzähl mir den Rest der Geschichte von Bardolf und der Höhle!«, ermutigte Zev ihn. »Wenn du wirklich glaubst, dass er der Leitwolf dieses Rudels ist, muss ich alles über ihn erfahren.«

»Wir fanden große Mengen Blut, Brandflecken und Zeichen eines fürchterlichen Kampfes. Keine Leichen, aber wir wussten, dass Bardolf mit dem *Sange rau* zusammengetroffen war. Wir alle glaubten, Bardolf sei von ihm getötet worden, doch so sehr wir auch suchten, wir fanden keine Leiche.«

Ein kurzes Schweigen entstand. Dann schüttelte Zev den Kopf. »Die anderen glaubten, Bardolf sei an jenem Tag gestorben. Du wusstest, dass er noch lebte«, sagte er und ließ es gar nicht erst wie eine Frage klingen.

»Der Bardolf, den wir alle kannten, starb tatsächlich an jenem Tag. Er hatte sich mit dem *Sange rau* angelegt, und irgendwie wurde er wie der, den er bekämpft hatte. Ich war mir nicht sicher, doch je genauer ich mir das Schlachtfeld ansah, desto unnatürlicher erschien es mir. Alles wirkte irgendwie inszeniert. Die Brandflecken, die verdorrten Pflanzen, überall Blut, aber keine Leiche ... Irgendetwas stimmte nicht, das wusste ich.«

Fen konnte spüren, wie seine Kräfte nach und nach zurückkehrten. Tatijanas machtvolles Blut und ihre Heilkunst wirkten bereits Wunder, und bald würde auch sein Lykaner-Blut zu wirken beginnen und dazu beitragen, seine Heilung zu beschleunigen.

»Wo wohnst du, Zev?«, fragte Tatijana. »Ich kann dich dorthin bringen. Bist du schon einmal auf einem Drachen geritten?«

»Das kann ich leider nicht behaupten«, gab Zev schulterzuckend zu. »Ich bin im Laufe der Jahre mit einigen Karpatianern zusammengekommen, aber nur, um mit ihnen zu jagen. Nicht einer von ihnen war so zuvorkommend, mir einen Heimflug anzubieten.« Er schenkte ihr ein müdes Grinsen. »Natürlich waren sie nicht annähernd so schön wie du. Und ich hätte ihnen vielleicht widersprechen müssen, wenn sie behauptet hätten, ich schaffte es nicht allein nach Hause.«

»Natürlich würdest du es schaffen«, sagte Tatijana. »Doch ich habe ganz bestimmt nichts gegen einen Begleiter einzuwenden.«

Du bist erstaunlich, sagte Fen zu ihr. *Zev ist ein sehr stolzer Mann, doch du hast ihn seinen Stolz vergessen lassen.*

Er mag ja stolz sein, aber er ist auch ziemlich schwer verletzt. Selbst mit seinem Blut und meinem wird er einige Tage brauchen, um völlig wiederhergestellt zu sein.

Fen erschrak. *Ist ihm bewusst, dass du ihm Blut gegeben hast?*

Vor Hunderten von Jahren hatten die Lykaner noch nicht gewusst, wie es zu den Mischlingen aus Lykanern und Karpatianern kam. Oder zu denen aus Lykanern und Vampiren. Offensichtlich machten die Lykaner keine Unterschiede zwischen dem einen oder anderen, sondern sahen beide Mischlingsarten als gewaltige Bedrohung an. Es hatten allerdings so wenige Kreuzungen stattgefunden, dass der Rat der Lykaner vielleicht noch unsicher war, doch sie mussten es in diesem Jahrhundert irgendwie erraten haben. Sie hatten Zugang zu Laboratorien, sie forschten und studierten, weswegen die Wahrscheinlichkeit sehr hoch war, dass sie inzwischen eine Vermischung von Blut vermuteten.

Ich war vorsichtig, beruhigte Tatijana ihn, *er hat nichts davon gemerkt. Ruh dich aus, bis ich zurückkehre! Und sei wachsam! Schlaf mir nur ja nicht bei der Arbeit ein!*

Fen nickte. Sie war eine kluge Frau. Er hatte ihr erklärt, in welcher Gefahr er sich befand, und sie würde ihm nun genauestens sagen können, wo Zev wohnte. Sie hatte Zevs Blut genommen und auch ihm welches gegeben – was bedeutete, dass sie ihn sogar aus der Ferne überwachen konnte.

»Wie schafft ihr beide es eigentlich, unbeschadet Silber zu

verwenden?«, fragte sie jetzt neugierig. »Müsste es für euch nicht genauso gefährlich sein wie für die Werwölfe?«

»Wir haben uns angewöhnt, Handschuhe zu tragen«, antwortete Zev. »Oder wir reiben unsere Hände und Arme mit einer Art Versiegelungsmittel ein. Da sich das jedoch ziemlich schnell wieder abnutzt, ziehe ich Handschuhe vor. Und Fen anscheinend auch«, erklärte er mit einem Blick auf Fen.

Fen hatte so lange als Lykaner gelebt, dass es ihm in Fleisch und Blut übergegangen war, Handschuhe zu tragen, und er war froh, daran gedacht zu haben, als sie von dem bösartigen Rudel angegriffen worden waren.

»Bist du stark genug, um dich selbst festzuhalten?«, fragte Tatijana Zev.

Fen zuckte innerlich zusammen. Die Frage könnte das Selbstwertgefühl des Lykaners verletzen. Ein Jäger abtrünniger Werwolf-Rudel und kampferprobter Krieger, der von einer Frau gefragt wurde, ob er sich allein festhalten konnte? Beinahe hätte Fen laut aufgestöhnt. Er wagte es nicht, Zev ins Gesicht zu sehen.

»Ich denke schon, dass ich das schaffe. Und du, Fen? Wirst du hier sicher sein, bis der blaue Drache zurückkommt, um dich abzuholen?«

Fen blickte sich auf dem Schlachtfeld um. In der Asche der verbrannten Leichen lagen einige Silberpflöcke, und er hatte noch genügend Energie, um sie einzusammeln, wenn die anderen beiden fort waren. Trotzdem zog er eine Augenbraue hoch. »Du kannst mir ja dein silbernes Schwert dalassen. *Das* hätte ich gerne bei mir.«

»Ich habe es selbst geschmiedet«, sagte Zev. »Es erweist sich in brenzligen Situationen als sehr nützlich.«

»Hast du auch noch andere Waffen hergestellt?«, fragte Fen neugierig.

Zev jagte mit dem Eliterudel und war unter allen anderen

Jägern zum Scout, also Späher oder Aufklärer, erwählt worden. Er war gewissermaßen die Vorhut, ging Gerüchten nach und überprüfte Beweismaterial, bevor er sein Rudel kommen ließ, um aufzuräumen. Seine Aufgabe brachte ihn in ständige Gefahr. Verwilderte Rudel konnten aus so wenigen Mitgliedern wie drei oder vier bestehen, aber ebenso gut auch aus dreißig oder mehr. Allein die Tatsache, dass Zev noch lebte, zeugte schon von seinen Fähigkeiten.

»Ich werde sie dir zeigen, wenn du möchtest. Hast du schon einmal eine Ausbildung in Betracht gezogen?«, fragte er Fen.

Der zuckte mit den Schultern. »Ehrlich gesagt nicht. Seit mein Rudel vernichtet wurde – was schon sehr, sehr lange her ist –, bin ich allein unterwegs gewesen. Ich bin ... nun ja, ein eigenständiger Denker. Einem Rudelführer zu gehorchen wäre sehr schwierig für mich.« Das zumindest war die Wahrheit. Das und die Tatsache, dass jedes Rudel beim ersten Vollmond auf ihn losgehen würde.

»Ich würde dich jederzeit in meinem Rudel aufnehmen«, sagte Zev. »Eliterudel sind anders. Alle Mitglieder sind eigenständige Denker, das müssen sie sogar sein. Bei uns zählt eher der Rat der Rudelführer als ein mächtiger Einzelner innerhalb des Rudels, auch wenn der Scout im Allgemeinen sehr viel Einfluss hat. Ich könnte mir vorstellen, dass du für das Leben eines Scouts sehr gut geeignet wärst.« Er grinste plötzlich, und die Müdigkeit in seinem Gesicht verschwand vorübergehend. »Und denk doch nur an all die coolen Spielzeuge, die du dann bekämst!«

»Oh ja, diese Spielzeuge würde ich liebend gern sehen«, gab Fen zu. Er war sogar ein kleines bisschen neidisch. Dieses silberne Schwert war ihm wirklich sehr gelegen gekommen. Er brauchte jedoch Zeit, um es sich genauer anzusehen, wenn er herausfinden wollte, wie er selbst eins schmieden konnte. Silber war eine natürliche Substanz, was bedeutete, dass er problemlos ein Schwert herstellen könnte – schließlich fertigte er ja auch die Silberpflöcke selbst an –, aber man konnte eine gute Waffe nicht einfach aus dem Boden stampfen, ohne eine Ahnung zu haben, wie sie hergestellt wurde. Ja, er war wirklich sehr erpicht auf dieses außergewöhnliche Schwert.

»Dann komm in dem Gasthof auf mein Zimmer!«

»Du weißt, dass du dich hier mitten in den Karpaten befindest?«, gab Fen zu bedenken. »Jeder in diesem Dorf ist ein Freund des karpatianischen Prinzen. Er selbst ist ganz in der Nähe, und seine Jäger sind sich deiner Anwesenheit vermutlich schon bewusst. Sie werden dich scharf im Auge behalten … und es ist unmöglich, hier ein ganzes Rudel Jäger totzuschweigen.«

Zev nickte. »Sie werden nicht feststellen können, was ich bin, auch wenn sie vielleicht Verdacht schöpfen. Ich weiß, wie scharfsinnig sie sind.«

»Hallo, meine Herren! Habt ihr vergessen, dass ich auch noch hier bin?«, warf Tatijana ein. »Natürlich wird der Prinz erfahren, dass ihr hier seid, Zev. Ich jedenfalls bin fest entschlossen, euch beide auf der Stelle zu verpfeifen. Werwolfrudel und Vampire, die jeden umbringen, ob Mensch, Lykaner oder Karpatianer, sind hier nicht besonders gut gelitten. Dachtet ihr, ich würde ein nettes Mädchen sein und einfach vergessen, diese ganze Geschichte zur Anzeige zu bringen?«

»Wir konnten es nur hoffen«, erwiderte Fen gutmütig.

»Du hast so gut gekämpft«, fügte Zev hinzu. »Für eine Minute hatte ich schon vergessen, dass du Karpatianerin bist, und glaubte, du seiest eine der unseren.«

»Ha, ha, ha«, spottete Tatijana. »Als könnte ein Lykaner so gut kämpfen wie ein Karpatianer! Wer hat dir denn heute den Hals gerettet? Das war ich, mein Freund.«

»Zieh sie nicht auf, Zev!«, sagte Fen mit einem kleinen Stöhnen. »Sie ist schon frech genug. Du musst sie nicht auch noch auf die Idee bringen, die gesamte karpatianische Spezies verteidigen zu müssen.«

Zev schenkte ihm ein vielsagendes Grinsen. »Komm und nimm mich auf meinen ersten Drachenritt mit!«, sagte er zu Tatijana. »Heute Abend überlasse ich es dir, Fen, dich um Kadaver und Karpatianer zu kümmern. Besuch mich im Gasthof, dann zeige ich dir meine Waffen! Vielleicht habe ich sogar die eine oder andere übrig.« Sein Lächeln verblasste ganz unvermittelt, und er hob den Kopf und schnupperte.

Fen tat es ihm nach. Die ganze Gegend war durchdrungen von dem Geruch nach Blut, verbranntem Fleisch und Tod. Der Geruch der Werwölfe war bereits vorhanden, und wenn sie erneut herangeschlichen wären, hätten sie dafür gesorgt, dass ihr Geruch verborgen blieb. Zev war trotzdem alles andere als wohl dabei, Fen hier ganz allein zurückzulassen.

»Wie lange wird Bardolf zur Wiederherstellung brauchen?«, fragte Zev. »Ich habe noch nie gegen einen *Sange rau* gekämpft. Bis zum heutigen Tag bin ich nicht einmal einem begegnet«, gab er zu.

»Länger, als ihm lieb sein wird.« Auf jeden Fall lange genug, um es Fen zu ermöglichen, sich auf die Suche nach seinem Unterschlupf zu machen. Doch das würde er allein tun, und weder Tatijana noch Zev brauchten etwas davon zu erfahren.

Mein dummer Wolfsmann. Du willst mich vor diesem Vampir-Dingsda beschützen, was immer es auch sein mag. Aber ich lerne schnell und werde dich in diesem Kampf nicht allein lassen.

Ihre Stimme war von einer sanften, sinnlichen Zuneigung geprägt, die sein Herz erweichte. Mit ein paar bloßen Worten schien sie ihn, den angeblich so großen, bösen Krieger, in einen verliebten kleinen Jungen verwandeln zu können. Das verhieß nichts Gutes in Bezug auf seine Zukunft.

Tatijana warf den Kopf zurück und lachte. »Ihr beide seid köstlich! Ich sammele die Silberpflöcke ein und gebe sie Fen.

Willst du ihm auch dein Silberschwert überlassen, Zev, während er hier ganz allein im Wald wie ein Opferlamm auf die Rückkehr dieser Wölfe wartet?«

Das hatte sie gut gemacht. Der Lykaner würde sich auf keinen Fall von seiner Waffe trennen wollen, aber nun hatte sie es ihm fast unmöglich gemacht, Nein zu sagen. Sollte er dennoch darauf bestehen, es mitzunehmen, obwohl ein verwundeter Mann allein und wehrlos im Wald zurückblieb, würde er ausgesprochen kleinlich wirken.

Zev schüttelte den Kopf und reichte das Schwert Fen. »Ich will es aber wiederhaben.«

»Ich werde gut darauf aufpassen«, versprach Fen. »Du sagtest, dein Rudel müsste in vierundzwanzig Stunden hier sein, um uns zu unterstützen.«

Vielleicht würde es Tatijana sein, die ihm dann das Schwert zurückgab, denn Fen blieb nur noch etwas mehr als ein Tag, bevor für ihn die Zeit der größten Gefahr begann. Zev würde dann sofort erkennen, dass er ein Mischling war. Jeder Lykaner in der näheren Umgebung würde bei Vollmond Fens Gegenwart spüren und versuchen, ihn zu töten. Sobald Zevs Rudel von Elitekriegern eintraf, würde Fen in echten Schwierigkeiten sein. Sie würden das verwilderte Rudel hintanstellen und ihn zu ihrer Hauptaufgabe machen.

»Es wundert mich, dass das Silber stark genug ist, um Knochen zu durchtrennen.«

Zevs Lächeln war ausgesprochen hintergründig. Ganz offenbar hatte er einige Geheimnisse, was die Herstellung seiner Waffen anging. Und diese Geheimnisse musste Fen lüften. Er schaute Tatijana an, und sie nickte.

»Lass uns gehen, Zev, bevor es noch viel später wird! Im Gegensatz zu euch muss ich auf das Einsetzen der Dämmerung achten«, erinnerte sie ihn freundlich. »Ich werde mich jetzt verwandeln, und dann musst du über meinen Flügel auf meinen

Rücken steigen.« Sie blickte sich um. »Allerdings werde ich ein bisschen Platz benötigen.«

Länger wartete sie nicht. Ihre Verwandlung in einen blauen Drachen ging blitzschnell vonstatten. Tatijana verschmolz so vollständig mit diesem Wesen, körperlich und geistig, dass Fen sofort erkannte, dass sie sich in dieser Gestalt viel wohler fühlte als in ihrer menschlichen.

Neben anderen Drachen hätte sie vielleicht klein gewirkt, doch hier im Wald und so dicht in seiner Nähe sah sie geradezu gigantisch aus – und wunderschön. Ihre Schuppen waren von einem irisierenden Blau, das im Nebel schillerte. Scharfe Stacheln verliefen über ihren Rücken bis zu ihrem langen Schwanz hinunter, der in einer Art tödlich aussehendem Speer endete. Ihre großen Augen waren smaragdgrün und funkelten und glitzerten wie facettierte Diamanten.

»Fantastisch«, sagte Zev. »Tatijana, das ist schier unglaublich!« Er warf Fen einen Blick zu. »Hast du gesehen, wie schnell sie war? Ich hätte gedacht, dass eine Verwandlung in einen Drachen mindestens ein paar Minuten dauern würde.« Er versuchte aufzustehen, musste sich aber am Baum abstützen.

Erst jetzt konnte Fen das ganze Ausmaß seiner Verletzungen sehen. Zev war an Dutzenden von Stellen schwer verwundet worden. An einigen waren ihm sogar ganze Stücke Fleisch herausgerissen worden. Sein Gesicht war schmerzverzerrt und seine Stirn mit dicken Schweißperlen bedeckt. Doch obwohl er ein bisschen blass um die Nase war, entfuhr ihm kein einziger Schmerzenslaut; Zev war so stoisch und beherrscht wie immer.

»Warte!«, befahl Fen in seinem bezwingendsten Ton. Seine Stimme war weich wie Samt, aber unterlegt mit einem raffinierten Zwang, dem sich selbst das mächtigste Alphatier nicht würde widersetzen können. Fen erhob sich ebenfalls und blendete den Schmerz aus, der ihn beim Aufstehen durchzuckte.

Seine Achtung vor Zev wuchs mit jeder Minute, die er mit

dem Mann verbrachte. Er war vielen hartgesottenen Lykanern begegnet, guten Männern, die zu kämpfen verstanden, doch Zev war ganz offensichtlich noch eine Klasse besser als der Rest. Anders als Karpatianer konnten Lykaner Schmerz nicht ausblenden, sie ertrugen ihn und kämpften weiter. Die wirklich Großen wie Zev hielten sich selbst dann noch auf den Beinen, wenn andere längst zusammengebrochen wären.

Fen ging zu ihm hinüber und strich im Vorbeigehen dem Drachen liebevoll mit einer Hand über die Schuppen. »Du bist ein Glückspilz, Zev«, bemerkte er.

»Ja, was für ein Privileg, nicht wahr?«, stimmte Zev ihm zu. »Ich hätte nie gedacht, dass ich einem Drachen einmal so nahe kommen würde. Sie sind schon so lange von dieser Welt verschwunden!«

Der Lykaner protestierte nicht, als Fen einen Arm um ihn legte, um ihm auf den Drachen zu helfen, was Fen mehr als alles andere verriet, wie schwer verletzt Zev war. Tatijana streckte ihren Flügel für ihn aus, und Fen stützte Zev bei den wenigen Schritten bis dorthin.

Er kann den Flügel nicht hinaufsteigen, gab Fen ihr auf telepathischem Wege zu verstehen. Er sorgte sich immer mehr um Zevs Zustand. *Wie schlimm war er eigentlich verletzt?*, fragte er Tatijana.

Er war viel zu sehr mit Dimitris grauenvollen Wunden beschäftigt gewesen, um darauf zu achten. Und Tatijana hatte ihm vielleicht nicht deutlich genug gesagt, wie schwerwiegend Zevs Verletzungen waren. Sie war zu sehr darauf konzentriert gewesen, Fens Geheimnis zu bewahren und so schnell wie möglich zu ihm zu gelangen, um seine Wunden zu versorgen.

Seine Gedärme hingen nicht heraus wie bei Dimitri, antwortete sie. *Dennoch war es sehr schlimm. Ein schwächerer Mann als er wäre längst bewusstlos.*

Wenn ich meine karpatianischen Fähigkeiten benutze, um ihn auf deinen Rücken zu bringen, wird er sofort wissen, dass ich mehr als ein Lykaner bin.

Tatijana gab im Geiste einen ärgerlichen kleinen Laut von sich. *Du hättest nur zu fragen brauchen.*

Fen ertappte sich bei einem Lächeln. Vielleicht versuchte er wirklich manchmal, sie ein bisschen zu verärgern. Sie war ein kleiner Hitzkopf, und ihm gefiel ihr Temperament. Er konnte es jedes Mal spüren, wenn einer ihrer Temperamentsausbrüche nahte; sie schossen ihm durch den Kopf, wie Sternschnuppen in einer heißen Sommernacht über den Himmel jagten, und sie wärmten ihn. Er fand Trost in Tatijanas explosiven Reaktionen, so klein sie auch sein mochten, denn alle galten ihm. Sie überfluteten ihn, umhüllten ihn, drangen in seine Knochen und in sein Blut ein. Tatijana war seine Seelengefährtin; sie gehörte ihm.

Das hättest du wohl gerne, sagte sie ein wenig herablassend, doch mit unverkennbarer Zuneigung in ihrem Ton. Wieder fühlte er sich eingehüllt von ihrer Wärme. Sie schien wie flüssiges Feuer in sein Bewusstsein einzudringen und alle leeren, dunklen Stellen mit Licht, Lachen und ihrer unglaublichen, natürlichen Sinnlichkeit zu füllen.

Warum ist dein Drache blau, wenn du so feurig bist?

Hast du noch nie eine blaue Flamme gesehen?, versetzte sie. *Als ich ein kleines Mädchen war, konnte ich in Xaviers geheimen Höhlen tanzende blaue Flammen beobachten. Leider konnte ich sie nie berühren oder fühlen, weil sie immer weit weg waren und ich meist eingeschlossen im Eis war, doch sie sahen wunderschön aus.*

Vielleicht war sie deshalb so fasziniert gewesen von den Flammen im Kamin der Schenke.

Der blaue Drache blickte Zev mit großen, besorgten Augen an. Dann ließ Tatijana das mächtige Tier mit ihrer Stimme sagen: »Wenn du nichts dagegen hast, Zev, kann ich dich auf meinen Rücken hinaufschweben lassen. Es wäre leichter für uns beide.«

»Nein, nein, natürlich habe ich nichts dagegen, wenn es dir die Sache leichter macht. Du tust mir ja auch so schon einen Riesengefallen.«

Er war stark geschwächt vom Blutverlust. *Ich habe ihm Blut gegeben, aber darauf geachtet, ihm nicht so viel zu verabreichen, dass er es merken würde. Er war für ein paar Minuten bewusstlos, bis ich ihn mit genügend Blut versorgt hatte.*

Ich könnte dich dafür küssen, dass du Rücksicht auf seinen Stolz genommen hast, sagte Fen.

Es gibt viel bessere Gründe, mich zu küssen, Fenris Dalka. Vielleicht solltest du dir während meiner Abwesenheit den einen oder anderen überlegen.

Und schon ließ Tatijana Zev zu ihrem Rücken hinaufschweben und wartete, bis er es sich bequem gemacht hatte.

Ach, und noch etwas, Wolfsmann …

Ihre Stimme war dunkler, sinnlicher geworden. Der blaue Drache wandte den keilförmigen Kopf und senkte den langen Hals, bis die facettenreichen Augen sich auf der gleichen Höhe mit Fens befanden. Plötzlich bekam er keine Luft mehr; sein Herz geriet ins Stottern, und jeder Muskel in seinem Körper spannte sich fast schmerzhaft an.

Du hast noch nicht gesehen, wie *heiß ich brennen kann.*

Fen verschluckte sich beinahe und sah dem Drachen nach, als dessen langer Körper sich zwischen den Bäumen hindurchschlängelte, bis der Nebel ihn verschluckte. Fen wehrte sich nicht gegen den Taumel, der ihn erfasste, sondern hielt sich nur für einen Moment mit einer Hand an einem Baum fest, bis die Welt aufhörte, sich um ihn zu drehen. Er kämpfte den Schmerz nieder, obwohl auch das ihn Kraft kostete, doch er war nicht sicher, ob Tatijana an sein Bewusstsein rühren würde oder nicht.

Da waren immer noch die Leichen, um die er sich kümmern musste, und er brauchte einen warmen Körper mit genügend Blut, um Kraft zu schöpfen und seine Heilung zu beschleunigen. Auch seinem Bruder, dessen Genesung aufgrund seiner schweren Verletzungen noch länger dauern würde als die seine, würde er Nahrung bringen müssen.

Fen war lange als Lykaner aufgetreten und hatte wie einer gehandelt und gedacht, was ihm geholfen hatte, die Düsternis in Schach zu halten, bis zu diesem letzten Jahrhundert, in dem sein gemischtes Blut den Ruf der Finsternis verstärkte. Nun musste er wieder zum Karpatianer werden, oder zumindest doch, bis diese Nacht vorüber war. Er würde auf die Jagd gehen müssen, ob er verwundet war oder nicht, denn das war nun mal die Aufgabe der karpatianischen Jäger.

Er schwang sich in die Luft auf und wurde zu einer schmalen weißen Nebelfahne in dem noch dichteren Dunst am Himmel.

Was glaubst du eigentlich, was du tust? Tatijanas Stimme war täuschend sanft.

Aber das kaufte er ihr nicht ab. *Ich habe heute Nacht Pflichten zu erfüllen. Genau wie du. Sorge dafür, dass dein Prinz über die Geschehnisse in seinem Heimatland informiert ist!*

Tatijanas Erheiterung hatte die Wirkung eines prickelnden Feuerwerks auf Fen. *Unser Prinz, Fenris! Du kannst deinen Namen ändern, sooft du willst, und dein Blut mag anders sein, aber du wurdest als Karpatianer geboren und wirst auch immer Karpatianer sein. Du hast vielleicht dein Heimatland verlassen, als ein anderer Prinz noch dort regierte, doch du bist zurückgekehrt und schuldest Mikhail Dubrinsky Treue wie wir alle.*

Da hatte sie nicht ganz unrecht. In all den Jahrhunderten des Alleinseins hatte Fen vergessen, dass es eine ganze Gesellschaft gab, die sich wieder aufzubauen versuchte. Er hatte sich schon so lange damit abgefunden, auf sich selbst gestellt zu sein, dass er nicht einmal von Mikhail und Gregori, seinem Stellvertretenden, gehört hatte, bis Dimitri ihn über die Neuigkeiten der letzten Jahrhunderte ins Bild gesetzt hatte.

So ist es, meine Liebe.

Warte auf mich! Ich brauche nur ein paar Minuten.

Sie war hartnäckig – und besorgt um ihn. Doch während es ihm einerseits das Herz wärmte und ihn sich lebendig und beschwingt fühlen ließ, war es andererseits auch eine kritische Kombination.

Tatijana, was ich vorhabe, ist gefährlich. Ich kann die Aufgabe nicht in Angriff nehmen, wenn ich mich gleichzeitig sorgen muss, dass dir etwas geschehen könnte.

Wieder überraschte sie ihn. Er hatte es nicht mit einer aufsässigen Frau zu tun, die ihm böse war, weil er sie beiseiteschob, nachdem sie ihm im Kampf geholfen hatte. Statt mit Ärger reagierte sie mit einer geistigen Berührung voller Zärtlichkeit. *Du kennst deine Seelengefährtin noch nicht. Ich nehme das Wissen aller, mit denen ich in Kontakt komme, in mir auf. Ob sie Feind oder Freund sind. Es ist etwas, was ich mir in meiner Kindheit angewöhnt habe, als ich kein anderes Leben als ein geistiges hatte.*

Ich gehe heute Nacht auf die Jagd nach dem verwilderten Rudel und dem Sange rau. *Bardolf wird nicht damit rechnen, und er ist schwach und versucht noch, sich zu regenerieren.*

Und gerade deshalb wird dir deine Seelengefährtin eine Hilfe bei der Jagd sein, erwiderte sie selbstbewusst. *Ich bin Drachensucherin, Fen. Kein Vampir – und das ist dieser Bardolf im Grunde – kann sich vor mir verbergen. Er könnte sich voll und ganz in seinen Wolf vertiefen, und ich würde trotzdem wissen, dass er es ist. Heute Abend habe ich einen Fehler gemacht. Ich spürte seine Gegenwart und eilte herbei, um dich zu beschützen, und normalerweise hätte ich ihn verbrannt, doch du warst ihm zu nahe. Er hatte es auf dich abgesehen, Fenris.*

Fen hatte im Laufe der Jahrhunderte gehört, dass Drachensucher Vampire aufspüren konnten, wo niemand anderer dazu imstande war. Sie waren das einzige Geschlecht in der Geschichte des karpatianischen Volkes, das nie auch nur ein einziges Familienmitglied an die Finsternis verloren hatte. Und Tatijana war eine Drachensucherin. Außerdem war sie in den Feuern der Hölle gestählt worden oder, genauer gesagt, im Gletschereis der Magierwelt. Fen konnte daher nicht außer Acht lassen, was sie sagte.

Als er den Spuren der Gemetzel des verwilderten Rudels begegnet war, hatte er schon Verdacht geschöpft, dass ein Monster, eine Mischung aus Wolf und Vampir, zu diesem Rudel gehörte oder zumindest doch in seiner Nähe war, aber er hatte es nicht *gewusst*, bis Bardolf gekommen war, um ihn zu töten. Und wenn Tatijana sagte, sie habe sofort erkannt, dass Bardolf ein Vampir und kein Werwolf war, glaubte er ihr das. Es war schwierig, seinen Seelengefährten zu belügen, wenn man so häufig das Bewusstsein teilte.

Ihr Lachen war weich und warm. *Jetzt denkst du also, ich könnte dir wohl doch bei deiner Jagd ganz nützlich sein?*

Das Schwierige, so wie er es sah, würde sein, sie gehen zu lassen. Sie war schon zu tief in ihm verwurzelt. Er war so lange in einer Schattenwelt aus Gewalt und Finsternis allein gewesen, und sie hatte mit einem einzigen Abend in ihrer Gesellschaft Lachen, Gefühl und Kameradschaft in sein Leben gebracht. Er hatte bis dahin nicht einmal gemerkt, dass er all das vermisst hatte; er konnte sich kaum erinnern, solche Gefühle überhaupt jemals gehabt zu haben. Ein Todesurteil hing über ihm wie ein Damoklesschwert, und es war nur eine Frage der Zeit, wann es vollstreckt werden würde – ob in diesem oder im nächsten Jahrhundert –, doch geschehen würde es. Früher oder später würde er aufgespürt und hingerichtet werden.

Er konnte Tatijana nicht einmal das Wesentlichste zwischen Seelengefährten geben, sein Blut, die Essenz des Lebens, weil er kein reinblütiger Karpatianer mehr war. Er hätte auch Dimitri nie sein Blut gegeben, wenn eine andere Möglichkeit bestanden hätte, und außerdem hatten er und sein Bruder im Laufe der Jahrhunderte ohnehin schon so viel Blut getauscht, dass auch Dimitri auf dem besten Wege war, ein Mischling zu werden.

Das ist nicht deine Entscheidung, Fen, erinnerte Tatijana ihn. *Ich bin kein junges Ding, wie Dimitris Seelengefährtin es noch ist. Ich bin Hunderte Jahre alt, und niemand wird je wieder Entscheidungen für mich treffen. Wenn ich mich also für dich entscheide, werde ich alles mit dir teilen, was Seelengefährten miteinander teilen, einschließlich deines Blutes. Ich bin eine Frau, aber auch eine Kriegerin, genau wie du. Ich bin dir eine Hilfe und Unterstützung auf der Jagd, und ich werde ganz bestimmt nicht zulassen, dass du für mich die Entschlüsse fasst, als wäre ich ein Kind.*

Es lag nichts Trotziges oder Herausforderndes in ihrer Stimme, nur unerbittliche Entschlossenheit. Tatijana war keine Frau, die sich herumschubsen ließ, und Fen musste sich eingestehen, dass er sie dafür nur noch mehr bewunderte. Sie war die ideale Partnerin für ihn, was es ihm allerdings noch mehr erschwerte, sie vor seinem Leben – und ihren eigenen Entscheidungen – zu beschützen.

Sie ließ ein sehr unweibliches, verächtliches Schnauben hören. *Falls ich mich dazu entschließe, mich von dir beanspruchen zu lassen, werde ich sehenden Auges Blut mit dir austauschen. Das ist nicht nur deine Entscheidung, Fen, sondern eine beiderseitige. Mein Seelengefährte ist mein Partner, nicht mein Hüter.*

Wieder war viel Wahres an dem, was sie sagte. Er war sowohl Karpatianer als auch Lykaner. Wenn er sie für sich beanspruchte und sein Leben mit ihr teilte, konnte es keine halben Sachen geben. *Ich verstehe, Tatijana*, erwiderte er daher. Was hätte er auch sagen können? Sie hatte ja Argumente, die nicht zu widerlegen waren.

Tatijana war sein Wunder, und am liebsten würde er sie in ein

Sicherheitsnetz hüllen und immer dafür sorgen, dass ihr nichts geschehen konnte.

Hast du schon einmal bedacht, dass auch ich dich für ein Wunder halten könnte? Dass auch ich sichergehen und dafür sorgen will, dass dir nichts zustößt? Warum sollte das allein dein Vorrecht sein?

Vor ihm lag der Leichnam des Mannes, der von den Werwölfen getötet worden war. Sein Körper war fast nicht mehr zu erkennen, so zerfetzt war er. Wenn er in seinem derzeitigen Zustand aufgefunden würde, wären alle echten Wölfe in der Umgebung in Gefahr. Die Entdeckung der Leiche würde einen Aufschrei nach Vergeltung hervorrufen, und eine Flut von Jägern würde den Wald und die Berge überschwemmen, um die angeblich gefährlichen Rudel auszurotten. In der Zwischenzeit würden die wirklich gefährlichen Werwölfe zu neuen Gebieten weiterziehen oder dort beginnen, die Dorfbewohner nach und nach zu töten.

Sie wissen nicht, dass sie sich auf karpatianischem Territorium befinden, oder?

Ich glaube nicht, dass es ihnen bewusst ist. Nicht einmal Bardolf wird es wissen. Falls er es war, der das Rudel in diese Richtung führte, wusste er es jedenfalls bestimmt nicht. Da er Lykaner und kein Karpatianer ist, wird er keine Kenntnis von dieser Kultur oder dem Umstand haben, dass ihr Prinz hier residiert.

Fen ließ sich auf den Waldboden herab. Der Tote lag noch an derselben Stelle, an der er und Tatijana vor Stunden darauf gestoßen waren, doch irgendetwas an der Leiche erregte Fens Interesse. Mit müden Schritten ging er um den toten Mann herum. Er musste sparsam mit seinen Kräften umgehen, für den Fall, dass es ihm gelingen sollte, Bardolf zu seinem Unterschlupf zu folgen. Selbst in seiner derzeitigen schlechten Verfassung würde der Vampir noch eine tödliche Gefahr darstellen.

Nachdem er Fen begegnet war und erkannt hatte, was er war, würde Bardolf weiterziehen, sobald er wieder dazu in der Lage war. Deshalb wäre jetzt der optimale Zeitpunkt, um dieses Scheusal zu vernichten.

Was ist?

Der Anflug von Sorge in Tatijanas Stimme wärmte Fen das Herz und führte ihm mehr denn je vor Augen, dass er nicht länger allein war. Er mochte sie zwar noch nicht für sich beansprucht haben, doch sie gehörte bereits ihm.

Konzentrier dich auf das, was du tust, oder du wirst dich noch umbringen, Wolfsmann! Wir werden nie herausfinden, wie diese Seelengefährten-Sache ist, wenn du weiter versuchst, den Helden zu spielen.

Versuchst?, wiederholte er mit einem selbstbewussten Grinsen. Die Äste über seinem Kopf klopften im Wind gegeneinander. Aber seltsamerweise wehte gar kein Wind. Die Luft war völlig still geworden, doch das Klopfen blieb – ein gleichmäßiges, beständiges, rhythmisches Klopfen. *Ich war heute Abend der Held, meine Liebe. Du hast offenbar nicht richtig aufgepasst, sonst müsste ich dich nicht daran erinnern*, antwortete er und ließ sie dann das Klopfen hören.

Verstehe. Du denkst, du müsstest mich beeindrucken. Einen Moment lauschte sie dem Rhythmus. *Das ist ein Geräusch, das Xavier dazu benutzte, seine Opfer anzulocken,* sagte sie dann. *Es hat etwas Hypnotisierendes. Wer auch immer es verwendet, wurde irgendwann von Magiern ausgebildet. Es ist kein natürliches Geräusch.*

Was geht hier vor? Zuerst taucht ein verwildertes Rudel mit Bardolf, einem Wolf-Vampir-Mischling, auf karpatianischem Territorium auf … und jetzt erscheint ein neuer Feind? Das ergibt doch keinen Sinn.

Vielleicht ja doch, Fen, gab Tatijana zu bedenken. *Raven, die Seelengefährtin des Prinzen, hat einen Sohn. Seine Tochter*

Savannah hat Zwillinge, zwei Mädchen, und ist die Seelengefährtin des mächtigsten karpatianischen Heilers Gregori Daratrazanoff. Außerdem ist Gregori Stellvertreter des Prinzen. Seine und Savannahs Kinder werden einmal große Macht besitzen. Da könnten sich Feinde des karpatianischen Volkes durchaus von diesem Ort angezogen fühlen, oder?

Fen umkreiste langsam die zerfetzte Leiche. Die Werwölfe hatten den Mann bei ihrem ersten Angriff fast in Stücke gerissen. Verwilderte Rudel genossen es, ihre Opfer zu quälen und zu töten, und oft begannen sie sie sogar schon anzufressen, während ihre Opfer noch am Leben waren. Den Elitejägern der Lykaner blieb, wie auch den karpatianischen Jägern, gar keine andere Wahl, als diese Rudel zu vernichten. Diese Leiche hier war von den Werwölfen als Köder zurückgelassen worden. Es war keine ungewöhnliche Taktik, weil Menschen für gewöhnlich nach ihren vermissten Angehörigen suchten.

Fen achtete darauf, nicht zu den gegeneinanderschlagenden Ästen aufzuschauen. Ein Angriff konnte aus jeder Richtung erfolgen. War es möglich, dass Bardolf einige geringere Vampire kontrollierte und befehligte? Das war etwas, das sich zunehmender Beliebtheit unter Meistervampiren erfreute. Sie brachten jüngere Vampire unter ihre Kontrolle und benutzten sie als Schachfiguren, ja bauten manchmal sogar beeindruckende Armeen aus ihnen auf.

Ich habe hier keine Anzeichen von massiven Vampirbewegungen gesehen, antwortete Fen, *aber du solltest den Prinzen noch heute Abend wissen lassen, dass es Probleme geben könnte.*

Tatijana seufzte. *Wenn ich den Prinzen über die Vorgänge informiere, statt darauf zu warten, dass er und seine Leute es selbst herausfinden, wird ihnen klar werden, dass ich allein die Wälder erkunde,* sagte sie mit unüberhörbarem Bedauern in der Stimme. *Das Klopfen wird schneller. Du musst vorsichtig sein, Fen, und das Geräusch aus deinem Bewusstsein ausblenden.*

Während der Rhythmus wechselt, vergrößert sich der hypnotische Effekt.

Ich spüre nichts davon. Fen war mehr als Karpatianer und Lykaner. Dinge, die bei anderen Spezies Wirkung zeigten, hatten auf ihn keine Auswirkung – was auch der Grund dafür war, dass die Lykaner seinesgleichen zu Ausgestoßenen gemacht hatten.

Sei bitte vorsichtig! Werde nur ja nicht übermütig! Ich bin schon unterwegs zu dir.

Fen erkannte die zunehmende Nervosität in ihrer Stimme. Tatijana hatte mehr Erfahrung mit magischen Fallen als er und war offensichtlich sehr besorgt.

KAPITEL FÜNF

Tatijana näherte sich vorsichtig dem halb in den Berg hineingebauten Haus. Sie wurde beobachtet, denn sie konnte Blicke auf sich spüren, und als sie all ihre Sinne darauf konzentrierte, die Umgebung abzusuchen, erkannte sie, dass sie sich nicht allein im Freien vor dem Haus des Prinzen aufhielt. Sie hatte keine Ahnung von Protokoll und Etikette, wusste nicht einmal, wie man Prinz Mikhail ansprach oder ob er überhaupt für sie zu sprechen sein würde. Sie war ihm einmal kurz begegnet, doch da waren sie und Branislava so geschwächt und verletzt gewesen, dass sie kaum gewusst hatten, was mit ihnen geschah.

Ein paar Hundert Meter vor der großen Veranda, die genügend Platz bot, um sich gegebenenfalls verteidigen zu können, blieb sie stehen. Die Arme hoch erhoben, um zu zeigen, dass sie in friedlicher Absicht kam, wartete sie geduldig, während Mikhail Dubrinskys Stellvertreter und Leibwächter sie musterte.

»Tatijana aus dem Drachensucher-Clan.« Gregori Daratrazanoff, der wie aus dem Nichts aufgetaucht war, war eine imposante Erscheinung mit seinen breiten Schultern und den glitzernden silbergrauen Augen. »Wie kommen wir zu der Ehre? Wir hatten keine Ahnung, dass du dich bereits erhoben hattest.«

Kein Vorwurf schwang in seiner Stimme mit, doch sie wusste, dass er keineswegs erfreut darüber war, sie ohne Begleitung zu sehen. Er gehörte zu den Männern, die der Ansicht waren, dass ihre Frauen jederzeit beschützt werden mussten. So viel hatte sie schon über ihn erfahren, bevor sie sich unter die Erde begeben hatte, um dort zu gesunden. Er war ein sehr fähiger Mann, um den Prinzen zu beschützen, aber nicht ihr Hüter.

»Ich bin auf etwas gestoßen, von dem ich glaube, dass ihr es erfahren solltet, falls ihr es nicht bereits wisst. Ich hatte sogar gehofft, dich anzutreffen, Gregori, statt den Prinzen stören zu müssen. Ein abtrünniges Rudel Werwölfe ist hier in dieser Gegend unterwegs, und es gehorcht einem Alpharüden, der sich Bardolf nennt. Er ist eine Mischung aus Vampir und Wolf und sehr, sehr schwer zu töten. Lykaner bezeichnen einen solchen Mischling als *Sange rau*.«

»Schlechtes Blut«, übersetzte Gregori prompt.

Tatijana nickte. Sie war sich der fortschreitenden Zeit bewusst und dachte an Fen, der ganz allein und verwundet war. Sie hasste es, ihn so lange allein lassen zu müssen. »Es ist nicht nur so, dass sein Herz aus seinem Körper entfernt werden muss. Darüber hinaus muss der Silberpflock es auch wirklich ganz durchbohren, und dann müssen Herz und Körper verbrannt werden. Er kann sich sehr schnell regenerieren. Es ist möglich, dass er nicht nur mit dem Werwolf-Rudel, sondern auch mit geringeren Vampiren unterwegs ist, aber das kann ich nicht mit Sicherheit sagen. Und da ist noch etwas: Ein lykanischer Elitejäger namens Zev ist im Gasthof im Dorf abgestiegen. Er hat heute Nacht gegen die Werwölfe gekämpft und ist dabei sehr schwer verwundet worden. Ich habe seine Wunden versorgt, so gut ich konnte, und war sogar gezwungen, ihm Blut zu geben. Aber ich habe dafür gesorgt, dass er es nicht bemerkte. Und noch etwas: MaryAnn und Manolito de la Cruz könnten in Gefahr sein.«

Tatijana zögerte. Sie hatte keine Ahnung, wie die Karpatianer über die Vermischung von lykanischem und karpatianischem Blut dachten. Möglicherweise war das bei ihnen ebenso verpönt wie bei den Lykanern. Von Lara, ihrer Großnichte, die ihr Blut gegeben hatte, damit sie genas, hatte sie erfahren, dass Mary-Ann und Manolito sowohl Lykaner als auch Karpatianer waren – was allerdings nicht bedeutete, dass das allgemein bekannt war.

»Warum sollten sie in Gefahr sein?«, fragte Gregori.

Tatijana zuckte mit den Schultern. »Ich weiß nur, dass sie es sind, und verlasse mich darauf, dass ihr sie warnen werdet.« Tatijana hielt den Atem an, als sie sich nach kurzem Gruß abwandte, weil sie befürchtete, von Gregori zurückgehalten zu werden. Tatsächlich lauschte sie so angespannt, dass sie fast mit ihm zusammengestoßen wäre, als er plötzlich vor ihr stand. Sie musste abrupt den Schritt verhalten, sonst wäre sie gegen seine Brust geprallt. Er hatte sich unglaublich schnell – und lautlos – bewegt und ihr den Weg verstellt.

»Woher hast du diese Information?« Seine Stimme blieb freundlich, gleichmütig schon fast, doch sie konnte sehen, dass er es gewohnt war, die von ihm Befragten einzuschüchtern, und eine Antwort von ihr erwartete. Seine klugen, durchdringenden Augen glitten über sie und verweilten auf den Blutflecken, die zu säubern sie vergessen hatte, weil sie zu sehr damit beschäftigt gewesen war, Zevs und Fens Verletzungen zu versorgen.

»Ich bin dem Rudel begegnet, nachdem die Wölfe einen Mann getötet hatten, der vorher in derselben Bar gewesen war wie ich. Wir fanden seine Leiche im Wald, als ich auf dem Heimweg war.«

Gregori hielt den Blick unverwandt auf ihr Gesicht gerichtet. »Wie du siehst, haben wir die Sicherheitsmaßnahmen erhöht, aber es geschah mehr aufgrund eines unguten Gefühls und des Umstands, dass Ravens und Mikhails Sohn seine ersten beiden Jahre überlebt hat, als aus echtem Wissen um eine Gefahr für den Prinzen und seine Familie. Lykaner sind äußerst schwer zu spüren.«

»Diese Wölfe sind keine Lykaner«, wiederholte Tatijana. »Sie sind ein sogenanntes ›bösartiges‹ oder auch ›abtrünniges‹ Rudel, und die Elitejäger der Lykaner wurden schon herbeigerufen, um sie zu beseitigen. Es wäre ein schwerer Fehler, die beiden Spezies zu verwechseln.«

Seine Augenbrauen fuhren in die Höhe. »Wahrscheinlich schon. Aber wer ist ›wir‹? Wer war bei dir, als du diesen Toten fandest?«

»Das ist unwichtig.« Da sie nicht sicher war, wie Karpatianer auf Mischlinge aus Lykanern und Karpatianern reagieren würden, musste sie Fen um jeden Preis beschützen. Sie wollte sich Gregori keineswegs zum Feind machen, doch Fen war ihr Seelengefährte. »Ich habe dir gesagt, was ich weiß, weil ich der Meinung bin, dass du als Beschützer des Prinzen von dem bösartigen Werwolf-Rudel erfahren solltest. Aber ich fühle mich immer noch sehr unwohl in Gegenwart anderer, und deshalb muss ich gehen.«

Das zumindest stimmte. Sie befürchtete jedoch, dass er versuchen würde, sie zurückzuhalten, und dann würde sie gezwungen sein zu kämpfen. Das Kampf-oder-Flucht-Syndrom war zu tief in ihr verwurzelt. Sie würde sich nie wieder gefangen halten lassen. Ihre Entscheidungen, ob richtig oder falsch, mussten ihre eigenen sein. Gregori mit seinen beeindruckend breiten Schultern, seiner unbewegten Miene und den glitzernden silbergrauen Augen stand ihr jedoch im Weg und ließ keine Anzeichen erkennen, dass er beiseitetreten würde.

»Du bist eine von uns, Tatijana.« Gregoris Stimme war sanfter geworden. »Warum solltest du da denken, ich könnte dir in irgendeiner Form etwas zuleide tun? Ich bin verpflichtet, dich zu beschützen. Du brauchst mich nicht zu fürchten.«

»Ich fürchte mich selbst und meine Reaktionen auf bestimmte Situationen«, gab sie ehrlich zu. »Ich muss mich frei fühlen. Ich will keine Wachen mehr um mich haben, die mich auf Schritt und Tritt beobachten. Das ertrage ich nicht. Es tut mir leid, falls ich den Eindruck erwecke, schwierig zu sein, doch ich muss mein Leben selbst bestimmen.«

»Aber du bist auf ein bösartiges Wolfsrudel gestoßen.« Er zeigte auf ihre Verletzungen. »Du wurdest in einen Kampf verwickelt und hättest getötet werden können. Wir schätzen unsere Frauen sehr und beschützen sie sowohl aus Liebe als auch aus Respekt. Zusammen mit unseren Kindern sind sie unser größter Schatz.«

Tatijana konnte die Aufrichtigkeit in seiner Stimme hören und in seinen Augen lesen. Langsam trat sie einen Schritt zurück und versuchte, ihr wild pochendes Herz zu beruhigen. Vielleicht drohte er ihr ja gar nicht. Sie hatte ihm beunruhigende Nachrichten überbracht, und er konnte die Spuren eines Kampfes an ihr sehen. Außerdem war sie es einfach nicht gewöhnt, dass sich jemand anderer als Branislava um ihr Wohlergehen sorgte.

»Ich unternehme viel allein, um zu lernen, was ich in diesem neuen Leben brauche, und manchmal stoße ich dabei auf Dinge, die ich vielleicht besser nicht sähe. Ich werde in Zukunft vorsichtiger sein«, versuchte sie, ihn zu beschwichtigen.

»Tatijana«, sagte er ruhig, »glaubst du wirklich, ich sollte dich gehen lassen, blutend noch von einem Kampf, ohne dich zu deiner Ruhestätte zurückzubegleiten und deine Verletzungen vernünftig zu versorgen?«

»Das ist meine Entscheidung. Mein Wunsch. Dir stünde es frei, deinen eigenen Weg zu gehen, Gregori – warum sollte ich also nicht die gleiche Freiheit haben?«

Ein unangenehmes Gefühl der Dringlichkeit bemächtigte sich ihrer. Fen war allein und verwundet. Nicht nur die verdammten Werwölfe waren hinter ihm her, sondern auch der *Sange rau* genannte Wolf-Vampir machte Jagd auf ihn. Sie war schon viel zu lange fort gewesen.

Gregori neigte zustimmend den Kopf, aber es gefiel ihr nicht, wie sein Blick auf ihr Gesicht geheftet blieb. Er sah zu viel, befürchtete sie.

»Da hast du nicht ganz unrecht. Doch du bist einer unserer größten Schätze, Tatijana. Es wäre unverantwortlich von mir, dir nicht zu helfen. Erlaube mir wenigstens, dich zu heilen!«

Auf keinen Fall würde sie sich von ihm berühren lassen! Er war viel zu mächtig. Vielleicht könnte er sogar in ihr Bewusstsein eindringen und dort Fen entdecken. Nein, sie hatte lange genug mit Gregori geredet, und sie wartete auch seinen nächsten Schritt nicht ab. Sie war Drachensucherin und kannte jeden Zauberspruch, der je entwickelt worden war. Im Bruchteil einer Sekunde löste sie sich auf und schoss in die Wolken hinauf, wobei sie mit voller Absicht eine fast durchsichtige Dunstfahne hinterließ. Sowie sie diese falsche Spur gelegt hatte, rief sie die Elemente zu Hilfe.

Dieser schmale, kaum wahrnehmbare Wolkenstreifen entfernte sich von der Residenz des Prinzen und hielt auf die Berge und den tieferen Wald zu. Sowie er zwischen den Bäumen verschwunden war, kehrte Tatijana um, ohne eine Spur zu hinterlassen, nicht einmal das kleinste Molekül, das es einem Jäger wie Gregori ermöglichen würde, sie zu verfolgen. Für einen Moment hatte sie überlegt, ob sie ihn um Hilfe bitten sollte, doch da sie nicht wusste, wie Karpatianer über Mischlinge dachten, wollte sie Fen nicht in noch größere Gefahr bringen.

Sie war zwar gerade erst aus den Eishöhlen befreit worden, aber im Laufe der Jahrhunderte war mehr als ein Karpatianer von Xavier gefangen genommen, gefoltert und schließlich getötet worden. Besonders die männlichen Karpatianer waren zutiefst bestürzt gewesen, die beiden im Eis eingeschlossenen Frauen zu sehen, und hatten nur zu gern ihre Erfahrungen und ihr Wissen mit ihnen geteilt, in der Hoffnung, dass sie die Informationen irgendwann benutzen könnten, um zu fliehen.

Sie hinterließ keine Spuren. Keinen Geruch und auch sonst

nichts, das Gregori ermöglichen könnte, sie aufzuspüren. Außerdem wusste sie, dass er den Prinzen nicht lange allein lassen würde, schon gar nicht nach den Nachrichten, die sie überbracht hatte. Der Gedanke, dass ein bösartiges Werwolf-Rudel sich in unmittelbarer Nähe des Prinzen und seines Sohnes aufhielt, musste sehr beunruhigend sein.

Tatijana schlug die entgegengesetzte Richtung ein. Auf diesem Weg gelangte sie tief in den Wald hinein, wo sie sich zwischen den Bäumen hindurchschlängelte und immer dicht über dem Boden blieb, um keine Spur zu übersehen, die das Rudel vielleicht hinterlassen hatte. Wölfe waren sehr gut darin, eine Gegend zu durchqueren und fast nichts zu hinterlassen, was sie verraten könnte, doch zweimal sah Tatijana Blutstropfen und niedergedrücktes Gras. Das Rudel musste es sehr eilig gehabt haben, sich von der Stelle zu entfernen, an der der Kampf sich zugetragen hatte.

Trotzdem wurde sie das Gefühl nicht los, dass hier etwas nicht stimmte. Es war etwas Misstönendes, etwas Namenloses und Unsichtbares, das an ihren Nerven zerrte und Alarmglocken in ihrem Kopf schrillen ließ.

Fen? Ist alles in Ordnung mit dir? Ich bin schon ganz in der Nähe, aber irgendetwas stimmt hier nicht.

Tatijana, dies ist kein Ort für dich! Ich muss diese Falle zuschnappen lassen, bevor du zu mir kommst. Sollte ich in Schwierigkeiten geraten, wirst du nah genug sein, um mir zu helfen.

Wäre sie in jetzt irgendeiner Gestalt gewesen, die Zähne hatte, hätte sie vor lauter Frustration damit geknirscht. Sie wusste nicht viel über Männer und noch weniger über Seelengefährten, aber warum dachte Fen, sie würde sich weniger um ihn sorgen als er sich um sie? Die Anziehung zwischen ihnen war sehr stark, und je mehr Zeit sie in seinem Geist verbrachte, desto besser lernte sie sein Ehrgefühl und seine Integrität kennen. Und nicht nur deshalb war es ihr unmöglich, ihn den Kampf allein ausfechten zu lassen.

Sie sagte jedoch nichts, weil sie ihn nicht ablenken wollte, und schlängelte sich noch viel vorsichtiger als vorher zwischen den Bäumen hindurch. Fen stand über den Toten gebeugt und entfernte alles, was auf den Angriff eines Wolfsrudels hinweisen könnte. Es war wichtig, die Einheimischen glauben zu machen, dass der Mann durch einen Unfall und nicht durch wilde Tiere zu Tode gekommen war. Fen schien vollkommen in seine Arbeit vertieft zu sein.

Das monotone Klappern der Äste war von entnervender Beharrlichkeit und musste jedem Lebewesen im Umkreis von Meilen durch und durch gehen. Tatijana wappnete sich dagegen. Sie war nicht in physischer Gestalt, und trotzdem zerrte der gleichbleibende Rhythmus an ihren Nerven und drohte, sie völlig zu beherrschen. Es fiel ihr immer schwerer, klar zu denken. Ihr Kopf war wie umnebelt, ihr Verstand schwerfällig und träge. Sie hatte diesen Zauber in Xaviers Höhlen des Grauens schon bei zahllosen Opfern wirken sehen.

Von panischer Angst um Fen erfasst, rührte sie an sein Bewusstsein. Sein Geist war ruhig und klar. Er war sich seiner Umgebung und jedes winzigen Details bewusst. Irgendetwas an der Mischung von Karpatianer und Lykaner schien die Töne abzuwehren und von ihm abprallen zu lassen.

Bleib in meinem Kopf!, warnte Fen sie mit einem sanften Streicheln über ihre geistige Verbindung. *Bei mir wirst du sicher sein.*

Xavier hatte mit voller Absicht Spezies verändert und mutieren lassen, doch seine Ergebnisse waren immer grotesk und beängstigend gewesen – Wesen, die Menschenfleisch aßen oder nichts als hirnlose, gewalttätige Marionetten waren. Er hatte jedoch nie daran gedacht, wie es wäre, Lykaner mit Karpatianern zu kreuzen.

Tatijana ließ ihr Bewusstsein noch inniger mit Fens verschmelzen, erstaunt, dass er sie eingeladen hatte, so tief in seine Erinnerungen vorzudringen. Sie schützte ihre eigenen noch immer und hielt den größten Teil ihrer Vergangenheit vor ihm verborgen. Fen dagegen war völlig offen für sie und verbarg nichts vor ihr. Sie fühlte sich warm und beschützt, überhaupt nicht klaustrophobisch oder eingeengt, wie sie befürchtet hatte.

Sie vernahm das leise Rascheln eines Schrittes, weil Fen ihn hörte. Sein Gehör war viel schärfer, als ihr bewusst gewesen war. Ein leises Gemurmel begleitete jetzt das klappernde Geräusch der Äste. Tatijanas Herz verkrampfte sich für einen Moment, und dann begann es, wild zu pochen.

Das ist ein Lähmungszauber. Wenn er ihn vervollständigt, wirst du wie erstarrt sein, und er *wird all deine Bewegungen beherrschen.*

Der Zauber ist an den Rhythmus gebunden, meine Liebe, erinnerte Fen sie sanft. *Und bei mir hat beides keine Wirkung. Ich möchte sehen, wer oder was sich hinter diesen Angriffen verbirgt.*

Das ist Zauberei, Fen. Ich erkenne das Werk von einem von Xaviers Lieblingsschülern. Er war viel jünger als mein Vater, aber schon ein echter Psychopath. Xavier war sehr stolz auf ihn und seine sadistische Natur. Sein Name ist Drummel. Er ist durch und durch böse und überaus gefährlich.

Kannst du seine Zauber abwehren, ohne dich zu verraten?

Tatijana holte tief Luft und ließ etwas von Fens großem Selbstvertrauen auf sich übergehen. Seine innere Ruhe und Gelassenheit verblüfften sie. Er musste Nerven aus Stahl haben. Er drehte sich weder um, um der Bedrohung zu begegnen, noch ließ er in irgendeiner Form erkennen, dass er von dem Verfolger wusste. Seine Hände lagen noch genauso sanft und ehrfürchtig auf dem toten Mann wie vorher. Kein Zittern, absolut nichts verriet, dass er sich der hinter ihm auftauchenden Gefahr bewusst war.

Das Gemurmel wurde lauter, noch rhythmischer und passte

sich dem ebenfalls lauter und schneller werdenden Klappern der Äste an. Ein, zwei Schritte … ein leises Rascheln, und dann war nur noch das Geräusch der hypnotisierenden Töne da. Tatijana versuchte, ihre Ohren davor zu verschließen, und verkroch sich noch tiefer in der Sicherheit von Fens Bewusstsein.

Und da kam er auch schon in Bewegung, fuhr herum, noch immer in gebeugter Haltung, und nahm seine Lykaner-Gestalt an, die halb Mensch, halb Wolf und von immenser Stärke war. Er stieß Drummel auf den Rücken und war augenblicklich auf ihm. Tatijana hätte nie geglaubt, dass irgendjemand – oder irgendetwas – sich so schnell bewegen könnte wie Fen gerade. Sein erster Schlag war so hart, dass er Drummel die Luft aus den Lungen trieb. Der Magier rang wie ein Erstickender nach Atem.

Dann drückte Fen ihm auch noch mit einer Hand die Kehle zu und schnitt ihm vollständig die Luftzufuhr ab. Drummels Lunge schien heftig zu brennen, denn seine Augen traten ihm fast aus dem Kopf. Er riss den Mund auf, um nach Luft zu schnappen, und bleckte fauchend die braun verfärbten, spitzen Zähne.

Fen schüttelte ihn, ohne seinen Griff zu lockern. »Ich sehe dich, Bardolf«, zischte er. »Du wusstest, dass deine Marionette keine Chance hatte, mich mit seinem Lähmungszauber einzufangen. Warum eine wertvolle Schachfigur opfern?«

Er ist ein Schattenmann. Aber woher sollte Bardolf wissen, wie man einem anderen einen Schatten implantieren kann?, fragte Tatijana. *Sehr wenige Magier können das. Es ist extrem schwierig und sehr beängstigend. Schatten sind tödlich, Fen, und sie können in jeden eindringen, der ihnen nahe ist. Sei vorsichtig!*

Niemand brauchte Fen zu sagen, dass Drummel nur ein Schattenmann war. Durch die Augen des Mannes sah Fen Bardolf zu sich aufstarren. Der Vampir hatte einen Weg gefunden, sich eines solch talentierten und mächtigen Magiers wie Drummel zu bemächtigen. Was sagte das über Bardolf aus?

Drummels Mund bewegte sich, als hätte er Schwierigkeiten, Worte zu formen. »Ich werde mein Rudel nehmen und weiterziehen, Fenris Dalka«, sagte er schließlich.

Es musste ihn große Überwindung kosten, den Namen eines anderen auszusprechen. Fens sämtliche Instinkte hatten ihn augenblicklich vorgewarnt. Er erweiterte sein Bewusstsein und konzentrierte seine Sinne darauf, die nähere Umgebung zu durchleuchten. Es war unmöglich, Lykaner aufzuspüren, wenn sie nicht entdeckt werden wollten. Werwölfe hingegen waren etwas leichter auszumachen, weil sie ihre Energie und Mordlust nicht beherrschen konnten, aber sie waren trotzdem sehr geschickt darin, sich vor ganz normalen, durchschnittlichen Jägern zu verbergen.

Sei auf der Hut, Tatijana! Hier ist mehr im Gange, als auf den ersten Blick erkennbar ist.

»Warum sagst du mir das, Bardolf? Warum nimmst du nicht einfach dein Rudel und verschwindest?«, fragte Fen.

»Weil ich dein Wort darauf will, dass du uns nicht mehr jagen wirst.« Lange Speichelfäden liefen von Drummels Mund zu seinem Kinn herab.

Das ergab keinen Sinn. Fen war Lykaner und Karpatianer. Und Bardolf wusste das. Somit musste ihm klar sein, dass der Karpatianer Fen ein uralter Vampirjäger war, dessen heilige Pflicht es war, die Untoten zu jagen und zur Strecke zu bringen. Und Bardolf *war* ein Untoter. Er mochte auch Werwolfblut in seinen Adern haben, doch vor allem war er ein Vampir und musste deshalb vernichtet werden.

»Es ist meine Pflicht meinem Volk gegenüber, all die, die ihre Seelen für den Adrenalinrausch aufgegeben haben, den das Morden ihnen verschafft, ihrer Strafe zuzuführen.« Fens Griff um Drummels Hals war unerbittlich. Er hatte nicht vor, Bardolfs

Schatten die Chance zu geben, zu entkommen oder in ihn hineinzuschlüpfen. »Aber ich glaube, das weißt du schon.«

Ich werde nach dem Schatten Ausschau halten. Sollte er versuchen, in dich einzudringen, kann ich ihn zurückschlagen, versicherte ihm Tatijana. *Ich habe nicht Jahrhunderte in Xaviers Schlupfwinkel verbracht, ohne jeden Zauber zu erlernen, den er je erfunden hat. Bardolf muss von Drummel gelernt haben, der sehr gut war. Aber ich bin besser.*

Es schwang keine Prahlerei in ihrem Tonfall mit. Im Gegenteil. Tatijana hatte Angst vor dem, was hier vor sich ging. Sie war sich voll und ganz im Klaren darüber, wie brandgefährlich der Magier war. Und nun, da Bardolfs Schatten in ihm war, war er doppelt gefährlich. Es fehlte ihr nicht an Selbstvertrauen, doch sie wollte auch nicht, dass Fen übertrieben zuversichtlich war.

Keine Angst, meine Liebe, versicherte er ihr. *Was er zu mir sagt, ist pures Geschwafel. Er weiß, dass ich sie jagen werde. Mir ist durchaus bewusst, dass sein Gerede nur eine Verzögerungstaktik ist.*

Er atmete ein und nutzte die geschärften Sinne des Lykaners, dessen hervorragendes Gehör und den Geruchssinn, aber er wandte nicht einmal eine Sekunde lang den Blick von Drummel ab.

»Ich biete dir einen Handel an.«

»Justitia handelt nicht«, entgegnete Fen. »Und es ist meine Aufgabe, dafür zu sorgen, dass du deine gerechte Strafe erhältst, Bardolf.«

Drummel zischte und fauchte, und die roten Augen verdrehten sich vor Hass und Bosheit, bevor Bardolf auf einmal mit aller Kraft versuchte, sich zusammenzunehmen. Das allein machte Fen umso nervöser. Vampire waren nicht gerade für ihre Selbstbeherrschung bekannt. Warum sollte Bardolf sich also so bemühen?

Fen, eins sage ich dir: Falls Bardolf Lykaner war, bevor er zum

Vampir wurde, könnte er unmöglich einen Schatten von sich in einem Magier von Drummels Kaliber platziert haben. Ein uralter Karpatianer könnte vielleicht wissen, wie sich das bewerkstelligen lässt. Selbst ein Vampir könnte einem Magier begegnet sein, der bereit war, seine Seele gegen Unsterblichkeit zu tauschen. Doch wie sollte ein Lykaner von derlei Dingen auch nur eine Ahnung haben?, gab Tatijana zu bedenken.

Falls sie recht hatte – und sie war immerhin die Tochter des mächtigsten Magiers der Geschichte –, konnte Bardolf wirklich nicht seinen Schatten in Drummel eingepflanzt haben. Deshalb wartete Fen auch gar nicht erst ab, was Bardolf noch zu sagen hatte. Mit Verrückten ließ sich nicht vernünftig reden, und Fen sah keinen Grund, auf den Angriff zu warten, der, wie er wusste, jeden Moment erfolgen würde. Deshalb schlug er hart und blitzschnell zu und brach Drummel das Genick.

Mit weit aufgerissenen Augen starrte Bardolf ihn in sprachlosem Entsetzen an. Drummels Körper verkrampfte sich und zuckte noch ein paar Mal. Giftiger Schweiß trat aus seinen Poren, aus seinen Augenlidern und aus seinem Mund aus.

Pass auf! Geh zurück!, warnte Tatijana. Gleichzeitig zog sie sich schon aus ihrem Unterschlupf in seinem Geist zurück und sprang aufs Kampffeld, um Fen zu unterstützen. *Der Schattenfetzen Bardolfs wird sich einen neuen Wirt suchen.*

Fen fuhr herum. Seine Sorge galt viel mehr dem, was er nicht sehen oder hören konnte, als diesem erbärmlichen Bardolf. *Halte ihn von mir fern!*, befahl er. Er war sich jetzt ganz sicher, dass Tatijana ihm den Rücken frei halten würde. *Und halte dich verborgen! Gib dich nicht zu erkennen, egal, was auch geschieht!*, fügte er warnend hinzu. Sie waren nicht allein, das war ihm nur allzu gut bewusst.

Drummels Körper zuckte noch, doch Fen würdigte ihn keines Blickes. Dies war Tatijanas Aufgabenbereich, und sie murmelte schon einen alten Zauberspruch gegen den Schattenfetzen, der tödlich war. Fen selbst musste in der Zwischenzeit die unsichtbare Gefahr finden. Mit schnellen Schritten entfernte er sich von dem toten Körper, bei dem Bardolfs Schatten einen neuen Wirt suchte.

Auf der Erde schwärmten Horden von Insekten über verrottende Vegetation, und Fen sprang in die Luft, als Kreaturen, die von ihrer Gestalt her halb Mann, halb Wolf waren, von überallher aus den Bäumen sprangen. Genau dort, wo Fen gerade noch gestanden hatte, öffnete sich der Boden, und ein dunkler Geysir aus verseuchter Erde schoss sprudelnd in die Luft hinauf. Daraus löste sich eine weitere hochgewachsene Gestalt, die ihre langen, wolfsähnlichen Arme mit den glitzernden, offenbar in Gift getauchten Krallen nach Fen ausstreckte.

Fen wechselte die Richtung, stürzte mit blitzartiger Geschwindigkeit auf den Neuankömmling zu und prallte mit solcher Wucht mit ihm zusammen, dass beide gleichzeitig zu Boden gingen. In der Faust hielt Fen einen seiner Silberpflöcke. Es war der Vampir-Wolf, mit dem Bardolf aneinandergeraten war und den er angeblich getötet hatte. Bardolf hatte jedoch in Wahrheit das Leben gegen die Knechtschaft unter einem Meisterkiller eingetauscht.

Fen stieß den Silberpflock durch den Brustkorb des Vampirs tief in das verderbte Herz hinein. Er erkannte ihn kaum noch, diesen nur um ein paar Jahre jüngeren Karpatianer, mit dem er als kleiner Junge gespielt hatte. Abel hatten seine Eltern ihn genannt, und er war ein Junge mit sonnigem Gemüt gewesen, der immer lächelte. Fen hätte nie gedacht, dass Abel sich einmal für die Finsternis und eine Existenz als Vampir entscheiden würde. Tatsächlich erfasste ihn sogar ein schmerzliches Verlustgefühl, als er den Silberpflock in Abels Brust stieß und ihn drehte, um ihn noch tiefer hineinzubohren.

Schwarzes Blut strömte über Fens Faust, sein Handgelenk und seinen Arm, das sich brennend wie Säure bis in seine Knochen fraß. Abels Augen weiteten sich, doch er wich nicht wie erwartet zurück. Er war nicht nur ein Vampir, sondern auch ein Werwolf. Die lange Schnauze schnappte nach Fen, die rasiermesserscharfen Zähne bohrten sich in seinen Nacken und seine Schulter und rissen ihm das Fleisch bis auf den Knochen auf, als Abel ganze Stücke herausbiss. Innerhalb von Sekunden war Fens Körper blutüberströmt, und der Vampir schleckte das Blut gierig auf und schluckte schmatzend, um so viel wie möglich davon aufzunehmen.

Fen stieß ihn weg, und wieder landeten beide auf dem Boden. Der Geruch seines gehaltvollen karpatianischen Blutes löste eine wahre Massenhysterie aus. Die Werwölfe kamen heulend angestürmt, doch Fen löste sich in Luft auf, als sie ihn anspringen wollten. Noch während er sich entfernte, streckte er die Hand aus, in der er einen weiteren Silberpflock hielt, und stieß ihn dem nächststehenden Werwolf tief ins Herz. Er beeilte sich, diesem Gewühl von Gegnern zu entgehen, doch eine Spur rubinroten Blutes verriet den Weg, den er genommen hatte.

Er verdrängte den Schmerz und bemühte sich, die Blutungen zu stoppen. Tatijana war sofort neben ihm, kaum mehr als ein transparentes Bild, aber ihre Hände verfestigten sich zu Fleisch und Knochen und bewegten sich über seine offenen Verletzungen. Die leisen Töne ihres heilenden Gesangs erfüllten sein Bewusstsein. Für einen Moment wechselte die eisige Kälte seiner Wunden zu versengender Hitze. Tatijana hatte die Blutung gestoppt, indem sie die Wunden kauterisiert hatte.

Du darfst nicht hier sein. Es ist zu gefährlich. Wenn er dich entdeckt, wird er hinter dir herjagen, um mich herbeizulocken, protestierte Fen.

Ach was. Ich kann die Werwölfe auseinandertreiben und sie aus der Luft jagen.

Sie hatten nun wirklich keine Zeit für Diskussionen. *Pass auf*

Tricks auf und bleib hoch oben am Himmel! Lykaner können sehr große Sprünge machen, warnte Fen.

Ein Zittern durchlief die Äste der Bäume, und Stämme zersplitterten mit einem gewaltigen Krachen, das eine immense Gefahr verkündete. Tatijana schwang sich in die Luft auf, verwandelte sich in ihren blauen Drachen und beantwortete den widerhallenden Lärm mit einem eigenen herausfordernden Gebrüll.

Abel folgte der roten Blutspur und erreichte Fen, als Tatijana sich gerade in die Lüfte erhob. Der Untote sprang ihr nach, doch Fen verstellte ihm den Weg, sodass der Vampir gegen ihn prallte und sie beide inmitten des Werwolf-Rudels landeten.

»Schnappt ihn euch, meine hungrigen Wölfe!« Abel unterlegte den Befehl mit einem starken Zwang. »Lasst ihn nicht entkommen! Er ist mein Geschenk an euch mit seinem köstlichen Blut, das frisch und heiß durch seine Adern fließt.«

Heulend umringten die Werwölfe Fen. Er wirbelte im Kreis herum, den Blick auch weiterhin auf den *Sange rau* gerichtet, doch all seine Sinne befanden sich in höchster Alarmbereitschaft angesichts des zu erwartenden Angriffs des Rudels. Das dumpfe Knurren wurde lauter, was darauf hinwies, dass die Werwölfe sich zum Angriff rüsteten. Abel grinste zufrieden und zeigte dabei schwarz verfärbte, spitze Zähne, die tief in seinem zurückgehenden Zahnfleisch steckten, als er den silbernen Pflock aus seinem Herzen zog und ihn Fen vor die Füße warf.

»Ich bin gekommen, um an der Party teilzunehmen«, verkündete eine Stimme.

Ein karpatianischer Jäger trat aus dem Schutz der Bäume zwischen die tobenden Werwölfe und lenkte ihre Aufmerksamkeit von Fen ab. Die silbergrauen Augen zu schmalen Schlitzen verengt, fuhr er wie ein Wirbelsturm durch die Reihen der Werwölfe, brach Genicke und Rücken und warf die Körper dann wie zerschlagenes Spielzeug beiseite.

Es tut mir leid, Fen, sagte Tatijana über ihre telepathische Verbindung. *Das ist Gregori Daratrazanoff, der Stellvertreter des Prinzen und Beschützer des karpatianischen Volkes. Er muss mir hierher gefolgt sein. Ich kann die Werwölfe nicht von oben abflammen, ohne Gregori bei lebendigem Leibe zu verbrennen.*

So schnell Gregori auch war, die Werwölfe waren noch schneller in ihrer Gier nach frischem, heißem Blut. Sie umdrängten ihn von allen Seiten und überwältigten ihn allein aufgrund ihrer zahlenmäßigen Überlegenheit, bis er unter der rasenden Menge begraben war.

Fen fluchte unterdrückt, weil er nun keine andere Wahl mehr hatte, als all sein Wissen über aggressive Rudel und Vampir-Wolf-Mischlinge über den gemeinsamen Kommunikationsweg der Karpatianer an Gregori weiterzugeben. Er wusste, dass er sich damit in große Gefahr begab, weil der Karpatianer innerhalb von Sekunden auch über ihn enorm viel Information beziehen konnte. Außerdem hatte er den gemeinsamen telepathischen Verbindungsweg so selten benutzt, dass er sich nicht sicher sein konnte, ob er die Schnelligkeit und Kraft der Werwölfe oder die ungeheure Macht des *Sange rau* auch wirklich richtig übermittelte. Während er die Informationen weitergab, sprang Fen in das Getümmel und riss so viele Wölfe wie nur möglich von dem Leibwächter des Prinzen weg.

Als Gregori sich mühsam hochrappelte, versetzte Abel Fen einen so harten Schlag von hinten, dass er ihn von den Füßen riss. Indem er sein lykanisches Blut zu Hilfe nahm, drehte er sich noch im Fallen und verwandelte sich mit schier unglaublicher Geschwindigkeit, sodass es nun die Krallen eines Lykaners waren, die nach Abels Nacken griffen und ihn zu Boden rissen. Tief schlug er dem Vampir die messerscharfen Wolfskrallen in den Nacken und verankerte sie buchstäblich darin; gleichzeitig wuchs seine eigene Schnauze, um Platz für die nicht weniger scharfen Zähne zu schaffen.

Fen schnappte nach Abels ungeschützter Kehle und biss zu, so fest er konnte, während er sich mit dem Vampir über den Boden rollte, um sie beide von der rasenden Meute der Werwölfe fortzubringen.

Gregori, geh weg!, warnte er den Karpatianer. Zur gleichen Zeit riss er dem *Sange rau* mit dem starken Biss des Lykaners die Kehle auf. Schwarzes Blut, das die Haut verätzte wie Säure, ergoss sich über seine Schnauze, seinen Nacken und seine Brust. Der Geruch von verbranntem Fleisch erfüllte die Luft.

Abel schrie vor Furcht und Entsetzen, als Fen ihn unerbittlich festhielt, ohne sich darum zu scheren, dass der Untote ihm die Brust zerfetzte und versuchte, an sein Herz heranzukommen. Er musste durchhalten, bis der Vampir so verängstigt war, dass er sein Rudel zu Hilfe rief. Es war die einzige Möglichkeit, Gregori vor den bösartigen, blutgierigen Werwölfen zu schützen.

Fen stieß eine Faust in Abels Brust und suchte mit den Krallen nach dem verkümmerten schwarzen Herzen; gleichzeitig biss er noch immer ganze Stücke verfaulten Fleischs aus dem Vampir-Wolf heraus.

»Tötet den hier! Lasst den anderen! Ihr alle – tötet den hier!«, kreischte Abel.

Seine schrille Stimme setzte den empfindlichen Ohren der Werwölfe derart zu, dass sie in ein fürchterliches Geheul ausbrachen, als sie ihrem Rudelführer nur widerstrebend zu Hilfe kamen. Aus dem Augenwinkel konnte Fen Gregori am Boden liegen sehen, wo er noch immer einen besonders großen Werwolf abwehrte, der auf das kräftige, gehaltvolle Blut des Karpatianers nicht verzichten wollte.

Über ihnen zog der blaue Drache über den Himmel und kreiste abwartend über dem Blätterdach, um dann Feuer speiend herabzustoßen und mehrere der Werwölfe in Flammen aufgehen zu lassen. Tatijana achtete sehr darauf, sich von Gregori fernzuhalten, obwohl sie in der Nähe blieb. Und das war ihr

Fehler, denn der große Werwolf, der den Stellvertreter des karpatianischen Prinzen mit Krallen und Zähnen bearbeitete, sprang ganz unvermittelt und ohne auch nur den Kopf zu wenden hoch und stieß dem blauen Drachen die Krallen in den Bauch. So gelang es der Kreatur, Tatijana festzuhalten.

Der Drache versuchte, ihn mit seinem langen, mit Stacheln versehenen Schwanz zu schlagen und abzuschütteln. Er traf den Werwolf auch mit einem fürchterlichen Schlag, bei dem sich die Stacheln tief in Fell und Fleisch des Wolfes bohrten. Gleichzeitig ließ Tatijana ihre mächtigen Flügel flattern, um sich über das Blätterdach zu erheben. Die Wucht ihres Schlags lockerte die Krallen des Werwolfs, und einen Moment schwankte er hin und her und versuchte verzweifelt, einen festeren Halt in ihrem Bauch zu finden. Doch dann schlug ihr Schwanz ein zweites Mal zu, und mit einem schrillen Aufschrei stürzte der Werwolf dem Erdboden zu.

Ein stetiger Strom von Blut rann aus dem Leib des Drachen, aber dessen ungeachtet folgte Tatijana ihrem Gegner, der zur Erde hinuntersauste und sich noch im Sturz aufrichtete, um auf den Füßen aufzukommen. Der Werwolf blickte gerade auf, als der keilförmige Kopf auf ihn zuschoss und Feuer spie. Wütendes Drachengeheul erfüllte die Luft. Flammen hüllten den Wolf ein, bevor er mit einem harten Aufprall auf dem Boden landete. Obwohl seine Beine offenbar gebrochen waren, sprang er auf und rannte jaulend durch das verbliebene Rudel. Damit fachte er das Feuer nur noch mehr an; die orangeroten Flammen loderten auf und wurden größer.

Im selben Moment, als der Werwolf aufgesprungen war, um den blauen Drachen anzugreifen, hatte Gregori sich hochgerappelt. Obwohl er aus Dutzenden von Wunden blutete, hatte er mit einer Handbewegung eine Barriere zwischen Fen und den restlichen Werwölfen geschaffen, die sie daran hinderten, den Jäger anzugreifen, während er mit der mächtigen Vampir-Wolf-

Kreuzung kämpfte. Einige der anderen Werwölfe kehrten zu Gregori um, andere zerrten an dem magischen Schutzschild, um ihrem Rudelführer zu Hilfe zu eilen.

Ein Zucken ging plötzlich durch den leblosen Körper des Menschen auf dem Waldboden, und er begann, sich langsam auf Gregori zuzubewegen: Bardolfs Schattenfetzen versuchte, einen lebenden Wirt zu finden, um seinem Herrn zu helfen.

Hinter dir!, warnte Tatijana Gregori.

Der blaue Drache kehrte um, und dicke Blutstropfen fielen vom Himmel herab, als er sich in die Kurve legte und im Tiefflug näher kam. Gregoris Kopf fuhr herum, und er sah, wie die Abscheulichkeit aus totem Fleisch die Fingernägel in die Erde bohrte, um an ihn heranzukommen.

Ich werde ihn verbrennen, aber du musst dort verschwinden, warnte Tatijana den karpatianischen Heiler.

Gregori tat sein Bestes, um aus der Schusslinie herauszukommen, und stolperte auf das Rudel zu, um die Barriere zwischen den Wölfen und Fen einzureißen. Fen und der *Sange rau* rollten noch immer über die Erde, die zu beben begonnen hatte, doch keiner lockerte auch nur seinen Griff um den anderen. Als Tatijana sich näherte, schwankte der Boden plötzlich so heftig, dass Gregori das Gleichgewicht verlor und stürzte.

Ein noch heftigeres Beben durchlief die Erde, und unter der Oberfläche entstand Bewegung. Und dann taten sich auch schon die ersten großen Spalten auf, die so breit waren, dass Bäume in der Mitte entzweigerissen wurden.

Von oben konnte Tatijana die Zickzacklinie des gewaltigen Erdspalts sehen, der sich wie ein gähnender Abgrund immer weiter öffnete und auf Fen und den Vampir-Wolf zubewegte, die noch immer in ihren grimmigen Kampf verwickelt waren.

Fen!, schrie Tatijana im Geiste. Es klang wie ein Schluchzen.

Sie richtete ihren Feuerstrahl auf den toten Körper, der noch immer zuckend auf Gregori zukroch, und ließ sich dann im

Sturzflug zur Erde hinunterfallen. Mit angelegten Flügeln fiel sie wie ein Stein und raste auf den sich erweiternden Erdspalt zu, der Fen und den *Sange rau* im selben Augenblick verschlang. Gregori sprang ihnen nach, als die Werwölfe den Schild durchbrachen, um zu ihrem Herrn und Meister zu gelangen. In ihrer Eile, ihren Rudelführer zu erreichen, purzelten sie einer nach dem anderen in den Spalt hinein.

Bei seinem Sturz riss Fen sich an den Mauern aus Erdreich, Wurzeln und Gestein die Schultern auf. Trotz allem klammerte er sich verbissen an Abel fest und grub ihm seine Krallen noch tiefer in die Brust, fest entschlossen, an das Herz heranzukommen. Gleichzeitig zerfetzte er dem Vampir mit seinen scharfen Zähnen den Nacken und die Kehle. Da beide sich aneinander festkrallten, konnten sie sich auch nicht in Dunst auflösen, um dem anderen zu entkommen.

Die Flügel noch immer fest am Körper angelegt, schoss Tatijana an Gregori vorbei, um Fen noch einzuholen. Als sie sich den beiden Kämpfern näherte, streckte sie den langen Hals so weit wie möglich vor, um mit ihrem keilförmigen Kopf neben Abels zu gelangen. Sowie ihr das gelungen war, spie sie einen Feuerstoß aus, bei dem sie jedoch sorgsam darauf achtete, die Flammen ausschließlich auf den Schädel des Vampirs zu richten.

Fen konnte nicht umhin, ihre Geschicklichkeit zu bewundern. Sie bewegte sich mit erstaunlicher Schnelligkeit immer tiefer in den Spalt hinein, und Fen spürte die jähe Hitze des Feuers, doch nicht einmal ein einziger Funke traf ihn. Abel stieß einen fürchterlichen Schrei aus, aber der von ihm ausgehende Gestank war noch viel schlimmer. Mit Unheil verkündendem Ächzen und Knarren begann die Erde, sich langsam über ihnen zu schließen. Sogar der Planet selbst schien zu erschaudern.

Lass ihn los!, befahl Tatijana Fen. *Wir werden alle sterben, wenn du ihn nicht loslässt. Alle drei.*

Fen fluchte unterdrückt. Er war seinem Ziel so nahe. Seine

Finger umklammerten schon das verdorrte Herz. Er konnte es nur nicht herausreißen. *Abel ist zu mächtig, um ihn am Leben zu lassen. Ich muss das Herz nur besser zu fassen bekommen …*

Tatijana benutzte ihren dreieckigen Kopf, um Fen den Vampir-Wolf aus den Händen zu stoßen. Abel fiel, und rot glühende Flammen umhüllten schon vollständig seinen Kopf. Nun machte Tatijana sich ihren langen Hals zunutze, schlang ihn um Fen und fing ihn auf, bevor auch er noch tiefer in den Abgrund stürzen konnte. Er hielt sich an ihren Stacheln fest und zog sich daran hoch, bis er sich auf ihren Rücken setzen konnte. Ihre Flügel bremsten ihren Sturz.

Als Fen aufblickte, sah er Gregori, dessen blutüberströmter Körper böse zugerichtet war, auf ihn zustürzen und streckte blitzschnell eine Hand nach ihm aus. *Gregori!*

Im letzten Moment bekam er sein Handgelenk zu fassen, und die Finger des Heilers umklammerten die seinen. Fen zog ihn auf den Rücken des Drachen. Er hörte Gregori vor Schmerzen stöhnen, aber der Jäger hielt sich an ihm fest, so gut er konnte, während der blaue Drache sein Bestes tat, um der sich schließenden Erde zuvorzukommen. Die Wände rechts und links zerkratzten ihm die Flügel und rissen ganze Stücke Haut heraus. Tatijana schrie vor Schmerz auf, ließ sich jedoch durch nichts in ihrem Aufstieg aufhalten.

Die Werwölfe, an denen sie vorbeikam – die meisten hielten sich an den Wänden des tiefen Erdspalts fest –, versuchten, sich an sie zu krallen, sie zu kratzen oder zu beißen, und manchmal gelang es ihnen auch, sie mit Krallen oder Zähnen zu erwischen. Doch es war der verzweifelte Versuch, sie entweder aufzuhalten oder auf ihren Rücken zu gelangen. All diese entarteten Wölfe versuchten, noch rechtzeitig an die Erdoberfläche zu gelangen, bevor der Riss im Boden sich ganz schloss, denn unter ihnen schoben sich die beiden Seiten des Abgrunds bereits immer schneller aufeinander zu.

Tatijana schoss förmlich aus dem klaffenden Loch im Boden in die Luft, sodass sie fast wieder vom Himmel fiel. Sie landete ungeschickt und schnappte nach Luft, als sich im selben Augenblick die Erdspalte mit einem schaurig knarrenden Geräusch schloss. Der blaue Drache wankte weiter, um seine Passagiere in Sicherheit zu bringen. Doch er war sehr geschwächt und hinterließ eine breite Blutspur auf dem Boden. Dann durchlief ein Erschaudern den mächtigen Körper, und der Drache stolperte und stürzte der Länge nach hin. Der keilförmige Kopf schlug hart auf dem Erdboden auf und wurde durch den Schmutz gezogen, aber der Körper drängte noch immer vorwärts.

Tatijana! Der Aufschrei einer Frau erreichte Fen über seine und Tatijanas geistige Verbindung. Sie klang zutiefst verstört, verängstigt und erschrocken. *Ist sie tot? Ich komme zu ihr.*

Fen wusste sofort, dass diese Stimme Tatijanas Schwester Branislava gehörte. *Nein. Ich kann sie heilen und beschützen. Gregori ist auch bei uns. Vertrau mir einfach, dass sie bei mir in guten Händen ist!*

Fen sprang vom Rücken des Drachen, und obwohl er auf den Füßen landete, war der Aufprall aus der großen Höhe hart. Er blickte an sich herab und war entsetzt, so viel Blut und all die tiefen Wunden zu sehen, wo Abel ihm die Krallen ins Fleisch geschlagen, ihn gebissen und gekratzt hatte.

Für einen Moment war Branislava in seinem Bewusstsein und entnahm ihm so viel Information wie nur möglich über ihn, bevor sie jählings nachgab. *Wenn du zulässt, dass ihr irgendetwas widerfährt, werde ich dich dein Leben lang jagen, bis ich dich vernichtet habe.*

Deiner Schwester wird nichts geschehen.

Er beendete die Verbindung zwischen ihnen, als er um den Drachenkörper herum zu dem Kopf lief und ihn in die Arme nahm und anhob, sodass die großen Augen zu seinen aufblickten.

»Verwandle dich, Tatijana! Jetzt sofort! Du musst mir ein einziges Mal gehorchen: Wechsle die Gestalt! *Sofort.*« Er legte alles, was er war und fühlte, in diesen Befehl. Seine Angst um sie. Die Wut darüber, zugelassen zu haben, dass sie verletzt wurde. Seine wachsende Liebe zu ihr. Seinen Respekt. Seinen verzweifelten Wunsch, sie am Leben zu erhalten und nie wieder zu verlieren.

Gregori sprang ebenfalls vom Rücken des Drachen und landete genauso hart wie Fen. Beim Aufprall konnte er sich kaum noch auf den Beinen halten. Schwankend ging auch er um den blauen Drachen herum zu dessen Kopf.

Die schönen Drachenaugen blinzelten und schlossen sich, aber Fen spürte, wie der Körper von der Anstrengung zu gehorchen erschauderte. Behutsam drang Fen in Tatijanas Bewusstsein ein. Sie war der Ohnmacht nahe. *Komm zu mir,* sívamet – *meine Liebste! Überlass dich meiner Fürsorge! Ich werde dich beschützen.*

Ein Moment der Unsicherheit entstand, als vertraute sie ihm vielleicht noch nicht genug, um sich so vollkommen in seine Hände zu begeben. Und Fen wartete ihre Entscheidung ab, obwohl die Zeit drängte und sein Herz so laut gegen seine Rippen hämmerte, dass es sich wie Donner für ihn anhörte. Doch plötzlich kapitulierte sie, und er spürte, wie sie losließ und sich geistig und körperlich ganz in seine Obhut gab.

Sofort war der blaue Drache verschwunden, und es war Tatijana, die Fen in den Armen hielt. Er zögerte nicht einmal eine Sekunde, sondern öffnete mit den Zähnen sein Handgelenk und drückte es an ihren Mund. Mit ihr in den Armen ließ er sich zu Boden sinken. Gregori kniete sich neben sie, ließ seine äußere Hülle von sich abfallen und wurde zu einem heilenden Licht aus purer Energie. In dieser Form drang er in Tatijanas Körper ein und machte sich fieberhaft daran, die Blutungen zu stillen. Er hörte selbst dann nicht auf, als zwei weitere karpatianische Jäger aus dem Himmel herunterkamen, um ihnen beizustehen.

Jacques Dubrinsky, der Bruder des Prinzen, und Falcon Amiras, ein uralter Jäger, blickten sich auf dem Schlachtfeld um. Einige Werwölfe regten sich schon wieder, was bedeutete, dass ihre Regeneration bereits begann.

»Sagt uns, was wir tun sollen, um sie zu töten!«, meinte Jacques. »Es geht doch nichts darüber, zu spät zu einer Party zu erscheinen.«

»Ihr müsst ihnen Silberpflöcke ins Herz treiben und ihnen dann die Köpfe abschlagen. Verbrennt die Kadaver mit den Silberpflöcken im Herzen!«, antwortete Fen.

Er war müde und entkräftet, blieb jedoch voll und ganz auf Tatijana konzentriert und hielt sie an seine Brust gedrückt, während er ihr sein Leben spendendes Blut einflößte. Und er war Gregori dankbar, der genauso übel zugerichtet war, aber selbstlos Tatijana heilte und ihren Verletzungen Vorrang vor seinen eigenen gab.

Falcon kam zu Fen herüber. »Du und Gregori braucht selbst ein bisschen Heilung«, sagte er und bot ihm sein eigenes Handgelenk an. »Nimm, was ich aus freiem Willen gebe!«, fügte er nach karpatianischer Tradition hinzu.

Fen zögerte. Es war lange her, seit er irgendjemand anderem als Dimitri vertraut hatte.

»Du brauchst es«, drängte Falcon ihn. »Für sie. Erinnerst du dich nicht mehr an mich? Ich bin Falcon. Du warst ein paar Jahre älter und hast mir geholfen, meine kämpferischen Fähigkeiten zu verbessern.«

Fen nickte. Er musste Tatijana in seinen Armen verlagern und an seine Brust lehnen, während er fortfuhr, ihr so viel Blut zu geben, wie er konnte. Und sie kamen nur langsam voran, weil er ihr die meiste Zeit sogar beim Schlucken helfen musste. Trotzdem beugte er den Kopf über Falcons ausgestrecktes Handgelenk. Das uralte Blut durchströmte ihn schlagartig mit neuer Kraft, trotz seiner fürchterlichen Wunden.

Er konnte auch die Veränderung in Tatijana spüren, während Gregori sorgfältig die ihrem Bauch und ihren Seiten zugefügten Schäden reparierte. Ihre Arme waren übersät mit Bisswunden und zahlreichen kleineren Verletzungen, und obwohl auch Gregoris Körper schwer gezeichnet war, nahm der Heiler sich Zeit und vergewisserte sich, dass er nichts übersehen hatte.

Sowie er wieder in seinem eigenen Körper war und vor Erschöpfung schwankte, war Jacques Dubrinsky bei ihm, legte einen Arm um Gregori und bot ihm mit dem anderen Blut an. »Das sieht aus, als wäre es eine höllische Schlacht gewesen«, sagte er. »In meinem ganzen Leben bin ich noch nie einem aggressiven Werwolf-Rudel begegnet.«

Fen verschloss höflich die kleine Bisswunde an Falcons Handgelenk. »Und dieses ist ein großes Rudel. Es gehören sogar zwei jener Vampir-Wölfe dazu, die die Lykaner als *Sange rau* bezeichnen.«

Alle drei Karpatianer wechselten lange Blicke und wandten dann ihre volle Aufmerksamkeit wieder Fen zu, der Tatijana in seinen Armen verlagerte und es ihr bequemer machte. »Diese Vampire sind Kreuzungen und sowohl Lykaner als auch Vampire. Ich kannte Bardolf, der einst ein Leitwolf der Lykaner war. Aber das liegt viele Jahre zurück. Eine Vampirkreuzung hatte sich über sein Rudel hergemacht und einige von ihnen völlig ausgelöscht, und ich hatte mich der Jagd nach diesem Vampir angeschlossen. Damals dachten alle, Bardolf hätte den *Sange rau* getötet, doch stattdessen müssen sie sich zusammengetan haben. Jedenfalls habe ich sie bis hierher verfolgt.«

»Wer beschützt eigentlich den Prinzen, wenn ihr beide hier seid?«, fragte Gregori Falcon und Jacques. »Er hat euch mir wohl nachgeschickt?«

Fen verkniff sich ein Grinsen über Gregoris gereizten Ton.

»Wenigstens ist er dieses Mal nicht selbst gekommen«, versuchte Jacques, den Heiler zu beschwichtigen. »Das ist etwas

Neues für ihn. Es scheint sein Sohn zu sein, der ihn ein bisschen lockerer werden lässt.« Schmunzelnd blickte er Gregori an. »Du siehst ganz schön mitgenommen aus, mein Freund. So kann ich dich nicht nach Hause gehen lassen. Savannah würde mir den Kopf abreißen. Lass sehen, was ich tun kann, um deinen Zustand zu verbessern, während Falcon sich mit ...« Er unterbrach sich ganz bewusst und wartete.

»Fen. Fenris Dalka«, stellte Fen sich vor und maß Falcon und Jacques mit einem durchdringenden Blick. »Es ist jedoch unbedingt erforderlich, dass ich für die Leute in dieser Gegend als Lykaner gelte. Die Elitejäger der Lykaner sind schon unterwegs hierher. Ein Mann, der sich Zev nennt, ist im hiesigen Gasthof abgestiegen. Er ist ein von den Elitejägern vorausgesandter Späher. Um diese Aufgabe erledigen zu können, muss er die Elite der Elite sein. Glaubt mir, ich habe ihn in Aktion gesehen, und er ist sogar noch besser, als ich es beschreiben könnte. Sie jagen ihre Mörder, so wie wir die unseren jagen.«

»Und warum willst du, dass sie dich für einen Lykaner halten statt für einen Karpatianer?«, fragte Gregori und tat so, als bemerkte er nicht, dass Jacques mit der Heilung seiner Wunden begonnen hatte, ohne seine Erlaubnis abzuwarten.

Fen zuckte mit den Schultern. »Lykaner tolerieren keine Kreuzungen zwischen Lykanern und Karpatianern. Sie glauben, dass sie, falls sie zum Vampir werden, viel zu mächtig und zu schwer zu töten sind. Ich habe keine Ahnung, wie Karpatianer über diese Dinge denken.«

Gregori runzelte die Stirn. »Ich hatte noch nie eine Kreuzung zwischen Lykaner und Karpatianer gesehen oder auch nur davon gehört, bis Manolito de la Cruz uns darüber informierte, dass seine Seelengefährtin MaryAnn Lykanerin ist und ihr Blut und das seine sich vermischten, statt von dem stärkeren absorbiert zu werden, wie wir angenommen hatten. Gibt es einen Grund, warum wir ein Problem mit Kreuzungen von Lykanern und Karpatianern haben sollten? Wir waren immer mit den Lykanern befreundet; und auch sie betrachten uns als Freunde. Karpatianer und Vampire sind schließlich nicht dasselbe, und das wissen sie.«

»Meistervampire sind äußerst schwer zu töten«, sagte Fen. Schon jetzt hatte die Zufuhr von Falcons Blut und seine Bemühungen, ihn zu heilen, ihm wieder neue Kraft gegeben, aber er war trotzdem noch erschöpft. Er musste sich in die vitalisierende und heilende Erde begeben. Und er musste Tatijana dorthin bringen. »Bei einer Kreuzung von Vampir und Wolf ist das hundert Mal so schwierig. Die Zerstörungen und Schäden wie auch die Brutalität ihrer Morde sind ebenfalls um ein Hundertfaches größer. Man begegnet ihnen jedoch so selten, dass nur wenige Jäger wissen, wie man ihren Tod herbeiführen kann.«

»Aber du weißt es«, stellte Gregori fest.

Fen seufzte. »Wissen genügt nicht immer, wie dir als Jäger sehr wohl bekannt ist.«

»Gregori«, unterbrach Jacques sanft. »Ihr müsst alle drei die heilende Erde aufsuchen. Vielleicht sollten wir dieses Gespräch zu einem späteren Zeitpunkt im Hause meines Bruders fortsetzen.«

Gregori nickte. »Entschuldige, Fenris, aber du solltest wirklich Tatijana nehmen, die offenbar deine Seelengefährtin ist, und dich mit ihr in die Erde begeben.«

»Ich danke euch, dass ihr uns zu Hilfe gekommen seid. Ich wusste noch nichts von Abel, als ich dem Rudel hierher folgte. Und dass Bardolf etwas mit den Werwölfen zu tun hatte, vermutete ich nur, als ich ihren Weg kreuzte und ihnen nachzuspüren begann. Abgesehen davon«, schloss er stirnrunzelnd, »ist dieses Rudel sehr viel größer, als wir anfangs dachten.«

Gregori erhob sich langsam, da sein Körper nach der schrecklichen Brutalität der Werwolf-Attacke noch nicht wieder richtig funktionieren wollte. »Bitte komm zu Mikhail nach Hause, sobald du die Erde verlässt, um uns noch mehr Informationen zu geben! Wir wären dir dafür wirklich dankbar.«

Fen seufzte. Von Rechts wegen müsste er dem Prinzen Treue schwören, wenn er ihm begegnete. Aber er musste wie ein Lykaner denken und sich verhalten. Und der Zyklus des Vollmondes begann bald. Falls er Zev oder seinen Elitejägern über den Weg lief, würden sie ihn töten und erst später Fragen stellen. Das Leben war viel zu kompliziert geworden.

Schweigend warteten die Karpatianer Fens Entscheidung ab. Am Ende nickte er nur und erhob sich mit Tatijana in den Armen in die Luft. Er vergewisserte sich, dass ihm niemand folgte, bevor er in einem weiten Bogen zu der Stelle umkehrte, an der er seinen Bruder zurückgelassen hatte. Er öffnete die Erde über Dimitri – es war besser, bei ihm zu sein, um ihn bewachen zu können – und machte es sich mit Tatijana bequem. Über ihnen rieselte die Erde herein, bis sie beide vollständig von ihr bedeckt waren. Laub und Geröll wurden vom Wind über ihre Ruhestätte getrieben und verteilten sich sanft und so natürlich über dem Bereich, dass er aussah, als wäre er niemals angerührt worden.

KAPITEL SECHS

An den nächsten Abenden unter der Erde erwachte Fen, noch immer wund, lädiert und wie gerädert, aber jedes Mal erhob er sich und ließ Tatijana und Dimitri allein, um sich auf Nahrungssuche für sie zu begeben. Er hatte Branislava allabendlich beim Aufstehen versichert, dass ihre Schwester auf dem Wege der Besserung war und zu sich kommen würde, sowie sie vollständig geheilt war.

Am dritten Abend war ihm nur zu gut bewusst, dass dies jetzt die gefährlichste Zeit für ihn war, in der jeder Lykaner sofort erkennen würde, dass er nicht ganz einer der ihren war. Deshalb achtete er darauf, sich zu verbergen. In der Regel blieb er während dieser Zeit unter der Erde, um Konfrontationen zu vermeiden, doch jetzt konnte er sich diesen Luxus nicht erlauben – und er wusste, dass das Eliteteam inzwischen schon bei Zev eingetroffen sein musste.

Er war ein wenig überrascht darüber, dass er sich trotz jahrhundertelanger Abwesenheit in den Karpaten immer noch zu Hause fühlte. Er hatte die ganze Welt bereist, ohne je lange an einem Ort zu bleiben, und hatte deshalb auch nie wirklich eine andere Umgebung gefunden, die er als Heimat angesehen hätte. Hier in den Bergen der Karpaten war die Erde außergewöhnlich fruchtbar, und er hatte schon vergessen, wie dieser nährstoffreiche schwarze Lehm sich anfühlen konnte. Und trotzdem … Er war sehr besorgt um Dimitri, dessen Bauchverletzung nicht so gut verheilte, wie er es sich wünschen würde.

Im Nebel verborgen, bewegte er sich durch den dichten Wald, bis er dessen Rand und ein kleines, dem Sumpfland abgerungenes Gehöft erreichte. Der Hof grenzte an ein schlammiges Gelände, doch er war sauber und ordentlich. Auf dem am weitesten von dem Sumpf entfernten Feld waren Heuballen aufgestapelt. Die Pferde auf der nahen Koppel warfen nervös die Köpfe zurück und stampften mit den Hufen, als Fen an ihnen vorbeikam, weil der Wolfsgeruch ihnen Angst einjagte.

Der Bauer kam aus seinem Haus und blickte zu der Koppel hinüber, wo die Pferde sich aufbäumten und herumgaloppierten, als könnte sie das vor einem Rudel Wölfe retten. Der Mann ging ins Haus zurück, und als er zurückkam und wieder nach den nervösen Pferden schaute, hielt er ein Gewehr in den Händen. Fen blieb in dem Nebel, der in dichten Schwaden auf das Feld zutrieb und sich um die Heuhaufen legte, sodass sie wie geisterhafte, körperlose Türme wirkten.

Der Farmer kam von der Veranda herunter und schaute sich wieder voller Argwohn um. Das schier unaufhörliche, schrille Wiehern der Pferde war ein Ausdruck ihrer Furcht und Panik. Fen bewegte sich langsamer und ließ sich von dem Wind über die Koppel tragen. Die Pferde konnten unmöglich nur seines Geruchs wegen in einem solchen Zustand sein. Da war noch etwas anderes, was die Tiere bedrohte – oder auch den Farmer. Es waren keine Wölfe, die sich den Pferden näherten, denn sonst hätte er sie längst gesehen.

Fen hielt den Blick auf den Farmer gerichtet, während er sich vorsichtig in dem immer dichter werdenden Nebel bewegte. Irgendetwas krabbelte über den Boden. Etwas Dunkles, Abartiges, Hässliches. Das Ding war aus dem Sumpf gekrochen und schleppte sich über das Feld auf die Pferde zu. Dann witterte es den Farmer und bewegte sich in dessen Richtung.

Fen sah die widerliche Kreatur neben einem Felsen kauern und sich zum Angriff bereit machen, als der Farmer näher kam.

Blitzschnell verwandelte Fen sich, um aus dem Nebel heraus geradewegs auf den Besitzer des Gehöftes zuzugehen. »Vorsicht! Treten Sie zurück, Mann!«, rief er und unterlegte seine Worte mit einem starken psychischen Zwang.

Der erschrockene Farmer gehorchte. Das abartige Wesen schnappte nach dem Mann, und seine Fänge verhakten sich in seinem Stiefel. Es wand sich, knurrte und zischte vor Wut und Ungeduld. In ihm war der kleine Schattenfetzen von Bardolf, der noch immer ohne Wirt war und den er dazu bewegen könnte, Böses zu tun. Tiere konnten ihn zwar am Leben erhalten, aber niemals den von Bardolf beabsichtigten Zweck erfüllen.

»Was ist das?«, fragte der Farmer, während er angewidert seinen Stiefel schüttelte und das Tier mit der Flinte wegzustoßen versuchte.

»Eine tödliche Kreatur«, antwortete Fen aufrichtig. »Der Freund eines Vampirs.« Er wusste, dass die meisten Menschen, die in dem Dorf oder in der Nähe lebten, abergläubisch waren und an Vampire glaubten – vor allem deshalb, weil sie ihnen begegnet waren, auch wenn der Rest der Welt sich darüber lustig machte. Diese Leute hier wussten, dass das Böse existierte, und taten ihr Bestes, sich davor zu schützen. Wie der Farmer, der sich bekreuzigte und noch härter mit dem Gewehrkolben auf die sich windende Kreatur einschlug.

Fen trat sie von dem Farmer weg, zückte ein silbernes Messer und stieß die Klinge in die scheußliche Kreatur, die eine Kreuzung zwischen einem Aal und einer Schlange war. Das Tier kreischte und wand sich. Schwarzes Blut sprudelte aus seiner Wunde. Mit dem Blut kam auch der schwer zu fassende Schattenfetzen Bardolfs. Dieser Fetzen sprang jetzt auf den Farmer zu, entschlossen, zu leben und den Weg zurück zu seinem Herrn zu finden.

Fen zog das Messer aus der abartigen Kreatur und schleuderte es dem Schatten nach. Die Klinge durchdrang ihn sauber und hielt ihn dann am Boden fest. Ein großes Auge bildete sich in der Mitte und starrte sie voller Hass und Tücke an – eine Mischung aus Bardolf und Abel. Das Auge war böse und vertikal statt horizontal. Das silberne Messer drang genau in die Mitte des Auges ein, und schwarzes Blut sammelte sich um die Pupille und tropfte auf den Boden, wo es eine dunkle Pfütze bildete.

Das Auge stieß einen schrillen Schrei aus, der zu einem grauenvollen Gekreisch anschwoll, als es wild herumzappelte und kämpfte, um sich zu befreien. Fen zog den Farmer schützend hinter sich, als die beiden Vampire sich mit vereinter Kraft bemühten, den Schatten zu befreien. Schließlich verkrampfte sich das Auge, die Pupille explodierte in einem Schwall aus schwarzem Rauch, und das Licht begann allmählich zu verblassen, als das Leben aus dem Schatten wich. Mit einem letzten schwachen Aufschrei erschlaffte der Schatten und wurde völlig dunkel.

Der Farmer trat um Fen herum und spuckte in die schwarze Blutpfütze, bevor er sich dem Jäger zuwandte und sich ein wenig unbeholfen vor ihm verbeugte. »Danke. Sie haben mich gerettet. Ich hatte noch nie die Ehre, einem unserer Beschützer zu begegnen.« Er lächelte. »Wir hören die Gerüchte über sie, aber meist erfahren wir in unserem ganzen Leben nicht, ob sie wirklich existieren oder nicht.«

»Ihrer eigenen Sicherheit zuliebe«, beschied ihn Fen. »Treten Sie ein gutes Stück zurück! Ich muss das hier schnell verbrennen, denn Sie wollen doch bestimmt kein verseuchtes Vampirblut in der Nähe Ihrer Felder haben.«

Fen wartete, bis der Mann sich in sichere Entfernung zurückgezogen hatte, und blickte dann zum Himmel auf, um aufgepeitschte dunkle Wolken zu ihnen heranzuziehen. Donner grollte Unheil verkündend, und Blitze zuckten zischend über den Himmel und blendeten sie mit ihrem gleißend hellen Licht. Fen spürte, wie der Boden sich elektrisch auflud und die Energie durch seinen Körper floss. Gebieterisch streckte er den Arm nach dem schwarzen Blut, der scheußlichen Kreatur und ihrem bösartigen Auge aus. Blitze schossen vom Boden zum Himmel auf und wieder zurück. Der Gestank schnürte Fen und dem Farmer fast die Kehle zu. Schwarze Rauchsäulen stiegen auf, verflogen in der Luft und hinterließen einen sauberen, frischen Duft. Die Kreatur, das Auge und die Blutlache waren so vollständig verbrannt, als hätte es sie nie gegeben.

Fen wandte sich dem fassungslosen Farmer zu. Der Mann stand mit leicht geöffnetem Mund, total schockiert und von Ehrfurcht ergriffen da und schenkte Fen ein rasches Grinsen.

»Ich weiß, dass ich diese Erinnerung geheim halten und einmal mit ins Grab nehmen muss, aber ich danke Ihnen für das Erlebnis.«

Bardolf und Abel hatten den Farmer beide gesehen. Es war also durchaus möglich, dass sie beschließen würden, ihn anzugreifen und zu töten, und wenn auch nur, um es Fen heimzuzahlen. Doch ganz gewiss würden sie Mitglieder des Rudels herschicken, um das Vieh und die Familie des Farmers zu töten.

»Diese Vampire sind extrem gefährlich. Sie sind mit einem Rudel Werwölfe unterwegs, das sie beherrschen. Sie und Ihre Familie werden zur Zielscheibe dieser Untoten werden. Gibt es eine Möglichkeit, Ihre Familie in Sicherheit zu bringen? Und vielleicht einen Nachbarn, der Ihr Vieh vorübergehend zu sich nehmen würde?«

Obwohl der Farmer sehr erschrocken aussah, schüttelte er den Kopf. »Ich kann meine Frau und die Kinder zu ihrer Mutter schicken, aber um die Farm muss ich mich selbst kümmern. Wenn ich mein Vieh verliere oder von hier wegmuss, verlieren wir alles.« Er breitete die Arme aus. »Das ist alles, was wir haben. Ein Mann muss für seine Familie sorgen.«

Fen seufzte. Er konnte den Farmer verstehen, doch er würde

nicht mehr für seine Familie sorgen müssen, wenn sie alle tot waren. »Schicken Sie sie noch heute Abend weg! Sagen Sie ihnen, sie sollen nicht viel Gepäck mitnehmen und nicht eher zurückkehren, bis Sie sie holen lassen! Verzeihen Sie mir, doch um für Ihren größtmöglichen Schutz zu sorgen, werde ich etwas von Ihrem Blut nehmen müssen und Ihnen eine kleine Menge von meinem geben. Dadurch werden Sie mich in einer Notsituation erreichen können. Und selbst wenn ich zu weit entfernt sein sollte, kann ich Ihnen Hilfe schicken. Die Entscheidung, ob Sie das wollen, liegt bei Ihnen.«

Sollte sich der Farmer weigern, würde Fen nichts anderes übrig bleiben, als ihn allein zurechtkommen zu lassen. Er würde keine andere Wahl haben, als die Erinnerung des Mannes an diesen Besuch auszulöschen, was ihn noch zehnmal schutzloser und angreifbarer machen würde.

Der Farmer verbeugte sich ein zweites Mal, diesmal noch tiefer. »Es wäre mir eine Ehre.« Dann schwieg er einen Moment. »Tut es weh?«

Fen schüttelte den Kopf. »Sie werden überhaupt nichts spüren.«

Das Gewehr noch in den Händen, trat der Farmer näher und entblößte seine Kehle. Als reine Vorsichtsmaßnahme nahm Fen ihm die Waffe aus der Hand und legte sie auf den Boden, bevor er in den Geist des Mannes eindrang. Costin Eliade, so hieß er, war auf einer Farm groß geworden wie schon sein Vater vor ihm. Er war ein guter Mann, der hart arbeitete und seiner Frau und Familie treu ergeben war. Er hatte Angst, aber er verbarg sie gut, da er fest entschlossen war, zu tun, was auch immer nötig war, um die Seinen und seine Farm zu schützen.

Fen war behutsam und respektvoll, als er das Blut des Farmers nahm. Er beschwichtigte die Nervosität des Mannes, indem er Costins Bewusstsein vor den Vorgängen verschloss, als er ihm eine kleine Menge seines eigenen Blutes gab. Wann immer er von nun an das Bewusstsein des Farmers rührte, würde er wissen, wo Costin war, was er dachte und womit er sich beschäftigte. Er würde es sofort merken, wenn ihm Gefahr drohte – oder der Farmer schon in Schwierigkeiten war. Fen errichtete jedoch eine starke Barriere in Costins Bewusstsein, eine Warnung, dass er für immer auf sich allein gestellt sein würde, falls er versuchte, irgendjemandem – seine Frau mit eingeschlossen – von den Vorfällen zu erzählen.

Costins Absichten waren bewundernswert, und er schien ein sehr aufrichtiger Mensch zu sein. Fen konnte nicht einmal einen Anflug von Doppelzüngigkeit oder dergleichen in ihm finden – nur die feste Absicht, die Geheimnisse der Karpatianer zu bewahren. Fen sorgte dafür, dass weder an dem Mann noch an seinen Kleidern irgendetwas auf einen Blutaustausch hinwies. Dann trat er zurück, ließ aber eine Hand auf dem Arm des Farmers liegen, um ihn zu stützen. Vielleicht hatte er ein bisschen mehr Blut genommen als nötig, weil er ja schließlich auch für Tatijana und Dimitri sorgen musste.

»Bringen Sie Ihre Familie noch heute Nacht von hier fort! Ich werde Ihnen Hilfe schicken, um Ihre Farm zu bewachen, sowohl am Tag als auch bei Nacht, bis wir das Werwolf-Rudel und die Vampire aufgespürt und vernichtet haben. Sowie das geschehen ist, werde ich es Sie wissen lassen«, versicherte Fen dem Farmer.

Der Wind kam plötzlich von Norden her und brachte einen dichten Nebel mit. Und aus diesen Nebelschwaden trat Gregori, groß, breitschultrig und mit funkelnden silbergrauen Augen. Sein scharfer Blick glitt von dem Farmer zu dem geschwärzten Boden und dann zu Fen. Er sagte jedoch nichts, sondern zog nur eine Augenbraue hoch.

Fen gelang es nur mit großer Mühe, ein Grinsen zu unterdrücken. Es war verständlich, dass Gregori ihm noch misstraute. Er war schließlich ein Fremder, und mit ihm waren zwei *Sange rau* und ein Rudel Werwölfe gekommen. Natürlich wollte Gregori diese Feinde nicht in der Nähe seines Prinzen haben, und ganz gleich, wie schwer seine Verletzungen waren, würde er die Sicherheit Prinz Mikhails doch niemand anderem anvertrauen.

Offensichtlich war Gregori bereits dabei, den Geist des Farmers zu durchleuchten. Er fand die benötigten Informationen und wusste, dass Fen den Schatten des Bösen vernichtet hatte, den Bardolf und Abel benutzt hatten, um bestimmte Kenntnisse zu erlangen. Es war viel leichter und höflicher, die Informationen auf diese Weise aus dem Farmer herauszuholen, statt Fen zu verhören oder ihn zu fragen, ob er eine eiserne Regel gebrochen und Erinnerungen an die Karpatianer in Costin Eliade zurückgelassen hatte.

Dann reichte er dem Mann die Hand. »Ich bin Gregori, und wie ich hörte, werden Sie vielleicht ein wenig Hilfe zum Schutz der Farm benötigen.«

Costin nickte. »Das kann man wohl sagen. Sie haben den Vertrauten eines Vampirs hierhergeschickt, und er hat ihn getötet«, sagte er und deutete auf Fen.

»Sie werden tagsüber ebenfalls Schutz benötigen«, bemerkte Fen. »Werwölfe können sich auch in der Sonne aufhalten. Normalerweise greifen sie in der Morgen- oder Abenddämmerung an, doch in diesem Fall wird der Leitwolf sie auch während der Tageszeit losschicken, in der unsere Leute Sie nicht beschützen können.«

»Wir haben aber ein paar Leute, die Ihnen helfen können«, warf Gregori beruhigend ein.

Sie dürfen auf keinen Fall hier sein, wenn der Sange Rau *auftaucht. Die Mischung aus Vampir und Wolf ist unglaublich mächtig, und sie zu töten ist äußerst schwierig*, übermittelte Fen Gregori über den gemeinsamen geistigen Kommunikationsweg der Karpatianer.

Der Stellvertreter des Prinzen sah ihn nicht an und ließ sich auch durch sonst nichts anmerken, dass sie in telepathischer Verbindung standen. *Ich bin sicher, dass du heute Abend kommen wirst, um uns die Informationen zu geben, die wir brauchen, um diese Mischlings-Vampire zu vernichten.*

»Ich wäre Ihnen für jede Hilfe, die Sie schicken können, sehr dankbar«, gab Costin zu.

»Bei Nacht werden Sie von einigen von uns beschützt werden, doch in wirklicher Gefahr sind Sie tagsüber«, sagte Fen. »Sollten Sie Hilfe brauchen, rufen Sie mich! Benutzen Sie Ihren Verstand dazu, selbst wenn Sie große Angst haben! Ich werde Sie hören.«

Gregori blickte Fen aus schmalen Augen an. *Du kannst dich in der Sonne aufhalten?* Die Besorgnis in seiner Stimme war nicht zu überhören, und er versuchte auch nicht, sie zu verbergen.

Fen nickte fast unmerklich. *Falls nötig, ja, obgleich es gar nicht einfach ist,* antwortete er nur und wandte sich zum Gehen. Er würde vorerst keine weiteren Informationen herausgeben.

»Wirst du mit mir zurückkehren?«, fragte Gregori laut.

Fen schüttelte den Kopf. »Ich muss mich um meinen Bruder kümmern. Er erholt sich nicht so gut, wie ich es mir wünschen würde. In dem ersten Kampf haben er und Zev die Werwölfe zurückgeschlagen, um es mir zu ermöglichen, an den *Sange rau* heranzukommen. Dabei wurde Dimitri der Bauch aufgerissen, sodass er wirklich schwerwiegende Verletzungen hat.«

Sofort spürte er Gregoris Anteilnahme. Der Karpatianer ging neben ihm her. »Braucht er einen Heiler?«

»Ich weiß es noch nicht. Lass mich ihn zunächst mal untersuchen! Sollte ich dann deine Hilfe brauchen, rufe ich dich.« Fen widerstrebte es, irgendjemandem Dimitris und Tatijanas Ruhestätte zu verraten.

Gregori nickte. »Ich werde Mikhail sagen, dass er dich erwarten kann, vorausgesetzt natürlich, dass du mich nicht zu Hilfe rufst.«

Fen sah Gregori prüfend ins Gesicht. Er war blass; tiefe Linien prägten sein Gesicht. Er war von dem Kampf noch nicht ganz wiederhergestellt, und doch war er selbst gekommen, um sich zu vergewissern, dass der Prinz nicht in Gefahr war. Fens Respekt vor ihm nahm noch ein wenig zu.

»Danke. Sollte Dimitri deine Hilfe brauchen, werde ich dich rufen. Und ich komme, sobald ich kann, um mit Prinz Mikhail zu sprechen.«

Falls Gregori ihm bei der Heilung seines Bruders helfen musste, würde er Dimitri sicherheitshalber zu einer anderen Ruhestätte bringen. Gregori würde bemerken, dass Dimitris Blut anders war. Wie könnte es ihm auch entgehen, wenn er in Dimitris Körper eindrang, um ihn von innen heraus zu heilen? Dimitri war noch zu verwundbar, und mit den Elitejägern, die entweder auf dem Weg hierher oder schon im Dorf waren, befanden Fen und Dimitri sich auch so schon in Gefahr. Fen wollte das Leben seines Bruders auf keinen Fall noch mehr gefährden.

Als läse Gregori seine Gedanken, berührte er Fens Arm, um ihn dazu zu bringen, langsamer zu gehen. »Es sind sechs Fremde im Dorf. Sie alle haben sich mit dem Mann getroffen, den du Zev nennst. Und alle sind im Gasthof abgestiegen. Sie sehen aus wie ... harte Burschen.«

Fen nickte. »Man legt sich besser nicht mit ihnen an. Vor allem ich darf in den nächsten paar Nächten nicht in ihre Nähe kommen.«

Gregori runzelte die Stirn. »Hat das etwas mit der Mischung aus karpatianischem und lykanischem Blut zu tun, das in dir fließt?« Er ließ es ganz bewusst wie eine Frage klingen.

Fen zuckte mit den Schultern. »Als du zu dem Kampf erschienst, warst du dir da anfangs sicher, dass ich Karpatianer war?«

»Nein«, gab Gregori ehrlich zu.

Fen wusste, dass das wahrscheinlich der Grund war, warum Gregori ihm gegenüber misstrauisch blieb.

»Den Lykanern geht es genauso. Bis zu der Vollmondwoche können sie mein wahres Ich nicht wahrnehmen, doch während dieser Mondphase erkennen sie ganz genau, was ich bin. Sie nennen eine Vampir-Wolf-Kreuzung *Sange rau*, und sie machen keinen Unterschied zwischen dieser Bestie und mir.«

»Du meinst die Fremden, die in unser Dorf gekommen sind?«

»Sie sind die Elite der Lykaner. Ihre besten Jäger mit überragender Geschwindigkeit und anderen Gaben. Zev ist ihr wahrer Alpharüde. Sie haben einen Führer, aber alle gehorchen vor allem ihm. Sie wurden herbeizitiert, um das Werwolf-Rudel zu jagen und zu vernichten, genauso, wie wir unsere Jäger aussenden, um Vampire zu töten. Zev ist sich im Klaren darüber, dass ein *Sange rau* das Rudel anführt. Er weiß nur noch nichts von dem zweiten Vampir unter ihnen.«

»Sie werden diese Information aber brauchen, um die Werwölfe erlegen zu können«, gab Gregori zu bedenken.

Fen nickte. »Ich kann sie ihnen jedoch nicht überbringen, zumindest nicht in den nächsten paar Tagen. Du wirst einen anderen Weg finden müssen.« Er wandte sein Gesicht dem Wald zu, denn sein Unbehagen war gewachsen. »Ich muss zu meinem Bruder.«

Gregori entfernte sich und hob grüßend eine Hand. »Ich werde dafür sorgen, dass dieser Farmer seine Familie in Sicherheit bringt.«

»Danke.« Fen nickte ihm zu und sprang in die Luft. Dabei verwandelte er sich und ließ sich innerhalb einer einzigen Sekunde die Federn einer Eule, ihre scharfen Krallen und den gekrümmten Schnabel wachsen. In dieser Gestalt drehte er eine Runde über der Farm und ihren Randbezirken, um nochmals nachzuprüfen, dass keine weiteren Gefahren in der Nähe drohten, bevor er mit großen Flügelschlägen zum Wald zurückkehrte.

Wieder war er sehr vorsichtig und vergewisserte sich, dass ihm niemand gefolgt war. Erst dann ließ er sich hinuntersinken und verwandelte sich wieder. Er öffnete die Erde. Tatijana lag in dem fruchtbaren Erdreich, ihr Gesicht ganz blass und ihre Haut fast durchsichtig. Sie sah wie eine Eisprinzessin aus, schön und unerreichbar. Ihr langes, dichtes Haar war noch immer zu diesem komplizierten Zopf geflochten, den kunstvoll mit ihrem Haar verwobene Seidenbänder zusammenhielten, die das Ganze noch effektvoller machten.

Fen nahm sie in die Arme und untersuchte sie behutsam, um sicherzugehen, dass ihre Wunden gut verheilten. Tatijana hatte ebenso schwere Verletzungen am Bauch erlitten wie Dimitri, doch während der Drache Tatijana größtenteils geschützt hatte, war Dimitri nicht von Drachenhaut und Schuppen ummantelt gewesen. Die Werwölfe verstanden sich auf das Aufreißen weicherer Unterbäuche und hatten großen Schaden angerichtet, aber Tatijana würde wieder ganz gesund werden.

Fen weckte sie mit einem einzigen Wort und drückte ihren Mund an seine Brust. Sie stöhnte leise, und ihre Augenlider flatterten, bevor sie ganz erwachte und er in ihre facettenreichen grünen Augen blicken konnte. »Da bist du ja«, sagte er mit einem Lächeln. »Ich dachte schon, du würdest dein ganzes Leben verschlafen.«

Sie erwiderte das Lächeln und entspannte sich in seinen Armen. »Keine Chance.« Dann rieb sie ihre Wange an seiner Brust und sandte feurige kleine Stromstöße durch seine Blutbahn.

Sein ganzer Körper reagierte auf diese kleine Zärtlichkeit. Als Fen einige lose Haarsträhnen aus ihrem Gesicht strich, dachte er, was für ein Wunder es doch war, solch tiefe Emotionen zu verspüren. Es war eine völlig unerwartete, neue und aufregende

Erfahrung. Aufregend wie Tatijana selbst. »Abgesehen davon, dass du eine sehr mutige und tapfere Kriegerin bist, bist du auch eine sehr, sehr schöne Frau, Tatijana Drachensucher«, flüsterte er. »Ich fühle mich geehrt, dein Seelengefährte zu sein, ob ich dich bereits beansprucht habe oder nicht.«

»Und ich muss gestehen, Sir, dass ich allmählich weitgehend das Gleiche empfinde, was ziemlich überraschend für mich ist.«

Ihre Aufrichtigkeit und der weiche, verführerische Tonfall ihrer Stimme verstärkten das Pochen seines Blutes, das heiß und schnell durch seine Adern rann, um sich tief in seinem Innersten zu bündeln. Fen genoss die neue Erfahrung, eine solch ungeheuer aufregende Flut von Empfindungen verspüren zu können. Und irgendwie wusste er sofort, dass sie beide untrennbar miteinander verbunden waren. Nicht einmal die Vermischung seines karpatianischen Blutes mit dem lykanischen hatte seinen Drang verringert, die andere Hälfte seiner Seele zu finden. Keine andere Frau würde genügen. Noch nie zuvor hatte er ein solch drängendes Verlangen verspürt. Natürlich hatte er sexuelle Erfahrungen gemacht, wer hätte das nicht nach so vielen Jahrhunderten, doch er hatte nie verstanden, was den Rausch ausmachte. Die Freude. Das drängende Begehren.

Er strich ihr übers Haar. »Trink, meine Schöne! Ich brauche dich heute Abend bei Kräften. Dimitri geht es sehr, sehr schlecht, und ich befürchte, dass er unser beider Hilfe brauchen wird, sofern es überhaupt noch eine Chance gibt, ihn zu retten.«

Tatijana schaute ihm in die Augen – und in die Seele. Er verbarg nichts vor ihr. Sie strich mit der Hand über seine Stirn und versuchte, die tiefen Sorgenfalten dort zu glätten. »Trotzdem hast du den Heiler nicht gebeten, dir zu helfen.«

»Ich bin ein ebenso erfahrener Heiler wie Gregori, aber ich weiß, dass unsere Fähigkeiten nicht mehr ausreichen, um Dimitri zu helfen. Er ist noch unter uns, doch mit jeder Sekunde gleitet er ein bisschen weiter auf die andere Seite zu. Auch Gregori ist schwer verwundet, und dennoch erhebt er sich aus der Erde, um seiner Aufgabe nachzukommen, den Prinzen zu beschützen. Und diese Aufgabe ist äußerst wichtig. Er muss sie um jeden Preis erfüllen und darf sie nicht in Gefahr bringen, indem er sich um Dimitri bemüht. Seine Fähigkeiten – und meine – werden Dimitri nicht mehr retten. Nur das Eingreifen von Mutter Erde könnte ihm vielleicht noch helfen.«

Er wird gerettet werden, wenn irgend möglich, flüsterte Tatijana in Fens Geist. Sie senkte ihre Zähne in Fens Brust, um seine Lebensessenz in sich aufzunehmen. Die Flutwelle von Gefühlen, die ihn überschwemmte, war so stark, dass sein Begehren nach ihr fast außer Kontrolle geriet. Er schloss die Augen und zwang sich, ruhiger zu atmen, während sein machtvolles Blut ihre Adern füllte und durch ihren Körper zu jedem ihrer verwundeten Organe rauschte, um den Heilungsprozess zu beschleunigen.

Fen hatte nicht nur Hunderten von Karpatianern, die im Kampf verwundet worden waren, sein Blut gegeben, sondern auch einem Lykaner, der eng mit ihm befreundet war und lange Zeit mit ihm gekämpft hatte, um einen gemeinsamen Feind zu schlagen. Er hatte Blut von Männern, Frauen und Angehörigen seiner eigenen Art genommen, die sowohl Lykaner als auch Karpatianer waren, doch bis jetzt war nie eine sexuelle Komponente mit im Spiel gewesen. Wieder atmete er ganz tief ein und aus, lauschte dem wilden Pochen seines Herzens und dem wie Donner dröhnenden Geräusch in seinen Ohren. Und bei alldem konnte er spüren, wie sich sein Glied mit einer noch nie zuvor empfundenen, geradezu *verzweifelten* Begierde verlängerte und versteifte.

Zum ersten Mal in seinem Leben fühlte er sich lebendig. Voll und ganz lebendig. Die uralten Worte des Bindungsrituals, die sich ihm schon lange vor seiner Geburt eingeprägt hatten, schossen ihm durch den Kopf. Doch obwohl er diese rituellen Worte, diese schicksalhaften Gelübde, die sie für immer aneinander binden würden, mehr als deutlich hörte, verbot er sich, sie Tatijana gegenüber auszusprechen. Er würde niemals eine solche Entscheidung für sie treffen, bis er nicht mit Sicherheit wusste, dass sie nicht in Gefahr sein würde, wenn sie zu dem wurde, was er war. Selbst dieses kleine Blut-Geschenk an sie war schon ein bisschen beängstigend für ihn, weil nicht vorauszusagen war, wie viel Blut es brauchte, damit der Empfänger so wurde wie er selbst.

Mit einer letzten sinnlichen Bewegung ihrer Zunge schloss sie die winzige Wunde an seiner Brust, schlug die Augen wieder auf und lächelte ihn an. »Es wäre mir eine Ehre, so zu werden wie du. Also hör auf, dir solche Sorgen zu machen!« Ihr Ausdruck wurde ernster, als sie sich aufsetzte. »Und nun lass uns deinen Bruder retten! Ich würde meine Schwester nicht verlieren wollen.«

»Sie dich auch nicht. Wenn wir hier fertig sind, musst du zu ihr gehen und ihr bestätigen, dass du noch am Leben bist.« Fen konnte gar nicht anders, als hinzuzufügen: »Ich werde dich noch einmal küssen. Falls du diesmal einen Grund brauchst, wird er nicht vernünftig klingen, doch ich kann es nun einmal nicht lassen.«

»Nun ja, dann musst du es wohl auch tun.«

Er hielt ihren Blick fest, während er langsam den Kopf senkte und seinen Mund auf ihren presste. Ihre Lippen waren weich und warm, und als er mit der Zungenspitze darüberstrich, öffneten sie sich einladend. Sein Herz zersprang beinahe, als er den Kuss vertiefte und all seine Emotionen in sie einströmen ließ wie flüssiges Gold.

Ihr Mund war wie warmer Honig. Wie funkelnde Diamanten. Wie ein Himmel voller strahlender Saphire – das reinste Paradies. Es war ihm völlig unerklärlich, weil er keinen Sinn für Poesie hatte, aber die Welt um ihn herum explodierte, und er sah in seinem Geist die schönsten natürlichen Höhlen, die man sich denken konnte, mit juwelenbesetzten, glitzernden Wänden. Wie machte Tatijana das? Es erschien so einfach – sie brauchte nur den Mund zu öffnen und sich von ihm küssen zu lassen.

Widerstrebend hob er den Kopf und schüttelte ihn ein wenig verwirrt. Wenn man dem Ausdruck ihrer Augen glauben durfte, erging es ihr nicht anders. Er war nicht in ihr Bewusstsein eingedrungen, weil es ihn so sehr nach ihr verlangte und die rituellen Worte ihn so heftig bestürmten, dass er befürchtete, nicht aufhören zu können – und seine erste Pflicht galt seinem Bruder. Tatijana einmal zu küssen war völlig in Ordnung, doch was er brauchte, waren lange, endlose Nächte mit ihr, um ihr gerecht werden zu können.

Ihre Hand schob sich in seine, als sie sich ganz aufsetzte. »Wir können ihn retten, Fen. Zusammen können wir es schaffen.«

Er nickte, und sie erhoben sich ein wenig in die Luft über der Stelle, wo sie geruht hatten, und öffneten noch weiter die Erde, um Dimitri freizulegen. Er lag reglos wie der Tod da, und seine Haut war schon fast völlig weiß. Dimitri sah aus, als hätte er ihre Welt schon längst verlassen. Fen spürte, wie ihm der Mut sank, als ihm bewusst wurde, dass er zum ersten Mal in seinem Leben das Unabänderliche aufgeschoben hatte.

»Er hat eine Seelengefährtin«, erinnerte Tatijana ihn. »Und Hoffnung besteht immer. Oft kann man für seinen Seelengefährten tun, was man für sich selbst nicht vermag, egal, wie seltsam das vielleicht auch erscheint.«

»Oder wie ein Wunder?« Fen brachte die Worte kaum heraus, so rau war seine Kehle.

»Besonders wie ein Wunder. Ist es nicht schon ein wahres Wunder, seinen Seelengefährten zu finden?«, fragte Tatijana lächelnd. »Zumindest hat Lara mir das so erklärt, und sie muss es wissen. Sie ist die Tochter meines Neffen Razvan und eine sehr kluge Frau. Nimm Verbindung zu Dimitris Seelengefährtin auf!«

»Sie ist noch jung und lebt weit entfernt. In einem anderen Land, hatte ich das Gefühl. In großer Ferne jedenfalls.«

»Und trotzdem kam sie, als sie gebraucht wurde. Versuch, Zugang zu Dimitris Bewusstsein zu erlangen, und folge seinem Kommunikationspfad bis zu ihr! Sie muss stark sein, wenn sie die Entfernung überbrücken kann, von der du sprichst.« Tatiana kniete sich neben Dimitri und wartete.

Fen ließ sich langsam auf Dimitris anderer Seite auf die Knie sinken. Beide Hände auf den Hüften, schloss er die Augen und suchte Zugang zu der starken telepathischen Verbindung, die zwischen ihm und Dimitri schon seit dessen Geburt bestand.

Krieger, Bruder und Freund – halte durch für mich! Für dein Volk und vor allem für deine geliebte Seelengefährtin. Er sprach in förmlichem Ton, indem er ihre alte Sprache benutzte, und baute dabei ebenso sehr auf die karpatianische Vergangenheit wie auch auf aktuelle Erinnerungen, die sich ihnen unauslöschlich eingeprägt hatten. Und die ganze Zeit über kämpfte er mit dem Kloß in seiner Kehle, der nicht weichen wollte und ihn zu ersticken drohte.

Dann spürte er eine winzige, kaum wahrnehmbare Regung und nutzte sie, um in Dimitris Bewusstsein einzudringen. Hier fand er Dunkelheit und Kälte, als wäre jedes Licht verblasst und hätte nur noch schattenhafte Erinnerungen zurückgelassen, die allerdings genügten, um damit zu arbeiten. Fen fand schnell die, die er am meisten brauchte. Sie war das hellste der schwächer werdenden Lichter. Das sternenartige Leuchtfeuer flackerte noch, wenn auch viel schwächer, als Fen gehofft hatte. Er folgte dem Pfad, einem schmalen Kometen, der die Dunkelheit erhellte, für eine schier endlos lange Zeit durch öden, kalten Raum. Die Entfernung war viel größer als alle, die er je zuvor auf telepathische Weise überwunden hatte.

Skyler ist eine Drachensucherin!, flüsterte Tatijana völlig verblüfft in seinem Geist und sandte einen Strom aus warmer Luft und Frieden in die schreckliche, atemberaubende Kälte. *Dieses Kind … Diese junge Frau ist ebenfalls eine Tochter Razvans! Und dennoch ist sie menschlich und so mächtig? Sie flößt mir Ehrfurcht ein.*

Er spürte Tatijanas atemloses Erstaunen und begrüßte die zusätzliche Kraftquelle in seinem Bewusstsein, während es diesen weiten Raum durchquerte. Fen fand Skyler auch fast schlagartig, als er von einem Moment zum anderen aus dieser eisig kalten Höhle in ein warmes, magisches Bewusstsein überwechselte.

Kleine Seelengefährtin Dimitris, ich brauche Sie ganz dringend. Um sie nicht zu erschrecken, gab sich Fen die größte Mühe, nur ganz behutsam in ihren Geist einzudringen. Skyler würde es als unangenehm empfinden zu wissen, dass jemand anderer als ihr Seelengefährte Zugang zu ihren Gedanken, Worten und Taten hatte.

Doch das junge Mädchen überraschte ihn. Nein, es war mehr als Überraschung – sie *schockierte*, ja beschämte ihn geradezu, als sie ohne das geringste Zögern sagte: *Berichten Sie!*

Er entgleitet uns, und allein kann ich ihn nicht retten. Ich weiß, dass es eine lange Reise ist, aber Sie müssen mir helfen, ihn in dieser Welt zu halten.

Tatijanas Wispern in seinem Geist war leise und ehrfurchtsvoll. *Sie ist … erstaunlich. Stark.*

Tatijanas ganze Haltung war zu einer absolut respektvollen geworden. Sie hörte – oder vielleicht fühlte sie es sogar, denn schließlich waren sie Blutsverwandte –, dass dieses halbe Kind einen stählernen Charakter hatte.

Ich finde meinen Weg schon selbst. Sparen Sie sich Ihre Kraft, um Dimitri zu heilen!

Skyler ließ es wie einen Befehl klingen; sie war genauso

selbstbewusst wie auch Tatijana. Und sie war erst neunzehn – und noch dazu ein Mensch. Fen war vollkommen erstaunt.

Ich werde ihn allerdings durch Ihre Augen sehen müssen.

Das zumindest war mehr eine Bitte als eine Forderung gewesen. Skyler verstand sogar das Prinzip, dass man sich des Körpers eines anderen bemächtigen musste, um dessen Sinne zu teilen. Auch diese Gabe wurde nur selten benutzt, da man uneingeschränktes Vertrauen zu der anderen Person haben musste, um sie von seinem physischen Körper Besitz ergreifen zu lassen.

Ich habe noch viel über dich zu lernen, kleine Schwester, sagte Fen, ohne seine Ehrfurcht zu verbergen, als er sich ihr noch weiter öffnete. *Du zeigst bemerkenswertes Geschick und Training für eine so junge Frau.*

In Skylers Erinnerungen konnte er ein paar flüchtige Blicke auf ihre Familie werfen. Unter anderem war dort ein fremder junger Mann mit kurzem schwarzen Haar, dessen Enden wie Stacheln von seinem Kopf abstanden, offenbar ein Freund … aber dann zog sie sich abrupt aus Fens Kopf zurück, und er spürte, wie sie eine Verbindung zu Dimitri herstellte. Durch Fen war auch Tatijana mit ihnen verbunden, und beide hörten das scharfe Einatmen der jungen Frau.

Liebster! Mein Herz! Ich weiß, dass du müde bist. Verzeih mir, doch ich kann dich nicht gehen lassen. Es gibt keinen anderen für mich. Du kannst es schaffen – mir zuliebe. Uns zuliebe. Kämpfe für uns, Liebster!

Fen sah Tatijana an. Skyler hatte Dimitris schreckliche Wunden nicht einmal gesehen, und trotzdem war sie sich schon im Klaren darüber, womit sie es zu tun hatten. Er hörte die unverhohlene Liebe, den geflüsterten intimen Kontakt, den nur wahre Seelengefährten zueinander herstellen konnten. Fen befürchtete jedoch, dass der grauenvolle Anblick von Dimitris Wunden ihre Zuversicht erschüttern würde.

Trotzdem reagierte sein Bruder mehr auf dieses zärtliche

kleine Geständnis und die grenzenlose Liebe, die seinen Geist durchflutete, als auf irgendetwas anderes, das Fen bisher versucht hatte. Die schreckliche Dunkelheit und Kälte schienen tatsächlich ein wenig abzuflauen.

Bitte.

Diesmal hatte sie ohne jede Hilfe den Weg in Fens Bewusstsein gefunden. Skyler drang in seinen Geist ein und fand fast augenblicklich seine Verbindung zu Tatijana.

Ich begrüße dich als deine Großtante – obwohl ich mehr als das bin, gab sich Tatijana zu erkennen. *Ich bin auch Fens Seelengefährtin.*

Allerdings wurdest du so wie ich noch nicht von deinem Seelengefährten beansprucht, antwortete Skyler. *Ich danke dir für deine Hilfe.*

In Skylers Worten klang kein Vorwurf mit. Fen hatte vielmehr das Gefühl, dass es ihr half, sich mit Tatijana zu identifizieren, denn sie schien sich nun wohler zu fühlen.

Eine Flut beruhigender Schwingungen durchströmte ihn. Er sah Tatijana an, die ihm gegenüber in der Erde kniete und ihre Hände schon auf Dimitris furchtbare Wunden gelegt hatte. Auch er platzierte seine Hände dort, als sie ihm ein ermutigendes kleines Lächeln schenkte.

Richte den Blick auf seine Verletzungen, Fen!

Langsam und sehr widerstrebend nur ließ er Skyler durch seine Augen sehen und zeigte ihr so nach und nach das ganze Ausmaß von Dimitris Wunden. Skyler verstand sofort. Der Schmerz ging weit über das hinaus, was ein physischer Körper ertragen konnte, ob Mensch, Lykaner oder Karpatianer.

Skyler zögerte keinen Augenblick. *Ich bin in der Bibliothek der Universität, an der ich studiere. Ich werde meinen Freund bitten müssen herzukommen, denn wenn wir hier fertig sind, werde ich mich nicht mehr auf den Beinen halten können. Gebt mir nur eine Sekunde, um Josef anzurufen. Zum Glück hat er mich heute Abend besucht, denn ich wusste nicht mal, dass er in der Stadt war.*

Eine kurze Pause folgte. *Er wird gleich kommen*, sagte Skyler dann.

Sie vereinte ihre Kräfte mit Tatijanas und Fens, und er konnte hören, wie sie tief einatmete.

Wir rufen die Macht der Erde an – sie, die uns alle erschaffen hat.

Tatijana und Fen antworteten – Fen las die Worte im Bewusstsein seiner Seelengefährtin. *Hör unseren Ruf, Mutter!*

Wir bitten dich um Klarsicht, die Fähigkeit zu sehen, was ungesehen zu bleiben versucht.

Führe uns, Mutter, nimm unsere Hände und mach sie zu deinen!

Benutze sie als Werkzeuge, um auszubessern, was zerrissen und zerbrochen wurde!

Führe uns, Mutter! Lass einer gequälten Seele Ruhe und Heilung zuteilwerden!

Skylers Stimme brach fast bei den letzten Worten, aber wieder atmete sie tief ein und machte weiter. *Umarme deinen Sohn, Mutter! Heile ihn von all seinen Verwundungen! Führe ihn, Mutter!*

Jetzt zitterte ihre Stimme wirklich, und Fen hörte zum ersten Mal, dass sie halb erstickt von Tränen war, und er spürte ihre furchtbare, immer größer werdende Sorge, obwohl sie verzweifelt versuchte, sich zusammenzunehmen. Fen konnte sich nicht vorstellen, dass Skyler allein in der Universitätsbibliothek war; sie musste von anderen Menschen umgeben sein, die dort auch ihren Studien nachgingen. Sie durfte sich jedoch niemandem gegenüber ihre Bewegtheit oder ihre nachlassende Kraft anmerken lassen; die Entfernung, über die sie telepathisch mit ihnen verbunden war, war nahezu unvorstellbar, und doch fuhr sie in ihren Bemühungen fort.

Wir drei, deine Töchter und dein Sohn, appellieren an deine höhere Macht. Benutze uns als Vehikel und schau durch unsere Augen!

Schau in unsere Seelen! Benutze uns als deine Instrumente! Behüte ihn, oh, Mutter Erde! Nimm ihn voll und ganz in deine Obhut! Nähre ihn, wie du dein Kind nähren würdest! Demütig erbitten wir deine Mithilfe. Unser Bruder wird dir dienen, wie wir es tun, und gesunden, um zu kämpfen. Leite uns an mit deinem Wissen!

Um sie herum begann sich ganz von selbst die Erde zu bewegen. Der fast ebenholzschwarze Lehm sah so fruchtbar aus, dass die Mineralien darin wie Edelsteine glitzerten. Bevor Fen jedoch irgendwelche der Boden-Eigenschaften näher bestimmen konnte, erhob sich die Erde, um Dimitri ganz und gar in sich aufzunehmen und ihn mit ihrer Heilkraft zu durchdringen.

Plötzlich bewegten sich auch Fens Hände aus eigenem Antrieb, und er fuhr fast aus der Haut vor Schreck. Doch nichts hatte Besitz von ihm ergriffen. Er wusste, was Besessenheit war. Skyler hatte sich nicht ihrer Körper bemächtigt, sondern die Erde selbst brachte ihre Hände und Finger zu den Stellen, an denen sie benötigt wurden.

Das Erdreich geriet in Bewegung, und winzige Schösslinge durchbrachen ihre Oberfläche. Fasziniert versuchte Fen, sich darüber klar zu werden, ob es Skyler war, die diese aufgewühlte Erde mit seiner und Tatijanas Energie und vielleicht auch mit der speiste, die sie selbst aus solch großer Entfernung beitragen konnte. Da er die beiden Frauen jedoch nicht mit Fragen ablenken durfte, ließ er die ganze Macht und Stärke seines Körpers in seinen Bruder einfließen und konzentrierte sich voll und ganz auf die Kunst des Heilens.

Die winzigen Pflanzentriebe kamen aus allen Richtungen und drangen in seinen Bruder ein, als wollten sie sich in seinen offenen Wunden vergraben – in den Arterien, um irgendeine

Art dringend benötigter Nahrung in den Körper seines Bruders einzubringen. Immer mehr Erde schob sich in und um Dimitris Körper.

Gebt ihm Blut! Einer nach dem anderen. So viel, wie jeder von euch erübrigen kann, wies Skyler sie an.

Im Grunde hätte sie längst zusammenbrechen müssen, doch ihre Stimme blieb fest, und der kontinuierliche Strom dieses warmen Energieflusses geriet weder ins Stocken, noch brach er ab. Die Bewegung von Tatijanas Handgelenk zu Dimitris Mund erregte seine Aufmerksamkeit.

Liebster! Nimm dieses so großzügig und freiwillig angebotene Geschenk meiner Großtante an! Es ist starkes, altes Blut des Geschlechts der Drachensucher. Hör auf mich, Dimitri, und tu es mir zuliebe!

Fen war gar nicht mehr erstaunt darüber, dass Dimitri es schaffte, seinen Mund an Tatijanas Handgelenk zu bringen. Trotzdem half er seinem Bruder, die Leben spendende Nahrung zu sich zu nehmen. Die Erde um sie herum fuhr fort, sich zu bewegen. Die Schösslinge und Ranken, die sich durch Dimitris Körper wanden, griffen nach den so alten, reinen und kraftvollen Nährstoffen von Tatijanas Drachensucher-Geschlecht und durchfluteten die nicht mehr reagierenden Organe seines Bruders mit ihnen.

Fen zählte die Minuten, da er befürchtete, dass Skyler in ihren Bemühungen um Dimitri vergessen könnte, dass sie hier im Wald sehr angreifbar waren und sich nicht bis zur vollständigen Erschöpfung verausgaben durften. Aber er hätte sich nicht sorgen müssen. Für ein halbes Kind, das dazu noch menschlich war, verstand sie nur allzu gut die Notwendigkeiten, Zwänge und Gefahren des karpatianischen Lebens.

Genug, Liebster! Ruh dich aus, bevor du Blut von deinem Bruder nimmst! Lass dich von unserer Mutter Erde führen! Fürchte sie nicht! Sie gewährt uns eine ungeheure Gunst und hat dich und deinen Bruder als ihre Söhne akzeptiert. Schlaf einfach und lass sie deinen Körper wiederherstellen!

Wieder war dieser sanfte Ton so intim, dass Fen schon beinahe das Gefühl hatte, in eine ganz private Begegnung Dimitris mit seiner erstaunlichen Seelengefährtin hineingeraten zu sein. Skyler setzte sich so rückhaltlos ein, gab alles von sich, was sie hatte, und doch konnte er spüren, dass ihre Energie zu schwinden begann. Also hatte auch sie ihre Grenzen. Sie musste Angst gehabt haben, dass sie diese Heilung nicht rechtzeitig zu Ende führen konnte, bevor sie zusammenbrach, doch davon hatte sie sich nichts anmerken lassen.

Tatijana schloss selbst die Wunde an ihrem Handgelenk, indem sie einmal mit der Zunge darüberstrich. Dann blickte sie auf zu Fen, um seinen Blick zu suchen, und ihm stockte der Atem. Ihre Augen glühten nahezu und wechselten die Farbe, bis sie einen so tiefen Grünton annahmen, dass er die Kühle des Waldes über sich streichen fühlte.

Und nun trink von deinem Bruder, Dimitri! Er ist stark. Ein uralter Karpatianer. Wie du ist er ein guter Mann. Er ist geduldig und freundlich, und ihm liegt sehr viel an dir. Nimm, was dir freiwillig und so großzügig geboten wird!

Fen frohlockte, als Dimitri ihm diesmal das Gesicht zuwandte. Für einen Moment hoben sich die langen, dunklen Wimpern, die wie schwarze Halbmonde von Dimitris kalkweißer Haut abstachen. Er war wieder da, sein Geist zurück in seinem eigenen Körper! Doch die Wimpern senkten sich gleich wieder, als Fen sein Handgelenk an den Mund seines Bruders drückte. Wieder musste er Dimitri helfen, das Blut zu sich zu nehmen, aber zumindest wusste er, dass Dimitri noch am Leben war und kämpfte.

Dann hörte Fen ein Geräusch, das ganz ähnlich war wie das hohle, dumpfe Dröhnen einer Trommel, das unter ihnen und überall um sie herum erklang. Er erkannte den Rhythmus schnell als den eines Herzschlages und sah, wie jeder einzelne

Schlag durch Dimitris Körper, all seine Organe und Muskeln und Knochen vibrierte. Da alle vier miteinander verbunden waren, spürte jeder von ihnen dieses heftige Pulsieren. Jeder Schlag schien Dimitri starke Schmerzen zu verursachen, doch er kämpfte nicht dagegen an.

Mutter Erde hat dich als ihren Sohn angenommen, Liebster! Du bist jetzt ein Teil von ihr. Du hörst ihr Herz in deinem Körper schlagen, das dich eins mit ihr und mit der Natur macht. Wir sind jetzt miteinander verbunden, wir vier.

Mit jedem Fünkchen Energie, das er besaß, versuchte Dimitri, seine Seelengefährtin zu erreichen. Sein Geist verschmolz mit ihrem, und Dimitris Licht breitete sich aus und wurde heller.

Ich glaube, es ist genug, Liebster. Ich kann nicht bleiben. Sei stark für mich! Skylers Stimme verklang bereits, die Verbindung hatte die Kräfte der jungen Frau schon zu sehr erschöpft.

Dimitri regte sich und hob erneut die Wimpern an, in Panik fast schon, weil er Skyler nicht gesehen hatte. Fen schloss die Wunde an seinem Handgelenk und beobachtete, wie das Feuer in den Augen seines Bruders erlosch, als ihm bewusst wurde, dass Skyler nur im Geist anwesend war.

Schlaf, Liebster! Ich muss gehen. Josef ist bei mir. Er wird mich beschützen. Und du wirst leben, Dimitri. Bleib für mich am Leben!

Als der Boden aufhörte, sich zu bewegen, war auch Skyler schlagartig verschwunden. Sie hatte alles gegeben, was sie hatte, und musste in dieser so weit entfernten Bibliothek ohnmächtig geworden sein. Fen konnte nur hoffen, dass ihr Freund Josef wusste, was er tat.

»Schlaf, mein Bruder!«, flüsterte er Dimitri zu und strich ihm mit der Hand über die Stirn. Es lag unverhohlene Liebe in der Geste, und er war froh, dass nur seine Seelengefährtin Zeugin seiner Schwäche war.

»Wir haben getan, was wir können, meine Liebe«, sagte er und reichte ihr die Hand. »Wir müssen seine Ruhestätte mit Schutzzaubern versehen, selbst wieder zu Kräften kommen und deine Schwester beruhigen. Und dann, schätze ich, müssen wir zu Besuch zu einem Prinzen gehen.«

KAPITEL SIEBEN

Mikhail Dubrinskys Haus war so gut gebaut und mit solch hervorragenden Schutzzaubern versehen, dass selbst scharfe karpatianische Augen wie Fens anfangs Mühe hatten, es zu sehen. Tief im Wald, aber auf halber Höhe zu den Klippen gelegen, war das Haus halb Berg, halb Holz. Die Luft um das Gebäude flimmerte, was auf einen nicht so leicht zu durchbrechenden Schutzzauber hinwies. Dieser Schleier fiel jedoch abrupt, und Gregori kam mit großen Schritten auf sie zu.

Tatijanas Finger streiften Fens, und er ergriff ihre Hand, ohne auch nur kurz auf sie herabzusehen. Jacques Dubrinsky sprang aus den höchsten Ästen eines Baumes und landete mühelos auf seinen Füßen. Links von ihnen tat Falcon Amiras das Gleiche, womit er im Grunde einen Trichter schuf – ein höfliches Empfangskomitee, könnte man es wohl auch nennen, das jedoch in Wahrheit eine Art Tunnel war.

»Willkommen, Fenris Dalka und Tatijana!«, begrüßte Gregori sie förmlich. Seine silbergrauen Augen glitten prüfend über beide und nahmen weit mehr in sich auf, als Tatijana und Fen angenehm war. »Ihr kommt später als erwartet, doch ich kann mir vorstellen, warum. Dimitri?«

»Er lebt noch«, sagte Fen.

Er kannte diese Leute nicht, hatte diesem Prinzen nie Treue geschworen und würde es auch nicht tun, bis er Mikhail Dubrinskys Herz und Seele kannte. Vorher würde er diesem Mann nicht das Leben seines Bruders anvertrauen.

»Wie viele Waffen habt ihr dabei?«

»Genug, um ein Werwolf-Rudel zu vernichten«, erwiderte Fen vage. Er hatte den Blick auf Gregori gerichtet und wandte ihn nicht ein einziges Mal von ihm ab. Sollte dies eine Falle sein, könnte Tatijana die beiden Männer rechts und links von ihnen abwehren, aber er selbst würde den Stellvertreter des Prinzen besiegen müssen.

»Das ist nicht wirklich eine Antwort«, stellte Gregori milde fest, obwohl sich bereits eine leichte Schärfe in all den Charme einschlich.

»Wenn sich ein Elite-Jagdrudel bei Vollmond in der Gegend herumtreibt, bin ich immer voll bewaffnet, falls ich nicht in der Erde ruhe.« Fen begleitete seine Antwort mit einem gleichmütigen Schulterzucken. Wenn sie wollten, dass er mit dem Prinzen sprach, dann nur zu seinen eigenen Bedingungen. Er war erschöpft, noch immer nicht ganz wiederhergestellt, und er riskierte sein Leben, indem er hierherkam. Wenn sie wollten, dass er wieder ging, würde er ihnen nur zu gern den Gefallen tun.

Tatijanas leises Lachen floss in sein Bewusstsein ein. *Ich glaube, Wolfsmann ist gereizt. Ich werde mir merken müssen, wie muffelig du sein kannst, wenn du müde bist.*

Ich bin nur hier, weil sie mich eingeladen haben, brummte er. Aber Tatijana vertrieb mit ihrer Neckerei schon seine schlechte Laune. Es war unmöglich, in ihrer Gegenwart die Reizbarkeit eines Lykaners aufrechtzuerhalten. Im Geiste sandte er ihr den Schimmer eines Lächelns zu, und als ihre Blicke sich begegneten, reagierte sein Herz mit einem fast schmerzhaft harten Schlag. *Du gehst mir wirklich an die Nieren, Frau!*

Sie schmunzelte und sah sehr zufrieden dabei aus. Und erfreut, denn ihre Augen funkelten. *Ich weiß.*

Gregori ging zu der großen Veranda voran, die sich um das ganze Haus zog und beschattet wurde von einem Vordach, das auf soliden steinernen Säulen ruhte. Kaum setzte Fen einen Fuß auf den exquisiten Holzfußboden, öffnete sich die massive Tür, und Mikhail Dubrinsky erschien im Eingang.

Es stand außer Frage, dass dieser Mann der Prinz des karpatianischen Volkes war. Die Macht, die er ausstrahlte, war rein und unverfälscht, aber kontrolliert. Diese Aura maskuliner Kraft wurde noch verstärkt durch die nur knapp unterdrückte Energie, die in ihm brannte. Fen war seinem eigenen Prinzen schon oft begegnet, doch bei ihm war diese rohe Kraft nie so stark zutage getreten. Mikhail sah sehr fürstlich aus mit seinen geraden, breiten Schultern, dem hochgewachsenen Körper und den klugen Augen, in denen die ganze Last ihrer Welt zu liegen schien. Der Prinz hatte viele Kämpfe erlebt und ausgefochten. Er hatte den Niedergang seines Volkes erlebt und ihm eine neue Richtung gegeben, um es wieder aufzubauen.

»Fenris Dalka«, warf Gregori hilfreich ein. »Und seine Seelengefährtin, Tatijana Drachensucher.«

Der Blick des Prinzen glitt zu Tatijana, und zum ersten Mal spürte Fen, dass sie zitterte. Es war nur ein leichtes Zittern, doch es war da. Wahrscheinlich machte es sie nur ein bisschen nervös, ihrem Prinzen gegenüberzutreten, nachdem sie eigene Wege gegangen und mitten in der Nacht alleine losgezogen war. Vielleicht hatte sie sogar ein schlechtes Gewissen, weil sie versucht hatte, Gregoris Fürsorge zu entkommen.

»Das sehe ich. Ihr seid beide willkommen. Bitte tretet ein, wenn ihr dazu bereit seid!« Er trat zurück, um ihnen die Entscheidung zu überlassen, sein Haus zu betreten oder nicht.

Im Inneren des Gebäudes war es verdächtig still. Man ließ sie ein, aber Raven, Mikhails Seelengefährtin, und ihr Sohn waren offenbar abwesend und befanden sich zweifellos an einem sichereren Ort. Fen konnte es dem Prinzen oder Gregori allerdings nicht verübeln. Er hatte nicht weniger von ihnen erwartet. Immerhin war er ihnen völlig unbekannt und brachte zudem noch einen Kampf direkt vor ihre Tür.

»Danke.« Fen trat über die Schwelle und erkannte augenblicklich, dass das Haus in irgendeiner Form an den Prinzen und seine Mächte und Kräfte gebunden war. Er zog Tatijana hinter sich und ließ warnend seine Hand auf ihrem Arm liegen, als er einen Schritt vortrat.

Sofort verspürte er das Gewicht von Stein und Holz und das Ein- und Ausatmen der Wände. Auch die flatternden Vorhänge zogen seinen Blick auf sich. Als er sah, wie sie sich verdrehten, befiel ihn der Drang, die Arme auszustrecken und sich langsam im Kreis zu drehen, um dem Haus seine versteckten Waffen zu zeigen. Er widerstand diesem Impuls jedoch und blieb mit leicht gespreizten Beinen, gestrafften Schultern und die Arme locker an den Seiten stehen.

Gregori lachte leise. »Ich sagte dir ja schon, dass er durch und durch Krieger ist, Mikhail. Er ist kein Mann, mit dem ich mich anlegen möchte.«

Doch, das würdest du, trotz all deines glattzüngigen Geredes, dachte Fen. Gregori lachte und machte einen völlig ungezwungenen Eindruck. Er wollte Fen ködern, indem er dafür sorgte, dass auch er sich wohlfühlte. Fen war einigen wie ihm begegnet. Es gab überhaupt nichts Heiteres oder Humorvolles an einem Mann wie Gregori Daratrazanoff. Wahrscheinlich hatte er es sich schon hundert Mal durch den Kopf gehen lassen, wie er Fen töten würde, hatte jeden Schritt genauestens geplant, bis er mühelos, schnell und tödlich wäre, falls Fen sich als arglistig erweisen sollte. Dieser Mann war gefährlich, und wer das nicht sehen konnte, war ein Dummkopf – Fen jedoch zählte sich nicht zu den Dummköpfen.

Er unternahm keinen Versuch, sich dem Prinzen oder jemand anderem im Haus zu nähern. Das Schachspiel um hohe Einsätze hatte begonnen, und die anderen waren jetzt am Zug. Der Prinz blieb höflich in der offenen Tür stehen und wartete auf Tatijana. Sie wiederum verharrte völlig regungslos und wartete auf Fens Signal. Falls dies hier eine Falle war, konnte sie ihm von draußen besser helfen.

Die Zeit schien stillzustehen. Irgendwo schrie eine Eule. Ein Wolf heulte. Eine leichte Brise strich durch den Wald und ließ das Laub erzittern.

Mikhail seufzte und streckte Tatijana mit einer leichten, etwas altmodischen Verbeugung und einem charmanten Lächeln die Hand hin. »Kommen Sie, meine Liebe! Hier scheint ein Kräftemessen im Gange zu sein, und ich wäre Ihnen sehr dankbar, wenn Sie mir helfen würden, die Situation zu entschärfen.«

Tatijana hielt ihren Blick auf Mikhail gerichtet, während sie an Fens Bewusstsein rührte. *Ja? Nein?* Es war seine Entscheidung. Als er kaum merklich den Kopf neigte, ergriff sie Mikhails ausgestreckte Hand, blickte lächelnd zu ihm auf und folgte ihm über die Schwelle in das Haus. Alles blieb ruhig, als Mikhail sie zu einem Halbkreis aus bequemen Sesseln führte, wo er ihr galant einen Platz zuwies.

»Danke, Tatijana.« In einer stummen Einladung an Fen deutete er auf den Sessel neben Tatijanas.

Die Position des Sessels war die ungefährlichste im ganzen Raum, für die beste Verteidigung positioniert und zweifellos dazu gedacht, Fen den Aufenthalt noch komfortabler zu gestalten, aber es war lange her, seit er in einem von vier Wänden umschlossenen Raum gewesen war. An Treffen mit vielen möglichen Feinden war er allerdings gewöhnt – nur musste er diesmal auch noch eine Frau beschützen.

Mach dir meinetwegen keine Gedanken. Ich kann mich selbst beschützen, beruhigte ihn Tatijana.

Sie hatte wieder diesen etwas spitzbübischen Ton, der ihn stets so amüsierte. *Ich beginne, eine ziemliche Schwäche für dich zu entwickeln, meine Liebe.*

Ich weiß, erwiderte sie mit einem überlegenen Lächeln.

Fen hätte am liebsten gelacht, doch er zwang sich, eine völlig unbewegte Miene zu bewahren. »Wie kann ich Ihnen von Nutzen sein?«, fragte er den Prinzen.

Mikhail ließ sich in dem Sessel ihm gegenüber nieder. Auch Jacques und Falcon setzten sich, doch Gregori blieb stehen, und von seiner Perspektive aus hatte er einen hervorragenden Blick auf nahezu jedes Fenster im Haus. Es erinnerte Fen an einen Adlerhorst, hochgelegen, aber geschützt vor Wind und Wetter und mit einem Ausblick, der es ihnen ermöglichte, fast alles oder jeden, der sich näherte, zu sehen.

Ja, das Haus war warm und freundlich, doch Fen war sehr wohl bewusst, dass es nur zu einem einzigen Zweck erbaut worden war: um die darin Lebenden zu schützen. Ein schwacher Duft lag in der Luft, den er nicht ganz deuten konnte, eine Mischung aus irgendetwas, das seine lykanischen Sinne nur verwirrte. Mikhails wahren Geruch konnte er deswegen nicht richtig wahrnehmen, was eine interessante Art von Selbstschutz war. Es wäre sehr schwierig für ihn, den Prinzen von den anderen zu unterscheiden, wenn sie ihn verfolgen würden.

»Dies ist das erste Mal in meinem Leben, dass die Lykaner ganz offen unser Territorium betreten haben.« Mikhail lehnte sich zurück und faltete die Hände. »Sie sind lange fort gewesen, Fen. In Ihrer Abwesenheit verringerte sich die Zahl unserer Frauen immer mehr, bis für unsere Männer keine Hoffnung auf Seelengefährtinnen mehr bestand. Die wenigen Frauen, die uns geblieben waren, konnten kein Kind mehr austragen, oder wenn es einer von ihnen durch pures Glück gelang, konnte sie den Säugling nicht stillen. Wir haben fast alle Babys im ersten entscheidenden Jahr verloren.«

Fen runzelte die Stirn. Dimitri hatte ihm erzählt, dass die Karpatianer sich so stark gelichtet hatten, dass sie zahlenmäßig schon weit die Grenze unterschritten hatten. Die Angst vor dem Aussterben war immer da, doch Dimitri hatte Fen nicht das Problem erklärt. Wahrscheinlich hatte er befürchtet, dass Fen aufgeben und den Freitod in der Morgensonne wählen würde, wenn er erfuhr, dass es fast unmöglich war, eine Seelengefährtin zu finden.

Mikhail fuhr mit leiser, ruhiger, ja fast melodischer Stimme fort, die eine machtvolle Waffe darstellen könnte, sollte er beschließen, sie als solche zu benutzen: »Mit der Zeit – und sehr viel Blutvergießen, Leid und Tränen – haben wir entdeckt, dass Xavier, unser bedeutendster Magier, heimlich und über Jahrhunderte hinweg daran gearbeitet hatte, unseren Untergang herbeizuführen. Er war sogar so weit gegangen, Mikroben in unsere Erde einzubringen, um sie zu verseuchen und unsere Frauen und Kinder zu töten, bevor sie noch geboren wurden.« Mikhail seufzte. »Jedes Mal, wenn wir eine Bedrohung entdeckten und eliminierten, war schon wieder eine weitere aufgetaucht.«

»Ich hatte keine Ahnung von all diesen Geschehnissen«, gab Fen zu. »Ich war jahrhundertelang nicht mehr in den Karpaten. Mein einziger Kontakt war mein Bruder, und auch nur dann, wenn ich ruhen musste und einen sicheren Unterschlupf in den Schutzgebieten aufsuchte, die er für meine Wolfsbrüder geschaffen hatte.«

Mikhail nickte leicht. »Verheilen die Wunden Ihres Bruders?«

Fen konnte nicht umhin, zu Tatijana hinüberzusehen. Um Trost zu suchen? Er wusste keine Antwort auf die Frage – nur, dass ihre Gegenwart den Gedanken an Dimitris Schmerz und Leiden ein wenig leichter zu ertragen machte. »Wir hoffen es.« Mehr gab es nicht dazu zu sagen.

Der Prinz beugte sich ganz unvermittelt zu Fen vor und sah ihn sehr durchdringend aus seinen dunklen Augen an. »Wir hatten eine relativ friedliche Zeit, nachdem die Brüder de la Cruz und Dominic die Vampire in Südamerika besiegt hatten. Die Untoten wurden in alle Richtungen versprengt, mit nur wenigen

Anführern, die geblieben waren, um sie zu lenken. Ich bin jedoch sicher, dass sie sich wieder erheben werden, oder vielleicht haben sie auch nur abgewartet, um zu sehen, ob unsere Kinder ihr erstes Jahr überlebten.«

Ein drückendes Schweigen legte sich über den Raum und brachte eine nervöse Anspannung mit, die heftig an den Nerven zerrte. Fen konnte spüren, wie sich all seine lykanischen Sinne aktivierten. Seine Muskeln und sein Kiefer schmerzten. Auf eine ursprüngliche, grundlegende Weise fühlte er sich bedroht, obwohl er sich nicht mal sicher war, was diese Männer hier von ihm erwarteten.

»Ich verstehe nicht«, erklärte er ohne auch nur eine Andeutung von Furcht, doch er wünschte inzwischen, Tatijana wäre außerhalb dieser vier Wände geblieben, wo sie vielleicht einigermaßen sicher gewesen wäre, was sie in einem relativ kleinen Raum und mit vier gefährlichen Raubtieren eingeschlossen definitiv nicht waren.

»Mein Sohn ist jetzt zwei Jahre alt«, fuhr Mikhail Dubrinsky fort. »Und der Sohn meines Bruders Jacques ist ein kräftiger kleiner Kerl mit seinen drei. Auch Gregoris Zwillinge haben diese kritischen ersten Jahre überlebt. Gregoris Bruder Darius hat ebenfalls Zwillinge, einen Jungen und ein Mädchen, die beide gesund und über die Zweijahresgrenze hinaus sind. Ich bin mir ziemlich sicher, dass Sie mit Gabriel und Lucian, zwei anderen von Gregoris Brüdern, aufgewachsen sein müssen. Gabriel hat wieder eine kleine Tochter, und sie ist gesund.«

»Dies ist das erste Mal in Jahrhunderten, dass so etwas geschieht«, fügte Gregori hinzu.

Mikhail nickte zu Falcon hinüber. »Als Kinder müsst ihr euch gekannt haben, Sie und Falcon. Seine Seelengefährtin Sara hat angekündigt, dass sie wieder schwanger ist und die Schwangerschaft gut zu verlaufen scheint. Es gibt noch andere schwangere Frauen und vielleicht auch welche, die es selbst noch nicht wissen. Der Punkt ist, dass es uns in über fünfhundert Jahren noch nie so gut gegangen ist wie jetzt.« Ein harter Blick erschien in seinen Augen, deren Pupillen sich so stark erweitert hatten, dass sie pechschwarz geworden waren. »Und ausgerechnet jetzt, da alles besser zu werden scheint, tauchen die Lykaner buchstäblich vor meiner Haustür auf. Ich möchte, dass Sie mir erklären, was das zu bedeuten hat.«

Fen hörte deutlich den anklagenden Ton, der in den Worten des Prinzen mitschwang, und er hatte auch Verständnis dafür. Die Karpatianer begannen endlich, sich von ihren Drangsalen zu erholen, und plötzlich wurden sie von einer Spezies überrannt, die normalerweise so scheu und einzelgängerisch war, dass man ihre Existenz beinahe vergessen hatte. War es nur Zufall gewesen, dass das Werwolf-Rudel ausgerechnet hierher gekommen war? Würde es von Bardolf angeführt, hätte Fen vielleicht sogar glauben können, dass es rein zufällig gewesen war. Aber in Wahrheit war es Abel und nicht Bardolf, der das Rudel anführte.

»Fen?«, hakte Mikhail nach.

»Ich habe ehrlich gesagt keine Antwort für Sie. Ich kann nur sagen, dass ich einem Rudel Werwölfen begegnete, die mordeten, und wusste, dass ich auf ein bösartiges Rudel gestoßen war. Ein einzelner Jäger kann es nicht einmal mit einem kleinen Rudel allein aufnehmen, ganz zu schweigen von einem großen. Und dieses Rudel ist ein sehr, sehr großes. Ich konnte nichts anderes tun, als ihnen zu folgen und sie einen nach dem anderen zu erledigen. Es ist gefährlich und zeitaufwendig, doch glauben Sie mir, es ist der einzige Weg, wenn man überleben will.«

Fen seufzte und schüttelte langsam den Kopf. »Ich bin nur hierher gereist, um wieder einmal bei meinem Bruder sein zu können. Ich fühlte mich irgendwie wie magisch angezogen. Und auf dem Weg hierher stieß ich dann auf die vielen Toten.« Er sah Tatijana an. »Ich hatte dem Drang über achtzehn Monate widerstanden, doch dann merkte ich, dass ich kommen *musste*, obwohl ich spürte, dass es gefährlich war.«

»Dachten Sie, wir würden Sie nicht willkommen heißen? Gregori erzählte mir, Sie seien ein Mischling. Nahmen Sie etwa an, das würde uns in irgendeiner Weise stören?«, fragte Mikhail in sanftem Ton.

Fen spreizte die Hände. »Leute wie ich werden als *Sange Rau* bezeichnet, was in der Welt der Lykaner *schlechtes Blut* bedeutet. Wir werden gehasst und gejagt, sowie jemand von unserer Existenz erfährt.« Er zuckte mit den Schultern. »Vonseiten der Lykaner könnte ich damit leben, weil ich ihre Beweggründe verstehe. Die einzigen Mischlinge, die sie kennen, sind Vampir-Lykaner. Sollten sie mich entdecken, werden sie mich mit ihnen gleichsetzen. Der Gedanke, dass mein eigenes Volk mich vielleicht für das, was ich geworden war, verdammen könnte, war jedoch nicht so leicht für mich zu akzeptieren.«

Gregori wandte den Kopf, und seine klugen, silbergrauen Augen glitten nachdenklich über Fen. »Du bist nicht so leicht zu töten, nicht einmal von einem von uns.«

Mit einem leichten Nicken nahm Fen das Kompliment zur Kenntnis. Er wusste, dass Gregori nur die Wahrheit sagte und keineswegs darauf aus war, ihm zu schmeicheln. Offensichtlich hatte der Heiler auch nur so viel Aufhebens von Jacques' und Falcons Anwesenheit gemacht, weil ihm klar war, dass sie mehr als einen Jäger brauchen würden, um Fen zu töten, sollte es zu einer Konfrontation kommen. Und auf welcher Seite würde dann Tatijana stehen? Sie hatte dem Prinzen Loyalität geschworen, und kein Drachensucher brach sein einmal gegebenes Wort.

Fen ließ den Blick noch einmal langsam durch das Zimmer schweifen. Es waren noch andere im Haus. Es mussten mehr Krieger sein als nur diese drei, die den Prinzen schützten. Fen ärgerte sich, dass er sich von dem Haus hatte verwirren lassen, während die Männer ihn mit Gesprächen ablenkten. Er war viel glücklicher, in seinem Heimatland und im Kreise seiner eigenen Leute zu sein, als er erwartet hatte. Auch das hatte ihn ein bisschen unachtsam gemacht. Und Tatijana …

Er seufzte. »Ihr könnt dem Insekt in den Balken sagen, dass es genauso gut auch herunterkommen kann. Oder der Maus in diesem winzigen Loch dort drüben.« Er zeigte auf eine Stelle links von ihm. »Und dem Käfer, der sich in dem Knoten in dem Holz hinter mir verbirgt. Falls es noch andere gibt, verstehen sie es zweifellos sehr gut, sich zu verbergen, aber so lange im Körper von etwas derart Kleinem zu stecken, macht Kämpfer erheblich langsamer.«

Das fliegende Insekt in den Dachbalken reagierte zuerst und verwandelte sich flimmernd in die Gestalt eines hochgewachsenen, breitschultrigen Mannes mit fast schon aquamarinfarbenen Augen. Sein Haar war sehr lang, fast bis zur Taille, dicht und von oben bis unten mit einem Lederband umschlungen, das sogar die Spitzen zusammenhielt, wie es bei den Karpatianern üblich war, um ihr Haar vor einem Kampf zu bändigen. Fen erkannte den Mann sofort, und zu seinem eigenen Schreck durchflutete ihn Erleichterung. Mataias war ein Kindheitsfreund von ihm gewesen.

Fen hatte auch Falcon gekannt, aber bei Mataias war es so, dass er ganz in der Nähe von ihm und seinen Brüdern aufgewachsen war. Sie waren zusammen in den Bergen herumgestrolcht, hatten gemeinsam Kampftechniken geübt und gelernt, in vollem Lauf die Gestalt zu wechseln. Sie waren wie eine Familie gewesen, doch während seiner langen Abwesenheit hatte er ihn leider aus den Augen verloren. Deshalb sprang er auf und ergriff Mataias' Unterarme zu der uralten, traditionellen Begrüßung unter Kriegern.

»Arwa-arvo olen isäntä, ekäm. Möge die Ehre dich behüten, mein Bruder«, sagte Fen.

Mataias drückte seine Unterarme mindestens genauso fest. »*Arwa-arvo pile sívadet.* Möge die Ehre dein Herz erhellen.«

»Schön, dich zu sehen«, sagte Fen und meinte es auch völlig ehrlich. Er hatte wirklich das Gefühl, als wäre er heimgekehrt, als er Mataias sah und erfuhr, dass auch er nicht der stets präsenten Finsternis anheimgefallen war.

Die Tatsache, dass er hier war, konnte nur bedeuten, dass die anderen beiden Beschützer des Prinzen Mataias' Brüder sein mussten. Die drei Geschwister waren nie sehr weit voneinander entfernt gewesen. Sie entstammten einer langen Reihe angesehener Krieger und waren immer zusammen gewesen, um einander über düsterere Zeiten hinwegzuhelfen. Sie waren tödliche Jäger, ruhig und erfahren, und sie koordinierten ihre Angriffe mit Geschicklichkeit und Können, ganz wie die Rudel der Lykaner. Ein Meistervampir hatte ihre Eltern getötet, als ihre Mutter schwanger gewesen war, und sie hatten den Vampir über zwei Kontinente hinweg gejagt, mit rücksichtsloser, unerbittlicher Entschlossenheit und ohne Unterbrechung, bis sie ihn gefunden und vernichtet hatten.

»Lojos und Tomas können sich ruhig auch zeigen«, bemerkte Fen.

»Hast du sie gerochen?«, fragte Gregori.

Fen warf ihm einen Blick zu. Offensichtlich hatte Gregori etwas Neues ausprobiert. »Nein«, antwortete Fen kopfschüttelnd. »Nicht einmal mit meinem hervorragenden Lykaner-Geruchssinn.«

Gregori nickte. »Gut. Wir haben nämlich einige brillante Wissenschaftler, die für uns arbeiten, und dies war eins ihrer Produkte, von dem ich dachte, es könnte uns von Nutzen sein, falls die Lykaner einfielen.«

Fen schüttelte den Kopf. »So sind Lykaner nicht. So sind sie nie gewesen. Sie halten sich im Hintergrund und arbeiten in aller Stille, um ihre Rudel so stark wie möglich zu bewahren, doch sie haben sich auch gut in die menschliche Gesellschaft eingefügt. Ich kann mir bei ihnen nicht vorstellen, dass sie aus heiterem Himmel beschließen würden, einen Krieg mit den Karpatianern zu beginnen.«

Die kleine Maus wuchs und wuchs, bis ein weiterer Karpatianer, der fast wie ein Ebenbild des ersten aussah, vortrat, um Fen mit dem traditionellen Armdruck zu begrüßen. Seine Augen waren vom gleichen strahlenden Aquamarinblau wie die seines Bruders. Auch was sein Haar und seinen Körperbau anging, ähnelte er Mataias auf frappierende Weise, nur zog sich von Lojos' linker Schulter über seinen Arm und bis zu seiner Hand hinunter ein Geflecht aus Narben. Es war sehr ungewöhnlich für einen Karpatianer, Narben zurückzubehalten. Die Wunden mussten also schon fast tödlich gewesen sein und das Leiden groß.

»Schön, dich zu sehen, Bruder!«, sagte Fen aufrichtig erfreut. *»Veri olen piros, ekäm!«* Wörtlich übersetzt, bedeutete die Begrüßung: Möge das Blut rot sein! Im übertragenen Sinne war jedoch damit gemeint: Finde deine Seelengefährtin!

Sie schauten sich in die Augen und sahen die Vergangenheit des anderen darin. Fen wusste, wie es war, gegen die Finsternis anzukämpfen und inmitten anderer allein zu sein – selbst unter denen, bei denen man sich noch an die Erinnerung klammern konnte, sie einst geliebt zu haben.

»Ist sie deine Seelengefährtin? Eine Drachensucherin?« Lojos schüttelte den Kopf. »Du bist ein echter Glückspilz, Fen. Dieser lykanische Jäger, den du Zev nennst und der so massiv am Bauch verwundet wurde … ich habe ihn beobachtet und gesehen, dass er in Anbetracht der Schwere seiner Verletzungen bemerkenswert schnell gesundet.«

Fen wusste, dass die Karpatianer an jeder noch so kleinen Einzelheit interessiert waren. »Lykaner regenerieren sich sehr schnell, was einer der Gründe ist, warum man wissen muss, wie man sie richtig töten kann, wenn man es mit ihnen aufnimmt.

Sie sind nicht leicht umzubringen. Zev ist ein Elitekämpfer, einer der besten, die ich je gesehen habe. Er war bereit, sich dem ganzen Werwolf-Rudel allein zu stellen, um es mir zu ermöglichen, Tatijana in Sicherheit zu bringen.«

Die Männer sahen einander an, im Stillen belustigt, dass ein Lykaner einen Karpatianer zu beschützen versuchte, und insbesondere einen, der ein Drachensucher war.

»Offenbar wusste er nicht, was oder wer sie war«, sagte Fen.

»Du bewunderst diesen Mann«, stellte Gregori fest.

»Ja, sehr sogar. Man erlangt nicht eine Position wie die seine, ohne Hunderte, wenn nicht sogar Tausende von Kämpfen mit Rudeln zu meistern. Sowie ihm und Dimitri bewusst wurde, dass der Leitwolf ein *Sange rau* war, hielten sie das Rudel zurück, um mir die Möglichkeit zu geben, den Dämon zu vernichten. Zev zögerte nicht, sich in eine brandgefährliche Lage zu begeben. Er wusste, dass er sterben könnte, doch er hat sich nicht gedrückt.«

Der kleine Käfer, der sich in dem Knoten im Holz verborgen hatte, landete auf dem Boden und nahm mit erstaunlicher Geschwindigkeit eine Gestalt an, die der der beiden anderen Brüder frappierend ähnelte. Als er zu der Begrüßung unter Kriegern Fens Unterarme drückte, konnte Fen tropfenartige Narben an seiner rechten Gesichtshälfte sehen, die fast wie Tränen aussahen und bis zum Kiefer reichten. Die gleichen seltsamen Narben zogen sich an seiner Schläfe hinauf und verschwanden unter seinem Haaransatz.

»Bur tule ekämet kuntamak««, begrüßte der Dritte im Bunde Fen, was so viel hieß wie: Gut gemacht, Bruder! »Es ist schön, dass du deine Seelengefährtin gefunden hast. Ich habe in den letzten Jahrhunderten oft an dich gedacht und gehofft, dass ich dir nie im Kampf würde gegenübertreten müssen.«

»Mir ging es genauso, Tomas«, gab Fen ehrlich zu. »Wir haben so viele von uns an die Finsternis verloren.«

Wieder blickte er sich wachsam um. Der Prinz hatte diese drei erfahrenen Krieger Gregori, Falcon und Jacques herzitiert, um ihn gegen einen ihm unbekannten Mischling aus Lykaner und Karpatianer zu beschützen, der sich *in seinem Haus* aufhielt. Gregori hatte einen Plan, was er unternehmen könnte. Und irgendwo war noch jemand. Jemand Außergewöhnliches, gewissermaßen ihr Ass im Ärmel. Noch jemand, den Fen aus seiner Kindheit kannte. Er war ein wenig älter, ein Jahrzehnt vielleicht, was für karpatianische Maßstäbe jedoch gar nichts war. Dieser Jemand war schon immer ein bisschen merkwürdig gewesen, aber auch eine Quelle enormen Wissens. *Andre* – von einigen auch ›das Gespenst‹ genannt. Er kam oft vorbei, eliminierte sämtliche Vampire in einer Gegend, und niemand sah ihn oder hörte noch von ihm. Aber er hinterließ seine Spuren, und Fen hatte versucht, ihm auf den Fersen zu bleiben, weil er gehört hatte, dass er oft in der Nähe der Drillinge war und sich mit ihnen zusammentat, um die Düsternis in Schach zu halten.

Die Karpatianer hatten sich für einen Krieg gerüstet. Sie hatten die letzten beiden Jahre der Friedenszeit damit verbracht, sich auf alles vorzubereiten, was sie als Spezies erneut bedrohen könnte. Was Fen hier sah, war nur die Spitze des Eisbergs.

»Fen.« Mikhails kühle Stimme brachte ihn wieder zum Thema zurück. »Das karpatianische Volk kennt den Unterschied zwischen einem Karpatianer und einem Vampir. Sie, Fen, stellen keine Bedrohung für uns dar. Tatsächlich ist es sogar so, dass Ihre enorme Geschwindigkeit und Ihre zusätzlichen Fähigkeiten als Lykaner unserer Sache nur dienlich sein können.«

Fen runzelte die Stirn und ließ sich wieder in seinem Sessel nieder. »Die Furcht der Lykaner vor vermischtem Blut sitzt so tief, dass sie einen Krieg anzetteln würden, wenn sie herausfänden, dass Sie einem von uns Hilfe und Unterschlupf gewähren. Meine Anwesenheit hier bringt Sie alle in Gefahr.«

Er ließ die Bombe ruhig platzen, weil er wusste, dass er nichts zu beschönigen oder zu übertreiben brauchte. Die nackte Wahrheit war genug. Mikhail Dubrinsky war ein Mann, der sich nichts vormachen ließ. Er würde die enorme Tragweite dessen, was er von Fen erfuhr, sofort erkennen. Er würde die Wahrheit in seinen Worten hören und wissen, dass Fen ihm ein Problem von alarmierender Größenordnung ins Haus gebracht hatte.

»Verstehe«, sagte der Prinz wie erwartet und legte nachdenklich die Fingerspitzen aneinander. »Dann werden wir alles erfahren müssen, was Sie über die Lykaner wissen. Alles. Selbst die kleinste Einzelheit.«

»Es gibt nur sehr wenige wie mich«, warnte Fen, da er auf gar keinen Fall der Anlass für einen Krieg sein wollte. »Die Lykaner sind im Grunde gute Leute«, fügte er hinzu. »Ich mag sie und respektiere sie. Als Kämpfer gibt es nur sehr wenige, die besser sind als sie. In der Regel trachten sie auch nicht nach Macht oder Ruhm, sondern leben ihr Leben innerhalb ihrer kleinen Rudel und sind glücklich und zufrieden mit ihren Familien.«

»Ich bin sicher, dass sie gute Leute sind«, stimmte Mikhail ihm zu. »Aber dennoch sind sie in mein Territorium eingedrungen, ohne mich zumindest höflichkeitshalber zu kontaktieren, was ich äußerst ungewöhnlich finde. Ein Rudel Werwölfe mit zwei dieser Kreaturen, die Sie als *Sange rau* bezeichnen, ist ebenfalls hierhergekommen, obwohl das noch nie zuvor geschehen ist. Wir haben mehrere Kinder, die es bis in ihr zweites Lebensjahr geschafft haben. Ist das zeitliche Zusammentreffen beider Dinge nur ein Zufall? Ich bin nicht so töricht, das zu glauben. Ich kann es mir nicht leisten, so dumm zu sein.«

Auch Fen hatte seine Zweifel, dass es sich hierbei um einen Zufall handelte.

»Was für Erfahrungen haben Sie gemacht, als Sie zum Lykaner wurden? Was wissen Sie von ihnen?«, fragte Mikhail.

»Was ich Ihnen sagen kann, ist Folgendes: Je älter der Wolf wird, desto stärker wird auch die Verschmelzung zwischen Wolf und Mensch. Zu Anfang ist der Wolf noch eigenständig – ein Wächter sozusagen, der seinen Wirtskörper beschützt, sobald die andere Hälfte sich seiner Präsenz bewusst wird. Der Wolf bringt seine Geschichte und Erfahrungen mit, die er während seiner Lebenszeit gesammelt hat, auch das Wissen und die Geschichte seiner Vorfahren. Er gibt diese Informationen an die menschliche Hälfte weiter und tut alles, um diesen Menschen zu beschützen, falls es nötig ist.«

»Und während sie älter und bequemer werden, werden beide, also Wolf und Mensch, zu einem Wesen?«, wiederholte Mikhail, um sicherzugehen, dass auch wirklich alle verstanden hatten.

Fen nickte. »Ja, ich denke, das ist die bestmögliche Erklärung. Alle Sinne, selbst wenn man in Menschengestalt ist, sind in einem Maße geschärft, das jeder vernünftigen Erklärung spottet. Ein junger Wolf kann seine Verwandlung oft nicht kontrollieren – gewöhnlich findet sie kurz vor Vollmond statt. Er ist noch ungeschickt, und das Rudel behält ihn im Auge, um zu verhindern, dass er oder sie in Schwierigkeiten gerät. Es ist eine etwas unangenehme Phase.«

»Einer unserer Männer hat eine Seelengefährtin, die Lykanerin war, ohne es zu wissen«, warf Falcon ein. »Wie ist das möglich?«

»Manchmal verlassen Mitglieder das Rudel, weil sie sich in einen Außenseiter verliebt haben. Ihre Kinder können das lykanische Gen in sich tragen, doch oft entwickelt es sich nicht. Besonders Frauen wissen nicht immer, dass sie dieses Gen in sich tragen, weil ihr Wolf nicht gleich zum Vorschein kommt.« Wieder zuckte Fen die Schultern. »Ich bin nie sehr lange bei einem Rudel geblieben, da es zu gefährlich für mich war. Meistens konnten sie den Unterschied nicht wahrnehmen, aber in der Vollmondwoche hätte jeder von ihnen es merken können. Ich habe diese Zeitspanne so oft wie möglich in der Erde verbracht. Im vergangenen Jahrhundert bin ich dann nur noch allein und gar nicht mehr mit Rudeln unterwegs gewesen.«

»Wann beginnen die Lykaner mit dem Training?«, wollte Gregori wissen.

»In einem Rudel werden alle Kinder fast von dem Moment an, in dem sie sprechen können, ausgebildet. Bildung ist für die Lykaner sehr wichtig: Sie lernen alles über das Weltgeschehen, über Politik, Kultur, Wirtschaft und die Regierung eines jeden Landes. Natürlich lernen sie auch Kampftechniken, Spurensuche und Gestaltwandeln. Sie sind schnell. Wirklich schnell. Und sie studieren auch Kriegsstrategien und werden an allen Arten von Waffen ausgebildet.«

»So ähnlich, wie wir es mit unseren Jugendlichen tun«, bemerkte Jacques.

Fen nickte. »Sie arbeiten in der Welt der Menschen, nehmen Stellungen in der Verwaltung an und dienen auch beim Militär des Landes, in dem sie leben. Aber immer, immer legen sie ihrem Rudelführer Rechenschaft ab, und der wiederum legt dem Rat der Lykaner Rechenschaft ab.«

Mikhail stand auf und wanderte unruhig durch den Raum. Der steinerne Kamin war riesig und zog jedermanns Blick auf sich. Fen suchte noch immer nach dem Versteck des letzten Kriegers. Kein Zweifel, Andre, *das Gespenst*, musste irgendwo im Zimmer sein. Das Haus war insofern interessant, als es geräumig und offen wirkte, egal, wie viele breitschultrige Männer an den Fenstern standen oder sich um ihren Prinzen drängten, um ihn zu beschützen. Manchmal hatte Fen das Gefühl, als lebten und atmeten der Stein und das Holz, als beobachteten sie sie alle.

Aus dem Augenwinkel betrachtete er Mikhail. Der Prinz bewegte sich mit fließender Geschmeidigkeit und absoluter Kontrolle über seinen Körper. Er strahlte große Macht aus und war ganz eindeutig ein Mann, der dazu geboren war zu führen und der seine Pflichten äußerst ernst nahm. Wie auch Gregori. Fen hielt Mikhails Stellvertreter die ganze Zeit über im Auge.

»Du hast unserem Prinzen noch keine Treue geschworen«, bemerkte Gregori ruhig.

Fen fühlte die vertraute Kampfbereitschaft des Lykaners in sich erwachen, doch nach außen hin blieb er ganz ruhig.

»Und das wird er auch nicht«, sagte Mikhail ebenso gelassen. »Hast du ihn gefragt, warum er nicht den größten Heiler des karpatianischen Volkes zu seinem Bruder kommen ließ? Er liebt Dimitri, und er hat hart gekämpft, um ihm das Leben zu retten. Du warst in der Nähe, und trotzdem hat er dich nicht gerufen, Gregori. Was sagt dir das?«

Gregoris silbergraue Augen verengten sich, als er Fen ansah. »Darauf habe ich keine Antwort, Mikhail.«

»Wirklich nicht?« Eine aristokratische Augenbraue fuhr in die Höhe. »Er sagt sich, dass er seinen Bruder schützt, doch in Wahrheit möchte er mich schützen. Er glaubt, dass kein anderer mich je so gut beschützen wird wie du, Gregori, und deshalb will er, dass du in meiner Nähe bleibst. Fenris macht sich nur Sorgen, dass wir plötzlich nicht nur einen, sondern sogar zwei dieser *Sange rau* in meiner Nähe und der unserer Kinder haben. Er wollte nicht, dass du von meiner Seite weichst. Ist das nicht die Wahrheit, Fenris Dalka?«

Man konnte den Prinzen nicht gut belügen, doch Fen wollte auch nicht zugeben, dass er Mikhail zu beschützen versuchte, und deshalb schwieg er.

»Das erklärt nicht, warum er dir nicht Treue schwört«, hielt Gregori dagegen.

»Nein?« Mikhail richtete seinen kühlen Blick auf Fen. »Er sieht es folgendermaßen. Wenn er mir den Treueschwur leistet – und die Lykaner darauf bestünden, alle wie ihn zu vernichten –, fürchtet er, mich in eine Lage zu bringen, in der ich mich gezwungen sähe, einen Krieg mit den Lykanern zu beginnen.«

Fen spürte eine zärtliche Berührung von Tatijanas Hand an seinem Kinn. Sie sah zu viel in seinem Innersten, und das war schon schlimm genug. Fen war bereit, sein Innenleben mit seiner Seelengefährtin zu teilen, aber mit dem karpatianischen Prinzen? Fen hätte es wirklich vorgezogen, wenn Mikhail überhaupt nichts über seine Art zu denken wüsste. Dass er es tat, bestärkte ihn nur in seiner Überzeugung, dass Mikhail Dubrinsky ein vortrefflicher Führer seines Volkes war, der einem Mann nur in die Augen zu sehen brauchte, um dessen Absichten zu erkennen.

Es ist dir nur unangenehm, weil er sieht, dass du bei Weitem nicht der böse Wolf bist, den du der Welt vorspielst.

Tatijanas Wispern in seinem Kopf verkrampfte Fen das Herz. Sie gab ihm so viel mehr, als sie vermutlich auch nur ahnte! Nach Jahrhunderten des völligen Alleinseins, in denen er den ständigen Versuchungen der Finsternis widerstanden und sie von sich ferngehalten hatte, war es schon fast ein Wunder, welch strahlend helles Licht sie in sein Herz und seine Seele brachte. Selbst in seiner dunkelsten Stunde würde ihr Licht für ihn da sein.

»Sie sind nicht mehr der einzige nicht reinblütige Karpatianer, Fen«, erinnerte Mikhail ihn in dem gleichen leisen, bezwingenden Ton wie zuvor. »Ich würde nie auch nur einen einzigen meiner Leute aufgeben, um ein Abkommen mit einer anderen Spezies zu treffen. Es sieht also ganz so aus, als müssten wir uns an den Rat der Lykaner wenden, um ihm den Unterschied zwischen einer Kreuzung von Karpatianer und Lykaner und einer Mischung aus Vampir und Wolf klarzumachen. Die Lykaner sind intelligente Leute, und wenn sie es erst einmal verstanden haben, werden sie Vernunft annehmen.«

»Sie haben es hier mit jahrhundertealten Vorurteilen zu tun, Mikhail«, sagte Fen. »Ich habe erlebt, wie sie einen großartigen Mann verurteilt haben, einen Elitejäger, der jahrelang gekämpft und gelitten hatte, um den *Sange rau* zu vernichten, der ihre

Rudel dezimierte. Sie verurteilten ihn zu einem langsamen, qualvollen Tod, den sie als *Moarta de argint* bezeichnen.«

»Tod durch Silber«, übersetzte Gregori.

Fen nickte. »Genau. Das ist die wahrscheinlich qualvollste Art, auf die ein Lykaner sterben kann. Sein Sterben dauert tagelang. Sie durchbohren den Körper mit silbernen Haken und hängen den Verurteilten daran auf. Bei jeder Bewegung, die er macht, um dem Schmerz des Silbers zu entgehen, bohren sich die Haken noch tiefer in ihn hinein. Das Silber verbreitet sich im Körper und versengt alles, was es berührt, bis irgendwann das Herz durchbohrt wird. Ich beschönige die ganze Sache euch zuliebe, doch es ist eine furchtbar brutale Art, jemanden zu töten. Vakasin hatte sein Leben aufgegeben, um sein Rudel zu beschützen, doch als den Lykanern bewusst wurde, dass er ein Mischling war, wandte sich sein eigenes Rudel gegen ihn. Sie töteten ihn, obwohl sie wussten, dass er wieder und wieder den *Sange rau* für sie bekämpft hatte.«

Kummer und Verzweiflung stiegen in Fen auf – der Kummer, den er zuvor nie wirklich hatte empfinden können, der Kummer über den Tod des Mannes, der ein ganzes Jahrhundert lang sein Freund und Partner gewesen war und mit dem er den schwierigsten Feind bekämpft hatte, mit dem er es je zu tun gehabt hatte. Vakasin war ein guter Mann gewesen, einer der besten Jäger, die Fen gekannt hatte. Er hatte es schockierend und unglaublich grausam gefunden, dass Vakasins eigenes Rudel sich gegen den Elitejäger gewandt und ihn zu dem qualvollsten und brutalsten Tod verurteilt hatte, den man sich für einen Lykaner vorstellen konnte. Und sie hatten dieses Urteil gefällt, obwohl sie wussten, was für ein aufrechter und guter Mann Vakasin war.

Fen wies mit dem Kopf auf Tatijana. »Sie hat Zev vor ein paar Nächten gerettet und ihm Informationen über die Waffen der Lykaner und ihre Herstellungsweise entlockt. Ich würde vorschlagen, jeden einzelnen Krieger zu bewaffnen und, falls möglich, sicherheitshalber sogar die Frauen. Und wenn ihr wisst, wie man die abtrünnigen Rudel tötet, lasst euch nicht zu der Annahme verleiten, ihr wärt dann sicher! Sie jagen in Rudeln, und dieses Rudel hier in der Gegend ist das größte, dem ich in all meinen Jahrhunderten als Jäger begegnet bin. Egal, wie viele Silberpflöcke jeder eurer Meinung nach bei sich tragen sollte, verdoppelt ihre Anzahl!«

Fen fühlte sich innerhalb der vier Wände unwohl, und dieses Unbehagen wuchs von Minute zu Minute. Seinen eigenen physischen Körper abzulegen und jemanden zu heilen forderte seinen Tribut. Und plötzlich wieder Empfindungen zu haben offensichtlich auch. »Der Wolf, den ihr seht, ist nicht der, vor dem ihr in Gefahr seid. Sie werden als Erstes über euren Bauch herfallen und euch die Gedärme herausreißen, um euch außer Gefecht zu setzen. Egal, was ihr glaubt, wie hoch sie springen können, verdoppelt die angenommene Höhe und bedenkt, dass sie wahrscheinlich sogar noch höher springen können! Ihr werdet nicht sicher sein, nur weil ihr euch in die Luft erhebt.«

»Ich kann verstehen, warum die Lykaner so besorgt sind über die Vermischung beider Spezies, wenn man dadurch die Eigenschaften und Fähigkeiten beider Spezies vereinigen kann«, bemerkte Gregori nachdenklich. »Denn so ist es doch, oder? Darum ist die Kreuzung aus Vampir und Wolf so überaus gefährlich.«

Endlich verstand einer von ihnen, worum es ging! Fen blickte langsam zu Gregoris seltsamen silbergrauen Augen auf, und er und der Heiler sahen einander in vollkommenem Einvernehmen an. Fen hatte seine Seelengefährtin noch nicht beansprucht. Deswegen stellte er noch immer eine Bedrohung dar, weil er ohne Gefährtin Gefahr lief, zum Vampir zu werden. So würde es sein bis zu dem Moment, in dem er Tatijana mit den rituellen Worten, die karpatianischen Kindern schon vor der Geburt fest eingeprägt wurden, für immer an sich band. Und wenn Fen sich selbst gegenüber ehrlich war, wusste er nicht einmal, ob er danach wirklich sicher sein würde.

»Du musst deine Gefährtin beanspruchen«, riet Gregori. »Das wäre für alle Beteiligten sehr viel besser.«

Tatijana wand sich innerlich. Nach außen hin blieb sie völlig ruhig, aber Fen spürte ihre Reaktion auf die ermahnenden Worte des Heilers.

Niemand kann uns sagen, wann die Zeit für uns reif ist, Tatijana, beruhigte er sie. *Das werden wir schon selbst merken. Ich laufe keine Gefahr, mich in einen Vampir zu verwandeln. Nun, da ich dich bei mir habe, hält dein Licht die Finsternis zurück. Lass dir kein schlechtes Gewissen einreden! Ich würde nicht wollen, dass du zu mir kommst, bevor du dazu bereit bist. Im Übrigen war ich es, der sagte, dass ich dich nicht beanspruchen würde. Falls es also einen ›Schuldigen‹ gibt, bin ich es.*

Tatijana wandte sich ihm zu und sah ihn mit ihren smaragdgrünen, so facettenreichen Augen an. Wie mühelos sie ihm den Atem rauben konnte! Mit einem Blick, einer Berührung. Ihre Lippen teilten sich ein wenig und lenkten seinen Blick darauf. Alles in ihm beruhigte sich. Sie war erstaunlich. Ein Wunder. Und da sie nur ein paar Zentimeter entfernt saß, umgab ihn auch ihr Duft, und ihre Wärme füllte jede kalte, leere Stelle in seinem Bewusstsein aus.

Fen lächelte sie an. Nicht nach außen hin natürlich. Sein Lächeln war viel intimer und berührte ihren Geist, um ihr zu versichern, dass sie die wichtigste Person in seiner Welt war und er nicht wollte, dass irgendjemand ihr Unbehagen bereitete.

»Ich bin nicht in Gefahr, mich zu verwandeln, Gregori, falls es das ist, worauf du hinauswillst«, sagte Fen völlig ruhig. »Ich werde Abel und Bardolf jagen, sobald ich wieder bei Kräften bin. Sie hätten das Rudel schnellstens von hier wegbringen sollen, doch das haben sie nicht getan. Während Tatijana nach ihrer Schwester sah, konnte ich ihre Spur aufnehmen. Der größte Teil des Rudels brach in Richtung Süden auf. Sie überfielen eine Farm auf der anderen Seite des Gebirgskamms in der Nähe der Schlucht. Zum Glück war niemand zu Hause, aber die Tiere wurden alle abgeschlachtet.«

»Und der Farmer, dem Sie geholfen haben?«, fragte Mikhail.

»Er wird angegriffen werden.« Fen seufzte und widerstand dem Impuls, sich mit den Händen durch das Haar zu fahren. Er befürchtete, dass der Farmer getötet werden würde. Natürlich hatte er Maßnahmen zum Schutz des Mannes ergriffen, doch wenn Bardolf oder Abel das Rudel anführten, würde der Farmer keine Chance haben. »Er ist ein guter Mann.«

»Das sagte Gregori auch. Wenn wir wüssten, wann das Rudel diese bestimmte Farm angreift, sollten wir uns vielleicht überlegen, wie wir das zu unserem Vorteil nutzen könnten«, überlegte Mikhail.

»Oder vielleicht wäre es noch besser, den Elitejägern, von denen Fen gesprochen hat, diese Information zukommen zu lassen. So könnten wir sie in Aktion erleben, was uns helfen würde, unsere eigenen Krieger vorzubereiten«, schlug Falcon vor. »Obwohl ich niemals tatenlos zusehen könnte, wenn es Arbeit gibt.«

»Es ist unerlässlich für mich, Zevs Rudel für ein paar Tage aus dem Weg zu gehen. Er wird mich schon bald suchen«, sagte Fen.

Mikhail nickte. »Im Gasthof hat er bereits nachgefragt. Sein Rudel scheint aus sechs Jägern zu bestehen, fünf Männern und einer Frau. Ist es normal, dass auch Lykaner-Frauen Jägerinnen werden?«

»Jedes Kind, ob männlich oder weiblich, das vielversprechend erscheint, weil es überdurchschnittlich intelligent ist und schnellere Reflexe als andere hat, wird auf eine spezielle Schule geschickt, sobald das Rudel es für alt genug erachtet. Es ist eine große Ehre für ein Rudel, wenn aus seinen Reihen Elitejäger hervorgehen«, antwortete Fen und blickte sich im Zimmer um. »Unterschätzt die Jägerin des Rudels nicht! Sie wäre nicht mit den Jägern unterwegs, wenn sie nicht eine ebenso gute Kämpferin wäre wie die Männer. Jeder von ihnen muss es oft allein mit mehreren Mitgliedern der abtrünnigen Rudel aufnehmen.«

»Haben irgendwelche von ihnen Erfahrung darin, einen *Sange rau* zu töten?«, warf Lojos ein.

»Das bezweifle ich. Ich selbst begegnete dem ersten vor einigen Jahrhunderten und dann erneut, als Bardolfs Rudel von Abel nahezu vernichtet wurde. Bis jetzt hatte ich nie wieder von einem gehört und war auch keinem anderen mehr begegnet.«

»Und Zev erkannte, dass der Vampir eine Kreuzung war?«, fragte Gregori.

Tatijana nickte. »Augenblicklich. Er und Dimitri wussten es beide, zumindest glaube ich das. Fen schrie: ›*Sange rau!*‹, aber sie opferten sich schon, um Fen eine Chance zu geben, die Bestie zu töten. Zu dem Zeitpunkt wussten wir natürlich noch nicht, dass zwei von ihnen zusammenarbeiteten.«

»Sie haben etwas an sich, das man spürt«, sagte Fen. »Ihr werdet es sofort bemerken. Ich kann es nicht beschreiben, doch genauso, wie ihr wisst, dass ein Vampir verdorben ist, werdet ihr auch erkennen, dass der *Sange rau* noch verderbter ist. *Sange rau* besitzen die Fähigkeit, sich sehr gut zu verbergen. Vampire hinterlassen meistens eine deutliche Spur – selbst Pflanzen und Bäume schrecken vor ihnen zurück. Untote hinterlassen leere Stellen, wenn sie versuchen, sich zu verstecken, aber nicht die *Sange rau*. Sie strahlen auch keine Energie aus, bevor sie angreifen. Doch wenn ihr einem begegnet, werdet ihr es wissen«, wiederholte er.

»Und trotzdem kannst du sie aufspüren und weißt, dass sie da sind, bevor sie angreifen«, bemerkte Gregori.

»Ich werde schließlich auch als *Sange rau* betrachtet, weil ich ein Mischling bin.«

KAPITEL ACHT

Fen war heilfroh, den vier Wänden dieses lebenden, atmenden Hauses zu entkommen. Er hatte Andre, das »Gespenst« unter den karpatianischen Kriegern, nirgendwo entdecken können, war aber froh zu wissen, dass auch sein alter Freund sich dort aufhielt.

Draußen atmete Fen tief die kühle Nachtluft ein. Tatijana und er mussten zwar schnell zu ihrer Ruhestätte zurückkehren, doch vorher brauchte er unbedingt noch etwas frische Luft.

Tatijana schob ihre Hand in seine, als sie auf einen Pfad abbogen, der sie höher in die Berge führte. »Ich würde sagen, das ist so gut gelaufen, wie es zu erwarten war.«

»Gemeinsam, du mit deinen Informationen über Waffen und ich mit meinem Wissen über Lykaner und abtrünnige Rudel, haben wir ihnen genug gegeben, um sich zu schützen, denke ich«, sagte Fen. Schon jetzt schnitten die sie umgebenden Bäume sie von jeglicher Zivilisation ab und gaben ihnen das Gefühl, allein in der Nacht unterwegs zu sein.

»Du hast dich sehr unwohl gefühlt«, bemerkte sie.

»Es war lange her, seit ich zuletzt für längere Zeit in einem Haus war«, gab er zu. »Außerdem hatte ich das Gefühl, dass ich den Prinzen immer größerer Gefahr aussetzte, je mehr Zeit ich in seiner Gesellschaft verbrachte. Selbst mit seinen Jägern um ihn herum, und sie sind einige der besten. Aber keiner von ihnen hat je eine solche Art von Gefahr für ihn erlebt. Ich kann ihnen sagen, wie der *Sange rau* ist, doch bis sie selbst einen in

Aktion sehen, werden sie nie wirklich verstehen, wie diese Bestien sind.«

Tatijanas Augenbrauen fuhren in die Höhe. »Dann glaubst du also, dass die Gefahr dem Prinzen selbst und nicht den Kindern droht?«

»Natürlich. Du nicht?« Fen wählte einen Weg, der sie sogar noch höher auf den Berg hinaufführen würde. Mehr als alles andere brauchte er jetzt Tatijana und jeden Moment des Alleinseins mit ihr, den er bekommen konnte.

Der Nachthimmel war mit glitzernden Sternen übersät, doch einige dunklere Wolken trieben langsam vorbei und verdeckten gelegentlich die funkelnden Himmelskörper über ihnen. »Wenn sie Mikhail töten, ist der kleine Prinz mit seinen zwei Jahren noch viel zu jung, um zu regieren. Mikhails Tochter könnte vielleicht seinen Platz einnehmen, aber wenn nicht, ist kein Quell der Macht mehr da. Wenn du Karpatianer ausrotten willst, ist der beste Weg, den Prinzen jetzt zu töten, solange sein Erbe noch jung und verwundbar ist.«

»Und sein Bruder Jacques?«

Fen zuckte mit den Schultern, verschränkte seine Finger noch fester mit ihren und zog ihre Hand an sein Herz. Ihre Hand fühlte sich sehr klein in seiner an; und dieses Gefühl verstärkte noch seinen Beschützerinstinkt ihr gegenüber. »Vielleicht. Nicht alle, die demselben Geschlecht entstammen, geben gute Führer ab. Ich weiß nicht viel über Jacques Dubrinsky, aber er verhält sich genauso beschützend Mikhail gegenüber wie Gregori, und das sagt mir, dass Jacques nicht glaubt, dass er das karpatianische Volk regieren kann.«

»Oder es nicht will«, fügte Tatijana nachdenklich hinzu.

Fen blickte zu ihr herab und war wieder einmal zutiefst erstaunt darüber, dass eine so schöne Frau die Seine sein sollte. Sie bewegte sich mit fließender Anmut, ohne das kleinste Geräusch zu verursachen. Und wie perfekt sie sich beim Gehen an seinen

Körper anschmiegte! Er war sich jeder noch so kleinen Einzelheit von ihr bewusst. Ihre Brüste, die sich unter ihrem Hemd bewegten, waren eine zarte Verlockung, die er noch bei keiner anderen Frau bemerkt hatte. Sie wiegte sich ganz leicht in den Hüften, und die glitzernden Sterne schienen sich in ihren Augen niedergelassen zu haben. Der Wind spielte mit ihrem langen Haar und versuchte, es aus dem dicken Zopf zu lösen, zu dem sie die seidig schimmernde Mähne geflochten hatte.

Fen war leichter ums Herz als je zuvor in seinem Leben. Er konnte das Blut durch seine Adern fließen hören, seine Zähne hatten sich verlängert, und das Verlangen, das Blut dieser Frau zu kosten, wurde schon fast übermächtig. Mit dem Hunger kam auch das körperliche Begehren, scharf und drängend. Aber da war auch eine so intensive Liebe zu Tatijana, dass er wusste, dass sie vor ihm sicher war. Allein schon mit ihr in die Berge hinaufzusteigen, weit weg von allen anderen, gab ihm das Gefühl, als wären sie die einzigen Geschöpfe auf der Welt. Diese Nacht und die zauberhafte Umgebung schienen ganz allein für sie beide geschaffen worden zu sein.

Sie folgten einem Rotwildpfad, der sich zwischen den dicht stehenden Bäumen hindurchschlängelte. Es waren sehr viele verschiedene Arten von Bäumen, die ihre Äste in den mitternachtsschwarzen, sternenübersäten Himmel streckten; an dieser Stelle war der Wald am dichtesten. Noch höher nahm die Zahl der Bäume ab, und raue, schroffe Berge ragten in den Himmel auf. Dichter Nebel hüllte die Gipfel ein.

Tief atmete Fen den belebenden Duft nach Unterholz, wilden Blumen und Bäumen ein. Die Vegetation, die den Waldboden bildete, hatte ihren ganz eigenen Geruch. Wild lebende Tiere gab es hier oben im Überfluss. Dies war Fens Zuhause, ein Zuhause für den Lykaner in ihm und für den Karpatianer, aber es war vor allem der Duft der Frau, die neben ihm ging, der ihm das Gefühl vermittelte, daheim zu sein. Tatijana schlich sich in sein Herz ein, erfüllte seinen Geist mit Helligkeit und fand einen Weg, ihn alles Schlechte, was er je gesehen hatte, vergessen zu lassen.

Selbst die Welt um ihn herum schien Tatijanas Schönheit anzunehmen. Alles erstrahlte in tiefen, lebhaften Farben, die Fen so lange nicht gesehen hatte. Die raschelnden Blätter leuchteten in den verschiedensten Grüntönen. Kleine Bäche sprudelten über Felsformationen und sahen aus wie glitzernde Diamantcolliers auf ihrem kurvigen Weg den Berg hinunter, an dessen Fuß sie große Sümpfe sättigten.

Fen war zufrieden, einfach nur mit Tatijana durch die Nacht gehen zu können. Sein Körper mochte mehr verlangen, und der karpatianische Mann in ihm war von einem solchen Drang beherrscht, sie für immer an sich zu binden, dass es ihn geradezu schockierte, doch all das spielte keine Rolle. Nicht, solange Tatijana ihn begleitete und der Fülle von Informationen lauschte, die der Wind ihnen überbrachte. Zum ersten Mal in seinem Leben hatte Fen das Gefühl, zu jemandem zu gehören. Außerdem hatte er den Eindruck, dass die Fähigkeit, Tatijana zu begehren, dieses ständige Drängen in seinem Blut, das Dröhnen in seinen Ohren und das wilde Pochen seines Pulses den Frieden und die Gelassenheit des Augenblicks sogar noch erhöhten. Körperliches Begehren und Verlangen nach ihr zu verspüren war schon ein Wunder für sich nach all diesen einsamen Jahren ohne jegliche Empfindungen.

Tatijana blickte auf zu Fen. Das Mondlicht fiel auf ihn und offenbarte jeden seiner markanten Gesichtszüge, die tiefen Furchen, die Schmerz und Erschöpfung in sein Gesicht gegraben hatten, seine ungewöhnlichen Augen und sein starkes Kinn. Hier im Mondschein, der seine wilde Seite hervorbrachte und betonte, sah er mehr wie ein Lykaner aus denn wie ein Karpatianer. Diese Mischung aus elegantem, charmantem Karpatianer mit den galanten Umgangsformen alter Zeiten und dem viel raueren, wilderen, gefährlichen Wolf, der direkt unter der Oberfläche lauerte, war einfach unwiderstehlich.

Ja, Fen sah wie das ultimative Raubtier aus. Das Wolfsblut ließ sich nicht verbergen, nicht im Licht des Mondes. Und wenn sie es sehen konnte, konnten es auch die Lykaner sehen, das war Tatijana klar. Trotzdem machte seine Wildheit ihn nur noch reizvoller für sie. Sie wusste, wie dominant karpatianische Männer waren, und vermutlich waren ihre Gegenstücke in der lykanischen Gesellschaft auch nicht anders, aber Fens Dominanz wurde von Zurückhaltung gemäßigt.

Er wusste, dass sie Freiheit brauchte, und akzeptierte sie so, wie sie war. Er versuchte nicht, sie zu irgendetwas anderem umzuformen. Und vielleicht genoss sie gerade deshalb seine Gesellschaft und seinen Sinn für Humor. Fen offenbarte sich niemand anderem, und das wiederum gab Tatijana das Gefühl, etwas Besonderes für ihn zu sein. Er ließ keinen Zweifel daran, dass er sie mit seinem Leben beschützen würde, und deshalb fühlte sie sich bei ihm wie etwas Kostbares, ja sogar sehr Verehrtes. Es lag in der Art, wie er sie ansah, in der Berührung seiner Hand, im Ton seiner Stimme und natürlich auch in seinen Gedanken, die er nicht vor ihr verbergen konnte.

Tatijana war seltsam rastlos gewesen, seit sie aus ihrem langen, heilenden Schlaf erwacht war, und hatte etwas gesucht, ohne allerdings zu wissen, was es war. Sie hatte gedacht, es seien Informationen über die Welt dort draußen, aber so etwas Banales war es nicht gewesen. Das hatte sie schon geahnt, als sie die Schenke am Waldrand zum ersten Mal betreten hatte. Immer wieder war sie auf geheimnisvolle Weise von diesem Ort angezogen worden, obwohl sie versucht hatte, gegen den inneren Zwang anzukämpfen. Sie hatte gewusst, dass es Fens wegen war. Sie hatte nicht aufhören können, an ihn zu denken – und sie hatte unbedingt für ihn tanzen wollen, um ihn auf sich aufmerksam zu machen. Tatijana hatte es vermieden, sich nach dem

Warum zu fragen, doch tief im Innersten hatte sie gewusst, dass Fen ihr Seelengefährte war.

Trotzdem hatte sie ihn anfangs zurückweisen wollen, aus Furcht, von ihm beherrscht zu werden. Aber irgendetwas hatte sich seither in ihr verändert. Die Mauer, die sie um sich errichtet hatte, war eingestürzt, als er für seinen Bruder, für sie und für Zev gekämpft hatte. Er hatte sich schrecklichen Gefahren ausgesetzt, obwohl er sich der Folgen nur zu gut bewusst gewesen war, doch er war von unbeirrbarer Entschlossenheit und Tapferkeit gewesen. Außerdem hatte er sie bisher noch nie getadelt und schien ihre Ansichten und Fähigkeiten zu respektieren, ja sogar zu schätzen.

Alles an ihm faszinierte sie. Sie merkte, dass sie immer tiefer in seinen Geist eindrang, und nie verschloss er sich vor ihr, egal, welche Erinnerungen sie sich auch gerade ansah. Tatijana wusste, dass seine neu entdeckten Emotionen furchtbar schmerzlich sein konnten, wenn er an den Tod seiner Freunde zurückdachte. Seine nüchterne karpatianische Natur hatte ihn bis zu einem gewissen Grad davor beschützt, doch nun war er für jedes Gefühl aufgeschlossen, auch für eine wahre Sturzflut des Kummers.

Aber Fen schreckte vor seinen Erinnerungen nicht zurück, er ging sie direkt an, verarbeitete die Trauer und zog weiter. Er hielt sie, Tatijana, in seinen Gedanken fest, und das gab ihr das Gefühl, wirklich von ihm gebraucht zu werden. Fen verlangte jedoch nichts von ihr. Absolut nichts. Sie konnte das Verlangen und den Hunger spüren, die ihn quälten, doch er versuchte nie, ihr ein schlechtes Gewissen zu verursachen. Er unterstützte ihre Entscheidung sogar voll und ganz. Das Problem war ... sie war sich ihrer Entscheidung gar nicht mehr so sicher. Sie hatte es sich anders überlegt. Er *war* ihr Seelengefährte, und daher sah sie wenig Sinn darin, seiner Inanspruchnahme noch länger aus dem Weg zu gehen. Sie würde ihm überallhin folgen, ganz gleich, was auch geschehen mochte, ganz gleich, ob von ihm als seine Seelengefährtin beansprucht oder nicht, weil sie wusste, dass *sie* sich längst an ihn gebunden hatte.

Der Duft von wilden Blumen überfiel Fenris, als sie sich einer großen, offenen Wiese näherten. Unwillkürlich schloss er seine Finger noch fester um Tatijanas. Sie fühlte sich so klein und zerbrechlich für ihn an, aber er wusste, dass seine Seelengefährtin einen stählernen Willen hatte. Es gefiel ihm, wie sie buchstäblich im Gleichschritt nebeneinander hergingen. Tatijana passte einfach perfekt zu ihm, nicht nur von ihrer Größe her, sondern auch von ihrer Denkweise und ihrer Art. Sie vermochte, in jeden noch so dunklen Winkel seines Geistes einzudringen und alles Schmerzliche auszulöschen. Sie schien sogar imstande zu sein, die von zu vielen Tötungen entstandenen Risse in seiner Seele zu kitten.

Fens Augen weiteten sich. »Nachtsterne! Wusstest du, dass es diese Blumen hier gibt? Ich habe sie seit Jahrhunderten nicht mehr gesehen.«

Die Blüte war groß und einer Lilie ähnlich, aber wie ein Stern geformt. Die zarten Blütenblätter waren geöffnet und gaben das Innere der Blüte frei, deren Fruchtknoten rubinrot mit zwei gestreiften Staubfäden war. Die Narbe wirkte von Größe und Form her wie eine perfekte Nachbildung des männlichen Geschlechtsorgans. Die Blume war von exquisiter Schönheit und ihr Duft geradezu berauschend.

Tatijana errötete. »Die Fruchtbarkeitsblume. Soviel ich weiß, kommt diese Blume aus Südamerika und wurde von Gary Jansen, einem menschlichen Wissenschaftler, von einer seiner Reisen mitgebracht. Er und Gregori sind sehr gute Freunde. Gary Jansen hat sehr viel für unser Volk getan, und es heißt, dass diese Blume bei einem dieser Rituale verwendet wurde, die helfen sollten, die Geburtenziffer zu erhöhen. Bei Garys ausgedehnten Forschungen fand er mehrmals Hinweise auf die Pflanze und begann, systematisch nach ihr zu suchen. Er war es, der auf einer vulkanischen Bergkette in Südamerika den entscheidenden Hinweis auf die Pflanze fand.«

Lara hatte Tatijana und Branislava so viele Informationen wie möglich über die Geschehnisse in der karpatianischen Welt gegeben, wenn sie abends gekommen war, um ihren Großtanten Blut zu geben. Doch das war gewesen, bevor sie mit ihrem Seelengefährten nach Südamerika zurückgekehrt war, und danach hatte Sara ihre Aufgabe übernommen, bis sie schwanger geworden war. Und schließlich war es Falcon gewesen, der sie mit seinem Blut genährt und ihnen das eine oder andere Wissenswerte erklärt hatte.

»Das Ritual ist ein sehr schönes«, sagte Fen.

Tatijana trat vorsichtig zwischen zwei Reihen der milchig weißen Blumen. »Der Duft ist geradezu berauschend.«

Fen nickte. »Es ist Bestimmung. Jedes Ritual zwischen Seelengefährten bringt sie einander noch viel näher.«

»Ich würde es gern versuchen, Fen.« Tatijana ließ es wie eine beiläufige Bemerkung klingen, doch im Grunde war es eine direkte Aufforderung. Sie wollte die Fruchtbarkeitszeremonie mit ihm vollziehen. Tatijana hatte noch nie daran gedacht, ein Kind in die Welt zu setzen, nicht nach ihrer eigenen grauenvollen Kindheit, aber der Gedanke, einen kleinen Jungen mit Fens Charakter zu haben, erschien ihr plötzlich sehr verlockend. Tatijana sehnte sich mit einem Mal nach Dingen, die sie nicht hatte. Sie konnte sogar spüren, wie ihr Körper auf den stimulierenden Duft der Blume reagierte.

»Sie riecht wie du«, sagte sie zu Fen.

Er stand völlig reglos da. »Jede Blüte nimmt den Duft des Seelengefährten an und verstärkt noch das Verlangen nach seinem oder ihrem Geschmack und Duft.« Fen sah aus, als wäre er aus Stein gemeißelt. »Das könnte sehr gefährlich sein, Tatijana.«

Seine Stimme war leise, rau und dennoch weich wie Samt. Oh ja, der Duft, der von der Blumenwiese aufstieg, hatte die gleiche starke Wirkung auf ihn wie auch auf sie.

»Wir *sind* Seelengefährten, Fen«, erinnerte sie ihn und legte eine Hand auf seine Brust, bevor sie so nahe an ihn herantrat, dass ihr Duft ihn zusammen mit dem der Blumen einhüllte. Sie verführte ihn ganz unverhohlen, weil sie ihn plötzlich auch mit jeder Faser ihres Körpers begehrte.

»Du denkst immer noch, ich sei stark. Aber was dich angeht, Tatijana, ist das überhaupt nicht so.« Er schüttelte den Kopf, blieb jedoch stehen, wo er war, und trat nicht von ihr zurück. Sie konnte seinen Herzschlag fühlen und das Blut durch seine Adern rauschen hören. Sein Körper verriet ihn. Er war hart wie Stein, seine Haut heiß und glühend vor Verlangen. Sogar seine Zähne waren länger und schärfer geworden.

»Was soll ich tun?«, fragte Tatijana mit einem zufriedenen kleinen Lächeln. Dieser Mann gehörte *ihr*. Ganz allein ihr. Sie sah ihm halb schüchtern, halb verführerisch in die Augen.

Fen wusste, dass es ihm unmöglich war, ihr zu widerstehen. Und im Grunde wollte er es auch gar nicht. Wenn es eine Frau gab, die für seidene Laken und lange erotische Nächte geschaffen war, war es mit absoluter Sicherheit Tatijana.

Er suchte eine Blüte aus, pflückte sie und hielt sie vorsichtig zwischen den hohlen Händen, die er an Tatijanas Lippen hob. Dabei sah er ihr fest in die Augen. »Koste sie!«

Ohne ihren Blick abzuwenden, nahm Tatijana die zarte Blüte und strich mit der Zungenspitze über den knollenförmigen Kopf des Staubblatts. Sofort verspürte sie einen würzigen, lebhaften Geschmack nach Wald in ihrem Mund, der wild, ja fast schon animalisch war und anders als alles, was sie je zuvor gekostet hatte. Es war der berauschende, suchterzeugende Geschmack ihres Seelengefährten. Es war Sünde und die ultimative Verlockung.

Sie konnte nicht umhin, noch mehr von diesem köstlichen Geschmack zu suchen, und fuhr mit der Zunge an der Narbe der Blüte entlang, um sich nicht einen einzigen Tropfen entgehen zu lassen. Es war ganz eindeutig der Geschmack ihres Seelengefährten, der der Blüte anhaftete. Und während sie ihn kostete, schaute sie Fen unablässig in die Augen und spürte, wie ihr Verlangen nach ihm von Sekunde zu Sekunde wuchs. Schon jetzt war ihr klar, dass das Fruchtbarkeitsritual ihr nicht einmal annähernd genügen würde. Fenris Dalka würde sie heute Nacht für sich beanspruchen, ob er wollte oder nicht.

Sie konnte nicht sagen, wann genau sie es sich anders überlegt hatte. Vielleicht, als sie gesehen hatte, wie liebevoll er seinen Bruder pflegte. Sie wusste jedenfalls mit absoluter Sicherheit, dass es nicht nur die Anziehung zwischen Seelengefährten war; sie mochte Fen, war gern in seiner Gesellschaft und zog sie sogar dem Alleinsein vor. Alles an ihm sprach sie an und reizte sie, obwohl sie gedacht hatte, dass er das Letzte wäre, was sie wollte.

Selbst die Blütenblätter, die weich wie Samt waren, enthielten *seinen* Duft. Es war ihr unmöglich, ihr Verlangen nach Fen zu beherrschen. Es wuchs mit jedem Tröpfchen, das sie in sich aufnahm, und je mehr von diesem würzigen Nektar in ihren Mund gelangte, desto stärker verlangte es sie nach diesem Mann. Als es ihr gelungen war, auch die allerletzten Tropfen aufzunehmen, leckte sie sich die Lippen.

»Und was jetzt?« Ihre Atemzüge kamen schnell und flach. Sie wusste, dass er den Lockruf ihres Herzens hören konnte. Ihr Herz passte sich dem Rhythmus des seinen an und pochte im gleichen starken, gleichmäßigen Takt. Auch in ihren Adern begann ein seltsames Pochen, ein Trommeln machtvollen Begehrens, das ihr Blut zum Rasen brachte und das nur Fen beschwichtigen und lindern konnte.

Schon während sie die Frage stellte, schloss sie instinktiv die

Hände um die Blüte und bot sie ihm an. Sie konnte kaum noch atmen, als sie zusah, wie ehrfürchtig er die Blume entgegennahm, als wäre sie das Kostbarste auf der Welt. Sein leises Stöhnen löste ein wohliges Erschauern in ihr aus, und tief in ihrem Innern spürte sie hemmungsloses sexuelles Begehren in sich erwachen.

Ohne den Blickkontakt mit ihr zu unterbrechen, senkte Fen den Kopf auf die duftenden Blütenblätter und teilte sie mit seinem starken Kinn, bevor er mit einer unglaublich sinnlichen Bewegung mit der Zungenspitze über die Fruchtknoten und Staubfäden strich.

Tatijana konnte ihren Blick nicht von ihm lösen. Was er tat, war das Heißeste und Aufreizendste, was sie je gesehen hatte. Ihre Brüste schmerzten, weil sie sich danach sehnten, liebkost zu werden, und sie konnte die süße Feuchte spüren, die sich zwischen ihren Beinen sammelte. In diesem Augenblick, als sie beobachtete, wie er den Nektar der Blüte aufnahm, und seine Augen sich förmlich in die ihren brannten, erkannte sie, dass es von jetzt an kein Zurück mehr gab.

Fenris war ihr Seelengefährte, schlicht und einfach, und sie wollte, dass er das Bindungsritual vollzog. Tatijana wusste, dass ihr Herz schon ihm gehörte, und es war mehr als offensichtlich, dass auch ihr Körper nach seinem verlangte. Sein Geschmack war auf ihrer Zunge und erfüllte ihren Mund, aber für sie war es nötig und wichtig, dass er sie auf die alte, rituelle Weise ihres Volkes an sich band.

Sie hatte sich – und vielleicht auch allen anderen – etwas beweisen wollen: Es sei in erster Linie Freiheit, was sie wollte. Doch Freiheit war, die Wahl zu haben. Und Fenris Dalka war ihre Wahl, trotz all der Gefahren, die ihn bedrohten. Sie könnte nicht einmal mit Sicherheit sagen, was genau diese Anziehung zwischen ihnen ausmachte. Sie mochte ihn. Sie respektierte ihn. Er verschwendete keine Zeit mit sinnlosen Streitereien. Sie hatte freien Zugang zu seinem Bewusstsein und wusste daher, dass er ihr umfangreiches Wissen schätzte, was sämtliche Spezies und ihre kämpferischen Fähigkeiten anging. Er verbannte sie nicht in ein sicheres Eckchen, obwohl ihr Schutz und ihre Sicherheit für ihn an erster Stelle standen. Fen gab ihr das Gefühl, schön und einzigartig zu sein, er hörte ihr zu, und er hörte sie gern reden. Er hatte Humor. Und jetzt, in ebendiesem Augenblick, war er der aufregendste Mann, dem sie je begegnet war.

Er ließ sich Zeit mit der Blume, und sein Blick wurde immer heißer und begehrlicher, während er Tropfen um Tropfen des Nektars in sich aufnahm. »Ich liebe deinen Geschmack«, murmelte er.

Ihr ganzer Körper schien sich in sinnlicher Erwartung zu verkrampfen. »Ich habe allmählich das Gefühl, dass es gar nicht so schlecht wäre, mich von dir beanspruchen zu lassen«, begann sie vorsichtig. »Ich gewöhne mich an den Gedanken.«

Seine Augen schienen sich zu verdunkeln und sogar noch glutvoller zu werden. Er ließ die Blüte sinken und seinen Blick langsam und auf so besitzergreifende Art und Weise über ihren Körper gleiten, dass sie einen trockenen Mund bekam.

»Führ mich nicht in Versuchung, Tatijana! Nicht jetzt. Ich glaube nicht, dass ich die Kraft hätte zu widerstehen, und wir wissen beide, dass dies nicht der rechte Zeitpunkt wäre.«

»Ich finde den Zeitpunkt geradezu optimal. Das Ritual geht noch weiter, und ich möchte, dass es richtig gemacht wird. Uns aneinanderzubinden ist vernünftig, und der Moment scheint mir perfekt dafür zu sein.«

Fen stieß den Atem aus, den er offensichtlich angehalten hatte – was Tatijana noch glücklicher machte und sie in ihrer Sicherheit bestärkte, dass sie recht hatte. Er versuchte, sich weder von dem Fruchtbarkeitsritual noch von ihrer Nähe beeinflussen zu lassen, was ihm jedoch offensichtlich nicht gelang. Er begehrte sie ebenso sehr wie sie ihn.

Selbst während er noch versuchte, ihr die Sache auszureden, verschlang er sie buchstäblich mit seinen Blicken. »Ich habe mich zurückgehalten, weil ich weiß, dass ich der Versuchung, Blut mit dir auszutauschen, nicht widerstehen könnte. Mit der Zeit würdest du so enden wie ich – als *Sange rau* –, und bis wir wissen, zu welcher Einigung die Lykaner und Karpatianer kommen, könnte die Vermischung unseres Blutes sehr gefährlich für dich sein.«

Sie trat noch näher, bis ihr warmer Atem ihn streifte, und legte eine Hand an seine Brust. Darunter konnte sie das schnelle Pochen seines Herzens spüren – und die glühende Hitze seiner Haut unter dem dünnen Hemd. »Ich bin deine Seelengefährtin, ob du mich beansprucht hast oder nicht. Was dir widerfährt, Fenris Dalka, wird auch mir widerfahren.«

»Nicht wirklich, meine Liebe«, widersprach er schnell. »Denn sollte ich getötet werden, könntest du jetzt noch beschließen, dein Leben ohne mich weiterzuführen. Es wäre nicht leicht, aber möglich.«

»Ich würde dir folgen, wie es alle Seelengefährten tun, Fen. Es hilft nichts, sich einzureden, mein Leben wäre nicht schon mit deinem verknüpft. Ich bin ebenso tief in deinem Geist wie du in meinem. Meine Schwester Branislava ist immer meine ganze Welt gewesen, doch heute würde ich dir folgen, egal, wohin du gehst. Wir sind Seelengefährten. Unser Blut wird sich vermischen, und ich werde so werden wie du. Ganz gleich, wozu du dich entscheidest, ich werde dir folgen. Es wäre mir lieber, das Bindungsritual zu vollziehen, doch solltest du darauf bestehen, dass ich dir nicht beansprucht ins nächste Leben folge, dann sei es eben so.«

Er verlagerte sein Gewicht auf seine Fußballen. Es war nur eine kleine, fließende Bewegung, die Tatijanas Herz jedoch erneut zum Rasen brachte. Sein Blick ließ ihren immer noch nicht los.

»Liebste, es ist wichtig für mich, dass *du* mich willst. Ich brauche dich mit jedem meiner Atemzüge. Mein Körper verlangt nach deinem. Je mehr ich mit dir unternehme, desto näher fühle ich mich dir, doch ich werde mir von keinem Karpatianer vorschreiben lassen, was wir zu tun haben. Hier geht es um unser Leben, Tatijana, und ich möchte, dass wir die Dinge auf unsere Art und in unserem Tempo tun. Du hast noch Vorbehalte. Ich kann sie in deinem Bewusstsein spüren, und solange sie nicht ganz ausgeräumt sind und ich mich nicht stark genug fühle, dich sogar vor mir selbst zu schützen, werden wir eben einfach vorsichtig sein müssen.«

Tatijana legte beide Hände rechts und links an das Gesicht, das sie schon so liebte. Und sie liebte ihn nur noch umso mehr dafür, dass er den richtigen Moment abwarten wollte und sie nicht drängte. »Ich bin deine Seelengefährtin«, wiederholte sie. »Ich würde dich an mich binden, wenn ich die Macht dazu besäße, aber nicht, weil Gregori oder andere es so wollen, sondern weil ich dich jetzt kenne. Ich weiß, dass mein Lebenstraum bei dir nicht gefährdet ist. Du erwartest nicht von mir, dass ich mich ändere. Ich will, dass du das Ritual für mich vollziehst, Fen.«

Unter ihren Händen konnte sie spüren, dass sein Herz ihm fast die Brust sprengte. Freude schlich sich in seine hungrigen Augen ein, deren Farbe von Gletscherblau zu einem warmen Kobaltblau gewechselt war. »Bist du sicher, meine Liebste? Wenn es erst einmal geschehen ist, kann es nicht mehr rückgängig gemacht werden.«

»Hier auf dieser Blumenwiese und jetzt gleich, bevor die Sonne aufgeht und wir die vitalisierende Erde aufsuchen müssen. Verbinde unsere Seelen, Fen!« Tatijana war kein bisschen befangen. Sie wusste, was sie wollte, und gab es ihm in kühnen, unmissverständlichen Worten zu verstehen. »Wir werden vielleicht nie wieder einen Moment wie diesen haben. Ich weiß, dass du bei Vollmond oder um den Vollmond herum oberhalb der Erde nicht sicher bist, aber die heutige Nacht gehört uns. Glaubst du nicht auch, dass es Bestimmung ist? Dass es so sein soll? Wir haben diese eine Chance, Fen. Lass sie uns wahrnehmen und es nie bereuen!«

Fen sah ihr prüfend ins Gesicht und liebte sie nur noch mehr für ihre Erklärung. Ihre smaragdgrünen Augen wichen seinem scharfen Blick nicht aus. Als er in ihr Bewusstsein eindrang, fand er dort nur unerschütterliche Entschlossenheit. Tatijana hatte die feste Absicht, zu einem *Sange rau* zu werden, wie er es war. Er konnte keine Furcht vor einer Zukunft mit ihm in ihr entdecken, nur Zufriedenheit darüber, dass sie sich entschieden hatte. Wenn er sich jetzt noch weigerte, würde er ihr furchtbar wehtun.

Und wie hätte er sich auch weigern können? Nicht, wenn jede Zelle seines Körpers sich nach ihr verzehrte. Nicht, wenn seine Seele nach Tatijanas schrie. Die Anspannung in ihm wurde fast unerträglich, als die rituellen Worte wie Hammerschläge durch seine Adern zu pochen begannen.

Fen übernahm augenblicklich die Kontrolle und legte die Blüte vorsichtig beiseite, weil er später auch das Fruchtbarkeitsritual vollenden wollte. Doch vorher musste das rasende Verlangen gelindert werden, das so heiß durch seinen Körper tobte. Er schwenkte die Hand über die vielen Blumen auf der Wiese, die ihre Blüten zum Nachthimmel erhoben, und plötzlich regnete es samtene Blütenblätter, während die Reihen der Blumen sich teilten, um Platz für ein weiches Bett aus den duftenden Blüten zu machen. Ihr Duft war eine Mischung aus seinem eigenen und Tatijanas, würzig, süß und berauschender als schwerer Wein.

Fen senkte den Kopf auf ihren, schlang die Arme um sie und zog sie an die Hitze seines Körpers. Sie passte sich ihm an, als wäre sie für ihn gemacht; ihre Brüste pressten sich an seine

Brust, als er sie küsste und die ganze Intensität seines Verlangens in diesen leidenschaftlichen Kuss legte.

Wer hätte gedacht, dass Küsse so betörend sein könnten? So berauschend? Sie versetzte ihn ins Paradies, und er wusste, dass er nie genug von ihr bekommen würde. Nicht in diesem Leben und ganz bestimmt auch nicht im nächsten. Er verzehrte sich nach diesem weichen, heißen Mund, der wie eine Mischung aus wildem Honig, Lavendel und Nelken schmeckte. Wieder und wieder küsste er sie und zog sie an sich, bis ihr Körper mit seinem zu verschmelzen schien. Und noch immer war es nicht genug.

Fen entledigte sich seiner Kleider auf Art und Weise der Karpatianer, wie auch Tatijana es tat – mit einem einzigen Gedanken. Beide ertrugen es nicht mehr, die Haut des anderen nicht zu spüren. Fen hatte das Gefühl, als könnte er ihr gar nicht nahe genug sein. In ihren Gedanken, in ihrem Körper – am liebsten hätte er sogar ihr Herz in seinem aufgenommen.

Sie schwebten zu dem Bett aus samtigen Blütenblättern, deren Duft mit seiner berauschenden Wirkung ihr Blut noch mehr erhitzte und die sinnliche Erwartung unerträglich machte. Ihr Verlangen nacheinander war wie ein lebendes, atmendes Etwas zwischen ihnen. Fen spürte das Pulsieren seines Blutes in seinen Adern, das zunächst nur ein Wispern war, dann jedoch immer lauter wurde, bis es sich wie ein Trommeln anhörte. Es forderte, dass er sich nahm, was ihm gehörte. Er konnte sogar spüren, wie seine Seele nach Tatijanas griff.

Er legte sie auf das weiße Bett und lächelte, als ihr Haar ihr Gesicht umspielte und der dicke Zopf über die Blütenblätter fiel. Fen liebte ihr Haar mit seiner ständig wechselnden Farbe und den dicken Zopf. Doch nun konnte Fen gar nicht anders, als das Band, das diesen Zopf zusammenhielt, zu entfernen und die schimmernde Mähne auf den Blütenblättern auszubreiten, um sein Gesicht in den seidigen Wasserfall zu drücken.

Das sinnliche Gefühl ihres Haares an seiner Haut steigerte sein brennendes Verlangen noch, und Tatijanas Stimme in seinem Kopf flüsterte ihm sanfte Worte zu und erfüllte sein Bewusstsein mit ihr. Sie fühlte sich wie warmer Sirup an, der in alle dunklen Risse und Sprünge seines Innern floss, dort Schäden ausbesserte und Spalten überbrückte, bis die Dunkelheit verschwunden war und es nur noch seine Liebste mit ihrer weichen Haut und ihrem sündhaft verführerischen Mund gab.

Er küsste sie wie ein Verhungernder, und der Boden unter ihnen schien zu erbeben. Tausende von Sternen glitzerten über ihnen und zuckten in einem seltenen Schauspiel über den Himmel wie Kometen. Sein Puls dröhnte Fen in den Ohren, und das Pochen seines Blutes fühlte sich wie Trommelschläge in seinen Adern an. Er konnte spüren, wie seine Zähne sich vor Begierde nach Tatijanas Geschmack verschärften.

Ihr Mund war köstlich, heiß und weich wie Samt. Das Dröhnen in seinen Ohren verstärkte sich, als der Wind sanft über ihre nackten Körper strich. Das gnadenlose Feuer, das in seinen Lenden brannte, wurde zu einer wahren Feuersbrunst, die sich so schnell in ihm verbreitete wie ein außer Kontrolle geratener Flächenbrand.

Fen hob den Kopf, legte seine Stirn an ihre und starrte in ihre schönen, facettenreichen Augen. *»Te avio päläfertiilam«*, flüsterte er. Im selben Moment, in dem er die Worte aussprach, wusste er, dass er sein ganzes Leben darauf gewartet hatte, sie zu sagen. Nichts hatte sich je so gut und richtig angefühlt.

Dann küsste er sie wieder, weil er diese exquisite Mischung kosten musste, die Tatijana ausmachte. Äußerlich war sie kühl wie Wasser, blau, grün und angenehm zu berühren, doch tief im Innersten war sie eine Fülle heißer Quellen. Sie bewegte sich, und ihr Körper schien unter ihm schier zu zerfließen. Ihre Hände glitten über seinen Rücken zu seiner Taille hinunter, schlossen sich um seine Hüften und zogen ihn sogar noch fester an ihren Körper. Dann legte sie den Kopf zur Seite und strich mit der Zungenspitze über den Puls an seinem Nacken.

»Ich beanspruche dich als meinen Seelengefährten«, sagte sie in einer Übersetzung der uralten Sprache und drückte ihre Lippen an den wild hämmernden Puls.

Fen spreizte mit einem Knie ihre Beine und schob sich zwischen ihre Schenkel. Seine Erektion presste sich an ihre intimste Stelle, wo ihre versengende Hitze und Feuchte ihn willkommen hießen. Er wollte sich Zeit lassen, doch sein Körper verbrannte schier von innen heraus, und sein karpatianisch-lykanisches Blut schrie nach seiner Gefährtin. Außerdem trieben ihn ihr Mund und ihre Zähne, die verführerisch über die Haut an seinem Puls glitten, fast zum Wahnsinn.

»Éntölam kuulua, avio päläfertiilam.« Er benutzte die rituellen Worte seiner alten Sprache, ganz und gar der karpatianische Mann, der seine Seelengefährtin für sich beanspruchte. *»Ted kuuluak, kacad, kojed.«*

»Du gehörst zu mir«, wiederholte sie, um ihm zu zeigen, dass sie jedes seiner Worte verstand, mit dem er ihre Seelen für immer aneinanderband.

»Élidamet andam.«

»Ich gebe mein Leben in deine Obhut«, flüsterte sie und strich mit ihren Lippen über seinen Nacken.

Ihm war, als züngelten Flammen über seine Haut. Er war sich ihrer Zähne so dicht an seinen Adern nur allzu gut bewusst und konnte spüren, dass sein Blut sie rief. Seine Seelengefährtin. Seine Frau. Sein Ein und Alles. *»Uskolfertiilamet andam. Sívamet andam.«*

Tatijana hob den Kopf und sah ihm in die Augen. »Ich schwöre dir Treue«, antwortete sie. »Ich schenke dir mein Herz.« Ihre Worte hätten nicht wahrer klingen können.

Fen, der nie Zärtlichkeit oder Sanftheit gekannt hatte, entdeckte nun, dass beides in ihm vorhanden war – für sie. Sie krempelte ihn völlig um mit ihrer Großzügigkeit und Bereitschaft, ihn so zu akzeptieren, wie er war. Er hatte Hunderte getötet, ja vielleicht sogar weit mehr, als er in Erinnerung behalten wollte, und jede dieser Tötungen hatte ihn näher an die stets über ihm schwebende Finsternis herangebracht. Tatsächlich war er ihr öfter nahe gewesen, als er zugeben wollte, und Tatijana sah diese schrecklichen Momente, in denen er sich nur durch den Gedanken an seinen Bruder seine Ehre bewahrt hatte.

»Sielamet andam.«

»Ich nehme deine Seele an, Fenris«, flüsterte Tatijana an seiner Halsbeuge, »und ich gebe dir meine, um uns vollständig zu machen.«

»Ainamet andam.«

Noch während die Worte von irgendwo tief in ihm hervortraten, stellte Tatijana ihre eigenen Forderungen, indem sie in einem langsamen Angriff auf seine Sinne aufreizend die Hüften bewegte.

»Ich schenke dir meinen Körper«, antwortete sie flüsternd. »Ich will dich in mir, Fen. Ich will dein Blut in meinen Adern und dein Herz vereint mit meinem. Ich will, dass unsere Seelen sich miteinander verbinden, aber gerade jetzt, in diesem Augenblick, will ich vor allem die körperliche Vereinigung mit dir.«

Selbst wenn er wollte, hätte er nicht die Kraft, ihr diese heisere, atemlose Bitte abzuschlagen. Langsam glitt er in ihre versengend heiße Weiblichkeit hinein – die so eng war, dass sie ihm den Atem und Verstand zu rauben drohte. Ihre kühle Haut stand in krassem Gegensatz zu seiner heißen, doch tief im Innersten umschlossen ihre samtenen Muskeln ihn mit solch feuriger Leidenschaft, dass er Mühe hatte, sich im Zaum zu halten. Das Gefühl war so exquisit, dass er kaum die nächsten Worte des Rituals herausbekam.

»Sívamet kuuluak kaik että a ted.« Ich nehme deinen Körper für immer in meine Obhut, bedeuteten die alten Worte.

Er schloss verzückt die Augen, als sie ihn eng und heiß umgab wie Feuer und Samt, bebend und pulsierend, und sich dann ganz bewusst entspannte, um ihn noch tiefer in sich aufzunehmen. Die dünne Barriere, der er begegnete, ließ ihn für die Dauer eines Herzschlags innehalten, und er schloss die Finger noch fester um die Tatijanas.

Atme jetzt tief durch! Tu es für mich! Er wollte, dass sie nur Lust empfand und nicht einmal den kleinsten Schmerz, als er mit einem kraftvollen Stoß noch tiefer in sie eindrang und die dünne Barriere dort zerriss. Ihren kleinen Aufschrei erstickte er mit einem Kuss und verhielt sich dann ganz still, damit ihr Körper sich an ihn gewöhnen konnte. Für ihn war sie eine Oase, ein Paradies sinnlicher Freuden.

Ihr Herz begann sich dem Rhythmus des seinen anzupassen, und ihre Hüften zuckten, was ein kleines, aber verräterisches Zeichen war, dass sie mehr wollte und brauchte. Erst dann begann er, sich zu bewegen, und zog sich fast vollständig aus ihr zurück, um sie mit einem langsamen, aber kraftvollen Stoß von Neuem in Besitz zu nehmen.

Tatijana stöhnte leise und bog sich ihm entgegen, um sich den Bewegungen seiner Hüften anzupassen, als wollte sie ihn ermutigen, sich schneller zu bewegen. Doch Fen behielt seinen aufreizend langsamen Rhythmus bei, um jede einzelne Sekunde ihrer innigen Verbindung auszukosten.

»Te élidet ainaak pide minan«, sagte er leise, was so viel hieß wie: Dein Leben wird für mich immer an erster Stelle stehen. Und wie könnte es auch anders sein? Tatijana war alles für ihn mit ihrem wunderschönen Körper und ihrem großzügigen Herzen. Aber sie war noch sehr viel mehr als das – eine Kriegerin im wahrsten Sinne des Wortes, furchtlos und willens, ein Leben zu beginnen, das sowohl das eines Lykaners als auch

eines Karpatianers war. Und sie war bereit, sich auf dieses Leben einzulassen, obwohl sie sich der ständigen Gefahr, in der sie sich befinden würden, nur allzu gut bewusst war.

Als läse sie seine Gedanken – was sie vermutlich auch tat –, senkten sich ihre Zähne tief in seinen Hals. Sein ganzer Körper erschauderte in erotischer Verzückung. Durch seine telepathische Verbindung mit Tatijana spürte er eine versengende Hitze, die durch Adern und Arterien rauschte und auf sämtliche Organe übergriff. Es war sein Blut, das sich mit ihrem vermischte – in dem ursprünglichsten und heiligsten aller Rituale zwischen Seelengefährten. Sein Körper reagierte mit einem harten, schnellen Stoß.

»Te avio päläfertiilam.« Du bist meine Gefährtin. Er war so sicher gewesen, dass es das Beste wäre, seine Liebste davor zu beschützen, zum *Sange rau* zu werden, doch er hatte nie über die eigentliche und sehr reale Bindung zwischen Seelengefährten nachgedacht. Wenn *er* sich nicht vorstellen konnte, ohne Tatijana weiterzuleben, warum sollte ihre Verbindung dann weniger lebenswichtig für *sie* sein?

Flammen loderten unter seiner Haut auf und verbreiteten sich wie eine Feuersbrunst in ihm. Er hätte schwören können, dass die ganze Wiese in Flammen stand, doch Tatijanas Haut war wohltuend kühl geblieben. Diese elektrisierende Empfindung aus Feuer und Eis verstärkte noch die versengende Hitze, die seine schon fast schmerzhafte Erektion umgab. Die kühle Nachtluft strich über seinen Körper, und der Mond über ihnen tauchte sie beide in seine hellen Strahlen. Fen hätte sich keinen vollkommeneren Moment wünschen können.

Ainaak sívamet jutta oleny. Das Geflüster erfüllte seinen Geist und dann auch ihren. *Du bist für alle Zeit an mich gebunden.*

Sie waren schon aneinandergebunden gewesen, bevor er die rituellen Worte sprach, die ihm lange vor seiner Geburt eingeprägt worden waren. Tatijana bereicherte einfach alles in seinem Leben und machte jeden Moment sehr viel erfüllter, lebhafter und befriedigender. Und als genügte das noch nicht, bot sie ihm auch noch den Trost ihres hinreißenden Körpers, der eine Zufluchtsstätte war, wenn die Welt um ihn herum keinen Sinn ergab.

Jetzt schloss sie mit der Zungenspitze die kleine Wunde an seinem Nacken und öffnete langsam die Augen. Fens Herz schlug schneller, und er erbebte, als er das Glühen in diesen facettenreichen Augen sah, die wie strahlende Smaragde, aber im Augenblick auch ganz verschleiert vor Verlangen waren. Sie war noch nie schöner gewesen.

»Ainaak terád vigyázak.« Du stehst für immer unter meinem Schutz.

Nachdem das Ritual damit vollendet war, konnte Fen sich auf jede Nuance, jede erogene Zone an Tatijanas Körper konzentrieren. Er wollte, dass diese Nacht sich unauslöschlich in ihrem Bewusstsein einprägte, so wie sie für immer in seinem eingebrannt sein würde. Fen ließ sich Zeit und hielt ihre Hüften fest, damit sie sich nicht bewegen konnte, während er sich in langsamen, rhythmischen Stößen bewegte und immer wieder in ihre heiße Enge hinein- und wieder aus ihr herausglitt. Nichts hätte erotischer sein können.

Ihr leises Stöhnen und ihre fieberhaften kleinen Bitten steigerten die wachsende Anspannung und den Sturm, der sich in ihnen zusammenbraute. Trotzdem erhöhte Fen sein aufreizend langsames Tempo nicht, bis beide in einer Flut erotischer Empfindungen zu ertrinken glaubten.

Tatijana hatte das Gefühl, von innen heraus zu verbrennen. Sie war umgeben von Hitze und Feuer. Seine Haut glühte förmlich unter ihrer Berührung. Sein Körper war hart und solide wie eine Eiche, seine Hände stark, wo sie sie so eisern festhielten. *Seine* Hüften dagegen hörten nie auf, sich zu bewegen, und er nahm sie in fast quälend langsamen Stößen, die sie jedoch nur noch mehr entflammten.

Sie wollte mehr. Brauchte mehr. Glaubte zu sterben vor Verlangen. Tatijana hörte sich stöhnen und betteln. Sie konnte nicht aufhören, sich unter ihm zu winden, und versuchte, ihre Hüften anzuheben, um ihn noch tiefer in sich aufzunehmen. Aber all das half nicht. Er hörte nicht auf. Er wurde nicht schneller, und er wurde auch nicht langsamer. Tatijanas ganze Welt schien auf die Vereinigung ihrer Körper konzentriert zu sein. Eine unerträgliche Hitze erfüllte sie, jedes ihrer Nervenenden prickelte vor Anspannung, die wuchs und wuchs, bis sie befürchtete, den Verstand zu verlieren, wenn der Aufruhr ihrer Sinne nicht endlich gedämpft wurde.

Dann wurde sie sich seiner Zähne bewusst, die wie eine subtile Unterstreichung seines trägen Rhythmus waren, der sie so verrückt machte, als sie sich ganz sachte über ihre Haut bewegten und sie mit winzig kleinen Bissen neckten. Bei jedem seiner langsamen Stöße strichen seine Zähne über ihren wild pochenden Puls, und ihr Körper reagierte, indem er sich krampfartig um ihn zusammenzog und eine neue Flut von wonnevoller Feuchtigkeit von ihrer intimsten Körperstelle Besitz ergriff. Jede Berührung seiner Zähne nahm ihr das bisschen Atem, das sie noch hatte, bis sie immer schneller und abgehackter nach Luft schnappte.

Er trieb sie wirklich langsam in den Wahnsinn vor Verlangen. Sie könnte nicht sagen, was schlimmer war – das Warten darauf, dass er sie zum Höhepunkt brachte, oder die fast ebenso fieberhafte Erwartung seines Bisses. Tatijana war dem Gipfel schon so nahe, und trotzdem konnte sie sich nicht fallen lassen. Fen verlängerte ihre lustvollen Qualen bis ins Unerträgliche, steigerte und steigerte ihre Lust, bis sie von Furcht ergriffen wurde, dass die Intensität ihrer Empfindungen sie umbringen würde. Die Berührungen seiner Zähne und die spielerischen kleinen Bisse, mit denen er sich von ihrer Brust zu ihrem Nacken vorarbeitete, beeinträchtigten ihre Fähigkeit zu atmen. Ihr ganzer Körper wand sich und erschauerte in fiebriger Erwartung.

Fen, ich kann nicht atmen. Ich werde das nicht überleben.

Dann werden wir hier beide sterben.

Sie hörte sich einen erstickten Schrei ausstoßen, als seine Zähne sich direkt über ihrem wild pochenden Puls in ihre Haut gruben und ein jäher Schmerz sie durchzuckte, der genauso glühend heiß war wie das Brennen zwischen ihren Schenkeln. Aber der Schmerz wich augenblicklich solch ungeheurer Lust, dass Tatijana sich in hemmungslosem Verlangen unter ihm wand, sich ihm entgegenbog und ihre Brüste an seinem Oberkörper rieb. Sie konnte nicht mehr stillhalten, doch obwohl sie jetzt nicht mehr aufhörte, sich zu bewegen, konnte sie keine Erlösung von der versengenden Hitze und der immer stärker werdenden Spannung in ihr finden.

Sie spürte Fens atemberaubende, berauschende Freude, die er im Aufnehmen ihrer Lebensessenz fand. Er war überall, tief in ihrem Körper und in ihrem Geist, und selbst ihr von ihm aufgenommenes Blut verband sie miteinander. Es war zu viel und dennoch nicht genug. Sein sinnliches Vergnügen steigerte höchstens noch das ihre, trug sie nur höher und höher, bis sie sich buchstäblich unter ihm hin und her warf und ihn anflehte, ihr Erlösung zu verschaffen.

Er hob den Kopf und sah sie an, und diese brennenden Augen glitten über ihren Körper und schienen sie geradezu zu brandmarken. Als wäre er nicht längst in ihr Herz eingebrannt! Dann senkte er den Kopf wieder, um mit der Zunge einem kleinen Rinnsal frischen roten Blutes zu folgen, das zu ihrer Brust hinabgelaufen war, und schloss dann auch die beiden kleinen Wunden.

Tatijanas Herz schlug vor Erwartung sogar noch wilder. Seine Augen brannten von einer solchen Intensität, einem solchen

Verlangen und einer solchen Liebe, dass sie fast nicht glauben konnte, ein so unermessliches Glück verdient zu haben. Ihre Vergangenheit, all die Jahre in Gefangenschaft, all die grauenvollen Dinge, die sie gesehen und erlebt hatte, waren wie ausgelöscht, wenn sie in Fens Augen schaute. Seine Hände umfassten wieder ihre Hüften, und sie hatte gerade noch Zeit, einmal tief Luft zu holen, bevor er mit einer einzigen kraftvollen Bewegung in sie eindrang und ihre Welt in alles verzehrenden Flammen aufging.

Fen fing an, sich in einem harten, schnellen Rhythmus zu bewegen, und die Flammen gaben ihr das Gefühl, zu brennen wie der Phönix der Mythologie, bis sie so rein und sauber war, dass ihre Vergangenheit, die Erinnerung an ihren Vater und seine schändlichen Experimente und die Narben auf ihrer Seele zu feiner Asche verbrannt waren und sie selbst ... wiedergeboren war. Stärker und besser als je zuvor.

Schließlich legte Fen ihre Beine über seine Schultern und nahm sie mit solch tiefen, harten, besitzergreifenden Stößen, dass sie lustvolle kleine Schreie von sich gab und nur mit großer Mühe überhaupt noch Atem fand. Sein schönes, männliches Gesicht über ihr war von einer solchen Sinnlichkeit geprägt, dass sie sich dabei ertappte, wie sie ihn anstarrte, voller Liebe, aber auch schockiert darüber, wie intensiv dieses Gefühl in einem so ausgesprochen sinnlichen Moment sein konnte.

Es war der schönste Moment ihres Lebens. Dieses völlige *Ineinanderaufgehen*. Fens Liebe zu ihr. Das Wissen, dass sie ihn ganz genauso liebte. Dass sie seine Vergangenheit ebenso gründlich auslöschen konnte wie er die ihre. Und diese ... diese Ekstase. Die Verzückung, in die nur Fen sie versetzen konnte, ging über alles hinaus, was sie je erlebt oder sich auch nur in ihren kühnsten Träumen vorgestellt hatte.

Diese wonnevollen Gefühle und die Spannung, die sich so schnell und machtvoll aufbaute, dass sie nicht einmal Atem schöpfen konnte, waren schon fast zu viel. Doch diesmal hielt Fen nicht mehr inne und wurde auch nicht langsamer, sondern drang sogar noch tiefer und härter in sie ein, mit einer Entschlossenheit, als gedächte er, dort für immer zu verweilen. Flammen schlugen auf. Tatijana konnte spüren, wie seine Hitze sie einhüllte und sie von innen heraus verbrannte. Sie hörte sich bittend seinen Namen rufen, und ihre Finger gruben sich in seine Arme, als suchten sie Halt, als sie wieder das Gefühl beschlich, die überwältigende Schönheit und Lust dieses Moments vielleicht nicht zu überleben.

Sie keuchte nur noch, statt zu atmen, und ihre Augen wurden glasig, aber noch immer bewegte Fen sich in einem wilden, leidenschaftlichen Rhythmus, der sie höher und höher trug, bis die ersten wohligen Schauer ihres Orgasmus sie durchzuckten. Und dann wurde sie von ihren lustvollen Empfindungen überwältigt. Sie erschütterten ihren ganzen Körper und bündelten sich in ihrem tiefsten Inneren, sodass sich alles in ihr um Fen zusammenzog und ihn auf einen wilden, erotischen Ritt mitnahm, den sie nie vergessen würde. Diesen Rausch der Sinne wollte sie immer wieder erleben, und selbst dann würde sie wahrscheinlich nie wirklich genug bekommen.

Ihr Körper glühte und zitterte noch von ihren ekstatischen Empfindungen, als sie danach in inniger Umarmung im Mondschein lagen, nach Atem rangen und jedes kleine Nachbeben genossen. Tatijana hatte keine Ahnung, wie viel Zeit vergangen war, aber sie war zufrieden damit, in Fens Armen zu liegen, ihr Ohr an seinem Herzen und glücklicher, als sie es je in ihrem Leben gewesen war.

Fen regte sich als Erster, küsste sie mehrmals und flüsterte ihr dann zu: »Wir müssen das Ritual vollenden.«

Und schon kniete er sich hin und spreizte die Beine, um Platz für sie zu machen. Dann bedeutete er ihr, sich ebenfalls auf die Knie niederzulassen, aber so, dass sie ihm den Rücken zuwandte.

Tatijana tat, was er verlangte, und kniete sich auf das weiche Bett aus duftenden weißen Blütenblättern. Ihr Körper fühlte sich erhitzt und wund an, aber auch lebendiger und energiegeladener als jemals zuvor.

»Und nun setz dich auf die Fersen und spreiz die Beine«, flüsterte Fen hinter ihr.

Tatijana errötete. Sie hatte gerade erst sehr ausgiebigen Sex mit ihm gehabt, doch was er jetzt wollte, erschien ihr ziemlich sexy, selbst nachdem er sie so gründlich geliebt hatte. Und so öffnete sie der kühlen Nachtluft die Beine – worauf ihr Körper sofort wieder mit einer Flut von heißer Feuchte reagierte. Tatijana konnte sie sogar an ihren Schenkeln spüren und fühlte sich sinnlicher als je zuvor.

Sie lächelte, als Fen sie von hinten umarmte, seine großen Hände unter ihre Brüste legte und ihre zarten Spitzen zwischen Daumen und Zeigefinger nahm, um sanft daran zu zupfen. Tatijana schnappte nach Luft, als ihre Nervenenden verrücktspielten und kleine Stromstöße zu ihrer intimsten Stelle sandten. Ein heftiges Erschauern löste eine weitere starke Welle aus.

Fen bat sie, sich zurückzulehnen, damit ihr Kopf an seiner Schulter ruhte und ihre Brüste sogar noch besser zwischen seinen Händen ruhten. Doch jetzt nahm er eine Hand von ihren Brüsten und ließ sie über ihren schmalen Oberkörper zu ihrem Bauch hinunterwandern. Ein Zittern ging dort durch ihre Muskeln, als er mit den Fingern darauf drückte.

»Du bist so schön, Tatijana!«, flüsterte er. »So empfindsam und empfänglich für meine Berührung!«

Oh ja, seine Berührungen entflammten sie. Tatijana konnte sich nicht vorstellen, noch empfindsamer zu sein. Sie wollte ständig seine Hände auf sich spüren. Er war in ihrem Kopf und wusste genau, dass jede Liebkosung ihrer Brustspitzen noch mehr Hitze durch ihre Adern sandte. Und ihr war auch nur zu gut bewusst, dass seine Finger tiefer glitten und beinahe ehrfürchtig den Drachen über ihrem Schoß nachstrichen, das Mal, das sie als Drachensucherin kennzeichnete.

Tatijana schloss die Augen und krümmte den Rücken, als seine Finger weiter hinunterwanderten und schließlich tief in die feuchte Hitze ihres Körpers eindrangen. Ihre Muskeln zogen sich zusammen, und wieder wurde sie von wonnevollen kleinen Nachbeben durchzuckt.

»Tied vagyok«, flüsterte er an ihrem Nacken und strich mit seinen Zähnen über ihren Puls.

Ich gehöre dir, hatte er gesagt. Und es war die Wahrheit. Tatijana war entzückt darüber. Für sie könnte es ohnehin nie einen anderen geben. Kein anderer Mann würde je an ihn heranreichen. Sie konnte spüren, wie widerstrebend er seine Finger aus ihr zurückzog, bevor er vorsichtig die Blüte aufhob, die er vorher beiseitegelegt hatte, und sie so zwischen ihre Beine legte, dass die zarten Blütenblätter ihren empfindsamen Körper kitzelten. Sie wusste, dass ihr Körper »weinte« und die Blume jeden Tropfen aufnahm.

»Sívamet andam.« Seine Hände waren wieder zu ihren Brüsten zurückgekehrt. »Ich schenke dir mein Herz, Tatijana.«

Er hatte alles von ihr, Herz, Seele, Geist und Körper. Ihr war fast so, als zerflösse sie vor Hitze. Sie begehrte ihn schon wieder. Was auch immer für eine Zeremonie er mit der Blume vollendete, sie war eine sehr wirksame. Als Tatijana wieder den Kopf an Fens Schulter legte, bedeckte ihr Haar, dieser lange, seidige Wasserfall aus Seide, der sich so herrlich sinnlich an ihren nackten Körpern anfühlte, sie beide. Tatijanas Haut an Fens war kühl, was dem Feuer ihres Verlangens jedoch nur neue Nahrung gab.

»Te avio päläfertiilam.« Du bist meine Gefährtin des Lebens.

Dass er in diesem Moment seine eigene uralte Sprache benutzte, erhöhte den Zauber und die Schönheit des Rituals.

»Nun gibst du mir die Blume als Symbol optimaler Fruchtbarkeit für mich und sagst die Worte zu mir. Wir sind jetzt aneinandergebunden und bitten Mutter Erde, uns während unserer Zeit auf dieser Welt oder in der nächsten mit Kindern zu segnen.«

Tatijanas Hände zitterten, als sie die Blüte behutsam aufhob und sich zu Fen umdrehte. Für sie war er ein wirklich schöner Mann mit seiner breiten Brust, dem durchtrainierten Körper und den männlich-harten Gesichtszügen, als er so vor ihr kniete. Das Mondlicht beschien ihn und versilberte sein dunkles Haar. Tatijana befeuchtete ihre plötzlich trockenen Lippen, als sie die Nachtsternblume direkt unter seinem erigierten Glied platzierte. Ihre Hände streiften dabei seine Hoden, und ihre Finger verweilten ein bisschen zu lange auf seiner heißen Härte, während ihre Handrücken über die Innenseiten seiner Schenkel strichen.

»Tied vagyok.« Sie legte ihre Hände auf seine nackten Schenkel und schaute ihm in die Augen. »Ich gehöre dir. *Sívamet andam.* Ich schenke dir mein Herz.« Jedes ihrer Worte war völlig ernst gemeint. Sie konnte sich nichts Richtigeres vorstellen, als ihr Herz in seine Obhut zu geben. »*Te avio päläfertiilam.* Du bist mein Gefährte des Lebens.«

KAPITEL NEUN

Das Licht des untergehenden Mondes beleuchtete das weitläufige Feld und ließ die Heustapel darauf wie kleine goldene Hügel wirken. Ein sanfter Wind strich über das noch nicht geerntete Getreide und ließ es hin und her schwanken wie eine sanft dahinrollende Welle. Die Luft war frisch, der Himmel klar und unbewölkt.

Costin Eliade gähnte, als er auf die Veranda hinaustrat, um einen Blick auf seine Farm zu werfen. Seine Miene und seine ganze Haltung drückten Zufriedenheit aus. Sein Hof befand sich schon seit zwei Generationen im Besitz seiner Familie, und sowohl sein Vater als auch sein Großvater hatten all ihre Kräfte eingesetzt, um die Bedingungen zu verbessern. Costin war der Erste gewesen, der eine höhere Bildung angestrebt und die erlernten Verfahren in die Praxis umgesetzt hatte. Er war auch derjenige gewesen, der mit Rinderzucht begonnen hatte und das Fleisch heute erfolgreich verkaufte.

Landwirtschaft war harte Arbeit, doch Costin war ein Mann, der sehr stolz darauf war, alles Menschenmögliche für seinen Hof und seine Familie zu tun. Seine Tiere erhielten die sorgfältigste Pflege, seine Felder wurden in der richtigen Fruchtfolge bepflanzt, und sein Bewässerungssystem war auf dem neuesten Stand und diente ihm sehr gut. Auch auf das Haus war er stolz. Viele Farmer kümmerten sich zwar sehr gut um ihr Land und Vieh, vernachlässigten jedoch ihre eigene Bleibe. Costins Frau hatte keinen Grund zur Klage mit ihrem schönen

Bad und dem fließenden Wasser innerhalb des Hauses. Und wenn sie ihn einmal auf etwas hinwies, das repariert oder verschönert werden musste, machte er sich augenblicklich an die Arbeit.

In seiner Gegend war er der Erste, der Viehzucht eingeführt und sich einen guten Absatzmarkt für sein Fleisch gesichert hatte. Seine Rinder machten fast sein gesamtes Einkommen aus und hatten den Lebensstandard seiner Familie sehr verbessert. Die Stiere zu verlieren wäre nicht nur verheerend für seine eigene, sondern auch für einige andere Familien, die ebenfalls auf Viehzucht umgestiegen waren. Aber er hatte drei Hunde, die das Vieh hüteten, und sie hatten die Beschützerinstinkte einer Löwin.

Costin griff nach dem Spazierstock, der stets an einem der Pfeiler der Veranda lehnte. Schon abgenutzt vom häufigen Gebrauch, passte er sehr gut in seine Hand. Der Boden hier war uneben, und als einziger Ernährer seiner Familie wollte er keine Unfälle riskieren. Allein schon ein verstauchter Knöchel könnte bedeuten, dass niemand da war, um das Vieh zu füttern.

Zwei kleine Ziegen begrüßten ihn meckernd und fuhren dann fort, sich gegenseitig über den Hof zu jagen. Der etwas größere Geißbock sprang auf einen kleinen Felsbrocken und hob witternd die Nase in die Luft. Die andere Ziege rannte mit gesenktem Kopf auf ihren Bruder zu, um ihn von dem Fels zu stoßen. Der Bock trat jedoch schnell beiseite, sodass seine Schwester gezwungen war, an ihm vorbeizuspringen. Die kleinere Ziege meckerte dem Böckchen fröhlich hinterher und senkte dann den Kopf, um etwas von dem Gras links neben der Koppel zu naschen. Hin und wieder blickten beide zu den Pferden hinüber und dann wieder auf das Feld hinaus.

Einige Meter weiter lagen die meisten Rinder noch im weichen Gras, schläfrig und noch nicht wirklich bereit, sich dem neuen Tag, der bald heraufziehen würde, zu stellen. Ein paar

Vögel zogen ihre ersten Kreise am Himmel, bevor sie sich auf dem Feld niederließen, um sich die Würmer zu schnappen, die sich noch nicht in der Erde verkrochen hatten.

Costin atmete tief die angenehm frische Luft ein. Dies war die Tageszeit, die ihm am liebsten war; dieser Wechsel zwischen Nacht und Tag, wo alles noch ganz friedlich war. Seine Farm war von so viel Schönheit umgeben, und er war ein Mann, der die meiste Zeit viel zu beschäftigt war, um solche Dinge zu bemerken. Aber nicht kurz vor Tagesanbruch. Die erste Morgendämmerung war seine Zeit, um sich zu entspannen und zu erbauen an all dem, was er besaß.

Lächelnd sah er zu, wie der Wind verspielt an dem Gras auf der Wiese zupfte, wie er einen wellenartigen Effekt damit erzeugte und kleine Wirbelstürme aus Erde in die Luft hochwarf. Das ganze Feld schien sich leicht hin und her zu wiegen und sich kaum merklich zu erheben, als verlagerte sich tief unten der Boden. Und tatsächlich erhob die Erde sich in der Mitte des Feldes ein wenig, doch höchstens ein paar Zentimeter, was Costin nicht einmal bemerkt hätte, wenn die Pferde nicht gewesen wären.

Seine vier besten hatte er am vergangenen Abend auf der Koppel gelassen, in der Nähe des kleinen, überdachten Unterstands, den er im Winter vor drei Jahren errichtet hatte. Er hatte insgesamt sechs Pferde, doch zwei waren schon älter, und deswegen benutzte er sie hauptsächlich, um den Wagen zu ziehen, mit dem er seine Einkäufe im Dorf erledigte. Ein Nachbar hatte die Tiere für den Fall eines Angriffs auf Costins Farm vorübergehend bei sich aufgenommen.

Die Hühner begannen, aufgeregt zu gackern, und die Pferde stampften nervös, als spürten sie etwas, das Costin selbst entging. Stirnrunzelnd stieg er von der Veranda herab und entfernte sich ein paar Schritte vom Haus, den Blick aufs Feld gerichtet. Da war sie wieder – diese kaum merkliche Bewegung unter der leicht erhobenen Erde, die jetzt schneller wurde und geradewegs auf die Koppel zuzurasen schien!

Die Pferde warfen die Köpfe zurück und verdrehten nervös die Augen. Eigentlich waren sie nicht von der ängstlichen, nervösen Art, doch jetzt sahen sie diese merkwürdige Erhebung in der Erde direkt auf sich zukommen. Eine Henne flog zu Boden und pickte träge im Schmutz herum. Dann legte sie den Kopf zur Seite, flatterte mit den Flügeln und erhob sich vielleicht einen Meter in die Luft. Die Verwandlung ging so schnell vonstatten, dass sie fast nicht zu sehen war, aber aus der kleinen Henne wurde ein ausgewachsener blauer Drache, der sich tief in die Erde stürzte und sich unglaublich schnell darin vergrub.

Sekunden später tauchte Tatijana wieder aus dem Erdboden auf und hielt einen tobenden, mit seinen Pranken um sich schlagenden Werwolf in ihrem Drachenmaul. Sie schüttelte ihn heftig und ließ ihn dann dem Farmer direkt vor die Füße fallen. Fen kehrte aus der Gestalt Costin Eliades in seine eigene zurück, zog das silberne Schwert aus dem Spazierstock und trennte damit sauber den Kopf des Werwolfs ab. Dann stieß er ihm noch einen silbernen Pflock ins Herz.

Sowie sich zeigte, dass Costin nur eine Illusion war und statt seiner Fen, der Krieger, auf sie wartete, strömten die Werwölfe aus jedem nur erdenklichen Versteck zur Farm hinüber. Offensichtlich hatten sie sie bereits umzingelt und rückten jetzt schnell näher. Sie kamen über das Dach des Hauses und der Scheune und hielten auf die Tiere zu, wobei sie alles, was ihnen in den Weg kam, niedermetzelten.

Zwei rannten über das Hausdach, um sich auf Fen herunterfallen zu lassen, als er sich aufrichtete. Kratzend, beißend und an seinem Fleisch zerrend, versuchten die Wölfe, ihn zu überwältigen. Fen griff hinter sich und packte einen Wolf am Genick, riss ihn von sich herab und schleuderte ihn auf die Veranda, wo ein unsichtbares silbernes Netz zwischen den Pfosten aufgespannt war. Der Wolf kreischte, als er gegen das Netz prallte und an den feinen Silberdrähten hängen blieb.

Nun griff der zweite Wolf Fen an, schlug ihm tief die Zähne in die Seite und riss und zerrte an ihm, um ihn außer Gefecht zu setzen. Fen stieß ein Geräusch aus, das wie ein Knurren klang, blendete den Schmerz aus seinem Bewusstsein aus und trieb seinem Angreifer einen Silberpflock ins Auge. Der Werwolf heulte auf und stieß seine Krallen noch tiefer in sein Fleisch. Fen war jedoch besorgter wegen der Wölfe, die er nicht sah, als wegen des Werwolfs, der nicht von ihm ablassen wollte. Blitzschnell begann er, im Kreis herumzuwirbeln, und schwang das Schwert, um sich Bewegungsfreiheit zu verschaffen und die zweite Welle der Angreifer abzuwehren, die sich vom Unterstand der Pferde auf ihn stürzten.

Wölfe stürmten mit erstaunlicher Geschwindigkeit zur Koppel, um den armen Pferden dort die Gedärme herauszureißen. Ein Wolf sprang auf das nächststehende Tier, trieb ihm die Zähne in den Nacken und riss große Stücke Fleisch heraus, während ein zweiter dem entsetzten Pferd den Bauch aufriss. Sie gingen mit geradezu unfassbarer Geschwindigkeit vor, fast zu schnell, um die einzelnen Bewegungen nachvollziehen zu können.

Doch urplötzlich verwandelten sich drei der Pferde und wurden zu den karpatianischen Kriegern Tomas, Lojos und Mataias. Die drei Brüder bildeten augenblicklich einen Kreis, indem sie sich Rücken an Rücken stellten, mit gezückten Schwertern in der einen und Silberpflöcken in der anderen Hand. Sie hatten schon unzählige Male Seite an Seite gekämpft und bewegten sich in perfektem Zusammenspiel. Die Werwölfe heulten vor Wut, während sie die drei Karpatianer umkreisten und mit Scheinangriffen versuchten, die Aufmerksamkeit der Krieger auf sich zu konzentrieren. Gleichzeitig sprangen drei andere Werwölfe auf die Koppelumzäunung.

Doch sie erlebten eine böse Überraschung, als der Zaun plötzlich silbern aufblitzte und Funken versprühte, die den Geruch von verbranntem Fell und Fleisch mitbrachten.

Tomas nickte. »Elektrizität ist eine großartige Erfindung.«

»Na, komm schon, Fellknäuel!«, verhöhnte Lojos den nächststehenden Wolf und winkte ihn mit seinem Schwert heran.

»Es ist Zeit für ein bisschen Gerechtigkeit«, fügte Mataias hinzu.

Die verbliebenen Werwölfe griffen mit wahnwitzigem Tempo an und glitten unter den Schwertklingen hindurch, um sich auf die drei Brüder zu stürzen, mit rasiermesserscharfen Krallen nach ihren Armen auszuholen und ihnen so vielleicht die Waffen aus der Hand zu schlagen.

Nun ließ auch Gregori die Gestalt des vierten Pferdes von sich abfallen, um wieder seine eigene anzunehmen. Schon während der Verwandlung versuchte er, den Wolf auf seinem Rücken abzuschütteln, der mit seinen mächtigen Kiefern und Zähnen sein Genick erreichen wollte. Der zweite Wolf, der seinen Bauch traktierte, verstärkte noch seine Bemühungen, den Karpatianer auszuweiden.

»Diese Fellknäuel sind schnell.« Lojos spuckte angewidert aus und schleuderte einen Werwolf von sich weg. Er blutete aus einem halben Dutzend Wunden, als er vortrat, um dem Wolf den Kopf abzuschlagen. Lojos hatte jedoch kaum die Hand mit dem Schwert erhoben, als sein Arm nach hinten gerissen wurde.

Mataias versuchte, sich durch die Reihen der Werwölfe vorzukämpfen, um Gregori zu Hilfe zu kommen, doch einem der Wölfe gelang es, über Tomas hinweg auf Mataias' Rücken zu springen und ihm mit seinen starken Händen den Kopf zu verdrehen, um ihn abzureißen.

Im selben Moment machte der Geißbock auf dem Fels einen Satz in die Luft und zerrte noch in der Bewegung an seinen eigenen Hörnern. Mit den Füßen voran landete er auf dem Wolf auf Gregoris Rücken und schleuderte die Bestie mit einem Tritt von dem karpatianischen Krieger weg. Die Hörner der Ziege verwandelten sich in ein silbernes Schwert und einen silbernen Pflock, als Jacques' wahre Gestalt zum Vorschein kam und er mit einem einzigen Hieb den Hals des Werwolfes durchtrennte, noch bevor der Körper auf dem Boden aufschlug. Dann hockte er sich über den kopflosen Rumpf des Wolfes und trieb ihm mit enormer Kraft einen Silberpflock ins Herz.

Der Werwolf, der noch immer versuchte, an Gregoris Eingeweide heranzukommen, fuhr herum, packte Jacques' Kopf mit seinen mächtigen Pfoten und ließ sein weit aufgerissenes Maul um seine Schulter zuschnappen. Als er ein großes Stück herausgerissen hatte, ging er dem Karpatianer an die Kehle, um ihn mit einem einzigen Biss zu töten.

Die andere Ziege verwandelte sich noch im Flug und landete hinter Jacques und dessen Angreifer. Es war Falcon, der dem Werwolf den Silberpflock von hinten durch den Rücken und direkt ins Herz hineinstieß. Der Wolf brach leblos zusammen und riss Jacques mit sich zu Boden.

Falcon griff nach dem anderen Karpatianer und zog ihn hoch. »Da unten ist's nicht sicher, Bruder. Diese Jungs sind auf einen echten Kampf aus.«

»Ja, sie sind ganz schön blutdürstig, die Burschen«, stimmte Jacques mit einem schwachen Grinsen zu und wischte sich das Blut vom Gesicht. Innerhalb kürzester Zeit hatte der Wolf ihm zahlreiche Bisswunden zugefügt und ihm sogar ganze Fleischbrocken herausgerissen.

Gregori mähte einen weiteren der Angreifer nieder, der Jacques auf den Rücken springen wollte. »Fen hat nicht gescherzt, als er sagte, dass gerade die, die man nicht sieht, gefährlich sind.«

Während zehn der Werwölfe die Pferde angegriffen hatten,

war ein weiteres gutes Dutzend auf die kostbaren Rinder losgegangen. Die im Gras liegenden Tiere rührten sich jedoch nicht einmal. Ein Stier hob zwar den Kopf, blinzelte aber nur gelangweilt, als die Wölfe über sie hereinbrachen. Der Schnellste stürzte sich geifernd auf den trägen Stier. Noch immer regten die Rinder sich nicht, auch dann nicht, als der Wolf dem Stier auf den Rücken sprang und seine messerscharfen Fänge in den Nacken des friedlich daliegenden Tieres schlug, um ihm Fell und Fleisch zu zerfetzen.

Noch mehr Wölfe folgten, um sich die anderen schläfrigen Rinder vorzunehmen und die arglosen Tiere mit ihren scharfen Zähnen und Krallen zu traktieren. Doch statt in saftiges Fleisch zu beißen, stießen sie auf harten Stein. Das gesamte Feld war mit Felsbrocken übersät, und die Rinder waren nichts als Trugbilder. Auch die drei Schäferhunde nahmen jetzt ihre natürliche Gestalt an – sie waren in Wirklichkeit drei karpatianische Jäger.

Nicolae von Shrieder, ein berühmter Vampirjäger, schwenkte sein silbernes Schwert, dessen Klinge sich rot färbte, als er dem nächststehenden Werwolf den Kopf abschlug. Bevor er seinen silbernen Pflock in das Herz der noch um sich schlagenden Kreatur stoßen konnte, sprangen zwei andere auf seinen Rücken, die sich in seine Beine verbissen und ihn zu Fall brachten. Sie waren unglaublich schnell, diese Werwölfe, sprangen höher und bewegten sich noch flinker als die Vampire, die Nicolae jahrhundertelang gejagt hatte.

Traian Trigovise rannte noch während der Verwandlung los, sowie er mit den Füßen auf dem Boden aufkam. Der Werwolf, der sich auf ihn stürzte, war riesig, schien nur aus Muskeln, Zähnen und Klauen zu bestehen und bewegte sich mit blitzartiger Geschwindigkeit. Traian duckte sich unter seinen ausgestreckten Krallen hindurch, glitt über den Boden und schlang einen Arm um die Knie des Werwolfs, um ihn zu Fall zu bringen. Bevor die Bestie sich fangen konnte, stieß er ihr den silbernen Pflock ins

Herz. Traian war noch nicht wieder auf die Beine gekommen, da sprangen ihn zwei weitere an. Er versuchte, sich in Nebel aufzulösen, doch die in seinem Fleisch verkrallten Pranken hinderten ihn am Entkommen.

Nun verwandelte sich auch der dritte Schäferhund. Der nur unter dem Namen Andre bekannte Karpatianer war so schwer fassbar, wie es schon sein Beiname »das Gespenst«, besagte, und bewegte sich so schnell, dass er kaum mehr als ein Schatten war, als er durch die Luft schoss und den Wolf von Traians Rücken herunterriss. Doch auch dann wurde er nicht langsamer, sondern blieb auch weiter in Bewegung, und sein funkelndes Schwert fügte den angreifenden Wölfen verheerende Verluste zu.

Andres Geschicklichkeit im Schwertkampf war legendär. Er hatte in so vielen vergangenen Jahrhunderten gekämpft, dass das Schwert schon fast wie eine Verlängerung seines Armes war. Seine Bewegungen waren fließend, seine Schritte federnd und gewandt. Von seiner leuchtend rot schimmernden Klinge tropfte Blut auf den Boden und spritzte durch die Luft, während er sich ruhig durch die tobenden Wölfe vorankämpfte.

Traian und Nicolae folgten ihm und stießen Silberpflöcke in die Herzen der von Andre niedergemähten Werwölfe. Die drei machten kurzen Prozess mit den Bestien, die versucht hatten, Costin Eliades wertvolle Rinder niederzumetzeln. Zum Glück hatte er sich und seine Tiere auf einer benachbarten Farm in Sicherheit gebracht und es den Karpatianern überlassen, den Werwölfen eine Falle zu stellen.

Es dauerte einen Moment, bis sie erkannten, dass sie die zwölf Werwölfe, die es auf das Vieh abgesehen hatten, ausnahmslos vernichtet hatten. Traian und Nicolae waren beide sehr erstaunt über die Verletzungen, die sie bei dem Kampf davongetragen hatten – an einigen Stellen fehlten ihnen sogar ganze Stücke Fleisch. Ihre Oberkörper, Nacken und Rücken waren blutüberströmt. Nicolae hatte tiefe Schnittwunden am Bauch und Andre Bisswunden an den Beinen, doch abgesehen davon war er unverletzt geblieben.

Traian grinste Nicolae an. »Und was haben wir daraus gelernt?«

»Dass Andre uns Unterricht im Schwertkampf geben muss«, gab Nicolae zu. »Wir mussten all die Drecksarbeit erledigen, und schau uns an! Das nächste Mal möchte ich es sein, der mit dem Schwert herumtanzt, während ihr beide sauber macht.«

Hört auf, euch zu bedauern, und kommt hier rüber! Wir könnten ein bisschen Hilfe gebrauchen. Gregoris Stimme triefte förmlich vor Sarkasmus, als er sich über den privaten telepathischen Verbindungsweg der Karpatianer meldete.

Traian grinste unverdrossen und zwinkerte Nicolae zu. »Wir haben auch gelernt, dass Werwölfe auf Trugbilder hereinfallen und wir dadurch einen Vorteil haben.«

Als eine weitere Flut von Werwölfen über die Dächer gerannt kam und sich auf die Kämpfenden herunterfallen ließ, beeilten Nicolae, Andre und Traian sich, den anderen Karpatianern zu Hilfe zu kommen.

Das gefällt mir nicht, sagte Fen besorgt zu Tatijana. *Erhebe dich in die Luft und schau, ob du herausfinden kannst, wer ihren Angriff koordiniert! Sie müssen einen Anführer haben, der sie steuert, denn das Ganze ist viel zu gut organisiert.*

Er kämpfte sich zu Gregori vor. Im Laufe der Jahrhunderte hatte er mit Werwolf-Rudeln zu tun gehabt, doch keins war je so groß gewesen. Ein derart großes Rudel hatte er noch nie gesehen.

Wie viele sind tot?, fragte er Andre.

Zwölf, erwiderte er knapp. *Ich bin schon kleineren Rudeln von Werwölfen begegnet, aber noch nie einem so großen und so gut organisierten.*

Allein die Tatsache, dass Andre seiner Feststellung überhaupt etwas hinzufügte, alarmierte Fen. Das und die Anspannung, die Andres knappe Bemerkung zum Ausdruck brachte. Wie Fen erkannte er, dass mit diesem Angriff eindeutig etwas nicht stimmte. Er war zu gut gesteuert, besonders diese letzte Welle von Werwölfen, die ihren Brüdern zu Hilfe geschickt worden waren.

Tatijana schwang sich in die Luft. Bevor sie jedoch eine sichere Höhe erreichen konnte, sprang ihr vom Dach des Pferdeunterstands ein Werwolf nach und stieß sie herunter. Während sie abwärtstaumelte, erwischte der Werwolf sie am Brustkorb und biss sich darin fest. Fen stürzte sich auf das Biest und stieß ihm das silberne Schwert in den Bauch. Als der Wolf erschrocken das Maul aufriss, zog Fen Tatijana an sich und schoss mit ihr in die Höhe, um nur ja nicht auf dem Boden aufzukommen. Der Werwolf schlug hart auf, rollte sich herum und kam jaulend wieder auf die Beine. Mit einer Pranke hielt er sich den aufgeschlitzten Bauch, dabei blickten seine hasserfüllten roten Augen Fen und Tatijana nach.

Blutstropfen fielen zu Boden, fast direkt auf den Wolf, und Tatijana presste eine Hand auf ihre Bisswunden. Sie konnte Fens wachsende Wut darüber spüren, dass sie gebissen worden war. Selbst während er noch mit ihr in die Höhe stieg, versuchte er schon, sie zu untersuchen.

Mir geht's gut, Fen, beruhigte sie ihn. *Sie sind so schnell und springen so hoch, dass eine sichere Distanz zu ihnen sehr schwer abzuschätzen ist.*

Ich kann deinen Schmerz fühlen. Belüg mich nicht, Tatijana, ich muss wissen, wie es dir wirklich geht!

Es tut verdammt weh, doch es ist nichts gebrochen. Für einen Moment dachte ich, er würde mir die Rippen brechen, aber zum Glück warst du ja blitzschnell bei ihm.

Ich bin ein Sange rau *und schneller als sie*, erwiderte er grimmig.

Sogleich fühlte Tatijana die Wärme heilender Energie in die Wunden an ihrem Brustkorb eindringen und empfand sofortige Erleichterung. *Danke, Fen.*

Jederzeit.

Die Karpatianer sahen zum ersten Mal den Schaden, den ein Werwolf-Rudel ihnen zufügen konnte. Und wenn ihnen erst einmal bewusst wurde, wie schwierig es sein würde, den *Sange rau* zu vernichten, würden sie vielleicht ihre Meinung ändern, solch mächtige Mischlinge wie ihn, Fen, am Leben zu lassen.

Fen kehrte um, und diesmal hielt er auf den Boden zu und schoss wie eine Pistolenkugel direkt auf den Werwolf zu, den er aus der Luft herabgestoßen hatte. Der Wolf sprang ihm entgegen. Im letzten Moment stieß Fen Tatijana wieder in die Höhe, um ihr Gelegenheit zu geben, sich in ihren Drachen zu verwandeln. Fen war schnell wie ein Blitz, der über den Himmel zuckte, sodass er fast durch den Wolf hindurchschoss, als er mit ihm zusammenstieß. Auf jeden Fall drang seine Faust tief in den Brustkorb des Werwolfs ein, und der Silberpflock wurde so hart in sein Herz getrieben, dass der Werwolf tot war, bevor beide auch nur auf dem Boden aufkamen.

Du bist ein harter Bursche. Gregori hatte den Kampf beobachtet, obwohl er noch die jüngste Welle von Angreifern zurückschlug. Seine Stimme war nachdenklich, ja beinahe argwöhnisch.

Jetzt verstehen sie endlich, sagte Fen zu Tatijana. *Er wird nun noch mehr darauf achten, dass ich mich von seinem Prinzen fernhalte.*

Tatijana seufzte. *Von* unserem *Prinzen. Tu nicht so, als setztest du nicht dein Leben aufs Spiel, um Mikhail zu beschützen. Schon vergessen, dass ich in deinem Herzen und in deiner Seele bin, Wolfsmann? Ich kenne deine Beweggründe. Du willst, dass Gregori und die anderen begreifen, womit sie es zu tun haben. Bloße Worte sind da nicht genug. Sie müssen es mit eigenen Augen sehen.*

Kein karpatianischer Jäger wird den Sange Rau *je allein besiegen können*, sagte Fen. *Da müsste schon ein Wunder geschehen.*

Die Kombination aus lykanischen und vampirischen Fähigkeiten ist tödlich. Die Lykaner wissen das, weil Tausende von ihrer Art niedergemetzelt und fast ihre gesamte Spezies von nur einem oder zwei dieser Ungeheuer ausgelöscht worden waren. Die Karpatianer haben bisher noch nichts mit den Sange Rau *zu tun gehabt, und ihre Arroganz wird sie noch alle umbringen – und vielleicht auch ihren Prinzen, wenn sie die Information nicht schnell verarbeiten. Selbst jetzt sind sie sich noch nicht völlig im Klaren darüber, was für ein mächtiger Feind der* Sange Rau *für sie darstellt.*

Gregori, der engste Freund und Leibwächter des Prinzen, würde als Erster die enorme Tragweite dessen, womit sie es zu tun hatten, erkennen. Seine natürlichen Instinkte machten ihn jetzt schon misstrauisch und übervorsichtig Fen gegenüber, der ihm das jedoch genauso wenig übel nahm, wie er es Zev verübeln konnte. Der lykanische Elitejäger war der Hauptverantwortliche für das Wohl seines Volkes, und es war seine Pflicht, die Sicherheit der Lykaner zu gewährleisten, egal, in welchem Teil der Welt sie lebten.

Mit Werwölfen kann man nur hart umgehen. Man darf sie niemals unterschätzen, antwortete Fen auf Gregoris Bemerkung.

Dieses Rudel ist gut organisiert. Zu gut.

Das ist richtig, aber ihr Herr ist nicht hier. Das würde ich wissen. Der Sange Rau *hat diesen Kampf denjenigen überlassen, die unter seinem Kommando stehen.* Fen wusste, dass Gregori der besorgte Tonfall seiner Stimme nicht entgehen würde.

Der Kampf in der Nähe der Koppeln war heftig und erbittert. Gregori war verwundet, und dennoch ließ er keinerlei Gefühlsregung erkennen, als er antwortete. Er hätte bei einem Picknick im Park sein können statt in einen Kampf auf Leben und Tod verwickelt. *Und du glaubtest, dass dieser Meister oder Anführer in der Nähe sein würde.*

Ich hatte es gehofft. Fen dachte, Abel würde Bardolf vielleicht über die Klinge springen lassen und ihn opfern, um die karpatianischen Kämpfer zu schwächen. Es wäre eine vernünftige Vorgehensweise gewesen, besonders angesichts der schier endlosen Anzahl von Werwölfen, die er mit der Zeit um sich geschart und dazu gebracht hatte, ihm zu gehorchen. *Ich muss den finden, der den größten Einfluss auf ihren Meister hat. Es gibt eine Möglichkeit, wie ich vielleicht an Informationen über Abel, Bardolf oder sogar beide herankäme. Oder zumindest herausfinden könnte, was sie im Schilde führen. Es ist riskant, doch wenn ich erfahre, was ich wissen will, wäre es das Risiko wert.*

Er spürte Gregoris sofortigen Protest, und auch Tatijana machte keinen Hehl aus ihrem Erschrecken.

Wie riskant? Wir werden dich auch weiterhin zur Ausbildung unserer Kämpfer brauchen … wie es scheint.

Von seiner Position aus fing Fen gelegentliche Seitenblicke von Gregori auf. Die Werwölfe hatten den Heiler ganz offensichtlich ins Visier genommen, um ihn auszuschalten. Fens Augen verengten sich, als er für einen Moment beobachtete, wie die Wölfe Gregori umzingelten. Jemand musste sie auf den Stellvertreter und Leibwächter des Prinzen hingewiesen haben. Er war auch schon vorher in den Kampf verwickelt gewesen, doch wozu all diese Opfer? Zahlreiche Werwölfe lagen aufgeschlitzt und mit Pflöcken durchbohrt um Gregori herum, und trotzdem gingen immer wieder neue Angreifer auf ihn los.

Das bohrende Angstgefühl in Fen nahm zu. Irgendetwas ging hier vor, das er übersah oder nicht durchschaute.

Ich denke, dass es das Risiko wert ist. Aber ich muss sicher sein können, dass du und die anderen hier allein zurechtkommt.

Wir schaffen das schon, versicherte ihm Gregori, der gerade zwei weitere Wölfe zurückschlug, die ihm direkt an die Kehle und den Bauch gingen. Er kannte inzwischen ihre Kampfweise und wusste, dass sie versuchten, ihren Opfern die Gedärme und große Stücke Fleisch herauszureißen, um sie durch den Blutverlust zu schwächen.

Zev und seine Jäger werden bald kommen, warnte Fen. *Es ist wichtig, dass alle karpatianischen Krieger den Unterschied zwischen einem Lykaner und einem Werwolf kennen.*

Gregori wich einem heranspringenden Wolf aus, indem er sich duckte, und das Tier flog über seinen Kopf hinweg und geradewegs in Andres aufblitzendes Schwert hinein. *Wir alle wissen, wie Lykaner aussehen. Und wir kennen auch ihren Geruch. Jeder von uns war in dem Gasthof, in dem sie wohnen. Es wird keine Verwechslungen geben*, antwortete Gregori entschieden.

Die Lykaner werden meine Anwesenheit womöglich spüren, doch sie können mich nicht als Mischling identifizieren. Ich bezweifle, dass sie so feinfühlig sind inmitten von Blut und Tod, aber Zev ist mehr als irgendein Elitejäger, er ist der Beste. Daher wäre es vielleicht doch möglich, dass sie mich erkennen. Fen hatte seinen Einstiegspunkt bereits gefunden. Er musste durch die Erde, damit wer auch immer den Kampf aus sicherer Position aus lenkte, ihn nicht kommen sehen würde.

Gregori ächzte vor Schmerz, verstummte jedoch schnell wieder, als ein besonders großes Biest ihn ansprang und zu Boden riss. Sein Sturz löste eine wahre Raserei unter den Wölfen aus. Einer nach dem anderen stürzten sie sich auf ihn, bis sie, trotz der anderen Karpatianer, die Gregori zu Hilfe eilten, zu einem regelrechten Berg auf ihm anwuchsen. Die karpatianischen Jäger, die nun erkannten, dass Gregori das Hauptziel war, verdoppelten ihre Bemühungen, sich zu ihm durchzukämpfen. Es war Jacques, der dem Wolf, der Gregoris Rücken zerfetzte, den Kopf abschlug, und Nicolae, der einen anderen tötete, der unter den Heiler gekrochen war, um ihm mit seinen Krallen den Bauch aufzuschlitzen.

Sowie Fen sah, dass die anderen Gregori zu Hilfe eilten, fuhr er herum und zeigte auf eine Stelle in der Mitte des Feldes, wo die Werwölfe ihren Überraschungsangriff auf die Farm begonnen hatten. *Ich brauche einen Tunnel, durch den ich, ohne gesehen zu werden, zu dem Ort zurückgelange, von dem sie aufgebrochen sind. Ich werde ein Trugbild schaffen, während du schnell für mich den Tunnel gräbst*, sagte er zu Tatijana.

Sie wartete, bis Fen eine Illusion von sich und ihr erzeugt hatte, wie sie zu Gregori hinüberliefen, um ihm zu helfen, und sich in den wild tobenden Kampf dort warfen. Sobald das Trugbild vollständig und stark genug war, verwandelte Tatijana sich in ihren Drachen und verließ sich darauf, dass Fen sie vor den Augen der anderen verbarg. Dann folgte ihr Drache der unterirdischen Spur, buddelte sich durch das Erdreich und schuf einen Tunnel, der groß genug war für ihren Seelengefährten, um ihr zu folgen.

Fen überließ den weiteren Kampf den Karpatianern. Er hatte ein anderes Ziel – den Angriff bis zu seinem Ausgangspunkt zurückzuverfolgen. Er musste den Befehlshaber der Werwölfe finden, und dazu musste er sich darauf verlassen, dass die Karpatianer die Werwölfe auf der Farm besiegen würden.

Tatijana hatte auf jede Kleinigkeit geachtet, und die von den Karpatianern hergestellten Waffen waren wirklich außergewöhnlich gut. Sie hatten Fens Informationen über die in Rudeln angreifenden Werwölfe genutzt und waren für den Kampf gewappnet. Sie hatten das Rudel zu Costin Eliades Farm gelockt und die Verteidigung organisiert. Sie hatten getan, was sie konnten, um das Rudel zu dezimieren und Fen die Chance zu geben, den Unterschlupf von mindestens einem der *Sange rau* zu finden.

Für Fen stand völlig außer Zweifel, dass es mit zwei *Sange rau* in unmittelbarer Nähe des Prinzen nur eine Frage der Zeit war, bevor es zu einer Katastrophe kommen würde. Deshalb kroch er in den Tunnel, den Tatijanas Drache in die Erde getrieben hatte, und begann mit der schier unglaublichen Schnelligkeit, die ihm sein gemischtes Blut verlieh, mit der Suche nach dem Versteck des Kommandeurs der Werwolftruppe.

Tatijana, nichts ergibt hier einen Sinn. Die Sange rau *hätten ihr Rudel sofort von karpatianischem Territorium wegführen müssen, als sie merkten, wo sie sich befanden.*

Tatijana, die sogleich verstand, worauf er hinauswollte, folgte seinem Gedankengang. *Du glaubst also, dass sie ein bestimmtes Ziel verfolgen.*

Hundertprozentig. Ich habe tausend Mal darüber nachgedacht, und mir fallen nur drei Gründe ein, aus denen sie bleiben würden. Der Beste für uns wäre, dass entweder Abel oder Bardolf oder sogar beide schwer verwundet wurden und deshalb nicht von hier wegkonnten. Aber das würde nicht erklären, warum sie jetzt einen Großteil ihres Rudels opfern.

Der Drache grub sich an die Erdoberfläche zurück, als Tatijana den Beginn des Sumpfes erreichte.

Also ist es etwas sehr viel Unheilvolleres, was sie planen.

Der Wunsch nach einer Seelengefährtin endet nicht immer, wenn ein Karpatianer sich in einen Vampir verwandelt. Ich habe Fälle gesehen, wo sie glaubten, eine Frau könnte ihnen irgendwie ihre Seele wiedergeben und sie könnten trotzdem so weitermachen wie bisher. Vielleicht ist Abel mit dieser Idee zurückgekehrt.

Tatijana kannte Fen schon viel zu gut. *Aber …*

Das könnte ein sekundärer Gedanke sein, doch wahrscheinlicher ist, dass Mikhail das eigentliche Ziel darstellt. Hast du gesehen, wie die Wölfe auf Gregori losgingen? Zwischen dem Prinzen und einem Daratrazanoff besteht eine ganz besondere Verbindung, die eine unaufhaltsame Macht erzeugt. Gregori wurde ausdrücklich zum Ziel bestimmt.

Doch ganz gleich, aus welchem Grund – der *Sange rau* musste auf jeden Fall erledigt werden. Sie konnten es sich nicht leisten, noch mehr Zeit verstreichen zu lassen, bevor sie die Rudelführer aufspürten und vernichteten.

Du wirst sie fassen, sagte Tatijana völlig überzeugt.

Fen wünschte, er könnte sich genauso sicher sein wie sie. Die bohrenden Fragen in ihm waren zu schrillenden Alarmglocken geworden. Er *musste* denjenigen finden, der den Angriff der Werwölfe auf die Farm befehligte.

Der Tunnel in der Erde endete abrupt im Sumpf. Das Wasser war dicht mit Schilfrohr bestanden, zwischen dem Wasservögel die Köpfe unter Wasser steckten, um sich dann mit so ruhigen, gelassenen Flügelschlägen in die Lüfte zu erheben, als wäre überhaupt nichts Scheußliches in ihrer Nähe vorbeigekommen. Es war auch nirgends etwas von dem verräterisch verdorrten Grün zu sehen, das den Weg eines Vampirs kennzeichnete, aber das hatte Fen auch nicht erwartet. Irgendwie hatte er schon die ganze Zeit gewusst, dass weder Abel noch Bardolf in der Nähe sein würden.

Doch seine bohrende, immer stärker werdende Besorgnis ließ ihm keine Ruhe. Fragend rührte er an den Geist des Leibwächters des Prinzen. *Gregori? Ich muss wissen, wo der Prinz ist.*

Sofort erreichte ihn der Eindruck des erbitterten Kampfes auf dem Hof. Den karpatianischen Jägern war es trotz ihrer großen Anzahl und der geschickten Fallen, die sie den Werwölfen gestellt hatten, gar nicht so leichtgefallen, ein gut trainiertes, ungeheuer aggressives Rudel zu vernichten.

Er ist in Sicherheit.

Wie Fen an der knappen Antwort und dem entschiedenen Ton des Heilers erkennen konnte, würde Gregori niemandem verraten, wo Mikhail sich aufhielt.

Der Stellvertreter des Prinzen war schwer verwundet und würde Pflege, Blut und die heilende Erde zu seiner Wiederherstellung benötigen. Wenn das Rudel Gregori schon nicht töten konnte, wäre es dann nicht das Nächstbeste für sie, ihn so schwer zu verwunden, dass er keine andere Wahl hatte, als die heilende Erde aufzusuchen? Statt nach Gregoris Antwort zu verstummen, schrillten Fens Alarmglocken sogar noch lauter.

Und die Kinder?, beharrte er.

Sind sicher. Gregoris Erklärung war sogar noch knapper als die vorausgegangene.

Fen fluchte in seiner Muttersprache. *Tatijana? Mit dem Gros der karpatianischen Krieger hier auf der Farm sind der Prinz und die Kinder, die so wichtig für das karpatianische Volk sind, nur wenig geschützt zurückgeblieben.*

Gregori würde sie nie ohne ausreichenden Schutz zurücklassen, widersprach Tatijana. *Er übertreibt sogar oft, was seine Schutzmaßnahmen für den Prinzen anbelangt. Manchmal hört er nicht mal auf Mikhail. Mit einem Rudel bösartiger Werwölfe in der Nähe würde er den Prinzen niemals ungeschützt zurücklassen. Und unterschätz die Frauen nicht! Dein* Sange rau *und die Lykaner tun es vielleicht, doch viele der Karpatianerinnen sind hervorragende Kämpferinnen.*

Fen erwiderte nichts, weil er nicht zugeben wollte, dass diese Informationen ihn keineswegs beruhigten. Er tauchte aus dem Tunnel auf, achtete aber darauf, seine Präsenz sehr sorgfältig zu verschleiern. Am Rand des Sumpfes blieb er stehen, blickte sich aufmerksam um und suchte nach dem besten Aussichtspunkt über ihnen, von dem der Befehlshaber des Rudels die ganze Farm im Auge behalten könnte.

Tatijana nahm ihre menschliche Gestalt an und ging, unsichtbar für feindliche Augen, zu Fen, um unter seine Armbeuge zu schlüpfen und sich so fest an ihn zu schmiegen, dass ihr Duft ihn einhüllte. Es erstaunte ihn immer wieder, dass sie tatsächlich *seine* Seelengefährtin war.

»Kannst du den Aufenthaltsort des Prinzen herausfinden?«

Sie schüttelte den Kopf. »Niemand, nicht einmal ein Drachensucher, kann in Gregoris Geist eindringen.«

»Dann werden wir es auf die harte Tour versuchen müssen.«

Die Art, wie er es sagte, beunruhigte Tatijana. »Was hast du vor?«

Fen seufzte. Die Antwort würde ihr nicht gefallen. Was er zu tun hatte, gefiel ihm ja selbst nicht, aber er war ziemlich sicher, keine andere Wahl zu haben. »Das Rudel wurde ausgesandt, doch keiner der beiden Anführer begleitete es, nicht einmal, um sicherzustellen, dass ihre Befehle richtig ausgeführt wurden. Das sagt mir, dass Bardolf und Abel Pläne haben, die weit über die Zerstörung von Costin Eliades Farm hinausgehen. Und wir müssen wissen, worum es dabei geht.«

Tatijana legte den Kopf zurück, um zu ihm aufzublicken. Obwohl sie fest mit seinem Geist verschmolzen war, verstand sie nicht, was genau er eigentlich vorhatte. »Mir gefällt nicht, worauf das hinausläuft«, gab sie dann auch mit einem prüfenden Blick in sein Gesicht zu.

Fen drückte sie an sich. »Ich glaube, dass Abel oder Bardolf Mikhail angreifen wollen, während das Rudel die Karpatianer und Lykaner mit dem Überfall auf die Farm ablenkt.«

Ein kurzes Schweigen entstand, als Tatijana sich den Gedanken durch den Kopf gehen ließ. »Das würde bedeuten, dass sie von der Falle auf der Farm wussten und mit voller Absicht einen Teil ihres Rudels zur Ablenkung geopfert haben.«

»Oder sie wussten nicht, dass es eine Falle war, und schickten die Wölfe los, um die Farm zu verwüsten, weil sie dachten, dass dann Krieger kommen würden, um sie zu verteidigen. Auf jeden Fall werden die Elitejäger der Lykaner bald erscheinen«, spekulierte Fen.

Abel war ein der Finsternis anheimgefallener Karpatianer. Er wusste, wie Karpatianer dachten und wie sie Vampire und andere Feinde bekämpften. Abel kannte aber auch die Lykaner, zumindest die abtrünnigen, die zu Werwölfen geworden waren. Er war stets für seine Intelligenz bekannt gewesen … *Er* hatte diesen Angriff inszeniert. Fen war sich dessen so sicher, dass er jede Wette darauf eingehen würde.

Auf der anderen Seite des Sumpfes ragte ein Felsvorsprung aus dem Berg hervor. Fen war davon überzeugt, dass er dort den Wolf finden würde, der mit der Leitung des Angriffs auf die Farm beauftragt war. Er zeigte Tatijana die Stelle. »Dort drüben müssen wir hin, um den Befehlshaber zu finden. Es ist wichtig, dass du ganz in meiner Nähe bleibst, doch immer außer Sicht für ihn, selbst wenn du glaubst, er sei schon tot.«

Tatijana runzelte die Stirn und legte warnend eine Hand auf Fens Arm. »Kannst du mir erklären, was du vorhast?«

»Hier muss noch etwas anderes im Spiel sein als ein abtrünniges Rudel, das eine Farm überfällt, um sich für meine Einmischung zu revanchieren. Bardolf könnte den Fehler machen, die Karpatianer zu unterschätzen, weil er Lykaner war, bevor er zum Vampir wurde, aber Abel war nicht nur Karpatianer, sondern auch ein erfolgreicher und hochgeschätzter Vampirjäger. Er muss wissen, was er riskiert, wenn er hierherkommt.«

»Das würde also bedeuten, dass er das Rudel mit voller Absicht opfert.« Sie schüttelte den Kopf. »Das ergibt keinen Sinn, Fen. Ich glaube, du irrst dich.« Doch sie war nicht überzeugt, das hörte Fen an ihrem Tonfall. Aber für Tatijana ergab nichts von alledem einen Sinn. Und ihr war auch sehr wohl bewusst, dass Fen ihrer ursprünglichen Frage ausgewichen war.

»Wir wissen nicht, wie groß dieses Rudel ist. Ich glaube jedoch, dass wir es mit einem riesigen zu tun haben. Und wenn dies so ist, hat Abel genug Bauernopfer, die er entbehren kann. Er hat fünfundzwanzig oder dreißig zu der Farm geschickt, obwohl er damit rechnen musste, dass er vielleicht über die Hälfte verlieren würde. Was machen die anderen? Wohin hat er sie geschickt? Er opfert diese Wölfe auf der Farm einem höheren Zweck. Eine andere Erklärung gibt es nicht.«

»Du musst mir sagen, was du vorhast.« Zum ersten Mal schlich sich Furcht in Tatijanas Stimme ein, und sie schloss ihre Finger noch fester um Fens Arm. »Bitte wirf nicht dein Leben weg, Fen!«

»Gregori wird niemandem verraten, wo der Prinz ist, schon gar nicht mir, und ich habe keine Zeit, um zu versuchen, ihn zu überreden. Er versteht noch nicht den Unterschied zwischen einem Vampir und dem *Sange rau*. Die Kombination von lykanischem und karpatianischem Blut erhöht nicht nur die Gerissenheit und Intelligenz, sondern verstärkt auch sehr die körperlichen Fähigkeiten.«

Jetzt war Tatijana wirklich alarmiert. Ihre grünen Augen wurden noch facettenreicher und funkelten wie geschliffene Smaragde. Fen hatte jedoch keine Worte, um sie zu beruhigen, und so beugte er sich nur vor und küsste sie auf den Mund.

»Bardolf glaubt, sich in einer gleichberechtigten Partnerschaft mit Abel zu befinden, doch so etwas gibt es unter Vampiren nicht, und letztendlich sind sowohl Abel als auch Bardolf Vampire. Abel wird Bardolf opfern, ohne auch nur eine Sekunde lang darüber nachzudenken.«

»Du erzählst mir all diese Dinge für den Fall, dass du nicht überlebst. Ich bin deine Seelengefährtin, Fen. Mein Schicksal ist an deines gebunden. Ich werde dir folgen, wohin du auch gehst.«

Er schüttelte den Kopf. »Der Prinz darf nicht sterben. Das Leben Mikhail Dubrinskys muss für jeden Karpatianer an allererster Stelle stehen. Unsere Spezies würde seinen Tod nicht überleben. Nicht jetzt. Falls mir etwas zustößt, musst du Gregori klarmachen, dass es Mikhail ist, den sie zu töten versuchen werden. Alles andere, was sie tun, ist nebensächlich, egal, wonach es auch aussehen mag.«

Sie schüttelte den Kopf, doch er konnte spüren, dass sie ihm im Stillen recht gab.

»Ich habe von Anfang an Anzeichen dafür gesehen, dass Abel der führende *Sange rau* ist und dass er offensichtlich alle Angriffe bis ins kleinste Detail organisierte. Es war Bardolfs Schattenfetzen, der in Gefahr war, nicht Abels. Obwohl kein Risiko für Abel bestand, war er es, der den Wirtskörper benutzte, den Bardolf erschaffen hatte.«

Fen drückte noch einen Kuss auf Tatijanas seidiges Haar, bevor er zum Himmel aufblickte, wo ein erster Schimmer den neuen Tag ankündigte. »Vielleicht kannst du uns vorsichtshalber schon jetzt mit einer Wolkendecke schützen. Aber lass die Wolken langsam aufziehen, damit es ganz natürlich aussieht«, schlug er vor.

Tatijana schluckte, aber sie nickte. »Kein Problem.«

»Abel ist der Schlüssel. Ich muss mir so viel wie möglich über ihn in Erinnerung rufen. Und über seine Freunde und Verbündeten. Ich glaube, er war ein Cousin ersten oder zweiten Grades unseres Prinzen«, sinnierte Fen. »Abel schien immer ein anständiger Mann zu sein. Ich war überrascht zu erfahren, dass er zum Vampir geworden war.«

»Was wirst du tun?«, wollte Tatijana erneut wissen.

Diesmal konnte er ihrer Frage nicht mehr ausweichen. Außerdem musste sie ohnehin Bescheid wissen, weil sie letzten Endes seine einzige echte Chance war, wenn seine Mission Erfolg haben sollte.

»Es hat seinen Grund, warum wir den Werwölfen den Kopf abschlagen, Tatijana«, begann er. »Es dauert eine gewisse Zeit, bis der Silberpflock im Herz vom Körper des Werwolfs erkannt wird, und bis dahin arbeitet das Gehirn weiter. Dieses Gehirn enthält sämtliche Informationen, die der Wolf in seinem Leben angesammelt hat, und manchmal auch noch andere. Es enthält aber auch den Hass und die Blutgier, die der Werwolf in einem tödlichen, sehr konzentrierten Maß verspürt. Genug, um jeden zu töten, der ihm Schaden zugefügt hat oder den Versuch wagt, sich sein Wissen anzueignen.«

Er sah an dem Entsetzen in ihren Augen, dass sie verstand,

worauf er hinauswollte. »Bist du verrückt? Nein. Auf keinen Fall! Wir wissen ja nicht einmal mit Sicherheit, dass Mikhail in Gefahr ist.«

»Wir wissen aber, dass zwei *Sange rau* in der Nähe sind und jeder hier, ob Mensch, Lykaner oder Karpatianer, in gleicher Weise in Gefahr ist. Es muss getan werden, Tatijana.«

Sie hörte die unerbittliche Entschlossenheit in seiner Stimme und holte tief Luft. »Also gut. Sag mir, was ich tun soll!«

»Das ist mein Mädchen«, lobte er. »Ich kann es tun, Tatijana, weil ich dich habe.« Er blickte zum Himmel auf. Die von ihr versprochene Wolkendecke war langsam aufgezogen, von einem sanften Wind getrieben. Tatijana besaß sehr viel Geschick und Fingerspitzengefühl. Fen war sich ziemlich sicher, dass nicht einmal ein Elite-Lykaner bemerkt hätte, dass diese Wolken nicht natürlichen Ursprungs waren. Er konnte sich glücklich schätzen, Tatijana zu haben, und würde die Erinnerung an ihre entschlossene Haltung, die gestrafften Schultern und klaren Augen für immer in Ehren halten ...

»Tatijana, du darfst dich weder durch Worte noch durch Taten bemerkbar machen. Und auch nicht durch Gefühle. Du wirst immer wieder versucht sein einzugreifen, doch das darfst du nicht. Denn wenn du es tust, wird alles verloren sein. Aber du bist ja Drachensucherin«, sagte er und nahm ihre Hände in die seinen, »und es gibt nichts Größeres oder Ehrenhafteres. Erst in dem Moment, wenn ich dich rufe, kommst du, um mich zu holen, und ziehst mich schnell zurück. Hast du das verstanden?«

Sie trat vor ihn hin und drückte seine Unterarme, wie es sonst unter männlichen Kriegern üblich war. Dabei blickte sie ihm ruhig in die Augen. »Ich werde dich nicht verlieren, Seelengefährte. Ich werde dich holen.«

Und Fen glaubte ihr und wusste, dass er sich auf sie verlassen konnte.

KAPITEL ZEHN

Fen hatte schon in sehr jungen Jahren gelernt, wie schnelle Kämpfe begannen und wie sie endeten. Der Kampf auf der Farm mochte erbittert sein, doch er würde nicht mehr lange dauern. Ihm blieb also nicht viel Zeit, um herauszufinden, was er wissen musste. Er erhob sich in die Luft, schoss mit der Geschwindigkeit des *Sange rau* über den Himmel und ließ Tatijana sehr schnell hinter sich zurück. Bei dem, was er vorhatte, konnte er nicht riskieren, dass Abels Kommandeur sie sehen und erkennen würde.

Der Werwolf ging am Rand des Felsvorsprunges auf und ab, den Blick unentwegt auf das Schlachtfeld unter ihm gerichtet. Er war nicht glücklich über den Verlust seiner Rudelmitglieder. Anders als der Vampir, bewahrte sich der Werwolf noch ein gewisses Gefühl für seine Rudelmitglieder. Leider besiegte das Verlangen nach Blut jedes in Hunderten von Jahren erlernte anständige Verhalten.

Fen erkannte den Wolf. Er war ein jüngeres Mitglied von Bardolfs Rudel gewesen und hatte schon als Welpe als schlaues Kerlchen gegolten. Dieser Welpe war Marrock genannt worden. Fen konnte sich gut vorstellen, dass er heute ein großartiger Stratege war, wenn es um die Führung eines Kampfes ging.

Er blendete jedoch alles Positive aus, was er über diesen Werwolf wusste. Marrock war schon lange dem Drang erlegen, für frisches Blut zu töten, und davon überzeugt, dass er allen anderen Spezies überlegen war und seine eigenen Wünsche stets an erster Stelle kamen. Im Grunde war er der lykanische Vampir – ein Mörder.

Fen kam wie der Blitz aus den Wolken herausgeschossen und war schon fast auf Marrock, bevor der Wolf auch nur merkte, dass er angegriffen wurde. Sein Körper und sein Selbsterhaltungstrieb erkannten es noch vor seinem Gehirn. Seine Augen verengten sich und wurden rot wie Blut, seine Kiefer verlängerten sich zu einer Schnauze, und scharfe Fänge schossen aus Gaumen und Unterkiefer. Aber nicht schnell genug. Fen trieb ihm den Silberpflock ins Herz, stieß den Werwolf zu Boden und beobachtete, wie seine funkelnden roten Augen sich mit Hass und Rachsucht füllten.

Fen, der jetzt dank seiner Seelengefährtin Bedauern verspüren konnte, musste sich wieder einmal eingestehen, dass es ohne Emotionen sehr viel leichter war, Mörder, die man kannte, ihrer gerechten Strafe zuzuführen. Er schüttelte den Kopf und verdrängte jegliches Gefühl, um seine Aufgabe erfüllen zu können. Er durfte weder zögern noch Furcht verspüren, sondern musste konsequent sein in seinem Bestreben. Sich voll und ganz unter Kontrolle haben. Er war ein *Sange rau*, sowohl Karpatianer als auch Lykaner, und es gab kaum etwas auf der Welt, das stärker war als er – oder seine Willenskraft.

Mit seinem Geist drang Fen in den des sterbenden Abtrünnigen ein, wo er auf Hass, Wut und Blutgier stieß. Für einen Moment drohten Fen diese Abscheulichkeiten zu vernichten, wie sie Marrocks Geist zerstört hatten. Die Welt vor Fens Augen färbte sich rot, als die bitteren Emotionen mit ihrer ganzen Stärke in seinen Geist eindrangen und ihn infizierten, als hätte der Wolf eine Krankheit, die sich von einem Gehirn zum anderen übertrug. Überlegenheitsgefühle beschlichen Fen. Er war intelligenter. Er konnte schneller denken als andere, Situationen klarer einschätzen und lange vor den anderen erkennen, was zu tun war. Auch körperlich war er flinker, stärker und regenerierte sich auch rascher.

Fen hielt jedoch durch und atmete tief ein, um die schlimmsten der intensiven Emotionen zu vertreiben, weil er wusste, dass Marrock ihn in eine Falle locken wollte. Die Gefahr, von seiner Blutgier angesteckt zu werden, war die schlimmste und setzte ihm mehr als alles andere zu. Er gierte nach Blut. War süchtig danach. Warum sollte er also nicht das Recht haben, sich zu nehmen, was ihm bestimmt war? Er war zum Raubtier geboren. Nichts konnte zähmen, was oder wer er war.

Das zumindest stimmte. Jeder männliche Karpatianer wusste, dass er ein Raubtier war. Wie auch jeder Lykaner es wusste. Und Fen war eine Mischung aus beiden Spezies. Der Trieb war schon in ihm vorhanden. Warum sollte er also vorgeben, etwas anderes zu sein? Er konnte sich nehmen, was er wollte oder brauchte, und niemand würde ihn daran hindern können.

Das Geflüster begann, und eine weitere Stimme versprach ihm nun Reichtümer und ein Leben, wie es ihnen bestimmt war. *Du kannst alles haben, was du willst*, flüsterte die Stimme. *Geld, Macht, Frauen und Blut, so viel köstlich frisches Blut, wie du nur willst*.

Fen klammerte sich an die Erinnerung in Marrocks Geist und schlug so schnell und hart zu, dass die Tür aufsprang und eine Flut von Erinnerungen ihn alle gleichzeitig bestürmten. Marrocks Einführung in das Rudel Abtrünniger. Dieser erste, unvergleichliche Geschmack des Tötens, so unvergesslich und unmöglich zu wiederholen, egal, wie oft man tötete oder auf welche Art und Weise. Marrocks Beförderung zum Hauptmann …

Fen unterdrückte die in ihm aufsteigende Angst, als er die ungeheure Größe des Rudels sah. Die genaue Anzahl ließ sich nicht ermitteln, weil sie in kleinere Gruppen aufgeteilt waren, doch alle unterstanden Bardolf und Abel. Nur wenige der Wölfe kannten sie persönlich, doch alle hatten schwören müssen, ihnen gegenüber loyal zu sein.

Es war nicht leicht, an den älteren Erinnerungen vorbeizukommen, die Marrock freiwillig anbot und wie Barrieren vor die Informationen stellte, die Fen wirklich interessierten. Marrock fauchte und kämpfte, versuchte, Fen in ein Gewirr von Rückblenden zu verstricken, suggerierte ihm das Bedürfnis nach frischem, adrenalinreichem Blut, teilte den Geschmack der heißen Lebensessenz mit ihm und tat alles nur Erdenkliche, um den Eindringling in seinem Geist von seinen jüngsten Erinnerungen fernzuhalten.

Fen drängte jedoch nur noch entschiedener voran, um an diesen alten Erinnerungen vorbeizukommen, die ihm nichts nützen würden, achtete aber stets darauf, es nicht zu übertreiben. Marrock hatte noch immer ein paar Möglichkeiten, die ihm schaden könnten, und er wollte keine davon herbeiführen, bis er die gewünschte Information besaß.

Schließlich stieß er auf die jüngsten Befehle Bardolfs. Marrock sollte die Karpatianer beschäftigen, so viele wie möglich töten oder ihnen zumindest den größtmöglichen Schaden zufügen, damit sie gezwungen waren, die heilende Erde aufzusuchen, um ihre Verletzungen zu kurieren. Eine zweite Truppe würde unterdessen die Menschen suchen, die für den Schutz der Kinder zuständig waren, sie allesamt vernichten und sich dann sämtliche karpatianischen Frauen holen, die mithalfen, die Kinder zu beschützen. Beide Truppen sollten gleichzeitig angreifen und alle beschäftigt halten, damit Abel und Bardolf inzwischen unbemerkt den Prinzen ermorden konnten.

Sowie Fen Zugang zu dieser Erinnerung erlangte, wusste er, dass ihm nur noch Sekunden blieben, bevor Marrock versuchen würde, Bardolf oder Abel zu warnen und Fen in einem Morast giftiger Emotionen zu begraben, um zu verhindern, dass er je wieder hinausfand. Tatsächlich strömten schon rote und schwarze Farben in Fens Geist, während er die Verbindung zu Tatijana herstellte.

Seelengefährtin. Ein Wort. Alles. Das Wunder.

Sie war augenblicklich da, seine höchsteigene Drachenfrau, und sie wusste genau, was zu tun war, ohne dass er es ihr erst erklären musste. Sie drang in sein Bewusstsein ein, trieb alles andere hinaus, und als sie ihn aus Marrock herauszog, schwang sie schon das silberne Schwert und schlug dem Wolf den Kopf ab, sodass es ihm unmöglich war, den *Sange rau* noch zu warnen.

Fen nahm sich die Zeit, Tatijana in die Arme zu nehmen und für einen Moment an sich zu drücken, um seine Lungen mit ihrer Süße und Kraft zu füllen. Sie war wie ein Hauch frischer Luft nach dem Blutrausch und Chaos in Marrocks vergiftetem Geist.

»Du gibst einen exzellenten Partner ab, Tatijana.«

Sie lächelte ihn an und glitt streichelnd mit den Händen über seinen Rücken. »Es ist schön zu wissen, dass du solches Vertrauen in mich setzt. Das war furchtbar, Fen. Tu das nie wieder!«

»Du musst zum Dorf zurück, Tatijana, und die anderen auf der Farm warnen, dass sie dort mit voller Absicht festgehalten werden. Ich werde versuchen, den *Sange rau* aufzuhalten. Ich bin der Einzige, der eine Chance hat, es zu schaffen.«

Sie schüttelte den Kopf. »Nicht zwei von ihnen. Und nicht allein, Fen.«

»Geh, Tatijana!«, beharrte er sanft. »Beeil dich! Diese Abtrünnigen löschen ganze Dörfer aus.«

Nach einem letzten Kuss auf ihre Lippen schwang er sich in die Luft, um zu Mikhails Haus zu eilen. Zum Glück war er schon in dem Gebäude gewesen und wusste, dass es dazu angelegt war, des Prinzen Sicherheit zu garantieren. Doch es musste noch weit mehr da sein, als er gesehen hatte – ein komplettes Sicherheitssystem, von dem Gregori überzeugt war, dass es jeden Angriff auf den Prinzen vereiteln würde. Das Problem war jedoch, dass die Karpatianer zwar mit dem Angriff eines Vampirs oder vielleicht sogar eines Meistervampirs gerechnet hatten, ihr Abwehrsystem aber nicht darauf ausgelegt war, mit einem *Sange rau* fertigzuwerden.

Tatijana atmete tief ein, bevor auch sie sich von dem Felsvorsprung in die Luft schwang und die Richtung zu dem Dorf einschlug. Sie wollte sich nicht einmal vorstellen, was die Werwölfe den vielleicht gerade erst erwachenden Menschen antun würden.

Gregori, Mikhail ist in Gefahr! Fen wird versuchen, den Sange rau *daran zu hindern, zu ihm zu gelangen. Doch es gibt zwei von diesen Bestien.*

Ein kurzes Schweigen folgte. Schmerz explodierte in ihrem Schädel – Gregoris Schmerz, der jedoch sogleich wieder ausgeschaltet wurde. *Fen braucht sich keine Sorgen zu machen. Mikhail ist gut geschützt,* erwiderte der karpatianische Heiler mit absoluter Gewissheit in der Stimme.

Als Mikhails Leibwächter würde er es dennoch überprüfen, egal, wie arrogant und selbstsicher er sich gab. Tatijana wusste, dass Gregori sich noch mit seinem letzten Atemzug zu Mikhail durchkämpfen würde.

Der Sange rau *hat ein weiteres Rudel Werwölfe ins Dorf geschickt, um die Menschen anzugreifen, vor allem aber ganz gezielt die Frauen und Kinder unserer Art.*

Wieder entstand ein kurzes Schweigen, doch diesmal hielt Gregori den Schmerz seiner furchtbaren Verletzungen von ihr fern. *Ich habe mich schon gewundert, dass die Lykaner bisher nicht erschienen sind. Aber offenbar verteidigen sie das Dorf.*

Natürlich. Sie war in Zevs Bewusstsein gewesen. Er war haargenau wie Gregori, was sein Selbstvertrauen, seine Fähigkeiten und seine unerschütterliche Entschlossenheit, andere zu verteidigen, anging. Er würde sich auf der Stelle in den Kampf stürzen und Menschen wie auch Karpatianer gleichermaßen beschützen.

Als sie sich dem Randgebiet des Dorfes näherte, spürte sie sofort die Unruhe. Die Luft war durchdrungen vom Geruch nach Blut. Schnell nahm sie die Gestalt ihres Drachen an und stieg noch höher auf, damit kein Wolf sie anspringen konnte, während sie über dem Schlachtfeld kreiste.

Sie entdeckte Zev inmitten von etwa zwanzig Werwölfen. Er hielt sein bluttriefendes Schwert in der Hand, wirbelte im Kreis herum und bahnte sich einen Weg zu einem etwas abgelegenen Haus, das unter Belagerung zu stehen schien. Zevs langer Mantel flatterte, als er zwischen den Wölfen herumsauste. Dabei schwang er sein Schwert, mit so perfekten, ausgeglichenen Bewegungen, als tanzte er. Inmitten tödlicher Gefahr schien er geradezu zu schweben, voller Selbstvertrauen, das sich in jeder Linie seines Körpers zeigte. Er sah im ersten fahlen Morgenlicht fast schön aus. Wäre nicht das überall aufspritzende Blut gewesen, hätte Tatijana glauben können, ein Ballett zu sehen.

Um den hinteren Teil des Hauses kämpften vier andere Lykaner mit Schwertern und Silberpflöcken, während sich ein weiterer Kämpfer auf dem Dach befand. Dieser Letzte war eine Frau, und ihr Kampfstil war mindestens genauso gut wie der ihrer männlichen Kameraden. In einer Ecke des Hofs lag ein sechster Lykaner, in den sich zwei Werwölfe verbissen hatten. Zwei Karpatianerinnen kämpften sich schon zu ihm durch.

Benutz die Silberpflöcke!, riet Tatijana der Frau mit dem dichten dunklen Haar, die einem der Werwölfe die Faust ins Gesicht schlug und ihn damit zurück und von sich weg trieb. Sie versetzte Tatijana in Erstaunen. Die Karpatianerin war es gewohnt, gegen Vampire zu kämpfen, wie sich an jeder ihrer Bewegungen erkennen ließ. Frauen zogen jedoch nur selten gegen Untote ins Feld; jedenfalls kämpften sie nicht wie diese Frau. Deswegen wollte Tatijana sie unbedingt kennenlernen.

Die Wolken hatten den Himmel stark verdunkelt; Blitze zuckten über dem Haus hernieder.

Destiny von Shrieder blickte auf, um sich zu vergewissern, dass der blaue Drache in Sicherheit war. *Drachensucherin – ich werde jetzt den Blitz herunterbringen.*

Tatijana flog zur anderen Seite hinüber, um der dunkelhaarigen Frau genügend Platz zu verschaffen. Aus der Höhe konnte sie den erbitterten Kampf vor dem Haus sehen, wo Zev ganz allein die Stellung hielt. Aber dann kamen zwei Männer herausgelaufen, die Tatijana beide kannte. Gary Jansen und Jubal Sanders stürzten sich ohne Zögern in die Unmenge der Werwölfe, die Zev anfielen. Gary schoss sehr zielgenau einen silbernen Pfeil mit einer Armbrust ab und ließ sogleich den nächsten folgen. Jubal benutzte irgendeine seltsame Waffe, die Tatijana noch nie gesehen hatte.

Die beiden Menschen waren schnell und sicher; ganz offensichtlich war dies nicht ihr erster Kampf. Die Werwölfe waren ihnen zahlenmäßig überlegen und extrem schnell, wichen dem blitzenden Schwert aus, das Zev schwang, und benutzten das Haus als Sprungbrett, um ihren Gegnern auf den Rücken zu hechten und sie umzustoßen. Zev schien die beiden Menschen in ihren Bemühungen zu lenken, da sie aber ständig in Bewegung waren, konnte Tatijana ihnen nicht zu Hilfe kommen. Sie konnte die Werwölfe nicht in Brand setzen, ohne auch die Verteidiger zu treffen.

Diese abtrünnigen Wölfe waren ungeheuer aggressiv. Einer zündete eine Fackel an und schleuderte sie auf das Haus. Zev mähte ihn nieder, doch zwei weitere Werwölfe, die auf eine günstige Gelegenheit warteten, sprangen vom Dach auf seine Schultern und stießen ihn mit ihrem Gewicht zu Boden. Sofort umringten die anderen Wölfe den gestürzten Lykaner, um diesen gefährlichen Gegner schnellstens aus der Welt zu schaffen.

Gary traf einen der Wölfe mit einem silbernen Pfeil in den Kopf und stieß einen anderen mit der Armbrust aus dem Weg, als er zu Zev hinüberrannte.

»Lauf! Halte durch!«, schrie Jubal. »Ich gebe dir Deckung.«

Noch mehr Wölfe stürzten sich auf Zev, zerrten wild knurrend an seinem Körper und rissen ihm ganze Stücke Fleisch heraus. Ein besonders aggressiver ging ihm an die Kehle, um ihn zu töten; die anderen schienen entschlossen zu sein, ihn bei lebendigem Leibe aufzufressen. Zev wehrte sich, so gut er konnte, benutzte Silberpflöcke und ein kürzeres Messer, aber die vielen Wölfe begruben ihn sehr schnell unter sich.

Einer von ihnen schaffte es, mit seinen Krallen dem vorbeilaufenden Gary den Arm aufzureißen, und brachte ihm vier lange, tiefe Kratzwunden bei. Doch Gary ließ sich nicht aufhalten; er wurde weder langsamer, noch zauderte er. Wild entschlossen, Zev zu erreichen, bevor die Wölfe ihn töteten, stürmte er durch die doppelte Reihe der Bestien. Dieselbe, die ihn schon am Arm verletzt hatte, erwischte ihn ein zweites Mal, und diesmal schleuderte sie ihn herum. Gary stieß ihr jedoch einen Pfeil ins Bein und riss sich los, sprang über einen anderen gefallenen Werwolf und legte sogar noch an Tempo zu.

Er hatte den Doppelkreis der Werwölfe um den Elitejäger durchbrochen, sodass sie sich nun zwischen ihm und dem Haus befanden.

Zum ersten Mal benutzte Jubal die Waffe an seinem Handgelenk, die wie ein seltsames, sich sehr schnell drehendes, sehr scharfes Werkzeug aussah. Die Schneiden der vier Klingen mussten versilbert sein, denn als sie einen Wolf trafen und seinen Arm durchschnitten, schien die Farbe seiner Haut zu wechseln, als wäre alles Blut aus seinen Adern gewichen.

Gary schoss weitere Silberpfeile ab, die zwei der sich um Zev balgenden Wölfe erledigten. »Kannst du aufstehen?«, schrie er.

Zev stieß einen Silberpflock in das Bein des Wolfes, der ihn am Boden festhielt, während der zweite sich in seinen Bauch verbissen hatte, um ihn aufzuschlitzen und ihm die Gedärme herauszureißen. Statt seinen Körper zu schützen, wartete Zev auf einen günstigen Moment, schwang dann sein Schwert und schlug dem Wolf den Kopf ab.

Das Blut, das aus Zevs Bauch spritzte, und die zunehmende Schwäche des Elitejägers schienen die Wölfe hinter ihm zur Raserei zu treiben. Der kopflose Wolf ließ sich auf Zev fallen, in der Absicht, ihn am Boden festzuhalten und sein eigenes Herz davor zu bewahren, von einem Silberpflock durchbohrt zu werden.

Gary riss den Rumpf der Bestie von Zev und klebte schnell ein großes Pflaster auf die klaffende Wunde in Zevs Bauch. Offensichtlich waren die Karpatianer diesmal besser auf den Kampf gegen die Werwölfe vorbereitet. Gary folgte dem kopflosen Wolf zu Boden und stieß ihm mit der ganzen Kraft, die ihm sein vom Adrenalin aufgeputschtes Blut verlieh, einen Pfeil ins Herz.

Im selben Moment jedoch, als er sich bückte, um den Pfeil noch tiefer hineinzustoßen, warf sich ein Wolf gegen Garys Rücken, stieß ihn von Zev weg und trieb ihn tiefer in den vorderen Hof hinein.

Die ganze Meute brach in ein beifälliges Heulen aus und griff die beiden Männer an, die ihnen den Zugang zu dem Haus versperrten. Nun, da die drei Männer getrennt waren, würde es leichter sein, sie auszuschalten.

Zev rappelte sich auf und flog förmlich über den Hof auf Gary zu. Jubal hingegen kämpfte mit seiner merkwürdigen Waffe und einer silbernen Machete.

Tatijana sah Gary unter dem Gewicht mehrerer Wölfe zu Boden gehen. Sie stieß schnell herab, ließ ihren Drachen aus dem Himmel hervorschießen und spie einen stetigen Strom von Flammen über die Rücken der Werwölfe, die sich über Gary beugten und an seinem Körper zerrten und rissen. Zev fluchte, als er sich zu Gary durchkämpfte.

Die Wölfe, deren Rücken von Tatijana versengt worden waren, sprangen von dem am Boden liegenden Mann weg und blickten wütend zum Himmel auf. Der Drache versuchte, sich schnellstens in die Höhe zu begeben, dorthin, wo die Werwölfe sie nicht mehr würden erreichen können. Doch einer sprang vom Boden auf den Zaun und hätte sie fast gepackt.

Aus dem Augenwinkel sah Tatijana jedoch die dunkelhaarige Frau mit langen, selbstsicheren Schritten über das Dach rennen und hochspringen, um den Wolf noch mitten in der Luft zu bremsen. In einer Hand hielt sie ein Messer, in der anderen einen Silberpflock. Der Werwolf und die Frau prallten gegeneinander, und der Schwung half ihr, den Pflock tief in die Brust des Wolfes zu treiben. Er heulte auf und griff im Fallen nach ihr, doch die Kämpferin löste sich einfach in Luft auf.

Wer bist du?, fragte Tatijana, während ihr Drache auf die Wolken zuhielt. *Und vielen Dank, mir wurde nämlich schon einmal der Bauch von einer dieser Bestien aufgerissen. Ich bin Tatijana Drachensucher.*

Ja, ich weiß. Offensichtlich hatte die Frau schon von Tatijana und Branislava gehört. *Ich bin Destiny, die Seelengefährtin Nicolae von Shrieders.*

Tatijana war Vikirnoff von Shrieder und seiner Gefährtin Natalya bereits begegnet. Natalya war mit Tatijana verwandt – sie war Razvans Schwester und auch eine Drachensucherin. Wahrscheinlich waren Vikirnoff und Nicolae Brüder. Wo der eine war, war der andere vermutlich nicht sehr weit entfernt. Tatijana war froh, eine Frau wie Destiny so entschlossen am Kampf teilnehmen zu sehen. Auch Tatijana war keine Frau, die tatenlos zusehen und anderen das Kämpfen überlassen konnte. Sie wusste nicht viel über die Vorgehensweise der Karpatianer, doch in diesen letzten beiden Jahren, in denen andere ihr und Branislava Blut gebracht hatten, war es unmöglich gewesen, nicht mit einigen von ihnen näher bekannt zu werden.

Kannst du erkennen, wie schwer Gary verletzt ist? Aus der Höhe konnte Tatijanas Drache normalerweise hervorragend sehen, doch Gary war von so vielen kämpfenden Wölfen umringt, dass sie keinen klaren Blick auf ihn erhaschen konnte.

Ich versuche, zu ihm zu gelangen, antwortete Destiny. *Diese Biester sind verdammt schnell. Wenn die Lykaner uns nicht beigestanden hätten, wären wir jetzt in echten Schwierigkeiten. Wir hatten nur einige wenige Männer hier, die uns dabei helfen sollten, die Kinder zu beschützen. Diese Bestien haben uns erst vor ein paar Minuten angegriffen, doch die Anzahl der Verletzten ist bereits hoch. Ohne die Lykaner, besonders den, der Zev genannt wird, hätten wir schon einige Verluste.*

Sie haben zur gleichen Zeit Costin Eliades Farm angegriffen. Gregori wurde dort zu ihrer Zielscheibe, berichtete Tatijana.

Ihr Drache zog einen weiteren hohen Kreis über dem Kampfgebiet. Der schlimmste Kampf tobte an der Frontseite des Hauses, wo nur Destiny, Zev, Jubal und Gary versuchten, die Wölfe zurückzuschlagen. Hinter dem Haus kämpften sechs Lykaner gegen eine wesentlich größere Meute Wölfe.

Ist Mikhails Sohn im Haus? Oder Gregoris Tochter? Tatijana befürchtete, dass die Wölfe allein schon durch ihre Übermacht die wenigen Verteidiger überrennen würden.

Nein. Aber Saras Kinder. Sara muss das Bett hüten, und Gabrielle ist bei ihr. Gabrielle und Shea sind die letzte Verteidigungslinie für die Kinder in dem Haus.

Und Vikirnoff und Natalya? Sie mussten irgendwo in der Nähe sein, und dennoch beteiligten sie sich nicht am Kampf. Tatijana konnte sich bei beiden allerdings nicht vorstellen, dass sie davor zurückschreckten, sich den Angreifern entgegenzustellen.

Destiny schüttelte eine der Bestien ab, schlüpfte an einer anderen vorbei und erreichte Gary. Dem Wolf, der an seinen Eingeweiden zerrte, trieb sie einen Silberpflock durch den Rücken ins Herz, hockte sich dann neben Gary und legte einen

Arm um ihn. Er war übel zugerichtet, sein Bauch war aufgerissen, und große Fleischfetzen waren ihm aus der Brust gebissen worden. Sobald die Wölfe ein Opfer auf dem Boden hatten, zerrissen sie es in Stücke. Gary versuchte aufzustehen, aber er musste beide Hände auf seinen offenen Bauch drücken und war von dem großen Blutverlust sehr geschwächt. Außerdem war er blutüberströmt und so glitschig, dass es schier unmöglich war, ihn aufzuheben. Das Pflaster bedeckte nicht einmal ansatzweise die Verletzung.

»Komm schon!«, zischte Destiny. »Wir sind hier noch nicht außer Gefahr.«

Sie waren umringt von knurrenden Wölfen. Destiny blutete an Dutzenden Stellen. Zev war in fast ebenso schlechtem Zustand wie Gary, und Jubal kam nicht an dem Wall aus Werwölfen vorbei, um ihnen helfen zu können.

»Verschwindet von hier!«, beschwor Gary die anderen. »Ohne mich könnt ihr es schaffen.«

»Kommt nicht infrage.« Destiny blickte zum Himmel auf. *Tatijana, verbrenn diese Mistkerle! Ich habe genug von ihnen.* Laut sagte sie: »Jubal und Zev – geht in Deckung, schnell!«

Voll und ganz darauf vertrauend, dass Tatijana tun würde, was sie verlangte, ließ Destiny Gary wieder sinken. Bevor sie sich jedoch schützend über ihn beugen konnte, lag er schon auf ihr, die Hände über ihrem Kopf, sein Körper über ihrem, und hielt sie fest.

»Du bist verrückt, das weißt du hoffentlich«, flüsterte er ihr ins Ohr, und trotz der Schmerzen, die er haben musste, schwang ein Anflug von Belustigung in seiner Stimme mit.

Ohne Zögern warf sich Zev auf den Boden. Jubal, der noch in der Nähe des Hauses war, konnte sich zum Teil unter die Veranda retten. Zev ließ sich fallen, wo er war. Mehrere Wölfe warfen sich auf ihn und bedeckten auf diese Weise seinen Körper sehr wirkungsvoll.

Dann ging die Welt um sie herum in Flammen auf, als der Drache aus den Wolken hervorbrach. Mit den Flügeln entfachte er einen Wind, der die Flammen noch schürte, die in einem rot glühenden Strahl aus dem aufgerissenen Drachenmaul zur Erde hinunterschossen. Als die Werwölfe erkannten, dass ihr Fell und ihre Haare brannten, ließen sie sich zu Boden fallen und rollten sich verzweifelt hin und her, in der Hoffnung, das Feuer so vielleicht zu löschen.

Das Tosen des Feuers dröhnte in ihren Ohren. Hitze erfüllte die Luft, und selbst der Wind wurde glühend heiß, als die großen Schwingen des Drachen die Flammen weiter anfachten, damit sie von einem Wolf zum nächsten übersprangen. Nachdem sie aufgehört hatte, Feuer zu speien, verweilte Tatijana noch für einen kurzen Augenblick und benutzte ihre gewaltigen Schwingen wie Blasebälge, bevor sie laut trompetend wieder in die Höhe stieg.

»Jetzt!«, zischte Destiny. »Das ist unsere Chance.«

Ohne auf die Flammen zu achten, sprang Zev auf und begann wie ein Wilder, Silberpflöcke in Wolfsherzen zu treiben. Jubal rollte sich unter der Veranda hervor und folgte seinem Beispiel. Er wollte so viele Wölfe wie nur möglich erlegen.

»Nimm das hier!«, rief Zev und warf Jubal sein Schwert zu. »Schlag allen mit einem Pflock im Herzen den Kopf ab!«

Jubal fing das Silberschwert mühelos mit einer Hand auf und schlug dem nächsten angreifenden Wolf, der verhältnismäßig unverletzt geblieben war, den Kopf ab.

Mit äußerster Anstrengung rollte Gary sich von Destiny hinunter und richtete sich auf die Knie auf, wobei er darauf achtete, die Hände auf seinen zerfetzten Bauch zu pressen. Die Werwölfe waren sehr geschickt in ihrer Kampfmethode, ihre Gegner durch Ausweiden außer Gefecht zu setzen. Und sie brauchten dafür nur Sekunden. Gary hatte Zev gerettet, doch er selbst war dem Rudel und seinem gnadenlosen, unermüdlichen Blut- und Mordrausch nicht entkommen.

Destiny glaubte nicht, dass auch nur einer von ihnen unverletzt geblieben war. Alle Karpatianer und Lykaner waren sehr schwer verwundet. Wieder legte sie den Arm um Gary, der einen weiteren tapferen Versuch unternahm, sich aufzurappeln. Doch kaum stand er, wurde er kreidebleich. Schwarzes Blut quoll aus der Wunde an seinem Bauch. Destiny kannte diese Anzeichen und wusste, dass sie nichts Gutes bedeuteten. Gary schien das auch zu ahnen, doch er sagte nichts und atmete nur tief ein, um es wenigstens über den brennenden Hof zum Haus zurück zu schaffen.

Gregori! Wir brauchen dich ganz dringend hier, rief Destiny den Heiler über den allgemeinen telepathischen Kommunikationsweg der Karpatianer. *Gary wird ohne deine Hilfe diese Stunde nicht überleben. Kein anderer hat die Fähigkeit, ihn zu retten, nicht einmal Shea.* Und im Stillen bezweifelte sie, dass selbst Gregori ihm noch würde helfen können.

Zev bewegte sich mit erstaunlicher Geschwindigkeit und war so erfolgreich und geschickt darin, die Werwölfe zu töten, dass Tatijana gar nicht anders konnte, als ihn von oben bewundernd zu beobachten. Er flog buchstäblich über den Hof, als er sich einen Weg zu Destiny und Gary bahnte und dabei noch immer zahlreiche Wölfe erlegte. Diese Wölfe, die sich auf der Erde herumrollten, um die Flammen in ihrem Fell zu löschen, waren sowohl für Zev als auch für Jubal eine leichte Beute.

Tatijanas Drache war es zu verdanken, dass sich im Vorgarten das Blatt gewendet hatte. Nun kehrte sie zurück, um einen Blick auf den noch immer erbitterten Kampf zu werfen, der im Hinterhof tobte. Die Verwundungen waren hier schwer. Die größte Gruppe der Wölfe hatte das Haus von hinten angegriffen, wahrscheinlich, weil es dort mehr Deckung gab, Bäume, Sträucher und sogar einen Zaun, den die Werwölfe als Sprungbrett nutzen konnten.

Zev, Gary und Jubal hatten sich dem ganzen Rudel vor

dem Haus gestellt, während die meisten der lykanischen Elitejäger den hinteren Teil verteidigten. Destiny jagte offensichtlich zwischen beiden Seiten hin und her und half hier wie da mit ihrer Fähigkeiten aus, je nachdem, wer sie gerade am meisten brauchte.

Tatijana betrachtete den Schauplatz unter sich und überlegte, wo sie den Lykanern hinter dem Haus am besten helfen konnte. Die Karpatianerin, die dort kämpfte, war klein, aber muskulös und wendig. Ihr Körper war voller Blut. Einiges davon stammte sicher von den Werwölfen, doch auch sie selbst war offensichtlich mehrfach gebissen worden, und die scharfen Krallen der Wölfe hatten tiefe Kratzspuren an ihrem Körper hinterlassen.

Mit den Lykanern konnte Tatijana sich nicht telepathisch verständigen, mit der Karpatianerin jedoch schon. Sie hieß Joie Trigovise und war Traians Seelengefährtin und Jubals Schwester. Tatijana kannte Joie, weil sie des Öfteren zu ihr und Branislava gekommen war, um sie zu nähren, während ihre Seelen und Körper in der vitalisierenden schwarzen Erde der Karpaten heilten.

Joie hatte kinnlanges, glänzendes dunkelbraunes Haar. Ihre Gesichtszüge waren auffallend schön, und dennoch verschmolz sie manchmal mit ihrer Umgebung, sodass es, wie jetzt gerade, schwierig war, sie im Auge zu behalten.

Falls es eine Möglichkeit gibt, alle Lykaner in Sicherheit zu bringen, könnte ich die Werwölfe von hier oben abfackeln, erbot Tatijana sich. *Auf der Vorderseite des Hauses hatten wir mit dieser Taktik Erfolg.*

Joie antwortete nicht sofort. Sie rollte sich gerade unter einem Wolf hindurch und schlitzte ihm die Kniekehlen auf. So erreichte sie die Veranda, wo sechs oder sieben Werwölfe versuchten, die Hintertür einzureißen.

Tatijana hörte ein Kind verängstigt weinen, und dann begann ein noch jüngeres zu schreien. Aufgrund des vorstehenden

Daches konnte sie nicht genau sehen, was auf der hinteren Veranda vorging und wie nahe die Wölfe schon daran waren, ins Haus einzubrechen. Aber das Weinen der Kinder ließ Tatijanas Herz noch schneller klopfen und spornte sie zum Handeln an.

Die Lykanerin sprang auf das hölzerne Geländer. »Dort drüben!«, rief sie und zeigte auf die Ecke der Veranda, wo drei weitere Werwölfe bemüht waren, sich Zugang zum Haus zu verschaffen.

Ihr Name ist Daciana. Sie ist eine verdammt gute Kämpferin, informierte Joie Tatijana, während sie die Richtung änderte, um die drei Wölfe abzuwehren, die hofften, mit ihren Rudelmitgliedern in das Haus eindringen zu können.

Sind sie schon im Innern des Hauses? Wenn ja, wurde es höchste Zeit für Tatijana, ihre Drachengestalt abzulegen und sich mit Joie, Daciana und den anderen Lykanern ins Kampfgetümmel zu stürzen. Sie konnten nicht zulassen, dass das Rudel ins Haus und zu den Kindern gelangte.

Tatijana wusste, dass sich Shea, Jacques' Seelengefährtin, im Haus aufhielt. Sie war Ärztin, Heilerin und keine Kämpferin, aber sie würde die Kinder mit ihrem Leben verteidigen. Joies Schwester Gabrielle befand sich ebenfalls im Haus. Sie war Wissenschaftlerin, also auch keine Kämpfernatur, doch sie würde nichts unversucht lassen, um die Kinder zu beschützen. Auch Sara, Falcons Seelengefährtin, musste im Haus sein. Sie hatten diese Kinder adoptiert; Sara war zudem noch schwanger. Da ihre erste Schwangerschaft mit einer Fehlgeburt geendet hatte, sollte sie diesmal Bettruhe bewahren, doch Tatijana zweifelte nicht daran, dass sie trotz allem mit den anderen kämpfen würde.

Bleib am Himmel!, sagte Joie, die ihre Bedenken las. »Daciana, wir haben einen Drachen auf unserer Seite«, wandte sie sich an die Lykanerin. »Wenn wir diese Wölfe wieder ins Freie treiben und unsere Leute in Sicherheit bringen können, wird Tatijana unsere Feinde von oben in Flammen setzen.«

Daciana blickte zu dem blauen Drachen auf, der über ihnen kreiste. Im selben Moment sprang einer der Werwölfe vom Geländer der Veranda auf das Dach und warf sich in die Luft. Hasserfüllt schnappte er nach dem Bauch des Drachen.

Oh nein, das lässt du schön bleiben!, zischte Tatijana in Gedanken.

Ihr war schon einmal der Bauch aufgerissen worden, und das würde sie nicht noch einmal zulassen. Als der Wolf mit ausgestreckten Krallen in die Höhe hechtete, riss sie ihren langen Hals herum und benutzte ihren keilförmigen Kopf wie einen Schläger, um den Angreifer von sich wegzustoßen. Er segelte kopfüber in das einige Meter vom Haus entfernte Blätterdach der Bäume. Der Aufprall war hart. Brüllend vor Wut griff der Werwolf nach den Ästen, um nicht abzustürzen.

Er schrie Tatijana wüste Drohungen zu, schüttelte die Faust und wollte gerade schnell am Stamm hinunterklettern, als sie über seinem Kopf herabstieß. Sie wusste, dass es leichtsinnig von ihr war, doch der Aufschrei eines Kindes und das Weinen, das sie gehört hatte, waren ihr nähergegangen als all das Blut und die Verletzungen.

Der Werwolf wechselte mit erstaunlicher Geschwindigkeit die Richtung. Tatijana sah ihn nicht einmal, sondern bemerkte nur das heftige Schwanken der Äste, als er blitzschnell wieder ins Blätterdach hinaufkletterte und sich ein zweites Mal in die Höhe warf. Seine Krallen gruben sich gerade in den weichen Drachenbauch, als Tatijana sah, wie Zev über das Dach zu ihr herübergelaufen kam. Der Lykaner bewegte sich, als wäre er unverletzt. Dabei hatte er mindestens hundert tiefe Fleischwunden davongetragen, eine besonders tiefe an seinem Bauch. Er flog geradezu über das Spitzdach, und seine Augen, deren metallisches Grau so intensiv war, dass sie Edelsteine hätten sein können, glühten regelrecht.

Er hielt den Blick unverwandt auf die Bestie gerichtet, die

Tatijana attackierte, und senkte ihn nicht einmal, um sicherzugehen, dass seine Füße einen guten Halt auf dem steilen Dach fanden. Seine Augen waren durchdringend und scharf, ungeheuer Furcht einflößend in ihrer Starre und unverwandt auf seine Beute gerichtet. Er schleuderte den Silberpflock, der schimmernd und glitzernd wie eine Rakete auf sein Ziel zuschoss.

Zev hielt nicht einmal inne, als er den Pflock schleuderte, sondern rannte weiter über das Dach, an der anderen Seite herab und ließ sich dann in den Hof hinunterfallen. In geduckter Haltung landete er mitten in dem Schwarm von Werwölfen; in der einen Hand hielt er das Schwert, mit der anderen zog er schon einen weiteren Pflock aus seinem Gürtel.

Der Pflock in der Luft flog zielsicher auf sein Opfer zu, bohrte sich tief in die Brust des Wolfes, der noch an dem weichen Unterbauch des Drachen hing, und durchdrang das Herz. Der Werwolf erstarrte und fiel dann wie ein Stein vom Himmel. Blutstropfen regneten aus dem aufgerissenen Drachenbauch auf ihn herab.

Zev kämpfte sich durch die Mauer von Werwölfen, um zu zweien der lykanischen Jäger zu gelangen, die, umringt von den Bestien, Rücken an Rücken kämpften. Beide waren zerkratzt, zerbissen und verwundet, aber keiner zauderte auch nur einen Moment. Zev schloss sich ihnen an.

»Arbeitet euch zum Haus zurück!«, rief Daciana ihnen zu.

Die Lykanerin und Joie kämpften sich von zwei Seiten zwischen die Wölfe und die Hintertür, um dort eine geschlossene Front vor dem Hauseingang zu bilden. Destiny stürmte aus der Hintertür und unterstützte sie. Sie war von oben bis unten mit Blut befleckt.

Joie runzelte die Stirn. »Alles in Ordnung?«

»Es ist Garys Blut. Er ist in sehr schlechter Verfassung. Ich habe Gregori gerufen, doch ich bezweifle, dass er es noch rechtzeitig hierher schafft«, erwiderte Destiny grimmig. »Shea tut, was sie kann.«

Der Wolf direkt vor ihr sprang über sie hinweg und krachte in ein Fenster, dessen Glas zersplitterte. Wieder begann drinnen ein Kind zu schreien. Daciana hechtete dem Wolf nach, landete auf seinem Rücken und stieß ihn hart zu Boden. Er war jedoch stark genug, um sich auf alle viere aufzurichten, und versuchte, Daciana abzuschütteln.

»Zum Haus!«, wies Zev seine Leute an.

»Lykaon ist gefallen«, schrie Daciana. »An der Nordecke.«

Zev und die beiden anderen Jäger bei ihm begannen, sich rücksichtslos zu ihrem gefallenen Bruder vorzukämpfen. Die anderen beiden Lykaner machten sich ebenfalls auf den Weg zur Hausecke, wo Lykaon mehr tot als lebendig am Boden lag.

Tatijana sah Blut aufspritzen und drei Wölfe, die an Lykaons Körper zerrten. Frustriert flog sie wieder im Kreis. Wenn sich die Lykaner doch wenigstens bis zur Veranda zurückzögen, könnte sie einen Strom von Flammen hinunterschicken, der den restlichen Wölfen den Kampfgeist nehmen würde! Denn so hart die Jäger auch kämpften, wurden sie von dem Rudel doch von ihrem gefallenen Kameraden ferngehalten.

Tatijana ertrug es nicht mehr. Sie würde nicht tatenlos hier oben am Himmel kreisen, während vor ihren Augen einer der lykanischen Kämpfer in Stücke gerissen oder bei lebendigem Leibe aufgefressen wurde. Wegen der dicht am Haus stehenden Bäume war sie gezwungen, sich in winzige Moleküle zu verwandeln und in dieser Form zu dem gefallenen Lykaner herabzustoßen.

Kurz bevor sie landete, verwandelte sie sich erneut, und ihr Drache spie einen stetigen Strom rot glühender Flammen aus, um die Wölfe zu vertreiben, während sie direkt über Lykaon schwebte. Die an ihm zerrenden Wölfe fingen augenblicklich Feuer, und der Geruch von verbranntem Fleisch und Fell erfüllte die Luft.

Tatijana war auf dem Boden allerdings äußerst angreifbar. Sowie die Wölfe von Lykaon abließen, nahm sie den gefallenen Krieger zwischen ihre Krallen und erhob sich mit ihm in die Luft. Ein Dutzend Wölfe sprangen sie an. Die meisten trafen nur auf ihre Schuppen und fielen zurück, doch einer schaffte es auf ihren Rücken und versuchte, ihr die Fänge in den Nacken zu treiben. Aber ihre Stachel und Schuppen verhinderten, dass er sie ernsthaft verletzte.

Sie musste sich jedoch sehr anstrengen, um mit dem blutüberströmten Lykaner zwischen ihren Krallen und dem Wolf auf ihrem Rücken abzuheben. Zwei weitere versuchten, ihren Schwanz zu packen, doch sie schwang ihn einmal hart herum, und sie fielen herab. Wieder war es Zev, der ihr zu Hilfe kam. Er schleuderte ein Messer, und wieder führte er den Wurf mit tödlicher Zielsicherheit aus. Der Wolf auf ihrem Rücken grunzte einmal kurz und fiel herunter, was ihr den Aufstieg sehr erleichterte. Eine Weile kreiste sie über dem Haus und wartete auf ihre Gelegenheit, während die Lykaner sich zu der Veranda vorkämpften.

Angesichts so vieler Verteidiger zogen sich die wenigen Werwölfe, die versucht hatten, ins Haus zu kommen, von dem begrenzten Raum der Veranda auf den Hof zurück. Tatijana drückte Lykaon fest an ihre Brust, bevor sie wieder herabstieß und einen gewaltigen Feuerstrom auf das Rudel herabgehen ließ, der die meisten von ihnen in Brand setzte. Wie schon im Vorgarten zogen sich die brennenden Wölfe zurück, und während sie sich verzweifelt über den Boden rollten, um die Flammen in ihrem Fell und Haar zu ersticken, kamen die Jäger aus der Deckung und taten ihr Bestes, um so viele Wölfe wie nur möglich zu vernichten.

Tatijana landete im Vordergarten und war froh, dass Daciana und Destiny herbeigeeilt kamen, um ihr den schwer verletzten Lykaner abzunehmen. Tatijana war geschwächt, erschöpft und blutete. Kaum hatte sie sich verwandelt, gaben ihre Knie beinahe unter ihr nach.

Destiny blickte sich über die Schulter nach ihr um, während sie und Daciana Lykaon zum Haus trugen. »Alles in Ordnung? Schaffst du es?«

Tatijana nickte. Die überlebenden Werwölfe hatten sie in die Flucht geschlagen, aber in Sicherheit waren sie noch lange nicht. Fast jeder der Verteidiger war verwundet worden, viele von ihnen schwer. Deshalb würden die meisten Rudelmitglieder in der Nähe bleiben, um zu versuchen, doch noch so viele Tote wie möglich zu hinterlassen. Tatijana zwang ihre zitternden Beine, ihr zu gehorchen, und hatte es gerade bis zur Veranda geschafft, als so plötzlich Gregori und Jacques erschienen, dass sie zusammenzuckte. Jacques griff sofort nach ihrem Arm, um sie zu stützen.

Beide Männer sahen aus, als wären sie in einem Kriegsgebiet gewesen. Sie waren verletzt und von Kopf bis Fuß mit Blut bedeckt, besonders Gregori. Tatijana verstand nicht, wie er sich überhaupt noch auf den Beinen halten konnte. Er musste große Schmerzen haben, doch sein Gesicht verriet nichts als grimmige Entschlossenheit.

Gregori riss die Haustür auf. »Wo ist Gary?«

Die Verwundeten lagen, saßen oder warteten im Stehen auf Sheas Hilfe. Joie, Destiny und Daciana eilten sofort herbei, um sie bei der Versorgung der Verletzten zu unterstützen. Shea blickte auf, als die Tür aufging und sie hereinkamen. Jacques half Tatijana zu einem Stuhl und ging dann zu seiner Seelengefährtin.

»Alles in Ordnung mit dir?«, fragte Zev Tatijana.

Sie nickte. »Ich habe ein bisschen Blut verloren, aber mir geht's nicht halb so schlecht wie euch anderen.«

»Wir haben mächtig einen draufbekommen«, gab Zev seufzend zu. »Dieses Wolfsrudel ist sehr groß. Zu groß. Das ergibt keinen Sinn.« Er blickte sich im Zimmer um. »Wo ist Fen?«

Tatijana holte tief Atem und ließ ihn langsam wieder entweichen. »Sie haben uns an drei verschiedenen Orten erwischt. Zuerst dachten wir, es sei nur die Farm, die angegriffen wurde, doch als wir dann entdeckten, dass das Rudel in drei Gruppen aufgeteilt worden war, teilten auch wir uns auf. Und da Fen Erfahrung darin hat, die Werwölfe zu bekämpfen, machte er sich zu der dritten Stelle auf.«

Zev nickte. »Klingt vernünftig.« Dann sah er sich nach den Verwundeten um. »Wo ist Gary? Er hat mir das Leben gerettet, und ich möchte mich bei ihm bedanken.«

Ein kurzes, unheilschwangeres Schweigen entstand. Shea sah Gregori an und schüttelte den Kopf. »Ich habe getan, was ich konnte. Er hält noch durch, um dich zu sehen.«

Gregori ging schnell in das Zimmer, das Shea ihm wies. Es roch nach Tod und Blut. Gabrielle, Joies Schwester, saß neben Gary und hielt seine Hand. Ihr Gesicht war tränenüberströmt. Garys war grau und von tiefem Schmerz geprägt.

Er erhob den Blick zu Gregori.

»Du siehst aus wie der Tod auf Latschen«, begrüßte der Heiler ihn betont flapsig.

Gary bemühte sich um ein Lächeln, das ihm jedoch nicht recht gelang. »Du auch.« Selbst seine Stimme klang seltsam fremd und war kaum mehr als ein Krächzen.

Gregoris silbergraue Augen glitzerten, als er sich über Gary beugte. »Du hast unsere Lebensweise akzeptiert, mein Bruder. Du bist ein Jaguar, was bedeutet, dass du einer von uns werden kannst.«

Gary schüttelte den Kopf.

Gabrielle schnappte entsetzt nach Luft. »Ich verstehe dich nicht. Warum zögerst du? So kann Gregori dich retten.«

Der Heiler zog sie sanft von dem schwer verletzten Mann und legte sehr behutsam eine Hand auf Garys. »Er weiß, dass er die menschliche Sichtweise verlieren wird, wenn er zum Karpatianer wird, und bisher hat diese Sichtweise uns sehr gute Dienste geleistet.« Er kniete sich neben Gary und beugte sich zu ihm vor. »Ich werde tun, was ich kann, und dir mein Blut geben, doch über eins solltest du dir im Klaren sein: Du bist mein Schwager, und es fällt mir nicht leicht, Verwandte aufzugeben. Wenn ich sehe, dass es so nicht geht, werde ich dich trotz deines Protestes verwandeln. Hast du das verstanden?«

Gary schaffte es noch zu nicken, bevor ihm die Augen zufielen und er wieder in tiefe Bewusstlosigkeit glitt.

Gregori setzte sich auf den Boden neben ihm und verließ schnell seinen Körper, um mit der Heilung des Mannes zu beginnen, der stets wie ein Bruder für ihn gewesen war.

KAPITEL ELF

Von seiner Position über Mikhail Dubrinskys Haus aus betrachtete Fen sehr aufmerksam jede noch so winzige Kleinigkeit. Der Berg hatte etwas an sich, das ihm Unbehagen einflößte, aber er konnte nicht sagen, ob es eine Abwehrmaßnahme war, ein Schutzzauber oder ob die *Sange Rau* ihm schon weit voraus waren. Er ließ seine Sinne vorauseilen, weit über die Grenzen hinaus, die er sich immer selbst auferlegt hatte.

Sange rau zu sein konnte gefährlich sein, umso mehr, je öfter man die damit verbundenen ungeheuren Gaben nutzte. Arroganz und ein übersteigertes Selbstwertgefühl waren trügerische, heimtückische Charaktereigenschaften, weil sie die Festigkeit der eigenen moralischen Überzeugungen gefährdeten. Ohne Tatijana, die dafür sorgte, dass er vernünftig blieb, wären die Dinge, die er heute getan hatte und noch tun würde, überaus riskant.

Karpatianer waren aus der Erde entstanden. Die meisten ihrer Schutzzauber wurden aus natürlichen Dingen gewoben. Sie waren früher, als die beiden Spezies sich noch nahegestanden hatten, mit Zaubersprüchen der Magier verstärkt worden. Es gab immer und überall psychische Spuren. Niemand konnte sich bewegen oder atmen, ohne Energie aufzuwenden, und Karpatianer waren sehr gut darin, sie zu fühlen oder zu sehen.

Auch Lykaner waren aus der Erde entstanden. Sie waren Raubtiere, schnell und wild. Sie kämpften gern, und wie die Karpatianer mochten sie Blut. Andererseits waren sie loyal und ihren Gefährtinnen und Kindern treu ergeben. Beide Spezies setzten Ehre und Integrität ganz oben auf ihre Liste guter Eigenschaften und waren bereit, sich zum Wohle ihrer Spezies zu opfern.

Lykaner wie Karpatianer liebten die Nacht. Beide verstanden den Wind zu lesen. Und beide waren mit enormen Kräften ausgestattet. Es hatte auch immer ein Gleichgewicht bestanden, denn so viele Gaben beide Spezies auch hatten, so hatte doch auch jede ihre Schwächen. Der *Sange rau* hingegen besaß kein solches Gleichgewicht in sich, sondern war durch und durch schlecht.

Fen ließ weiter prüfend den Blick über den Berg hinter dem Haus der Dubrinskys gleiten, aber auch über den umliegenden Wald und die gerodeten Stellen ringsumher. Geduldig wie immer, ließ er sich Zeit dafür. In einem Krieg war derjenige, der sich zuerst bewegte, oft auch der Erste, den der Tod ereilte. Und Fen hatte es hier nicht mit einem, sondern gleich mit zwei *Sange rau* zu tun. Oft waren es die kleinen Dinge, die einem einen Vorteil verschafften. Aus Erfahrung wusste er, dass die Natur zu ihm sprach, wenn er nur bereit war zuzuhören.

Seine Verbindung zu Mutter Natur war stärker denn je, und jeder kleine Wechsel des Windes brachte ihm Informationen mit, die er sonst vielleicht nicht aufgegriffen hätte. Kleine Nuancen nur, doch jetzt erzählten sie Geschichten. Feine Wellen verliefen über den Boden, der zu Mikhail Dubrinskys Haus führte. Fen konnte sie sehen, als wären sie die abebbende und ansteigende Flut im Meer.

Um das Haus herum, an seinen Steinwänden entlang und sogar an dem Berg dahinter, in den das Haus gebaut war, verliefen Tausende von Symbolen und Mustern. Es sah ein bisschen wie ein Code auf einem Computerbildschirm aus, der sich rasend schnell bewegte und veränderte. Für einen Vampir, einen Karpatianer oder sogar einen Lykaner wäre es unmöglich, den

Code so schnell zu entziffern. Doch Fen war nichts von alledem, und der Feind, den er jagte, war es auch nicht. Der *Sange rau* konnte Daten blitzschnell verarbeiten.

Außerdem entdeckte Fen überall im Boden, der das Haus umgab, kleine Veränderungen in der Erde. Er war nicht sicher, ob er sie sah, weil er gemischtes Blut und geschärfte Sinne hatte, oder ob seine Verbindung zu Mutter Erde ihm die Information verschaffte. Doch wie dem auch sei, die Fallen waren für ihn ersichtlich, und er musste davon ausgehen, dass sie es auch für seinen Feind sein würden.

Ein weiterer kleiner Wechsel im Wind brachte einen anderen Geruch mit, den er sofort erkannte. *Dimitri! Bist du verrückt? Du solltest nicht hierherkommen, sondern in der heilenden Erde ruhen und genesen!*

Jüngere Brüder konnten wahrlich kleine Teufel sein! Dimitri war schon immer seinen eigenen Weg gegangen, selbst als Kind schon. Er war eigensinnig und traf stets seine eigenen Entscheidungen. Dabei war es keineswegs so, dass er je widersprach oder mit irgendwem über irgendetwas stritt. Er tat einfach, was er für richtig hielt.

Dachtest du wirklich, ich würde dich allein hierherkommen und diesen Tötungsmaschinen gegenübertreten lassen? Dimitri ging immer gleich in die Offensive, was eine weitere Angewohnheit war, die Fen von ihm nur zu gut kannte.

Dimitri materialisierte sich gleich neben ihm. Er sah blass, ja fast schon durchscheinend aus, wirkte aber dennoch so robust und unerschütterlich wie immer. Wenn Dimitri sich dazu entschloss, etwas zu tun, brauchte es schon ein Wunder, um ihn davon abzubringen.

»Du hast noch nie Vernunft besessen«, antwortete Fen, obwohl er im Stillen stolz auf seinen Bruder war. Dimitri fand immer einen Weg, ihm zu Hilfe zu kommen, besonders wenn der Kampf schon hoffnungslos erschien. »Du weißt, dass wir

Glück brauchen werden, um aus dieser Sache lebendig herauszukommen.«

»Wann war es jemals anders?«, entgegnete Dimitri.

»Sie haben es auf den Prinzen abgesehen«, gab Fen zu bedenken. »Dieser Ort ist eine tödliche Falle für Vampire, aber die *Sange rau* wird das nicht aufhalten. Da ich die Fallen und Schutzzauber sehen kann, können sie es bestimmt auch.«

Dimitri betrachtete prüfend den Boden unter ihnen. »Wie viel von deinem Blut fließt schon in meinen Adern?«

Fen runzelte die Stirn. »Wieso? Kannst du die Fallen auch erkennen?«

»Nicht genau. Doch ich weiß, dass da etwas ist. Und ich kann fühlen, dass mit dem Berg etwas nicht stimmt. Dass er anders ist. Er fühlt sich für mich wie ein lebendiger Wächter an.«

Fen presste die Fingerspitzen auf die Augen. »Ich habe niemandem zugetraut, dich richtig heilen zu können. Aber ich hätte Tatijana bitten sollten, dir von ihrem Blut zu geben. Meins ist … verdorben. Im Laufe der Jahrhunderte haben wir so oft Blut getauscht …«

»Dein Blut ist in Ordnung«, unterbrach Dimitri ihn. Dann zuckte er mit den breiten Schultern. »Ich wusste immer, dass ich letztendlich so werden würde wie du. Ein Mischling aus Lykaner und Karpatianer. Es sollte so sein. Ich laufe mit den Wölfen. Ich verstehe sie. Hab sie immer schon verstanden.«

»Die Lykaner werden dich zum Tode verurteilen, wenn sie von der Mischung des Blutes erfahren. Du weißt, dass ich bei jedem Vollmond die Erde aufsuchen muss, um nicht entdeckt zu werden. Und was ist mit deiner Seelengefährtin?« Fen wandte sich seinem Bruder zu und schaute ihm in die Augen. »Diese Frau verfügt über die stärksten telepathischen Kräfte, denen ich je begegnet bin. Sie überquerte geistig einen ganzen Kontinent, um dich zu heilen. Ich kenne nicht sehr viele machtvolle Alte, die das können.«

Dimitri lächelte zum ersten Mal. »Ja, sie ist erstaunlich.«

»Und trotzdem hast du sie noch nicht beansprucht.«

»Ihr Adoptivvater will, dass ich warte, bis sie mindestens fünfundzwanzig ist.«

Fen zog eine Augenbraue hoch und wandte sich dann wieder ab, um die Dubrinsky'sche Festung nach Anzeichen abzusuchen, dass Abel und Bardolf die Schutzzauber schon außer Kraft gesetzt hatten. »Und du akzeptierst das?«, fragte er überrascht, denn er konnte sich nicht vorstellen, dass sein Bruder sich einmal an andere Regeln als die seinen hielt.

»Skyler und ich haben eine Abmachung. Wenn sie bereit ist, wird sie es mich wissen lassen. Und sollte sie dann noch keine fünfundzwanzig sein, kann ich nur hoffen, dass ihr Adoptivvater und ihre Onkel mich am Leben lassen.« Nur ein Anflug von Belustigung schwang in Dimitris Stimme mit. »Sie wurde nämlich von Francesca und Gabriel Daratrazanoff adoptiert.«

Fen fuhr herum und starrte seinen Bruder entgeistert an. »*Legenden* wie Gabriel und Lucian Daratrazanoff? Sie leben noch? Und Gabriel ist Skylers Adoptivvater?«

»So ist es.«

»Besteht die Chance, dass er gar nicht so von ihr angetan ist?«, fragte Fen.

»Er vergöttert sie förmlich.«

»Natürlich tut er das.« Trotz der gefährlichen Situation, in der sie sich befanden, konnte Fen sich ein Grinsen nicht verkneifen. »Dann solltest du dir keine Sorgen machen wegen dieses kleinen Geplänkels, das wir vor uns haben ... weil der Daddy deiner Freundin dich nämlich ohnehin in Stücke reißen wird.«

»Tu nicht so erfreut!«, sagte Dimitri und stieß ihm den Ellbogen in die Seite. »Du bist mein Bruder und solltest auf meiner Seite sein.«

»Vielleicht ist deine einzige Chance, voll und ganz zum *Sange rau* zu werden«, sagte Fen und meinte es nur halb im Scherz.

»Siehst du das da?«, fragte er und deutete mit dem Kopf auf die östliche Seite des Berges hinter dem Haus der Dubrinskys. »Den Schatten, der an den Felsspalten entlanggleitet? Er bewegt sich schnell, doch er bleibt in den Rissen und Spalten, um nicht gesehen zu werden. Das ist Bardolf. Aber wo ist Abel?«

»Jemand kommt gerade aus dem Wald heraus. Es sieht so aus, als wäre Gregori hier, um Mikhail zu verteidigen«, erklärte Dimitri. »Jetzt ist er stehen geblieben und sieht sich um. Dieser Mann ist immer sehr vorsichtig gewesen, was Mikhails Schutz anging. Dass er hier ist, überrascht mich nicht.«

Fen antwortete nicht, sondern wandte seine Aufmerksamkeit Gregori und dem Minenfeld vor ihm zu. Gregori gab in jedem Krieg eine glänzende Figur ab. Mit seiner hochgewachsenen Gestalt, den breiten Schultern und der kräftigen Statur war er eine Furcht erregende Erscheinung. Sein langes schwarzes, zurückgebundenes Haar, die silbrigen Augen, die selbstbewusste Haltung und die tadellose Kleidung rundeten dieses Respekt einflößende Bild ab.

Wo war Abel? Würde der *Sange rau* zulassen, dass Mikhails Leibwächter unversehrt blieb? Zwischen Mikhail und Gregori bestand eine machtvolle Verbindung. Zusammen konnten sie fast jeden Feind vernichten, selbst einen von gemischtem Blut, wenn man ihnen die Zeit ließ, ihre jeweils ungeheure Macht gemeinsam einzusetzen. Abel wusste das vermutlich und würde Himmel und Erde in Bewegung setzen, um Gregori aufzuhalten.

Der Stellvertreter des Prinzen ging nun auf das Haus zu. Nein, er schwebte vielmehr, um den Fallen in der Erde aus dem Weg zu gehen. Dann bog er jedoch von dem Gebäude ab und bewegte sich auf den Berg zu, in dem der hintere Teil des Hauses sich befand. Dort musste sich Mikhail aufhalten. Ein Berg konnte alle möglichen Sicherheiten und Fluchtmöglichkeiten bieten. Gregori ging geradewegs zum Eingang und machte sich an die schwierige Aufgabe, die Schutzzauber außer Kraft zu setzen, um eintreten zu können.

Fen runzelte unwillkürlich die Stirn, als sein Blick zu der schattenhaften Gestalt Bardolfs hinüberglitt, die sich nur einige Meter über Gregori befand. Eigentlich hätte er auf den Leibwächter des Prinzen hinunterspringen müssen, doch stattdessen hielt er sich immer noch in den Fels- und Erdspalten verborgen, während er langsam tiefer glitt.

Irgendetwas stimmt hier nicht, Dimitri, flüsterte Fen seinem Bruder auf ihrem geistigen Verbindungsweg zu.

Er spürte, wie seine inneren Alarmglocken zu schrillen begannen. Sein Herz schlug sogar noch schneller, weil er *wusste*, dass etwas nicht stimmte.

Bis auf den Schatten, den du ja schon entdeckt hast, ist alles, wie es sein sollte. Ein fragender Unterton lag in Dimitris Bemerkung. Wenn Fen sagte, dass etwas nicht stimmte, glaubte er ihm, auch wenn er es selbst nicht sehen konnte.

Es ist Gregori.

Dimitri kniff die Augen zusammen und musterte den Karpatianer. *Für mich sieht er aus wie immer.*

Genau. Und das dürfte er eigentlich nicht. Er wurde auf der Farm angegriffen. Heftig. Das Rudel hatte es auf ihn abgesehen. Er ist schwer verwundet. Niemand, nicht mal Gregori, könnte sich so schnell erholen.

Und wer ist es dann, den wir da vor uns haben?

Es muss Abel sein. Fen ergriff ganz fest die Unterarme seines Bruders. *Bardolf ist schnell. Du wirst ihn nicht töten können, aber füg ihm so viel Schaden wie möglich zu – so schnell du kannst! Benutze alles, was du an Waffen bei dir hast, und bleib aus seiner Reichweite! Er ist nicht nur ein Vampir, sondern auch ein Werwolf. Bleib am Leben, Bruder!*

Auch Dimitri drückte fest Fens Unterarme. *Ich will dich an einem Stück wiedersehen, wenn das hier vorbei ist.*

Fen konnte sich nicht erlauben, an seinen Bruder und dessen jüngste schwere Verwundungen zu denken. Dimitri war ein erwachsener Mann, ein uralter Krieger, der an zahllosen Schlachten teilgenommen hatte. Er war mutig, erfahren und geschickt. Fen hatte all sein Wissen über den *Sange rau* an seinen Bruder weitergegeben, in der Hoffnung, dass es ihm helfen würde, falls er je mit einem kämpfen müsste. Dimitri hatte bereits sehr geschärfte Sinne, was bewies, dass Fen ihm schon ziemlich viel von seinem gemischten Blut gegeben hatte. Nun lag alles andere in der Hand des Schicksals.

Wie wir geübt haben. Genau wie wir es geübt haben. Du weißt, was du zu tun hast.

Dimitri nickte. *Wie wir es geübt haben.*

Fen konnte sich jetzt nur noch darauf verlassen, dass er seinen Bruder gut genug vorbereitet hatte. Er trat von der Klippe und verwandelte sich. Sein karpatianisch-lykanisches Blut kaschierte jede Energie, als er sich pfeilschnell durch die Luft bewegte, um sich hinter Abel hinabfallen zu lassen, als sich gerade die Schutzzauber auflösten. Abel trat vorsichtig in den Eingang zu dem Berg. Keine Minute später kam ein Karpatianer durch den breiten Tunnel, der noch tiefer in den Berg hineinführte, um den Leibwächter des Prinzen zu begrüßen.

»Gregori! Ich dachte, du wärst im Haus und heiltest Gary. Wir nahmen an, du würdest bei ihm bleiben.«

Gregori antwortete nicht, sondern ging schnell weiter auf den Karpatianer zu.

Im selben Moment schlug Fen hart zu, stieß seine Hand mit dem Silberpflock darin durch Abels Rücken und suchte mit den Fingern nach dem Herzen. Der Karpatianer kam den Gang hinuntergerannt, um Gregori zu helfen.

Abel nutzte die enorme Schnelligkeit und Kraft des *Sange Rau*, um einen solch großen Sprung nach vorn zu machen, dass Fens Faust aus seinem Rücken herausrutschte. Dann fuhr er herum, um anzugreifen, wozu er Gregoris äußere Hülle fallen ließ, und stieß wütend seine Faust in Fenris' Brust. Sein Kinn verlängerte sich zu einer Schnauze und seine Zähne zu scharfen Fängen, die er in Fens Schulter grub. Der Druck der Kiefer war so stark, dass die Zähne sich durch den Muskel bis in die Knochen bohrten.

Es gab nicht viel, was Vikirnoff von Shrieder noch schockieren konnte, doch das Ungeheuer, das da angriff, war kein gewöhnlicher Vampir. Er hatte ungeheuer komplizierte Schutzzauber überwunden, als wären sie gar nicht da gewesen. Er hatte sogar genauso ausgesehen und gerochen wie Gregori. Karpatianer verfügten über einen solch ausgeprägten Geruchssinn, dass sie einander allein durch Blut erkennen konnten, und Vikirnoff hätte geschworen, dass er mit Gregori gesprochen hatte.

Er hatte noch nie etwas gesehen, das sich so schnell bewegte wie die beiden kämpfenden Männer in dem Gang. Es war fast so, wie im Fernsehen eine Kampfszene im Schnellvorlauf zu sehen. Mit wild herumwirbelnden Händen, Füßen und Körpern prallten die beiden Gegner gegen die Felswände und an die hohe Decke, ohne dass einer auch nur einen Fußbreit nachgab. Vikirnoff konnte nicht helfen. Es wäre unmöglich, eine Waffe einzusetzen, da sie sich viel zu schnell bewegten.

Mikhail, siehst du das? Vikirnoff hatte noch nie Furcht verspürt bei einem Kampf, nicht einmal bei einem gegen einen Meistervampir. Er hatte stets geglaubt, die Chancen stünden gleich. Er war ein routinierter Kämpfer mit jahrhundertelanger Erfahrung, aber Gegner wie diese hatte er noch nie gesehen.

Ich glaube, du hast den wahren Sange rau *vor dir, von dem Fen uns erzählte.* Mikhail betrachtete die beiden Kämpfer eingehend. *Er hatte recht, als er sagte, wir hätten noch nie einem Feind wie diesem gegenübergestanden.* Prinz Mikhail erhob kaum die Stimme, und auch sein Tonfall war erstaunlich ruhig. Er stellte nur ganz nüchtern etwas fest.

Vikirnoff spannte seinen Bogen und nahm einen silbernen Pfeil heraus. Sie alle waren bewaffnet gegen einen Angriff durch das Werwolf-Rudel. Er bezweifelte, dass er mit dem Pfeil viel ausrichten konnte, doch für den Fall, dass das Monster an Fen vorbeikam, war er fest entschlossen, sich zwischen die Bestie und den Prinzen zu stellen.

Er sah haargenau so aus wie Gregori, als er hier ankam, sagte Vikirnoff zu Mikhail. *Er hatte sogar den Geruch von Gregoris Blut an sich. Und er durchbrach die Schutzzauber, als wären sie nicht einmal vorhanden.*

Offensichtlich helfen unsere Schutzzauber gegen Vampire, aber nicht gegen diesen neuen Feind. Wieder blieb die Stimme des Prinzen völlig sachlich. Er musste wissen, dass der *Sange rau* gekommen war, um ihn zu töten, doch er schien viel interessierter daran zu sein, die Kampfweise des Wesens zu studieren. *Sie sind schon fast zu schnell für unsere Augen, um ihre Bewegungen zu verfolgen.*

Natalya. Vikirnoff versuchte, seine Seelengefährtin auf telepathischem Wege zu erreichen. Sie befand sich etwas weiter vorne in dem Gang, näher bei dem Prinzen, wo sie für den Fall wartete, dass irgendetwas an ihrem Seelengefährten vorbeikam und Mikhail gefährdete. *Versuch nicht, mit dieser Kreatur zu kämpfen, falls er an mir vorbeikommt!*

Wenn er an dir vorbeikommt, bedeutet das, dass du nicht mehr auf dieser Welt bist, antwortete sie. *Dann werde ich meine Pflicht tun und den Prinzen verteidigen, um dir so bald wie möglich nachzufolgen.*

Keiner von euch wird sein Leben sinnlos opfern, bestimmte Mikhail. *Sollte er an Fen vorbeikommen, zieht euch zurück und lasst uns sehen, ob irgendwelche unserer Verteidigungsmaßnahmen bei ihm wirken! Die Sonne steigt schon höher. Bestimmt wird der* Sange rau *davon nicht weniger betroffen sein als wir. Schließlich ist er ein Vampir*, gab Mikhail zu bedenken.

Der Kampf zwischen Abel und Fen tobte weiter. Keiner schien die Oberhand zu gewinnen, und beide trugen furchtbare Verletzungen davon, was sie jedoch nicht verlangsamte. Die meisten heftigen Kämpfe waren binnen weniger Minuten vorbei, doch diese beiden schienen die nötige körperliche Energie zu haben, um den Kampf schier endlos fortzusetzen.

»Verbünde dich mit mir, Fenris Dalka! Du siehst doch, dass wir die überlegenere Rasse sind. Wir können sowohl die Wölfe als auch die Karpatianer beherrschen. Die Menschen werden unser Vieh sein. Du wirst hier sterben, wenn du weiter eine Spezies verteidigst, die längst ausgestorben sein müsste«, sagte Abel, als sie keuchend voneinander abließen.

Beide bluteten aus vielen Wunden. Abel wischte sich über die Brust und leckte grinsend seine Finger ab.

»Verzögerungstaktik bringt dir nichts, Abel. Denn falls du auf Bardolf wartest, kannst du lange warten«, sagte Fen.

Das Lächeln auf Abels Gesicht verblasste, und seine Augen wurden völlig schwarz. Fen wartete den Angriff nicht ab, sondern warf sich auf den *Sange Rau*, bückte sich blitzschnell und stieß ihm die Beine weg. Dann stach er heftig mit einem weiteren Silberpflock zu, der zwar das Herz verfehlte, aber ein weiteres Loch in Abels Brust riss. Blut schoss heraus, das ihn hoffentlich noch mehr schwächte.

Abel rollte sich herum, schlang seine Beine um Fen und schleuderte ihn auf den harten Tunnelboden, um ihm alle Luft aus den Lungen zu treiben. Als er Fen dann mit aller Kraft auf den Boden drückte, schossen scharfe Stacheln aus dem harten Felsen unter ihnen. Fen stöhnte, als er auf dem Rücken landete und die Stacheln sich tief in ihn hineinbohrten. Genauso schnell, wie sie erschienen waren, verschwanden sie wieder, doch der Schaden an Fens Rücken war schon angerichtet. Fen fuhr hoch und stieß seine Faust in Abels Rippen. Das knackende Geräusch war nicht zu überhören.

Sowie Fen wieder auf den Beinen war, konnte Vikirnoff das Blut aus den tiefen Einstichen in seinem Rücken strömen sehen. Als er sich schon sicher war, dass Fen so viel Blut verlieren würde, dass die Vampir-Wolf-Kreuzung trotz der gebrochenen Rippen im Vorteil sein würde, schienen die Wunden an Fens Rücken sich zu schließen und hörten auf zu bluten.

Abel und Fen prallten erneut zusammen, und diesmal war es Fen, der den *Sange rau* herumriss, um ihn mit dem Gesicht gegen die Tunnelwand zu schlagen. Die Wände des Tunnels waren zu Tausenden dicker Kristalle geworden, die weit aus dem Felsgestein hervorragten. Der Berg erbebte. Die Kraft, mit der Fen Abel gegen die Wand stieß, war so enorm, dass die Kristalle in Tausende von rasiermesserscharfen Scherben zerbrachen.

Abel fuhr zurück und stieß seinen Kopf gegen Fens Stirn, worauf Fen zurücktaumelte und Abel damit Platz verschaffte, um sich umzudrehen. Sein Gesicht war eine Maske aus Hass und Blut; Fen dagegen wirkte kühl und selbstbewusst, seine Miene war völlig unbewegt und ließ weder Zorn noch Schmerz erkennen. Wieder bewegten beide sich mit atemberaubender Geschwindigkeit, als Fen Abels Gesicht mit mehreren schnellen Fausthieben traktierte und die Scherben so tief ins Fleisch trieb, dass Abel aussah, als trüge er eine Maske aus blutigen Edelsteinen.

Die beiden Kämpfenden bewegten sich so schnell, dass Vikirnoff etwas verspätet merkte, dass er mit offenem Mund und gesenktem Bogen einige Meter weiter völlig reglos dastand und sie anstarrte. Die beiden Kämpfer waren nicht nur selbst verschwommen, sondern veränderten auch ihre Umgebung derart schnell in Waffen, dass Vikirnoff nicht einmal alles mitbekam. Genauso schnell, wie der eine eine Waffe erzeugte, schaltete der andere sie wieder aus.

Zieh dich zurück, Vikirnoff! Komm mit Natalya zu mir!

Der Karpatianer zögerte. Er hatte nur ein Ziel in diesem Augenblick – seinen Prinzen zu beschützen. Ihm war ein Posten von dem obersten Leibwächter des Prinzen zugewiesen worden …

Sofort, Vikirnoff! Hinter unseren Schutzzaubern könnt ihr mir am besten dienen.

Diesmal lag ein unverkennbarer Befehlston in Mikhails Stimme. Vikirnoff gab seinen Posten auf und eilte den Gang hinunter zu dem Prinzen, dicht gefolgt von Natalya, die sich ihm anschloss. Beide konnten jedoch noch immer den erbitterten Kampf sehen, der etwas weiter vorn im Tunnel tobte.

»Fen treibt seinen Gegner langsam zurück. Es dauert«, bemerkte Mikhail, »aber er versucht ganz offensichtlich, ihn aus dem Berg herauszudrängen. Auch draußen herrscht Unruhe, und ich kann spüren, dass dort ein zweiter Kampf stattfindet.«

»Der Mann, der mit Fen kämpft, ist Abel, einer der sehr Alten. Ich glaube, er ist sogar irgendwie mit deiner Familie verbunden«, sagte Vikirnoff. »Ich brauchte ein paar Minuten, um ihn einordnen zu können.«

Der Berg erbebte erneut, als Fen und Abel gegen die Decke krachten. Große Stacheln aus gedrehtem Silber sprangen aus den Wänden und brannten sich von allen Seiten in Abels Körper. Der *Sange rau* schrie auf vor Schmerz, und Fen war augenblicklich auf ihm und trieb ihm einen der Silberpflöcke in die Brust. Dann packte er Abel an den Schultern und warf ihn aus dem Gang heraus ins erste frühmorgendliche Sonnenlicht.

»Ich kann verstehen, warum die Lykaner die Kreuzung zwischen Lykanern und Karpatianern verboten haben«, sagte Mikhail nachdenklich. »Sie sind offenbar nicht zu bremsen. Abel wurde nicht einmal langsamer, als er von Silberpflöcken durchbohrt war.«

»Wir sollten versuchen, Fen zu helfen«, schlug Vikirnoff vor.

»Ich bin mir nur nicht sicher, *wie* wir ihm zu Hilfe kommen können.«

Zum ersten Mal erlebte er, wie Mikhail, als der Prinz ihres Volkes, sich fühlen musste, wenn er nicht hinausgehen und an einem Kampf teilnehmen konnte. Karpatianer waren Krieger. Es lag nicht in ihrer Natur, tatenlos danebenzustehen und zuzusehen, wie ein anderer kämpfte, besonders wenn es einer der Ihren war. Er hatte nie darüber nachgedacht, wie Mikhail sich fühlen musste, wenn er in den Hintergrund gedrängt wurde und es immer seine Leute waren, die sich zwischen ihm und der Gefahr befanden.

Vikirnoff wusste, dass er der letzte Schutz des Prinzen war, und trotzdem drängte ihn alles, dort draußen bei Fen zu sein und ihm zu helfen. Er kam sich wie ein Feigling vor, der sich hinter einem Schutzzauber verkroch, während ein anderer Jäger draußen allein einer Tötungsmaschine gegenüberstand.

»Du wärst ihm nur im Weg«, sagte Mikhail, der seine Gedanken las. »Er kann nicht auf dich aufpassen und gleichzeitig mit diesem Monster kämpfen. Außerdem sieht es ganz so aus, als wäre auch Fen eine solche Tötungsmaschine.«

Vikirnoff nickte. Natalya, die sich seiner Frustration bewusst war, trat dicht neben ihn, und obwohl sie ihn nicht berührte, tröstete ihn ihre Nähe. Er war ihr dankbar, weil er sich immer besser fühlte, wenn sie ihm nahe war. »Trotzdem müsste es doch etwas geben, was wir für ihn tun können.«

»Er wird Blut benötigen«, sagte Mikhail ruhig. »Die Pflaster, mit denen er sich zusammenflickt, wo Abel ihn aufreißt, scheinen nur kurzfristig zu helfen.«

»Gregory müsste das hier sehen.«

»Im Moment versucht er zu verhindern, dass wir Gary verlieren, doch ich gebe alles an ihn weiter, was wir an dem *Sange rau* bemerken.«

Fen war sich des Unbehagens der anderen Karpatianer

bewusst, aber auch froh und dankbar, dass sie so vernünftig waren, sich in den Kampf nicht einzumischen. Er konnte nicht auf sie achtgeben und gleichzeitig Abels nächsten Schritt voraussehen und darauf reagieren. Er war auch so schon teilweise in den zweiten Kampf verwickelt, der draußen vor dem Eingang tobte.

Über ihnen waren die ersten frühmorgendlichen Sonnenstrahlen einem heftigen Sturm gewichen. Schwarze Wolken zogen auf und ballten sich zu einem gigantischen Kessel brodelnder Naturgewalt zusammen. Gleißend helle Blitze zuckten an den Wolkenrändern auf, riesige gegabelte Lichtstrahlen äderten die dunklen Wolken. Kaum jemand verstand es besser als Dimitri, die schwersten Gewitter zu erzeugen.

Ein mächtiger Blitzstrahl traf den Berg und schlug zielgenau in eine dünne Spalte ein. Funken sprühten auf, und Bardolf sprang jaulend aus seinem Versteck heraus, wütend, dass Dimitri ihn erneut mit einem Blitz getroffen hatte. Einmal war schlimm genug, aber der karpatianische Jäger spielte Katz und Maus mit ihm und brachte ihn mit voller Absicht so in Wut. Dimitri hatte von Fen erfahren, dass Bardolf nicht Abels Selbstbeherrschung besaß.

Jetzt kann ich sehen, warum du einem Herrn dienst, höhnte Dimitri.

Dann verwandelte er sich in einen kleineren Falken und flog im hohen Blätterdach des Waldes von Ast zu Ast, um in der Nähe der Wiese zu bleiben. Er war überzeugt davon, dass Bardolf befohlen worden war, sich dicht beim Tunneleingang aufzuhalten, um jede Einmischung der Karpatianer zu verhindern.

Ich diene keinem Herrn! Bardolf schoss in die Luft hinauf, um dem kleinen Falken nachzujagen. Er hatte die Gestalt einer Harpyie angenommen, des sagenumwobenen Adlers, der als der mächtigste Raubvogel der Welt galt und Krallen so groß wie

Bärentatzen hatte. Er war schnell, sehr schnell, und holte mit beängstigendem Tempo auf.

Dimitri und Fen hatten in den letzten paar Jahrhunderten viele Kriegsspiele gespielt, und Dimitri wandte jetzt die gleiche Taktik an, mit der er schon bei seinem Bruder Erfolg gehabt hatte. Er verlängerte die Äste und verwandelte Laub und Tannennadeln in Stacheln. Der kleine Falke konnte sich durch das dichte Gezweig bewegen, doch der viel größere Adler stieß gegen die sich verlängernden Äste, und die Stacheln bohrten sich in seinen Körper und in seine Schwingen.

Bist du nicht ein bisschen langsam für einen Sange rau*?*, verspottete Dimitri ihn schon wieder.

Vampire und Werwölfe waren äußerst selbstbewusst und stolz. Bardolf in Rage zu bringen war eine gute Taktik, denn wenn er wütend war, unterliefen ihm womöglich Fehler. Dimitri war jahrhundertelang für den Kampf gegen den *Sange rau* ausgebildet worden. Die Übungen mit Fen mochten zwar eher spielerischer Natur gewesen sein, doch er hatte gelernt, was wirkte und was nicht. Er war nicht so schnell wie Fen, aber seine Tricks würden mindestens einmal funktionieren, gerade genug, um seinen Gegner zu verletzen und ihn hoffentlich aufzuhalten.

Bardolfs Aufschrei schallte durch die Bäume, als der aus vielen Wunden blutende Adler ins Taumeln geriet. Federn flatterten zu Boden, doch Bardolf gewann noch in der Luft das Gleichgewicht zurück, verwandelte sich in eine kleinere Eule und machte sich von Neuem auf die Jagd nach Dimitri.

Der wartete jedoch, bis die Eule ganz nahe war, und trieb sie dann mit einem jähen Abwind auf die Erde zu. Bardolf fiel sehr schnell, und noch im Sturz kam ihm die Erde entgegen, sodass er mit einem harten Aufprall landete.

Dimitri lachte höhnisch und stichelte erneut: *Ich dachte, du wärst ein Alphatier gewesen, ein Rudelführer. Aber mit dem Fliegen hast du wohl noch Schwierigkeiten, was?*

Bardolf stieß ein wütendes Gebrüll aus, das die Bäume erzittern ließ. Dann schwang er sich wieder in die Luft, diesmal schnurstracks auf Dimitri zu, verwandelte sich im Flug und prallte gegen den Karpatianer, bevor Dimitri sich auch nur rühren konnte, und stieß ihm seine Krallen in Brust und Bauch.

Dimitri duckte sich und löste sich in Luft auf, sobald Bardolf zum nächsten Angriff ausholte. Bardolf machte ein dummes Gesicht, als seine Hände urplötzlich ins Leere griffen. Dimitri konnte es sich nicht erlauben, sich wirklich von dem *Sange rau* ergreifen zu lassen. Der Sinn des Ganzen war, zuzuschlagen und zu entkommen, aber nicht, gefasst zu werden. Er war ein bisschen langsam gewesen und hatte dafür bezahlen müssen. Bardolf war so schnell, dass er Dimitris Körper an einem Dutzend Stellen aufgeschlitzt hatte, bevor er sich verwandeln konnte.

Er wurde zu winzigen Molekülen, und statt zu tun, was Bardolf erwartete, hängte er sich an die Kleidung des *Sange rau* und ließ zu, dass er ihn in den Gewittersturm hinauftrug, denn genau dort wollte Dimitri ihn haben. Bardolf schnüffelte herum, weil sein ausgezeichneter Geruchssinn ihm verriet, dass Dimitri in der Nähe war, doch in den unruhig dahintreibenden schwarzen Wolken konnte er ihn nicht sehen.

Dimitri hatte diesen Trick unzählige Male an seinem Bruder ausprobiert, aber da war er nicht verletzt gewesen und hatte kein Blut verloren, das seine Position verraten konnte. Da ihm nicht viel Zeit blieb, die Blutung zu stoppen und sich von Bardolf zu entfernen, wob er schnell vier verschiedene Energiestränge und schickte sie in den Sturm hinaus, um den Wolf-Vampir zu zwingen, sich zu entscheiden, welcher davon Dimitri sein könnte.

Bardolf fiel darauf herein. Er zögerte einen Moment und versuchte, unter Verwendung seiner verschärften Sehkraft das eine Element zu wählen, das er für seinen karpatianischen Gegner hielt. Dann entschied er sich, dem Strang zu folgen, der zu der Spalte im Berg zurückführte. Dimitri ließ ihn fliegen und begab sich selbst in eine aufgewühlte dunkle Wolke, um zu Atem zu kommen und seinen nächsten Schritt zu planen.

Doch der *Sange rau* wechselte urplötzlich die Richtung, als wäre er gerufen worden. Dimitris Puls begann zu rasen. *Fen? Alles in Ordnung? Bardolf ist auf dem Weg zu dir, und er ist schnell.*

Kannst du ihn aufhalten?

Sein Bruder klang nüchtern und sachlich wie immer. Als Dimitri jedoch für einen Moment seinen Geist anrührte, sah er dort Schmerz, Erschöpfung, Blutverlust. *Kein Problem. Bin schon dabei.*

Dimitri besah sich die Flugbahn des Wolf-Vampirs, der völlig unachtsam auf seinen Meister zuraste. In seiner Eile zu gehorchen, vergaß Bardolf das Katz-und-Maus-Spiel, das sie getrieben hatten, und tat Dimitri als mehr oder weniger bedeutungslosen Gegner ab. Schließlich hatte Fens Bruder sich ja auch nicht wirklich auf einen Kampf mit ihm eingelassen.

Nach kurzer Überlegung benutzte Dimitri den Sturm, den er hervorgerufen hatte. Eine Lufttasche zu überhitzen war eine Kleinigkeit. Sie genau dort zu platzieren, wo Bardolf vorbeifliegen würde, war schon schwieriger, aber Dimitri hatte ganze Lebzeiten damit verbracht, mit den Wölfen zu laufen. Mit den echten natürlich. Und er war viel mit seinem Bruder zusammen gewesen, der zum Lykaner geworden war.

Bardolf dachte in erster Linie wie ein Wolf. Er fühlte sich wohl in dieser Haut, war vertraut damit und schien zu zögern, bevor er die Gaben benutzte, die sein Vampirblut ihm verlieh. Aber auch Dimitri dachte wie ein Wolf. Er hatte jahrhundertelang mit ihnen gelebt und ihr Verhalten studiert. Bardolf kämpfte in einem Rudel. Allein einen Kampf auszufechten war ihm völlig fremd.

Sein Meister hatte diese Schwäche nur gefördert, um den

Wolf daran zu hindern, seinen Rudelführer von seinem Platz verdrängen zu wollen. Bardolf würde schnurstracks zu seinem Alpharüden gehen und die schnellste Flugbahn nehmen, um ihm zu gehorchen. Dimitri entschied sich für eine Stelle fast direkt vor dem Wolf-Vampir und baute die versengende Hitze auf. Bardolf flog mitten in den kleinen Bereich hinein und schrie gellend auf, als die glühende Hitze ihm die Haut verbrannte.

Bardolf fuhr zurück und versuchte verzweifelt, der ihn von Kopf bis Fuß durchglühenden Hitze zu entkommen. Dimitri stürzte aus dem Himmel hinter ihm und warf sich auf ihn. Die Heftigkeit, mit der sie zusammenstießen, half mit, den Silberpflock ganz tief in Bardolfs Rücken zu treiben. Dimitri merkte allerdings sofort, dass er nicht das Herz getroffen hatte. Irgendetwas musste den *Sange rau* gewarnt haben, denn im letzten Moment drehte er sich leicht, gerade genug, um Dimitri das beabsichtigte Ziel verfehlen zu lassen.

Bardolf wirbelte herum, schlug Dimitri mit seinen bekrallten Pranken ins Gesicht und stieß ihn so hart zurück, dass er ins Taumeln geriet. Bevor er sich verwandeln konnte, ging Bardolf erneut auf ihn los und fuhr ihm mit seinen messerscharfen Krallen über den Bauch. Fast gleichzeitig stieß er den Silberpflock aus seinem Körper, fing ihn mit der Hand auf, drehte ihn blitzschnell um und schleuderte ihn nach Dimitri.

Der Karpatianer duckte und verrenkte sich, um das kleinstmögliche Ziel für Bardolf abzugeben, doch der Silberpflock traf ihn dennoch in der Schulter. Die Kraft des Wurfs trieb den Pflock geradewegs durch Dimitri hindurch, sodass der Schaft ein großes Loch in seiner Schulter hinterließ. Bardolf verfolgte den verwundeten Karpatianer sofort, um seinen momentanen Vorteil auszunutzen. Dimitri hatte schon die ganze Zeit vermutet, dass er nahe daran war, zum *Sange Rau* zu werden, und das furchtbare Brennen des Silbers bestätigte es ihm.

Geh weg da!, rief Fen beschwörend, als er seinen Bruder in einer Wolke von Blut und dicht gefolgt von dem *Sange rau* vom Himmel fallen sah.

Fen hatte Abel aus dem Tunnel auf die Wiese geworfen, wo die von Gregori vorbereiteten Vampirfallen warteten. Fen hatte auf die Sonne gebaut, doch des dicht bewölkten Himmels wegen erreichten ihre schädlichen Strahlen Abel nicht. Fen musste sich entscheiden – entweder nutzte er seinen Vorteil, oder er kam seinem Bruder zu Hilfe. Aber er beschützte den Prinzen, und das musste seine oberste Priorität sein …

Und so trat er Abel hart mit beiden Füßen ins Gesicht und trieb ihm die Kristallscherben noch tiefer in die Haut. Abel geriet ins Schwanken und stürzte in ein feines Netz aus purem Silber. Fen warf sich in die Luft und erwischte Bardolf, bevor der *Sange rau* seinen Bruder erreichen konnte.

Fen war schneller und viel erfahrener. Er war schon seit Jahrhunderten *Sange rau*, lange bevor Bardolf dazu geworden war, und er war auch ein uralter karpatianischer Jäger. Der Wolf fühlte sich nicht wohl am Himmel, schon gar nicht bei einem heftigen Sturm, während Fen dort fast zu Hause war. Und er beschützte seinen Bruder. Außerdem war er äußerst angriffslustig gegenüber Bardolf und empört darüber, dass der Kerl es gewagt hatte, auch nur zu versuchen, Dimitri zu töten. Seltsam, doch dieses Gefühl hatte er noch nie bei einem Kampf verspürt.

Er schlug Bardolf, so hart er konnte, und stieß ihn sowohl mithilfe des Luftdrucks als auch mit körperlicher Kraft zu Boden. Bardolf stürzte und rollte sich in dem Versuch, wieder aufzuspringen, zur Seite. Doch bevor er auf die Beine kommen konnte, ließ Fen sich auf ihn fallen.

Dimitri, du verschwindest auf der Stelle von hier. Du brauchst dringend Blut. Fens Ton ließ keinen Widerspruch zu. Außerdem hatte Dimitri eine Seelengefährtin. Er sollte sein Leben nicht wegwerfen, zumal er ohnehin zu schwer verwundet war, um seinem älteren Bruder zu helfen.

Fen setzte sich rittlings auf Bardolf, um ihn festzuhalten, und stieß ihm sogleich einen Silberpflock in die Brust. Bardolfs immense Kraft als Wolf und Vampir half ihm jedoch auch jetzt wieder, und der Pflock verfehlte sein verderbtes Herz. Er blutete an Dutzenden von Stellen, war aber noch immer in der Lage, sich zu drehen und zu winden, um dem tödlichen Pflock zu entgehen.

Und dann verwandelte er sich blitzartig in seinen Wolf, schnappte nach Fens Körper und verbiss sich fast bis auf den Knochen in Fens Schenkel. Wild entschlossen, zur Arterie vorzudringen, riss und zerrte er an Fleisch und Sehnen, bis Fen keine andere Wahl mehr hatte, als ihn fluchend gehen zu lassen. Bardolf verwandelte sich augenblicklich wieder, schwang sich in die Luft und schoss wie ein Komet vom Schlachtfeld fort, als sein Selbsterhaltungstrieb die Oberhand gewann. Er ließ seinen Meister im Stich und flog um sein Leben. Dabei hinterließ er eine rote Blutspur am dunklen Himmel.

Fen musste sich entscheiden, ob er ihm folgen oder zurückkehren wollte, um Abel aufzuhalten. Jede Zelle seines Körpers drängte ihn, Bardolf zu verfolgen, weil er es gewagt hatte, seinen Bruder anzurühren, doch Ehre und Pflichtgefühl verlangten von ihm, den Prinzen zu beschützen. Fluchend und zähneknirschend flog er zu dem Tunnel zurück. Er konnte das Blut sehen, wo Dimitri beschlossen hatte einzutreten. Gut, dachte Fen. Drinnen würde er Blut von Vikirnoff und Mikhail bekommen und trotzdem noch mithelfen können, den Prinzen zu verteidigen. Das war sein Bruder. Immer wählte er trotz der Gefahr für sich selbst den rechten Weg.

Dimitri hielt inne, als er an Abel vorbeikam. Wäre er unverletzt gewesen, hätte er versucht, sich einen Kampf mit dem *Sange rau* zu liefern, doch er hatte zu viel Blut verloren, und das silberne Netz würde Abel bestimmt nicht sehr viel länger festhalten. Fen würde sich um ihn kümmern müssen. Das Beste, was Dimitri tun konnte, um seinem Bruder beizustehen, war, den Sturm zu beschwichtigen, damit die Sonne herauskam und das Ihre tat, um den Prinzen zu beschützen.

Er schickte eine Nachricht voraus, dass er zu Mikhails Haus unterwegs war und Blut benötigen würde. Er wollte nicht von irgendeiner der Vampirfallen erwischt werden, wenn er durch den Tunnel zum hinteren Teil der Höhle eilte.

Doch Mikhail hatte die Schutzzauber schon vorübergehend außer Kraft gesetzt und bot ihm gleich bei seiner Ankunft im Haus sein Handgelenk an. Dimitri zögerte nicht. Mikhails Blut war machtvoll und würde sehr dazu beitragen, ihn zu heilen.

Vikirnoff und Natalya kümmerten sich beide sogleich um seine Verletzungen und versuchten, den Verlust des kostbaren Blutes einzudämmen. Dimitri war nicht bewusst gewesen, wie viele tiefe Wunden Bardolf ihm in den wenigen kurzen Zusammenstößen beigebracht hatte.

»Du weißt, dass du ein bisschen verrückt bist, oder?«, fragte Vikirnoff ihn.

»Er kommt!«, verkündete Mikhail.

Dimitri unterbrach fast seine Blutaufnahme, doch der Prinz bedeutete ihm fortzufahren. »Wir brauchen dich so stark wie möglich.«

Aus Höflichkeit nahm Dimitri noch ein wenig mehr Blut und verschloss dann die Wunde am Handgelenk des Prinzen. Er sah Abel kommen. Der Vampir sah schrecklich aus. Blutige Glasscherben bedeckten sein Gesicht wie eine groteske Maske; seine Augen waren schwarz und von feurigem Rot umgeben. Außerdem war er blutüberströmt, und seine Adern traten überdeutlich hervor. Die Maschen des Netzes, so dünn sie auch waren, hatten sich in seine Haut gebrannt, sodass er mit einem Muster aus stark geröteten, gekreuzten Linien überzogen war.

Er ging schnurstracks auf die Bernsteinplatte zu, die ihn daran hinderte, den Prinzen zu erreichen, und hieb wütend mit der Faust dagegen. Ein Zittern durchlief den Berg, und Erde und Gestein rieselten von der Tunneldecke. Mikhail verzog keine Miene. Groß und aufrecht stand er da, seine dunklen Augen starrten ruhig in Abels. Er hätte gar nicht selbstbewusster wirken können.

Mit nicht minder unbewegten Mienen traten nun auch Vikirnoff und Natalya an die Bernsteinwand. Keiner zuckte auch nur mit der Wimper, als Abel mit der schwierigen Aufgabe begann, die Schutzzauber außer Kraft zu setzen. Er tat es mit erstaunlicher Geschwindigkeit, was bewies, dass er die Codierung kannte. Er machte kurzen Prozess mit den komplizierten Schutzzaubern, die selbst einen Meistervampir aufgehalten hätten. Als Nächstes begann er systematisch an der dicken Bernsteinplatte zu zerren. Der Bernstein blieb an seinen Krallen und seiner Schnauze hängen, als er die Platte auch mit den Zähnen bearbeitete. Trotzdem kam er ziemlich gut voran.

Dimitri sah, wie sein Bruder unmittelbar hinter Abel Gestalt annahm und abermals seine Faust in den Rücken des *Sange rau* stieß. Abel war anscheinend so darauf konzentriert gewesen, die Bernsteinschutzwand einzureißen, dass er von Fens Herannahen nichts bemerkt hatte. Sein Mund öffnete sich zu einem stummen Schrei, und Blut lief an seinen Mundwinkeln heraus. Er verwandelte sich augenblicklich, und sein Körper verrenkte und verdrehte sich, als er versuchte, den Pflock aus seinem Rücken herauszuziehen.

Fen eilte ihm nach, als der *Sange rau* den Tunnel verließ und ins frühmorgendliche Sonnenlicht hinaustrat. Abels gellende Schreie schallten durch die Höhle und lockerten noch mehr Kristalle, Gestein und Erde. Die Trümmer fielen auf Fen herab und warfen ihn zu Boden. Mehrere größere Steine landeten polternd um ihn herum und begruben ihn für einen Moment, bevor er die Steine in Luft auflöste und aufsprang, um Abel nachzujagen. Der Geruch von verbranntem Fleisch war unverkennbar.

Abel hatte die Grenze dessen überschritten, was sein Körper an Sonnenlicht vertrug.

Er ist nicht mehr, Fen, sagte Mikhail ruhig. *Du brauchst Blut und Pflege, und Dimitri muss die heilende Erde aufsuchen.* Fen registrierte nur am Rande, dass Mikhail ihn nun mit dem vertraulichen »Du« ansprach, als wäre er einer von ihnen.

Beide leben noch. Fen war zutiefst enttäuscht, dass er nicht wenigstens einen von ihnen vernichtet hatte.

Wir haben mehr gelernt, als wir je hätten erwarten können. Du und Dimitri habt es beide mit ihnen aufgenommen, und dennoch lebt ihr noch. Sie sind also nicht unbesiegbar. Komm zurück und lass uns nach deinen Wunden sehen! Die Sonne geht auf, und bald müssen wir unter die Erde gehen.

Fen seufzte. Er konnte Dimitris Erschöpfung und Schwäche spüren. Dimitris Seelengefährtin Skyler würde bald sehr böse auf ihn werden, wenn er sich nicht besser um seinen Bruder kümmerte. Und Mikhail hatte recht: Sie mussten beide an ihre Verletzungen denken und sich von Mutter Erde heilen lassen. Er würde nur zu gern altes karpatianisches Blut annehmen, um seine Heilung zu beschleunigen. Und er hatte die Absicht, Dimitri noch mehr von seinem gemischten Blut zu geben. Das lykanische würde ihn viel schneller genesen lassen.

Einen Augenblick schaute er stirnrunzelnd zum Himmel auf, bevor er sich abwandte, um sich den anderen anzuschließen.

KAPITEL ZWÖLF

Die Höhle der Krieger war der heiligste Ort des karpatianischen Volkes. Fen war nur ein paar Mal in seiner Jugend hier gewesen, und schon damals war die Macht der Höhlen deutlich zu spüren gewesen, wenn auch vielleicht nicht ganz so sehr wie heute. Mit Dimitri auf der einen und Tatijana auf der anderen Seite ging er durch eine Reihe kleinerer Grotten, von denen jede noch tiefer in die Erde hinunterführte. Jedes Mal, wenn sie einen weiteren Tunnel betraten, der in dieses großartige Labyrinth aus Höhlen und Kammern hinunterführte, spürte er die absolute Erhabenheit des Ortes.

Nur wenige konnten die Hitze in den tiefer gelegenen Höhlen ertragen. Da Karpatianer ihre Körpertemperatur unter Kontrolle hatten, waren sie immun gegen die glühende Hitze, doch nur wenige andere Spezies kamen in dieser Umgebung zurecht. Die Höhle, die sie gerade durchquerten, hatte durch Kalkablagerungen entstandene Sinterformationen an den hohen Decken, von denen einige die Form eines gewellten Tuches hatten, während andere ihrer Stalaktiten wegen aussahen, als wären sie mit mächtigen Kronleuchtern geschmückt.

Fen kannte nicht viele Kathedralen, aber auf seinen Reisen hatte er einige besichtigt, und die vielen unterirdischen Kammern, die unberührt geblieben waren, Zeugnisse des künstlerischen Schaffens der Natur an sich, erschienen ihm ebenso sehr wie Kathedralen oder – mehr noch – wie Orte der Verehrung.

Mächtige, schön geformte Säulen aus Stalaktiten und Stalagmiten in verschiedenen Farbschattierungen bildeten einen regelrechten Dschungel, als sie immer tiefer hinuntergingen.

Tatijana stolperte ein paar Mal auf dem unebenen Boden, weil sie so damit beschäftigt war, sich voller Ehrfurcht umzusehen. »Ich habe in Eishöhlen gelebt und dachte, dass es nichts Schöneres geben könnte, aber das hier ist fantastisch«, flüsterte sie.

Fen fand es interessant, dass sogar die Krieger bei einer Versammlung die Stimme zu senken pflegten; sie taten dies aus Respekt vor der unberührten Natur.

»Weiter unten ist es sogar noch schöner«, versprach er ihr genauso leise.

Sie durchquerten einen weiteren großen Raum, der vielleicht zwölf Meter lang und fast ebenso breit war und noch mehr dieser hohen, verschiedenfarbigen Säulen enthielt, aber auch glitzernde Teiche, in denen sich die kristallinen Sinterfahnen an der Decke und die sie umgebenden Skulpturen widerspiegelten.

Fen wusste, dass ein Teil des Zaubers dieser Höhle dieser lange Zugang zu ihr war. Je tiefer sie in die Erde hinabstiegen, desto mehr fühlten sie sich wie zu Hause. Sie waren Geschöpfe der Nacht, und Orte wie dieses gewaltige Labyrinth aus Höhlen waren ihnen vertraut; sie gehörten einfach zu ihrer Welt.

Immer weiter wagten sie sich in die Hitze vor. Zu Anfang vergaß Tatijana, ihre Atmung und Körpertemperatur zu regulieren, weil sie so fasziniert war von den verschiedenfarbigen »Vorhängen« und »Draperien«, von denen einige fast durchscheinend und andere etwas dunkler waren. Alle bestanden aus Kalzitkristallen und hatten sich aus einer sehr dünnen Linie Kalk gebildet, nicht breiter als der Wassertropfen, der die Wand hinunterlief. Lange Fransen erweckten die Illusion von liebevoll gewobenen Schultertüchern, während andere an Capes oder Schals erinnerten. Von der Decke und nicht weit entfernt von der Wand hingen atemberaubend geformte Sinterfahnen, sodass der gesamte Raum wie ein Theater mit schweren, kunstvoll gefältelten Vorhängen aussah.

»Wie könnte man *nicht* jeden Tag hierherkommen, nur um sich das anzusehen?«, fragte Tatijana. »Als blauer Drache brauche ich kühles Wasser, doch Branislava wäre total begeistert von alldem hier. Nicht, dass ich es nicht wäre. Es ist einfach wundervoll, nur muss ich mich ständig daran erinnern, meine Temperatur zu regulieren.«

Fen hob ihre miteinander verschränkten Hände an sein Gesicht und rieb Tatijanas Handrücken an seinem Kinn. »Deine Haut ist immer so kühl, *sívamet*. Egal, wie heiß es in diesen Höhlen wird, deine Körpertemperatur bleibt stets angenehm kühl. Ich finde das ...« Er wartete, bis sie ihm in die Augen sah. *Sexy.*

Tatijana lachte leise. »Du denkst auch wirklich nur ans Flirten, Wolfsmann.«

Dimitri stöhnte. »Hört auf damit! Meine Frau ist zu weit weg, um mir diese Art Gerede von euch anzuhören.«

Das lenkte Tatijana augenblicklich ab. »Skyler ist so mächtig, Dimitri! Ich konnte kaum glauben, wie stark sie ist. Ich habe diese Art von Heilkraft aus der Entfernung wirklich noch nie bei irgendjemandem erlebt. Und dabei ist sie noch so jung. Ein Kind eigentlich noch.«

»Nach karpatianischem Ermessen«, sagte Dimitri. »Nach menschlichem dagegen nicht, und nach allem, was sie durchgemacht hat, ist sie ohnehin noch Jahre älter.«

»Wie auch immer, Skyler ist jedenfalls erstaunlich. Ich kann es kaum erwarten, sie kennenzulernen.« Tatijana kniff die Augen zusammen. »Was bedeutet, dass du dem *Sange rau* nie wieder nahe kommen darfst. Es bedurfte unserer aller Hilfe, um dich beim ersten Mal zu heilen, und nicht zu vergessen die der Mutter Erde. Ich glaube, Fen hat seinem Körper fast den letzten Tropfen Blut entzogen, um das deine zu ersetzen. Und jetzt schon wieder. Drei Tage in der Erde und noch mehr Blut ...«

»Hey, wir haben alle ein paar Tage gebraucht, um wieder auf die Beine zu kommen«, protestierte Dimitri.

Tatijana grinste ihn an. »Vielleicht gesunden einige von uns ja schneller als andere.«

»Vielleicht hältst du dich für sicher, Schwester, weil ein knallharter Typ wie mein Bruder auf dich aufpasst, aber er ist gar nicht so hart.«

Sie lachte leise. »Du bist genauso verrückt wie Fen, oder?«

Dimitri und sein Bruder wechselten einen erfreuten Blick.

Inzwischen hatten sie das Ende des langen, theaterähnlichen Raumes erreicht, und hier wurden die wie Draperien aussehenden Sinterfahnen sogar noch feiner und durchscheinender. Das Lächeln auf Tatijanas, Dimitris und Fens Gesicht verblasste jedoch, und alle wirkten plötzlich sehr ernüchtert, weil die Atmosphäre in der Höhle sich verändert hatte. Wo sie sich zuvor noch wie in einer Reihe erhabener Kathedralen gefühlt hatten, wurde die Stimmung jetzt, da sie sich dem ehrwürdigsten aller Orte, der Höhle der Krieger, näherten, viel bedrückender.

Sie betraten den ausgetretenen Gang, den ihre Vorfahren angelegt hatten und dessen Boden glatt war von all den Füßen, die ihn im Laufe der Jahrhunderte beschritten hatten. Es war zweifellos ein bisschen so, wie in der Zeit zurückzureisen. Die Stalaktiten und Stalagmiten waren überall, sie hingen von der Decke und wuchsen vom Boden der Höhle empor. Der Umfang ihrer Ausgangspunkte war ziemlich groß, und es gab sie in verschiedenen Größen und Farben. Jede war skulptiert, und man konnte Gesichter entlang des Steins erkennen, als wäre jeder ein handgeschnitzter Totempfahl, statt etwas allein von der Natur Erzeugtes.

Tatijana betrat den nächsten Raum, blieb aber gleich am Eingang stehen, um sich misstrauisch umzusehen. Die bedrückende

Stille war hier ganz anders als in den anderen Kammern. Nicht einmal die drei Teiche vermittelten ihr ein etwas besseres Gefühl. Einer war kristallklar, hatte einen steinernen Boden und sah tief und kühl, fast eisblau aus. Aus dem zweiten, der leicht orangerot getönt war, stieg eine Dampfwolke auf, und der dritte war mit brodelndem Schlamm gefüllt.

»Die Tropfsteine summten früher immer, wenn wir eintraten«, bemerkte Fen. »Das war die Begrüßung unserer Ahnen. Ich frage mich, wann das wohl aufgehört hat.«

»Sie summten noch, als ich das letzte Mal hier war«, sagte Dimitri.

Kaum hatte Fen den Raum betreten, beschlich ihn das Gefühl, abgeschätzt und beurteilt zu werden, aber nicht von den wenigen lebenden Anwesenden, sondern von den Toten, deren Geister sich bei jeder Zusammenkunft versammelten. Die Gegenwart ihrer Vorfahren – der Krieger, die diese Welt bereits vor langer Zeit verlassen hatten – war deutlich spürbar in der Kammer. Und dass sie ihn nicht begrüßten, bedeutete nichts Gutes.

Tatijana drückte seine Hand. »Ich habe hier ein ungutes Gefühl, Fen«, flüsterte sie. »Sie wissen, was du bist, und einige von ihnen reagieren feindselig. Wir sollten sichergehen, dass wir einen Fluchtplan haben.«

Fen blickte zu ihr herab. Aufrichtige Sorge schwang in ihrer Stimme mit. Auch er war nicht ganz unbesorgt bezüglich des Ausgangs dieser Zusammenkunft, doch er war sich sicher, seiner Seelengefährtin nichts davon vermittelt zu haben.

Sie hat recht, Fen. Die Luft hier drinnen ist drückend, sagte Dimitri. *Drückend schwer von Ablehnung und Kritik.*

Fen konnte nicht behaupten, dass die beiden unrecht hatten, doch er wollte Tatijana auch nicht beunruhigen. Deshalb war er froh, dass Dimitri ihren privaten telepathischen Pfad benutzt hatte.

»Die Karpatianer haben mächtig eins aufs Dach gekriegt«, sagte Fen. »Und sie, die es gewöhnt sind, ganz oben in der Nahrungskette zu stehen, sind natürlich nicht gerade erfreut über die Entdeckung, dass sie einen Feind da draußen haben, der noch ein kleines bisschen schneller ist als sie.«

»Der ihnen überlegen ist im Kampf, meinst du«, berichtigte Tatijana. »Und du bist einer dieser *Sange rau*, die ihnen eins aufs Dach geben können. Glaubst du, sie wären sich dessen nicht bewusst? Und das verübeln sie dir. Stolz und Ego können aus dem Ruder laufen, Fen.«

Er schüttelte den Kopf. »Ich glaube, hier kommt die irrige Vorstellung ins Spiel, Tatijana. Der *Sange rau* ist nicht zwangsläufig genauso kampferprobt und geschickt wie die meisten dieser Jäger hier. Sie sind schneller, was allerdings nicht unbedingt bedeuten muss, dass ein erfahrener Jäger sie nach ein wenig Training nicht schlagen kann.«

Er versuchte, Dimitris vielsagenden Blick zu vermeiden und sich nur auf Tatijana zu konzentrieren.

Sie verhielt plötzlich den Schritt und zog an seiner Hand, damit er stehen blieb. »Du meinst, jemand wie Dimitri«, sagte sie und deutete auf seinen Bruder. »Dem du beigebracht hast, wie man sie bekämpft.«

Dimitri lachte im Geiste. *Du hast eine intelligente Seelengefährtin, Fen, die sehr schnell begreift.*

Als wüsste ich das nicht!

Er senkte den Kopf, um Tatijana nicht in die Augen schauen zu müssen. »Ich habe ihm beigebracht, wie er mich jagen und besiegen kann. Nur für alle Fälle.«

Tatijanas Finger verkrampften sich um seine. »Das ist es, was ich meine. Du hast immer ehrenhaft gehandelt. Aber jetzt habe ich das Gefühl, als würde dir etwas vorgeworfen.«

Nach Jahrhunderten in der Nähe der lykanischen Gesellschaft war Fen es gewohnt, sich als Außenseiter zu betrachten, der verbergen musste, was und wer er war. Es war eine Lebensweise, und letzten Endes hatte er sich dafür entschieden, bei den Lykanern zu bleiben. Aber er fand es liebenswert, dass Tatijana eine solche Schutzbereitschaft für ihn entwickelt hatte.

Ich kann ihr nur zustimmen, Fen. Vielleicht ist das hier keine gute Idee, meinte nun auch Dimitri.

Und da sah Fen endlich seinen Bruder an. Dimitri war einer der Alten, ein erfahrener Vampirjäger, und doch hatte er seinem Bruder jahrhundertelang immer wieder Zuflucht gewährt, wenn die Eigenschaften des *Sange rau* besonders schwer zu bewältigen gewesen waren. Dimitri wusste besser als jeder andere, wie ungemein gefährlich es war, zu dem zu werden, was Fen war. Doch schlimmer noch war, dass auch Dimitris Blut sich schon zu verändern begann. Beide wussten das, und der Ältestenrat der Karpatianer könnte es genauso gut bemerken.

Da Dimitri seine Seelengefährtin noch nicht beansprucht hatte, könnte er sich sogar in doppelt so großer Gefahr befinden. Fen hielt seine Finger fest mit Tatijanas verschränkt. Er hatte damit gerechnet, eine große Anzahl karpatianischer Krieger in dem Versammlungsraum zu sehen, doch nur Mikhail und sein Bruder Jacques, Vikirnoff und seine Seelengefährtin Natalya und natürlich inzwischen auch Gregori waren anwesend.

Er spürte Tatijanas Zögern. Sie hob eine Hand, als wollte sie ihr Haar glatt streichen. Alle Augen waren auf sie gerichtet, und Fen, der ihre Unsicherheit spürte, griff sanft nach ihrem Handgelenk.

Du brauchst diesen Leuten überhaupt nichts zu beweisen. Du siehst großartig aus. Außerdem bist du meine Seelengefährtin, und wir haben beschlossen, unser Leben auf unsere Art zu leben. Wenn es ihnen nicht passt, sollen sie uns eben ablehnen. Ablehnung von anderen sind wir doch von jeher gewohnt.

Und so war es auch. Tatijana hatte in ihrem ganzen Leben keine Akzeptanz gekannt. Ihr Vater hatte sie gefangen gehalten und ihr die meiste Zeit nicht einmal erlaubt, in ihrer natürlichen Gestalt zu leben. Und diejenigen, die von Xavier gefangen genommen und gefoltert worden waren, hatten nicht immer verstanden, dass sie auch nicht mehr war als eine Gefangene wie sie selbst. Sie hatte ganze Menschenalter außerhalb der Norm verbracht.

Fen wiederum hatte Jahrhunderte abseits seiner eigenen Spezies verbracht. Hätten die Lykaner gewusst, was er war, hätten sie ihn zweifelsohne auf der Stelle umgebracht. Er war es gewohnt, ein Außenseiter zu sein, und im Grunde störte es ihn auch schon nicht mehr. Aber er wollte, dass Tatijana sich als das sah, was sie war: ein bildschönes, grandioses Wunder.

Mikhail kam auf sie zu, um sie zu begrüßen. Dabei trat er so dicht an Fen heran, dass ihre Zehen sich beinahe berührten. Die Geste brachte den Prinzen nur scheinbar in eine angreifbare Stellung. Gregori, der mit ihm vortrat, verzog keine Miene, doch seine silbrigen Augen wurden hart wie Stahl. Mikhail ergriff Fens Unterarme und drückte sie in der traditionellen Begrüßung karpatianischer Krieger.

Auch Fen drückte fest die Unterarme seines Prinzen und war überrascht über die enorme Kraft, die er unter der Oberfläche spürte. Es war unmöglich, diesem Mann so nahe zu sein und nicht die von ihm ausgehende Macht zu spüren, die so groß war, dass sie sich nicht unterdrücken ließ.

»Danke, dass du gekommen bist, Fenris Dalka«, sagte Mikhail. »Möge dein Herz stark bleiben, Jäger!«, fügte er in der alten Sprache einen traditionellen Begrüßungswunsch hinzu. Dann wandte er sich an Dimitri und begrüßte ihn nicht weniger höflich und formell. Zuletzt nahm er Tatijanas Hände in die seinen. »Danke für die Hilfe, die du unseren Kriegern geleistet hast, Tatijana. Du hast das Blatt definitiv zu unseren Gunsten gewendet.«

Danach trat er zurück und entfernte sich ein paar Schritte von ihnen, mit einer Vitalität in seinen Bewegungen, die mehr fließend wirkte als nervös. Als er wieder zu ihnen zurückkam, schienen seine dunklen Augen bis in Fens Innerstes zu blicken. »Du hast uns in der Tat ein interessantes Problem gebracht.«

Fen schaute sich in der großen Höhlenkammer um. »Du hast keinen Kriegsrat einberufen, wie ich erwartet hatte.«

Mikhail nickte. »Ich habe gründlich darüber nachgedacht. Die Einzigen unter uns, die den Kampf zwischen dir und dem, den du *Sange rau* nennst, wirklich mitangesehen haben, sind hier in dieser Kammer. Ich dachte, es sei wichtig, mehr darüber zu erfahren, womit wir es eigentlich zu tun haben. Es gibt viele Fragen, die uns in den Sinn gekommen sind und auf die wir gern eine Antwort hätten.«

»Darf ich fragen, warum wir dieses Gespräch dann hier an diesem geheiligten Ort führen statt in der Bequemlichkeit eines Hauses?«, fragte Tatijana.

Gregori richtete seinen durchdringenden Blick auf sie.

Tatijana, die jedoch nicht so leicht einzuschüchtern war, reckte ihr Kinn. Fen hätte Gregori sagen können, dass es ihr Drachensucherblut war, das ihr nicht erlaubte, irgendjemandem, ja nicht einmal ihrem eigenen Seelengefährten, zu viel Respekt zu zollen.

Und er hätte auch Tatijanas Frage beantworten können. Mikhail Dubrinsky war kein Dummkopf. Er hatte lange und ausführlich über das Problem des *Sange rau* nachgedacht und überdies mit eigenen Augen gesehen, wozu ein solcher Mischling fähig war. Inzwischen war er vermutlich das Für und Wider durchgegangen, so wie der Rat der Lykaner es vor so vielen Jahrhunderten getan hatte. Und nichts hatte sich im Laufe der Jahrhunderte wirklich geändert. Die Lösungen waren noch genauso schlecht wie das Problem an sich, und genau wie Fen war zweifellos auch Mikhail zu diesem Schluss gekommen.

»Sie stellt nur eine faire Frage, Gregori«, sagte Mikhail ruhig.

»Die Wahrheit, Tatijana, ist, dass ich besorgt bin über die Fähigkeiten des *Sange rau*. Sie stellen nicht nur für unsere Spezies eine echte Bedrohung dar, sondern auch für die Lykaner und die Menschen. Man könnte es auch so ausdrücken, dass sie die Atomwaffe haben und wir nicht.«

»Dieser Vergleich beschreibt das Problem gut«, gab Tatijana zu.

»Die sinnvollste Lösung scheint auf der Hand zu liegen«, sagte Mikhail. »Und so wurde natürlich vorgeschlagen, dass viele unserer erfahrensten Krieger zum *Sange rau* werden sollen, um diejenigen vernichten zu können, die zum Vampir geworden sind.«

Fen versuchte, sich keine Reaktion anmerken zu lassen. Er konnte nicht nur den Blick des Prinzen und der anderen spüren, sondern auch das Gewicht der lang dahingegangenen Krieger. Alles in ihm rebellierte gegen die Idee des Prinzen. Er hatte die ganze Zeit gewusst, dass dies einer der Vorschläge zur Lösung des Problems sein würde. Wenn jeder Krieger hinginge und zum *Sange rau* würde, müsste ihr kriegerisches Geschick ihnen zum Vorteil gereichen, wenn sie gegen jene kämpften, die zum Vampir geworden waren – doch leider funktionierte das so nicht ganz.

»Man wird nicht mit einem Schritt zum *Sange rau*. Der Wolf kommt zu euch, um euch zu beschützen. Ihr seid jedoch nicht eins mit ihm, und es dauert eine Zeit lang, bevor ihr tatsächlich mit eurem Wolf verschmelzt. Ich habe immer mal wieder mit den Lykanern zusammengelebt und glaube, dass es deshalb bei mir schneller geschah als normalerweise, doch es brauchte dennoch seine Zeit. In dieser Zeitspanne werdet ihr viel mehr Krieger als sonst an die dunkle Seite verlieren. Mit ihrem gemischten Blut werden sie sich viel schneller dazu hinreißen lassen, zum Vampir zu werden.«

Fen schüttelte den Kopf, weil er das beunruhigende Gefühl hatte, dass er sich so anhörte, als wollte er nicht, dass andere so wurden wie er. Es war eine echte Gratwanderung, Informationen weiterzugeben, die er für äußerst wichtig hielt, ohne arrogant zu klingen.

Mikhail schien sein Zögern zu erkennen. »Du brauchst vor uns nicht zu verbergen, wie du darüber denkst«, sagte der Prinz. »Wir haben dich hergebeten, damit du uns hilfst, eine Lösung für dieses Problem zu finden – das definitiv eines *ist*. Ein sehr komplexes, je näher ich es betrachte. Ich habe es jedoch von jedem Winkel aus betrachtet, und dabei kam mir ein Gedanke. Meine Familie verfügt über große Macht, aber sie bezahlt auch einen furchtbaren Preis dafür. Ich denke, dass es einen Ausgleich geben muss, und da wir für die uns verliehenen Gaben immer einen Preis bezahlen müssen, muss ich mich fragen, was der Preis dafür sein mag, ein *Sange rau* zu sein? Und diese Frage kannst nur du uns beantworten, Fenris.«

Fen spürte, wie gespannt die alten Krieger auf seine Antwort warteten. Die Luft wurde noch drückender, als absolute Stille in der Höhle entstand. Ein paar der mächtigen Säulen vibrierten, und die dunkleren Farben, die sich in dem Stein bewegten, erzeugten die Illusion, dass selbst die Kammer lebte.

Fen seufzte. Als er hergekommen war, hatte er gewusst, dass Mikhail klug genug sein würde, die richtigen Fragen zu stellen. Er hatte es in ihm gesehen. Sie alle mussten die Wahrheit erfahren – insbesondere Tatijana und Dimitri.

»Der Preis ist viel zu hoch, Mikhail«, erwiderte Fen ehrlich. »Besonders für einen Krieger ohne Seelengefährtin, aber selbst diejenigen von uns, die eine haben, sind nicht zwangsläufig so sicher wie unsere karpatianischen Gegenstücke. Anfangs hilft der Wolf. Man kann die Welt mit den Augen eines Wolfes sehen, die Farben sind zwar nur matt und stumpf, aber besser als gar nicht vorhanden. Doch mit der Zeit wächst auch der Reiz der Finsternis, bis er schließlich wie ein Monster auf dir hockt und ständig auf dich einflüstert.«

Er sah weder seine Seelengefährtin noch seinen Bruder an, sondern richtete den Blick auf die vibrierenden Säulen in der großen Kammer.

»Ich glaube, dass jeder Karpatianer, der lange lebt und erfolgreich den Vampir bekämpft, irgendwann einen Punkt erreicht, an dem er an sich glaubt. Er muss es tun. Er muss absolutes Selbstvertrauen haben. Aber Selbstvertrauen kann zu Überheblichkeit führen. Karpatianische Männer verlieren die Fähigkeit, etwas zu fühlen, und in gewisser Weise ist das sowohl ein Segen als auch ein Fluch für sie. Etwas zu empfinden, wenn man alte Freunde und Familienangehörige tötet, oder Jahr um Jahr in Dunkelheit zu leben ist die reinste Hölle. Ein *Sange rau* zu sein bedeutet, bei jedem Erwachen gegen Gefühle von Arroganz und Überlegenheit ankämpfen zu müssen, ob man nun eine Seelengefährtin hat oder nicht. Ich glaube, dass man selbst mit einer Seelengefährtin an der Seite zum Wolf-Vampir werden kann, wenn man diesen Gefühlen nachgibt. Natürlich habe ich diese Theorie noch nicht erprobt.«

Wieder folgte seinen Worten Schweigen. Fen konnte fühlen, wie Tatijanas Entsetzen wuchs. *Jetzt verstehst du mein Widerstreben, dich an mich zu binden*, sagte er im Geiste zu ihr und schämte sich dafür, ihr die schlimmste seiner Ängste nicht anvertraut zu haben, bevor er sie für sich beansprucht hatte.

Doch wieder einmal überraschte Tatijana ihn. Leises, perlendes Lachen erfüllte seinen Geist. *Ich bin nicht entsetzt über dein Geständnis, Liebster, sondern höchstens über deine Annahme, dass du den dunkleren Impulsen unserer Art erliegen könntest.*

Das wissen wir nicht. Man kann nicht sagen, wie ich in einem Moment des Kontrollverlustes handeln würde. Du hast in meinen Kopf geblickt, als ich mit dem Werwolf kämpfte, um an Informationen heranzukommen, und dann noch einmal, als ich gegen Abel und Bardolf kämpfte. Ich glaubte mich ihnen sogar überlegen, gestand Fen ihr nur widerstrebend.

Du dummer Wolfsmann.

Er war erschüttert von der Liebe, die er in ihrer Stimme hörte. Wie leicht sie ihn auf die Knie bringen konnte!

Wir haben die meiste Zeit im Kampf oder zur Heilung in der Erde verbracht, seit du mich beansprucht hast. Wie kannst du da wissen, wie es sich auf deine Überlegenheitsgefühle auswirkt, eine Seelengefährtin zu haben? Ich kann dir versichern, mein Lieber, dass Drachensucher-Frauen überlegen sind *und du deswegen sowieso kein Bein auf den Boden kriegen wirst.*

Ihr scherzhafter Ton beruhigte ihn, wie nichts anderes es könnte. Und irgendwie hatte sie auch recht.

Natürlich habe ich recht. Du wusstest, wie gefährlich es war, dir Zugang zu den Erinnerungen des Werwolfs zu verschaffen, und trotzdem hast du es getan. Natürlich hatte es Konsequenzen, doch darüber warst du dir ja vorher schon im Klaren. Und jeder Krieger, der einem Vampir entgegentritt, muss *daran glauben, dass er ihn besiegen kann. Zu akzeptieren, dass du klüger, schneller und geschickter bist als ein Vampir, ist das einzig Intelligente in einem solchen Fall. Du hast bloß getan, was jeder karpatianische Jäger tut. Nur bist du so besorgt darüber, dass du dich nicht einmal mehr erinnern kannst, wie es ist, ein Jäger zu sein.*

Das hatte Fen noch nicht bedacht, aber auch in diesem Punkt hatte sie recht. Jeder Karpatianer, der den Vampir jagte, tat es in dem Glauben, dass er den Untoten vernichten konnte. Er streckte die Hand nach Tatijana aus, um ihr ohne Worte zu verstehen zu geben, dass er sie liebte.

Mikhail runzelte die Stirn, während er mit ruheloser Energie zwischen den mächtigen Säulen seiner Vorfahren hin und her schritt und über Fens Worte nachdachte. Niemand unterbrach ihn. Fen war froh, dass Mikhail die Art von Mann war, der auf Informationen nicht einfach nur reagierte, sondern sie sorgfältig verarbeitete und aus jedem Winkel betrachtete, bevor er eine Entscheidung traf.

»Eine weitere meiner Sorgen ist die Evolution«, sagte Mikhail, als er zurückkam und vor Fen stehen blieb. »Unsere Spezies ist vom Aussterben bedroht. Könnte aus der Mischung unseres Blutes mit dem der Lykaner eine vielleicht besser entwickelte Spezies entstehen?«

Alles in Fen lehnte sich gegen den Gedanken auf, dass seine Spezies zum Untergang verdammt war und an ihrer Stelle eine andere entstehen würde – und dann vielleicht auch noch *Sange rau*.

»Und dann ist da noch die Kinderfrage. Zum ersten Mal seit langer Zeit haben wir wieder zahlreiche Kinder, die ihr erstes Jahr überlebt haben«, fuhr Mikhail fort. »Wir haben keine Ahnung, ob *Sange rau* Kinder haben können. Manolito und MaryAnn sind das einzige Paar, das wir kennen, und MaryAnn ist noch nicht schwanger geworden. Das hat natürlich nichts zu sagen, aber es könnte zu einem großen Problem werden. Was würde diese Veränderung im Blut bei einem Kind bewirken? Wollen wir Risiken eingehen, jetzt, da wir unsere Bevölkerung doch gerade erst wieder aufbauen?«

Über diesen wichtigen Gesichtspunkt hatte Fen noch gar nicht nachgedacht. Er warf einen Blick auf seinen Bruder. Dimitri war noch nicht ganz *Sange rau*, aber auf dem besten Weg dazu. Hatte er Dimitri und seine Seelengefährtin zu einem Leben ohne Kinder verurteilt, weil er vor Jahrhunderten nicht gewusst hatte, was gemischtes Blut verursachte und sie einander auf dem Schlachtfeld Blut gegeben hatten? Und erst neulich hatte er Dimitri wieder mit seinem Blut genährt. Fen hatte gewusst, dass es seinem Bruder helfen würde, schneller zu genesen, und hatte diese Entscheidung für Dimitri getroffen.

Ich würde lieber leben und wissen, dass auch Skyler leben wird, selbst wenn wir keine Kinder haben können. Sie verdient es, glücklich zu werden, und ich bin fest entschlossen, ihre Zukunft so schön wie möglich zu gestalten. Also vielen Dank, Bruder, dass du uns das Leben gerettet hast.

Fen kam sich bei den entschiedenen Worten seines Bruders ganz klein vor. »Im Laufe der Jahrhunderte«, sagte er, »habe ich immer mal wieder bei den Lykanern gelebt. In dieser Zeit bin ich nur zwei anderen *Sange rau* begegnet. Den ersten jagte ich mit Vakasin, und der zweite war Abel. Aber damals wusste ich das noch nicht. Abel verwandelte dann Bardolf, aus welchem Grund auch immer. Einem Paar bin ich jedoch noch nie begegnet.Ich vermutete sogar, dass eine Frau vielleicht kein gemischtes Blut haben konnte. Doch dann erzählte Tatijana mir von Manolito de la Cruz und seiner Seelengefährtin, und ich begann, mir Sorgen zu machen, dass sie vielleicht nicht einmal wussten, welche Gefahr ihnen vonseiten der Lykaner drohte.«

»Soweit du weißt, sind also weltweit nur du, MaryAnn und Manolito *Sange rau*, die nicht der Finsternis erlegen sind. Und Bardolf und Abel sind deines Wissens die einzig Lebenden, die ihr anheimgefallen sind«, fasste Mikhail zusammen.

Fen nickte. »Das heißt natürlich nicht, dass es keine anderen gibt. Ich kann mir nicht vorstellen, dass es weltweit nicht noch andere gibt.«

»Die Lykaner haben die Karpatianer jahrhundertelang gemieden«, gab Mikhail zu bedenken.

»Ihr Rat hat Beziehungen zwischen den beiden Spezies nicht gutgeheißen und zu verhindern gesucht, wahrscheinlich, um die Vermischung ihres Blutes zu vermeiden. Es hat jedoch nie Feindseligkeit bestanden, soweit ich hörte«, erwiderte Fen.

»Das würde die geringe Anzahl von *Sange rau* erklären«, sagte Gregori. »MaryAnn war schon vorher Lykanerin. Wissen wir, was geschieht, wenn eine Karpatianerin sich verändert?«

Tatijana zuckte mit den Schultern. »Ich werde es euch wissen lassen, wenn es so weit ist. Es ist meine Entscheidung, das zu sein, was Fen ist. Ich bezweifle allerdings, dass lykanisches Blut sich bei einem Drachensucher so weit durchsetzen könnte, dass ich in Gefahr wäre.«

»Hoffen wir, dass du recht hast«, entgegnete Gregori trocken. »Wenn dir etwas zustößt, welche Garantie haben wir dann, dass Fen dir folgen würde?«

Dimitri funkelte ihn böse an. »Dafür gibt es nie eine Garantie, bei keinem von uns. Auch bei dir nicht, Gregori, falls Savannah etwas geschehen sollte. Alle karpatianischen Männer sind gefährdet ohne ihre Seelengefährtin.«

»Sicher, aber wir sind keine *Sange rau*. Falls wir der Dunkelheit anheimfallen, werden unsere Jäger uns finden und vernichten, bevor wir den anderen Spezies um uns herum zu viel Schaden zufügen können. Kannst du dir dagegen eine Armee von *Sange rau* vorstellen? Dein Bruder erzählte uns, ein einziger habe die Reihen der Lykaner sehr stark dezimiert. Wir sind nur wenige. Sie könnten uns also sehr schnell völlig auslöschen«, sagte Gregori.

»Damit hat er nicht ganz unrecht«, stimmte Fen ihm zu. *Du brauchst nicht für mich einzutreten, Dimitri, obwohl ich sehr dankbar dafür bin. Ich wusste, welch enormes Problem ich Mikhail mitbrachte, als ich zu ihm ging. Die* Sange rau *sind eine ebenso große Gefahr für die Karpatianer, wie sie es für die Lykaner und die Menschen sind. Wir haben keine Antworten auf die Fragen, die er aufwirft. Ich hatte Jahrhunderte, um über diese Probleme nachzudenken, und mir ist noch immer keine Lösung eingefallen.*

Wir sind keine Lykaner, zischte Dimitri in seinem Kopf. *Ich weigere mich zu glauben, dass Mikhail die* Sange rau *unterschiedslos wie Verbrecher behandeln würde und dich und jeden anderen, der zu einem solchen Mischling wird, zum Tode verurteilen würde.*

Fen hatte lange Zeit bei den Lykanern gelebt und sah die Sache daher etwas anders. *Du glaubst also, wir wären zivilisierter?*, fragte er und konnte nichts gegen den Anflug von Belustigung in seiner Stimme tun. Die Lykaner waren in der besten

Gesellschaft und der Politik fast aller Länder hervorragend etabliert. Sie dienten beim Heer, und die meisten waren hochgebildet. Während die Karpatianer sich größtenteils aus der Welt der Menschen zurückgezogen hatten und zu stillen Wächtern geworden waren, hatten sich die Lykaner genau für den gegenteiligen Weg entschieden – sie hatten diese Welt mit offenen Armen begrüßt und beschützten die Menschen genauso enthusiastisch.

Dimitri, dieses abtrünnige Werwolfrudel ist kein Beispiel für Lykaner. Sie sind an das Tier in sich zurückgefallen, so wie Vampire sich die dunklere Seite von Karpatianern zu eigen machen. Zev und die Elitejäger repräsentieren die Lykaner weitaus besser. Lass dich nur ja nicht zu der Annahme verleiten, wir wären ihnen überlegen!

»Ich glaube nicht, dass wir uns Sorgen machen müssen, Fen könnte zum Vampir werden«, stellte Mikhail in seinem üblichen beruhigenden Tonfall fest. »Aber wir müssen zu einer Entscheidung gelangen, wie wir vorgehen werden. Und mir scheint, dass wir deshalb mit dem Rat der Lykaner sprechen müssen. Wir haben das jetzt schon einige Jahre lang ausführlich diskutiert. Wir brauchen sie als Verbündete und nicht als Feinde. Das Thema *Sange rau* ist unsere beste Gelegenheit, sie zu einer längeren Gesprächsrunde zu bitten und zu irgendeiner Übereinstimmung zu kommen.«

»Zev ist der beste Mann dafür«, riet Fen. »Der dem Rudel vorausgesandte Elite-Scout ist normalerweise auch der Intelligenteste und ihr bester Mann. Er wird dem Rat direkt Bericht erstatten, und sie werden auf ihn hören. Seine Meinung ist für sie die maßgebliche.«

Mikhail nickte. »Er war schwer verwundet worden und hatte sehr viel Blut verloren. Um ihn am Leben zu erhalten, hat Jacques ihm Blut gegeben.«

Für einen Moment schloss Fen erschöpft die Augen. Tatijana

hatte Zev auch Blut gegeben. Hatte Zev auf seinen Reisen und bei seinen vielen Kämpfen schon einmal Blut von anderen Karpatianern erhalten? Es war möglich – und gefährlich. Denn egal, wie ehrenhaft Zev auch seinen Leuten diente, sollte er zum *Sange rau* werden, würden sie sich gegen ihn wenden und ihn bedenkenlos zum Tode verurteilen. Das wusste Fen nur zu gut aus eigener Erfahrung.

»Ich habe keine Ahnung, wie viel Blut ausgetauscht werden muss, bevor die Mischung einen in etwas anderes verwandelt«, gab Fen zu. »Als Vakasin und ich den *Sange rau* bekämpften, trugen wir beide zahllose Verwundungen davon und verloren eine Menge Blut. Ich weiß nicht, wie oft wir einander Blut gegeben haben, bevor ich den Wolf in mir zu spüren begann, aber ich fühlte ihn schon lange, bevor Vakasin die karpatianischen Eigenschaften in sich wahrnahm. Oder vielleicht erkannte er auch nur nicht, dass er sich verändert hatte.«

»Du befürchtest, dass Zev in Schwierigkeiten sein könnte«, stellte Mikhail fest.

Fen nickte. »Er ist ein guter Mann. Seine kämpferischen Fähigkeiten sind von den meisten Jägern nicht zu übertreffen. Er erinnert mich an Vakasin. Es würde mir furchtbar leidtun, wenn er von seinen eigenen Leuten getötet würde, nach all den Diensten, die er ihnen erwiesen hat.«

»Das macht es umso wichtiger, mit dem Rat der Lykaner zu reden«, sagte Mikhail. »Falls sie den Unterschied zwischen einem Vampir und einem Karpatianer verstehen, können wir sie vielleicht dazu bringen, den *Sange rau* in einem anderen Licht zu sehen. Wir könnten die Unterscheidung deutlich machen, indem wir der Kreuzung aus Karpatianer und Lykaner einen eigenen Namen geben.«

Fen seufzte. »Ich wünsche euch viel Erfolg, doch ich kann euch gleich sagen, dass die Lykaner sich euch in dieser Angelegenheit entgegenstellen werden. Nicht nur, weil sie stichhaltige

Gründe haben, die Mischung aus karpatianischem und lykanischem Blut zu fürchten, sondern auch, weil ihr gegen jahrhundertealte Vorurteile zu Felde zieht. Es gibt Fanatiker, die einem Geheimbund angehören, der gar nicht so geheim ist, und es sich zur Lebensaufgabe gemacht haben, den *Sange rau* aufzuspüren und zu vernichten. Diese Eiferer ziehen alle möglichen Sonderlinge heran und unterziehen sie einer Gehirnwäsche. Der *Sange rau* bietet ihnen ein Ziel für ihren fanatischen Hass. Nicht, dass sie jemals wirklich einen fänden, dennoch wird die Schuld an allen Missetaten dem *Sange Rau* zugeschrieben.«

»Aber die kühleren Köpfe im Rat müssten doch eigentlich überwiegen«, meinte Mikhail.

Fen zuckte mit den Schultern. »Das sollte man hoffen, doch ich habe einige dieser Hitzköpfe gesehen. Sie sind zu Missionaren geworden, die vor den Rudeln predigen und ungeheuer überzeugend sind. Ihr müsst bedenken, dass das schon seit Jahrhunderten im Gange ist und die Vorurteile daher tief verwurzelt sind.« Er versuchte, einen anderen Weg zu finden, die Sache zu erklären. »Dieser Glaube an den *Sange rau* ist ein Herzstück ihrer Traditionen. Er steht für alles Böse. Er ist ihr Dämon, der Inbegriff alles Sündhaften und Frevlerischen.«

»Wie eine Religion also«, warf Gregori ein.

Prinz Mikhail warf ihm einen Blick zu. Gregori glaubte an keine Religion, während Mikhail fromm und gläubig war.

»Eine, die ihnen sehr heilig ist, und wenn nicht gar ein tatsächlicher spiritueller Glaube, so doch auf jeden Fall einer, der fest verflochten mit ihrer Lebensweise ist«, sagte Fen.

Mikhail atmete tief ein und wieder aus. »Also schön. Es ist gut zu wissen, womit wir es zu tun haben. Trotzdem glaube ich, dass wir es versuchen sollten. Aber wie bekämpfen wir bis dahin den *Sange rau?* Wie konnte Dimitri es mit einer solchen Kreatur aufnehmen, während unsere eigenen Krieger so viel Schaden dabei erlitten?«

»Lykaner und Werwölfe sind Rudelkämpfer. Karpatianer hingegen sind es gewohnt, einzelne Ungeheuer zu bekämpfen.«

»Neuerdings haben sich auch Vampire zusammengeschlossen«, sagte Gregori. »Vampire, so unnatürlich das auch klingen mag, haben tatsächlich eine Armee zusammengestellt, um uns anzugreifen. Als kleine Übung haben sie das Anwesen der Familie de la Cruz in Südamerika überfallen.«

Fen schüttelte den Kopf. »Das muss ja gewesen sein, wie in ein Wespennest zu stechen. Von allen Jägern auf der Welt würde ich lieber jeden anderen gegen mich aufbringen als einen De la Cruz.«

»Es war etwas Persönliches«, erklärte Dimitri. »Die Brüder Malinov beschlossen, dass sie alle Karpatianer regieren wollten, und die Brüder de la Cruz lehnten es ab, sich ihnen dabei anzuschließen.«

»Jetzt wirst du verstehen, warum wir die Lykaner als Verbündete wollen«, sagte Mikhail. »Wir allein sind zu wenige für einen so zermürbenden Krieg mit irgendeinem Feind.«

»Ja, das verstehe ich, doch wenn eure Krieger den *Sange rau* bejahen und ganz bewusst versuchen, selbst einer zu werden, werden die Lykaner euch angreifen«, warnte Fen. »Der Krieg würde endlos sein, und zu guter Letzt würde kein anderer gewinnen als die Vampire. Wenn ihr zu der Versammlung geht, muss euch klar sein, dass ihre Vorurteile tief in ihnen verwurzelt sind und schwer zu ändern sein werden.«

Mikhail nickte. »Ich glaube wirklich, dass wir einen eigenen Namen für die Karpatianer und Lykaner finden müssen, die nicht zum Vampir geworden sind, aber gemischtes Blut in sich tragen. Einen Namen, der deutlich macht, dass sie etwas völlig anderes sind als die Dämonen, die sie in den Augen der Lykaner sind. Und dieser Name muss Teil unseres Vokabulars werden, bevor ich mich mit Zev treffe. Was wiederum bedeutet, dass wir uns jetzt gleich einen Namen einfallen lassen müssen.«

»Glaubst du wirklich, dass ein anderer Name ihre Einstellung verändern wird?«, fragte Vikirnoff. Es war das erste Mal, dass er während der Versammlung etwas sagte, und an seinem Ton konnte Fen erkennen, dass er ganz und gar nicht erbaut war von der Situation. Wäre sie nicht so ernst gewesen, hätte Fen gelächelt. Mikhail Dubrinsky dagegen verstand das Problem voll und ganz. Er würde nicht das Handtuch werfen und gehen, sondern wirklich versuchen, eine Veränderung herbeizuführen. Und abgesehen von Fen war Mikhail derjenige, der besser als jeder andere der Anwesenden wusste, was auf ihn zukam.

Viele seiner karpatianischen Krieger würden versucht sein, zum *Sange rau* zu werden, und wenn auch einfach nur, um ihre kämpferischen Fähigkeiten zu verbessern. Die potenziellen Probleme würden sie ebenso ignorieren wollen wie die Tatsache, dass MaryAnn und Manolito, Fen und Tatijana sowie auch Dimitri dadurch zu Anschauungsobjekten in einem Experiment würden. Denn natürlich würden sie dann von beiden Seiten, also von Lykanern als auch von Karpatianern, scharf beobachtet werden. Und was, wenn es Mikhail nicht gelang, den Rat der Lykaner zu überzeugen, dass ein Unterschied zwischen Karpatianer-Lykaner-Mischlingen und *Sange rau* bestand?

Würden die Lykaner dann einen Krieg beginnen, um die Karpatianer zu zwingen, ihnen die ihnen bekannten *Sange rau* auszuliefern? Bedauerlicherweise hielt Fen das für sehr gut möglich. Und selbst wenn es Mikhail gelang, den Rat zu überzeugen, bedeutete das noch lange nicht, dass alle Rudel einverstanden sein würden. Nicht in einer Angelegenheit, die derart tief in ihnen verwurzelt war. Wenn der Rat zustimmte, könnte seine Entscheidung also durchaus eine Spaltung unter den Rudeln herbeiführen.

»Wir brauchen noch viel mehr Informationen, bevor wir irgendwelche unserer Leute diesen Weg einschlagen lassen«, sagte

Mikhail ernst. »Ich verlasse mich auf euch drei, um uns diese Informationen zu beschaffen.«

Fen nickte. »Mir bleibt ohnehin nichts anderes übrig, als dem abtrünnigen Rudel zu folgen, wenn es weiterzieht. Ich muss sowohl Abel als auch Bardolf jagen.«

»Nachdem ich gesehen habe, dass Abel in sein Heimatland zurückgekehrt ist, glaube ich, dass er nur eins im Sinn hat und daher nicht so schnell wieder von hier verschwinden wird«, sagte Mikhail. »Er ist zurückgekehrt, um mich zu töten. Und bis er hier wieder auftaucht, müssen unsere Jäger wissen, wie sie sich gegen Abel und Bardolf behaupten können. Dimitri, der über die ganze Sache schon seit geraumer Zeit Bescheid weiß, hast du offenbar schon ausgebildet, Fen.«

Ein Anflug von Tadel schwang in der Stimme des Prinzen mit.

Dimitri zuckte mit den Schultern. »Die Abtrünnigen kamen nie auch nur in die Nähe unseres Heimatlandes. Irgendwann beschloss ich, Schutzgebiete für unsere Wolfsbrüder einzurichten, weil ich wusste, dass Fen ab und zu einen Ort brauchte, um sich auszuruhen und zu genesen. Das gab mir die Möglichkeit, mit ihm zusammen zu sein. Was er war, hatte in all diesen Jahrhunderten keine Auswirkungen auf unser Volk.«

Gregori straffte sich und starrte Dimitri aus schmalen Augen an, doch Mikhail hob die Hand, um seinem Stellvertreter Schweigen zu gebieten.

»Dimitris Loyalität unserem Volk gegenüber war nie ein Thema«, sagte der Prinz. »Bis dieses abtrünnige Rudel in unsere Heimat kam, haben die Lykaner uns gemieden.«

»Das stimmt«, gab Gregori zu. »Aber hätten wir von solch einem potenziellen Feind gewusst, hätten wir besser vorbereitet sein können. Doch so, wie die Dinge lagen, wurden viele unserer Jäger schwer verwundet.«

»Sie bekämpften das Rudel, nicht den *Sange rau*«, gab Dimitri zurück.

Warum streitest du dich mit ihm herum?, fragte Fen. *Du weißt doch, dass er recht hat. Wir hätten die Karpatianer schon lange vorher über diesen Feind aufklären müssen. Aber du hast versucht, mich zu beschützen, Dimitri, das wissen wir doch beide.*

Dimitri runzelte die Stirn über sich selbst. Es war sehr untypisch für ihn, sich über jemanden zu ärgern, der die Wahrheit sagte. Außerdem war es Gregoris erste und wichtigste Aufgabe, den Prinzen zu beschützen. Warum verspürte er dann also diesen beunruhigend heftigen, ja schon beinahe aggressiven Groll?

Dein Wolf erwacht, um dich zu beschützen, erklärte Fen. *Kannst du ihn fühlen? Du bist an einem Ort, wo unsere Vorfahren uns einschätzen und beurteilen können. Das spürt er, und deshalb drängt er dich zu gehen.*

Mikhail schwenkte die Hand, und Hunderte von Kerzen an den Wänden flammten auf. Sofort erstrahlten auch die mächtigen Säulen und Kristalle in gedämpften Farben. Genau in der Mitte des Raumes befand sich ein Kreis aus kristallenen Säulen. Sie waren die kürzesten hier, die mittlere reichte Mikhail gerade bis zur Schulter. Sie war blutrot, aus mannigfaltigen Mineralien und Kristallen geformt, und endete in einer rasiermesserscharfen Spitze.

Mikhail sprach in ihrer alten Sprache die rituellen Worte, um ihre lang dahingeschiedenen Vorfahren anzurufen. »Blut unserer Väter, Blut unserer Brüder, wir suchen eure Weisheit, eure Erfahrung und euren Rat. Kommt zu euren Brüdern und erteilt uns Rat durch unsere Blutsbande! Wir geloben unserem Volke unerschütterliche Treue, Entschlossenheit angesichts der Not, Mitgefühl für die Notleidenden, Kraft und Ausdauer über die Jahrhunderte und vor allem ein Leben in Ehre. Unser Blut verbindet uns.«

Mikhail drückte seine flache Hand so fest auf die Spitze der

Säule, dass sie sein Fleisch durchdrang und Blutstropfen über den oberen Teil der Säule liefen. »Unser Blut vermischt sich mit dem euren und ruft nach euch. Schenkt unserem Ruf Gehör und kommt jetzt her zu uns!«

KAPITEL DREIZEHN

Mikhails Blut vermischte sich mit dem der längst verstorbenen Krieger. Sofort waren die Kristalle wie von innen erleuchtet und gaben Farben ab, tiefes Smaragdgrün und kräftiges Rubinrot, die durch den Raum wirbelten und sich miteinander vereinigten. Das Schauspiel war fast wie das Nordlicht, so viele Farben tanzten durch den großen Raum.

Die umherwirbelnden Farben taten Fen sogar in den Augen weh. Er war an Grau, Weiß und die gedämpften Farbnuancen gewöhnt, die ein Wolf manchmal unterscheiden konnte, bis Tatijana ihm die Fähigkeit zurückgegeben hatte, kräftigere Farben zu sehen. Doch das alles war immer noch neu für ihn. Trotzdem war das Schauspiel von außergewöhnlicher Schönheit. Auch seine Muttersprache zu hören war sehr angenehm für ihn. Und so fühlte er sich nach so vielen Jahrhunderten des Alleinseins endlich wieder seinem Volke zugehörig.

Fen warf einen Blick auf seinen Bruder. Dimitri war groß, breitschultrig, und seine markanten Gesichtszüge wirkten wie in Stein gemeißelt. Er war gut aussehend, aber distanziert, ein Mann für sich. Dimitri hatte eine Seelengefährtin, die er nicht beanspruchen konnte. Sie hatte Emotionen und Farben in seine Welt zurückgebracht, doch das machte die Jagd auf Vampire nur noch schwieriger. Nun musste er auch noch mit einem Wolf fertigwerden, der sich in ihm regte und um Vorherrschaft kämpfte. Fen hoffte, dass die geheiligte Kammer Dimitris Leiden ein wenig zu lindern vermochte.

Die Säulen summten, jede mit einer anderen Note, was so deutlich zu hören war, dass die Totems mit Gesichtern miteinander zu singen schienen. Die um sie umherwirbelnden Farben verliehen den Gesichtern Leben und Ausdruck. Fen war vorsichtig genug gewesen, dem Prinzen keinen Treueeid zu leisten. Es war wichtig, sich zu vergewissern, dass er Mikhail nicht in eine Lage brachte, in der er in einen Krieg ziehen müsste, um ihn zu verteidigen. Aber ... da waren auch noch MaryAnn und Manolito. Fen kannte Zacarias de la Cruz. Zacarias war durch und durch Jäger. Durch und durch Karpatianer. Ein Mann, der ganz an der Spitze der Nahrungskette stand. Unzivilisiert. Ungezähmt. Authentisch. Niemand würde seine Familie anrühren, ohne sofortige und grausame Vergeltung zu erfahren. Er würde schonungslos sein und nicht eher ruhen, bis er den oder die, die seine Familie ins Visier nahmen, ausgelöscht hatte.

Fen wusste, dass Zacarias seine Seelengefährtin gefunden hatte, aber er würde sein Leben darauf verwetten, dass der älteste der Brüder de la Cruz sich dadurch nicht sehr stark verändert hatte. Fen war ein Jäger, der keine andere Lebensweise kannte, und bei Zacarias würde es nicht anders sein. Das bedeutete, dass Mikhail MaryAnn und Manolito vor den Lykanern würde beschützen müssen.

Falls Tatijana so wie er wurde, und das würde sie irgendwann, wollte Fen, dass die Karpatianer sie beschützten. Das Gleiche galt für seinen Bruder. Dimitri war auf dem besten Wege, zum *Sange rau* zu werden. Sie hatten einander in den letzten paar Jahrhunderten schon öfter Blut gegeben, wenn sie zusammen auf der Jagd gewesen waren, und jetzt begann Dimitri die Anwesenheit – und Auswirkungen – des Wolfes in sich zu spüren.

Jahrhunderte zuvor, als Fen einem längst verstorbenen Prinzen Treue geschworen hatte, war auch sein Blut auf die Säule der Krieger gelangt. Es jetzt erneut all dem anderen Blut hinzuzufügen, würde den Ahnen ermöglichen, ihre Meinung zu den

Entscheidungen kundzutun, die Mikhail fällen würde. Sie würden wissen, wie es war, wie ein *Sange rau* zu denken und zu fühlen. Fen schämte sich nicht dessen, was er war. Er hatte so ehrenhaft gelebt, wie er nur konnte. Er hatte die Feinde von Lykanern, Menschen und Karpatianern bekämpft, wann immer er einem begegnet war.

»Du brauchst keine Treue zu schwören«, sagte Mikhail. »Falls du jedoch noch zögerst, weil du befürchtest, einen Krieg zwischen Lykanern und Karpatianern zu entfesseln, kann ich dir versichern, dass ich niemals zustimmen werde, diese als *Sange rau* bekannte Lykaner wahllos zu verfolgen. Jeder Karpatianer, der diese außergewöhnliche und schwierige Gabe hat, wird als *Hän ku pesäk kaikak* oder *Paznići de toate* bezeichnet werden, was sich in beiden Sprachen mit *Wächter aller* übersetzen lässt, und ich werde keinen von ihnen aufgeben.«

Mikhails Stimme war bezwingend. Hypnotisierend. Mit seiner Stimme konnte er nahezu jeden dazu bringen, ihm zu gehorchen, aber er achtete darauf, einen neutralen Tonfall zu bewahren.

Fen lauschte der neuen Bezeichnung nach. *Hän ku pesäk kaikak,* Wächter aller. So sah Mikhail Dubrinsky ihn. Andernfalls hätte er dem, was er war, keinen solch ehrenhaften Namen verliehen. Fen konnte fast nicht glauben, was für ein Unterschied eine solche Kleinigkeit ausmachte. Bisher war er der verhasste *Sange rau* gewesen, und nun hatte der Prinz ihn mit einer einzigen kleinen Erklärung zum Wächter aller erhoben!

Mikhail gab ihm und anderen wie ihm einen Sinn und einen Rang.

Er ist der geborene Führer, flüsterte Tatijana Fen im Geiste zu. *Allein schon mit der Namensänderung ändert sich auch das Empfinden, was und wer du bist.*

Ich kann jetzt verstehen, warum du ihm Treue geschworen hast.

Tu das nicht für mich!

Bestimmt nicht. Es muss eine persönliche Entscheidung sein, und ich entscheide mich freiwillig dazu, Teil seiner Welt zu sein.

Fen zögerte nicht länger. Zu viele Jahrhunderte war er ein Mann ohne Heimatland gewesen, und sein Volk waren die Karpatianer, egal, wozu sein Blut geworden war. Er liebte und respektierte die Lykaner, doch sein Herz war hier bei seinen eigenen Leuten. Er wollte wieder zu der karpatianischen Gemeinde gehören, und vor allem wollte er sicherstellen, dass Tatijana immer akzeptiert werden würde.

Er warf seinem Bruder einen Blick zu. Dimitri war ein geachteter und hochgeschätzter Jäger unter den Karpatianern. Was auch immer sich in ihm veränderte, was auch immer der Wolf mitbrachte, es würde dem karpatianischen Volk zugutekommen und ihnen nichts nehmen; dessen war sich Fen ganz sicher.

Fen trat vor die blutrote Kristallsäule und ließ langsam seine Hand sinken. Bevor sie jedoch die scharfe Spitze berührte, spürte er deutlich die von der gläsernen Säule ausgehende Macht. Er wusste, dass das Risiko, das er einging, ein kalkuliertes war. Falls seine Vorfahren ihn zurückwiesen, würden Mikhail und vor allem Gregori ihn vielleicht auch zurückweisen, doch das war eine Möglichkeit, die er glaubte, riskieren zu müssen.

Und so senkte er die Hand noch weiter und ließ die Spitze der Säule in sein Fleisch eindringen, bis er blutete. Sofort vermischte sich sein Blut mit dem all jener, die schon lange nicht mehr auf dieser Erde weilten. Seine Seele öffnete sich weit und rief nach den Kriegern, die vor ihm gegangen waren. Er spürte sie, sehr viele, und ihre Präsenz war so stark, dass sie ihn vollkommen erfüllten und er sie zu sich sprechen hörte, als sie ihn zu einem Teil der Gemeinschaft machten, die bis in uralte Zeiten zurückreichte. Die Flut von Kameradschaft, Zugehörigkeitsgefühl und Akzeptanz, die ihn überströmte, war schier überwältigend.

Jede Zelle seines Körpers reagierte. Fen wurde sich allem,

jeder noch so kleinen Einzelheit, bewusst. Er hörte das stetige Tröpfeln von Wasser, das wie ein Herzschlag tief im Inneren der Kammer trommelte, und spürte, wie sein eigener Herzschlag diesen kollektiven Rhythmus übernahm. Das Rauschen des Blutes in seinen Adern und in den Adern derer, die ihn umringten, befand sich in vollkommenem Einklang mit dem endlosen Fluss des Blutes der Ahnen innerhalb der Säule. Tief unter dem Boden der Höhlenkammer, viele Meter unter dem Wald gigantischer Säulen, spürte er in aller Deutlichkeit den Magma-Teich, der das Labyrinth von mehrgeschossigen Höhlen mit Hitze versorgte.

Er vernahm Geflüster, uralte Worte der karpatianischen Sprache, mit denen Krieger ihn begrüßten. *Bur tule ekämet kuntamak.* Er konnte alte Freunde hören, die ihn riefen. *Seid gegrüßt, Brüder!*

Er erwiderte das Geflüster in Gedanken, versuchte, sie im Geiste zu erreichen …

Ganz unvermittelt wurde die ganze Atmosphäre in der Kammer düster und traurig. Das leise Summen nahm eine völlig andere Melodie an – wurde zu einem Grabgesang, einer uralten, aber eindeutigen Totenklage. Es war eine Melodie, die einem gefallenen Krieger von sehr hohem Ansehen vorbehalten war, einem Mann, der schon zu Lebzeiten zur Legende geworden war.

Fen ertappte sich dabei, wie er den Atem anhielt. Die uralten Krieger zollten ihm Tribut – die höchste Anerkennung, die ein gefallener Krieger erhalten konnte … aber er war doch gar nicht tot! Das dunkle Rot der Säule wechselte zu einem ebenso dunklen Lila, der Farbe der Trauer um einen gefallenen Kameraden. Die flackernden Flammen der Kerzen wurden kleiner, warfen noch mehr Schatten in den Raum und verstärkten das Gefühl der Trauer.

Es war die letzte Reaktion, die Fen erwartet hatte: dass seine

Vorfahren um ihn trauerten und ihm Achtung zollten, als wäre er im Kampf gefallen. Er bewahrte eine völlig ausdruckslose Miene, doch Tatijanas Bewusstsein war mit seinem verschmolzen, und als das Herz ihm schwer wurde, trat sie hinter ihn, schlang die Arme um ihn und legte den Kopf an seinen Rücken, um ihn zu beruhigen.

Im selben Moment, als sie sich an ihn drückte und ihn mit ihren Armen so liebevoll umfing, verstummte das Summen abrupt. Eine verblüffte Stille folgte, als wüssten die Vorfahren nicht, was sie denken sollten. In der kristallenen Säule pulsierte schon hinter dem dunklen Violett ein schönes tiefes Rot, und die Stimmen flüsterten plötzlich Begrüßungen und Worte der Ermunterung.

Fen legte beide Hände über Tatijanas und drückte sie an seine Taille. Er war nicht sicher, was er denken sollte. Gerade hatten die uralten Krieger noch getrauert, als wäre er in einer großen Schlacht gestorben, und jetzt sprachen sie wieder ganz normal und kameradschaftlich mit ihm. Es war ungemein verwirrend.

Es ist dein Drachensucherblut, das sie spüren, sagte er schließlich zu Tatijana.

Und es ist vermischt mit deinem. Sie hätten es eigentlich schon vorher spüren müssen, als ich in ihre Nähe kam, erwiderte Tatijana und zog ein wenig herablassend die Nase kraus.

Sie rufen dich. Fen war noch immer nicht ganz sicher, wie er reagieren sollte, und so sagte er einfach nur die Wahrheit: *Sie ist Tatijana, die Hüterin meines Herzens und meiner Seele* – hän ku vigyáz sívamet és sielamet.

Anerkennendes Gemurmel ging wie ein Summen durch die Kammer. Es war keineswegs so, als lehnten sie Fen ab, tatsächlich war sogar genau das Gegenteil der Fall. Die uralten Krieger begrüßten ihn mit offenen Armen, aber sie hatten geglaubt, er hätte diese Welt bereits verlassen, bis Tatijana ihn mit sich selbst umgeben hatte.

Das von den Stalaktiten über ihren Köpfen ausstrahlende Licht wechselte die Farben und gab nun helle Lavendel- und Rosatöne sowie sanfte Grün- und Blautöne ab. Alles Farben, dessen war sich Fen ganz sicher, die seine Drachensucherfrau darstellten. Die Stalagmiten, große, skulptierte Säulen mit Gesichtern und Augen, erwachten wieder zum Leben und starrten Fen und Tatijana ganz unverhohlen an.

Warum sind sie so überrascht? Wir sind Seelengefährten. Können sie das nicht sehen?

Fen suchte Mikhails Blick. Was hatte das alles zu bedeuten? Vielleicht war ja nur der Prinz imstande, die Bedeutung des Trauergesangs und der plötzlichen Veränderung zu verstehen.

»Kannst du mir sagen, warum sie dachten, ich sei tot?«, fragte Fen, nicht ganz sicher, ob er es wirklich wissen wollte.

Es spielt keine Rolle, was sie denken, beharrte Tatijana und ging um ihn herum, um sich beschützend zwischen ihn und die kurze Säule zu stellen, die der Verständigung mit den längst verstorbenen Vorfahren diente.

Es spielt sehr wohl eine Rolle, meine Liebe, erwiderte Fen sanft. *Wir müssen die Konsequenzen einer Verwandlung zum* Sange rau *kennen, bevor sich irgendein weiterer Karpatianer dazu entscheidet, ein Mischling zu werden, weil er meint, so besser mithelfen zu können, seine Spezies vor dem Aussterben zu bewahren oder gegen den schlimmsten aller Feinde zu verteidigen.*

Rede nicht länger von Sange rau! *Du bist* Hän ku pesäk kaikak, *Wächter aller,* widersprach Tatijana sehr entschieden.

Fens Herz schlug einen Purzelbaum. Selbst sein Magen schien vor Freude zu hüpfen angesichts ihrer beschützerischen Art ihm gegenüber. *Ich habe großes Glück gehabt mit meiner Seelengefährtin*, flüsterte er ihr im Geiste zu und meinte es auch so. Tatijana hatte sein Leben verändert und würde auch stets das Wichtigste für ihn sein. Bei ihr fühlte er sich lebendig, und sie gab ihm einen ersten Vorgeschmack auf Freude und echtes Lachen.

»Die Ahnen begrüßen dich herzlich, weil sie dein Herz und deine Seele als die eines Karpatianers erkannten, Fen«, sagte Mikhail. »Einige von ihnen kannten dich von früher und feierten, dass du dir während einer solch langen und schwierigen Reise deine Ehre bewahrt hast.«

Fen nickte. Er hatte gespürt, dass sie ihn willkommen hießen, und ihre Kameradschaft hatte ihm das Gefühl gegeben, zu einem weitaus größeren Kreis zu gehören. Nachdem er so viele Jahrhunderte allein gewesen war, fühlte Fen sich jetzt mit seinen Vorfahren verbunden. Er hätte alles für dieses Zugehörigkeitsgefühl gegeben, bevor er Tatijana begegnet war und Anspruch auf sie erhoben hatte. Er *hatte* diese Verbindung gebraucht, doch seit Tatijana mit so viel Schönheit und Licht in sein Bewusstsein eingedrungen war, brauchte er sie eigentlich gar nicht mehr. Den Frieden, der ihm so gefehlt hatte, hatte seine Seelengefährtin ihm geschenkt.

Er war mit dem Gedanken hergekommen, Akzeptanz zu finden, nicht nur für sich, sondern auch für seinen Bruder und jeden anderen, der das gleiche gemischte Blut hatte wie er. Und nun, da er in der geheiligten Höhle der Krieger war, fühlte er sich von den traditionellen Ritualen getröstet. Doch es war Tatijana, die dafür sorgte, dass er sich wieder vollständig fühlte, und nicht der Kreis der Krieger.

»Was ist geschehen? Warum dachten sie, ich wäre tot?«, fragte er neugierig.

»Als dein Blut anfangs den geheiligten Stein berührte, spürten sie, was sie zu spüren erwarteten. Ich weckte sie mit der Anrufung, doch als sie mit dem Ritual fortfuhren und dein Blut das ihre berührte, merkten sie, dass es ganz anders war und du als Karpatianer nicht mehr da warst. Sie hatten jedoch schon dein Herz und deine Seele geprüft und wussten, dass du ehrenhaft warst und lange und hart für unser Volk gekämpft hattest. Deshalb erwiesen sie dir die höchste Ehre für einen Krieger, indem sie deinen Tod betrauerten.«

»Sie glaubten, er sei tot, weil sein Blut anders ist?«, fragte Dimitri, um Aufklärung bemüht. »Oder erklärten sie ihn für gefallen für das karpatianische Volk?«

»Sie hielten ihn für tot«, antwortete Mikhail. »Konntest du nicht ihre aufrichtige Trauer spüren? Dein Blut, Fen, muss gegenwärtig völlig anders sein als das eines Karpatianers.«

Fen nickte nachdenklich. »Und doch kann ich jedem Blut geben, wie es auch jeder Karpatianer kann.«

»Du sagtest, die Verwandlung fände stufenweise statt. Wenn du in den Anfangsstadien hierhergekommen wärst, hätte dein Blut dem karpatianischen wahrscheinlich noch genug geähnelt, dass nur wenige den Unterschied bemerkt hätten«, erklärte Mikhail.

»Aber dann spürten sie Tatijana. Ihr Drachensucherblut ist machtvoll.«

»Ja, das ist es. Und weil ihr Seelengefährten seid, muss dieser Stamm auch schon in dir vorhanden sein. Doch ich habe noch etwas anderes wahrgenommen, etwas genauso Machtvolles. Nicht deinen Wolf – obwohl dessen Präsenz durchaus beeindruckend war –, sondern etwas sehr Unterschwelliges und genauso Dominantes.«

Mit nachdenklicher Miene blickte Mikhail von Fen zu Dimitri und dann wieder zurück zu Fen. »Tatijana stammt vom Geschlecht der Drachensucher ab, das eines unserer mächtigsten Geschlechter ist. Sie hat eine starke Verbindung zu Mutter Erde, doch was ich spüre, fühlt sich trotzdem anders an, als wäre es nicht ihre Verbindung, sondern deine.«

»Tatijana fühlt sich in der Tat sehr stark mit Mutter Erde verbunden«, gab Fen zu.

Mikhail schüttelte den Kopf, und sein durchdringender, kluger Blick glitt zu Dimitri zurück. »Ah, jetzt verstehe ich. Die kleine Skyler. Wir unterschätzen dieses Mädchen. Sie hat mitgeholfen, dich zu heilen. Wie ist das möglich aus solch einer Entfernung? Ist sie nicht in London?«

»Ich glaube ja«, antwortete Tatjana für die beiden Männer.

»Und trotzdem kennt ihr sie und könnt von hier aus mit ihr sprechen«, sagte Mikhail. »Wie ist das möglich, dass ein junges Mädchen, eigentlich ein halbes Kind noch, auf telepathischem Wege zweitausend Kilometer überwinden und jemanden heilen kann, der dem Tode nahe ist?«

Tatijana zuckte mit den Schultern. »Es muss etwas damit zu tun haben, dass auch sie vom Geschlecht der Drachensucher ist. Du hast selbst gesagt, es sei ein machtvolles Geschlecht.«

»Warst du je imstande, so etwas zu bewirken?«, entgegnete Mikhail.

Tatijana zögerte, doch dann schüttelte sie den Kopf. »Nein. Bronnie und ich haben einmal versucht, unsere Nichte zu erreichen, nachdem sie aus den Eishöhlen geflohen war, aber die Entfernung war zu groß.«

Mikhail sah Gregori mit hochgezogener Augenbraue an.

Auch sein Stellvertreter schüttelte den Kopf. »Ich habe noch nie eine solche Entfernung überwunden. Ich war nahe daran, aber ich bezweifle, dass ich die Verbindung lange genug aufrechterhalten könnte, um jemanden zu heilen.«

Dimitri schwieg. Auch sein Gesichtsausdruck veränderte sich nicht. Fen rührte an seinen Geist. Sein Bruder war wahnsinnig verliebt in Skyler, doch er hatte sie nicht beansprucht, sondern ihre Entscheidung respektiert abzuwarten, bis sie so weit war. Er würde das, was er über sie wusste, nicht preisgeben, nicht einmal in der geheiligten Kaverne.

Dimitri hatte jahrhundertelang frei und selbstständig gelebt. Er mochte zwar Fens jüngerer Bruder sein, aber er jagte den Vampir schon seit Jahrhunderten allein. Er war angesehen und galt in einigen Kreisen sogar als lebende Legende. Seine Beziehung zu Skyler war so privat, dass er nur selten von ihr sprach. Bei ihrer kurzen Begegnung, als sie Dimitri geheilt hatten, hatte Fen mehr über sie erfahren als in all den Jahren, in denen Dimitri ihm sichere Rückzugsorte geboten hatte, um sich auszuruhen und zu genesen.

Dass keiner von ihnen sehr mitteilsam war in Bezug auf Dimitris junge, noch nicht von ihm beanspruchte Seelengefährtin, schien Mikhail mehr zu belustigen als zu verärgern, denn er nickte nur. »Ich bin mir sicher, dass diese junge Frau es irgendwie geschafft hat, Fen und Dimitri an Mutter Erde zu binden, was ein seltenes Privileg ist, um das Mindeste zu sagen.«

»Haben die Ahnen Fenris so angenommen, wie er ist?«, fragte Dimitri, um die Sache auf den Punkt zu bringen.

Zum ersten Mal zögerte Mikhail. Dann stieß er einen leisen Seufzer aus. »Ich kann dir nicht die exakte Antwort geben, die du suchst. Oder die auch ich suchte, Dimitri. Die Ahnen akzeptieren Fen als großen Krieger, der ehrenvoll lebte, dessen Blut aber nicht länger das eines Karpatianers ist.«

Dimitri verzog keine Miene, doch für Fen, der ihm nahestand, war sein Erschrecken wie ein Schlag in die Magengrube. Mikhail hatte Fragen aufgeworfen, über die sie beide nachdenken mussten. Tatijana war bereits an Fen gebunden, und als seine Seelengefährtin würde sie ihr gemeinsames Schicksal akzeptieren. Bei Skyler dagegen war es anders. Sie war sehr jung und überdies noch menschlich. Hatte Dimitri das Recht, sie zu einem Leben zu verurteilen, das ihr völlig fremd war und in dem sie auch noch von allen Seiten von Feinden umgeben sein würde?

»Wie lange dauert es, bevor ein Jäger die Schnelligkeit erreicht, die du besitzt?«, wollte Gregori nun wissen.

Fen schüttelte den Kopf. »Bei mir dauerte es fast ein Jahr, bevor ich mit meinem Wolf zu verschmelzen begann. Ich glaube, von Manolito de la Cruz würdest du eine bessere Antwort erhalten. Du sagtest, seine Verwandlung habe erst vor Kurzem stattgefunden. Du musst bedenken, dass wir, als mir das passierte, nicht einmal wussten, dass das Blut der Grund war. Ich war unzählige Male gebissen worden bei den Kämpfen mit abtrünnigen Rudeln und dem *Sange rau*, den wir jagten. Damals wusste man noch nichts über die Auswirkungen, die eine Vermischung des Blutes haben kann. Ich erinnere mich nur an den Wolf und meine allmähliche Vereinigung mit ihm.«

Fen zuckte mit den Schultern. »Im Laufe der Jahre, als Dimitri hin und wieder mit mir in den Kampf zog, gaben wir uns gegenseitig Blut, wenn einer von uns verwundet war, wie Karpatianer es eben tun. Aber auch das hat nie die Alarmglocken in uns läuten lassen.«

Vikirnoff trat nun vor. »Ich gab dir Blut nach deinem Kampf mit Abel, und selbst nach allem, was ich gesehen hatte, dachte ich mir nichts dabei. Einander durch die Gabe von Blut zu stärken gehört zu unserem alltäglichen Leben. Niemand hätte auch nur daran gedacht, einen anderen Karpatianer nicht zu retten.«

»Oder Lykaner«, stimmte Fen ihm zu.

»Vielleicht haben die Lykaner sich von uns ferngehalten, weil sie nicht verstanden, auf welche Weise es vor all diesen Jahrhunderten zur Entstehung eines *Sange rau* gekommen war«, spekulierte Mikhail. »Denn wenn das schon vor so langer Zeit begann, muss alles, was du über tief verwurzelte Vorurteile sagst, sehr richtig sein, Fenris.«

Fen nickte. »Jeder neue Rat erneuerte sein Dekret, Karpatianern möglichst fernzubleiben. Neben ihnen zu kämpfen, falls nötig, und ihnen keine Feindseligkeit entgegenzubringen.«

»Warum hast du dich dazu entschieden, als Lykaner zu leben und bei ihren Rudeln zu bleiben, statt heimzukehren?«, fragte Vikirnoff.

»Zu Anfang wollte ich nur so viel Information wie möglich

sammeln«, sagte Fen. »Doch dann merkte ich, dass es nicht so schwierig war, dem Ruf der Finsternis zu widerstehen, wenn ich den Wolf in mir vorherrschen ließ.«

Gregori warf ihm einen Blick aus schmalen Augen zu. »Du hast aber auch gesagt, es sei viel schwieriger, dem Ruf des Vampirs zu widerstehen.«

»Viel später war es schwieriger«, sagte Fen. »Nicht zu Anfang. Zu Anfang beschützte mich der Wolf vor der Versuchung, und später, als ich als Lykaner in den Rudeln lebte, wurde mir bewusst, dass die Dunkelheit nicht ganz so bedrückend war. Im Laufe der Jahrhunderte hat es mir wirklich sehr geholfen, wenn ich jagte. Ich war als Jäger überaus ... aktiv.«

Dimitri nickte. »Er war äußerst geschickt darin, Abtrünnige zu jagen. Wenn er ernsthaft verwundet war – oder auch bei Vollmond –, blieb er in der Erde, und einen Teil dieser Zeit bewachte ich seinen Ruheplatz, bis er wieder auf den Beinen war.«

»Wie kommt es, dass du während des Vollmonds, aber zu keiner anderen Zeit entdeckt werden kannst?«, fragte Mikhail neugierig. »Vielleicht hängt es mit etwas zusammen, das wir möglicherweise gegen den *Sange rau* verwenden könnten.«

»Es ist eine Frage der Energie. Wenn Lykaner im Rudel auf die Jagd gehen, können sie nicht viel Erfolg haben, wenn die Beute an ihrer Energie ihr Nahen bemerkt, und deswegen haben sie die Fähigkeit entwickelt, ihre Energie zu tarnen«, erklärte Fen. »Leider ist das während der einwöchigen Vollmondzyklen jedoch unmöglich. Die Anziehungskraft des Mondes wirkt sich zu stark auf Lykaner aus. Und ich bin inzwischen Lykaner genug, um das gleiche Problem zu haben. Da meine Energie jedoch anders ist als die der Lykaner, können sie sofort erkennen, was ich bin, wenn sie in meiner Nähe sind.«

»Deshalb also wolltest du, dass Tatijana MaryAnn und Manolito warnte«, sagte Gregori. »Du wusstest, dass sie wahrscheinlich keine Ahnung davon hatten und dass sie augenblicklich zum

Tode verurteilt würden, falls sie bei Vollmond auf Lykaner treffen.«

»Ich habe mich zum *Sange rau* entwickelt ...«

»Zum *Hän ku pesäk kaikak*«, korrigierten Tatijana und Mikhail ihn gleichzeitig. »Zum Wächter aller«, sagten sie und sahen einander lächelnd an.

»Ich habe mich im Verlauf der Jahrhunderte zum *Hän ku pesäk kaikak*, dem Wächter aller, entwickelt«, berichtigte sich nun auch Fen. »Sich als Krieger dafür zu entscheiden, ein Wächter zu werden, in der Hoffnung, so den derzeitigen *Sange rau* bekämpfen zu können, ist jedoch absurd. Es braucht Jahre, um die Schnelligkeit aufzubauen und die Gaben zu verstehen. Ganz zu schweigen von der Gefahr für die Seele der Karpatianer, die sich mit jedem Jahr vergrößert, solange sie keine Seelengefährtin haben.«

Mikhail nickte. »Ich denke, ich habe genug Informationen, um zu einigen Entscheidungen zu gelangen, die unseren Leuten als Richtschnur dienen und mir helfen werden, den Rat der Lykaner zu überreden, die Jagd auf diejenigen einzustellen, die *Hän ku pesäk kaikak* oder Wächter aller sind, nicht *Sange rau*. Sobald ich mir über unsere Vorgehensweise im Klaren bin, werde ich hier in diesen geheiligten Kammern eine Versammlung mit so vielen unserer Krieger wie möglich einberufen, um sie wissen zu lassen, womit wir es zu tun haben.«

Gregori nickte, wirkte jedoch nicht erfreut darüber.

»Natürlich werden auch MaryAnn und Manolito benachrichtigt. Sobald ich mit Zev gesprochen und um ein Meeting mit dem Rat der Lykaner gebeten habe, werde ich unsere Krieger zu diesem Gipfeltreffen herkommen lassen.« Mikhail verbeugte sich vor Fen in einer Geste des Respekts. »Danke, dass du zu uns gekommen bist und mir Gelegenheit gegeben hast zu lernen.«

»Meine Seelengefährtin Tatijana hat ihrem Prinzen Treue geschworen. Mein Bruder Dimitri ebenfalls«, sagte Fen. »Obwohl mein Blut nicht mehr das eines Karpatianers ist, sind mein Herz und meine Seele es jedoch noch immer. Deshalb würde ich meinem Prinzen gern die Treue schwören, falls er bereit wäre, mich so zu nehmen, wie ich bin.«

»Du bist in erster Linie Karpatianer und wirst es auch stets bleiben«, antwortete Mikhail. »Es wäre mir eine Ehre, dich zu meinen Kriegern zählen zu dürfen.«

Das Summen in den Kristallen fing wieder an, wurde allmählich lauter und formte eine vollkommene Melodie. Farben wirbelten durch den Raum; es waren die noch immer tieferen Schattierungen von dunklem Rot und Violett, als wären die Ahnen nach wie vor unsicher, was Fenris wirklich war. Dennoch schienen sie einverstanden mit seinem Entschluss zu sein, dem Prinzen den Treueeid zu leisten. Immerhin erkannten sie, dass er ihrem Volk jahrhundertelang ehrenhaft gedient hatte.

Fen öffnete die Ader an seinem Handgelenk und bot es Mikhail an. »Ich widme mein Leben unserem Volk und schwöre ihm bei meinem Blut die Treue.«

Mikhail, warnte Gregori.

Er ist einer von uns.

Sein Blut nicht. Ich werde es nehmen.

Mikhails Augen verdunkelten sich sogar noch mehr, und Gregori trat widerstrebend zurück.

Der Prinz ergriff Fens Handgelenk und nahm das angebotene Blut. Nachdem er die kleine Wunde dann sorgfältig wieder geschlossen hatte, verbeugte er sich leicht vor Fen. »Als Stellvertreter unseres Volkes nehme ich dein Opfer an.«

Du kannst der sturste Mann auf Erden sein!, zischte Gregori. *Manchmal würde ich dich am liebsten in einem Verlies einsperren und den Schlüssel wegwerfen.*

Mikhail lachte leise und sagte über ihre telepathische Verbindung: *Meine Tochter wäre nicht sehr glücklich, dass ihr Mann solche Gedanken hegt.*

Lass Savannah jetzt bitte einmal aus dem Spiel! Im Ernst, Mikhail, ich bin für deine Sicherheit verantwortlich, und du weigerst dich, auf mich zu hören.

Mikhail seufzte. *Das ist nicht wahr. Ich ziehe deine Einwände stets sehr sorgfältig in Betracht, bevor ich meine Entscheidungen fälle, Gregori. Ich will dir deine Aufgabe nicht erschweren, aber ich muss auch meinen Instinkten folgen. Und die sagen mir, dass Fenris Dalka ein enormer Gewinn für unser Volk sein wird. Ich weiß, dass er einen Platz in unserer Zukunft hat. Und die Ahnen wissen es auch.*

Fen legte den Arm um Tatijana. Er wusste, dass niemand sonst Gregoris Versuch bemerkt hatte, Mikhail davon abzuhalten, sein Blut zu nehmen. Er konnte es dem Stellvertreter des Prinzen auch nicht verübeln. Je länger er mit Mikhail zusammen war, desto mehr Respekt empfand Fen für den Mann. Das Schicksal einer ganzen Spezies ruhte auf Mikhails Schultern. Er war bedächtig, intelligent und sein eigener Herr – der schlimmste Albtraum für einen Leibwächter wie Gregori.

Fen war absolut sicher, dass ein geistiger Austausch zwischen den beiden Männern stattgefunden hatte, auch wenn weder Dimitri noch Tatijana etwas davon zu bemerken schienen. Doch seine Sinne waren extrem geschärft, und er hatte einen kleinen Energieaustausch zwischen den karpatianischen Männern wahrgenommen. Dabei hätte er gar nichts fühlen dürfen. Sie waren es gewohnt, sich auf telepathischem Wege zu verständigen, und hatten Jahrhunderte der Erfahrung. Geistige Kommunikation bereitete ihnen nicht die kleinste Mühe.

Fen ließ langsam den angehaltenen Atem entweichen, weil er weder Gregoris Aufmerksamkeit erregen noch ihn alarmieren wollte. Sie befanden sich tief unter der Erde in der heiligsten der Höhlen, umgeben von den Geistern ihrer Vorfahren, allesamt Krieger, die Mikhail beschützen würden, und er, Fen, war sich einer telepathischen Unterhaltung zwischen dem Prinzen und seinem engsten Freund tatsächlich bewusst. Das war nicht gut! Hätte er nur geraten, wäre das etwas anderes gewesen, doch Fen *wusste*, was zwischen den beiden vorgegangen war, und das bedeutete, dass er sich noch immer weiterentwickelte. Er würde es entweder Gregori oder dem Prinzen irgendwann erzählen müssen, aber nicht hier, wo er Dimitri und Tatijana nicht ausreichend beschützen konnte, falls die Vorfahren ihre Akzeptanz plötzlich wieder zurückziehen sollten.

Was bedrückt dich?, fragte Tatijana und strich ihm im Geiste mit der Hand über die Wange.

Sofort spürte Fen, wie er zur Ruhe kam. Er konnte nicht ändern, was er war, und sie akzeptierte ihn mit all seinen Problemen. *Ich habe dich, Liebste, da kann mich nichts bedrücken.*

Er hörte ihr leises Lachen in seinem Kopf, das ihn wieder mit dieser seltsamen Emotion erfüllte, von der er inzwischen wusste, dass es Freude war. *Habe ich dir heute Abend beim Aufstehen gesagt, dass ich wahnsinnig verliebt in dich bin und du die schönste Frau der Welt bist? Denn wenn nicht, war das sehr nachlässig von mir.*

Oh nein, das hast du schon sehr gut gemeistert, als wir früher am Abend auf Nahrungssuche waren. Erinnerst du dich? Wie du mich einfach aufgehoben und geliebt hast? Und solltest du es geschafft haben, das zu vergessen – ich habe meine Beine um deine Taille gelegt und die Füße verschränkt, um nicht zu fallen, und dann habe ich mich einfach auf dich herabgelassen … Schön langsam. Erinnerst du dich wieder? Ihre Stimme war samtig und verführerisch wie immer.

Wie hätte er auch nur einen Moment des Liebesspiels mit ihr vergessen können? Er konnte gar nicht genug davon bekommen. *Es wäre unmöglich, sich nicht mehr daran zu erinnern, meine Süße. Es ist mir in der Seele eingebrannt.*

Vikirnoff schwenkte eine Hand vor Fens Gesicht. »Bist du noch bei uns? Mikhail nimmt dir ein bisschen Blut, und du wirst blass.«

»Für mich sieht er gar nicht blass aus«, sagte Dimitri gedehnt. »Eher ein bisschen überhitzt.«

Fen warf seinem Bruder einen finsteren Blick zu, der Dimitri jedoch überhaupt nicht einzuschüchtern schien.

»Ich würde wirklich gern zu der Frage zurückkehren, wie wir den *Sange rau* bekämpfen sollen. Es muss doch einen Weg geben. Dimitri schlug sich immerhin erfolgreich mit dem, den ihr Bardolf nennt«, sagte Vikirnoff. »Und er ist Karpatianer. Konnte er das also, weil er etwas von deinem gemischten Blut hat, oder benutzte er irgendeine besondere Strategie?« Neugier und eine Spur von Enthusiasmus schwangen in seiner Stimme mit.

»Ich befürchtete, zum Vampir zu werden, wie es die meisten alten Karpatianer tun«, sagte Fen, »und deshalb trainierten wir mit Kriegsspielen, wann immer wir zusammen waren. Dimitri fand die Strategien, die helfen, und auch die, die gar nichts nützen.«

»Zuschlagen und Fersengeld geben ist die beste Taktik«, sagte Dimitri. »Ich hatte ein paar Tricks im Ärmel, die ich mir ausgedacht hatte, doch sie können nur einmal oder höchstens zweimal verwendet werden, und das auch nur, wenn ich sie nie ein zweites Mal beim selben Gegner anwende. Der *Sange rau* lernt und passt sich sehr schnell an, und deshalb lautet die Devise, sich immer wieder etwas Neues einfallen zu lassen.«

»Zum Glück«, fuhr Fen fort, »ist ein Vampir ein Vampir. Das Gleiche gilt für einen abtrünnigen Werwolf. Sie haben oft nicht die nötige Geduld. Die *Sange rau* sind auf jeden Fall schwerer in Wut zu bringen, aber da sie sogar noch aufgeblasener und wichtigtuerischer sind als die Vampire, kann man auch sie genug verärgern, dass sie Fehler machen.«

»Es ist auf jeden Fall besser, sie im Rudel anzugreifen«, fügte Dimitri hinzu. »Ein einzelner Jäger hat nicht einmal annähernd die gleiche Chance wie eine Gruppe.«

»Aber nach Rudel-Art zu kämpfen erfordert Geschick. Bardolf wird jeden Trick und jede Bewegung kennen, Abel dagegen weniger«, fuhr Fen fort. »Was man über jeden *Sange rau* wissen muss, ist, woher er kommt und was er war, bevor er zu einem Mischling wurde. Bardolf fühlt sich wohl als Wolf, und wenn er bedrängt wird, kehrt er zu dem zurück, was er am besten kennt. Das Gleiche gilt für Abel. Auf jeden Fall ist Abel in dieser Beziehung zweifellos der Herr und Meister und hat sich mehr Fähigkeiten angeeignet, weil er schon viel länger ein *Sange rau* ist.«

»Wir müssten einen Schnellkurs in Kampftechniken gegen diese bösen Buben machen«, stellte Vikirnoff fest. »Seid ihr beide bereit, zu bleiben und uns auszubilden?«

»Das wäre das Beste«, meinte Dimitri. »Das und eine Strategie zu entwickeln, um sowohl Bardolf als auch Abel auszuschalten. Wenn sie das Rudel woandershin führen, werden wir sie allerdings verfolgen müssen.«

»Unterschätzt nicht das Rudel! Wir haben keine genauen Zahlen, und viele wurden während der zwei Kämpfe getötet. Doch selbst wenn wir dreißig oder vierzig von ihnen umgebracht haben und das Rudel aus etwa hundert besteht, wie ich befürchte, haben sie immer noch eine große Armee, die sie auf euch ansetzen können«, sagte Fen. »Und sie werden euch tagsüber angreifen, weil Abel weiß, dass sie euch zu dieser Zeit den größten Schaden zufügen können.«

»Ein weiterer guter Grund für euch, zu bleiben und uns unter die Arme zu greifen«, bemerkte Gregori.

»Sie kämpfen wie eine hervorragend organisierte Armee. Sie schlagen blitzartig zu, richten so großen Schaden wie möglich an und töten so viele, wie sie können, bevor sie wieder verschwinden. Und sie stürzen sich fast immer auf den Bauch des Gegners und reißen ihn in Stücke«, erklärte Fen.

»Ich habe Narben, um es zu beweisen«, sagte Dimitri mit einem beschämten kleinen Lächeln.

Gregori erwiderte das Lächeln. »Da bist du nicht der Einzige.

Ich glaube, der Hälfte unserer Männer wurde der Bauch aufgerissen. Sie haben uns wirklich wie Dilettanten aussehen lassen.«

»Ich hätte es besser wissen sollen, als ihn so nahe heranzulassen«, gab Dimitri zu.

»Rudel sind im Kampf brandgefährlich und sehr geschickt«, sagte Fen.

»Denkt nur an die Wolfsrudel im Wald!«, fügte Dimitri hinzu. »Die Lykaner sind sogar noch gefährlicher als ein Tierrudel, wenn sie über einen herfallen, weil ihre allerbesten Strategen die Jagd anführen.«

»Aber die Lykaner jagen keine Menschen oder Karpatianer«, sagte Mikhail schnell. »Wenn du über jagende Rudel sprichst, meinst du doch die Abtrünnigen, die Werwolf-Rudel.«

»Das ist richtig«, stimmte Fen ihm zu. »Doch auch sie haben irgendwann als Lykaner angefangen. Meistens sind es Einzelne, die aus einem Rudel ausbrechen und zu bösartigen Einzelgängern werden. Die Werwölfe bilden dann ihre eigenen Rudel.«

Natalya, Vikirnoffs Seelengefährtin, runzelte plötzlich die Stirn. Sie war Tatijanas Nichte, die Tochter ihres lang verstorbenen Bruders Soren, aber die Drachensucher-Besonderheiten waren da, einschließlich der wechselhaften Augen- und Haarfarbe. Nachdem er Tatijana kennengelernt hatte, überraschte es Fen nicht, dass Natalya an der Seite ihres Seelengefährten kämpfte. Sie hatte auch mit absolutem Selbstvertrauen die Höhle der Krieger betreten.

»Was gibt's?«, fragte Fen.

»Was ist mit den Elitejägern wie Zev? Alle reden über ihn und darüber, wie ungemein geschickt er ist.«

»Ich habe ihn in Aktion gesehen«, sagte Gregori. »Er ist mindestens so gut wie unsere Besten.«

»Das habe ich auch gehört«, stimmte Natalya zu. »Werden diese Elitejäger eigentlich jemals bösartig?«

»Möglich ist es«, antwortete Fen. »Aber ich habe es nie selbst erlebt. Unsere besten Jäger erliegen irgendwann der Finsternis und werden zu Vampiren. Die karpatianische und die lykanische Spezies sind also gar nicht so unterschiedlich. Wir sind beide geborene Raubtiere und müssen diesen Teil unserer Natur unterdrücken, um unsere Ehre zu bewahren.«

»Du bist zum Teil Lykaner«, beharrte Natalya. »Musst du gegen die Neigung ankämpfen, das Tier in dir die Oberhand gewinnen zu lassen?«

Sie versteht es, die richtigen Fragen zu stellen. Kannst du dir Zev als Sange rau *vorstellen?*, fragte Tatijana mit unüberhörbarem Stolz in der Stimme.

Sie hatte nie Gelegenheit gehabt, ihre Nichte kennenzulernen, als Natalya noch ein Kind gewesen war. Und in gewisser Weise war sie froh darüber, wie Fen wusste. Schließlich hatte sie mitansehen müssen, wie ihr Vater seinen eigenen Enkel folterte und für abscheuliche Experimente missbrauchte.

Tatijana war immer noch so fest mit Fen verschmolzen wie in dem Moment, in dem sie die Höhle betreten hatten. Sie war so entschlossen gewesen, ihn vor der kleinsten Beleidigung zu beschützen, dass sie völlig offen für ihn war und er jeden ihrer Gedanken lesen konnte. Sie wollte eine Beziehung zu ihrer Nichte. Natalya hatte geholfen, ihre Tanten zu retten, aber Tatijana und Branislava waren so geschwächt gewesen, dass sie nach ihrer Befreiung fast augenblicklich unter die Erde gebracht worden waren. Deswegen hatte Natalya noch keine Zeit gehabt, ihre Verwandten kennenzulernen.

Sie stellt wirklich die richtigen Fragen, stimmte Fen Tatijana zu. *Sie ist definitiv eine Drachensucherin.*

»Andererseits wurde mein Freund Vakasin zum *Sange rau*, während wir jagten.« Fen unterbrach sich und berichtigte sich kopfschüttelnd: »Nein, nicht zum *Sange rau*, sondern zum Wächter aller.«

Wieder einmal erfüllte Tatijana ihn mit ihrer Liebe, Wärme

und Nähe. Kaum erfasste ihn Trauer um seinen verlorenen Kameraden, war sie auch schon da, teilte das Gefühl mit ihm und tröstete ihn. Sie war ein solches Wunder!

Bei jedem Erwachen hoffe ich, dir Glück zu schenken. Er wusste nicht, wie er seine Gefühle für sie sonst in Worte fassen sollte. Er konnte nur hoffen, dass sie sich der überwältigenden Empfindungen, die er ihr entgegenbrachte, jedes Mal bewusst wurde, wenn sie mit ihm verschmolz.

Werde bloß nicht zu romantisch, Wolfsmann, wenn dein Bruder uns so ansieht!

Du hast damit angefangen, scherzte er, doch sie hatte nicht ganz unrecht. Dimitri war nicht dumm, und er beobachtete sie beide mit einem leichten, aber vielsagenden Grinsen.

»Wir müssen sehr viel einfallsreicher sein und uns auch auf Angriffe während des Tages vorbereiten«, sagte Mikhail, der eine ganze Weile nachdenklich geschwiegen hatte. »Saras und Falcons Adoptivkinder sind menschlich, und sie müssen beschützt werden, während wir anderen in der Erde ruhen. Wir haben nur Jubal und Gary, um die Rudel abzuwehren, falls sie kommen, während wir am angreifbarsten sind. Und Gary wird für einige Zeit nicht in der Lage sein, uns überhaupt zu helfen.«

»Zev und sein Rudel werden sie verteidigen, solange die Werwölfe in der Gegend sind«, sagte Fen. »Sie haben geschworen, die Abtrünnigen zu jagen und sie ihrer gerechten Strafe zuzuführen.«

»Aber werden sie mehr daran interessiert sein, die Werwölfe zu jagen, oder daran, unsere Kinder zu beschützen?«, wandte Gregori ein.

Mikhail zuckte mit den Schultern. »Wir werden unsere Kinder mit oder ohne sie beschützen. Ich habe viel zu bedenken, bevor wir eine Vollversammlung des Kriegerrates einberufen. Ich möchte Zev so bald wie möglich treffen, sein Rudel kennenlernen und sie dazu bringen, ihrem Rat unsere Einladung zu einer Versammlung zu übermitteln. Sobald wir eine positive Antwort haben, werde ich die anderen herbeizitieren.«

Mikhail wandte sich wieder der blutroten Kristallsäule zu, die noch immer lichtdurchflutet war. »Ich bedanke mich bei meinen Vorfahren, die so freundlich waren, sich zu uns zu begeben und uns als Wegweiser durch diese schwierigen Zeiten zu dienen. Alles Gute! Geht mit Ehre!«

Die mächtigen Säulen summten für einen Moment, und die Farben flimmerten und veränderten sich, bevor sie dann nach und nach verblassten.

Fen hörte das Tröpfeln von Wasser, das Blubbern des heißen Lehms und das Atmen seiner Gefährten. Er konnte sogar den Puls und Herzschlag des Berges selbst spüren. Unter ihnen fühlte er die Anziehung der Magma-Becken, und hier oben gab es einen Rhythmus, den er in seinen eigenen Adern wahrnahm. Irgendetwas an der heiligen Kultstätte hatte seine Sinne sogar noch weitaus mehr geschärft und sein Wahrnehmungsvermögen erhöht. Befand er sich noch immer in der Entwicklung, wie er vorher schon gedacht hatte?

Oder deine Verbindung zu Mutter Erde hat dir sogar noch mehr Gaben verliehen.

Wie hatte er annehmen können, Tatijana würde diese besorgten Überlegungen nicht mitbekommen? Er nahm ihre Hand und zog sie an seine Brust und an sein Herz. Sie hatte ihm die Erklärung in ihrem üblichen sachlichen Ton gegeben.

»Raven, meine Seelengefährtin, würde euch sehr gern kennenlernen«, sagte Mikhail zu Fen und Tatijana. »Nach all den Kämpfen, feierlichen Zeremonien und Ritualen würde es uns allen guttun, uns ein wenig zu entspannen. Deshalb dachte Raven, es wäre schön, alle zu einer Art Feier zusammenzubringen. Ich weiß, dass ihr wahrscheinlich müde seid, doch sie bittet nur sehr selten um so etwas …«

»Eine Feier wäre wunderbar«, antwortete Tatijana schnell.

Fen konnte ihre freudige Überraschung spüren, als ihre Finger sich noch fester um seine schlossen.

Eine Feier! Eine Party! Dann kann ich mit Natalya plaudern und sie besser kennenlernen. Vielleicht steht sogar Bronnie dafür auf. Sie ist leider nicht so kontaktfreudig wie ich. Bronnie ist eine bessere Kriegerin, aber schüchtern mit so vielen Leuten um sie herum. Ich fürchte, sie wird überhaupt nicht mehr aus der Erde herauskommen. Tatijana lächelte ihn an. *Wäre es nicht wunderbar, wenn es auch Musik gäbe? Und Tanz? Ich tanze für mein Leben gern.*

»Doch wären wir auch sicher bei einem Fest mit zwei *Sange rau* ganz in der Nähe? Und einem Werwolf-Rudel?«, fragte Natalya besorgt.

»Ich bezweifle, dass sogar Abel verrückt genug wäre, die Karpatianer anzugreifen, wenn alle versammelt sind«, sagte Mikhail. »Aber wir werden unser Fest natürlich an einem sicheren Ort abhalten, der gut zu verteidigen ist, und ihn mit Schutzzaubern belegen.«

Natalya und Tatijana lächelten einander an. Über ihren Köpfen tauschten Vikirnoff und Fen ein schnelles, kleines Grinsen aus.

»Dann ist es also abgemacht«, erklärte Mikhail. »Nach dem nächsten Aufstehen werden wir uns ein bisschen amüsieren.«

KAPITEL VIERZEHN

Während der Tagesstunden hatte es geregnet, doch dieser stetige sanfte Niederschlag hatte nur die Luft erfrischt, sodass die Farben jetzt lebhafter und sauberer erschienen. Die Blätter an den Bäumen glänzten, als Fen und Tatijana durch den Wald zu der Höhle gingen, in der die Feier stattfinden sollte. Fenris ertappte sich dabei, wie er sich mit einer Art von Verwunderung umsah, als wäre dies alles neu für ihn, als hätte er es noch nie zuvor gesehen.

Hand in Hand mit Tatijana spazieren zu gehen gab ihm immer das erstaunliche Gefühl, als wäre er so etwas wie ... wie ein Familienmensch. Sie würde ihn immer kennen wie niemand anderer, doch andererseits würde sie für ihn ein Geheimnis sein, das zu enträtseln Jahrhunderte in Anspruch nehmen würde. Wie konnte eine einzige Frau Jahrhunderte absoluter Einsamkeit auslöschen? Wie konnte sie ihm die Erinnerung an all die Tode, an die Freunde, die er hatte töten müssen, nehmen?

Er ging langsam, um jeden Schritt mit ihr zu genießen. Moos in den verschiedensten leuchtenden Grüntönen bedeckte Baumstämme und Steine. Fen fand es immer wieder erstaunlich, dass er den Unterschied zwischen den Schattierungen erkennen konnte. Der Himmel war so klar, dass er wie mitternachtsblau erschien, und die Tausende von Sternen, die dort prangten, waren wie eine fantastische Sammlung glitzernder Edelsteine. Wenn sie hier und da an einem Büschel Blumen vorbeikamen, ging Tatijana vorsichtig darum herum, und die Nachtsternblumen zollten ihr Anerkennung dafür, indem sie weit ihre Blüten für sie öffneten.

»Du bist zauberhaft, meine Schöne«, sagte er. »Ein magisches Geschöpf.«

Tatijana trat näher zu ihm und zog seinen Arm um ihre Schulter. »An mir ist gar nichts Magisches, Wolfsmann, doch ich bin froh, dass du es denkst.«

Er hob ihre Finger an seinen Mund. Sie sah an diesem Abend besonders schön aus in ihrem langen, duftigen Tanzkleid. »Nur für den Fall, dass getanzt wird«, hatte sie lachend gesagt. Und sie *würde* heute Abend tanzen, selbst wenn er die Musik dazu herbeizaubern musste!

»Schade, dass du deine Schwester nicht überreden konntest mitzukommen«, sagte Fen. Sie hatte sich alle Mühe gegeben, Branislava dazu zu bewegen, wenigstens für ein paar Stunden aufzustehen, doch es hatte alles nichts genützt. Und obwohl Tatijana die Entscheidung ihrer Schwester respektierte, war sie enttäuscht gewesen. Sie vermisste sie, und Fen konnte spüren, wie die Sehnsucht in ihr wuchs.

»Sie wird sich aus der Erde erheben, wenn sie dazu bereit ist. Bronnie ist in vielen Dingen viel energischer als ich, und doch ist es ihr schon immer schwergefallen, mit anderen zu reden. Xavier, unser Vater, hat wirklich alles getan, um uns in ständiger Angst und unter seiner Fuchtel zu halten. Er verwendete viele psychologische Tricks, und Bronnie, die immer versuchte, mich zu beschützen, bekam von allem das Schlimmste ab.«

»Sie hat sich aufrichtig für dich gefreut, dass du deinen Seelengefährten gefunden hast. Ich konnte es fühlen«, sagte Fen.

»Aber ja, natürlich. So ist sie. Vielleicht kommt sie heute Abend ja doch noch. Sie hat ja nicht ausdrücklich Nein gesagt. Bronnie hat immer ihren eigenen Kopf. Ich weiß allerdings, dass sie Natalya und deren Bruder Razvan sehen will, unsere Nichte und unseren Neffen. Ich habe Bronnie gesagt, ich glaubte nicht, dass Razvan hier ist, doch allein schon Natalya kennenzulernen ist ein kostbares Geschenk.«

Sie wurden langsamer, als sie sich dem Waldrand am Fuß des Berges näherten, um noch ein wenig länger miteinander allein zu sein.

»Ich habe ihr so viele Information gegeben, wie ich konnte – über die Werwolf-Rudel, die Elitejäger, über Mikhails Sorgen und alles andere, was mir einfiel, als sie mich darum bat. Sie bestand sogar darauf, dass ich ihr Blut gab.«

»Das hatte ich schon erwartet«, erwiderte Tatijana lächelnd. »Sie ist sehr fürsorglich, was mich angeht. Schließlich hatten wir jahrhundertelang nur uns beide.« Sie unterbrach sich mit einem nervösen kleinen Lächeln. »Bist du sicher, dass ich richtig angezogen bin?«

Sie hatte sich mit größter Sorgfalt angekleidet und es sich zweimal anders überlegt, bevor sie sich für das lange Kleid entschieden hatte. Ihr üppiges Haar hatte sie zuerst zu einem langen Zopf geflochten und zu einem komplizierten Knoten aufgesteckt. Doch auch hier hatte sie sich wieder umentschieden, und jetzt war ihr Haar halb aufgesteckt und halb zu Zöpfen geflochten, die in hübschen Kränzen ihr Gesicht umrahmten.

»Du bist so schön, dass du mir den Atem raubst«, sagte er aufrichtig. »Es besteht kein Grund für dich, nervös zu sein, Tatijana. Niemand kann dir auch nur das Wasser reichen.«

Er war erstaunt über ihre Unsicherheit. Diese Seite von ihr hatte sie ihm noch nie gezeigt. Tatijana hatte die Werwölfe mit ihm bekämpft, Gregori Paroli geboten und die geheiligte Höhle der Krieger betreten, voll und ganz bereit, für ihn zu kämpfen. Sogar in der schäbigen Spelunke am Waldrand hatte sie sehr selbstsicher gewirkt, als sie sich ganz allein auf die Tanzfläche wagte und die derben Typen ignorierte. Doch nun, da sie zu einer Feier mit anderen Karpatianern ging, war sie plötzlich nervös.

Fen legte den Arm um sie, um sie zurückzuhalten, und hob ihr Kinn ein wenig an, um ihr in die glänzenden, sich ständig verändernden Augen sehen zu können. »Ich liebe dich sehr, *sívamet.* Ich würde niemals eine andere Frau wollen ...«

»Natürlich nicht, weil ich deine Seelengefährtin bin.«

Er schüttelte den Kopf. »Dummchen. Ich war schon lange in dich verliebt, bevor ich dich beanspruchte. Es ist unmöglich, dich nicht zu lieben, wenn ich in deinem Bewusstsein bin und deine Güte und dein Mitgefühl sehe. Oder wenn ich spüre, wer du tief im Innern wirklich bist. Ich fühle mich mehr als geehrt, dass du meine Seelengefährtin bist, doch meine Liebe zu dir ist eine alles beherrschende Leidenschaft. Mein Herz und meine Seele, mein Verstand und Körper, all das gehört nur dir.«

Er legte eine Hand um ihren Nacken und hob mit dem Daumen sanft ihr Kinn ein wenig an. Ihre verblüffend smaragdgrünen Augen erinnerten an zwei tiefe Seen. »Ich weiß, dass es albern klingt, wenn man es laut sagt, Tatijana, aber du raubst mir tatsächlich den Atem.«

Ihre Lippen verzogen sich zu einem Lächeln, das schöner war als in seinen kühnsten Fantasien. Ihre Unterlippe war geradezu vollkommen, weich und einladend, eine Versuchung, die er nicht ignorieren konnte. Er senkte den Kopf und hauchte sanfte kleine Küsse auf ihr Kinn, bevor seine Lippen zu ihrem unwiderstehlichen Mund hinaufglitten. Verspielt zupfte er an ihrer Unterlippe und zog sie in seinen Mund hinein, um ihre Süße zu kosten.

Er war sanft und zärtlich, und auch das war eine Seite an ihm, die er zuvor nicht an sich gekannt hatte. Als er sie küsste, blieb die Zeit einfach stehen, und Tatijana wurde voll und ganz zu seiner Welt. Die samtene kühle Glätte ihrer Haut an seinem eigenen heißen Körper. Ihr seidiges Haar, das sich zum Teil aus der Frisur gelöst hatte und ihr nun um das Gesicht fiel und ihn kitzelte. Seine Hand wirkte erstaunlich groß an ihrer Wange, als er den Kuss vertiefte und mit den Fingerspitzen ihren Nacken streichelte.

Fen merkte, wie er sich in ihrer Süße, ihrer Sanftheit und der zwischen ihnen aufflammenden Leidenschaft verlor. Sein Kuss war voller Liebe. Wie könnte es auch anders sein, wo sie doch wirklich *alles* für ihn war? Er küsste sie wieder und wieder, weil er einfach nicht mehr aufhören wollte. »Ich könnte dich ewig küssen«, gestand er, als er seine Lippen schließlich widerstrebend von den ihren löste.

Tatijana hob ihre schlanken Arme und zog seinen Kopf zu sich herab, um mit den Lippen erneut seinen Mund zu suchen. »Ich liebe es, dich zu küssen, und es *ewig* zu tun hört sich gut an.«

»Aber ...?« Er hatte das Lachen in ihrer Stimme gehört.

»Dann verpassen wir die Party, und ich möchte tanzen. Unbedingt, Fen.«

»Noch mehr als küssen?« Fen zog eine Augenbraue hoch, setzte eine möglichst strenge Miene auf und forderte sie geradezu heraus, die falsche Antwort zu geben.

»Ich hatte mir beides erhofft«, gab Tatijana zu. »Ich bin sehr gut in Multitasking.«

»Du bist vor allem sehr diplomatisch. Und reagierst blitzschnell. Ich werde mich anstrengen müssen, um dir eine Nasenlänge vorauszubleiben.« Er nahm ihre Hand. »Komm! Wir wollen doch die Party nicht verpassen.«

»Wird Dimitri heute Abend auch da sein?«, fragte Tatijana, als sie weitergingen.

Fen seufzte. »Er hat seine Seelengefährtin noch nicht beansprucht und ist dem Abgrund nahe. Wir merkten schon vor geraumer Zeit, dass unser Blutaustausch nach den Kämpfen mit Vampiren die Veränderung in ihm in Gang gesetzt hatte. Die Veränderung kann den Ruf der Finsternis dringlicher machen, doch Dimitri hat wieder Emotionen und kann Farben sehen.«

»Aber hilft es ihm denn nicht zu wissen, dass er eine Seelengefährtin hat?«

»Das sollte man meinen«, sagte Fen. »Doch das Wissen kann einen karpatianischen Mann auch in den Wahnsinn treiben, solange er die Frau noch nicht für sich beansprucht hat. Die Jahrhunderte erdrücken dich, all diese Tode, all diese Dunkelheit und immer noch kein Licht, um dir den Weg zu weisen. Seit einiger Zeit schon bekommt Dimitri von mir Blut, jedoch nicht genug, um ihn vollständig zu verändern – nur genug, um seinen inneren Kampf noch zu verschärfen.«

Tatijana runzelte die Stirn. »Das verstehe ich nicht.«

»Ich glaube, keiner von uns versteht das, Tatijana, doch es ist uns von Geburt an eingeprägt. Es treibt unsere Männer dazu, ihre Seelengefährtinnen zu finden und sie an uns zu binden. Es ist etwas sehr Ursprüngliches. Der Trieb ist stark, und wir wollen keine anderen Männer um unsere Frau sehen, schon gar nicht, wenn sie noch nicht beansprucht ist. Die moderne Gesellschaft und die Tatsache, dass viele unserer Seelengefährtinnen anderen Spezies angehören, haben die Gefahr des Wartens noch vergrößert.«

Tatijana seufzte. »Bevor ich deine Seelengefährtin wurde, musste ich mich nur um Bronnie sorgen. Und jetzt habe ich auch noch Verwandte, um die ich mich kümmern muss.«

Fen lachte. »So habe ich das noch nie gesehen.« Er zeigte auf den Höhleneingang. »Und ich glaube, du hast wesentlich mehr Verwandte als ich.«

Nun musste auch sie lachen. »Oh, oh. Wahrscheinlich habe ich noch weitaus mehr, als wir beide wissen. Vielleicht müssen wir ja sogar die Flucht vor alldem hier ergreifen.«

Fen beugte sich wieder vor, um sie zu küssen, weil sie in dieser Nacht so strahlend schön war. Ihre Haut war völlig makellos, ihr Mund sinnlich, verführerisch und so überaus verlockend, dass er ihr unmöglich widerstehen konnte.

»Ich glaube, dich beim Tanzen zu küssen ist eine sehr gute Idee, meine Schöne«, murmelte er, als er den Kopf wieder hob. »Bist du sicher, dass du nicht lieber ganz privat hier draußen mit mir tanzen möchtest?«

Tatijana schmunzelte. »Wir sind nur ein paar Schritte vom Eingang entfernt. Irgendwann wird ganz bestimmt jemand vorbeikommen.«

»Dann tun wir ihm einen Gefallen, wenn wir ihm Anschauungsunterricht in Sachen Liebe geben«, beharrte Fen nach einem weiteren Kuss.

»Du wirst ihnen höchstens Anschauungsunterricht im Tanzen geben«, berichtigte Tatijana ihn streng.

Fen lachte und nahm ihre Hand, um Tatijana die relativ schroffe Felswand hinaufzuhelfen. Der Höhleneingang war schmal, kaum mehr als ein Spalt zwischen zwei Felsvorsprüngen. Karpatianer hatten keine Mühe, hindurchzuschlüpfen und in den breiteren Gang zu gelangen, der zu der hell erleuchteten Kammer führte, in der das Fest stattfand. Fackeln waren an den hohen Kathedralendecken entzündet worden und warfen tanzende orangerote Lichter in die weitläufige Höhlenkammer. Dampf stieg aus einem warmen Becken in einer Ecke des Raumes auf, wo aus einer Reihe kleiner Felsspalten in der Wand darüber Wasser lief.

Helles Kinderlachen erklang und berührte Fen. Er war seit Jahrhunderten nicht mehr in der Nähe eines karpatianischen Kindes gewesen. Sein Herz schlug wieder einen dieser merkwürdigen Purzelbäume, als er den großen Raum betrat und zwei völlig gleich aussehende Zwillingsmädchen und einen kleinen Jungen mit einem Puppentheater spielen sah, das sich innerhalb eines großen Klettergerüsts für Kleinkinder befand. Ein anderer Junge mit einem Haarschopf rötlich brauner Locken eilte mit einem Eimer in der Hand zu den anderen drei hinüber. Wolfswelpen umringten die vier Kinder.

Mehrere ältere Kinder saßen um eine Feuerstelle und lauschten mit leuchtenden Augen einem erwachsenen Mann, der ihnen eine Geschichte erzählte. Der am ältesten aussehende Junge schlang einen Arm um das kleinste Mädchen, als es über etwas erschrak, das der Erzähler sagte. Der Anblick brachte Erinnerungen an Fens eigene Kindheit und Jugend zurück, als Karpatianer sich noch abends zu versammeln pflegten und Geschichtenerzählen ein wichtiger Bestandteil der abendlichen Unterhaltung war.

Damals war ihm nicht bewusst gewesen, wie viel Geschichte und wie viel Wissen auf diese Weise weitergegeben wurde. Erst später, als er Auskünfte über den Kampf mit Vampiren brauchte oder sich plötzlich erinnerte, wie ein Vorfahr zwischen zwei dicht beieinanderstehenden Felsen hindurchgeflogen war, war ihm klar geworden, dass diese Geschichten eine Art Unterricht gewesen waren. Und diese Tradition wurde offensichtlich aufrechterhalten.

Tatijana schob ihre Hand in seine Armbeuge und schmiegte sich wie schutzsuchend an ihn, was seine Aufmerksamkeit wieder zu ihr zurückbrachte. Die meisten der Erwachsenen im Raum drehten sich zu ihnen um, als sie eintraten. Die Atmosphäre war einladend und feierlich. Auch das war etwas, was sich vertraut anfühlte, als die lange verblasste Erinnerung daran plötzlich wieder in Fen aufstieg. Damals hatten die Karpatianer viele Gelegenheiten genutzt, um einen geselligen Abend miteinander zu verbringen.

»Wie schön, dass ihr gekommen seid!«, begrüßte Mikhail sie. Er hielt eine kleine Frau mit einer Flut dichten dunklen Haares und ungewöhnlichen, fast veilchenfarbenen Augen im Arm. »Das ist Raven, meine Seelengefährtin. Mein Sohn Alexandru ist dort drüben«, sagte er und wies zum Kinderspielplatz hinüber. »Raven, du erinnerst dich sicher an Tatijana – und das hier ist Fenris Dalka, Dimitris älterer Bruder.«

»Tatijana!«, rief Raven und streckte beide Hände nach ihr aus.

Auch sie trug ein langes Kleid, das ihre kurvenreiche Figur umspielte. »Du siehst bezaubernd aus.«

»Und sie möchte liebend gern tanzen«, warf Fen ein.

»Oh, das möchte ich auch«, gab Raven lächelnd zu.

»Danke, Raven«, sagte Tatijana. »Ich bin so froh, dass du auf die Idee mit dem Fest gekommen bist. Es war ein großartiger Einfall, die ganze Gemeinschaft zu einer Party zusammenzubringen.«

»Ich dachte, wir könnten alle ein bisschen Spaß gebrauchen, nachdem ...« Raven brach ab und sah Mikhail an.

Er zuckte mit den Schultern. »Du kannst es ruhig aussprechen. Nachdem wir alle einen Tritt in den Allerwertesten bekommen haben.«

»Du hast es oft genug zu Gregori gesagt, nur anders formuliert«, scherzte Raven. »Er liebt es, unseren Schwiegersohn zu ärgern.«

»Das tut ihm gut«, versetzte Mikhail ohne eine Spur von Reue.

Raven lachte nur und ließ zärtlich ihre Hand an Mikhails Arm zu seinem Handgelenk hinuntergleiten. Dann wandte sie sich an Fen. »Ich wollte dir dafür danken, dass du das Werwolf-Rudel bis hierher verfolgt hast. Wir wären in wesentlich schlechterer Verfassung, wenn du nicht gewesen wärst.«

»Ich bin froh, dass ich auf die Werwölfe gestoßen bin«, erwiderte Fen aufrichtig und sah Tatijana an. »Sonst wäre ich meiner Seelengefährtin vielleicht nie begegnet.«

Raven lachte. »Weißt du, ich denke, wenn etwas geschehen soll, geschieht es auch. Das Schicksal oder die Bestimmung muss uns auf den rechten Weg bringen. Als ich vor all den Jahren ganz allein hierherkam, nur um mal von zu Hause wegzukommen, hätte ich mir nie träumen lassen, dass ich einem Mann wie Mikhail begegnen würde. Er war sehr einschüchternd für eine Frau, die gar nichts über Karpatianer wusste.«

Tatijana fiel in ihr Lachen ein. »Er kann noch immer sehr bedrohlich wirken, wenn er will.«

»Aber mich schüchtert er nicht mehr ein«, sagte Raven. »Kommt und lernt unsere Tochter Savannah kennen! Sie ist Gregoris Seelengefährtin. Und dort drüben sind auch unsere zwei entzückenden Enkelinnen, die ihren Vater jetzt schon sehr geschickt um den kleinen Finger wickeln.«

Die Liebe und Zuneigung zu ihrer Familie war ebenso deutlich in ihrem Gesicht zu erkennen wie in ihrem Tonfall und in ihren Augen. Fen drehte sich um und sah, wie Gregori sich eins der kleinen Mädchen schnappte, das gerade zu einem gewagten Sprung von einer Rutsche zum Dach des Puppentheaters ansetzte.

»Isä.« Vater. Sie sah ihn böse an und schien zu schmollen. »Ich hätte es geschafft.«

»Anya.« Gregori schlug seinen strengsten Tonfall an. »Ich habe dir gesagt, du sollst es lassen, von der Rutschbahn auf das Puppentheater zu springen.«

Fen kniff die Lippen zusammen, um nicht zu lachen. Die Kinderrutsche war keinen Meter vom Boden entfernt, und das Puppentheater war nicht viel höher. Die kleine Anya schien jedoch überhaupt nicht eingeschüchtert zu sein, nicht einmal, als ihr Vater sie so hochhielt, dass seine silbrigen Augen auf gleicher Höhe mit den ihren waren. Ihr lockiges dunkles Haar umrahmte ihr feenhaftes Gesicht wie ein Glorienschein. Ihre Augen, die hell wie die ihres Vaters waren, verdunkelten sich vor Ärger, und sie schob aufsässig das kleine Kinn vor.

»Ich bin kein Baby mehr wie Sandru. Ich kann das!«

Mikhail erklärte mit gedämpfter Stimme: »Die Mädchen nennen Alexandru Sandru.« Er sagte es gerade laut genug, dass Gregori es hören konnte und wusste, dass er beobachtet wurde. »Die Zwillinge sind nur zwei Wochen älter als Alexandru, aber sie tun gern so, als wären sie Jahre vor ihm zur Welt gekommen.«

Diesmal lag unverkennbare Belustigung im Ton des Prinzen. »Und das, obwohl Alexandru größer ist als sie beide.«

»Isä«, sagte das zweite kleine Mädchen. »Wenn wir nicht springen dürfen, dann vielleicht schweben? Du weißt, dass wir echt gut im Schweben sind.«

Gregori warf einen Blick über die Schulter zu Mikhail, wandte sich dann wieder seiner Tochter zu und hob sie seufzend auf. »Anastashia, ich dachte, wir hätten das besprochen. Ihr braucht einen Erwachsenen zur Aufsicht, wenn ihr bestimmte Dinge ausprobiert, und dazu gehört auch das Schweben. Es ist gefährlich.«

»Wie kommt es, dass sie schon sprechen können?«, fragte Tatijana. »Ist das nicht sehr früh, selbst für karpatianische Kinder?«

»Sie waren schon von Geburt an sehr begabt«, räumte Raven ein. »Sie sprechen das alte Karpatianisch und auch noch mehrere andere Sprachen. Na ja ... vielleicht sollte ich das verdeutlichen. Die Mädchen verstehen die Sprachen und kennen viele Worte und formulieren Sätze. Mit ihren erstaunlichen Fähigkeiten lassen sie uns graue Haare wachsen.«

Mikhail zupfte an Ravens Haar. »Ich sehe hier nichts Graues.«

Sie lachte leise. »Es ist ja nur eine Redewendung. Zum Glück bin ich Karpatianerin und bekomme keine grauen Haare. Aber wer weiß, ob mir bei diesen beiden kleinen Mädchen nicht vielleicht trotzdem welche wachsen werden!« Sie zeigte auf die Zwillinge. »Sie waren Frühgeburten und wurden in verschiedene Brutkästen gelegt. Kaum am Leben, schwebten sie von einem zum anderen, fest entschlossen, sich nicht trennen zu lassen. Am Ende blieb uns gar nichts anderes übrig, als sie zusammenzulassen. Und seitdem hat Gregori seine liebe Not mit ihnen.«

»Anya scheint eine kleine Draufgängerin zu sein«, bemerkte Tatijana.

Fen konnte sehen, dass sie stolz auf das kleine Mädchen war.

Bestimmt wäre Tatijana wie Anya gewesen und hätte alles ausprobieren wollen, hätte sie als Kind die Möglichkeit dazu gehabt.

Raven nickte. »Wenn sie ein Junge wäre, hätte Gregori kein Problem damit, sie von der Rutsche auf das Puppentheater springen zu lassen, doch er ist bei seinen Mädchen überfürsorglich.«

»Und? Hat er Erfolg damit?«, fragte Mikhail und strich mit den Lippen über das Haar an Ravens Oberkopf.

»Du wirst es gar nicht mehr so lustig finden, wenn unser Sohn anfängt, sich dir zu widersetzen und sich in Gefahr zu bringen«, entgegnete sie spitz, lachte jedoch leise dabei und rieb zärtlich ihren Kopf an seiner Brust. »Die kleine Miss Anya ist viel zu abenteuerlustig. Ich glaube, sie würde sogar das Gestaltwandeln ausprobieren, wenn ihr jemand die kleinste Chance dazu gäbe.«

»Wahrscheinlich hat sie es schon längst versucht«, gab Mikhail zu bedenken.

»Beschwör es nicht herauf!«, warnte seine Seelengefährtin.

Fen war aufrichtig belustigt über Gregoris Dilemma. Der Heiler war ein großer, breitschultriger Mann und hochangesehen in der Welt der Karpatianer. Wenn er sprach, verstummte jeder und hörte ihm zu. Neben Mikhails Wort war Gregoris Gesetz, doch seine kaum zwei Jahre alten Zwillingsmädchen boten ihm die Stirn. Bei ihnen war er geduldig und sanft – was ihm bei der kleinen Anya allerdings nicht viel zu nützen schien. Sie war anscheinend wirklich sehr, sehr abenteuerlustig.

»Sind sie nicht entzückend?«, fragte Tatijana.

»Ja, aber auch beängstigend«, meinte Fen. »Falls wir einmal Kinder bekommen sollten, *sívamet*, dann hoffentlich nur Jungen. Denn sollten es Mädchen sein und sie nach dir kommen, werde ich definitiv einen Herzanfall erleiden, bevor sie erwachsen sind.«

Tatijana lachte und wandte sich an Raven. »Männer! Sie sind

solche Hahnenfüße, wenn es um Kinder geht. Wie ist euer Alexandru? Ihr habt ihm einen schönen Namen gegeben. Er bedeutet, ›Verteidiger der gesamten Menschheit‹, nicht?«

Raven nickte. »Eine enorme Bürde für einen kleinen Jungen, was?«

Auch Fen war neugierig auf den Sohn des Prinzen. Sein Blick glitt ständig zu den vier Kindern hinüber, zu Gregoris und Savannahs Zwillingstöchtern, die ihren Vater jetzt mit Küssen überhäuften, zu dem kaum älteren Jungen mit dem lockigen Haar und dem viel kleineren mit den großen Augen, die fast violett waren wie die seiner Mutter, und dem pechschwarzen Haar, das dem seines Vaters so ähnelte. Fen bemerkte, dass die beiden Mädchen sogar beim Schmusen mit Gregori den Sohn des Prinzen im Auge behielten, wie es auch der Junge mit den lockigen Haaren tat. »Die Zwillinge sind sehr interessiert an Alexandru.«

Raven nickte. »Sie haben schon eine Verbindung hergestellt. Gregori ist ein bisschen besorgt deswegen. Es ist keine normale Bindung zwischen Kindern, sondern die Daratrazanoff-Dubrinsky-Verbundenheit. Soweit wir wissen, war noch keine Frau dem Prinzen überlegen. Anastashia hat schon sehr früh die ersten Anzeichen eines geborenen Heilers wie Gregori erkennen lassen. Falls sich irgendjemand auch nur den Kopf anstößt, läuft sie hin und verarztet ihn. Sogar die älteren Kinder gehen zu ihr, wenn sie sich verletzen. Anya ist ganz und gar wie Gregori, bis hin zu ihren extremen Beschützerinstinkten Alexandru gegenüber. Anastashia ist auch sehr fürsorglich, allerdings auf eine viel sanftere Art und Weise.«

»Alexandru ist jetzt schon nachdenklich und umsichtig wie Mikhail. Er scheint Probleme zu durchdenken, bevor er handelt«, fuhr Raven fort. »Die meiste Zeit ist er sehr ernst.«

»Und wer ist der kleine Junge, der ihm so ähnlich sieht?«, fragte Fen.

»Das ist Stefan, Jacques' und Sheas Sohn. Er ist nur neun Monate älter, aber schon davon überzeugt, auf die anderen aufpassen zu müssen. Er ist ein kleiner Spaßvogel, obwohl er seine Aufgabe, die Zwillinge und Alexandru zu beschützen, äußerst ernst nimmt«, sagte Mikhail. »Er ist wie Jacques, als er ein Kind war. In ein paar Jahren wird er uns allen Streiche spielen, vermute ich. Niemand wird vor ihm sicher sein.«

Raven lachte. »Und er wird sich die Unterstützung der Zwillinge sichern, die nur zu gern bereit sein werden, ihm zu helfen.«

Eine kleine, kurvenreiche Frau, die Raven sehr ähnlich sah, kam auf sie zu. Mikhail reichte ihr seine Hand und zog sie an seine Seite. »Das ist meine Tochter Savannah. Ich weiß nicht, ob du schon Gelegenheit hattest, Tatijana kennenzulernen, Savannah, doch sie ist Drachensucherin und Razvans und Natalyas Tante.«

»Es ist mir eine große Ehre, dich endlich kennenzulernen«, sagte Savannah sofort und ergriff Tatijanas ausgestreckte Hand. »Gregori und mein Vater halten sehr viel von dir.«

»Sie hat mit ihrer Geistesgegenwart mehrere unserer Krieger vor schlimmen Wunden bewahrt«, erklärte Mikhail seiner Tochter.

»Ich glaube, alle haben mitgeholfen«, entgegnete Tatijana bescheiden.

»Und das ist Fenris Dalka, Dimitris älterer Bruder«, fuhr Mikhail mit den Vorstellungen fort. »Gregori hat zweifelsohne auch von ihm gesprochen«, sagte er mit einem scherzhaften Beiklang in der Stimme.

Fen konnte sich ein Lachen nicht verkneifen. »Zweifelsohne.«

Savannah stimmte in das Lachen ein. »Er hat sogar sehr viel von dir geredet«, gab sie zu, »doch es war nur Gutes. Mein Vater schilderte ihm ausführlich den ganzen Kampf, und Gregori war sehr beeindruckt von deinen Fähigkeiten. Ich bin so froh, dass ihr hier seid! Saras und Falcons Kinder«, sie deutete auf die kleinere Gruppe älterer Kinder, die dem Märchenerzähler lauschten, »sind alle Menschen, doch mit übernatürlichen Kräften. Sie lebten in der Kanalisation, als Sara sie fand. Sie hatten sich bereits zusammengetan und eine Familie gegründet, die gemeinsam ums Überleben kämpfte, bevor Sara sie zu sich nahm und herbrachte.«

»Wer kümmert sich denn während der Tagesstunden um sie?«, fragte Fen. »Wie lässt sich so etwas machen?«

»Gabriel und Francesca haben auch ein menschliches Kind adoptiert, die junge Skyler«, gab Mikhail zu bedenken. »Und sie haben ihre Sache sehr gut gemacht.«

»Und Aidan und Alexandria ziehen Alexandrias jüngeren Bruder Josh auf«, fügte Savannah hinzu.

»Colby und Rafael de la Cruz haben Paul und Ginny«, sagte Raven. »Mit ein wenig Hilfe und Einfallsreichtum hinsichtlich der Zeit, die man mit ihnen verbringt, lässt es sich schon machen, ein menschliches Kind großzuziehen. Sara und Falcon stehen so früh wie möglich auf, und die Kinder schlafen morgens lange und beginnen ihren Tag erst spät, damit sie abends länger aufbleiben können.«

»Und wer beschützt sie tagsüber?«, beharrte Fen. Mehr als einmal war er einem Kind begegnet, dem er gern geholfen hätte. Doch er hatte es nicht gekonnt, weil er die Erde aufsuchen musste. Wer würde den Schutz der Kinder gewährleisten, wenn er ruhte?

Tatijana rührte sanft an sein Bewusstsein. *Du bist so mitfühlend, Fen! Nur wenige Männer, die wie du leben, denken daran, ein Waisenkind aufzunehmen.*

Bedauerlicherweise hinterlassen Vampire, Werwolf-Rudel und der Sange rau *eine große Anzahl Waisen.* Er blickte zu ihr herab. *Falls wir keine eigenen Kinder haben können, wärst du dann bereit, über eine Familie wie Saras nachzudenken?*

Auch wenn wir leibliche Kinder bekommen, würde ich liebend gern andere, die uns brauchen, in unsere Familie aufnehmen, versicherte sie ihm.

Selbst wenn sie Menschen oder Lykaner sind?

Ich würde ohnehin nichts anderes erwarten, da Karpatianer so wenige Kinder bekommen.

Tatijanas Stimme war so liebevoll, dass Fen sich beherrschen musste, um sich nicht vorzubeugen und sie zu küssen. Doch zumindest im Geiste berührte er ihre Lippen mit den seinen.

»Sara und Falcon haben Leute, die sich während der Tagesstunden, in denen sie selbst nicht da sein können, um die Kinder kümmern. Da ist zum Beispiel Maria, ihr Vollzeit-Kindermädchen, und Slavica und deren Tochter helfen auch mit aus. Slavica und ihrem Ehemann Mirko gehört der örtliche Gasthof; deswegen ist sie für gewöhnlich sehr beschäftigt, doch wenn sie gebraucht wird, kommt sie. Falls es an den Nachmittagen Probleme gibt, haben wir Jubal, Gary und Slavicas Ehemann Mirko, um die Kinder zu beschützen«, erklärte Savannah.

»Der große Junge dahinten, Travis, ist inzwischen elf. Er ist der älteste der sieben Waisenkinder«, fuhr Mikhail fort. »Er ist wie Falcons Schatten und lernt bereits zu kämpfen. Falcon und die anderen Erwachsenen arbeiten übrigens mit allen Kindern. Sie müssen unsere Feinde kennen, wie wir es alle lernen mussten. Travis passt auf die anderen auf. Die Kleine, um die er den Arm gelegt hat, ist Emma. Sie ist das jüngste Mädchen.«

Fen konnte sehen, dass der Junge für sein Alter schon sehr reif war. Obwohl er sich nicht die winzigste Einzelheit der Geschichte entgehen zu lassen schien, behielt er seine Geschwister im Auge. Als zwei der Jungen miteinander zu raufen begannen und dabei eins der Mädchen umstießen, bedachte er sie mit einem sehr erwachsenen Blick, und beide hörten sofort mit ihren Streichen auf. Einer entschuldigte sich sogar flüsternd bei dem Mädchen neben ihm.

Fen deutete mit dem Kinn in ihre Richtung. »Ihre Aufmerksamkeit hat er jedenfalls.«

»Die zwei Jungs sind Peter und Lucas. Sie sind beide zehn und etwas schwierig. Jase, der jüngste der Jungen, sitzt ganz dicht neben Travis und rutscht noch immer näher«, sagte Raven leise lachend.

Fen konnte sehen, wie besagter Jase, der einen dichten blonden Haarschopf hatte, im Verlauf der Geschichte tatsächlich immer näher an Travis heranrückte. »Chrissy ist das Mädchen, das Lucas vorhin geschubst hat, und neben ihr sitzt Blythe. Sie sind alle menschlich, aber die übernatürlichen Fähigkeiten, die sie besitzen, sind wirklich ganz außergewöhnlich.«

»Wo hat Sara sie denn nur gefunden?«, wollte Tatijana wissen.

»Sie hatte in einer Zeitschrift einen Artikel über Kinder gelesen, die in der Kanalisation leben, weil sie keine andere Bleibe haben. Diese Kinder sind alle so etwas wie Wegwerfprodukte unserer modernen Gesellschaft. Sie müssen in Abfällen nach Essbarem suchen. Wo Sara diese Kinder hier fand, gab es auch noch viel ältere, die ebenfalls in Familieneinheiten oder Banden lebten, wie immer ihr es nennen wollt, und die unsere Gruppe hier sehr oft beraubten. Es war Travis, der die Kleineren beschützte und das meiste Essen für sie stahl«, erklärte Savannah. »Sie sind nach wie vor extrem loyal ihm gegenüber.«

»Travis ist in meiner Gegenwart noch ein bisschen gehemmt«, gab Mikhail zu. »Vor ein paar Jahren war er von einem Vampir dazu benutzt worden, uns auszuspionieren.«

»Schlimmer noch«, sagte Raven. »Er war besessen von diesem Vampir, der sich seiner bemächtigt hatte, um zu versuchen, Mikhail zu töten. Der Junge macht sich noch immer furchtbare Vorwürfe deswegen, obwohl er nichts dagegen hätte tun können.«

»Deshalb lernt er so fleißig, um so viel wie möglich über Vampire zu erfahren. Er möchte ganz genau wissen, wie man sie bekämpft«, fuhr Mikhail fort. »Es ist schwer, ihm klarzumachen, dass es nicht seine Schuld war.«

»Wie traurig!«, murmelte Tatijana. »Er ist doch noch ein kleiner Junge. In seinem Alter sollte er nicht schon mit Monstern fertigwerden müssen.«

»Leider hat keiner von uns eine andere Wahl«, sagte Mikhail. »So ist unsere Welt nun mal, und es würde Travis und den anderen Kindern nicht helfen, wenn wir sie über die Existenz der Vampire im Ungewissen ließen. Schließlich ist jeder Überfall auf uns auch ein Überfall auf sie. Wenn sie älter sind, werden wir ihnen die Entscheidung überlassen, ob sie zu Karpatianern werden wollen oder nicht. Vorläufig jedoch ist es besser, sie zu lehren, wie man kämpft.«

»Das finde ich auch«, stimmte Tatijana zu, »aber traurig ist es trotzdem.«

Savannah lächelte sie an. »Sei heute Nacht nicht so bedrückt! Diese Kinder sind glücklich und werden sehr geliebt. Wir helfen mit, sie in der Gemeinschaft aufzuziehen, und sie wissen, dass sie zu jedem von uns kommen können, wenn sie Schwierigkeiten oder einen Kummer haben.«

»Sie sind reizend«, sagte Tatijana. »Was macht eigentlich Saras Schwangerschaft?«

»Bisher hält Sara durch. Wir hoffen, dass sie das Kind diesmal austragen kann, obwohl Gregori das für fraglich hält. Aber er meint auch, das Ungeborene sei stark und habe eine gute Chance zu überleben. Sie nimmt es, wie es ist, und ist jeden Abend glücklich, einen weiteren Tag geschafft zu haben«, fügte Raven hinzu.

»Freuen sich die Kinder auf das Baby?«, fragte Fen.

Mikhail nickte. »Oh ja! Wir sind eine Gesellschaft, die jedes Kind als ein Geschenk betrachtet, und sie denken bereits genauso. Bisher war nicht einmal Jase besorgt oder eifersüchtig, sondern immer nur erfreut.«

Fen fiel auf, dass alle Karpatianer, Männer wie Frauen, im Vorbeigehen einen Moment lang bei dem Kreis um den Erzähler stehen blieben und einem Kind die Hand auf die Schulter legten oder ihm übers Haar strichen. Diese Gesten brachten lange vergessene Erinnerungen an seine eigene Kindheit zurück. Auch Fen hatte mit den anderen Kindern bei den Älteren am Kamin gesessen, ihren Geschichten über Krieger und Seelengefährten gelauscht und sich von solch freundlichen Gesten bestätigen lassen, sicher und im Kreise derer zu sein, die ihn liebten.

Die Zeiten mochten sich geändert haben. Jahrhunderte waren seither verstrichen, und auf dem Gebiet der Technologie waren Riesenfortschritte gemacht worden. Enorme Veränderungen hatten in der Welt stattgefunden. Trotzdem empfand Fen es als tröstlich, dass sein Volk sich seine Herzensangelegenheiten bewahrt hatte. Das Drumherum mochte sich verändert haben, doch die Liebe zu den Kindern war geblieben.

Raven und Mikhail wurden von einem anderen Paar gerufen, und Savannah eilte lachend ihrem Seelengefährten zu Hilfe, als die Zwillinge, der Sohn des Prinzen und sein Neffe alles versuchten, um ihn umzuwerfen und als Klettergerüst zu verwenden.

»Tatijana.« Natalya kam zu ihnen geeilt. »Tut mir leid, dass ich so spät erscheine. Wir versuchten, Razvan und Ivory ausfindig zu machen, weil ich wusste, dass sie dich würden sehen wollen.« Sie blickte sich um, und für einen Moment erschien ein enttäuschter Blick in ihren Augen. »Branislava ist nicht hier?«

»Sie kommt vielleicht ein bisschen später nach«, antwortete Tatijana. »Doch ich würde sehr gern meinen Neffen und seine Seelengefährtin sehen«, fügte sie rasch hinzu, um von Bronnie abzulenken. »Razvan hat mir sehr gefehlt, und wir haben uns so viel zu erzählen.«

Natalya blickte sich nach der lachenden und plaudernden Menge um. Viele Gespräche fanden in kleinen Gruppen statt.

»Würde es dir etwas ausmachen, wenn ich dir ein paar Fragen über Xavier und Razvan stelle? Es würde mir sehr viel bedeuten.«

Fen griff nach Tatijanas Hand, weil er den jähen Schmerz in ihrem Innersten spürte. Nach außen hin wirkte sie jedoch vollkommen gelassen, und selbst ihr Lächeln war warm und freundlich.

»Was möchtest du denn wissen?«

Natalya presste die Lippen zusammen. »Razvan und ich standen uns immer sehr nahe. Er wollte nicht, dass Xavier erfuhr, dass ich es war, die Zaubersprüche beherrschte, und deshalb nahm er meinen Platz ein und rettete mich. Wusstest du das?«

Tatijana nickte. »Ja. Aber es war Razvans Entscheidung, Natalya. Er entdeckte schon sehr früh, wie böse Xavier war, und mehr als alles andere wollte er dich in Sicherheit wissen.«

Natalya schüttelte den Kopf und senkte den Blick. »Wir verbrachten so viel Zeit in geistiger Verbundenheit. Ich kannte ihn. Ich wusste, wie er dachte, und doch ...« Sie brach ab.

Vikirnoff, der mit seinem Bruder Nicolae gesprochen hatte, drehte sich abrupt um und war sofort an ihrer Seite, als spürte er ihren Kummer. Zärtlich schlang er einen Arm um ihre Taille und zog sie wieder schützend an sich.

»Was ist?«, fragte Tatijana sanft. »Ich bin gewissermaßen deine Schwester. Es gibt nichts, was du mir sagen könntest, was meine Liebe zu dir schmälern würde.«

»War dir bewusst, dass Xavier es war, der von Razvans Körper gegen seinen Willen Besitz ergriff und ihn zwang, so furchtbare Dinge zu tun? Oder dachtest du, mein Bruder täte sie aus eigenen Stücken?« Natalya holte tief Luft. »Ich meine, es waren so scheußliche Verbrechen. All diese Frauen, die schwanger wurden und Kinder bekamen, die Xavier nur ihres Blutes wegen wollte. Und wenn sie nicht seine Maßstäbe erfüllten, warf er sie einfach weg wie ... Müll. Wie die arme kleine Skyler, die an diesen schrecklichen Mann verkauft wurde, von dem sie glaubte, er sei ihr Vater.«

Tatijana nickte traurig. »Wir waren dort in den Höhlen und haben selbst gesehen, wie Razvan seinem eigenen Kind Blut abnahm. Und Bronnie stach er nieder, damit sie nicht aus der Eishöhle fliehen konnte. Doch wir wussten die ganze Zeit, dass es nicht Razvan, sondern Xavier war, der in seinem unaufhörlichen Streben nach Unsterblichkeit und Macht seinen Enkel als Marionette benutzte.«

»Ich wollte nicht glauben, was ich über ihn hörte oder sogar lange Zeit mit eigenen Augen sah, aber am Ende hörte ich auf, an ihn zu glauben«, sagte Natalya mit kummervollem Blick. »Als er mich am meisten brauchte, war ich nicht für ihn da.«

»Natalya.« Tatijana nahm ihre Hände. »Du musst doch wissen, dass Razvan dir das nie verübeln würde. Der Gedanke, dass du irgendwo dort draußen in der Welt frei und glücklich warst, hat ihn all diese Jahre aufrechterhalten. Anfangs, als er noch nicht so zermürbt war, haben wir oft davon gesprochen. Das war, bevor Xavier die kleine Magierin, Laras Mutter, vor seinen Augen ermordete und Razvan dann angekettet bei ihrer Leiche zurückließ. Danach verständigte Razvan sich kaum noch mit uns.«

»Xavier war ein solches Scheusal, so von Grund auf böse!«, sagte Natalya erschaudernd. »Ich hatte lange Zeit große Schwierigkeiten mit dem Gedanken, dass er tatsächlich mein Großvater war.«

Tatijana rührte an Fens Bewusstsein, als bräuchte sie Bestätigung. Diese wenigen Momente, in denen seine sonst so starke, kriegerische Frau verwundbar war, zerrissen ihm beinahe das Herz.

»Xavier ist mein Vater«, sagte Tatijana. »Und dieser Mann versuchte, eine ganze Spezies auszulöschen. Er benutzte seinen eigenen Sohn, um Kinder zu zeugen, und das nur, weil er ihr

Blut wollte. Er folterte und tötete für seine widerlichen Experimente über tausend Angehörige verschiedener Spezies, meine Mutter und meinen Bruder mit eingeschlossen. Die Liste seiner scheußlichen Verbrechen ließe sich endlos fortsetzen, aber ich weigere mich, Scham oder Schuldgefühle seiner üblen Taten wegen zu verspüren. Bronnie, Razvan und ich überlebten, indem wir uns aufeinander verließen. Und Razvan verließ sich auf dich, Natalya. In gewisser Weise hast du uns alle gerettet. Das ist die einzige Erinnerung, die du stets in deinem Herzen bewahren musst.«

Fen war in diesem Moment unglaublich stolz auf Tatijana. Im selben Augenblick, als sie die telepathische Verbindung zu ihm gesucht hatte, hatte er sein Bewusstsein mit ihrem verschmolzen und ihre Reaktion auf Xaviers Namen gespürt. Allein schon auf seinen Namen.

Tatijana?

So fest mit ihr verschmolzen, hörte Fen auch Branislavas Stimme, als sie ihre Schwester zu erreichen versuchte. Wahrscheinlich waren Tatijanas Kummer und der kurze Blick zurück in ihre schreckliche Kindheit und die darauffolgenden Jahre Anlass zur Beunruhigung für Branislava.

Brauchst du mich?

Sofort beruhigte Tatijana ihre Schwester. *Nein, nein. Tut mir leid, dass ich dich gestört habe, Bronnie. Ich sprach nur mit Natalya über schwierige Zeiten. Aber ich fühle mich hier wohl, und es ist schön, die Kinder zu sehen. Der Prinz hat einen Sohn, Gregori hat Zwillingstöchter, und auch Jacques ist Vater eines süßen kleinen Jungen. Sara und Falcon haben sieben ganz erstaunliche Kinder adoptiert. Die Welt scheint ein anderer Ort zu sein mit Kindern, Bronnie.*

Es ist Xavier nicht gelungen, unsere Spezies auszulöschen, nicht, Tatijana?

Nein, Schwesterherz, das hat er nicht geschafft. All die Male, als du seine Experimente sabotiertest, um sie zu verzögern, all die Male, als du sie verdarbst und er noch mal von vorn beginnen musste, sind für etwas gut gewesen. Du hast dein Leben riskiert, und am Ende hat es sich bezahlt gemacht.

Stolz schwang in Tatijanas Stimme mit, und wieder erhielt Fen einen kurzen Einblick in ihre Vergangenheit; er sah Bruchstücke ihrer Erinnerungen, in denen sie mit wild klopfendem Herzen und die Faust an den Mund gepresst, um kein Geräusch zu verursachen, dalag, während ihre Schwester sich in Xaviers Labor schlich und seine jüngste Arbeit sabotierte. Tatijana hatte furchtbare Angst gehabt, dass Xavier Branislava töten oder eine seiner grauenvollen Bestrafungen über sie verhängen würde.

Sie ist erstaunlich, flüsterte Fen Tatijana zu. *Ihr Mut ist geradezu beängstigend.*

Tatijana strahlte ihn an. *Sie war immer die Tapferere. Sie trotzte Xavier bei jeder Gelegenheit, und wann immer er mich bedrohte, stellte sie sich zwischen uns. Ich war stets ein bisschen ängstlicher, doch von ihr lernte ich, mich zur Wehr zu setzen und zu kämpfen für die Dinge, die mir wichtig sind.*

»Vielen, vielen Dank, Tatijana, dass du mir all das erzählt hast«, sagte Natalya. »Ich scheine mir einfach nicht verzeihen zu können, dass ich den Glauben an meinen Bruder verlor.«

»Du weißt, dass ich es war, der dich davon überzeugte, dass Razvan böse war«, wandte Vikirnoff ein. »Du hättest es von dir aus nie gedacht, nicht einmal eine Sekunde lang.«

»Du wolltest mich nur beschützen«, gab Natalya zurück. »Du kanntest Razvan ja nicht. Wie hättest du also etwas anderes denken können? Aber ich bin seine Schwester, und er hat so viel für mich geopfert. Für uns alle.«

Tatijana schüttelte den Kopf. »Vor uns liegt die Zukunft. Wir haben jetzt uns. Razvan ist entkommen und hat seine Seelengefährtin gefunden. Wenn ich, selbst aus der Ferne, sein Bewusstsein anrühre, habe ich den Eindruck, dass er glücklich ist.

Auch ich bin überglücklich mit meinem Seelengefährten, genauso wie du mit deinem, Natalya. Und Razvan ist nicht nachtragend. Er hat so viel gesehen und durchgemacht, dass ihm kaum noch was etwas anhaben kann. Er würde wollen, dass du glücklich bist, Natalya. Sieh es einfach so! Falls du glaubst, du schuldetest ihm etwas, dann sei glücklich! Das ist das Einzige, was ihm immer wichtig war.«

»Ich finde, das ist eine ausgezeichnete Idee«, erklärte Fen. Dann nahm er Tatijanas Arm und zog sie ein wenig von den anderen weg. Er führte sie in den mittleren Bereich der Höhle und mitten in die Menge dort. »Und falls du nichts dagegen hast, habe ich meiner Seelengefährtin jetzt etwas Wichtiges zu sagen.«

KAPITEL FÜNFZEHN

Die Art und Weise, wie Fen Tatijana mit sich zog, hatte etwas Spitzbübisches, das ihr verriet, dass er etwas im Schilde führte. Seine Miene war eine eigenartige Mischung aus Lachen und noch etwas anderem, das ihr schier das Herz zerfließen ließ. Wenn er sie so ansah – so verspielt und unbekümmert –, war sie verloren. Wie könnte sie es auch nicht sein? Seine Gesichtszüge waren entspannt, und seine Augen funkelten vor Fröhlichkeit, als er sie ansah. In seiner Seele herrschte Frieden, und sein Herz war voller Liebe.

Er hatte im Laufe der Jahrhunderte so viele furchtbare Dinge gesehen. Fen hatte endlose Kämpfe ausgefochten, die tödliche Verletzungen zur Folge gehabt hatten. Und sie, Tatijana, war es, die ihm Licht, Hoffnung und Frieden gebracht hatte, die ihm Fröhlichkeit und Freude, Kameradschaft und vor allem das Gefühl von Zugehörigkeit schenkte. Sie konnte gar nicht anders, als sich noch mehr in ihn zu verlieben, wenn er sie so ansah wie jetzt.

Als sie die Mitte des Raumes erreichten, trat er einen Schritt zurück und verbeugte sich vor ihr.

Er sah dabei so sehr wie ein Kavalier alter Schule aus, dass sie seine Geste unwillkürlich mit einem kleinen Knicks beantwortete. Sein Lächeln verriet ihr, dass es genau das Richtige gewesen war. In der Höhle breitete sich Stille aus. Selbst die Kinder schwiegen plötzlich. Irgendwo hinter ihnen hörte Tatijana Musik erklingen.

»Durch des Schicksals seltsamen Zufall
nahmst du einen Duft im Walde wahr
und fandest mich – obwohl du nicht
auf der Suche nach einer Romanze warst.«

Fen sang die Worte für Tatijana, die verblüfft war über die perfekte Tonlage und den rauen Beiklang seiner Stimme, der so sexy war, dass er ihr einen Schauer über den Rücken jagte. Fen streckte ihr die Hand hin und sang weiter.

»Trotzdem singe ich:
Darf ich um diesen Tanz bitten, schöne Frau?«

Tatijanas Augen begannen zu brennen von nur mühsam unterdrückten Tränen. Die Musik wurde lauter, rhythmischer. Sie wusste nicht, woher sie kam, aber sie konnte auch nicht den Blick von Fen abwenden, um zu sehen, wessen Hilfe er gewonnen hatte, um diese Nacht zu einer ganz besonderen für sie zu machen. Sie legte ihre rechte Hand in seine. Er nahm sie sanft und zog sie an sich. Tatijana zitterte, als sie ihre Linke auf seine Schulter legte.

Die Musik schwoll an, als Fen sich mit fließender Anmut mit ihr zu bewegen begann, bis sie das Gefühl hatte zu schweben. Sein Mund streifte ihr Ohr. »Das ist ganz allein für dich, meine Schöne«, flüsterte er ihr zu. »Ich habe das Lied für dich geschrieben.«

Wieder begann er zu singen, während sie sich in vollkommener Harmonie miteinander bewegten, als wären sie ein einziger Körper. Dabei griff ihr Herz den Rhythmus des seinen auf und glich sich ihm an, Schlag für Schlag.

»Ich durchstreifte die einsamen Jahrhunderte im Dunkeln,
Fenris, der Wolf, ausgehungert nach dem Licht.
Dann erschienst du – ein jäher, strahlend heller Funke,
mein Wunder, das die Finsternis vertrieb.«

Tatijana legte den Kopf an Fens Brust und kostete mit geschlossenen Augen das Gefühl des Schwebens und der Wärme seines muskulösen Körpers aus, während sie sich scheinbar schwerelos miteinander bewegten. Seine Arme waren stark und gaben ihr Sicherheit in einer Welt, in der oftmals Wahnsinn und wahre Ungeheuer lauerten, wie ihr nur zu gut bewusst war.

»Auch du hast Einsamkeit gekannt,
als du gefangen warst im Eis.
Freigesetzt, schworst du,
nie wieder eine Gefangene zu sein.
Mögen meine Arme niemals Fesseln für dich sein!
Und mögest du mir stets bereitwillig folgen!«

Über ihnen Köpfen funkelten Sterne an der hohen Höhlendecke, und das Licht der Fackeln wurde schwächer, sodass der Eindruck entstand, als tanzten sie unter freiem Himmel. Tatijana schmiegte sich noch fester an Fen. Es war eine magische Nacht, ein seltsam surrealer Augenblick, als sie sich eng aneinandergeschmiegt zu der Musik bewegten. Tatijana spürte, wie ihre Liebe zu ihm wuchs und wuchs und sie schier überschwemmte.

»Deine Augen wechseln die Farbe wie dein Haar.
Sie schimmern wie Smaragde, faszinierend mit ihrem Licht.
Du tanzt, als schwebtest du auf Schwingen durch die Luft.
Im Kampf kannst du dich mit unseren größten Kriegern messen.«

Tatijana wusste, dass jedes Wort seines Liedes an sie aufrichtig und tief empfunden war. Sie war in seinem Geist und fühlte, was er empfand. Er machte keinen Versuch, seine Liebe, seine Achtung und Bewunderung vor ihr – oder irgendeinem anderen – zu verbergen. Sie fühlte sich schön, geliebt und beinahe so, als wäre sie die einzige Frau auf Erden.

»Mein feuriger Drache, du lässt mein Herz erglühen!
Vor allem aber treffen diese alten Worte zu:
Meine Tatijana, sie stehen völlig außer Zweifel, diese Worte:
Du bist meine Seelengefährtin.
Und ich bin dein. Für immer, allezeit.«

Fen hatte dieses Lied für sie, Tatijana, geschrieben, und er sang es in Gegenwart ihrer Leute und ihres Prinzen, ohne sich darum zu scheren, wer zuhörte. Sie hatte noch nie erlebt, dass ein kampferprobter, stolzer Krieger sich anderen gegenüber so angreifbar machte, wie Fen es gerade tat. Es schien ihm überhaupt nichts auszumachen, dass alle sehen konnten, wie viel sie ihm bedeutete. Seine Stimme war rau vor ungeschönter Offenheit, und seine Emotionen waren für alle Anwesenden mehr als deutlich zu erkennen.

Die Musik verklang, und Tatijana hatte Tränen in den Augen, als sie den Kopf hob, um zu ihrem Seelengefährten aufzublicken. Sie hatte sich leidenschaftlich in ihn verliebt, und dennoch hätte sie nicht einmal sagen können, wann ihre Gefühle für ihn so stark geworden waren. Aus dem Augenwinkel sah sie, dass auch andere Paare getanzt hatten. Doch sie hatte sie nicht einmal bemerkt, weil sie so vollkommen vertieft in diesen märchenhaften Moment gewesen war.

Um ihr den Wunsch zu tanzen zu erfüllen, hatte Fen nicht nur ein Lied für sie geschrieben und es in aller Öffentlichkeit gesungen, sondern sich für die Musik und das Sternenspektakel an der Höhlendecke auch noch die Hilfe anderer Karpatianer gesichert.

»Danke«, flüsterte sie überwältigt, schlang ihm die Arme um den Nacken und lehnte sich an seinen starken Körper. »Manchmal weiß ich nicht, was ich von dir denken soll, Fen. Das war so ein wundervolles, erstaunliches Geschenk, dass es immer eine meiner schönsten Erinnerungen bleiben wird.«

»Ich wollte dich wissen lassen, was ich für dich empfinde, Tatijana. Dir vor Augen führen, was für eine außergewöhnliche Frau du bist. Du sagtest, du tanzt gern, und ich hielt das für eine gute Möglichkeit, zum Ausdruck zu bringen, wie viel du mir bedeutest.«

»Es war wunderbar, Fen. Einfach perfekt. Ich werde es nie vergessen.«

Fen strich zärtlich mit den Lippen über ihre. Ihre Augen strahlten mehr denn je, und das genügte ihm. Er hatte ihr etwas Besonderes schenken wollen und sein Herz und seine Seele in das Lied für sie gelegt. Er wusste nicht, was die Zukunft ihnen bringen würde. Sein Leben bestand aus Kämpfen und aus Heimlichkeit, und deshalb wollte er ihr, wann immer er nur konnte, Heiterkeit und Freude schenken.

»Fen.« Gregori war hinter sie getreten. »Vielen Dank dafür! Auch Savannah wollte schon seit Langem wieder einmal tanzen. Wir feiern hier nicht oft, und ihr hat es großen Spaß gemacht.«

»Geht sie schon?«, fragte Tatijana, als sie sich umdrehte und sah, dass Savannah die kleine Anya aufhob. Destiny hielt Anastashia in den Armen. Keines der beiden Mädchen sah sonderlich glücklich aus.

»Wir haben Zev und seine Begleiter eingeladen«, erklärte Gregori, »doch wir hielten es für besser, die Kinder vorher heimzubringen. Für sie ist es ohnehin schon spät geworden.«

Fen wusste, dass Gregori die Kinder nur beschützen wollte und die Uhrzeit nichts weiter als ein Vorwand war. Für Karpatianer war es sogar noch ziemlich früh. Außerdem mussten die Kleinen daran gewöhnt sein, ganze Nächte aufzubleiben, selbst Sara und Falcons menschliche Kinder. Von Zev und seinem Rudel ging keine Gefahr mehr für die Karpatianer aus. Wenn überhaupt, würden alle sehr viel sicherer mit ihnen in der Nähe sein. Trotzdem konnte Fen es Gregori nicht verdenken. Es gab nur eine Hand voll karpatianischer Kinder, und wäre er an Gregoris Stelle und für ihre Sicherheit verantwortlich, hätte er sie auch vor Fremden verborgen.

»Ich bin so froh, dass ich Gelegenheit hatte, sie zu sehen«, sagte Tatijana. »Sie geben uns Hoffnung.«

Fen legte den Arm um ihre Taille, als sie den Kindern zum Abschied zuwinkten. Mehrere der Männer, die noch ohne Seelengefährtin waren, begleiteten sie, als sie gingen. Gregori machte sich am Höhleneingang an die Arbeit, um ihn so weit zu verändern, dass die Lykaner heute zwar mühelos hindurchschlüpfen konnten, ihn aber niemals wiederfinden würden, wenn er in seine natürliche Struktur zurückverwandelt wurde.

»Die Kinder haben reichlich Schutz.« Fen ließ es wie eine Feststellung klingen, doch ihm war ziemlich unbehaglich zumute wegen des Werwolf-Rudels und der beiden *Sange rau,* die sich irgendwo in der Nähe herumtrieben. Andererseits jedoch, sagte er sich beruhigend, werden Mikhail und Gregori nach all ihren Gesprächen über die Vampir-Wölfe und die schweren Verletzungen, die das Rudel den Karpatianern zugefügt hat, die Gefahr doch sicherlich sehr ernst nehmen.

Gregori nickte. »Wir haben uns auch die Unterstützung unserer Vorfahren gesichert. Heute Nacht wird den Kindern nichts geschehen.«

Fen runzelte die Stirn. Die Temperatur in diesem Labyrinth heiliger Höhlen war viel zu viel für ein menschliches Kind. »Und was ist mit Falcons Kindern?«

Gregori lächelte plötzlich, was sein Gesicht vollkommen veränderte und ihn jünger und entspannter aussehen ließ. »Ich gebe dir einen guten Rat, Fen. Mit deinem weichen Herzen solltest du besser keine Töchter haben.«

Fens Brauen zogen sich zusammen. »Ich habe kein weiches Herz.«

»Du wärst ein leichtes Opfer für ein paar kleine Mädchen.«

Mikhail war leise hinter sie getreten. »Das sagt er zu uns allen, um sich selbst in einem besseren Licht dastehen zu lassen. Jeder weiß, dass seine Zwillinge sein Leben beherrschen.« Er stieß Gregori in die Rippen, und sein Lachen, das er dabei hören ließ, war echt. »Der arme Mann! Besiegt von Babys.«

Gregori bedachte Mikhail mit seinem grimmigsten Blick. »Ich bin sehr ... bestimmt den Mädchen gegenüber. Sie würden sich hüten, mich zu schikanieren.«

Fen konnte nicht umhin, in Mikhails Lachen einzustimmen. Egal, was Gregori behauptete, seine Töchter waren sein Ein und Alles.

»Aus lauter Verzweiflung hat Gregori meinen entzückenden Enkelinnen sogar gesagt, sie sollten ihn *Isäntä* nennen«, setzte Mikhail seine Sticheleien fort.

»Hausherr«, übersetzte Fen. »Und, tun sie es?«

»Es hätte klappen können«, antwortete Gregori, »wenn Savannah nicht jedes Mal laut losgeprustet hätte, wenn sie mich so nannten.«

Nun musste auch Tatijana lachen. »Das tut mir leid, Gregori. Was für ein Pech! Aber deine kleinen Mädchen sind entzückend, und offen gestanden würde ich ihnen wahrscheinlich auch jeden Wunsch von den Lippen ablesen, und Fen wäre sogar noch schlimmer. Und streite es nur ja nicht ab, Fen, denn das würdest du!«

Fen musste zugeben, dass sie recht hatte. »Deine Töchter sind einfach zu niedlich, Gregori, mit ihrer kecken Art und ihrer Abenteuerlust. Ich wäre völlig hilflos in ihrer Nähe.«

Gregori lächelte und zuckte mit den Schultern, als gäbe er es auf. »Ihre Mutter weiß es nicht, aber Anya hat sich sogar schon im Gestaltwandeln versucht. Vor zwei Tagen habe ich sie nach dem Aufstehen dabei erwischt. Das hat mich hundert Jahre meines Lebens gekostet. Es ihr zu verbieten wird nichts nützen, und was sie tut, macht Anastashia nach. Ich werde anfangen müssen, mit ihnen daran zu arbeiten. Ich habe es Anya versprochen, aber nur unter der Bedingung, dass sie es nicht allein versucht.«

»Savannah wird dich umbringen«, stellte Mikhail fest.

»Ich weiß. Ich habe auch noch keine Ahnung, wie ich es ihr beibringen soll. Doch Anya ist nicht mehr aufzuhalten«, sagte Gregori und fuhr sich mit der Hand durchs Haar. Es war das erste Mal, dass Fen auch nur ein Anzeichen von Nervosität bei ihm bemerkte.

»Sie ist eine Miniaturausgabe von dir«, erklärte Mikhail grinsend. »Du warst als kleiner Junge genauso.«

»Ich kann nicht glauben, dass ich schon so früh angefangen habe. Anya ist gerade mal zwei«, gab Gregori zurück.

»Ich war dein Freund, du vergesslicher alter Mann!«, erinnerte ihn Mikhail. »Wir haben uns unglaublich viel Ärger zusammen eingehandelt, und du warst stets der Anstifter. Sogar schon mit zwei.«

»Glaubt ihm kein Wort!«, sagte Gregori zu Tatijana und Fen. »Er hat noch nie im Leben auf jemand anderen gehört. Besonders dann nicht, wenn man ihm einen guten Rat gab.«

Die tiefe Zuneigung und ungezwungene Freundschaft, die Gregori und Mikhail verband, war mehr als offensichtlich. Fen glaubte Gregori jedes Wort. Mikhail war der geborene Anführer. Er hörte auf die, die er um sich hatte, doch letzten Endes traf er seine eigenen Entscheidungen. Wahrscheinlich war er schon von Geburt an so gewesen, und sein Sohn war ihm vermutlich ziemlich ähnlich. Die kleine Anya würde große Mühe haben, Alexandru zu beschützen.

»Die Kinder sind im Bett«, verkündete Jacques, der zu ihnen getreten war. »Shea wird uns für kurze Zeit Gesellschaft leisten.« Seine Stimme verlor ein wenig von ihrem Ernst, als er den Namen seiner Seelengefährtin aussprach. »Wir müssen das Essen vorbereiten. Das ist dein Gebiet, Fen. Du weißt mehr über die Lykaner als wir anderen.«

»Ihr werdet Essen servieren?« Kochen war definitiv nicht die Stärke der Karpatianer.

»Wir möchten, dass sie sich bei uns so wohl wie möglich fühlen«, sagte Mikhail. »Je öfter sie uns sehen, desto größer sind unsere Chancen, dass ihr Rat zu einem Gipfeltreffen hier erscheint. Und ich möchte auch damit beginnen, auf subtile Weise ihre Ansichten bezüglich des *Sange rau* zu ändern.«

Fen nickte. Dies schien ein guter Plan zu sein. Die Elitejäger, besonders Zev, fanden stets ein offenes Ohr bei ihrem Rat. Falls *sie* umgestimmt werden konnten, würden sie Befürworter eines Bündnisses mit den Karpatianern sein.

»Ich kümmere mich um das Essen«, versprach Fen. »Aber denkt daran – ich muss für alle hier als Lykaner gelten, denn nur so kennt Zev mich. Falls er irgendetwas anderes vermutet, wird es Ärger geben«, warnte er und streifte dünne, fast unsichtbare Handschuhe über.

Mikhail zog fragend eine Augenbraue hoch.

Fen zuckte mit den Schultern. »Kein Lykaner geht ohne seine Handschuhe oder sein Silber aus. Zevs Waffen sind erstaunlich, doch die meisten haben nur Silberpflöcke. Und da Silber auch ihre Haut nicht berühren darf, müssen sie sich davor schützen. Sie werden ihre Handschuhe tragen oder sie dabeihaben, und sie würden es auf jeden Fall bemerken, wenn ich keine hätte.«

»An diesen Gesichtspunkt habe ich noch nie gedacht«, gab Gregori zu. »Aber bei einem intensiven Kampf müssen sie das Silber natürlich ab und zu berühren.«

»Silber brennt wie nichts anderes, was du je gespürt hast«,

sagte Fen. »Jeder Elitejäger hat Narben davon, doch das ist eben eins der Risiken, wenn Lykaner gegen ein Werwolf-Rudel kämpfen. Sie akzeptieren es, wie jeder Karpatianer akzeptiert, dass ihm die Haut zerfetzt wird, wenn er in den Kampf gegen einen Vampir zieht.«

»Ich hätte zu gern Zevs Waffen«, gab Jacques grinsend zu. »Die sind so was von cool.«

Mikhail stöhnte. »Mein Bruder ist in seiner Ausdrucksweise sehr modern geworden.«

»Geh und überprüf mit Gregori noch mal den Eingang, damit alles für die Lykaner bereit ist«, befahl Mikhail ihm dann. »Und wenn deine Seelengefährtin kommt, schickst du sie zu mir, damit ich ihr erzählen kann, wie du als Junge warst.«

»Oh, jetzt machst du mir aber Angst!« Jacques grinste seinen Bruder an und zuckte mit den Schultern. »Außerdem hast du es ihr längst erzählt«, fügte er lachend hinzu und folgte Gregori zum Haupteingang.

Die große Höhle nahm ein völlig anderes Aussehen an. Alle Spielsachen waren verschwunden. Die Sterne unter der Decke waren geblieben, damit es so aussah, als feierten sie unter freiem Himmel, doch die Fackeln mussten einer sanfteren Beleuchtung weichen. An einer Seite des großen Raumes stellte Fen lange Tische mit Speisen und Getränken auf, und auch zierlichere Tische und Sessel wurden in diesem Bereich verteilt. Leise Musik spielte, und einige der Paare tanzten unter den glitzernden Sternen.

Die Höhle nahm die einladende, elegante Atmosphäre eines Ballsaals aus längst vergangenen Zeiten an. Destiny und ihr Seelengefährte Nicolae waren zurückgekehrt, nachdem sie die Kinder zu Bett gebracht hatten, und nun ließ er sie in weiten, anmutigen Bögen über die Tanzfläche gleiten. Vor Freude über dieses simple und bescheidene Vergnügen strahte Destiny über das ganze Gesicht. Vikirnoff und Natalya tanzten neben ihnen und lachten mit ihnen. Beide Paare versuchten, sich gegenseitig mit komplizierten Tanzschritten zu übertreffen.

Als Fen sich umsah, bemerkte er, dass die meisten der alleinstehenden Jäger nicht anwesend waren, oder zumindest nicht für alle sichtbar. Er erlaubte sich, seine scharfen Sinne des Wächters anzuwenden, um den Raum genauer zu durchleuchten. Natürlich. Inzwischen hätte er wissen müssen, wie Gregori dachte. Mikhail und Raven waren anwesend, und sie hatten Fremde zu sich eingeladen. Trotz all der karpatianischen Jäger, die mit ihren Gefährtinnen zugegen waren, hatte Gregori mit Sicherheit noch das eine oder andere Ass im Ärmel – in diesem Falle sogar vier.

Tomas, Lojos, Mataias und Andre waren irgendwo in dem großen Raum versteckt. Jeder bewachte eine wichtige Position. Fen kannte sie alle gut, diese alten Krieger, und wusste, was für gefährliche Raubtiere sie waren. Die Elitejäger besaßen erstaunliche Fähigkeiten, doch Gregori wusste inzwischen, wie sie kämpften. Er lernte schnell und würde sich nicht noch einmal überrumpeln lassen. Heute Abend war er auf jede Art von Verrat vorbereitet.

Zev kam als Erster durch die Tür, was Fen überhaupt nicht überraschte. Der Elitejäger war Gregori so ähnlich, dass sie Brüder hätten sein können. Wahrscheinlich würde es keiner der beiden jemals zugeben, aber sie dachten sogar gleich.

Von Gregori und Jacques flankiert, ging Mikhail sofort zur anderen Seite des Raumes hinüber, um Zev zu begrüßen. Fen beeilte sich, um sich dem Empfangskomitee anzuschließen. Als Lykaner würde das von ihm erwartet werden. Zev besaß den höchsten Rang, stand über allen Rudeln und würde niemals von einem Lykaner ignoriert werden, wenn er sich erst einmal als Elite-Scout zu erkennen gegeben hatte.

Mikhail schüttelte Zev die Hand. Aus Respekt hatte der Lykaner seine Handschuhe ausgezogen, was Elitejäger nur sehr selten taten, wie Fen sehr wohl wusste. Einige schliefen sogar mit ihnen, besonders während einer mehrere Tage andauernden Verfolgung. Ein Werwolf-Rudel konnte jederzeit angreifen.

»Danke, dass du unserer Einladung gefolgt bist!«, begrüßte Mikhail ihn und benutzte offenbar mit voller Absicht das vertrautere, familiärere Du, um das Eis zu brechen. »Und nochmals vielen Dank dafür, dass ihr uns zu Hilfe gekommen seid, als das Werwolf-Rudel angegriffen hat! Ohne euch hätten wir weit mehr Verwundete und vielleicht sogar Verluste gehabt.«

Zev schenkte ihm ein ungezwungenes Lächeln, doch es erreichte seine Augen nicht. Zev hatte die Augen eines Mannes, der lange gelebt und zu viele furchtbare Dinge gesehen hatte.

»Danke für die Einladung! Mein Rudel konnte eine Pause brauchen. Wir sind wochenlang unterwegs gewesen und haben gegen Werwölfe gekämpft. Natürlich wussten wir, dass etwas Großes im Gange war, hatten aber wirklich keine Ahnung, dass die Spur uns hierher führen würde.«

Er wandte sich um, als die anderen eintraten. »Das ist Daciana.«

Mikhail beugte sich über ihre Hand. »Herzlich willkommen und vielen Dank! Destiny erzählte mir, du seist maßgeblich am Schutz unserer Kinder beteiligt gewesen. Ich kann gar nicht in Worte fassen, wie dankbar wir dir dafür sind.«

Daciana lächelte ihn an. »Das ist unser Job. Und Destiny hat zweifelsohne auch das Ihre zu den Kämpfen beigetragen.«

»Ich hoffe, ihr habt einen schönen Abend und viel Spaß«, sagte Mikhail lächelnd.

Zev fuhr mit der Vorstellung seines Rudels fort. »Diese vier hier sind Convel, Gunnolf, Makoce und Arnou.«

Die vier Lykaner waren ausgesprochen höflich, als Mikhail sie begrüßte, hielten sich aber so steif, als wären sie nicht sicher, worauf sie sich hier einließen.

Der letzte Elitejäger hinkte ein wenig, als er vortrat, um Mikhail zu begrüßen. Zev berührte ihn kurz an der Schulter. »Das ist Lykaon.«

Der Lykaner verbeugte sich leicht vor dem Prinzen, sah aber Gregori an, als er sagte: »Ohne deine Hilfe oder Sheas hätte ich nicht überlebt. Ich danke euch von Herzen.«

»Das war das Mindeste, nach dem, was du für uns getan hattest, Lykaon«, gab Gregori zurück.

Mikhail dankte freundlich jedem einzelnen der lykanischen Jäger für ihre Hilfe. Auch Vikirnoff und Natalya und Destiny und Nicolae kamen sogleich zu ihnen hinüber. Destiny, die mit den Lykanern zusammen gekämpft hatte, stellte ihnen ihren Seelengefährten, seinen Bruder und Natalya vor, während sie alle zu den Tischen mit Speisen und Getränken führte.

Fen war sofort klar, dass Mikhail genau diesen Ablauf geplant hatte. Die Lykaner schätzten Destinys Fähigkeiten und würden schnell Kontakt zu ihr und ihrer Familie finden. Aus dem Augenwinkel konnte Fen auch andere karpatianische Paare sehen, die zu den Lykanern gingen, um sich ihnen vorzustellen und ein Gespräch mit ihnen zu beginnen.

Mikhail deutete mit dem Kopf auf Fen. »Ich glaube, ihr beide kennt euch schon«, sagte er zu Zev.

»Wir haben auf jeden Fall schon ein paar gemeinsame Kämpfe hinter uns«, erwiderte der Scout und streckte Fenris die Hand hin.

Fen war froh, dass er daran gedacht hatte, die Handschuhe anzuziehen. Zev akzeptierte ihn als Lykaner, doch seine Beziehung zu den Karpatianern fand er irgendwie suspekt.

»Wie ich sehe, bist du vorbereitet gekommen«, bemerkte Zev.

»Immer. Mit zwei *Sange rau* in der Gegend, die ein derart großes Rudel führen, ist niemand sicher«, schnitt Fen gleich das Thema an.

»Das denke ich auch«, stimmte Zev zu. »Andererseits ergibt es nicht viel Sinn, dass sie hierbleiben, wenn sie wissen, dass meine Jäger eingetroffen sind und es hier auch schon so viele Karpatianer gibt, um sie zu bekämpfen.«

Mikhail ging langsam auf eine Ecke zu, wo die fünf sich in aller Ruhe unterhalten konnten. Tatijana hatte sich taktvoll zurückgezogen, um mit den anderen Rudelmitgliedern und Natalyas Familie zu plaudern. Zev folgte Mikhail zu der kleinen Nische, in der einige bequeme Sessel standen. Als Prinz Mikhail sich setzte, nahmen auch alle anderen Platz, sogar Gregori, obwohl Fen nicht entgangen war, dass er seinen Sessel so platziert hatte, dass er im Nu aufspringen und sich vor Mikhail stellen konnte.

»Einer der *Sange rau* ist ein ehemaliger Lykaner namens Bardolf, von dem ich annahm, er sei schon lange tot«, nahm Fen den Faden wieder auf. »Der andere ist ein ehemaliger Karpatianer namens Abel, ein uralter Jäger, der vor einigen Jahrhunderten zum Vampir geworden ist.«

»Wir glauben, dass sie ein großes Rudel aufgebaut haben. Ihre Absicht ist es, viele der Werwölfe zu opfern, um die Jäger abzulenken, während einer der Rudelführer ins Haus eindringt, um Mikhail zu ermorden«, sagte Gregori.

Zev runzelte die Stirn und legte die Fingerspitzen unter dem Kinn aneinander. »Intelligent genug sind sie, um sich so etwas einfallen zu lassen, aber was hätten sie dadurch zu gewinnen?«

»Wenn ich sterbe, könnte das auch sehr gut das Ende unserer Spezies bedeuten«, räumte Mikhail ein. »Mein Sohn ist noch viel zu jung, um meine Nachfolge anzutreten, und bis vor Kurzem befanden wir uns jahrhundertelang in einer Krise, die sich so zugespitzt hatte, dass wir uns als Spezies kaum noch halten konnten.«

Zev nickte. »Jahrhunderte zuvor wurden auch unsere Reihen von dem *Sange rau* stark dezimiert. Wir mussten völlig umstrukturieren, um unsere Spezies wieder aufzubauen, und wir sind nach wie vor geschwächt.«

»Ich glaube, es ist an der Zeit, dass unsere beiden Spezies Verbündete werden. Was auch immer das Problem zwischen uns gewesen sein mag, es existiert nicht mehr.« Mikhail beugte sich vor. »Wir könnten sehr viel voneinander lernen, und ich denke, dass wir uns auch gegenseitig helfen können.«

»Das *Problem* ist, was geschieht, wenn sich euer Blut mit unserem vermischt. Der *Sange rau* ist, was dabei herauskommt«, stellte Zev mit düsterer Miene fest.

»Nicht wirklich«, entgegnete Mikhail nüchtern, doch auch ein wenig überrascht, so, als hätte er erwartet, dass Zev das bereits wusste. »Ein Karpatianer mit Seelengefährtin könnte gar nicht zum *Sange rau* werden. Das wäre nur bei einem Karpatianer möglich, der sich dafür entscheidet, seine Seele aufzugeben, um dem Ruf der Finsternis zu folgen. Der *Sange rau* ist ein Vampir, kein Karpatianer. Sollte ein Karpatianer zum Mischling werden, wäre er ein *Hän ku pesäk kaikak* oder *Paznicii de toate* – also ein *Wächter aller.* Das ist nicht dasselbe wie ein *Sange rau*. Die Wächter sind die, die sich im Kampf mit dem *Sange rau* messen können, aber gute Absichten haben.«

Zev schüttelte den Kopf. »Einem solchen Kämpfer bin ich noch nie begegnet – obwohl ich zugeben muss, dass der *Sange rau* so selten vorkommt, dass nur wenige Jäger je einen getroffen haben, und das trotz unserer Langlebigkeit. Wenn deine Annahme richtig ist, Mikhail, und du die Zielscheibe dieser beiden *Sange rau* bist, dann steckt vielleicht mehr dahinter, als wir wissen. Was hätten sie dadurch zu gewinnen, eine ganze Spezies zu vernichten?«

»Ja, das ist die Frage, nicht?«, stimmte Mikhail ihm zu. »Ich habe tausend Mal darüber nachgedacht, und irgendwann kam mir der Gedanke, dass es irgendwo noch einen anderen Meister geben muss, den wir nur noch nicht entdeckt haben. Einen mit einem Vorhaben, das den Untergang deiner und meiner Spezies mit sich bringen könnte.«

Zev war ein intelligenter Mann und verstand Mikhails Schlussfolgerung sofort. »Ich kann mich mit dem Rat in Verbindung setzen und anfragen, ob sie bereit wären, sich mit euch zu treffen.«

»Falls sie zustimmen, werde ich meine Krieger zusammenrufen, um ihren Schutz zu gewährleisten«, sagte Mikhail. »Hoffentlich könnt auch ihr bleiben, um uns zu helfen, für ihre Sicherheit zu sorgen!«

Zev nickte. »Zuerst müssen wir dieses Werwolf-Rudel vernichten. Wir haben den einen oder anderen ausgeschaltet, doch ich würde mir wirklich gern eine realistische Vorstellung von ihrer Anzahl machen. Sie haben das Rudel in kleinere Einheiten aufgeteilt, um sich leichter vor uns verbergen zu können.«

»Dabei können wir helfen«, sagte Mikhail schnell. »Wir können aus der Luft feststellen, wie viele Werwölfe es genau sind.«

»Das wäre ausgesprochen hilfreich«, meinte Zev erfreut. »Dies hier ist ein großes Gebiet mit sehr vielen möglichen Verstecken, und im Gegensatz zu uns kennt ihr euch hier gut aus. Wenn ihnen nicht bewusst ist, dass ihr sie beobachtet, und wir erfahren, wo sie sind, können wir sie vernichten.«

»Selbst wenn wir ihr riesiges Rudel ausschalten«, warf Fen ein, »glaube ich nicht, dass Abel und Bardolf ohne einen weiteren Anschlag auf Mikhail aus dieser Gegend verschwinden werden. Sie wollen ihn töten.«

»Dann müssen wir uns einen Schlachtplan zurechtlegen«, sagten Gregori und Zev im selben Augenblick.

Die beiden Männer sahen einander an, beide mit einem grimmigen Lächeln um die Lippen.

»Ich will heute Abend nicht noch mehr von eurer Zeit in Anspruch nehmen«, erklärte Mikhail. »Schließlich seid ihr hergekommen, um einen schönen Abend zu verbringen und einige unserer Leute kennenzulernen. Wir können unsere Schlacht auch morgen planen.« Er erhob sich und schüttelte Zev noch einmal die Hand.

»Ich werde mich auf jeden Fall mit dem Rat in Verbindung setzen«, versprach der Elitejäger, bevor er sich nach seinen Begleitern umsah. Sie unterhielten sich alle offenbar sehr gut und plauderten angeregt mit den Karpatianern, die sie umringten und aufmerksam ihren Geschichten lauschten. »Nochmals vielen Dank für die Einladung, Mikhail. Meine Leute konnten wirklich eine kleine Auszeit brauchen.«

Nach einer altmodischen Verbeugung ging Mikhail mit Jacques und Gregori davon und ließ Fen und Zev allein.

»Prinz Mikhail bleibt gelassen, selbst unter Beschuss«, sagte Zev. »Das muss ich ihm lassen. Mit zwei *Sange rau* im Nacken ist er in tödlicher Gefahr, und das weiß er auch.«

»Wir haben es geschafft, einen abzuwehren, doch der andere durchbrach die Schutzzauber und ging direkt auf ihn los. Mikhail rührte sich nicht und erschrak auch nicht. Ohne eine Miene zu verziehen, beobachtete er einfach nur, wie schnell er war und wie gut darin, die Schutzzauber außer Kraft zu setzen«, erzählte Fen. »Wir hatten Glück, doch beim nächsten Mal werden wir besser vorbereitet sein müssen.«

»Glaubst du, dass sie noch einen leitenden ...« Zev brach mitten im Satz ab, als er über Fens Schulter blickte.

Für einen Moment sah Zev so aus, als wäre ihm ein Knüppel über den Kopf gezogen worden. Seine Augen, eben noch so leer und kalt, leuchteten auf wie Flammen. Dieses Leuchten veränderte das ganze Gesicht des Jägers; seine harten Züge wurden ein wenig weicher und ließen ihn jünger und umgänglicher erscheinen.

»Was für eine hinreißende Frau! Wer ist sie?«

Fen drehte sich ebenfalls um, als eine jähe Stille im Raum entstand. Branislava stand im Eingang. Ihr dichtes, flammend rotes Haar fiel ihr in weichen Wellen bis zur Taille. Ihre Haut war blass, schien aber dennoch zu glühen wie von einem inneren Brennofen, dessen Hitze sich nicht drosseln ließ. Ihre smaragdgrünen, dicht bewimperten Augen – Drachensucheraugen – blendeten geradezu, als besäßen sie eine nie erlöschende Leuchtkraft.

Sie trug ein altmodisches Kleid, das an längst vergangene Zeiten erinnerte, vom Stil her jedoch sehr gut zu ihr passte. Es hatte lange Ärmel und ein straff sitzendes Mieder, das ihre vollen Brüste und ihre schmale Taille zur Geltung brachte. Etwas über der Hüfte ging es in einen weiten Rock über, der bis zu ihren Knöcheln reichte.

Fen holte tief Luft und blickte zu Tatijana hinüber. Die Freude, die sie bei Bronnies Anblick erfüllte, überschwemmte ihn förmlich, sodass er die überwältigende Emotion für einen Moment mit ihr teilte. Dann lief Tatijana zu ihrer Schwester, und sie umarmten sich.

»Das ist Branislava, Tatijanas Schwester. Sie war ... nicht ganz auf der Höhe, deshalb hatten wir sie heute Abend eigentlich nicht erwartet. Doch es ist wunderbar, dass sie doch noch gekommen ist.«

»Sie ist wirklich eine hinreißende Frau«, wiederholte Zev.

»Lass dich von ihrem Äußeren nicht täuschen!«, warnte Fen. »Sie ist Karpatianerin, entstammt einem sehr machtvollen Geschlecht und ist mit Leib und Seele Kriegerin.«

Zev nickte. »Sie bewegt sich fließend und anmutig wie Wasser über Stein«, schwärmte er. »Ich muss sie kennenlernen, Fen.« Er blickte sich über die Schulter nach seinen Begleitern um. Einige aßen, andere tranken, und Daciana tanzte mit einem Karpatianer. »Jetzt, Fen«, drängte er. »Ich möchte sie auf der Stelle kennenlernen.«

Zev möchte Bronnie vorgestellt werden, Tatijana. Ich weiß, dass sie deinetwegen herkam, um zu sehen, ob es dir gut geht, und dass sie sehr scheu in Gegenwart so vieler Leute ist. Aber wäre es in Ordnung, mit Zev zu euch herüberzukommen?

Da wir versuchen, einen guten Eindruck auf die Lykaner zu machen, antwortete Tatijana, *können wir eigentlich nicht Nein sagen. Ich werde Bronnie wissen lassen, dass du dich ihr mit Zev näherst.*

Ich habe es schon mitbekommen, sagte Branislava. *Und so empfindlich bin ich auch wieder nicht. Wirklich nicht«*, beteuerte sie und wandte ebenfalls den Kopf, um zu Fen und Zev hinüberzublicken.

»Klar, Zev«, meinte Fen. »Lass uns gehen, bevor alle anderen sie umringen! Denn das wird jeden Augenblick geschehen.«

Zev atmete tief ein und langsam wieder aus. »Ich bin nicht sehr geübt im Umgang mit den Damen.«

»Das ist auch besser so. Sieh dich um! Jeder dieser Männer hier wird sie verteidigen, falls sie dich für einen Casanova halten. Dies hier ist eine eng verbundene Gruppe.«

»Ich werde es riskieren«, versprach Zev, während er wieder einmal seine Handschuhe auszog und sie in seine Jackentasche steckte. »Sie ist eine Frau, für die es sich zu sterben lohnt.«

Fen wusste, dass sowohl Branislava als auch Tatijana die geflüsterte Bemerkung mitbekamen. Ihr Gehör war ungeheuer scharf, trotz der vielen angeregten Gespräche und der Musik um sie herum. Tatijanas plötzliches Grinsen verriet sie, als sie einen schnellen, vielsagenden Blick mit ihm austauschte.

»Hallo, Bronnie«, begrüßte Fen Tatijanas Schwester.

Sie drehte sich ganz zu ihm um, und Fen nahm sie in die Arme, froh, dass sie Tatijana zuliebe noch gekommen war. »Es ist wunderbar, dich zu sehen«, sagte er und drückte sie an sich. »Du hast Tatijanas Glück vollkommen gemacht. Sie wollte dich heute Abend so gern bei sich haben!«

»Ich bin gern gekommen«, antwortete Branislava. »Ich konnte spüren, wie glücklich sie war, Fen.«

Vorsicht, Bronnie! Zev ist Lykaner und muss glauben, dass Fen es auch ist, warnte Tatijana ihre Schwester.

Ich mag zwar unter der Erde gewesen sein, um zu genesen, Schwesterherz, aber ich kann dir versichern, dass ich mir sehr gut vorstellen kann, was diese Leute meinem Schwager antäten, wenn sie herausfänden, was er wirklich ist.

Fen hätte fast gelächelt über die Heftigkeit in Branislavas Ton. Sollte irgendjemand den Seelengefährten ihrer Schwester angreifen, war sie zu jedem Kampf bereit. Und doch wandte sie sich Zev mit einem Lächeln zu, das Gletscher zum Schmelzen bringen könnte.

»Meine Schwägerin Branislava – mein Freund Zev«, stellte Fen sie einander vor. »Er ist ein Elitejäger der Lykaner.«

»Freut mich, dich kennenzulernen, Zev«, sagte Bronnie und reichte ihm die Hand. »Jeder Freund von Fen ist uns hier sehr willkommen.«

Zev nahm ihre ausgestreckte Hand und führte sie galant an seine Lippen. Lykaner hatten einen sehr ausgeprägten Geruchssinn, und Branislavas verführerischer Duft war so verlockend, dass Zev vollkommen hingerissen von ihr war. Beinahe wie verzaubert. Es schockierte ihn, dass er so völlig fasziniert von einer Frau sein konnte, obwohl er von frühester Jugend an zum gnadenlosen Jäger erzogen und ausgebildet worden war.

Man hatte ihn gelehrt, dass eine Frau ein warmer Körper oder ein flüchtiger Trost sein konnte, ihm aber ansonsten in seiner Rolle als Elitejäger kaum von Nutzen war. Sein ganzes Leben drehte sich um die Jagd und die Beseitigung der Gefahren, die seiner Spezies drohten.

»Ich fühle mich geehrt, dich kennenzulernen, Branislava«, entgegnete er mit einem tiefen Blick in ihre Augen.

Als er in diese smaragdgrünen Seen starrte, hatte er das Gefühl, sich darin zu verlieren. Und obwohl er sich deshalb hüten müsste, auch nur einen weiteren Moment in ihrer Gesellschaft zu verbringen, vermochte er der sinnlichen Verlockung nicht zu widerstehen. Das Gefühl ihrer nackten Haut, auch wenn es nur die ihrer Finger war, brachte sein Herz zum Rasen. Sie war weich wie Seide, aber so warm in der Kühle dieses Abends, dass es ihn schockierte. Branislava schien von innen heraus zu brennen. Unwillkürlich fragte er sich, wie heiß sie wohl für einen Mann brennen würde, den sie liebte.

»Ich bin nicht der eleganteste Tänzer, doch ich würde liebend gern mit dir tanzen.« Die Worte kamen wie von selbst über seine Lippen. Tatsächlich war er sogar zutiefst schockiert über die Aufforderung, denn er war gewiss nicht mit der Idee zu ihr hinübergegangen, sie zum Tanzen aufzufordern. Er würde sich zum Narren machen, wenn er die Tanzfläche betrat, aber die Vorstellung, Branislava in seinen Armen zu halten, ihren Körper dicht an seinem, war einfach zu verlockend, um ihr widerstehen zu können.

»Das wäre schön«, antwortete sie mit einem anmutigen Nicken. »Doch ich muss dich warnen, denn auch ich bin keine gute Tänzerin. Eigentlich habe ich sogar überhaupt noch nie getanzt.«

Du brauchst das nicht zu tun, Bronnie, sagte Fen. *Du bist eine großartige Botschafterin der Karpatianer, aber du musst deswegen nicht auch noch mit ihm tanzen.*

Ich glaube, es wird mir Freude machen, gab Branislava ein bisschen erstaunt zurück.

Sie will es wirklich, Fen! Tatijana schien ebenso überrascht zu sein wie ihre Schwester.

»Noch nie?«, fragte Zev mit erhobenen Augenbrauen.

Was zum Teufel stimmte nicht mit den karpatianischen Männern? Er konnte sich nicht vorstellen, wieso diese Frau noch ungebunden war. Er hatte sich nicht einmal dazu durchringen können, ihre Hand wieder loszulassen. Aus Angst, sie könnte es sich anders überlegen, führte er sie zur Tanzfläche. Und als er seinen Arm um ihre Taille legte und sie an sich zog, wusste er, dass er verloren war.

Sie passte wunderbar zu ihm. Ihr Körper schmiegte sich wie von selbst an ihn, sodass sie wie ein einziger Körper zu sein schienen und nicht wie zwei, als sie sich bewegten. Branislava passte sich so intuitiv seinen Schritten an, als hätten sie schon immer zusammen getanzt. Ihr Haar war wie Seide an seinem Gesicht, einige Strähnchen verfingen sich in Zevs dunklem Bartschatten und verbanden sie miteinander, und er merkte plötzlich, dass er am liebsten die Zeit anhalten würde. Er fluchte im Stillen, als ihm bewusst wurde, dass sogar sein Herz im selben Rhythmus wie das ihre schlug.

Er wusste, dass er sie nicht so fest an sich gepresst halten dürfte, aber er *war* ganz ungewohnt besitzergreifend in Bezug auf sie. Er wollte nicht, dass die Musik je endete. Sein Leben bestand aus Kämpfen, Töten, furchtbaren Verwundungen, Blut und Tod. Und daher war es etwas völlig Ungewohntes für ihn, eine schöne Frau in den Armen zu halten und einfach nur zum Vergnügen mit ihr über die Tanzfläche zu gleiten.

»Ich dachte, du könntest nicht tanzen«, murmelte er in ihr Haar. Selbst ihr muschelartiges kleines Ohr war entzückend. Es hatte ihn schwer erwischt, was immer »es« auch war. Am liebsten hätte er ihr die Locken aus dem Nacken gestrichen und sanfte, federleichte Küsse auf ihre zarte Haut gehaucht.

»Du bist offenbar ein guter Führer«, flüsterte sie. »Es ist sehr leicht, deinen Schritten zu folgen.«

Ihre Stimme hüllte ihn ein, und das Gefühl der Nähe und Vertrautheit ließ ihn für einen Moment vergessen, dass sie nicht allein auf der Tanzfläche waren. Branislava war gefährlich, und Zev war ihr wehrlos ausgeliefert. Falls es für einen Lykaner möglich war, sich in eine Karpatianerin zu verlieben, war er auf dem besten Weg dazu, und das war etwas Verbotenes, besonders für einen Elitejäger.

Er zog sie jedoch nur noch fester an sich, bis er die Hitze ihres Körpers spüren konnte. Sie war heiß, so heiß, dass sie sich durch seine Kleider hindurchzubrennen schien, durch seine Haut und jeden Muskel seines Körpers, bis sie buchstäblich in seinen Knochen eingebrannt war. Nein, tiefer noch. Wie geschmolzene Lava floss sie durch seine Poren in ihn hinein, bis ihr Feuer sogar sein Herz und seine Seele fand. Bis er ihr gehörte. Mit Leib und Seele – und seinem verlorenen Verstand.

Die Musik verstummte, und das Herz blieb ihm fast stehen. Branislava blickte lächelnd zu ihm auf, und ihm blieb nichts anderes übrig, als seinen Arm um ihre Taille zu legen und sie von der Tanzfläche wegzuführen, zurück zu der Nische, in der er sie mit ihrer Schwester angetroffen hatte. Zu dieser abgelegenen Ecke, die am weitesten entfernt war von den anderen Lykanern, die sich so angeregt mit den Karpatianern unterhielten.

»Danke, Branislava. Du verstehst es, einen Mann zu verzaubern.«

Sie blinzelte ein paar Mal, und er fragte sich, ob er etwas Falsches gesagt haben mochte.

Er weiß nichts von unserer Magier-Abstammung, Bronnie, erklärte Tatijana ihr schnell. *Er will damit nur sagen, dass er dich sehr attraktiv findet.*

Seltsamerweise finde ich ihn auch sehr attraktiv.

»Es war wirklich schön, mit dir zu tanzen«, gab Branislava offen zu. »Tatijana erzählte mir, es sei wie Schweben. Ich konnte die Musik in meinem ganzen Körper hören.«

Und sein Herz, Tatijana, das im gleichen Rhythmus wie das meine schlug, fügte Bronnie erstaunt hinzu.

Branislava blickte ihm prüfend ins Gesicht. Es war ein starkes Gesicht, von tiefen Linien geprägt, die Kampf und Krieg in seinen Zügen hinterlassen hatten. Und seine Augen faszinierten sie. Es waren Wolfsaugen, durch und durch, die Scharfsinn und

Intelligenz verrieten. Das Raubtier in ihm ließ sich nicht verbergen. Wenn er seine Beute fasste, würde er gnadenlos und unbeirrbar sein. Selbst jetzt, in diesem Raum voller karpatianischer Jäger, die nur wenige Schritte entfernt waren, waren diese Augen völlig konzentriert auf sie.

Er hätte sie ängstigen müssen, doch sie war viel zu fasziniert von ihm.

»Du tanzt ganz wunderbar«, sagte Zev. »Ich hoffe, wir bekommen bald wieder Gelegenheit dazu.«

»Ich auch«, erwiderte Branislava und meinte es auch so.

Dann eilte sie davon, zurück zu ihrer Schwester. Sofort schienen die Karpatianer um sie zusammenzurücken. Zev beobachtete sie noch ein paar Minuten, wobei ihm nur allzu gut bewusst war, dass Fens Blick nicht von ihm wich.

»Ich verstehe jetzt, warum du dich mit diesen Leuten angefreundet hast«, sagte Zev seufzend. »Tatijana und ihre Schwester sind sehr schöne Frauen.«

»Ja, das sind sie«, stimmte Fen ihm zu.

»Du weißt aber, dass es verboten ist? Genau aus diesem Grunde sollen wir die Karpatianer meiden. Weil wir nicht riskieren dürfen, uns in eine zu verlieben.«

Fen hörte und fühlte das Widerstreben in Zevs Stimme. »Karpatianische Männer und Frauen haben gar nicht die Möglichkeit, sich zu verlieben, bis sie ihre wahren Seelengefährten treffen«, erklärte er. »Und dann haben sie keine Wahl mehr. Für sie gibt es nur diese eine oder diesen einen.«

»Ich verstehe das noch immer nicht.«

»Ich habe erfahren, dass sie buchstäblich zwei Hälften eines Ganzen sind. Die Seele des Mannes enthält die Dunkelheit und die der Frau das Licht. Die althergebrachten Worte des Bindungsrituals werden dem karpatianischen Mann schon vor der Geburt eingeprägt. Wenn er die Frau mit der anderen Hälfte seiner Seele findet, erkennt er sie, spricht die rituellen Worte, und sie sind aneinander gebunden. Es gibt keine anderen für sie. Wenn einer stirbt, folgt ihm der andere.«

»Also ist Branislava, selbst wenn es nicht verboten wäre, so oder so unerreichbar für mich, meinst du«, sagte Zev mit aufrichtigem Bedauern. Er befürchtete, dass sie sein Herz und seine Seele mitgenommen hatte. Doch andererseits, so sagte er sich, brauchte man zum Töten ja auch weder das eine noch das andere …

»Komm, gehen wir dir etwas zu trinken holen! Du bist schließlich hier, um dich zu amüsieren.« Fen war froh, das Thema wechseln zu können, klopfte Zev auf die Schulter und führte ihn zu seinen Begleitern zurück.

KAPITEL SECHZEHN

Entweder müssen wir jederzeit einen Karpatianer bei uns haben, damit die Frauen sich aus der Luft mit uns verständigen können, oder mindestens einer von euch muss tapfer genug für einen Blutaustausch mit ihnen sein«, erklärte Fen nun schon zum dritten Mal.

Für die Lykaner war es jedoch eine ganz andere Sache, mit den Karpatianern zu essen und zu feiern, als Blut mit ihnen auszutauschen, denn das war etwas Widerwärtiges für sie. Sie gaben sich zwar gegenseitig Blut, wenn sie im Kampf verwundet worden waren, doch das war etwas völlig anderes als das, was Fen verlangte.

»Na schön«, sagte er schließlich seufzend. »Dann werde ich es wohl sein müssen, der den Kontakt zu unserem Posten in der Luft hält. Ich werde Tatijana bitten, Blut mit mir zu tauschen.« Sie hatten schon beim Erwachen und bei ihrem leidenschaftlichen Liebesakt Blut ausgetauscht, doch Fen hatte nichts dagegen, den Rausch ein weiteres Mal zu erfahren, bevor sie aufbrachen, um die kleineren Rudel eines nach dem anderen aufzuspüren und zu erledigen.

»Die Frau wird dein Blut nehmen?«, fragte Zev ungläubig, während sein Blick zu Branislava und ihrer Schwester glitt, die lachend und plaudernd unter dem Blätterdach des Waldes standen.

»Ihr Name ist Tatijana«, sagte Fen, dem es langsam auf die Nerven ging, den reinrassigen Lykaner spielen zu müssen. Sie verschwendeten nur Zeit, während das Werwolf-Rudel sich vielleicht schon in Angriffsstellung brachte.

Die beiden Frauen würden die Luftaufklärung übernehmen, da sie dazu wesentlich weniger Energie aufwenden mussten als die Männer, egal, für welche Gestalt sie sich entschieden. Tatijana, Branislava, Destiny und Natalya würden aus der Luft nach den feindlichen Rudeln Ausschau halten, und jede würde eine andere Richtung einschlagen. Es könnte gefährlich werden, falls sie von den *Sange rau* bemerkt wurden und diese beschlossen, ihr Rudel zu verteidigen. Fen würde für keinen von ihnen wahrnehmbar sein, doch er musste den Schein wahren und auch weiterhin den Lykaner spielen. Das Wissen, dass Tatijana in Schwierigkeiten geraten könnte, war ungemein belastend für ihn.

»Wäre es Branislava, die mein Blut nähme?«, fragte Zev.

Schweigen senkte sich über das Rudel. Die anderen Lykaner sahen ihren Führer an, als hätte er den Verstand verloren. Convel schüttelte den Kopf und sagte streng: »Das kannst du nicht tun, Zev! Wir wissen nicht, was dann passieren könnte.«

»Frag dich lieber, was passieren *wird*«, stieß Fen ärgerlich hervor, »wenn wir uns nicht endlich an die Arbeit machen! Wir haben vier Flieger und vier Jägertrupps. Ich biete mich freiwillig an, doch für den Fall, dass wir ein weiteres Rudel entdecken sollten, brauchen wir noch jemanden, der sich mit den Frauen auf telepathischem Weg verständigen kann. Destiny und Natalya werden mit den karpatianischen Jägern Kontakt halten.«

Zev setzte die Diskussion nicht fort. Entschlossenen Schrittes ging er zu Branislava hinüber und hoffte, dass sie nicht mehr ganz so faszinierend war wie in der Nacht zuvor. Er konnte die bohrenden Blicke seiner Kameraden im Rücken spüren und glaubte, ihre Missbilligung sogar in der Luft zu spüren, aber er ließ sich nicht davon beirren.

Branislava drehte sich um und sah ihn kommen. Ihre smaragdgrünen Augen waren von einem tieferen Grün, als Zev sie in Erinnerung hatte, und sie schienen geradezu zu glühen. Doch dann lächelte sie, und er ertappte sich dabei, wie er die unwillkürlich angehaltene Luft ausstieß. Er konnte nicht entscheiden, ob es ihr flammend rotes Haar war, das jetzt in einem Zopf gebändigt war, der fast so dick war wie sein Arm, oder ihre erstaunlichen, facettenreichen Augen, was seinen Blick am meisten anzog. Vielleicht waren es aber auch ihre vollen, einladenden Lippen.

Sie stand nur da und wartete, bis er zu ihr trat, ganz anders als Tatijana, die Fen mit einem Lächeln entgegenging. Zusammen schlenderten die beiden ein Stück tiefer in den Wald hinein, wo ein großer Baum sie vor neugierigen Blicken schützte. Branislava dagegen stand weiterhin nur reglos da und wartete auf Zev.

»Meine Tänzerin«, begrüßte er sie und wünschte, er wäre ein wenig weltmännischer. »Man sagte mir, es sei möglich, mich auf telepathischem Wege mit dir zu verständigen, wenn du mein Blut nähmst und ich das deine. Wärst du denn überhaupt bereit zu einem Blutaustausch mit mir?«

»Aber ja, natürlich«, antwortete Branislava. »Telepathie ist die leichteste Form der Kommunikation. Und du kannst auch sicher sein, dass ich nie in deinem Geist herumspionieren würde. Ich werde dir nur Informationen übermitteln.«

»Das könntest du? In meinen Geist hineinschauen, meine ich?«

»Vielleicht. Aber erstens ist das nicht nötig, und zweitens bist du ein Lykaner. Lykaner haben andere Denkmuster, sodass die meisten von uns deine Gedanken ohnehin nicht so leicht lesen könnten. Du scheinst sogar einen ziemlich guten Schutzschild zu haben.«

»Okay, dann lass uns anfangen!«, sagte Zev, um nicht allzu ausführlich über die Konsequenzen dieser telepathischen Verbindung nachdenken zu müssen. »Erklär mir, was ich tun soll!«

Branislava nahm seine Hand und führte ihn zwischen die Bäume, wo die Schatten sie verbargen. »Wäre es dir lieber, nichts zu spüren? Oder auch nichts zu schmecken?«

»Ich habe schon Blut geschmeckt. Schließlich bin ich Lykaner. Ich will wissen, was geschieht, die ganze Zeit über«, sagte Zev entschieden. Außerdem hatte er nichts dagegen, Branislavas Blut zu schmecken. Alles an dieser Frau faszinierte ihn.

Sie trat nahe an ihn heran. So nahe, dass kaum noch ein Zentimeter Abstand zwischen ihnen war. Wie schon in der Nacht zuvor hüllte ihr Duft ihn ein und ließ ihn schwindeln. Branislava legte einen Arm um seinen Nacken und zog seinen Kopf zu sich herab. Ihr Mund glitt zunächst nur federleicht, aber ungeheuer sinnlich über seine Haut. Zevs ganzer Körper reagierte, wurde heiß und hart vor drängendem Verlangen, sein Blut geriet in Wallung und durchflutete ihn mit einer unerträglichen Hitze.

»Den Biss wirst du spüren. Ein kurzer Schmerz, der jedoch schnell vorbei sein wird«, flüsterte sie ihm ins Ohr. »Glaub mir, ich würde niemals etwas tun, was dir schaden könnte.«

Das kümmerte ihn nicht einmal mehr. Jeder seiner Sinne war auf ihren Mund fixiert und die verführerische Art und Weise, wie ihre Lippen über seinen wild pochenden Puls glitten. Sein Magen verkrampfte sich vor Erwartung, sein Glied, das hart und heiß war, zuckte vor Erregung. Dann drangen ihre Zähne tief in seinen Nacken ein, und der Schmerz verschärfte die Intensität seines Begehrens, und als er nachließ, hinterließ er nichts als pure Sinnenfreude. Dieses hier war das Erotischste, was er je erlebt hatte.

Zev schlang die Arme um sie, drückte sie an sich und spürte das wilde Pochen seines Blutes in seinen Adern. Sein Puls donnerte in seinen Ohren, und er wollte plötzlich nicht mehr, dass sie aufhörte. Er wollte mehr, viel mehr. Seine Hände glitten unter ihr Hemd und berührten seidige nackte Haut. Langsam ließ er seine Finger über ihre Rippen zu ihren vollen Brüsten hinaufgleiten, um sie zu umfassen und mit seinen Daumen über die harten kleinen Spitzen zu streichen. Er war so erregt, dass er sie am liebsten gleich hier genommen hätte, in den tiefen Schatten des ausladenden Baumes, doch sie hob den Kopf und strich mit der Zunge über die beiden kleinen Bisswunden, um sie zu schließen.

Sie sahen sich in die Augen. Ihr Blick war ein wenig verschleiert, als wäre sie gerade sehr gründlich geliebt worden. Und sie schien auch ein bisschen verwirrt zu sein.

»Zev? Ich glaube, du dringst in Bereiche vor, die wir bei unseren Verhandlungen nicht erwähnten«, sagte sie.

Schockiert zog Zev seine Hände unter ihrem Hemd hervor. Ihre Haut hatte sich so heiß angefühlt, dass er jetzt die Kälte der Nacht an seinen Fingern spürte.

»Entschuldige. Ich weiß nicht, wie das passieren konnte. Ist es immer so, wenn du jemandes Blut nimmst? Fühlen sich dann alle so wie ich?« Eifersucht regte sich in ihm, obwohl dieses Gefühl ihm bisher eigentlich völlig fremd gewesen war.

Sie schüttelte den Kopf. »Nein. So ist es noch nie zuvor gewesen.«

»Gut.« Er wollte, dass er der Erste war, bei dem sie so empfand. Vielleicht würde sie ihn dann genauso in Erinnerung behalten wie er sie. »Darf ich dich jetzt in den Nacken beißen?«, fragte er, nur halb im Scherz.

Ihr Lachen brach die Spannung zwischen ihnen. »Ich denke, es wäre sicherer, wenn wir mein Handgelenk benutzen.«

»Sicherer, aber nicht so spannend«, sagte Zev.

Sie ritzte mit den Zähnen ihr Handgelenk auf und hielt es ihm hin. Helle Blutstropfen sickerten aus der Verletzung. Er nahm ihre Hand und drückte seine Lippen auf die blutende Stelle an ihrem Handgelenk. Selbst hier verströmte ihre Haut diesen verführerischen Duft nach wildem Honig und Zitrusfrüchten, den Zev mit ihr zu verbinden gelernt hatte. Als er die rubinroten

Tröpfchen aufleckte, stellte er fest, dass Branislava auch genauso gut schmeckte, wie sie aussah – besser sogar noch. Geradezu suchterzeugend gut, was etwas sehr Gefährliches für seine Spezies war. Heißes, frisches Blut, das so köstlich war wie ihres, stellte eine Versuchung dar, der sich keiner von ihnen auszusetzen wagte.

Lykaner mussten immer sehr vorsichtig sein mit der Aufnahme von Blut, weil sie wilde, ungezähmte Raubtiere waren. Die Zivilisation hatte zwar auch sie erreicht, doch tief im Innersten würden sie immer wild sein. Blut reizte und verlockte sie. Und Branislavas Blut war außergewöhnlich – und von erlesenem Geschmack.

Sie legte ihre andere Hand auf Zevs Schulter und sah ihm in die Augen. Das Gefühl war fast so erotisch wie vorher, als sie sein Blut genommen hatte. Er versank in ihren ungewöhnlichen Augen und erlaubte sich, diesen Moment in vollen Zügen auszukosten. Er würde nie wieder eine Chance haben, so intim mit ihr zu sein – und es *war* intim, was sie hier taten, ganz ohne jeden Zweifel.

Fen hatte gesagt, Branislava könne sich in niemand anderen als ihren Seelengefährten verlieben, doch sie fühlte sich genauso unwiderstehlich von ihm angezogen wie er sich von ihr. Zev sah es in ihren Augen und spürte es in ihrem Geist. Ihr Blut war reichhaltig und heiß. So heiß und exquisit, dass es ihn stärkte und belebte.

»Das genügt. Ich darf später in der Luft nicht schwach sein«, warnte Branislava ihn und zog an ihrem Handgelenk.

Zev ließ es auf der Stelle los. Er war im Vergleich zu ihr derb und ungeschliffen, doch auch jetzt noch löste sie nicht ihren Blick von seinem, als sie mit der Zunge die Wunde an ihrem Handgelenk verschloss.

»Das war's?«, fragte er. »Und nun kannst du dich auf telepathischem Weg mit mir verständigen?«

Ja.

Ihre sanfte Stimme auf so intime Weise in seinem Kopf zu hören war schockierend. Vielleicht war es doch keine so gute Idee gewesen, sie sein Blut nehmen zu lassen. Er bekam fast keine Luft und konnte verdammt noch mal nicht einmal gehen, so erregt war er!

Versuch es! Sprich mit mir!

Es gibt nicht viel, was ich sagen kann, ohne mich lächerlich zu machen. Meine Schwäche für dich kam völlig unerwartet.

»Alles in Ordnung, Zev?«, rief Convel ärgerlich.

Zev hätte wissen müssen, dass sein Rudel beunruhigt sein würde. Von dem Moment an, in dem Branislava sich mit ihm in die Ungestörtheit des Waldes zurückgezogen hatte, mussten seine Kameraden befürchtet haben, dass die Karpatianer sie vielleicht irgendwie in einen Hinterhalt lockten.

»Alles bestens. Wir haben nur ausprobiert, ob es funktioniert«, rief Zev. Dann lächelte er Branislava an. »Danke, Branislava, ich denke, jetzt werden wir zusammen auf die Jagd gehen können.«

»Das glaube ich auch. Meine Freunde und Familie nennen mich übrigens Bronnie.«

»Bis dann, Bronnie.« Er hob grüßend eine Hand und trat aus dem Wald heraus, um zu den anderen Elitejägern zurückzugehen.

Sowie er fort war, kamen Tatijana und Fen zu Branislava.

Fen nahm ihre Hände. »Bist du sicher, dass du dem gewachsen bist, Bronnie? Tatijana und ich haben dir alles übermittelt, was wir über die *Sange rau* und ihre Art zu kämpfen wissen. Vergiss nicht, wie schnell sie sind, und dass jeder Werwolf als Erstes deinen Bauch angreifen wird – und unterschätze nicht, wie hoch sie springen können!«

»Ich war lange genug unter der Erde, um mich zu erholen, und muss mich endlich wieder ins Getümmel stürzen. Gerade jetzt kann ich euch von Nutzen sein, und das brauche ich als Anstoß, Fen, um wieder zu leben zu beginnen. So lange eine

Gefangene und dazu noch eingeschlossen im Eis zu sein kann dazu führen, dass man sich nach dem zurücksehnt, was einem vertraut war, und das ist alles andere als gut für mich.«

»Versprich mir nur, dass du vorsichtig sein wirst!«, bat Fen. »Euch beiden darf nichts geschehen. Ich kann innerhalb von Sekunden in der Luft sein, und ich kann mich dort oben sehr schnell bewegen. Also ruft mich, wenn ihr mich braucht!«

»Wage es nur ja nicht, den Lykanern zu verraten, was du wirklich bist!«, warnte Tatijana ihn. »Ich meine es ernst, Fen. Sie würden sich augenblicklich gegen dich wenden. Mikhail hat Zev Stoff zum Nachdenken gegeben, aber nicht den anderen. Und du kannst dich nicht auf Zevs Schutz verlassen. Wir kommen schon zurecht. Wir wissen, was wir zu tun haben.«

»Ist alles in Ordnung?«, fragte der Elitejäger, der plötzlich hinter ihnen erschien. »Wir sind alle bereit.«

»Ich wollte nur sicherstellen, dass sie wissen, wie die Werwolf-Rudel vorgehen«, sagte Fen. »Ich möchte nicht, dass sie ihr Leben riskieren.«

»Ihr gebt uns einfach nur Informationen«, schloss Zev sich Fens Warnung an. »Das ist alles. Sucht die Rudel und sagt uns, wo ihr sie gefunden habt! Die Karpatianer werden uns ›transportieren‹, wenn wir große Entfernungen überwinden müssen.«

»Wir brauchen das Feld, um uns in die Luft zu erheben«, sagte Tatijana. »Sag deinen Leuten, sie sollen es räumen und sich in den Wald zurückziehen.«

Zev nickte, warf Branislava einen Blick zu und schüttelte den Kopf, als er wieder ging. Fen legte eine Hand um Tatijanas Nacken und zog sie dicht zu sich heran.

»Er könnte sich umschauen, Wolfsmann!«, zischte sie, ohne sich jedoch von ihm zu lösen.

»Das ist mir egal«, sagte Fen und küsste sie. »Wag es nicht, dich in Gefahr zu bringen! Untersteh dich, dir auch nur einziges Haar krümmen zu lassen! Hast du das verstanden?«

»Natürlich.« Sie erwiderte den Kuss. »Ich liebe es, wenn du den großen bösen Wolf spielst.«

Branislava lachte. »Komm, Tatijana! Jetzt zeigen wir ihnen, was Drachensucherinnen können!«

Die beiden Frauen traten aus dem Wald heraus ins Freie. Trotz der Jeans, Hemden und Stiefel, die sie trugen, wirkten beide erstaunlich elegant, als sie Hand in Hand aus dem Schutz der Bäume kamen. In der Mitte des Feldes blieben sie noch einmal stehen, um sich zu umarmen, bevor jede sich zu einer anderen Hälfte des Feldes begab.

»Was tun sie da?«, fragte Zev verwundert.

»Sie brauchen Platz, um sich zu verwandeln«, antwortete Fen.

Die Verwandlung der beiden Frauen ging fast im selben Augenblick vonstatten. Einen winzigen Moment lang flimmerten ihre kurvenreichen Körper und wurden dann zu etwas völlig anderem. Fen war an Tatijanas blauen Drachen schon gewöhnt. Für ihn war sie wunderschön mit ihrem langen, stacheligen Schwanz und dem keilförmigen Kopf. Und nach Jahrhunderten als Drache war ihre Haut selbst in ihrer menschlichen Gestalt kühl. Was vielleicht etwas damit zu tun haben mochte, dass sie auch im Wasser heimisch war und erstaunlich lange unter der Oberfläche bleiben konnte.

Branislava war das genaue Gegenteil. Sie war ein Feuerdrache, dessen purpurrote Schuppen regelrecht glühten. Sie sah aus, als wäre ihr Drache in einem noch aktiven Vulkan geboren. Mit den rot- und orangefarbenen Schattierungen schien er selbst ein Teil des Feuers zu sein. Als sie ihre mächtigen Flügel ausbreitete, ging durch die Reihen der lykanischen Jäger ein Raunen.

Branislava stand auf den Hinterbeinen und schlug mit den Flügeln, um einen Aufwind zu erzeugen. Tatijana folgte ihrem Beispiel. Fen blickte sich um. Schock und Ehrfurcht zeigten sich auf den Gesichtern der Lykaner, als die beiden Drachen sich in die Luft aufschwangen.

»Tatijana habt ihr schon im Kampf gesehen«, erinnerte Fen die Männer.

»Sie war die meiste Zeit am Himmel«, erwiderte Arnou verteidigend. »Und ich musste mich meiner Haut erwehren und so viele Werwölfe wie möglich töten. Wahrscheinlich habe ich nicht groß darüber nachgedacht. Aber sie so zu sehen, aus der Nähe, nachdem wir die Frauen in menschlicher Gestalt kennengelernt haben ... das ist einfach ...« Wieder unterbrach er sich. »Nicht mit Worten zu beschreiben.«

»Ja, es ist fantastisch«, stimmte ihm Daciana zu. »Ich hätte nichts dagegen, die Gestalt wandeln zu können.«

Das übrige Rudel brach in schallendes Gelächter aus.

»Das kannst du doch, Daciana«, erinnerte Zev sie. »Du bist eine Lykanerin. Wenn du Lust hast, ein Wolf zu sein, dann verwandle dich doch einfach!«

Sie zuckte mit den Schultern. »Das ist nicht dasselbe. Ein Wolf war ich schon immer.«

»Tatijana und Branislava entstammen dem sehr alten und hochangesehenen Geschlecht der Drachensucher. Sie haben sogar mehrere Jahrhunderte in Drachengestalt gelebt. Deswegen ist sie ihnen viel vertrauter als ihre menschliche Gestalt.«

Fen nahm Verbindung zu Tatijana auf. *Wie geht es euch dort oben?*

Wir sind gerade mal zwei Minuten hier, Fen. So schnell kann nicht mal ich mich in Schwierigkeiten bringen. Ihr leises Lachen spielte mit seinen Sinnen. *Die Nacht ist ziemlich klar, und das wird helfen. Wir fliegen allerdings sehr hoch und benutzen die Wolken zur Tarnung. Von unten werden wir also nur wie merkwürdig geformte Wolkengebilde aussehen.*

Gute Idee, meine Schöne!

Es war Bronnie, die diesen klugen Einfall hatte.

Es ist ihr erster Flug seit langer Zeit, Tatijana. Bist du sicher, dass sie schon wieder stark genug ist?

Branislava gehörte jetzt zur Familie. Durch Tatijana waren sie verbunden. Vor allem jedoch mochte und achtete Fen sie. Er hatte einen Eindruck von ihrem Mut und ihrer Tapferkeit erhalten, als Tatijana versehentlich die Tür zu ihrer Vergangenheit geöffnet hatte. Und da hatte er nicht anders gekonnt, als Branislava zu bewundern.

Sie ist aufgeregt, doch sie braucht das wirklich, Fen.

Tatijana entdeckte eine kleine Öffnung zwischen zwei mächtigen Felsbrocken. Gesträuch wuchs an dieser Seite des Berges und um die vorstehenden Felsen herum, doch direkt zwischen ihnen war eine Öffnung, die kaum breiter als siebzig mal siebzig Zentimeter war, mit einem Lehmboden dahinter. Diese Höhle würde einen idealen Wolfsbau abgeben. Die Werwölfe könnten sich angezogen fühlen von einem solchen Ort.

Sie übersandte Fen das Bild. Was meinst du? Ist das *eine Höhle? Nach welchen anderen Anzeichen sollte ich Ausschau halten?*

Die Kammer im Berg war mir vorher schon verdächtig vorgekommen, antwortete Fen, *doch als ich sie überprüfte, war dort niemand. Das bedeutet allerdings nicht, dass das Rudel sie nicht als mögliches Versteck ins Auge gefasst hatte, für den Fall, dass sie sich ein paar Tage bedeckt halten mussten. Falls sie also dort sein sollten – und wenn auch nur einige von ihnen –, dann blick dich in dem umliegenden Gesträuch um! Dort werden sie nämlich mindestens zwei Späher postiert haben. Und die werden gut versteckt sein. Stell dir Wölfe vor! Werwölfe denken wie ihre tierischen Gegenstücke, wenn es darum geht, ihr Rudel zu beschützen.*

Tatijana wollte sich nicht tiefer sinken lassen, schon gar nicht, falls sich in den Sträuchern Werwolf-Wachen verbargen, die sie entdecken könnten. Deshalb bewegte sie sich von Wolke zu Wolke und schien mit einem leichten Wind dahinzutreiben. Ihr Drache hatte sehr scharfe Augen und konnte meilenweit sehen; daher bediente Tatijana sich jetzt seiner Sicht.

Sofort verwandelte sich die Welt um sie herum. Es war ein bisschen desorientierend, sich auf eine solche Sehschärfe zu konzentrieren, doch ihr Drache, der sich nicht lange umzustellen brauchte, nahm schnell eine Bewegung wahr. In südlicher Richtung unter ihnen bogen sich die Äste eines Strauchs der Windrichtung entgegen. Sowie ihr Drache ein potenzielles Ziel gefunden hatte, blieb sie hoch in der Luft, ließ sich treiben und musste nur hin und wieder drehen, um sich nicht allzu weit von der Stelle zu entfernen.

Beim dritten Kreisen erhielt sie die Bestätigung, dass ein Wesen, das halb Wolf, halb Mann war, dort zwischen den Büschen kauerte. *Ich sehe eine der Wachen. Er ist halb Mensch, halb Wolf.*

Das ist es, was wir suchen, sagte Fen. *Schick mir die Koordinaten und behalte die Stelle im Auge, bis wir kommen! Falls andere aus ihrem Versteck herauskommen, zähl sie, damit wir uns eine Vorstellung von ihrer Anzahl machen können! Aber lass dich auf gar keinen Fall auf einen Kampf mit ihnen ein!*

»Wir haben eins der Rudel«, sagte Fen. »Auf geht's!«

Acht karpatianische Männer hatten sich bereit erklärt, die Elitejäger durch die Luft zu tragen. Auf diese Weise sparten sie Zeit und wurden womöglich von den *Sange rau* nicht entdeckt.

Die Karpatianer nahmen die Gestalt sehr großer Vögel an. Die Lykaner schienen im ersten Moment protestieren zu wollen, doch dann folgten sie Zevs und Fens Beispiel, als beide vortraten und sich auf den Rücken ihrer Vögel schwangen. Sie waren Jäger, und ein abtrünniges Rudel musste vernichtet werden. Diese Aufgabe hatte Vorrang vor allem anderen, selbst vor der Furcht vor dem Unbekannten.

Die Karpatianer trugen sie geräuschlos zu der von Tatijana angegebenen Stelle, wo sie in einiger Entfernung von der Höhle landeten, um die Elitejäger herabzulassen. Jacques, Vikirnoff und Nicolae taten sich mit Lykaon, Arnou und Fen zusammen und brachen mit einem Abstand von etwa einem Meter zwischen sich in linker Richtung auf. Falcon, Dimitri und Tomas wandten sich mit Zev, Daciana, Convel und Gunnolf nach rechts, auch sie in einigem Abstand voneinander, um weniger Geräusche zu verursachen. In dieser Formation schlichen sie sich an das Werwolf-Rudel heran.

Dimitri, der Späher auf dieser Seite befindet sich etwa neun Meter zu eurer Linken, warnte Tatijana.

Fen verwünschte sich dafür, nicht darauf bestanden zu haben, dass sein Bruder in seiner Gruppe blieb.

Dimitri, der Tatiana ebenfalls gehört hatte, antwortete nicht, sondern hob nur die geballte Faust. Sofort duckten sich alle Mitglieder seiner Gruppe und verhielten sich mucksmäuschenstill. Dimitri legte sich auf den Bauch und verwandelte sich in ein kleines Eichhörnchen, in dessen Gestalt er mehrere Meter hinter sich brachte, bevor er beschloss, dass er vielleicht zu viel Energie abgab, die der Werwolf wahrnehmen könnte.

Er hielt inne, um die Lage einzuschätzen. Er musste den Späher völlig lautlos töten, damit er seinen Kameraden oder die in der Höhle versteckten Werwölfe nicht warnen konnte.

Du gibst keine Energie mehr ab, Dimitri, erinnerte ihn Fen. *Schon lange nicht mehr. Nach den letzten beiden nahezu tödlichen Verwundungen und all dem Blut, das ich dir gab, bist du mehr ein Mischling als ein Karpatianer. Der Werwolf wird dein Herannahen nicht spüren.*

Dimitri verließ sich darauf. Das kleine Eichhörnchen huschte mühelos durch das Gebüsch, bis es fast gegen den Fuß des Werwolfs stieß. Im selben Moment, in dem der Wolf schon gierig auf das Tierchen herabblickte, verwandelte sich Dimitri und stieß dem Abtrünnigen mit aller Kraft einen Silberpflock ins Herz. Fast gleichzeitig erstickte er jeden Schrei des Mannes, indem er ihm kurzerhand die Kehle durchschnitt. Vorsichtig ließ er den Körper dann zu Boden sinken.

Erledigt. Kommst du an den anderen heran, Fen?

Ich sehe ihn und bin schon unterwegs.

Von ihrem Platz in den Wolken über ihnen beobachtete Tatijana, wie Fen mit größter Vorsicht durch das Gebüsch auf die zweite Wache zuschlich. Sie wusste, dass er nicht die kleinste Bewegung verursachen würde und sehr zielgerichtet vorging, und trotzdem war sie versucht, zur Erde hinunterzustürzen und die Gefahr für ihren Seelengefährten auszuschalten. Ihre Verbindung mit Fen schien sich mit jeder Stunde, die verging, noch zu verfestigen.

Fen nahm den Silberpflock fest in die Hand. Insekten umschwärmten ihn summend, völlig ungestört von seiner Gegenwart. Er holte tief Luft und ließ sie langsam wieder entweichen, als er näher schlich. Fen konnte schon den ranzigen Geruch des Werwolfs riechen. Der Kerl hatte sich nicht gewaschen, und altes, verfaultes Fleisch und Blut klebten an seinem Fell.

Vorsicht! Nicht bewegen! Tatijanas Warnung ließ Fen erstarren. *Dimitri, da kommt ein weiterer Wolf auf dich zu! Ich glaube, die Wachen haben Schichtwechsel.*

Fen blickte sich vorsichtig nach seiner Gruppe um. Lykaon hatte die rechte Hand zur Faust geballt, ein Zeichen für sie alle, reglos zu verharren. Anscheinend hatte es auch ihm gegolten. Fen zog jedoch die karpatianische Form der Verständigung zwischen Jägern vor, denn Telepathie machte alles sehr viel leichter.

Fen, er wird direkt oberhalb von dir vorbeigehen. Soll ich dir helfen?

Ich schaffe das schon, sívamet. *Keine Sorge. Verhalte dich nur ruhig! Dimitri? Kannst du die zweite Wache ausschalten?*

Ja. Die Werwölfe werden allerdings nachschauen kommen, wenn die ersten beiden Wachmänner nicht zurückkehren, gab sein Bruder zu bedenken.

Was für uns nur von Vorteil wäre. Fen blickte sich um, um

festzustellen, ob irgendeiner der Lykaner ihn sehen konnte. Er würde die Schnelligkeit des *Wächters aller* benutzen müssen, wenn er beide Wachen töten wollte, bevor sie auch nur den kleinsten Laut von sich geben konnten.

Zev war der Einzige in der Nähe, der seine schier unglaubliche Geschwindigkeit bemerken könnte. *Tatijana, sag Bronnie, sie soll Zev für einen Moment ablenken! Ich brauche nur genügend Zeit, um beide Wachen gleichzeitig auszuschalten. Aber sie sollte sich beeilen, denn mir läuft die Zeit davon.*

Er konnte die kurzen, abgehackten Atemzüge des anderen Werwolfs hören. Der Wolf war erst kürzlich verwundet worden und noch nicht wieder völlig auf dem Damm. Fen konnte sogar die Wunde riechen. Und während er schnell seine Vorgehensweise plante, behielt er dennoch ständig Zev im Auge.

Fen brauchte nur die Hand auszustrecken, um die erste Wache zu berühren. Der zweite Werwolf war zwei Schritte weit entfernt und fluchte, als er an einem dornigen Zweig hängen blieb. Sowie Zev den Blick abwandte, schoss Fen in die Höhe, stieß dem stinkenden Werwolf den Silberpflock ins Herz und brachte ihn gleichzeitig zum Schweigen. Dann fuhr er herum und schaltete mit der linken Hand die zweite Wache aus. Der Werwolf sah ihn nicht einmal; er war viel zu sehr damit beschäftigt, Dornen aus seinem Fell zu pflücken, als der Pflock auch schon sein Herz durchbohrte.

Fen spürte Tatijanas Erleichterung. Für einen Moment drang sie in sein Bewusstsein ein und ließ ihn ihre Liebe spüren, bevor sie wieder zu ihrer Aufgabe zurückkehrte. So schnell er konnte, überwand Fen die Entfernung zwischen sich und Zev.

»Die anderen sollen ihnen mit ihren Schwertern den Kopf abhacken. Ich werde sie jedenfalls nicht mit meinem Messer absäbeln.«

Zev grinste ihn an. »Weichei! Und da dachte ich die ganze Zeit, du trügst ein zweites Messer zwischen den Zähnen, um Köpfe damit ›abzusäbeln‹.« Er gab den anderen ein Zeichen, sich wieder in Bewegung zu setzen.

»Ich nehme an, du hast schon einen Plan, wie wir in diese Höhle hineinkommen«, sagte Fen.

»Nicht wirklich. Ich war davon ausgegangen, wir ließen sie zu uns herauskommen.«

Fen zog fragend eine Augenbraue hoch.

»Der blaue Drache dort oben hatte eine Idee und ließ sie mir durch Branislava übermitteln. Tatijana dachte, es könnte lustig werden, die Höhle mit Insekten zu füllen. Natürlich mit solchen, die stechen oder beißen. Falls du ein Auge auf Tatijana geworfen hast, Fen, solltest du dir das vielleicht noch einmal überlegen. Sie ist intelligent und ganz schön raffiniert. Du bist alt genug, um zu wissen, dass man sich von dieser Art von Frauen besser fernhält.«

»Keine schlechte Idee«, stimmte Fen ihm zu. Dass sie raffiniert war, seine Tatijana, hatte Zev sehr gut erkannt. *Du hättest mir von deinem Plan erzählen können*, beschwerte er sich über ihre telepathische Verbindung bei seiner Seelengefährtin.

Bronnie sollte Zev doch ablenken, erwiderte Tatijana. *Und da kam mir dieser ernst gemeinte Vorschlag mit den Insekten gerade recht. Zev ist zu schlau für eine Finte. Außerdem wollte ich nicht, dass du einfach da hineinstürmst. Du und dein Bruder, ihr scheint jedes Mal in Schwierigkeiten zu geraten, wenn ich euch auch nur den Rücken zukehre. Ich bin in deinem Kopf, Wolfsmann, vergiss das nicht! Du hattest vor, den Angriff anzuführen, nicht?*

Er gab sich keine Mühe, seine Belustigung vor ihr zu verbergen. *Ich bin nun mal der Schnellste hier.*

Du hast einfach zu lange die Kämpfe anderer Leute ausgefochten, Fen, und kannst nicht damit aufhören. Du benutzt deinen Körper als Schutzschild für die anderen, und Dimitri ist in dieser Hinsicht genau wie du.

Das zumindest stimmte. Sein Bruder war ihm ähnlicher, als ihm lieb war. Dimitri war im Kampf völlig furchtlos. Fen hätte lieber ihn als jeden anderen hinter sich.

Zev gab seinem Rudel ein Zeichen, vorzurücken und in Stellung zu gehen. Dann nickte er Fen zu.

Wir hier unten sind bereit. Möchtest du dir die Ehre geben, Mylady? Oder soll ich es tun?, scherzte Fen, weil er die Antwort bereits kannte.

Ich habe mein ganzes Leben in einer Höhle gelebt und kenne mich mit Insekten aus. Und was ich nicht kenne, kann ich mir vorstellen, Wolfsmann, schloss Tatijana mit einem kleinen Lachen.

Der Wind strich über sie, eine sanfte kleine Brise nur, die jedoch eine Welle der Bewegung durch die Blätter ringsumher sandte. Über ihnen veränderte sich die Form der Wolken, die träge am dunklen Himmel dahinzogen. Ein klatschendes Geräusch zerriss plötzlich die nächtliche Stille. Ein gedämpfter, sehr schnell unterdrückter Aufschrei war aus der Höhle zu vernehmen.

Und dann stürmten Wolfs-Männer in verschiedenen Stadien der Verwandlung aus der Höhle. In ihrer Eile stolperten sie fast übereinander und schlugen wie wild nach ihren Kleidern und ihrem Fell. Zwei verloren den Halt und stürzten, womit sie denjenigen, die noch im Inneren der Höhle waren, den Weg versperrten. Und so wurden die beiden gefallenen Werwölfe dann auch gnadenlos zertrampelt, als die anderen, die so unbedingt hinauswollten, einfach über sie hinwegrannten. Ihre Körper waren von Schwärmen roter Ameisen bedeckt, die es so aussehen ließen, als wären ihre Kleidung, ihr Fell und ihre Haut lebendig.

Diese Frau ist eine Heimsuchung, bemerkte Zev, der sich ein Lachen kaum verkneifen konnte. *Wir können genauso gut nach Hause gehen und ihr die Sache überlassen.*

Auch Fen fand die Situation urkomisch. Seine Seelengefährtin hatte wirklich eine Furcht erregende Fantasie. Den Werwölfen aufgescheuchte, wütende Feuerameisen auf den Hals zu schicken! *Sorg bitte nur dafür, dass keiner von uns gebissen wird!*, warnte er Tatijana.

Stell dich nicht so an!, sagte sie hochnäsig, doch er konnte ihre Belustigung spüren. Sie hatte wirklich einen ziemlich garstigen Humor.

Ich werde mich revanchieren, warnte er, aber beide wussten, dass das nur eine leere Drohung war.

Tatijana lachte leise, und er spürte ihre sanften Finger an seinem Gesicht.

Ich habe sie herausgetrieben, jetzt bist du an der Reihe. Und sieh danach nach deinem Bruder! Irgendetwas stimmt nicht mit ihm.

Fen erschrak. *Und was soll das sein?*

Wenn ich das wüsste, hätte ich nicht gesagt, du solltest nach ihm sehen. Und wieder hörte er dieses leise Lachen.

Fen schüttelte den Kopf, aber er machte seinen Bruder ausfindig. Dimitri wirkte auf ihn wie alle anderen, die Zevs Zeichen abwarteten, die Werwölfe anzugreifen. Um ganz sicherzugehen, rührte Fen jedoch Dimitris Bewusstsein an – der prompt seinen Geist vor ihm verschloss, was Fen zutiefst schockierte. Doch Dimitri wandte sich ihm immerhin kurz zu und hob den Daumen.

Fen seufzte. Er konnte sich nicht kurz vor einem Kampf gegen Werwölfe auch noch um seinen Bruder sorgen. Insgesamt waren es vierzehn, die aus der Höhle strömten, zählte Fen. Wenn die *Sange rau* das größere Rudel in kleinere Gruppen aufgeteilt hatten, musste ihre Anzahl sich tatsächlich stark verringert haben. Die Einheiten waren vorher viel größer gewesen und hatten aus mindestens fünfundzwanzig oder dreißig Werwölfen bestanden.

Zev gab das Zeichen zum Angriff. Die Jäger, die einen lockeren Halbkreis um den Höhleneingang gebildet hatten, sprangen jetzt hinter den Büschen hervor und stürzten sich auf die überraschten Werwölfe. Fen wirbelte zwischen den Kämpfenden herum und benutzte seine Silberpflöcke so schnell, wie er konnte, um es hinter sich zu bringen. Die Schreie, das Blut, der Geruch nach Tod – all das war wie ein Massaker.

Fen hatte einige Lebzeiten damit verbracht, diejenigen zu jagen und zu töten, die Unschuldige zu ihrer Beute machten. Er wusste, dass es das Einzige war, was sie dagegen tun konnten, doch manchmal fiel es ihm nicht leicht. Die Werwölfe waren überrumpelt worden, und nur eine Hand voll schaffte es, sich zu wehren. Die Elitejäger benutzten silberne Schwerter, um ihren Gegnern den Kopf abzuschlagen. Dann sammelten sie die Körper ein und verbrannten sie. Der Geruch von brennendem Fell und Fleisch verursachte Fen Übelkeit.

Tatijana, hast du irgendeine Spur von Abel oder Bardolf gefunden?, fragte er, um sich abzulenken.

Nun ja …, erwiderte sie, offensichtlich unsicher. *Als ich um den von Nebel umhüllten Berg herumflog, verspürte ich ein Erschaudern, eine Ahnung von Gefahr. Es dauerte nur einen Moment, aber mir kam der Gedanke, dass einer von ihnen oder beide sich dort versteckt haben könnten. Der Berg befindet sich über dem, an dem der Prinz lebt, und es wäre möglich, dass ihn von dort oben jemand beobachtet. Doch ich bin mir wirklich nicht sicher, Fen; es war nur so ein komisches, beängstigendes Gefühl.*

»Zev, Tatijana wird gleich landen und mich abholen. Es könnte sein, dass sie den Unterschlupf des *Sange rau* gefunden hat. Ich würde gern Dimitri mitnehmen und das überprüfen«, sagte Fen.

Zev blickte zum Himmel auf, wo er den blauen Drachen über ihnen kreisen sehen konnte. »An diesen Anblick werde ich mich wohl nie gewöhnen. Erstaunlich. Drachen!« Für einen Moment suchte er den Himmel ab, und Fen war sicher, dass er nach dem roten Drachen Ausschau hielt. Dann seufzte er. »Ich kann dich nicht daran hindern, Fen, doch wir wissen beide, dass ihr sogar zu zweit kaum eine Chance habt, einen der *Sange rau* zu töten. Wenn beide zusammen sind …«

»Ich bezweifle, dass sie zusammen sind. Vampire vertrauen einander nicht besonders. Deshalb halte ich es für ziemlich unwahrscheinlich, dass sie sich einen Unterschlupf teilen würden.«

»Du hast die besten Instinkte, die ich je gesehen habe, was die Jagd auf sie angeht«, meinte Zev. »Und du verstehst auf jeden Fall mehr davon als ich, wie man einen *Sange rau* bekämpft. Du hast deutlich mehr Erfahrung, aber lass dich bitte nicht von ihnen umbringen!«

Fen nickte. »Viel Glück bei der Jagd auf die anderen Rudel. Ich schließe mich euch wieder an, falls hierbei nichts herauskommt.«

Dimitri, lass uns jagen gehen! Ich habe genug von diesen verdammten Werwölfen und ihren Herren, die in unser Heimatland einfallen.

Ich habe nur auf dich gewartet, Bruder.

Verwandle dich in einen Drachen, dann steige ich mit dir auf. Sobald wir außer Sicht sind, können wir das Theaterspielen aufgeben. Wir müssen sie finden, Dimitri. Ich verspüre zunehmend ein Gefühl der Dringlichkeit; es ist wie die Ahnung eines bevorstehenden echten Kampfes.

Dimitri kam zu der kleinen Lichtung herüber, verwandelte sich ohne lange Vorrede in einen Drachen und streckte seinem Bruder höflich einen Flügel hin. Fen stieg auf den Rücken des Drachen und suchte einen festen Halt, bevor er Dimitri grünes Licht gab. Dimitri war niemals großtuerisch, und daher war sein Drache nur braun, doch die Stacheln, die er an sich hatte, waren messerscharf. Neben dem roten und dem blauen Drachen sah er trist und farblos aus und konnte sehr leicht übersehen werden.

Fen wusste, dass das Dimitris Art war. Er war fast immer still und tat selten seine Meinung kund, aber er war ungemein gefährlich, und das würde auch sein Drache sein.

Sag mir, was mit dir los ist, Dimitri!

Sein Drache hielt sich dicht bei Tatijanas, als sie über den Nachthimmel flogen. *Der Wolf ist da, Fen. Er ist stark. Sehr stark. Er ist schon lange Zeit bei mir gewesen.* Dimitri ließ die Bombe platzen, ohne lange drumherum zu reden.

Fen ließ den Atem entweichen, den er unwillkürlich angehalten hatte. Er hatte die ganze Zeit gewusst, dass sein Bruder nahe daran war, das zu werden, was er war.

Der Wolf wird dich beschützen. Je mehr du mit ihm arbeitest, desto eher wirst du mit ihm verschmelzen, Dimitri.

Lange, bevor wir hierherkamen, hatte ich schon sein Erwachen in mir gespürt. Jetzt aber ist es anders, beinahe so, als würden wir zu einem Wesen. All diese Jahre, in denen wir zusammen jagten, Fen, hast du mir Blut gegeben. Außerdem habe ich einige der Lykaner als Nahrungsquelle benutzt, wenn wir mit einem Rudel jagten. Es hat mir nie etwas ausgemacht. Ich hatte keine Angst, dass die Lykaner mich jagen würden. Ich dachte, ich könnte in gefährlichen Momenten einfach unter die Erde gehen, wie du es tust.

Doch jetzt merkst du, dass das vielleicht gar nicht so gut wäre. Fen hatte vor einiger Zeit das Gleiche bemerkt, aber den Verdacht gehabt, dass es schon zu spät für seinen Bruder war. Ein Mann, der ganze Lebzeiten damit verbracht hatte, zu töten und im Dunkeln zu leben, war äußerst anfällig für die Faszination des *Sange rau*, mehr noch, glaubte Fen, als der Karpatianer für die des Vampirs.

Ich muss an Skyler denken.

Das war es. Auch Fen hatte mit genau demselben Problem

gekämpft. Hatte man das Recht, seine Seelengefährtin einer solchen Sache auszusetzen, wo es doch noch keine Erkenntnisse über eine Kreuzung zwischen Karpatianern und Lykanern gab? Je mehr Fragen das aufgeworfen hatte, desto weniger Antworten hatte er. Es war egoistisch von ihm gewesen, Tatijanas Forderungen nachzugeben und sie an sich zu binden. Aber er hatte überredet werden *wollen* und sich von ihr dazu verführen lassen.

Andererseits würde Dimitri ohne Skyler nicht überleben. Gerade jetzt brauchte er sie mehr denn je.

Tut mir leid, dass ich dir das eingebrockt habe, Dimitri. Jahrhunderte zuvor hatte Fen noch keine Ahnung gehabt, was die Veränderung verursachte, obwohl er sogar damals schon einen Verdacht gehabt hatte. Er hätte nie zu Dimitri gehen sollen, doch der Kampf, nicht der Dunkelheit zu erliegen und ehrenhaft zu bleiben, war damals fast unmöglich geworden.

Ich habe mich sehenden Auges darauf eingelassen. Du erklärtest mir selbst damals schon, welche Gefahr der Austausch unseres Blutes barg. Ich muss mit Skyler darüber reden, doch bevor ich es tue, muss ich mir noch über einige Dinge klar werden.

Triff nicht die Entscheidungen für sie! Tatijana bestand darauf, dass sie das Recht hatte, selbst zu wählen, und ich glaube, dass das stimmt.

Skyler ist noch jung.

Aber sie ist mächtig. Und intelligent. Dein Instinkt sagt dir, dass du sie schützen musst, doch unterschätze sie nicht nur ihres menschlichen Alters wegen. Sie ist noch keine Karpatianerin … Fen brach ab.

Das war das eigentliche Dilemma. Fen hatte das wahre Problem nicht einmal in Betracht gezogen. Skyler war keine Karpatianerin, sondern ein Mensch. Sie war noch nicht verwandelt worden. Und wenn Dimitri sie mit seinem gemischten Blut verwandelte, was würde dann geschehen? War eine Verwandlung überhaupt möglich? Würde es gehen? Sie hatten keine Antwort auf diese Frage. Soweit sie wussten, gab es da noch keine Erfahrungswerte.

Jetzt verstehst du.

Trotzdem gibt es Mittel und Wege. Was ist mit Gabriel oder Francesca, Skylers Eltern? Doch noch während Fen den Vorschlag machte, wusste er bereits, dass das nicht funktionieren würde. Wenn Gabriel schon jetzt darauf bestand, dass Dimitri Skyler nicht beanspruchen konnte, bis sie viel älter war, würde er Dimitri niemals dabei helfen, seine Tochter in eine ihr unbekannte, unsichere Welt zu bringen. *Okay, die beiden werden uns nicht helfen, doch irgendjemand wird es tun. Vielleicht Bronnie. Sie ist Drachensucherin, und ich weiß, dass auch in Skyler Drachensucher-Blut fließt. Ist ihr leiblicher Vater nicht Razvan?*

Das wäre eine Möglichkeit. Ein Fünkchen Hoffnung lag jetzt in Dimitris Stimme.

Es gibt immer eine Lösung, Dimitri. Wenn man dem Problem zu nahe ist und es sich um jemanden handelt, den man gern hat …

Liebt, berichtigte Dimitri ihn. *Ich liebe Skyler über alles. Eher würde ich die Morgendämmerung aufsuchen und sterben, als sie Gefahren auszusetzen.*

Es ist mir unangenehm, dass ich es bin, der es dir sagen muss, aber sie war schon Gefahren ausgesetzt, bevor du wusstest, dass sie deine Seelengefährtin ist. Als Gabriel und Francesca sie adoptierten, brachten sie sie in unsere Welt. Fen runzelte die Stirn. *Wie hast du es eigentlich geschafft, Silber in der Hand zu halten, obwohl du den Wolf schon in dir hast?*

Beim ersten Mal habe ich mich verbrannt, und deshalb überzog ich meine Hände mit einem Versiegelungsmittel. So würden Zev und die anderen keinen Verdacht schöpfen, dachte ich.

Das war Dimitri. Schlau und praktisch.

Wir nähern uns dem besagten Berg, warnte Tatijana Fen. *Wollt ihr die Gestalt wechseln? Nur für alle Fälle? Wir sind der Stelle schon ganz nahe, an der ich die Warnung spürte.*

KAPITEL SIEBZEHN

Fen rührte an Tatijanas Geist. Sie merkte nichts. Sie hatte keine Ahnung, wo sie war. Ihr Drache war hoch in die dunstigen Wolken aufgestiegen, die den oberen Teil des Berges einhüllten, und Fen konnte Grauen in ihrem Bewusstsein spüren, ein Gefühl des Abscheus und das Bedürfnis, diesen Ort so schnell wie möglich zu verlassen. Tatijana hatte ihr ganzes Leben tief unter ebendiesem Berg verbracht, in den Eishöhlen ihres Vaters Xavier, des größten aller Magier. Die Außenseite dieses Berges hatte sie jedoch noch nie gesehen, sie kannte ihn nur von innen. Die Schutzzauber des Magiers waren heute noch intakt und erfüllten ihre Aufgabe, sämtliche Spezies von Xaviers Laboratorien fernzuhalten.

Fen gab Tatijana ein Zeichen, zum Boden zurückzukehren. *Dimitri, du weißt, wo wir hier sind, nicht? Unter diesem Berg befinden sich die Eishöhlen, in denen meine Seelengefährtin gefangen gehalten wurde.*

Das wusste ich, aber wie hast du es erfahren?

In den alten Zeiten galt Xavier als Freund des karpatianischen Volkes. Wir alle studierten bei ihm, und so kam es, dass wir anfingen, Schutzzauber zu weben. Ich habe jahrelang bei ihm studiert. Niemand hatte auch nur die leiseste Ahnung, dass er ein Komplott gegen uns schmiedete, erklärte Fen.

Ich bin nur ein Jahrhundert jünger als du und habe auch bei ihm studiert, sagte Dimitri. *Nicht lange danach entführte er Rhiannon von den Drachensuchern und ermordete ihren Seelen-*

gefährten. Natürlich wussten wir nicht, dass Xavier schon einige Zeit solche verräterischen Handlungen begangen hatte.

Dimitri landete seinen Drachen neben Tatijanas, und Fen sprang so geschickt ab, dass er in der Hocke aufkam.

Ich kann mir nicht vorstellen, dass Abel sich ausgerechnet in Xaviers Höhlen einen Unterschlupf einrichtet.

Und was ist mit Bardolf? Obwohl . . . glaubst du, er könnte die von dem Dunst ausgehende Warnung mitbekommen haben? Wahrscheinlich hat er keine Ahnung, wie gefährlich dieses ganze Labyrinth aus Höhlen ist.

Dimitri und Tatijana nahmen wieder ihre eigene Gestalt an. Fen ging sofort zu ihr, legte einen Arm um sie und beugte sich vor, um ihr einen Kuss aufs Haar zu drücken.

»Hast du es auch gefühlt?«, fragte sie.

»Tatijana, es ist durchaus möglich, dass Bardolf sich diese Höhlen ausgesucht hat, um dort Unterschlupf zu suchen. Sieh dir den Berg an! Sich ihn dir gut an! Diese Höhlen waren jahrhundertelang dein Gefängnis, *sívamet*.« Er hielt sie in den Armen, als er mit der Information herausrückte, und blieb mit ihrem Bewusstsein verbunden, um den Schock ein wenig zu mildern.

Für einen Moment wies sie den Gedanken von sich, weil ihr Verstand sie vor den Erinnerungen an die Qualen und den Tod so vieler, die sie hatte mitansehen müssen, zu schützen versuchte.

»Atme tief durch, *sívamet!*«, ermutigte er sie. »Wir sind bei dir. Xavier ist längst von dieser Welt verschwunden und kann dir nichts mehr antun. Du brauchst auch nicht mit uns hineinzugehen. Du kannst uns von hier aus beobachten.«

Tatijana hatte die Schreie der Sterbenden gehört und die Last der Toten auf ihrer Seele gespürt – und es waren viele, sehr viele gewesen, denn Xavier hatte nie einen Unterschied zwischen den Spezies gemacht. Das Einzige, was ihn interessierte, waren Unsterblichkeit und Macht. Er hatte sich jeder anderen Spezies überlegen gefühlt und wollte herrschen. Er war besessen von dem Wunsch gewesen, sich die jeder Spezies eigenen Fähigkeiten anzueignen, und hatte dabei keinerlei Gnade gekannt.

Tatijana war jahrhundertelang gezwungen gewesen, Xavier ihr Blut zu geben. Als sie und Branislava zu stark wurden und es nicht einmal mehr half, sie blutarm und geschwächt zu halten, hatte Xavier sie in Drachengestalt im Eis eingeschlossen. Sie waren sein Labor-Wandschmuck und gezwungen, jedes scheußliche Verbrechen mitanzusehen, das er gegen die Menschheit, die Karpatianer und alle anderen Spezies beging. Eingeschlossen im Eis, waren sie völlig hilflos und außerstande, Xavier Einhalt zu gebieten.

Er hatte sich sogar des Körpers seines Enkels bemächtigt und damit Frauen vergewaltigt und geschwängert, um sich neue Quellen karpatianischen Blutes zu erschließen. Wurden die Kinder als unbrauchbar erachtet, wie in Skylers Fall, verkaufte Xavier sie in ein elendes Dasein oder setzte sie schlicht und einfach aus. Auch seinen Enkel hielt er gefangen und quälte ihn mit den Schandtaten, für die er seinen Körper benutzte.

Tatijana konnte ihre eigenen stummen Schreie hören und verschloss ihren Geist auf der Stelle vor ihnen, weil sie wusste, dass ihre Qual Branislava zu ihr hinziehen würde. Sie musste die Beherrschung wiedergewinnen. Fen hatte recht. Sie war hier draußen sicher – was man von ihm und Dimitri aber nicht behaupten konnte, falls sie in diese Höhlen gingen. Xavier mochte zwar nicht mehr sein, doch seine Fallen und üblen Zauber waren noch da. Sie und Branislava kannten jede je von ihm erdachte Magie, und sie wussten auch, wo die meisten der Fallen in den Bereichen waren, die sie von ihrem eisigen Gefängnis aus hatten sehen können, doch Fen und Dimitri würden nichts von alledem erkennen.

Deshalb hob sie entschlossen das Kinn. »Ich gehe mit.«

Fen schob seine Hand unter ihren Arm und verschränkte seine Finger mit ihren. »Vielleicht solltest du besser mit deinem

Drachen das Gebiet überfliegen und Wache halten, während wir die äußeren Höhlen nach Anzeichen von Bardolf durchsuchen. Denn wenn er nicht dort ist, besteht kein Grund für uns, Xaviers einstige Domäne zu betreten.«

Sie wusste nicht, ob es feige von ihr war, doch sie nahm erleichtert diesen Ausweg an. »Das klingt vernünftig. Gib mir nur dein Wort, dass du mich sofort rufst, falls du den Eindruck hast, dass er dort drinnen gewesen sein könnte! Es darf keine Unwahrheiten zwischen Seelengefährten geben. Ich muss das mit dir meistern, falls Bardolf hineingegangen ist. Mit dir und Dimitri kann ich es, das weiß ich. Wenn du mich ausschließt und einem von euch beiden etwas zustößt, würde ich für immer das Gefühl haben, es durch meine Feigheit verursacht zu haben.«

»Du hast mein Wort darauf, *sívamet*. Sowie ich etwas Verdächtiges bemerke, lasse ich es dich wissen.«

Sie schlang die Arme um seinen Nacken und lehnte sich an ihn, weil sie noch einmal fühlen musste, wie stark er war. »Ich weiß, dass ihr beide euch Sorgen macht, was die Veränderung in eurem Blut bei einer Frau und euren zukünftigen Kindern bewirken wird, doch im Moment bin ich froh, dass ihr beide das gemischte Blut habt. Und dir, Dimitri …«, sie drehte sich in Fens Armen, um seinem Bruder in die Augen zu sehen, »garantiere ich, dass Skyler ganz genauso denken würde.«

Dimitri nickte. »Bestimmt. Und jetzt komm, Fen! Bringen wir es hinter uns!«

Seine Gestalt flimmerte, als er sich in die Luft erhob und auf den Nebel zuhielt, der den Gipfel des Berges verschleierte.

Fen seufzte. »Sei vorsichtig, Tatijana! Glaub nicht, du wärst sicher vor ihm, weil du in Drachengestalt bist! Falls Bardolf hier ist und merkt, dass du dort oben kreist und nach Spuren von ihm Ausschau hältst, könnte er dich angreifen.«

»Du machst deinen Job und ich den meinen. Und glaub mir – sogar die Außenseite von Xaviers Berg wird durch ein paar Fallen geschützt sein«, warnte sie. »Versuch nur ja nicht, irgendwelche davon auszuschalten!«

Fen beugte sich vor und küsste sie auf die Lippen, dann trat er zurück und verwandelte sich.

Er folgte seinem Bruder den steilen, schneebedeckten Berg und in die Nebelschleier hinauf. Das Gebirge wirkte friedlich, umgeben von dem wie Zuckerwatte aussehenden dichten Nebel, doch die Gipfel waren sehr unwirtlich. Sehr wenige Pflanzen schafften es, hier oben zu überleben, nur ein paar zerrupft aussehende Blumen und zähe Gräser waren zwischen den Felsbrocken und dem Geröll zu sehen. Oberhalb der Felsen lag der Gletscher selbst.

Die Einheimischen waren klug genug, die Gipfel zu meiden, und die wenigen Touristen, die die Warnungen des Berges ignorierten, wurden oft zu Opfern herabstürzender Felsen oder Schneelawinen. Der Berg erbebte und rumpelte warnend, wenn irgendjemand diese im weißen Dunst verborgenen Gipfel betrat.

Fen spürte die in dem Nebel selbst verborgene Energie. Kein Wind vermochte ihn je durchzuschütteln oder wegzublasen. Der dichte Dunstschleier wirkte wie eine Art Kraftfeld, das dafür sorgte, dass sich jeder beklommen fühlte, der sich den Gipfeln näherte. Dinge bewegten sich fast unmerklich in den Nebelwolken. Formen. Nichts Substanzielles, doch Fen konnte verschiedene Bedrohungen ausmachen. Stimmen wiederholten diese Drohungen und warnten alle und jeden, sich von hier oben fernzuhalten.

Auf seinen Reisen hatte Fen solche Dinge schon oft gesehen. Xavier war der Vater aller Schutzzauber gewesen, und dieser hier war ein klassischer. Er war für alle Spezies gedacht, die den Berg zu erforschen versuchten. Die erste Ebene verursachte nur jedem Näherkommenden ein ungutes Gefühl. Die meisten kehrten dann auch gleich dort um. Falls das jedoch nichts nützte und ein Forscher oder Wanderer sich weiter vorwagte und sogar zu den Eingängen des Labyrinths von Höhlen kam, wurden warnende Stimmen laut, und wenn auch das misslang, dann schnappten Fallen zu.

»Hast du irgendwas gesehen?«, fragte Fen Dimitri.

Beide setzten keinen Fuß auf den Berg, sondern schwebten nur daran entlang, um den Boden nach Spuren oder irgendetwas anderem abzusuchen, das Aufschluss darüber geben könnte, dass Bardolf hier gewesen war.

»Vielleicht. Es ist nur klein, aber geschickt gemacht. Sieh dir das mal an!« Dimitri zeigte auf einen zerschmetterten Fels, der von vielen anderen, hoch aufeinandergestapelten umgeben war. »Dieser Eingang ist vor nicht allzu langer Zeit von unseren Leuten verschlossen worden, doch beim Verschließen wurde der Bereich daneben irgendwie hochgeschoben. Schau mal dort nach, wo die kleinen Blumen wachsen!«

Dimitri schwebte näher heran und ging fast in die Hocke, als er hinunterspähte. Fen bewegte sich neben ihn, um sich die nach Licht und Luft ringenden Blumen anzusehen, die in den Rissen der überall auf dem Boden verstreuten Steine wuchsen. Und er entdeckte auch gleich das verräterische Anzeichen, das Dimitri aufgefallen war. Eine winzige Blume und ein Blättchen waren von etwas Schwerem zerdrückt worden, das daran vorbeigekommen war.

»Ziemlich schmal, der Eingang«, sagte Fen.

»Sehr«, stimmte sein Bruder ihm zu.

Beide sahen sich die aufgetürmten Felsbrocken an, die dazu benutzt worden sein könnten, eine Höhle zu bilden.

»Er ist da drin«, flüsterte Fen.

»Mit Sicherheit«, stimmte Dimitri zu. »Komm, wir schnappen ihn uns!«

Tatijana, wir glauben, dass er sich hier oben eine höhlenartige Kammer gebaut hat, gleich neben dem Eingang zu Xaviers Höhle. Wir werden das überprüfen.

Ich komme zu euch.

Sie zögerte nicht. Offensichtlich hatte sie beschlossen, dass sie den Anblick ihres einstigen Gefängnisses ertragen konnte.

»Sie ist eine starke Frau«, bemerkte Dimitri.

»Und eine Drachensucherin. Deshalb erwarte ich auch nicht weniger von ihr.«

Er übernahm die Führung, wobei er darauf achtete, den Berg weder mit den Füßen zu berühren noch einen Fels zu streifen. Als sie zu dem erst kürzlich angelegten Höhleneingang kamen, verwandelte Fen sich in Nebel. In dieser Form konnte er sich durch die Luft bewegen, ohne befürchten zu müssen, irgendeine Falle auszulösen.

Der Eingang war künstlich erweitert worden, aber trotzdem nicht sehr breit. Bardolf konnte sich verwandeln wie jeder andere Karpatianer, doch offensichtlich bevorzugte er seinen Wolf oder seine menschliche Gestalt. Er hatte einen Unterschlupf gefunden und den Eingang gerade so weit getarnt, dass jemand, der durch den Nebelschleier kam, seine Höhle vielleicht nicht gleich bemerken würde. Die auf dem Boden verstreuten kleineren Felsbrocken halfen mit, den Unterschlupf zu verbergen.

In Form von Nebel drang Fen in die Höhle ein. Sie war dunkel und viel kälter, als es einem Wolf behagen könnte. Doch sowie er eintrat, wusste Fen, dass Bardolf hier gewesen war. Sein Geruch war überall. Die ganze kleine Kammer stank nach ihm.

Fen ging bis zum hinteren Teil der Höhle – die wirklich winzig war und hier wie eine Sackgasse zu enden schien, was Fen sehr seltsam vorkam. Kein Lykaner, der etwas auf sich hielt, würde sich einen Ort als Versteck suchen, der keinen zweiten Ausgang hatte.

Er ist hier irgendwo. Ich weiß, dass er hier ist. Fen spürte ihn, als wären sie miteinander verbunden. Vielleicht durch das Blut oder die Kämpfe, doch er spürte ihn – und Bardolf war ganz in der Nähe!

Er muss einen Fluchtweg haben, meinte Dimitri. *Und wir werden ihn finden.*

Zu dritt inspizierten sie jeden Zentimeter der Höhlenwände und der Decke. Es war Fen, der den unauffälligen kleinen Riss entdeckte, der vom Boden der Höhle bis zur Wand und etwa kniehoch daran hinauf verlief. Fen ging zweimal dorthin zurück, nicht von dem Riss selbst angezogen, aber von dem Gefühl, das er in seiner Nähe hatte.

Es ist hier. Doch diese Wand ist die Außenwand zu Xaviers Höhle, warnte er.

Falls er die Höhlen des Meistermagiers gefunden hat, wird er nicht widerstehen können, sie zu erforschen, meinte Dimitri. *Er ist ein Wolf, und wenn er irgendwelche Waffen sieht, wird er auf jeden Fall versuchen, sie auszuprobieren.*

Und er wird hier Fallen auslösen, falls er es nicht bereits getan hat, fügte Tatijana hinzu.

Fen blieb nichts anderes übrig, als sich so weit in seine menschliche Gestalt zurückzuverwandeln, dass er mit der Hand über den Riss im Boden streichen konnte. Seine scharfen Sinne sagten ihm, dass es eine Möglichkeit gab, die Öffnung freizulegen, aber wie? Langsam ließ er seine Hand daran hinauf- und hinuntergleiten. Doch es würde etwas Schnelles sein müssen, kein Schutzzauber, der einen daran hindern würde, diese Seite zu verlassen. Bardolf würde problemlos kommen und gehen wollen.

Tatijana beugte sich über Fens Schulter und betrachtete den Riss im Boden. *Das hier reagiert auf seine Stimme. Könnt ihr sie nachahmen? Ihr habt ihn beide reden gehört. Sagt einfach: ›Öffnen!‹, aber nur, wenn ihr ganz genau seinen Tonfall treffen könnt.*

Du bist doch gut im Nachahmen von Stimmen, ermutigte

Dimitri Fen. *Und du kanntest ihn, bevor er zum Vampir-Wolf wurde.*

Fen rief sich Bardolfs Stimme in Erinnerung, konzentrierte sich und versuchte es dann. »Öffnen!«

Der Spalt reagierte augenblicklich und glitt lautlos auseinander. Natürlich brauchte Bardolf einen vollkommen geräuschlosen »Notausgang«. Eisige Luft fuhr in die Höhle und erfüllte sie mit bitterer Kälte. Fen glitt als Erster durch die Öffnung. Sie brauchten kein Licht, da alle drei im Dunkeln sehen konnten, doch Bardolf hatte Fackeln benutzt, um seinen Weg zu erhellen.

Sie befanden sich in einer Art Durchgang statt in einer richtigen Höhlenkammer. Er war schmal und kurvig, und er führte nur in eine Richtung, da der Eingang zu Xaviers Höhle verschlossen worden war. In einem schnell dahinfließenden Strom aus weißem Dunst bewegte Fen sich abwärts. Bardolf hatte schon begonnen, Xaviers Höhle zu erforschen. Falls sich Fallen auf dem Weg befanden, die er auslösen könnte, könnten sie die Jäger auch erwischen.

Der Fußboden war an mehreren Stellen weggebrochen, was jedem, der sich nicht wie sie in anderer Form fortbewegen konnte, das Vorankommen unmöglich machte. Der schmale Tunnel führte zu einer Kammer, wo ursprünglich ein großes Loch gewesen war, durch das man zu der darunterliegenden Stadt aus Eis hatte hinuntersteigen können. Die Kammern und Gänge dort erstreckten sich meilenweit, und einst hatte Xavier über den gesamten unterirdischen Bau geherrscht. Irgendwann war jedoch ein großer Brocken Eis in das Loch gestopft worden, was den Abstieg unmöglich machte.

Bardolf ist hier entlanggegangen, sagte Fen, der der Ausdünstung des Werwolfs folgte.

Es gab keine echten Spuren. Wie sie bewegte auch Bardolf sich offenbar in Form von dichtem Dunst voran, doch seinen

Gestank konnte er nach so vielen Zusammenstößen mit Fen dennoch nicht verbergen. Fen führte die anderen zu einer hinteren Wand, wo eine große Lavaröhre aus den darunterliegenden Höhlen aufstieg.

Durch diese Röhre ist er hinuntergekommen.

Dort sind Wächter. Scheußliche Kreaturen, warnte Tatijana. *Mutationen von Vampirfledermäusen, die Xavier entwickelte. Sie sind viel größer als normale Fledermäuse und machen Jagd auf Rotwild und andere hilflose Opfer. Er hat Menschen und sogar Magier, die sein Missfallen erregt hatten, an sie verfüttert. Sie leben in den Wänden der Lavaröhren, und alles, was sie stört, wird augenblicklich angegriffen. Wenn ihr hinuntersteigt, werden sie sich auf euch fallen lassen und euch bei lebendigem Leibe auffressen.*

Na prima. Fen blickte in die Röhre. Sie war pechschwarz, und er konnte absolut nichts darin sehen. *Wie ist Bardolf unbeschadet hinuntergekommen?*

Vielleicht sind sie alle tot, gab Dimitri zu bedenken. *Soviel ich hörte, versuchten sie, sie zu verbrennen, als sie diese Höhlen verließen. Das stimmt doch, Tatijana, nicht?*

Es ist höchst unwahrscheinlich, dass nicht mindestens ein Fledermaus-Pärchen es schaffte, das Inferno zu überleben. Und sie haben sich wieder vermehrt. Ich spüre sie. Wenn du so dicht an dieser Art von Gefahr lebst, kennst du das Gefühl, und dein Körper reagiert darauf. Ich zittere schon vor Angst.

Fen durchströmte ihren Geist sofort mit Kraft und Wärme. Seine menschliche Gestalt anzunehmen, um sie zu umarmen, wagte er nicht, aber er schlang auf telepathische Art und Weise einen Arm um sie und drückte sie an sich, um ihr Kraft und Mut zu geben. Als er spürte, dass sie sich gefasst hatte, wandte er sich wieder der Lavaröhre zu.

Die Röhre zu erleuchten, um zu sehen, womit wir es zu tun haben, könnte diese Kreaturen wecken, entschied er. *Ich glaube,*

Bardolf ist einfach hinuntergeflogen, ohne zu wissen, dass sie da waren. Er hat ihre Beutegier nicht ausgelöst, sonst würden wir sein Blut riechen.

Trotzdem schnupperte er sicherheitshalber noch einmal an der Röhre. Tatijana hatte recht. Er nahm den Gestank verfaulenden Fleisches wahr, also musste irgendetwas dort unten zerrissen und gefressen worden sein. Und dennoch hatte Bardolf diesen Weg genommen.

Ich werde die Führung übernehmen. Wenn ich sicher unten ankomme, folgst du mir, Tatijana. Dann kann ich dich von unten beschützen und Dimitri von oben. Berühr nur nicht die Wände! Wir wissen nicht genug über diese Biester und die Gefahr, die sie für uns darstellen.

Noch einmal durchflutete er Tatijana mit beruhigender Energie. Es musste ihr schlimmster Albtraum sein, noch tiefer in dieses Labyrinth von Eishöhlen einzudringen. Doch er konnte Tatijanas unerbittliche Entschlossenheit spüren, die ihre schon an Panik grenzenden Ängste überwog.

Ich verliebe mich gerade noch mehr in dich, sívamet.

Ohne eine Antwort abzuwarten, wandte er sich ab und strömte in die Lavaröhre, geradewegs nach unten, doch langsam genug, um die Luft nicht in Bewegung zu versetzen. Es war innerhalb der Röhre wirklich gruselig. Fen benutzte die besonders scharfe Sicht, die ihm sein gemischtes Blut verlieh, um zu sehen, was sich hier befand. In den Wänden klafften wabenartige Löcher, die mit Blut befleckt waren. Fell und ein paar Federn klebten daran. Fen war sich ziemlich sicher, dass die mutierten Fledermäuse in diesen Löchern lebten.

Ich glaube, ich habe die Hälfte des Weges hinter mir. Komm jetzt nach, Tatijana, doch mach nicht den Fehler, dich zu schnell zu bewegen! Du darfst die Luft nicht in Bewegung versetzen. Alles, was in diesen Wänden lebt, soll auch schön darin bleiben. Dimitri wird direkt hinter dir sein.

Sie hatten zwar keine physischen Körper, die von den Kreaturen angesprungen werden konnten, aber er wollte kein Risiko eingehen, weder mit seiner Seelengefährtin noch mit seinem Bruder. Er ließ sich weiter herabsinken und kämpfte gegen das Bedürfnis an, sich schneller zu bewegen. Außerdem musste er seinen ausgeprägten Geruchssinn so weit wie möglich dämpfen, denn je tiefer er gelangte, desto schlimmer wurde der Gestank. Fen war nicht gerade glücklich über diesen Aspekt des Ganzen, da er bisher noch keine Öffnung zu einem Höhlenboden in der Lavaröhre gesehen hatte. Und wenn der Boden nun verschlossen war und die Fledermäuse ihre Beute innerhalb der Röhre fraßen ... was wurde dann aus *ihnen*? Er hätte bis ans Röhrenende hinunterströmen sollen, bevor er die anderen nachkommen ließ!

Es war sein außergewöhnliches Sehvermögen, was sie rettete. Ein Loch in der Seitenwand, wo die Röhre abgebröckelt und zerfallen war, musste die Öffnung zu der Höhlenkammer sein. Fen glitt hindurch, und sofort war das Knirschen und Knacken von zerbrechendem Eis zu hören. Ab und zu ertönte ein gewaltiges Getöse, wenn ein großes Stück herausschoss, das mit enormem Druck aus der Eiswand herausgetrieben wurde. Das Stück schlug gegen die gegenüberliegende Wand und landete klirrend auf dem Boden darunter.

In der Ferne, auf der anderen Seite der Kammer, war neben einer Tür eine Fackel entzündet worden, deren weiches Licht sich in den riesigen Raum ergoss und das Eis blau färbte. Es sah wunderschön aus. Fen hatte vergessen, dass Xaviers Schule mit ihren Eisskulpturen, den Springbrunnen und faszinierenden Gesteinsformationen auch ihre ganz eigene Schönheit besessen hatte.

Du näherst dich der Öffnung, Tatijana, sagte er und leitete sie aus der Röhre hinaus.

Er wartete, bis auch sein Bruder die Röhre verlassen hatte,

und machte sich dann an Bardolfs Verfolgung. Da sie sich jetzt in Räumen befanden, die groß genug waren, um sich nicht sorgen zu müssen, Wände oder Böden zu berühren, bewegte er sich viel schneller und folgte der Spur der Fackeln, die Bardolf angezündet hatte …

Wie praktisch, das Licht, sagte Fen zu den anderen. *Er weiß, dass wir ihm folgen.*

Wie?, fragte Tatijana. *Wir haben keine Fehler gemacht.*

Nein, das stimmte, aber sie hatten es mit einem *Sange rau* zu tun. Bardolf konnte weder Dimitris noch Fens Energie wahrnehmen, doch er konnte die eines Karpatianers spüren. Und so empfindsam, wie jemand von gemischtem Blut war, hatte Bardolf Tatijanas Energie gespürt, vielleicht sogar schon, als sie zurückgekehrt waren und sie noch in Drachengestalt gewesen war.

Es ist meine Schuld. Ich habe euch in Gefahr gebracht.

Das denkt Bardolf vielleicht, stimmte Fen ihr zu, *aber in Wirklichkeit bist du unser Ass im Ärmel. Du magst es hassen, dass du jahrhundertelang hier unten warst, doch genau das ist es, was uns alle retten wird, Tatijana. Bardolf kennt weder die Magierzauber noch irgendwelche anderen Gefahren, die hier lauern, so in- und auswendig wie du. Auch wir kennen sie nicht. Er wird uns angreifen, aber du bist es, die ihn erledigen wird.*

Fen konnte spüren, dass sie hin und her überlegte. Falls sie lieber zurückkehren wollte, würde er Dimitri …

Nein! Ich lasse dich auf keinen Fall im Stich. Ihre Stimme wurde noch entschiedener. *Du hast recht. Ich kenne diese Höhlen aus dem Effeff. Und ich kenne mich mit Zaubern aus. Bardolf war Lykaner und hat nie an Xaviers Schule studiert. Ich kann ihn hier in eine Falle locken, selbst wenn er in keine der alten gerät, die Xavier hinterlassen hat.*

Nun, dann lasst es uns doch angehen!, forderte Dimitri sie auf telepathischem Weg auf.

Es war Dimitris Mantra. Er packte die Dinge an und erledigte sie, egal, wie unangenehm sie waren. Fen ging weiter und konzentrierte all seine Sinne darauf, jeden Aspekt des Raumes zu erkunden. Langsam durchquerten sie ihn und gingen auf die Fackeln zu. Dimitri tat das Gleiche, wie er wusste, während Tatijana nach verborgenen Tricks suchte, die der Meistermagier zurückgelassen haben mochte.

Schließlich hatten sie die Kammer hinter sich gelassen und den Eingang erreicht. Fen sah ihn sich sehr genau an, bevor er hindurchströmte. Fast geriet er dabei in ein dünnes, rot glühendes Gespinst von Feuerspinnen. Die Fäden waren so eng miteinander verwoben, dass er sich sogar in seiner derzeitigen Form nicht hätte befreien können, wenn er das Gewebe berührt hätte.

Er verwendet Feuerspinnen!

Fen spürte Tatijanas sofortigen Widerspruch. *Feuerspinnen würden sich nicht von Bardolf gegen einen Drachensucher einspannen lassen.*

Und woher wussten sie, wer ihm folgte?, fragte Dimitri mit einem kleinen Grinsen in der Stimme.

Die Insekten in dieser Höhle wissen alles. Sie sind keine bloßen Insekten. Jede Spezies wurde bis zu einem gewissen Grad verändert. Die Feuerspinnen, ja, eigentlich sogar die meisten Spinnenarten, waren unsere Verbündeten.

Fen musste ihr das glauben. *Und wie ist Bardolf hindurchgekommen?*, fragte er und musterte das glühende Netz. Der *Sange rau* hatte sie zu den Feuerspinnen geführt, weil er wohl gehofft hatte, sie würden sich in dem Netz verfangen.

Gar nicht, antwortete Tatijana. *Er kann nicht an diesem Netz vorbeigekommen sein. Es ist zu groß und zu dicht. Die Spinnen sind seit Jahren hier und haben dieses Netz gewoben. Es sind keine Risse darin, und sie könnten einen Riss auch nicht so schnell wieder geschlossen haben. Er hat diesen Eingang nicht benutzt.*

Ich rieche Bardolf aber.

Dann ist er hindurchgegangen, hat vor dem Spinnennetz jedoch Halt gemacht und ist dann wieder umgekehrt. Er hat reichlich Zeit gehabt, diese Höhle zu erforschen. Heute hat er sie bestimmt nicht zum ersten Mal betreten. Wahrscheinlich hat er schon in seiner ersten Nacht hier seinen Unterschlupf gefunden, beharrte Tatijana. *Ich irre mich nicht, Fen. Wenn es eins gibt, womit ich mich sehr gut auskenne, dann sind es Feuerspinnen.*

Ich glaube dir ja. Aber wir müssen herausfinden, wohin er gegangen ist.

Es gab noch zwei andere Wege, die Höhle zu verlassen, und jeder führte in eine andere, noch größere Höhlenkammer. Auf dem einen würden sie abwärts zu einer anderen Ebene gelangen; der Boden des zweiten Eingangs hingegen schien auf gleicher Höhe zu liegen wie die Kammer, in der sie sich gerade befanden. Je tiefer sie vordrangen, desto wahrscheinlicher war es, dass sie Xaviers Schutzzaubern begegnen würden.

Sowie Fen sich dem Eingang zur nächsten Kammer näherte, begannen Alarmglocken in ihm zu schrillen, obwohl er keine offensichtliche Falle erkennen konnte – er wurde einfach nur von einem sehr unguten Gefühl erfasst. Vorsichtig ging er weiter auf den Durchgang zu.

Vorsicht! Ich verspüre hier alle möglichen Warnsignale, sagte Dimitri zu Fen.

Ich auch, stimmte Tatijana zu. *Vielleicht sollten wir es besser mit Tür Nummer drei probieren.*

Fen wartete einen Moment und dachte nach. Bardolf hatte nicht viel Zeit gehabt, um sich auf einen Angriff vorzubereiten. Er musste Tatijanas Drachen bemerkt haben und aus seiner Höhle in die Eishöhlen geflüchtet sein. Die Alternative hätte ihm noch weniger Zeit gelassen, sich vorzubereiten – falls er Tatijanas Energie gespürt hatte, als sie den beiden Jägern zum Eingang seiner Höhle gefolgt war.

Moment mal! Er ist hier entlanggegangen und versucht, uns in diese Richtung zu locken. Er hatte nicht genug Zeit, viele Fallen aufzustellen, und benutzt die, von denen er weiß, dass sie schon hier sind.

Fen wartete nicht auf die Zustimmung der anderen, er *wusste*, dass Bardolf in der Nähe war. Sie in die Irre zu führen war sein Plan. Bardolf wollte offenbar nicht mit ihnen kämpfen. Er würde es tun, wenn er in die Enge getrieben wurde, doch offensichtlich zog er es vor, ihnen zu entkommen. Er war auf der Flucht.

Fen strömte durch die bogenförmige Öffnung in die nächste, domähnliche Kammer. Die Wände waren mit Eisklumpen bedeckt, mit großen Brocken, die an den Eisflächen hingen, als wären die Wände mit riesigem Popcorn beworfen worden, um sie zu dekorieren. Von der hohen Decke hingen lange Eiszapfen herab.

Du meine Güte, Fen!, zischte Dimitri. *Das sieht nach einem zu erwartenden Massaker aus.*

Tatijana, komm noch nicht herein!, warnte Fen. *Falls er uns anhand deiner Energie aufspürt, soll er nicht wissen, dass wir diesen Weg genommen haben. Lass mich sehen, was ich hier finde, bevor du eintrittst!*

Aber geh nicht auf Forschungsreise, kleine Schwägerin!, warnte Dimitri. *Bleib am Eingang, wo wir dich sehen können!*

Jetzt sind es schon zwei, die sich Sorgen um mich machen. Ich komme hier schon zurecht. Und ich bin auch nicht so zerbrechlich, wie ihr denkt.

Für Fen *war* sie es, doch er war natürlich nicht so dumm, ihr das zu sagen. Am liebsten hätte er sie von hier weggebracht und sie einfach nur in den Armen gehalten, aber es gab jetzt kein Zurück mehr. Er hielt sich dicht an den Wänden der Kammer und bewegte sich nur sehr langsam vorwärts, um keine Luftbewegung zu erzeugen. Selbst die Temperatur seiner Moleküle passte er der der Kammer an, damit ihn nicht mal das verraten konnte.

Er ist hier, warnte er Dimitri. *In diesem Raum. Die Frage ist nur, wo er sich versteckt. Tatijana, tritt ein bisschen von der Tür zurück! Falls er dich dort spürt, wird er denken, du zögst dich in den anderen Raum zurück.*

Er hat hier viele Waffen, bemerkte Dimitri. *Aber wir ja auch.*

Tatijana entfernte sich ein wenig von der Tür, und sie verloren sie aus der Sicht. Beide blieben reglos stehen und warteten. Geduld war auf der Jagd unerlässlich. Keiner bewegte sich, und die Zeit verstrich. Das Tropfen des Wassers und unaufhörliche Knacken des Eises wurden zu einer seltsamen Musik. Noch mehr Tropfen liefen an der westlichen Wand herab. Sie waren klein, kaum mehr als winzige Schweißtropfen und fast nicht wahrnehmbar, doch beide Jäger bemerkten sie.

Die Tröpfchen rollten zur Hälfte die Eisdecke hinunter, bevor sie dort erstarrten. Aber noch immer ließen die Jäger sich nicht ködern, sondern warteten völlig reglos ab. Eine Minute, zwei ... Das Knacken des Eises wich einem gewaltigen Gebrüll aus einer nicht weit entfernten Kammer, als der Druck einen mächtigen Eisbrocken aus einer Wand herausdrückte und ihn in die Kammer schleuderte. Der schwere Eisklumpen schlug mit einem so heftigen Krachen auf dem Boden auf, dass zwei angrenzende Höhlen noch davon erschüttert wurden.

Durch die starken Schwingungen lösten sich einige der runden Eisklumpen an den Wänden neben Fen und fielen polternd zu Boden, wo sie zu Fragmenten zersprangen, die so klein wie Glassplitter waren. Ein leises Lachen schwang in der Musik des Eises mit.

Er glaubt, wir wären auf seinen Trick hereingefallen und in den nächsten Raum gegangen, sagte Fen. *Er wird schnell sein, Dimitri, denn er kämpft um sein Leben, und ein in die Enge getriebener Werwolf ist ein sehr gefährlicher.*

Sein Bruder wusste ebenso viel über Wölfe wie er selbst, und dennoch machte Fen sich Sorgen. Er wollte Dimitri nicht in Lebensgefahr bringen, und sein jüngerer Bruder war stets geduldig, was Fens Ratschläge anging. Er blieb zwar still und schüttelte oft den Kopf, schien jedoch nie gekränkt zu sein.

Beide Jäger konzentrierten sich auf die Ecke und den Teil des Dachs, von dem die Tropfen hergekommen waren.

Gib dich ihm nicht zu erkennen, selbst wenn es so aussieht, als hätte ich ihn gepfählt! Er wird nicht wissen, dass du in der Nähe bist, und das verschafft uns eine zweite Chance, wies Fen Dimitri an. *Tatijana, falls er durchschlüpft, versteck dich und versuch nicht, allein gegen ihn anzutreten!*

Ich würde nicht mal daran denken, allein gegen ihn vorzugehen.

Ihre Stimme hatte diesen etwas schnippischen Tonfall, der Fen verriet, dass sie womöglich etwas im Schilde führte, doch er musste sich auf ihr Wort verlassen und darauf vertrauen, dass sie ihrer Sicherheit oberste Priorität einräumen würde.

Das Eis an der Ecke der Wand wellte sich leicht, als erwachte es zum Leben. Noch mehr Wasser tropfte von der Decke und lief in einem kleinen Rinnsal an der Höhlenwand herab. Bardolf machte sich offensichtlich nicht die Mühe, seine Körpertemperatur der in der Höhle anzugleichen. Seine Bequemlichkeit war ihm wichtiger, und Eishöhlen war nun mal nichts für Wölfe.

Fen hatte noch nie versucht, einen körperlosen *Sange rau* zu töten. Er wusste nicht einmal, ob das möglich war. Im günstigsten Fall könnte er Bardolf vielleicht dazu zwingen, Gestalt anzunehmen, um Dimitri die Chance zu geben, ihn zu töten. Versuchen wollte er es auf jeden Fall, und so stieg er langsam, um keine Luftbewegung zu verursachen, zu der verdächtigen Ecke unter der Höhlendecke auf.

Bardolf, der offenbar sehr zufrieden mit sich war, hörte nicht auf zu lachen, als er seinen Schutzschild nach und nach entfernte. Er hatte sich mit einer dicken Eisschicht umgeben und sie so nahtlos in die Wand eingefügt, dass es unmöglich war, sie zu entdecken. Der *Sange rau* hatte es nur nicht über sich gebracht, seine Körpertemperatur weit genug zu senken, um das Schmelzen der Eisschicht zu verhindern.

Fen erinnerte sich an seine erste, lange zurückliegende Begegnung mit Bardolfs Rudel, dessen Alpharüde der Lykaner damals gewesen war. Er hatte schon immer Bequemlichkeit geliebt. Seine Gefährtin pflegte ihn stets zuerst zu bedienen und ihm Füße und Rücken zu massieren, egal, wie müde sie war. Er liebte es, wenn ihn ein warmes Feuer in seinem Heim erwartete, und falls es noch nicht brannte, war der Teufel los.

Das Eis in der Ecke flimmerte nun, und langsam tauchte Bardolf auf. Tatsächlich. Auch er hatte sich zu Dunst verflüchtigt, um sich durch die Eishöhlen zu bewegen, doch weil er Wärme brauchte, stieg Dampf um ihn herum auf, der Fen etwas gab, was er anvisieren konnte. Als Bardolf sich vorwärtsbewegte, wechselte Fen im letztmöglichen Moment die Gestalt und stürzte sich, den Silberpflock in der Faust, auf den *Sange rau*. In der Hoffnung, das Herz zu treffen, stieß er den Pflock mitten in den Dunst hinein, obwohl er im Grunde wusste, dass es nahezu unmöglich war, sein Ziel zu treffen. Als er den Pflock in den heißen Dunst trieb, zerschmolz er und löste sich fast bis zur Spitze auf, sodass das Silber sich schnell verbreitete und jedes Molekül bedeckte.

Bardolf schrie vor Schmerz, als das Silber in seinen Körper eindrang und sich in ihm ausbreitete. Sofort verwandelte er sich, griff mit den Händen nach dem zerschmelzenden Silberpflock und versuchte, ihn aus seinem Leib herauszuziehen. Gleichzeitig lenkte er die Eiszapfen über ihren Köpfen in Fens Richtung und schickte sie auf ihn herab.

Plötzlich regnete es Eisstücke, scharfe, ein Ziel suchende Flugkörpergeschosse, Hunderte von ihnen, sodass die ganze Kammer von den Geräuschen des von der Decke abbrechenden und auf dem Boden zersplitternden Eises erfüllt war. Fen warf sogleich einen Schutzschild über sich, doch der Sekundenbruchteil, den er dazu brauchte, ermöglichte es Bardolf, von ihm weg und durch den Raum zu dem bogenförmigen Eingang zu schießen, durch den er vorher hereingekommen war.

Dimitri, der sich direkt vor dieser Tür postiert hatte, wartete dort in absoluter Bewegungslosigkeit – und so rannte der *Sange rau* direkt in einen Silberpflock hinein und spießte sich selbst auf. Seiner Schnelligkeit und Dimitris enormer Stärke wegen drang der Pflock tief ein und traf sein Herz, ohne es jedoch völlig zu durchbohren.

Im letzten Moment, bevor der Pflock das Organ durchstoßen konnte, warf Bardolf sich zurück und packte ihn mit beiden Händen. Er fluchte und blutete so heftig, dass sich das Eis zu seinen Füßen färbte, aber er riss den Silberpflock aus seiner Brust und stieß ihn mit aller Kraft in Dimitris Schulter, um ihn abzuwehren.

Fen schoss durch den Raum, dabei wurde er von dem Hagel von Eiszapfen verfolgt, die ausdrücklich auf ihn gerichtet waren. Bardolf war schon auf der Flucht und rannte durch die Tür zur nächsten Kammer. Er stieß einen alarmierten Aufschrei aus, doch dann wuchtete er einen gewaltigen Eisblock in den Eingang, der dafür sorgte, dass Fen und Dimitri auf der anderen Seite festsaßen.

Tatijana, verschwinde von dort! Gib dich ihm nicht zu erkennen!

Sie sah Bardolf durch die Tür schießen, aber sie war nicht allein. Branislava hatte ihre zunehmende Beklommenheit beim Betreten der Eishöhlen gespürt und war ihr zu Hilfe gekommen, wie sie es ein Leben lang getan hatte.

Spinnen, Spinnen aus feurigem Eis, hört meinen Ruf und spinnt und spleißt! Fabriziert ein Netz aus feinsten Garnen, um eure Schwestern vor Furcht und Schaden zu bewahren!

Tausende winziger Spinnen krabbelten die Wand hinunter,

kamen aus Spalten und Rissen hervorgekrochen und webten feine, überraschend dichte und erstaunlich große Netze aus seidenen, orangeroten Flammen.

Weder Tatijana noch Branislava regten sich, sondern blieben unmittelbar hinter der feurigen Schutzwand stehen und beobachteten den verwundeten *Sange rau*, ohne auch nur eine Miene zu verziehen.

Blut strömte aus seiner Brust, und sein wütendes Gebrüll schallte durch die Eishöhle und brachte die Wände zum Erzittern. Große Risse erschienen in den eisbedeckten Höhlenwänden; sie knackten und stöhnten, während Bardolf sich verwandelte. Sein Kopf verlängerte sich zu einer Schnauze, um für seine langen Fänge Platz zu schaffen. Seine Augen wurden rot, und Fell bedeckte schon seinen Oberkörper und die Arme. Große, scharfe Krallen entsprangen seinen Fingerspitzen. Hochaufgerichtet stand er plötzlich auf zwei Beinen da und starrte die beiden Frauen voller Hass und Bosheit an.

»Schafft das weg, und ich schenke euch das Leben!«, feilschte er knurrend. Speichel hing ihm in langen Fäden rechts und links vom Maul herab.

Tatijana lächelte gelassen. »Wir sind Drachensucher und haben mit einem weitaus schlimmeren Monster als dir zu tun gehabt. Du kommst hier nicht durch.«

Beide Frauen hoben die Hände und begannen, ein Muster in der Luft zu weben.

Luft, Erde, Feuer und Wasser, hört unseren Ruf! Seht eure Töchter …

Die Kraft der sich vereinigenden Elemente bündelte sich zu fest verwobener Macht und sandte knisternde Energie durch die Kammer.

Unsichtbare Luft, such das, was verschlossen ist! Erde, halte dich bereit und entfalte dich! Feuer, das brennt, verschlinge, was schadet! Wasser, das fließt, lass diese Tür aufspringen!

Ein pfeifender Luftzug wehte um den Eisblock, der Fen und Dimitri daran hinderte, Bardolf in die nächste Kammer zu folgen. Der Berg grollte, ließ den Eisblock erbeben und lockerte die Kanten. Gleichzeitig drosch der Wind auf die Stellen ein, wo der Block sich schon mit dem anderen Eis verbunden hatte. Spinnen eilten herbei, um ihre feurigen Fäden um den ganzen Eisklumpen zu spinnen, sodass Schmelzwasser in Strömen herablief, um den Durchgang wieder frei zu machen.

Rasend vor Wut, brüllte und knurrte Bardolf die beiden Frauen an. Sein Blut, das von dem säurehaltigen des Vampirs verdorben war, tropfte in großen Klumpen auf den Boden. Die Frauen sahen einander beunruhigt an. Die Höhle war Xaviers Domäne, und Blut würde Böses herbeirufen.

Bardolf schlug seine Pranken mit den scharfen Krallen zusammen, und Eisstücke fielen auf das feurige Spinnennetz. Doch anstatt das Netz der Feuerspinnen zu zerstören, schmolzen die Eisstücke, als sie durch die Maschen fielen, und die seidenen Fäden erglühten nur noch mehr, und Flammen schlugen aus ihnen empor.

Bardolf, der hinter sich den Eisblock in der Tür wegschmelzen sah, wählte lieber das Feuer, als sich den beiden Jägern zu stellen. Mit der Schnelligkeit des *Sange rau* stürzte er sich in das Netz, in der Hoffnung, es durchbrechen zu können. Doch im Bruchteil einer Sekunde umhüllte ihn das Gewebe und hielt ihn fest, während Tausende von Spinnen auf ihn sprangen, ihn bissen und ihm das Fleisch zerfraßen. Sein Fell fing Feuer, und Flammen hüllten ihn ein. Dennoch versuchte er mit aller Kraft, aus dem dichten Netz zu entkommen.

Mithilfe der Elemente und der beiden Männer, die von der anderen Seite mitarbeiteten, fiel die Tür, und Fen und Dimitri stürmten so schnell hindurch, dass sie fast selbst in das feurige Netz hineingelaufen wären. Beide verhielten abrupt den Schritt, schockiert über den Anblick der Frauen, die Seite an Seite dastanden und zusahen, wie der *Sange rau* mit dem feurigen Gewebe kämpfte. Umbringen würde es ihn nicht, aber auf jeden Fall aufhalten.

Der Boden wellte sich, und das Eis schob sich an einigen Stellen hoch, als wäre die Höhle instabil geworden.

»Schnell, Fen!«, sagte Tatijana. »Wir können hier nicht bleiben. Etwas Böses kommt, um uns zu holen.«

Sie hob die Hände in die Luft und trat näher an das Netz heran. *Spinnen, Spinnen, liebe Freundinnen, lasst nicht zu, dass eure Flammen meinem Seelengefährten und seinem Bruder Schaden zufügen!*

»Jetzt, Fen!« Verzweiflung schwang in ihrer Stimme mit.

Gedämpfte Geräusche waren unter ihnen zu hören, ein Dröhnen und Pochen, das sich wie ein Herzschlag anhörte und ihnen allen große Angst einflößte.

Es gab Fen zu denken, Bardolf von Tausenden von Spinnen bedeckt zu sehen, die ihn bei lebendigem Leibe auffraßen und gleichzeitig verbrannten, aber er vertraute Tatijana und zwang sich, einen Schritt auf das feurige Netz zuzumachen. Er packte den im Feuer gefangenen Bardolf in der Erwartung, ebenfalls von den Flammen verbrannt zu werden, doch als er das Netz berührte, fühlte er nur klebrige Seide unter seinen Fingern.

Blitzschnell riss er Bardolf zu sich herum und stieß ihm einen Silberpflock durchs Herz. Dann hob er die Hand, fing das Schwert auf, das Dimitri ihm zuwarf, und schlug dem *Sange rau* den Kopf ab.

Sofort sprangen die Feuerspinnen auch auf den über den Boden rollenden Wolfskopf und bedeckten ihn, bis nur noch ein Meer krabbelnder Spinnen und Flammen zu sehen war, das Bardolf unter sich begrub.

»Wir müssen uns beeilen«, drängte Tatijana.

Branislava und sie schoben einen Arm in das Netz. Eine

schmale Öffnung entstand, und die beiden Männer lösten sich blitzartig in Dunst auf und strömten hindurch. Die Frauen verwandelten sich auch, und alle vier bewegten sich durch die Kammern, so schnell sie konnten, bis sie die Lavaröhre erreichten, ihren einzigen Ausweg aus der Höhle.

Was auch immer Böses unter ihnen erwacht war, hatte jedoch auch die Kreaturen in der Röhre aufgescheucht. Sie konnten das beunruhigte Fiepen der Fledermäuse hören.

Wir haben keine Wahl, sagte Fen.

Tatijana und Branislava sahen sich an. Dann hoben sie im selben Augenblick die Hände. *Spinnen, Spinnen aus Eiskristallen, spinnt euer Netz aus stärkstem Licht, sodass es gleißt! Spinnt und tanzt, umringt und formt, aber haltet diese Kreaturen davon ab, uns wehzutun!*

Winzige weiße Spinnen kletterten an der Röhre hoch und verspannen kristallene Seide auf dem Weg nach oben, um ein einziges dichtes Netz aus Licht zu formen. Das Innere der Röhre erglühte; die Spinnen woben und tanzten, und immer mehr von ihnen schlüpften aus Rissen und Spalten, um an dem fabelhaften Schauspiel gleißenden Lichtes mitzuwirken. Die Fledermäuse zogen sich geblendet in ihre Nester zurück.

Schnell, die Wirkung wird nicht lange anhalten!, rief Tatijana. Aber Bronnie sagt, sie können nichts sehen, wenn das Licht so grell ist. Wir müssen uns beeilen.

Fen ging als Erster. Als er durch die Röhre aufstieg, konnte er in die dunkleren Löcher sehen, in denen die mutierten Kreaturen lebten. Knochenstücke, Fell und dunkles Blut verunreinigten die Eingänge und Wände ihrer wabenähnlichen Behausungen. Fen strömte vorbei, weil er wusste, dass ihnen diesmal nur Schnelligkeit helfen würde.

Tatijana war dicht hinter ihm, gefolgt von Branislava und Dimitri, der die Nachhut bildete. Kaum waren sie alle draußen, drehten Fen und sein Bruder sich um und beugten sich über die Röhre. Schon jetzt verblasste das Licht, und die Fledermäuse begannen aufzusteigen, um ihrer Beute nachzujagen.

Fen und Dimitri schwenkten gleichzeitig die Hände und murmelten einen entschiedenen Befehl.

»Lauft! Sobald ihr draußen seid, geht in die Luft und verschwindet von hier«, trug Fen den Frauen auf.

Die Schwestern widersprachen nicht; beide flitzten durch den schmalen Tunnel zu Bardolfs Höhle zurück und von dort ins Freie. Sogleich sprangen sie in die Luft, verwandelten sich noch im Sprung in ihre Drachen und schossen dann mit wild flatternden Schwingen aus dem Nebel empor.

Fen und Dimitri folgten ihnen nahezu auf dem Fuße. Hinter ihnen schien die Welt zu explodieren. Die Lavaröhre zerbarst mit einem Knall, der den ganzen Berg erschütterte. Die Druckwellen der Explosion folgten den beiden Brüdern durch die Höhlen und rissen ein Loch in die Seite des von Bardolf ausgewählten Unterschlupfs.

Die beiden Männer warfen sich in die Luft und verwandelten sich noch in der Bewegung. Die Erschütterung schleuderte sie herum und katapultierte sie aus dem Nebel heraus. Tatijana flog zurück, so schnell sie konnte, und bugsierte ihren Drachen unter Fen. Branislava tat das Gleiche bei Dimitri, damit er sich auf ihren Feuerdrachen setzen konnte.

Jetzt freue ich mich auf einen langen Schlaf unter der Erde, sagte Branislava. *Eure Abenteuer sind sehr spannend, doch zu viel des Guten ist ermüdend.*

Fen konnte ihr darin nur zustimmen.

KAPITEL ACHTZEHN

Fen schlang den Arm um Tatijana. Branislava befand sich an einem sicheren Ort unter der Erde, wohlgenährt und bereit für einen langen Schlummer. Dimitris Verletzung war versorgt worden. Er hatte Blut bekommen und lag ebenfalls in der revitalisierenden Erde. Tatijana und Fen spazierten durch den Wald, ihren Lieblingsort, um frische Luft zu schnappen. Fen wusste, dass das Betreten der Eishöhlen wieder eine traumatisierende Wirkung auf seine Seelengefährtin gehabt hatte, und er wollte nicht, dass sie die Erde aufsuchte, bevor sie darüber gesprochen hatten.

Er führte sie zu einer Stelle, an der einige natürliche Teiche entstanden waren. Das Geräusch des Wassers würde eine beruhigende Wirkung haben, und er wusste, dass auch die Weite des Nachthimmels ihr helfen würde, ihre klaustrophobischen Empfindungen zu überwinden. Ein Ort von solch natürlicher Schönheit, mit Wasserfällen und Teichen, so völlig anders, als ihr einstiges Gefängnis es gewesen war, würde ihre innere Anspannung lindern, hoffte er. Fen wusste, dass sie das Element Wasser liebte und sich davon angezogen fühlte, und er wollte den Rest der Nacht zu etwas Schönem machen, um die vorangegangenen Ereignisse in ihrer Erinnerung verblassen zu lassen.

»Du warst fantastisch«, sagte er und meinte es auch so. »Ich weiß, dass du Angst hattest.«

»Jeder hätte Angst gehabt, der die Fallen und abscheulichen Kreaturen in diesem Berg kannte«, erwiderte Tatijana, »doch vor allem war mir schrecklich übel. Ich konnte kaum glauben, wie angeekelt ich war. Mein Magen hatte sich vollkommen verkrampft, und ein paar Mal brachte mich der Gestank sogar zum Würgen. Ich hatte die meisten dieser Erinnerungen unter Verschluss gehalten, um überleben zu können.«

»Es tut mir leid, dass unser Kampf mit Bardolf uns zu den Eishöhlen führte«, sagte Fen sanft und zog sie noch ein wenig fester an sich. »Ich weiß, dass ich eine Menge harter Ecken und Kanten habe, Tatijana, und du einen Mann verdienst, der immer liebevoll und zuvorkommend ist, doch du sollst wissen, dass ich dich über alles liebe und alles tun werde, um dich glücklich zu machen.« Er bereute, dass er keinen Weg gefunden hatte, sie aus Xaviers Labyrinth des Bösen herauszuhalten. Seinetwegen war sie von all diesen schrecklichen Erinnerungen wieder eingeholt und überwältigt worden. Und während Branislava sich in die heilende Erde zurückgezogen hatte, um das Trauma im Zaum zu halten, suchte ihre Schwester die Nacht, weil sie die Natur und die Weite des Himmels brauchte.

Tatijana blickte stirnrunzelnd zu Fen auf und hob eine Hand, um die Fältchen in seinem Gesicht nachzuzeichnen. »Wie kommst du darauf, ich könnte einen anderen wollen? Deine Worte sind schön genug, und was deine harten Ecken und Kanten angeht … Ich fühle mich von deiner Liebe eingehüllt, und ich will und brauche niemand anderen. Es war meine eigene Entscheidung, mit dir in diese Höhle zurückzukehren. Ich habe es aus freiem Willen getan, und ich weiß es zu würdigen, dass du verstanden hast, dass es mein eigener Entschluss sein musste. Denn gerade diese Eigenschaft von dir war der Hauptgrund dafür, dass ich mich in dich verliebte, Fen: Weil du mich mich selbst sein lässt.«

Er führte sie noch tiefer in den Wald hinein und lauschte auf jedes Geräusch. Fen wollte, dass sie völlig ungefährdet waren, und nach der Jagd auf die Werwölfe war er auch sicher, dass sie es hier sein würden. Branislava hatte eine weitere Gruppe von sechzehn gefunden, und Zev und die anderen hatten sie beseitigt. Abel verlor allmählich seine Armee. Er würde jetzt mit seinen »Bauernopfern« viel vorsichtiger sein, bis er einen konkreten Plan hatte, um seine Mission zu erfüllen.

Fen fürchtete mehr und mehr, dass Abel mit einem anderen zusammenarbeitete – mit jemand weit Entferntem. Es wäre allerdings für einen Meistervampir äußerst ungewöhnlich, von einem anderen Befehle entgegenzunehmen, und überdies war Abel auch noch ein *Sange rau*.

»Wo willst du hin?«, fragte Tatijana, als Fen sie über einen umgestürzten, moosbewachsenen Baum hob. »In dieser Ecke des Waldes bin ich noch nie gewesen.«

»Das freut mich. Ich wollte dich überraschen.«

Schon war das Rauschen von Wasser zu vernehmen. Tatijana wandte den Kopf in diese Richtung. »Ein Wasserfall? Ich wusste nicht, dass es hier einen gibt.«

Fen spürte, dass die freudige Überraschung einige der Schatten, die sie belasteten, vertrieb. »Es sind sogar mehrere Wasserfälle. Sie stürzen in natürliche Teiche herab. Zwei der Felsenteiche werden von unterirdischen heißen Quellen gespeist. Das Wasser in den anderen ist sehr kalt.«

»Große Temperaturschwankungen sind kein Problem für Karpatianer«, sagte sie.

Fen grinste sie an. »Es sei denn, dein Seelengefährte schafft es, dich zu überrumpeln und in einen kalten Teich zu werfen, bevor du deine Körpertemperatur regulieren kannst.«

»Das würdest du nicht wagen«, sagte sie, aber ihre smaragdgrünen Augen funkelten.

»Wahrscheinlich nicht«, beruhigte er sie. »Doch man kann nie wissen. Ich bin schließlich ein Wolfsmann, und die spielen anderen gern Streiche.«

Das Rauschen wurde lauter, wo das Wasser vom Berg herabstürzte und in die darunterliegenden Felsenteiche fiel. Mit der Zeit hatte das Wasser das Gestein geglättet, bis es wie von Menschenhand poliert aussah.

»Komisch, dass mir diese lustigen Seiten der Lykaner bisher gar nicht aufgefallen sind«, sagte Tatijana. »Auf mich wirken sie eher wie eine ziemlich nüchterne Spezies.« Sie warf ihm einen warnenden Blick zu, doch ihre Augen vermochten ihre Belustigung nicht zu verbergen.

Fen schob die Wedel eines Farns beiseite, der ebenso groß war wie er selbst, damit sie die Wasserfälle und die Teiche betrachten konnte. Sie waren durch eine Gruppe uralter Bäume mit mächtigen Stämmen geschützt. Während Fen die Farnwedel zurückhielt, beobachtete er Tatijana und sah, wie ein strahlendes Lächeln ihr Gesicht erhellte. Sogar ihr Haar nahm einen dunkleren Rotton an, und das Smaragdgrün ihrer Augen vertiefte sich, bis sie fast die gleiche Farbe hatten wie der tiefste Teich.

Er hörte ihr scharfes Einatmen. »Wie schön, Fen! Es ist zauberhaft hier. Du hättest keinen schöneren Ort auswählen können.«

Sie drehte sich in seinem Arm, um ihm die schlanken Arme um den Nacken zu schlingen und seinen Kopf zu sich herabzuziehen. Gleichzeitig drückte sie sich an ihn. »Ich liebe dich, Fenris Dalka. Alles an dir, aber ganz besonders liebe ich, dass du immer ganz genau zu wissen scheinst, was ich gerade brauche. Was für ein fabelhafter Einfall, Liebster!«

Fen legte seine großen Hände um ihr Gesicht. Sie schaute mit ihren unglaublich faszinierenden Augen zu ihm auf, und wieder einmal verlor er sich in den bodenlosen Tiefen. Am liebsten wäre er für immer dort geblieben, in ihr, bei ihr, eins mit ihr.

Ihre Finger streiften seinen Mund, und dann strich sie unendlich sanft mit den Fingerspitzen seine Lippen nach. Die Berührung versetzte ihm einen Stich, der seinen ganzen Körper durchfuhr und ein fast schmerzhaftes Ziehen in seinen Lenden auslöste. So sanft ihre Finger an seinem Gesicht auch waren – der Blitz, der ihn durchzuckte, war das genaue Gegenteil und traf ihn wie ein Schlag in die Magengrube.

Ja, die Intensität seiner Liebe zu Tatijana war geradezu beängstigend. Fantastisch. Ein Wunder. Er hätte nie gedacht, dass Gefühle so tief gehen konnten. Liebe und Verlangen waren eine machtvolle Kombination, die all seine Sinne schärfte und sein Innerstes in Flammen setzte.

Er war sich jedes ihrer Atemzüge bewusst. Des sanften Hebens und Senkens ihrer Brüste unter ihrer Kleidung. Ihres Duftes, dem das Wilde des Waldes und das Saubere des Regens innewohnten. Seine Hand vergrub sich wie von selbst in ihrem dichten Haar.

»Ich will nicht einmal den kleinsten Fetzen Stoff zwischen deiner Haut und meiner«, flüsterte er ihr ins Ohr.

Ihre langen Wimpern senkten sich und verbargen ihren Blick, aber ihre Lippen verzogen sich zu einem Lächeln, und ihre Kleider verschwanden wie durch Zauberhand, sodass sie nackt wie am Tag ihrer Geburt dastand. Für Fen war ihr Körper der schönste, den er je gesehen hatte. Die üppigen Brüste, die schmale Taille, die schlanken und dennoch wohlproportionierten Hüften und der kleine Drache links und so tief unterhalb ihrer Taille, dass er fast nicht zu sehen war. Sie hatte schlanke, wohlgeformte Beine und zierliche Füße. Ihr Haar, das sie normalerweise zu einem Zopf geflochten trug, fiel ihr jetzt wie ein Wasserfall aus feinster roter Seide den Rücken hinunter.

Mit einem bloßen Gedanken entledigte auch Fen sich seiner Kleidung, weil sie ihm plötzlich unerträglich eng erschien. Dann senkte er den Kopf und presste die Lippen auf Tatijanas unglaublich verführerischen Mund. Weich und kühl waren ihre Lippen unter seinen heißen … Alles, was er sich je wünschen könnte, hielt er bereits in den Armen.

Ihr Mund bewegte sich unter seinem, gab ihm alles, was er von ihr wollte, und noch mehr. Seine Finger vergruben sich tiefer in ihrem Haar und verankerten sich buchstäblich darin, um sie zu zwingen stillzuhalten. Denn obwohl sein Blut versengend heiß und schnell durch seine Adern rauschte und seine schon fast schmerzhafte Erregung ihre eigenen Forderungen stellte, wollte er geduldig sein und jeden Moment mit ihr auskosten.

Fen spürte, wie ihre Lippen zitterten, als er den Kuss vertiefte und die kühle Süße ihres Mundes erforschte, die ganz allein ihm gehörte. Seine Haut fühlte sich glühend heiß an, die ihre kühl und zart. Ein Blitz schlug in seinen Blutstrom ein, und Flammen züngelten durch seinen Körper, um sich in seinem heißen, harten Glied zu bündeln. Fen schloss die Augen und gab sich ganz den rauschhaften Gefühlen hin, die ihn durchströmten.

Tatijana schenkte sich ihm so großzügig wie immer, erfüllte seinen Geist und sein Herz mit ihrer Liebe, und ihr Mund gab ihm alles, was er sich ersehnte. Leidenschaft. Liebe. Eine Welt, von deren Existenz er nichts gewusst hatte, hatte sich ihm in dem Moment eröffnet, in dem er Tatijana begegnet war. Sein Magen verkrampfte sich, jeder seiner Muskeln wurde hart und angespannt, aber er wollte geduldig sein und jeden Moment genießen.

Irgendwann hob er den Kopf und drückte seine Stirn an ihre. Seine Lunge brannte, ob aus Sauerstoffmangel oder von dem Wunder, sie nach Jahrhunderten der Einsamkeit gefunden zu haben. Zu diesem Zeitpunkt ihrer ersten Begegnung hatte er schon geglaubt, seine Welt würde immer eine der Dunkelheit, des Tötens und des unaufhörlichen Kampfes bleiben.

»Du hast mich gerettet. Wirklich, Tatijana. Ganz gleich, was du auch denkst, du hast meine Seele gerettet. Ich kann immer noch nicht fassen, was für ein vollkommenes Wunder du bist oder dass ich dich überhaupt verdiene.«

Sie ließ ihre Hände über seinen flachen Bauch zu seiner Brust hinaufgleiten, und ihr Mund folgte und küsste jeden seiner ausgeprägten Muskeln, bis sie seine harte kleine Brustspitze erreichte und sie mit der Zunge zu umspielen begann. »Vielleicht hast du ja *mich* gerettet, Wolfsmann«, murmelte sie und strich mit der Zungenspitze über seinen wild pochenden Puls.

Bevor er antworten konnte, gruben ihre Zähne sich in seine Haut. Er warf den Kopf zurück und stöhnte vor Entzücken. Ihre Hände glitten über seine Schultern, zeichneten seine Rippen nach und wanderten tiefer zu der heißen Härte seines Glieds. Sie ließ ihre Fingerspitzen über die empfindsame Haut tänzeln, bevor sie ihn fest mit der Hand umschloss und sie auf und nieder gleiten ließ. Die andere legte sie um seine Hoden, um auch sie zu streicheln.

Die Empfindungen, die sie mit Händen und Mund erzeugte, benebelten Fen den Verstand. Sie schienen jede Nervenfaser in ihm zu entfesseln, brachten sein Blut zum Rasen und ließen sein Herz in seinen Ohren dröhnen. Er hatte vorgehabt, Tatijana eine Nacht voller Sinnesfreuden zu bereiten, doch sie hatte das Blatt gewendet. Sie leckte über die kleine Wunde an seiner Brust, wo sie ihn gebissen hatte, und ihre Augen glühten fast, als sie die Wimpern hob.

»Ich brauche mehr von meinem Seelengefährten«, sagte sie sanft.

Soweit das überhaupt noch möglich war, steigerte sich seine Erregung noch.

Ein Erschauern durchlief ihn, als sie den Druck ihrer Hand um ihn verstärkte. »Ich glaube, du solltest besser mit mir kommen.«

Das ließ er sich nicht zweimal sagen. Sie führte ihn zu dem ersten Teich, der von erstaunlich glattem Stein umgeben war, und stieg hinein. Das Wasser reichte ihr bis zur Taille.

»Setz dich hin!«, bat sie und klopfte auf den Rand, wo der Fels am glattesten war.

Fen gehorchte und ließ sich auf dem warmen Steinrand nieder. Fens Glied erhob sich heiß und hart an seinem Bauch. Da Tatijana in dem Becken stand, befand sich ihr Kopf genau auf der Höhe seines Unterleibs.

»Diese Nacht war eigentlich für dich bestimmt«, sagte er mit rauer Stimme.

Tatijana schenkte ihm das Lächeln einer Sirene, was ihn noch mehr erregte. »Genau. Ich will mehr von dir, und es wird Zeit, dass ich bekomme, was ich will. Seit unserer Nacht auf jenem Feld, wo ich dich an dieser Nachtsternblume gekostet habe, gelüstet es mich nach deinem Geschmack. Vielleicht bin ich ja sogar schon süchtig danach.«

Ihr Mund schloss sich um ihn wie ein seidener Handschuh. Sein ganzer Körper erschauerte vor Lust. Er war heiß – seine Haut, sein Blut, sein Begehren. Ihr Mund dagegen fühlte sich an wie kühle Seide, die ihn eng umhüllte und mit jeder ihrer Bewegungen noch tiefer in sich hineinzog. Und sie löste dabei nicht den Blick von ihm, damit er sehen konnte, welches Vergnügen es ihr bereitete.

Fen legte die Hände auf ihre Brüste, und seine Finger fanden ihre harten kleinen Spitzen. Er sah, wie Tatijanas Augen sich verschleierten, als er die erregten Knospen rollte und an ihnen zupfte. Ihre Hände glitten über seine Lenden, unendlich sanft nur, aber ihre Berührung machte ihn dennoch vollkommen verrückt.

Und Tatijana hatte plötzlich Schmetterlinge im Bauch. Sie war noch nie nervös gewesen, doch diesmal wollte sie Fen genauso viel Vergnügen bereiten, wie er ihr immer schenkte. Vor allem jedoch wollte sie es auch für sich selbst – wollte ihre eigenen Wünsche zum Ausdruck bringen und wissen, dass er alles genauso schön und aufregend fand wie sie.

Sie blickte zu seinem markanten Gesicht auf. Er war ein Mann, der mehr im Leben gesehen hatte, als er jemals hätte sehen dürfen. Seine Züge waren geprägt von Selbstvertrauen und Dominanz, er war das Alphatier des Rudels, das die Kontrolle übernahm, wenn es nötig war. Für sie war er ein schöner Mann, durch und durch maskulin und mit einem ausgesprochen sinnlichen Gesicht. Sie liebte seine erstaunlich gletscherblauen Augen. Wenn er sie ansah, existierte für ihn niemand sonst auf der Welt, und das wusste sie. Er gab ihr das Gefühl, lebendig, vibrierend vor Energie und betörend schön zu sein.

Tatijana liebte die Kontrolle, die sie über ihn hatte, wenn sie ihn wild machte. Sie spürte, dass er jetzt schon beinahe außer sich vor lustvollem Begehren war. Ihr Mund und ihre Zunge neckten ihn und bereiteten ihm süße Qualen, wenn ihre Lippen sich noch fester um ihn schlossen und sie ihn noch tiefer in sich aufnahm. Doch seine Hände an ihren Brüsten machten sie genauso wild nach ihm. Sie hatte nicht gewusst, dass sie dort so empfindsam war, aber jede seiner Berührungen löste noch mehr von dieser heißen, exquisiten Feuchtigkeit zwischen ihren Schenkeln aus.

Fen vergrub stöhnend seine Faust in Tatijanas Haar und konnte spüren, wie er sogar noch größer und härter wurde. Er versuchte, seine Hüften still zu halten, um ihr die Kontrolle zu überlassen, doch da fand ihre Zunge seine empfindsamste Stelle unterhalb der Spitze seines Glieds und begann, sich pfeilschnell hin und her zu bewegen. Fast hätte er aufgeschrien, als flüssiges Feuer ihn durchfloss, das sich in seinen Lenden zu bündeln schien und zu einer Feuersbrunst anschwoll, die jeden Moment außer Kontrolle zu geraten drohte. Mit ihren Zähnen strich Tatijana über seine Haut und neckte ihn mit winzig kleinen Bissen, um dann mit ihren Lippen einen Pfad feuriger Küsse über die Spitze seines Glieds und daran hinab zu ziehen.

Sie blies sachte auf die empfindsame Haut seines aufgerichteten Penis, küsste die winzigen Tröpfchen weg, die dort immer wieder neu entstanden, und trieb Fen so dicht an den Rand seiner Selbstbeherrschung, dass er wusste, er würde bald verloren sein. Als sie ihn noch tiefer in sich aufnahm und ganz fest die Lippen um ihn schloss, überließ er sich seinen machtvollen Gefühlen und gab ihr, was sie wollte. Nun beide Hände in ihrem Haar verkrallt, hielt er sie still und begann, rhythmisch die Hüften zu bewegen, während sie sich mit einer Hand auf seinen Schenkel stützte und mit der anderen auf schier unerträglich aufreizende Art und Weise seine Hoden streichelte.

Er konnte spüren, wie er sich verkrampfte von den Flammen, die das Feuer durch seinen ganzen Körper wirbelte. Das Blut pochte in seinen Adern, sein Puls donnerte in seinen Ohren, als er die Explosion nahen fühlte und absolut machtlos dagegen war, weil Tatijana, seine Seelengefährtin, sich einfach wie ... das Tor zum Paradies anfühlte.

Nichts hatte ihn darauf vorbereitet, wie sie ihn verwöhnte, und das Gefühl der seidigen Höhle ihres Mundes war einfach viel zu viel für ihn. Fen warf den Kopf zurück und heulte auf wie ein Wolf, als er sich in selbstvergessener Ekstase in ihr verlor. Er hielt sie fest, aber sie entzog sich ihm ohnehin nicht, sondern strich nur zärtlich mit der Zunge über sein Glied und dessen empfindsame Spitze, bis er sich geliebt fühlte wie noch nie zuvor in seinem Leben.

»Ja. Das ist der Geschmack, an den ich mich erinnere«, sagte Tatijana. »Definitiv suchterzeugend.«

Fen konnte nicht mehr atmen, vielleicht nie mehr. Sie lächelte ihr betörendes Lächeln und schwamm von ihm fort. Ihr nackter Po schimmerte weiß, bis sie sich umdrehte, um sich treiben zu lassen. Nun schauten ihre Brüste aus dem Wasser. Ein Nebel war aufgezogen, doch ein so sanfter, leichter, dass er kaum wahrnehmbar war, oder Fen war zu beschäftigt gewesen, um ihn zu bemerken.

Jetzt wurde er dichter und begann, den dampfenden Teich einzuhüllen. Fen sah Tatijana ein paar Minuten zu, die das Gefühl des Wassers an ihrer Haut zu genießen schien. Doch selbst in dem warmen Nass würde ihre Haut sich kühl und einladend an seiner anfühlen ... Fen lehnte sich zurück, blickte zu dem Nebel auf und bemerkte die winzigen Tröpfchen, die wie glitzernde Diamanten vom Himmel fielen.

Er würde Tatijana immer mit erfrischendem Nebel in Verbindung bringen, mit dem Gefühl kühler Wassertropfen an heißer Haut. Es hatte etwas unbestreitbar Sinnliches, wie der sanfte Nebel auf ihn niederging.

Tatijana bespritzte ihn, doch mit der Schnelligkeit des *Wächters aller* duckte Fen sich unter dem Wasser hinweg und sprang in den Teich. Die Hitze nach dem kühlen Nebel war ein Schock für seinen Körper. Aber er machte sich auf die Jagd nach Tatijana und fing sie fast schon auf der anderen Seite ein, die dem Fuß des Berges am nächsten lag. Hier spritzten eiskalte Tropfen von dem Wasserfall auf sie herab oder kamen zischend in dem heißen Teich auf.

Fen richtete sich auf, zog Tatijana an sich und schlang ihre Beine um seine Taille. Das weiche Haar zwischen ihren Schenkeln lag an seinem sich schon wieder aufrichtenden Glied. Ihre Haut war kühl, wie er vermutet hatte, doch diese süße Einladung war heißer noch denn je. Tatijana verschränkte die Finger hinter seinem Kopf und beugte sich vor, um ihn zu küssen.

»Danke. Ich liebe diesen Ort, Fen. Mein schöner Wolfsmann. Zuerst schreibst du ein Lied für mich, und dann schenkst du mir diese wundervolle Nacht.« Sie legte den Kopf zurück und ließ den Nebel ihr Gesicht benetzen. »Ich glaube, es wird gleich stärker regnen. Wäre das nicht schön?«

Er lachte, froh, dass sie so glücklich war. »Nur du würdest das sagen, meine Schöne. Die meisten Frauen sind bei Regen lieber im Trockenen.«

»Sie wissen eben nicht, wie gut sich Regentropfen auf der Haut anfühlen.« Sie beugte sich vor, um ein paar Tröpfchen von seinem Nacken abzulecken. »Oder wie gut er auf der Haut schmeckt.«

»Lehn dich zurück!«, bat Fen. »Nur so weit, dass ich dich kosten kann.«

Als sie gehorchte und die Arme hinter sich ausstreckte, kam ihr Körper in noch engeren Kontakt mit seinem. Und sie nutzte das schamlos aus, indem sie langsam die Hüften kreisen ließ und Fen schon wieder nahezu in den Wahnsinn trieb. Ihre Brüste wiegten sich einladend, und ihr seidiges Haar umgab sie wie ein rotes Cape. Hinter ihr rauschte der Wasserfall den Berg hinunter, um sich in die Teiche zu ergießen. Der Wind fuhr durch die Bäume, sodass ihre Kronen sich wie zu einer sanften Hintergrundmusik wiegten. Der um sie herum aufsteigende Wasserdampf erzeugte eine Atmosphäre, die sogar noch intimer war.

»Es liegt Musik im Regen«, sagte Tatijana. »Hast du das noch nie gehört?«

»Nein«, gestand er und küsste ihre Brüste. »Wenn es regnet, werde ich zuhören«, versprach er.

Aber die Versuchung ihrer festen kleinen Brustknospen war zu viel für ihn. Ihre Brustspitzen waren mehr pinkfarben als dunkel – und überaus empfindsam. Wann immer er mit der Zunge darüberstrich, spürte er die sofortige Reaktion ihres Körpers. Er benutzte seine Zähne, um sanft daran zu zupfen, bevor er eine ihrer Brustspitzen in die Hitze seines Mundes zog und daran saugte.

Der Nebel wurde zu einem leichten Regen, der sich angenehm kühl auf seiner heißen Haut anfühlte. Kühl wie Tatijana. Fens Mund allerdings war glühend heiß – wie auch seine Haut und seine Erektion. Sein Blut schien geradezu zu kochen angesichts all der süßen Versuchungen, die Tatijana in sich vereinte. Fen wollte ihre andere Brust nicht vernachlässigen und nahm sich Zeit, um auch sie gebührend zu verwöhnen, bis Tatijana flehend seinen Namen rief und seinen Kopf an ihre Brüste zog.

Ihr Körper drängte sich an seinen, jede köstliche Bewegung streifte sein hartes Glied und entflammte ihn noch mehr. Es fiel ihm noch immer schwer zu glauben, dass eine so schöne Frau sich für jemanden wie ihn entschieden hatte und sie sich ihm, wann immer es ihn nach ihr verlangte, wieder und wieder auf großzügige und rückhaltlose Weise schenkte. Er rührte oft an ihr Bewusstsein, und stets brannte sie darauf, seinen Körper zu erforschen.

Fen bedeckte ihre Brust mit Küssen und spielerischen kleinen Bissen, nur um die heiße Feuchte, mit der ihr Körper reagierte, an seinem Glied zu spüren. Mit der Zunge linderte er das Brennen und fand dann ihren aufgeregt pochenden Puls. Sein fieberhafter Rhythmus war ungemein verführerisch für Fen, denn er spürte den Ruf ihres Blutes genauso deutlich wie das Verlangen ihres Körpers. Ihr Geschmack explodierte schon in seinem Mund, bevor er die Zähne in ihre Haut schlug.

Tatijana schrie auf, was süße Musik in seinen Ohren war, als er von ihr trank und ihre Essenz in sich aufnahm. Der Regen fiel auf sie beide – kleine, sanfte Tropfen, die seine heiße Haut abkühlten, ihn tief im Innern aber nur noch mehr brennen ließen. Sie drückte seinen Kopf an sich, hielt ihn fest und ließ einladend ihre Hüften an ihm kreisen. Zweimal hob sie sie an und versuchte, ihn in sich aufzunehmen, doch er hielt sie zurück, ließ sie warten und steigerte das sich in ihr aufbauende Verlangen.

»Fen! Was tust du?«

Wieder und wieder flüsterte sie seinen Namen, bis er sich wie ein Singsang zu der Musik des Regens anhörte. Denn tatsächlich hörte er das Lied des Regens durch das Pochen seines eigenen Blutes. Das leise Platschen kleiner Tropfen, die ins Wasser fielen. Das gelegentliche Zischen der Spritzer des Wasserfalls, die das stetigere Fallen des Regens begleiteten. Tatijanas unregelmäßiges Atmen. Sein Puls, der in seinen Ohren schlug wie eine Trommel.

Fen ließ sich Zeit, um ihre Süße und die Reaktionen ihres Körpers auszukosten, bevor er die kleine Wunde an ihrer Brust schloss.

Tatijanas Atmen wurde zu einem Teil der Symphonie. Die Tropfen, die auf die Blätter fielen, verursachten ein anderes Geräusch als die, die auf dem Boden aufkamen. Fen hörte sie jetzt, die Musik, die der Regen erzeugte, die gleiche Musik, die auch Tatijana vernahm, und sie wurde zu einem Teil ihrer Nacht, zu einem Teil von ihnen. Fens Hände glitten an ihrem Körper hinab, umfassten ihren Po und hoben sie ein wenig an, sodass er mit der Spitze seines Glieds in ihre feuchte Hitze eintauchte.

Sie stöhnte auf und bog sich ihm verlangend entgegen, um ihn tiefer in sich aufzunehmen. Ihr schweres Atmen und ihre flehenden Bitten trugen zu der perfekten Hintergrundmusik des Regens bei. Fen wusste, dass er Tatijanas heisere kleine Schreie und die Art und Weise, wie sie seinen Namen seufzte, immer lieben würde.

Sehr langsam ließ er sie auf sich herab und drang in ihre heiße, samtene Enge ein, die in einem so faszinierenden Gegensatz zu der Kühle ihrer äußeren Haut stand. Ihr Körper gab nur widerstrebend seiner Inbesitznahme nach, obwohl sie lustvoll seinen Namen stöhnte und sich ihm entgegenbog, als er sich behutsam zu bewegen begann.

»Endlich«, flüsterte sie und verschränkte ihre Finger hinter seinem Nacken. »Es ist, als hätte ich ein Leben lang auf diesen Moment gewartet.«

»Dann habe ich offensichtlich versäumt, mich um deine Bedürfnisse zu kümmern«, sagte er und hob ein wenig ihre Hüften an, um ihre Bewegungsfreiheit zu erhöhen.

Sie lachte leise, als sie sich mit einer kreisenden Bewegung tiefer auf ihn herabließ und ihre Muskeln anspannte, um den berauschenden Kontakt mit seiner pulsierenden Hitze noch zu steigern. Ein Schauer durchlief Fens starken, männlichen Körper, und ein Aufschrei der Lust durchbrach die Stille.

Wieder ließ Tatijana ein leises Lachen hören und warf den Kopf zurück, um ihr Gesicht von dem feinen Regen befeuchten zu lassen. Ihr Haar fiel ihr wie ein roter Wasserfall über den Rücken, und ihre Brüste mit den hoch aufgerichteten kleinen Knospen bogen sich Fen einladend entgegen. Sie sah so schön, so wild und glücklich aus. Er liebte sie, diese Unbefangenheit, mit der sie ihm zeigte, was sie in jedem Augenblick empfand.

»Hörst du die Musik jetzt, Fen?«, fragte sie und begann, ihre Hüften in einem schnelleren Rhythmus zu bewegen.

Die Regentropfen fühlten sich wie kleine Zungen an seiner Haut an. Der konzentrierte Gesichtsausdruck, mit dem Tatijana ihn liebte, erhöhte ihre Schönheit noch, und ihre Muskeln, die sich immer wieder um ihn zusammenzogen, waren wie eine samtene Faust, die ihn fest umhüllte. Ja, er hörte die Musik. Das Pling-Pling der Tropfen, die aufs Wasser fielen. Das wilde Pochen ihrer Herzen, die in perfektem Einklang miteinander schlugen. Das Ächzen der Bäume und Tatijanas verzückte kleine Laute, die ihn geradezu verrückt vor Liebe zu ihr machten.

Er verstärkte seinen Griff um ihre Hüften und übernahm die Führung, hielt sie still und begann, sich in einem harten, schnellen Rhythmus zu bewegen. Wieder und wieder drang er schnell und hart in sie ein, steigerte mit jeder seiner Bewegungen ihr Verlangen weiter, lauschte ihren schnellen, flachen Atemzügen, ihren lustvollen kleinen Schreien und sah, wie ihre Augen sich verschleierten und eine heiße Röte ihren Körper überzog. Das Rauschen des Wasserfalls trug zu dem überwältigenden Crescendo bei, als Fen beide in schwindelnde Höhen der Ekstase führte, wo sie einen winzigen Moment verweilten, bevor sie in einem langen freien Fall in einen Abgrund erotischer Verzückung stürzten.

Als das rauschhafte Beben nachließ, sank Tatijana Fen ermattet in die Arme. Den Kopf an seiner Schulter, rang sie nach Atem und drückte kleine Küsse auf seine Schulter und seinen Nacken.

Fen trug sie zum Rand des Teichs, bevor er sich mit ihr in das warme Wasser herabließ und sich an den Fels in seinem Rücken lehnte. Mit ausgestreckten Beinen, die Frau, die er liebte, auf dem Schoß, saß er dort und genoss den erfrischend kühlen Regen, der sanft auf sie hinunterfiel.

»Das war eine zauberhafte Nacht, Fen. Ein wundervolles Geschenk. Ich danke dir. Ich liebe es, wie du mich liebst. Ich war ...« Sie brach ab und suchte nach den richtigen Worten. »Ich hatte Probleme damit, die Tür zu meiner Vergangenheit zu schließen. Ich fand mich ab mit dem, was mir zustieß. In einer Situation wie meiner und Bronnies muss man lernen, die Dinge hinzunehmen, doch irgendwie wird es zu einer Lebensart. Außerhalb dieser Höhle zu sein war fast ebenso beängstigend, wie darin zu sein.«

Fen zog ihre Hand an seinen Mund und küsste ihre Knöchel und ihre Fingerspitzen. »Aber du hast die Situation sehr gut gemeistert, Tatijana. Du bist allein hinausgegangen, um die Umgebung zu erkunden, und hast Dinge gelernt, die du lernen wolltest.«

Sie nickte. »Doch ich bin den Leuten aus dem Weg gegangen. Ich habe sie beobachtet, aber ich wollte noch kein Teil von irgendetwas sein. Ich glaube, ich erkläre das nicht besonders gut. Doch ich möchte ein Teil von *uns* sein – von uns beiden, meine ich. Und nicht nur von dir und mir. Wir haben auch Familie. Branislava, Dimitri. Razvan und Natalya. Ihre Seelengefährten. Skyler. Meine Großnichte Lara, der wir unsere Befreiung zu verdanken haben. Und dass ich heute aufgeschlossener bin, hast du bewirkt. Du hast mir die Fähigkeit und Möglichkeit gegeben, mehr zu sehen als nur mich und Bronnie.«

Er rieb sein Kinn an ihrem Oberkopf. »Du liebtest sie alle schon, bevor ich kam.«

»Aber aus sicherer Entfernung. Ich wollte keine Verbindung zu ihnen. Ich mied sie, so wie Bronnie es jetzt tut. Wir zogen uns beide unter die Erde zurück, wo wir uns sicher fühlten. Wo wir nicht die Regeln dieser neuen Welt, in der wir lebten, lernen mussten. Wo niemand je wieder an uns herankommen konnte. Wir hatten kein bisschen Vertrauen. Wie auch? Es war unser eigener Vater, der uns gequält und gefangen gehalten hatte. Erst du hast mir bewusst gemacht, wie anständig ein Mann sein kann.«

»Dann bin ich froh, dass ich es war, Tatijana. Für mich bist du ein absolutes Wunder.«

»Das ist es, genau das. Du glaubst, ich sei das Wunder, doch in Wirklichkeit bist du es.« Sie nahm sein Gesicht zwischen ihre Hände und küsste ihn auf den Mund. »Ich liebe dich von ganzem Herzen, Fen. Du bist mein Seelengefährte, und nichts könnte mir mehr bedeuten. Wir sind für immer miteinander verbunden; wir sind eins. Und du sollst wissen, dass ich dich, meinen Wolfsmann, über alles liebe und dir überallhin folgen würde.«

Und sie *war* ihm überallhin gefolgt – selbst in das Labyrinth des Bösen, in dem ihr Vater sie gefangen gehalten hatte. Tatijana hatte alle Entscheidungen Fens unterstützt, sich mit ihm in Gefahr begeben und neben ihm gekämpft.

Er küsste sie erneut und kostete ihren Geschmack aus, während ein Teil von ihm sich fragte, wie er solches Glück hatte haben können. Fast über Nacht hatte sich seine ganze Welt verändert. »Ich liebe dich mehr als das Leben selbst, Tatijana«, murmelte er. »Ich bin nicht gut mit Worten, aber was ich sage, kommt von Herzen.«

Sie legte den Kopf wieder an seine Schulter und schloss die Augen, während ihr Körper sich an seinen schmiegte. Manchmal, so wie jetzt gerade, fühlte es sich für Fen so an, als würde sie einfach so mit ihm verschmelzen, seine wunderschöne, zauberhafte Frau.

»Fen?« Tatijana hob den Kopf, um ihm ins Gesicht zu sehen.

Er spürte das schon vertraute Verkrampfen seines Magens und den seltsamen Purzelbaum, den sein Herz neuerdings immer schlug, wenn sie sich in die Augen schauten.

»Wie geht es weiter? Was hast du als Nächstes vor?«

»Ich muss Abel aufhalten. Er ist hinter Mikhail her und will die gesamte karpatianische Spezies auslöschen. Wir sind durch den Prinzen alle miteinander verbunden. Ich weiß nicht, was Abel durch Mikhails Tod zu gewinnen haben könnte, aber er ist fest entschlossen, ihn zu töten.«

»Vielleicht ist er weitergezogen«, sagte sie hoffnungsvoll. »Er hat den größten Teil seines Rudels verloren und jetzt auch noch Bardolf. Es wäre das Vernünftigste für ihn, von hier zu verschwinden.«

Fen seufzte und massierte mit einer Hand Tatijanas Nacken, weil er spüren konnte, dass ihre Anspannung zurückkehrte. »Ich glaube nicht, dass er irgendwohin geht. Meiner Meinung nach hatte er vor, Mikhail zu töten, und dabei sind Zev und ich ihm dummerweise auf die Spur gekommen. Damit hatte er nicht gerechnet.«

»Denkst du wirklich, dass du Abel töten kannst? Wie lange ist er schon ein *Sange rau*? Ist es wahr, dass deine Fähigkeiten mit der Zeit wachsen?«

Fen spürte ihre Angst um ihn und die Sorge, die sie vergeblich aus ihrer Stimme fernzuhalten versuchte. »Ich habe ihn in Aktion gesehen und denke, dass wir uns ziemlich ebenbürtig sind. Deshalb ist die Antwort: Ja, ich glaube, ich kann ihn töten. Es wird vielleicht ein bisschen Glück erfordern, und wahrscheinlich werde ich danach einige Zeit zur Genesung brauchen, doch ich werde ihn erledigen.«

Fen brauchte ihr gegenüber keine Zuversicht zu heucheln, und im Übrigen bezweifelte er, dass er ihr etwas vormachen könnte. Er *war* zuversichtlich. Trotzdem küsste er sie noch einmal beruhigend aufs Haar. »Es spielt keine Rolle, ob Abel weitergezogen ist oder nicht. Ich würde ihn so oder so aufspüren müssen. Das ist nun einmal meine Aufgabe. Ich bin ein Jäger, Tatijana. Ich kann nicht zulassen, dass er umherzieht und tötet, wen er will. Er lebt jetzt für das Morden. Für den Rausch. Für das Blut. Niemand ist vor ihm sicher, keine Spezies. Er muss vernichtet werden.«

»Ich weiß. Doch ist es nicht Zevs Aufgabe, Werwölfe zu jagen?«

Fen konnte nicht umhin zu lächeln. »Abel ist kein Werwolf. Er ist weit mehr als das, und das weißt du. Ich glaube, der Schlüssel, um Abel zu töten, ist, sich in Erinnerung zu rufen, wie er ist. Ich bin mit ihm aufgewachsen. Ich kannte ihn als Kind. Meine Erinnerungen an ihn sind schwach, doch sie kommen langsam wieder hoch. Er war einmal ein guter, anständiger Mann. Abel hatte nicht die Charakterfehler, die man mit jenen in Verbindung bringen würde, die sich dazu entscheiden, ihre Seele aufzugeben. Ich habe keine Ahnung, was ihn dazu veranlasste, genau das zu werden, was er jahrhundertelang so erfolgreich verfolgt und bekämpft hatte. Ich begegnete ihm hin und wieder, wenn auch eher selten, und er war stets unbeirrbar und unermüdlich in der Erfüllung seiner Pflichten.«

»Was ist es, was für gewöhnlich die Krise auslöst und jemanden in den Abgrund stürzt?«, fragte Tatijana neugierig. »Zu Beginn seid ihr doch alle ehrenhaft, soviel ich weiß.«

»Ich glaube, es hat etwas mit dem Charakter zu tun. Ich habe Karpatianer gekannt, die nach Macht gierten oder Freude am Töten hatten. Vergiss nicht, dass wir alle Raubtiere sind. Wir sind dazu geboren zu jagen. Die Finsternis ist in uns allen, doch wie jeder andere haben wir Stärken und Schwächen. Es gibt einige, deren Weg ich kreuzte, bei denen ich mir sicher war, dass sie der Finsternis anheimfallen würden, wenn sie nicht schnell eine Seelengefährtin fanden. Aber Abel gehörte nicht zu ihnen.«

»Könnte es sein, dass er zum Vampir wurde, weil er zwar seine Seelengefährtin gefunden hatte, sie dann jedoch irgendwie an den Tod verlor?«

Das gab Fen zu denken. Diese Gefahr war stets vorhanden. Inmitten des tiefsten, zerreißend intensiven Kummers, wenn einem die andere Hälfte seiner Seele entrissen worden war, konnte als Folge davon Wahnsinn auftreten. Vielleicht war Tatijana ja auf etwas gestoßen, auch wenn die Idee Fen nicht gefiel. Falls Abel wegen des Verlustes seiner Seelengefährtin zum Vampir geworden war und das bekannt wurde, würde es sehr viel schwieriger für Mikhail sein, den Rat der Lykaner davon zu überzeugen, dass ein Wächter, der eine Gefährtin hatte, nicht Gefahr lief, zum *Sange rau* zu werden.

»Möglich wäre es. Es ist auf jeden Fall einer der am meisten gefürchteten Momente für jeden Karpatianer. Männer bezeichnen diesen Moment als den ›Bann des Wahns‹. Du hast Licht in dir, Tatijana, aber wir Männer sind pure Finsternis, bis ihr Frauen uns mit eurem Licht erhellt. Du hast mir Leben gegeben«, versuchte er zu erklären. Vielleicht würde sie es verstehen können, weil sie sich in all den langen, öden Jahren als Gefangene der Eishöhlen auch sehr hoffnungslos gefühlt haben musste.

»Die Jahrhunderte ziehen sich endlos hin, und es gibt nichts anderes für einen Jäger als das Töten. Nach einer Weile beginnt er, sich auf das Töten zu freuen, weil er eben überhaupt nichts anderes mehr hat. Es gibt für ihn keine Schönheit auf der Welt.« Fen schaute sich um. »Sieh dir das an, Tatijana! Den Wasserfall, die Teiche und den Wald. Die lebhaften Farben. Ohne dich könnte ich nichts von alldem sehen. Ich würde es nicht einmal bemerken. Du hast mir diese Fähigkeit gegeben. Ich war auch außerstande, etwas für andere zu empfinden. Ich jagte, ich tötete, und ich ernährte mich. Das war mein Leben. Das Leben eines karpatianischen Mannes. Ich hatte allerdings mehr Glück als die meisten, weil ich die Lykaner fand. Lange Zeit konnte ich wenigstens so sehen, wie ein Wolf sieht, doch als meine Fähigkeiten als ... Wächter wuchsen, nahm auch die Dunkelheit in mir zu.«

Tatijana schmiegte sich noch fester an ihn und hielt ihn in den Armen.

»Kannst du dir vorstellen, wie es für mich wäre, all diese unglaublichen Geschenke erhalten zu haben, dieses Wunder einer Seelengefährtin, die es mir ermöglicht, so viel Schönheit zu sehen und so intensiv zu fühlen, und mir das alles dann plötzlich entrissen würde? Wahnsinn ergreift einen, wenn das geschieht. Die meisten überstehen und überwinden ihn, aber eben leider nicht alle.«

»Ist es denn dann wirklich eine freie Entscheidung, zum Vampir zu werden?«, hakte Tatijana nach.

»Ich bin noch nicht in dieser Situation gewesen, doch da man sich entscheiden muss, entweder seine Seele aufzugeben oder seiner Seelengefährtin in den Tod zu folgen, wird es als freie Wahl bezeichnet. Ich glaube, in einem Moment des Wahnsinns kann jeder eine schlechte Wahl treffen.«

»Wie traurig! Und tragisch!«

»Es ist beides«, stimmte er ihr zu. »Doch wenn derjenige erst einmal Vampir ist, gibt es keine Wahl mehr für den Jäger. Er muss den Untoten vernichten, selbst wenn dieser sein Vater, Bruder oder bester Freund ist. Vampire sind durch und durch böse. Glaub mir, Tatijana, im Laufe der Jahrhunderte habe ich versucht, zu dem einen oder anderen durchzudringen und ihn zurückzuholen.«

Sie rieb ihre Nase an seinem Hals. »Natürlich hast du das. Du hattest zwar wenig oder kein Gefühl, aber es lag immer noch in deiner Art, es zu versuchen.«

»Wir haben Erinnerungen. Das ist etwas, was wir nicht verlieren. Sie sind die einzige Gabe, die uns geblieben ist. Und unsere

Erinnerungen sind sehr anschaulich und lebhaft. Sie verblassen natürlich im Laufe der Jahrhunderte, doch wir halten daran fest, so gut wir können. Dimitri und ich haben uns gegenseitig geholfen, diese so wichtigen Erinnerungen ineinander wachzuhalten. Wenn er nicht gewesen wäre, hätte ich schon vor hundert Jahren die Morgendämmerung aufgesucht. Die Anziehungskraft des Bösen ist in einem Mischling sehr groß. Ich glaube, das Raubtier ist in beiden Spezies stark, und wenn sie sich vereinen, ist es viel schlimmer, wenn die Zeit vergeht und die besonderen Fähigkeiten sich entwickeln.«

»Ich bedaure Abel, falls er tatsächlich seine Seelengefährtin verloren hat«, sagte Tatijana leise. »Ich kann mir nicht vorstellen, dich zu verlieren, Fen. Doch falls mir je etwas passieren sollte, dann folge mir! Ich will nicht einmal daran denken, wie verloren du ohne mich wärst und dass ich nicht zu dir könnte, um dich zu retten.«

Sie blickte stirnrunzelnd zu ihm auf, und er versuchte, unter ihrem Blick nicht buchstäblich zu zerfließen. Es erschien ihm peinlich für einen karpatianischen Jäger und schlimmer sogar noch für einen Wächter.

»Ich werde mir die größte Mühe geben, anständig zu bleiben, meine Liebe«, versicherte er ihr.

»Aber du machst dir Sorgen um Dimitri, nicht wahr?«

»Nicht, dass er sich verwandeln könnte«, antwortete er langsam. »Die Verbindung zwischen meinem Bruder und Skyler ist sehr stark und tief. Ich habe so etwas noch nie gesehen ... doch andererseits bringt er sich weit mehr in Gefahr, als ich es mir wünschen würde.«

Tatijana lachte leise. »Mit anderen Worten, er ist genau wie du. Du wirfst dich doch auch vor andere Leute, wenn Gefahr besteht. Ist es das, was du meinst?«

Fen zupfte an einer Strähne ihres Haares. »Er nahm mich auf, selbst als ich ihm die Gefahren dessen, was ich bin, erklärte.

Dimitri zog immer wieder mit mir in den Kampf, und wenn wir einander Blut gaben, um zu überleben, war er sich über die Risiken im Klaren und tat es trotzdem.« Fen hob Tatijanas Kinn an und zwang sie, zu ihm aufzublicken. »Wie du es jetzt tust.«

»Und du, mein Wächter, solltest immer daran denken, dass es meine eigene Entscheidung ist. So wie es auch Dimitris freie Wahl war. Keiner von uns hat die Kontrolle über das, was andere tun; wir können nur für uns selbst entscheiden. Dimitri ist ein starker Mann. Er ist einer der besten in jedem Kampf. Er hat schon seit geraumer Zeit gewusst, dass er so wird wie du ...«

»Und trotzdem hatte er mir bis heute Abend nie etwas davon gesagt.«

»Er ist ein Mann, der sein Leben führt, wie er es für richtig hält. Genau wie du«, erwiderte Tatijana. »Er mag dein jüngerer Bruder sein, doch er hat dich schon vor Jahrhunderten eingeholt. Er hat das Bedürfnis, dich zu beschützen, so wie du ihn beschützt. Durch Skyler hat er seine Gefühle zurückgewonnen, und die sind stark und tief. Du kannst ihm nicht verübeln, dass er ein Mann ist.«

Sie hatte recht, das wusste Fen. Dimitri würde immer sein eigener Herr sein und seine eigenen Entscheidungen treffen. Das Schicksal hatte Dimitri die Fähigkeiten eines Jägers gegeben, und er war einer der Besten auf seinem Gebiet.

»Ich finde es schön, dass ihr beide euch so nahesteht. Ich weiß nicht, was ich ohne Bronnie täte. Wir haben uns in all diesen Jahrhunderten immer aufeinander verlassen, und es freut mich zu wissen, dass du diese unlösbare Verbindung zwischen uns verstehst.«

Fen seufzte. Trotz der dunklen Regenwolken wurde der Himmel über ihnen schon heller. »Wir müssen unter die Erde, *sívamet*.«

»Ich weiß.« Sie küsste ihn noch einmal auf den Nacken. »Ich

wünschte, diese Nacht würde nie zu Ende gehen. Ich weiß, dass du dich morgen Abend auf die Jagd nach Abel machst.« Sie hielt inne, um zu ihm aufzublicken. »Denn das wirst du doch, oder?«

»Es muss sein. Ich kann nicht das Risiko eingehen abzuwarten. Er hat vor, Mikhail zu töten, und er ist davon überzeugt, es zu können. Das bedeutet, dass er schon einen Plan hat, und ich kann nicht darauf warten, dass er ihn in die Tat umsetzt und vielleicht sogar ungeschoren davonkommt. Doch wenn ich ihn bedränge, indem ich ihn jage, und er weiß, dass er mich auf den Fersen hat, könnte ihn das vielleicht noch von seinem Vorhaben abbringen.«

Fen stand auf und zog Tatijana mit sich, schloss sie in die Arme und drückte sie an seine Brust. Auf Kleider konnten sie verzichten, schien ihm, da beide ihre Körpertemperatur regulieren konnten und Tatijana es liebte, den Regen auf der Haut zu spüren. Auch er genoss allmählich das Gefühl, merkte er.

»Wenn es vorbei ist, werden wir dann hierbleiben? Uns in der Nähe der anderen niederlassen?«

Ihre eigentliche Frage war, ob sie in der Nähe ihrer Schwester bleiben würden. Auch jetzt versuchte sie, ihre Besorgnis vor ihm zu verbergen, doch natürlich bemerkte er, dass seine Frau beunruhigt war.

Und so beugte er sich vor und bedeckte ihren Mund mit seinem. Sie schmeckte wie der Regen. Wie wilder Honig. Wie Tatijana. Und immer machte sie ihn hungrig nach noch mehr.

»Ich würde dich niemals weit von deiner Schwester wegbringen, Liebste», versicherte er ihr nach einem ausgiebigen Kuss. »Ich würde nie etwas tun, was dich unglücklich machen könnte.«

Tatijana sah ihm prüfend in die Augen. Dann nickte sie und schlang die Arme noch fester um seinen Nacken. »Lass uns zu unserem Fleckchen im Wald zurückkehren, zu unserer Blumenwiese! Ich möchte noch ein Weilchen in deinen Armen liegen, bevor wir schlafen gehen. Ich brauche die Geborgenheit und Wärme deiner starken Arme.«

»Aber jederzeit«, sagte er lächelnd und erhob sich mit ihr in die Luft.

KAPITEL NEUNZEHN

Tatijana erwachte vor Fen. Sie lag in seinen Armen, an ihn geschmiegt und den Kopf an seiner Schulter, wie sie gelegen hatten, bevor er die Erde über ihnen geschlossen hatte. Sie hatten sich noch zweimal geliebt, und sie wusste, dass ein Teil dieses schrecklichen Hungers in ihr schiere Furcht war. Der *Sange rau* erfüllte sie mit Angst und Schrecken, und sie wusste, dass weder Fen noch Dimitri sich von der Jagd auf ihn abhalten lassen würden. Beide hatten dem Prinzen und dem karpatianischen Volk Treue geschworen und würden ihr Leben hingeben, um Mikhail Dubrinsky zu schützen.

Tatijana schwenkte die Hand und öffnete die Erde über ihnen. Es war schon dunkel im Wald, obwohl es noch ziemlich früh am Abend war. Äste schwankten und tanzten im Wind. Es hatte aufgehört zu regnen, doch graue Wolken türmten sich am Himmel auf. Ein Sturm kam auf. Ein großer. Sie drückte die Hand auf ihr wild klopfendes Herz. Nein, sie würde ihren Seelengefährten nicht an dieses Ungeheuer verlieren. Seltsamerweise hatte sie gestern Abend Mitleid mit Abel verspürt, als sie gedacht hatte, vielleicht sei er zum Vampir geworden, weil er seine Gefährtin verloren hatte. Von diesem Gefühl war heute Abend jedoch nichts mehr übrig. Ihre einzige Sorge war, dass Fen wohlbehalten zu ihr nach Hause kam.

Sie atmete tief die frische Luft ein. Der Regen hinterließ immer einen angenehm sauberen Geruch. Jetzt war er mit dem beruhigenden Duft des Waldes vermischt – dem Duft der

Bäume und der feuchten Erde. Tatijana bereitete ihre Überraschung für Fen vor, stellte die Kerzen zu einem schützendem Kreis um weiche Decken herum auf, die direkt unter dem Blätterdach lagen, damit sie aufschauen und die Nacht durch die Schönheit der Bäume herannahen sehen konnten. Fen hatte in den vergangenen Jahrhunderten nicht viel Schönes gesehen, und sie war fest entschlossen, ihn für die verlorene Zeit zu entschädigen. Allein aus diesem Grunde hatte sie sich heute schon so früh erhoben.

Als sie bereit war, ließ sie ihn von ihrem Schlafplatz zu der Decke hinüberschweben und vergewisserte sich, dass sein Körper sauber und frei von der vitalisierenden Erde war. Sie wusste, dass er sich all dessen gewahr war, doch er hielt sie weder auf, noch versuchte er, in irgendeiner Form aktiv zu werden. Dafür liebte sie ihn umso mehr. Fen gab ihr immer das, was sie gerade am meisten brauchte. Und jetzt musste sie seine Kraft spüren und sich vergewissern, dass sie beide bei guter Gesundheit, stark und frisch und munter waren.

Sie beugte sich über ihn und strich mit den Lippen über seine Schenkel, seine Lenden und die schon beginnende Erektion, seinen flachen Bauch und seine breite Brust mit all den ausgeprägten, wunderbar gestählten Muskeln. Mit der Zungenspitze strich sie diese Muskeln nach und erkundete jeden Zentimeter seines Körpers, um sich seine maskuline Gestalt und das Gefühl seiner Haut für alle Zeiten im Gedächtnis einzuprägen.

Seine Hände vergruben sich in ihrem dichten Haar, während sie sich alle Zeit der Welt für ihre sinnliche Erkundung nahm. Schließlich drehte er sich um und ließ sie das Gleiche mit seinem Rücken und seinen Seiten tun. Die ganze Zeit über sagte er kein Wort, doch sie fühlte sich vollkommen umhüllt von seiner Liebe. In ihrem ganzen Leben hatte sie sich noch nie jemandem so nahe gefühlt. Außerdem wusste sie, dass er ihr auch ohne Worte zu verstehen gab, dass er zu ihr gehörte. Was immer sie brauchte, was immer sie sich ersehnte, er gab es ihr und würde es ihr stets geben.

Als sie ihn wieder umdrehte und seinen Körper mit ihrem bedeckte, nahm sie sein Gesicht zwischen die Hände und küsste ihn, mal sanft, mal fordernd, mal hart, mal liebevoll, um ihm mit ihrem Mund und ihren Händen zu verstehen zu geben, dass sie ihn liebte.

Fen lächelte sie an, als sie den Kopf hob, um ihn anzusehen, und strich mit den Fingerspitzen über ihre Lippen. »Jetzt bin ich an der Reihe«, sagte er dann und drehte sich mit ihr in seinen Armen, sodass sie unter ihm zu liegen kam.

Sie konnte sich des freudigen kleinen Schrecks, der sie durchzuckte, nicht erwehren. Fen war so stark, sein Körper so gestählt und hart, und doch tat er ihr niemals weh. Jetzt erkundete er jeden Zentimeter ihres Körpers, aber er war zweifellos viel gründlicher als sie zuvor, denn sie wand sich unter seinen Liebkosungen, schnurrte vor Vergnügen wie ein Kätzchen und bog sich ihm entgegen, wenn seine Zungenspitze und seine Zähne spielerisch über ihre empfindsamsten Punkte wanderten. Auch er ließ sich alle Zeit der Welt für seine erotische Erkundungsreise und achtete darauf, nicht das kleinste Fleckchen von ihr auszulassen.

Nach einer kleinen Ewigkeit, wie ihr schien, drehte er sie um, zog sie auf ihre Hände und Knie und schlang einen Arm um ihre Taille, während er sich hinter sie kniete. Seine andere Hand glitt streichelnd über ihren Po, bevor er mit einem Finger in sie eindrang, um sicherzugehen, dass sie für ihn bereit war.

Die Stellung ermöglichte ihm, noch tiefer in sie einzudringen und sie noch härter und schneller zu nehmen. Er begann jedoch langsam und sanft, um ihrem Körper wie immer Zeit zu lassen, sich an ihn zu gewöhnen. Und als er nach und nach in die enge Hitze eindrang, entspannte Tatijana sich langsam und öffnete sich ihm wie eine zarte Blume.

Fen, der stets zu wissen schien, was sie brauchte, fing an, sich in einem aufreizenden Rhythmus zu bewegen, der sie ungemein erregte – doch wann immer sie kurz davor war, den Gipfel zu erreichen, hielt er inne. Mehr und mehr steigerte er die Spannung, bis Tatijana vor Lust beinahe den Verstand verlor. Aber er blieb unerbittlich und zog die süße Qual, der er sie beide unterzog, immer wieder gnadenlos hinaus.

Er wartete auf ihr Flehen, ihr Stöhnen, die Musik, die stets ihr Liebesspiel begleitete. Fen hielt nicht eher inne, bis er sie hörte, bis Tatijana immer flehender und drängender seinen Namen rief und schon fast schluchzte vor Verzweiflung. Erst dann überließ er sich rückhaltlos dem Rausch der Lust und spürte, wie sich alles in ihr um ihn zusammenzog, als er sich in sie verströmte. Sein eigener heiserer Aufschrei vereinte sich mit ihrem, und sie erreichten zusammen den Gipfel der Lust. Noch lange danach glühte und zitterte ihr Körper von ihren ekstatischen Empfindungen, die fast so stark waren wie der Orgasmus selbst. Und so tief, wie Fen mit ihrem Geist verschmolzen war, spürte er sie ebenfalls.

Er beugte sich über sie, schlang die Arme um ihre Taille und rieb seine Nase an ihrem Nacken. »Es gibt keine schönere Art aufzuwachen, meine Süße, als so mit dir.«

Tatijana sagte nichts, aber er konnte spüren, wie der tiefe Kummer, der sie belastete, sich jetzt auch seiner zu bemächtigen begann.

Sehr sanft und widerstrebend löste er sich von ihr, setzte sich und zog sie auf seinen Schoß. Sie hielt jedoch den Blick gesenkt, sodass er mit einer Hand ihr Kinn anheben und sie zwingen musste, zu ihm aufzuschauen. Sie hatte Tränen im Gesicht. »Ich werde nicht sterben, *sívamet*. Ich weiß, dass du Angst hast, aber ich werde nicht sterben.«

»Ich habe ein furchtbar ungutes Gefühl«, gestand sie leise und strich mit der Fingerspitze über das schwache Bild des

Drachen an ihrem Unterleib. »Manchmal weiß ich, dass etwas Schlimmes passieren wird, bevor es dazu kommt. Ich weiß nicht, was es diesmal ist, doch als ich erwachte, konnte ich fast nicht atmen.«

»Ich werde nicht sterben«, beharrte er. »Ich habe jahrhundertelang Vampire bekämpft und viele tödliche Wunden davongetragen. Das könnte bei diesem Kampf mit Abel durchaus wieder passieren, doch all die anderen Male habe ich sogar ohne meine Seelengefährtin überlebt. Wie viel leichter wird es dann diesmal für mich sein? Du bist eine Drachensucherin, und Mutter Erde hat mich als ihren Sohn angenommen. Wir haben Gregori, einen großartigen Heiler, in der Nähe, und Skyler, von der wir beide wissen, wie außergewöhnlich sie ist. Ich fürchte diesen Kampf nicht, und ich möchte, dass auch du dich nicht ängstigst, Tatijana.«

Er wischte ihr sanft die Tränen ab und beugte sich dann zu ihr herab, um eine mit der Zunge aufzunehmen und ihre Furcht zu schmecken.

Tatijana kniete sich vor ihn und nahm zärtlich sein Gesicht zwischen ihre Hände. »Du bist mein Ein und Alles, mein ganzes Glück, und eins kann ich dir versichern, Wolfsmann: Solltest du ins nächste Leben übergehen, werde ich dir folgen. Du kannst dich schon wenige Minuten später nach mir umschauen, denn ich werde dich nicht aufgeben.«

»Das wird nicht nötig sein. Solange du nicht meinen Leichnam siehst und weißt, dass ich tot bin, denk nicht mal daran, so etwas zu tun!«, warnte er. »Ich bin von schlimmeren Verwundungen als Dimitris genesen. Der Wolf in mir ist stark und erholt sich schnell.«

Tatijana hockte sich auf die Fersen. »Wie der *Sange rau*. Abel kann sich auch sehr schnell regenerieren, nicht? Wie alles andere wächst auch diese Fähigkeit, je länger du ein Mischling warst.«

Ihr war bewusst, dass der Kampf mit Abel etwas völlig anderes sein würde als der mit Bardolf, und das überraschte Fen nicht. »Das stimmt. Aber Silber wird ihn trotzdem töten. Ich muss nur herausfinden, wo er einen Unterschlupf gefunden hat.«

»Ich habe dich früh geweckt, um dir Zeit zu geben, dich vorzubereiten«, gab Tatijana zu. »Und dich mit Blut von einem uralten Karpatianer aus einem reinblütigen Geschlecht zu stärken. Ich werde dir mein Blut geben, aber such auch Jacques Dubrinsky auf! Du musst so stark wie möglich sein.«

Sie stand auf und kleidete sich dabei an, doch die Kerzen ließ sie brennen. »Dies ist ein schützender Kreis. Ich habe ihn mit größter Sorgfalt eingerichtet, und solange du dich darin befindest, kann dir nichts geschehen. Und wenn du und Dimitri diesen Kreis benutzt, um herauszufinden, was Abel plant oder wo er sein könnte, kann kein anderer zufällig Worte, Gedanken oder private Gespräche mitbekommen.«

Trotz ihrer großen Angst um ihn hatte sie sich die Zeit genommen, ihm ein derartiges Geschenk zu machen! Fen stand ebenfalls auf, und Sekunden später war er fertig angekleidet für den Kampf, in Stiefeln und einem langen Mantel. Das Haar hatte er zu einem Zopf zurückgebunden. Dann rief er seine Waffen zu sich, eine Vielzahl von Silberpflöcken, die von selbst in die dafür vorgesehenen Halterungen an seinem Gürtel glitten, und ein langes Schwert. Mit Handschuhen hielt er sich nicht auf, da er nicht die Absicht hatte, irgendwelchen Lykanern über den Weg zu laufen. Vorsichtshalber jedoch versiegelte er seine Hände mit dem Mittel, das auch Dimitri benutzte.

Mein Bruder. Lass uns zusammen einen Schlachtplan ausarbeiten! Fen verschwendete keine Worte, um Dimitri zu wecken.

Tatijana trat dicht an ihn heran und warf ihr langes Haar über eine Schulter, um ihren Nacken freizulegen. Dann schlang sie ihm die Arme um den Hals und zog seinen Kopf an die Wärme ihres Nackens und ihrer Kehle, über die er zärtlich mit den Lippen strich.

»Nimm dir, was du brauchst, Fenris Dalka, und kehr heim zu deiner Seelengefährtin!«

»Ich werde das als Befehl betrachten, Dame meines Herzens«, scherzte er.

Sie roch so gut. Er hatte sie gerade erst gehabt, doch dieser Duft nach Wald, süßem Honig und Regen erregte ihn von Neuem. Er schloss sie in die Arme und nahm ohne Zögern an, was sie ihm bot. Er war schon süchtig nach ihrem Geschmack, und Drachensucherblut würde bei der Verfolgung seines Feindes unschätzbar wertvoll sein. Für einen Moment verlor er sich in dem sinnlichen, intimen Akt der Blutaufnahme, was ihn jedoch nicht daran hinderte, Dimitris Ankunft augenblicklich wahrzunehmen.

Er schloss die winzige Wunde an Tatijanas Nacken und drückte sie noch einmal an sich. Sie lächelte ihn an, winkte Dimitri zu und verwandelte sich in einen kleinen Wolf, um durch den Wald zum Rand des Dorfes zu laufen, wo sie Nahrung finden würde.

Fen hüllte sie in Wärme ein und ließ seine Liebe in ihren Geist einströmen, bevor er seine Aufmerksamkeit unangenehmeren Angelegenheiten zuwandte.

»Tatijana hat einen schützenden Kreis für uns angelegt«, bemerkte Dimitri, als er hineintrat. Er war ähnlich gekleidet wie Fen, auch seine Waffen waren verborgen, aber leicht erreichbar.

»Sie ist sehr besorgt und will, dass wir so sicher wie nur möglich sind. Wir werden ständig daran denken müssen, dass wir mehr als nur einen Feind haben. Denn sollte das Rudel merken, was wir sind, werden sie uns angreifen«, warnte Fen.

Dimitri nickte. »Ich hatte gehofft, ihnen aus dem Weg gehen zu können.«

»Wir wissen, dass Abel es auf Mikhail abgesehen hat. Ich bin mir dessen beinahe sicher. Abel ist mit der Absicht hergekommen, den Prinzen zu ermorden. Es kann nichts Persönliches sein, dazu ist Mikhail viel zu jung, und ich bezweifle, dass Abel ihm je begegnet ist. Er würde nichts dadurch gewinnen, eine gesamte Spezies zu vernichten.«

»Doch du glaubst, dass ein anderer etwas zu gewinnen hat?«, fragte Dimitri. »Du hast das schon einmal erwähnt. Wer könnte das denn sein?«

»Darauf habe ich noch keine Antwort, und im Moment können wir nur einen Schritt nach dem anderen machen. Versuch, dich an Abel als jungen Mann zu erinnern! Er war mehr in meinem Alter als in deinem, doch du musst ihn auch gekannt haben. Jede noch so kleine Einzelheit könnte hilfreich sein.«

Dimitri runzelte die Stirn, als er alte, verblasste Erinnerungen wachzurufen versuchte. Schließlich zuckte er mit den Schultern. »Er war ein guter Mann, der Fragen stellte, als ich mich einmal nach verschiedenen Waffen erkundigte. Das Einzige, woran ich mich sonst noch erinnere, ist, dass er mal mit mir zum See hinausging, um mir zu zeigen, wie man im Wasser kämpft.«

Fen fuhr herum. »Der See! Er war wie besessen davon. Wenn man ihn damals brauchte, fand man ihn immer dort am See. Und da ist er jetzt auch, Dimitri. Ganz bestimmt. Er hat einen Unterschlupf in der Nähe des Sees gefunden.«

»Es gibt darin eine kleine Insel; tatsächlich liegt sie sogar so nahe am Ufer, dass er sie benutzen könnte«, meinte Dimitri. »Allerdings wäre ein solches Verhalten ungewöhnlich für einen Vampir. Ich meine, müsste er nicht einen Unterschlupf wie eine Höhle haben? Auf dieser Insel ist aber nicht viel, abgesehen von einigen Bäumen oder kleineren Felsen.«

»Ich schlage vor, wir überprüfen das«, sagte Fen. »Falls er dort ist, wird er Schutzzauber gewirkt haben. Kein Karpatianer sucht ohne einen oder mehrere Schutzzauber die Erde auf, und er war schließlich jahrhundertelang Karpatianer. Er wird auf das zurückgreifen, was er am besten kennt.«

»Lass es uns versuchen!«

Kaum traten beide aus dem Kreis heraus, verschwand er mitsamt den Kerzen, als wäre er nie da gewesen. Bevor sie auch nur einen weiteren Schritt tun konnten, ließ sich eine Eule in dem Baum über ihnen nieder, und Fen und Dimitri sprangen so schnell auseinander, dass die Eule in ihrer Mitte war. Doch es war nur Jacques Dubrinsky, der die Gestalt des Vogels ablegte und dann dicht neben Fen auf dem Boden landete.

»Tatijana schickt mich. Sie sagte, ihr wolltet den *Sange rau* jagen und bräuchtet Blut. Sie hat deine Nachricht überbracht, Fen, dass der Prinz besonderen Schutz benötigt, und wir haben dafür gesorgt. Habt ihr die Lykaner benachrichtigt?« Während er sprach, ritzte er mit den Zähnen sein Handgelenk auf und streckte Fen den Arm hin. »Nimm, was ich aus freiem Willen gebe!«, fügte er noch hinzu.

Fen ergriff den ausgestreckten Arm und trank nur eine kleine Menge Blut, um sicherzugehen, dass noch genug für seinen Bruder blieb, aber auch, um Jacques nicht allzu sehr zu schwächen.

Während Dimitri sich nährte, antwortete Fen: »Nein. Die Lykaner würden uns im Augenblick nur behindern. Sie sollten euch besser helfen, den Prinzen zu bewachen. Falls Abel es schafft, an uns vorbeizukommen, wird er bestimmt nicht seinen Plan aufgeben, Mikhail zu ermorden. Das Beste ist also, wenn ihr alle um ihn seid. Außerdem werden wir als Wächter kämpfen müssen und nicht als Lykaner oder Karpatianer und können uns nicht auch noch Sorgen darum machen, ob wir dabei beobachtet werden oder nicht.«

Jacques nickte. »Das klingt vernünftig.«

Dimitri verschloss die kleine Wunde an Jacques' Handgelenk und bedankte sich. »Viel Glück heute!«

»Und Waidmannsheil!«, erwiderte Jacques Dubrinsky. Dann drückte er fest Dimitris und Fens Unterarme, bevor er sich verwandelte und wieder als Eule in die Luft aufstieg.

Die beiden Brüder warteten, bis Jacques außer Sicht war, um sich dann ebenfalls in Eulen zu verwandeln und in entgegengesetzter Richtung davonzufliegen, dorthin, wo der See lag. Der Wald war dicht, das Blätterdach verbarg den Boden unter ihnen, doch zweimal nahm Fen Wölfe unter sich wahr. Keine Tiere, sondern kleine Gruppen von Werwölfen, die sich offenbar auf dem Weg zu Mikhails Haus befanden.

Wir könnten uns auch irren, gab Dimitri über ihre telepathische Verbindung zu bedenken. *Und wenn Abel nun gerade einen verheerenden Angriff auf das Haus des Prinzen plant?*

Er muss annehmen, dass der Prinz sich auf gar keinen Fall in seinem Haus aufhält. Wir haben schon festgestellt, dass die Schutzzauber Abel nicht standhalten würden, erwiderte Fen zuversichtlich. *Nein, nein. Er weiß, dass der Prinz nicht in seinem Haus ist. Wir sollen nur denken, dass er einen Angriff auf Mikhails Zuhause plant.*

Hoffentlich hast du recht!, sagte Dimitri. *Ich habe ein ungutes Gefühl …*

Wie Tatijana … Das war ein schlechtes Zeichen. Fen glaubte an Instinkte. Sein Bauchgefühl sagte ihm, dass Abel irgendwo in der Nähe des Sees einen Unterschlupf gefunden hatte. Er würde die Reste seiner Armee als Ablenkung losschicken, doch in Wirklichkeit ganz andere Pläne haben …

Tatijana hatte auch ein komisches Gefühl. Wir werden doppelt vorsichtig sein müssen. Abel ist realistisch genug, um zu wissen, dass wir die Einzigen sind, die zwischen ihm und Mikhail stehen, sagte Fen. *Seine Pläne beziehen uns mit ein. Er wird uns als Erste eliminieren wollen.*

Es ist, als spielte er Schach. Die Dame aus dem Spiel zu nehmen ist seine beste Verteidigung. Und in diesem Fall sind wir die

Damen, spekulierte Dimitri. *Damit bleiben noch Läufer, Türme und Springer.*

Fen flog im Körper einer großen Eule aus dem Wald hinaus ins Freie, über die Wiesen und die Höfe. Er sah den Sumpf unter ihnen und in der Ferne den Gebirgsgletscher, wo Bardolf sich einen Unterschlupf geschaffen hatte. *Von Bardolfs Position aus konnte er sowohl Mikhails Haus als auch den See beobachten*, sagte Fen zu Dimitri.

Da wirst du wohl recht haben. Bardolf war sein Späher. Abel benutzte ihn, um Informationen zu erlangen. Bardolf hätte es ihm gesagt, wenn sich irgendjemand am See herumgetrieben hätte, stimmte Dimitri ihm zu.

Das westliche Seeufer war fast vollständig unter Schilf verschwunden, die Insel sah verlassen aus und hatte wenig zu bieten, was Verstecke anging, doch Fen war klug genug, kein Risiko einzugehen. Links von dem Schilf befand sich eine schlammige Böschung mit einer verdächtig aussehenden Schleifspur, als wäre ein schwerer Körper aus dem hohen Gras am Ufer den Uferdamm hinabgezogen und in den See gestoßen worden.

Das trübe, leicht bläuliche Wasser war völlig ruhig bis auf ein paar vom Wind erzeugte Wellen. Der See wurde von dem Gletscher gespeist und war sehr kalt, wenn Fen sich recht erinnerte.

Die Insel zuerst?, schlug er vor. *Gib mir Rückendeckung! Mal sehen, was er dort hat!*

Die Eule kreiste über der Insel und stürzte dann mit ausgestreckten Krallen herab, als hätte sie eine Maus entdeckt und wollte sie packen. Mehrere Meter vor dem größten Felsen schlug der Vogel jedoch gegen ein unsichtbares Kraftfeld und prallte hart zurück. Kreischend, in einer Wolke verlorener Federn, schlug die Eule heftig mit den Flügeln, um wieder in die Luft zu kommen.

Abel ist da unten, sagte Fen. *Und das hat wehgetan. Er ver-*

wendet Silber gegen uns. Und er hat es geschafft, es so dünn zu machen, dass es nicht zu sehen ist.

Diesen Schutzmechanismus haben wir auf der Farm und dann noch mal bei Mikhail angewandt, erinnerte Dimitri ihn. *Er hat uns die Idee gestohlen. Also, wo auf dieser winzigen Insel steckt er? Wo könnte sich sein Unterschlupf befinden?*

Fen betrachtete das Eiland aus allen Winkeln, ohne eine Antwort auf Dimitris Frage zu finden.

Oder das Silber ist bloß eine Falle oder Ablenkung, gab Dimitri zu bedenken.

Und was, wenn er im Wasser ist? Unter dem Wasser. Ist das möglich? Er war damals so besessen von dem See und lernte, unter Wasser zu kämpfen. Die meisten der anderen ignorierten ihn, weil sie ihn ein bisschen seltsam fanden. Ich meine, was für ein Vampir würde das Wasser als Schlachtfeld wählen?, fragte Fen, der auf den großen Biberbau ganz in der Nähe des Schilfs hinunterblickte.

Dimitris Blick glitt prüfend über den See. *Eine schöne Falle. Die würde einem Vampir gefallen. Er könnte Leute töten, die hier angeln, oder Tiere in die Nähe locken, sodass er eine Fülle von Beute hätte. Seine Opfer würden einfach unter dem Wasser verschwinden und nie wieder gefunden werden.*

Fen zeigte auf die Böschung. *Hier könnte ein Körper entlanggezogen worden sein, aber wozu? Das hätte er doch gar nicht nötig.*

Es sei denn, sie lebten noch, und er wollte den Adrenalinrausch, wenn er sie tötete. Vielleicht foltert er seine Opfer ja auch nur so zum Spaß, fügte Dimitri hinzu. *Das ist jedenfalls eine beliebte Beschäftigung bei Vampiren.*

Na schön, dann werden wir wohl nachsehen müssen, sagte Fen. *Falls Abel in der Nähe war, als ich gegen das Silber prallte, hat er bestimmt gemerkt, dass ich keine Eule war. Er ist schlau. Also lass uns aufhören, ihm etwas vorzumachen, und uns geradewegs und ohne Drumherum auf die Jagd begeben!*

Die Brüder schossen durch die Luft herab und verwandelten sich im letzten Moment, bevor sie mit den Füßen auf dem grasbewachsenen Ufer aufkamen. Sowie ihre Stiefel ein Büschel Gras berührten, fühlten beide, wie sich der Boden unter ihnen verlagerte. Ihre Stiefel sanken nur ein paar Zentimeter ein, was jedoch genügte, um den mutierten Blutegeln die Chance zu geben, zu ihren Beinen hochzuklettern und sich dort in einem wahren Blutrausch festzubeißen und zu saugen.

Dimitri fluchte unterdrückt in uraltem Karpatianisch. »Ich hasse diese Dinger! Musste er sie mit so riesigen Zähnen versehen?«

Beide Männer sprangen vom Ufer des Sees zurück, und die Blutegel schwärmten zu den Rändern der schlammigen Löcher aus, die ihre Stiefel im Gras hinterlassen hatten. Fen und Dimitri begannen, die ekligen Biester von sich abzuzupfen, zertraten sie und warfen sie in den Sumpf.

»Wegen der großen Zähne würde ich mir weniger Sorgen machen«, sagte Fen, »als wegen des Giftes, das sie uns injiziert haben.« Er spürte die Veränderung in seinem Blutstrom schon fast seit dem ersten Biss. »Kannst du den Virus spüren? Das Gift ist schon in deinem Blutkreislauf. Es darf nicht in dein Herz gelangen.« Mit weißglühender Energie verfolgte er bereits die fremden Fäden, die er spüren konnte, um zu verhindern, dass sie auf seine Zellen übergriffen.

Dimitri nickte. »Ohne dich hätte ich nichts bemerkt. Es ist sehr subtil. Aber ich habe es aufgehalten. Es versuchte, sich sehr schnell auszubreiten.«

»Abel verließ sich darauf, dass wir es nicht bemerken«, sagte Fen. »Kannst du diese winzige Spur von Silber in dem Faden spüren? Er wollte eine kleine silberne Nadel benutzen, um das Herz zu durchstechen. So was von heimtückisch!«

»Würde das denn funktionieren?«, fragte Dimitri.

Fen zuckte mit den Schultern. »Keine Ahnung. Aber wir würden Todesqualen leiden.«

»Wir wussten, dass wir mit Fallen rechnen mussten.«

Als sie sich dieses Mal dem Wasserrand näherten, taten sie es, ohne mit den Füßen den Boden oder irgendetwas anderes zu berühren. Fen stieß einen kleinen Seufzer aus. »Ich habe eine Idee, wie es funktionieren könnte. Lass es mich probieren!«

Tatijana, ich brauche dich.

Ich bin hier.

Stell dir deinen Drachen für mich vor. Es muss ein ganz genaues Bild sein.

Sie stellte keine Fragen, sondern erfüllte sofort seine Bitte. Fen schickte ihr einen telepathischen Dank und wandte sich an seinen Bruder. »Und dir bleibt nichts anderes übrig, als mir wieder Rückendeckung zu geben, Dimitri.«

Ohne zu zögern, stieg Fen in die Luft und schwebte ein Stück über den See, bis er sich in einiger Entfernung vom Ufer befand. Dort drehte er sich um, tauchte mit Kopf und Schultern in das Wasser ein und verwandelte sich dabei. Er benutzte den Kopf von Tatijanas Wasserdrachen, da er dadurch die beste Sicht unter Wasser haben würde.

Fen brauchte einen Moment, um sich an die Dunkelheit zu gewöhnen, und dann wandte er den Kopf und drehte sich einmal um sich selbst, um so viel wie möglich inspizieren zu können. In der Nähe der Insel, wo das Schilf am dichtesten war, befand sich ein seltsames Unterwassergebilde aus Ästen und Baumstämmen, das aussah wie ein Biberbau – allerdings bezweifelte Fen, dass es Biber in diesem See gab. Sie waren zwar in einigen Teilen Rumäniens wieder heimisch, doch nicht an diesem See. Das Gebilde war groß, und ein Teil davon befand sich über Wasser, verborgen in dem Schilf. Wenn es wirklich wie ein Biberbau angelegt war, musste es mehrere Ein- und Ausgänge geben.

Fen, raus da!, warnte Dimitri.

Mit der Schnelligkeit des Wächters schoss Fen rückwärts aus

dem Wasser und direkt in die Luft. Der gewaltige Rachen, der von unten nach ihm schnappte, verfehlte ihn nur um Zentimeter. Fen spürte den heißen Atem auf seinem Gesicht und roch verdorbenes, verfaultes Fleisch. Das riesige Krokodil fiel lautlos in den See zurück, doch Fen hatte die Augen schon gesehen, die rot umringt waren, aber pechschwarze Pupillen hatten, die ihn bösartig anstarrten.

Ich glaube, man kann mit Sicherheit behaupten, dass es nie zuvor Krokodile in diesem See gegeben hat, sagte Fen.

Ja, und dieses Riesenvieh da wollte dich zum Abendessen verspeisen.

Wie hast du es entdeckt? Ich hatte den Kopf unter Wasser und habe es nicht gesehen, fragte Fen.

Es war direkt unter der Oberfläche und kam von der Insel herangeschwommen. Ich konnte die Bewegung im Wasser sehen, und dann bemerkte ich seine Augen.

Fen kehrte ans Ufer zurück, vermied es jedoch, in die Nähe des Wasserrands zu kommen. »Puh«, murmelte er. »Das Biest war zweifelsohne Abel in Gestalt eines Krokodils. Er hat eine Art Biberbau unter Wasser, der an der Insel befestigt ist und sich teilweise auch zwischen dem Schilf befindet.«

»Im Wasser wird er uns überlegen sein, Fen. Er hat sich absichtlich gezeigt, um dich hineinzulocken.«

Fen seufzte. »Das dachte ich mir schon, doch es muss erledigt werden.«

Dimitri zuckte mit den Schultern. »Dann packen wir es an.«

Beide Männer erhoben sich wieder in die Luft, den einzig sicheren Ort, der ihnen geblieben war. Fen blickte auf das Durcheinander von Stämmen, Ästen, Zweigen und Schlamm herab und betrachtete die Struktur von allen Seiten. Sie war eindeutig mit der Insel verbunden, aber er konnte noch immer nicht verstehen, wie Abel die Insel zur Flucht benutzen könnte. Ein Großteil des Unterwasserbaus war in dem Schilf errichtet worden, sodass die hohen grünen Stängel einen Teil des Baus verbargen.

Fen blickte zu den Wolken über ihnen auf. Die meisten hatten sich von Grau zu Schwarz verdunkelt und ballten sich zusammen, als der Sturm näher kam und der Wind die Wolken vor sich herjagte. Fen hob die Hand und versammelte die Energie am Himmel zu einem einzigen großen Feuerball. Blitze zuckten an den Wolkenrändern auf, Donner grollte, und der Feuerball schoss mitten in den Unterwasserbau und riss ihn auseinander. Balken flogen aus dem Wasser, Zweige und Schlamm spritzten über den See, in das Schilf und sogar bis zum Rand der Insel.

Unter Wasser wurde ein Raum sichtbar. Zwei Leichen stiegen an die Oberfläche auf, die in dem aufgewühlten See regelrecht zu tanzen schienen. Abel hatte Menschen getötet und seine Opfer in seinem Bau verankert, um die Entdeckung seines Unterschlupfes zu verhindern. Keiner der beiden Jäger bewegte sich, beide inspizierten den Schaden unter Wasser und hielten nach Anzeichen von Abel Ausschau.

Eine Bewegung am Rand des Schilfs veranlasste Fen, sich ins Wasser zu stürzen und wie ein Pfeil auf dieses verräterische Zeichen zuzuschießen. Aus dem Schilf heraus warf sich ihm ein Riesen-Tigerfisch entgegen, einer der am meisten gefürchteten Süßwasserfische auf der ganzen Welt. Doch sie kamen nicht in einem See Rumäniens vor! Mit weit geöffnetem Maul – und zweiunddreißig Zähnen, lang wie die des Weißen Hais – schnellte das Monster durch das Wasser auf Fen zu.

Sein olivfarbener Rücken war in dem trüben Wasser kaum zu sehen, nur die dolchartigen Zähne, die mit blitzartiger Geschwindigkeit auf Fen zuschossen. Der aggressive, gewaltige Goliath-Tigersalmler war dafür bekannt, dass er sogar Krokodile angriff und tötete. Mit seinem tief gespaltenen Maul und den nadelspitzen, ineinandergreifenden Zähnen war der Fisch tödlicher als der kleinere Piranha, und sowie seine Zähne sich um eine Beute schlossen, war der Schnitt schon fast chirurgisch sauber.

Dank der Schnelligkeit des Wächters schaffte Fen es gerade noch, dem angreifenden Tier auszuweichen. Keinen halben Meter von ihm entfernt, schoss der mächtige Körper an ihm vorbei, bevor der riesige Fisch seinen Angriff bremsen konnte. Fen nutzte den Moment, um unter seinen weichen silbernen Bauch zu tauchen und um das Tier herumzugreifen, um es fest in den Griff zu bekommen.

Sein Oberarm und die Schulter, Brust und Seite sowie auch jeder andere Teil seines Körpers, der mit dem Fisch in Berührung kam, begann sofort, so fürchterlich zu brennen, dass die Qual schier unerträglich war. Fen versuchte zurückzuweichen, doch die Unterseite des Fisches war nicht der Bauch des Tigersalmlers, sondern eine feste Platte aus feinem Silber. Schon jetzt brannte sich das Metall so tief in seine Haut, dass er daran festhing und sich nicht losreißen konnte.

Der Fisch versuchte, den Kopf zu wenden und nach ihm zu schnappen, aber Fen blieb unter dem Körper und kämpfte gegen den Schmerz an. Ihn beiseiteschieben, wie Karpatianer es bei schweren Verletzungen taten, konnte er nicht, weil das Silber sich zu verflüssigen schien und so den Weg in seine Poren und über sie in seinen Körper fand. Je mehr er sich dagegen wehrte, desto schlimmer wurde der Schmerz, und desto tiefer ging das Silber. Abel hatte sich eine andere Form des *Moarta de argint* oder Todes durch Silber einfallen lassen.

Fen zwang sich, völlig regungslos zu bleiben, während der Tigerfisch im Kreis umherschnellte und nach ihm schnappte. Doch dann schoss er plötzlich geradeaus durchs Wasser, als wäre er auf einmal bestrebt, Fen abzuschütteln und zu verschwinden.

Dimitri sah den Fisch durch den See schnellen, mit seinem Bruder am Bauch, als hinge er irgendwie dort fest. Der Goliath-

Tigersalmler schwamm direkt auf das Schilf und den teilweise zerstörten Unterwasserbau zu. Als Dimitri dort eine blitzartige Bewegung sah, stürzte er sich sofort ins Wasser und fing den zweiten Tigerfisch ab, indem er sich zwischen seinen Bruder und die neuerliche Bedrohung warf. Ohne auch nur eine Sekunde zu zögern, stieß er sein silbernes Schwert in das mächtige, aufgerissene Maul des Fisches.

Vorsicht, Dimitri, der Unterbauch ist pures Silber!, warnte Fen. *Berühr ihn nicht! Schlag ihm den Kopf ab, aber halte Abstand!*

Die Werwölfe greifen an, berichtete Tatijana im selben Augenblick. *Sie kommen in großer Zahl, vielleicht vierzig oder mehr. Drei Jäger und Zev haben Abel gesehen. Diesmal befehligt er sie selbst.*

Fen zog mit der freien Hand sein Schwert. Sofern das unter Wasser überhaupt möglich war, hatte er das Gefühl zu schwitzen. Zusätzlich zu dem Schmerz, der von Sekunde zu Sekunde schlimmer zu werden schien, und der Vorahnung dessen, was da kommen würde, musste er auch noch eine geistige Barriere aufrechterhalten, damit Tatijana nicht sah, wie schlimm die Lage war. Denn sonst würde sie kommen, egal, wie gefährlich das auch für sie sein mochte.

Abel hat euch einen Klon geschickt. Gregori wird wissen, was zu tun ist.

Bist du sicher? Er wirkt echt, erwiderte Tatijana.

Fen sagte mit erzwungener Ruhe: *Abel ist hier.* Dann unterbrach er den Kontakt abrupt. Er konnte nicht an zwei Stellen zugleich sein, schon gar nicht, wenn Abel sein Bestes tat, um die beiden größten Gefahren für ihn auszuschalten, Dimitri und Fen.

Ohne Zögern hob Fen das Schwert und trennte mit einem einzigen sauberen Schnitt seine Haut vom Ellbogen bis zur Schulter vom Bauch des Tigerfisches ab, an dem sie klebte. Den

Schmerz ignorierte er und sammelte kurz Kraft, um dann mit einem weiteren Schnitt die Haut von seiner Taille bis zu seiner Achselhöhle abzulösen. Das Wasser färbte sich rot von seinem Blut. Der Tigerfisch drehte völlig durch und begann, nach sich selbst zu schnappen, wobei die Zähne Fen nur um wenige Zentimeter verfehlten. Fen musste seine ganze Selbstbeherrschung aufbieten, um den letzte Schnitt zu machen, der ihn von dem Monster befreite, bevor er ihm den Kopf abschlug.

Über uns passiert etwas, warnte Dimitri ihn, als er sein Schwert aus dem Maul des zweiten Goliath-Tigersalmlers herauszog und um den Fisch herumschwamm, um ihm den Kopf abzuschlagen. *In der Nähe des Ufers ist Unruhe entstanden.*

Dann geh! Ich hab hier alles im Griff.

Fen stoppte den Blutfluss und ignorierte das Brennen, das die Silberstückchen verursachten, die immer noch an seinem Körper klebten, als er noch tiefer tauchte. Er fand einen Eingang zu Abels Unterwasserburg und benutzte ihn, obwohl es sehr riskant war, sich in den Unterschlupf eines *Sange rau* zu wagen. Der erste Raum war voller Wasser. Ein Teil der Wand war weggerissen worden. Hier hatte Abel seine Nahrung aufbewahrt, und die Leichen waren zur Oberfläche aufgestiegen.

Fen schwamm zum Eingang zu dem zweiten Raum. Sofort spürte er den Widerstand, der ihm den Weg versperrte. Er schwenkte die Hand, und die Symbole und der Code des Schutzzaubers wurden sichtbar, auch wenn sie leicht verschwommen waren und sehr schnell vor ihm vorbeizogen. Er löste sie im Bruchteil einer Sekunde auf, doch als er in den zweien Raum eindrang, war er sehr viel vorsichtiger.

Hier schlief Abel ganz offensichtlich. Der Raum war dunkel und feucht, aber irgendwie auch warm und gemütlich und mit allen Annehmlichkeiten einer Höhle ausgestattet. Fen blickte sich aufmerksam um. Natürlich war niemand da, doch er hatte ja auch nicht erwartet, dass Abel es ihm leicht machen würde. Es war ein Katz-und-Maus-Spiel, das sie trieben, und er war die Maus, der Köder, um Abel hervorzulocken. Langsam bewegte Fen sich durch den Raum. Er war noch keine drei Schritte weit gekommen, als sämtliche Alarmglocken in seinem Kopf zu schrillen begannen. Er war nicht allein in dieser kleinen Kammer.

Abel ließ sich von oben auf ihn herunterfallen und warf ihn auf den Boden. Die nach innen gebogenen Krallen des *Sange rau* bohrten sich tief in Fens Fleisch und zerrten an ihm. Sowie sein Körper den Boden berührte, erwachten die Wände des Raumes zum Leben. Massen von Fledermäusen, fleischfressende offensichtlich, verließen ihre Ruheplätze, um sich ihrem Herrn und Meister anzuschließen.

Fresst! Fresst euch an ihm satt, Brüder!, befahl Abel ihnen.

Die Fledermäuse kamen aus allen Richtungen herbeigeflogen, ließen sich auf der Erde nieder oder sprangen direkt auf Fen, um ihr Gelage zu beginnen.

Beim Auftauchen sah Dimitri zwei der Elitejäger, Convel und Gunnolf, die sich in dem Dickicht des Schilfs verfangen hatten. Offenbar hatte Zev sie auf Erkundungstour geschickt, und die Leichen im See hatten sie ans Ufer gelockt. Beide waren in eine von Abels Fallen geraten. Dicke Schlingpflanzen schossen aus dem Röhricht hervor und verstrickten die beiden Lykaner immer fester in ihren Würgegriff.

Mit einem unterdrückten Fluch schoss Dimitri über den Himmel und ließ sich hinter dem ersten Lykaner herab, wobei er jedoch darauf achtete, keins der Schilfrohre zu berühren. »Hört auf zu zappeln! So macht ihr es nur schlimmer«, warnte er sie.

Beide Lykaner hörten augenblicklich auf, sich zu bewegen, obwohl es schwierig sein musste zu gehorchen, da die Schlingpflanzen sich immer fester um sie wickelten und einen solchen Druck auf ihre Knochen ausübten, dass sie Gefahr liefen zu brechen.

Dimitri versuchte es mit seinem Schwert, doch kaum berührte er die Ranken, schossen andere um ihn herum aus dem Boden und wollten ihn ergreifen. Er konnte ein leises Summen hören, ein ganz schwaches nur, das ihm jedoch verriet, dass die Schilfrohre und Schlingpflanzen sich miteinander verständigten.

Obwohl Gunnolf sich nicht bewegen konnte, begann er jetzt, vor Qual und Not zu stöhnen. Dimitri erkannte daran, dass ihm keine Zeit mehr blieb. Mit der Kraft und Schnelligkeit des *Sange rau* ergriff er die Ranken mit bloßen Händen, riss sie von dem Jäger weg und zermalmte die holzigen Stängel zwischen den Händen. Die Rankengewächse zerfielen unter der enormen Kraft, die er aufwandte, zu Sägemehl. Den befreiten Jäger trug er schnell zu einem sichereren Fleck weit hinter dem Schilfdickicht, bevor er zu Convel zurückkehrte, um auch ihm zu helfen.

Das Schilf war zum Leben erwacht, es schwankte und streckte seine Stängel aus, um ein neues Opfer zu finden. Wieder ließ Dimitri sich aus der Luft herab, sodass er dicht hinter dem Jäger landete, packte die dicken Ranken, zerbrach und zermalmte sie zwischen den Händen und entriss ihnen ihre Beute, um sich mit Convel schnellstens wieder in die Luft zu erheben. Es war seine Schnelligkeit, die beide rettete. Die Ranken schossen aus allen Richtungen auf, doch Dimitri hatte sich und Convel schon in Sicherheit gebracht und setzte ihn neben dem anderen Lykaner ab.

»Danke«, sagte Gunnolf und reichte ihm die Hand. »Du hast uns das Leben gerettet.«

Dimitri hatte es eilig, zu Fen zurückzukehren, aber er ergriff die ausgestreckte Hand. Und bevor er wusste, wie ihm geschah, streifte Gunnolf ihm eine silberne Schlaufe mit einer langen Kette daran übers Handgelenk. Von hinter ihm wurden silberne Kettenschlaufen über Dimitris Kopf geworfen, die sich um seinen Körper schlangen. Dann wurde die Kette angezogen, und ein scharfer Schmerz durchzuckte ihn. Bevor er Fen zu Hilfe rufen konnte, traf etwas Hartes seinen Schädel, und ihm wurde schwarz vor Augen.

»Dann lasst uns mal sehen, was in einem Jäger steckt, meine Kleinen«, sagte Abel. Mit einem breiten Lächeln, das seine braun gefleckten Zähne offenbarte, senkte er die Hand auf Fens Bauch und begann, ihn mit seinen scharfen Krallen langsam und bedächtig aufzureißen. Der Vampir-Wolf ließ sich Zeit, weil Fen den Schmerz spüren sollte, wenn er ausgeweidet wurde. Die Fledermäuse entdeckten das rohe Fleisch und machten sich gierig darüber her.

»Leute bei lebendigem Leibe aufzufressen ist, was sie am besten können, und es macht mir großen Spaß, ihnen dabei zuzusehen«, spöttelte Abel. »Du warst gar nicht so gut, wie du dachtest, was?«

Fen wurde von einem höllischen Schmerz erfasst, der nicht sein eigener war. Diese Qual veranlasste ihn zu handeln, wie nichts anderes es konnte. Er war vor allem anderen Karpatianer und konnte den Schmerz von Verletzungen aus seinem Bewusstsein ausschließen. Das hatte er schließlich jahrhundertelang getan. Silber war eine andere Sache, doch auch das konnte er ertragen, bis etwas anderes unternommen werden konnte.

»Was ist ihr zugestoßen, Abel?«, fragte Fen und zwang sich, trotz der Übergriffe auf seinen Körper stillzuliegen. Er blieb so vollkommen entspannt, dass Abel sich unwillkürlich auch entspannte. »Deiner Seelengefährtin, meine ich? Was ist mit ihr geschehen?«

Abel erstarrte. Für einen Moment verschwand die Bösartigkeit aus seinem Gesicht, und er sah wieder aus wie der Jäger, den Fen vor so langer Zeit gekannt hatte. Die Veränderung in dem *Sange rau* war nur vorübergehend, doch sie gab Fen diesen entscheidenden Bruchteil einer Sekunde, den er brauchte.

Mit der unglaublichen Kraft des Wächters stieß er seine leere Faust in Abels Brust, so tief und mit solch erstaunlicher Schnelligkeit, dass er Abels Herz in der Hand hatte und es herausriss, bevor der Vampir-Wolf auch nur merkte, dass er angegriffen worden war. Als Fen das verfaulte Organ herauszog, rollte er sich über einige der Fledermäuse, ohne sich darum zu scheren, dass sie noch an seinem Fleisch hingen. Das einzig Wichtige war, Abel zu vernichten.

Ein Gebrüll erschallte durch die Unterwasserburg, das die Reste des Bauwerks über ihnen zerriss, sodass Baumstämme und Trümmer in den See hinunterregneten und Löcher in den Wänden aufsprangen. Fen hielt einen Silberpflock in der einen Hand und Abels Herz in der anderen. Der *Sange rau* drehte durch, als er es sah, warf sich schreiend hin und her und schlug seine furchtbaren Krallen in Fens Bauch, um alles zu zerfetzen, was ihm in die Finger kam. Gleichzeitig verzerrte sich sein Gesicht zu einer Fratze, und er biss in Fens Schulter und Nacken und riss große Stücke Fleisch heraus, die er verschlang, so wie sie waren.

»Holt es! Holt mein Herz, meine Kleinen!«, kreischte Abel. »Mein Herz!«

Fen wagte nicht, das verfaulte Organ auf den Boden fallen zu lassen. Abels Fledermäuse hatten schon angefangen, ihn in die geschlossene Faust zu beißen, um zurückzuerobern, was der *Sange rau* verloren hatte. Fen, der einen Silberpflock in der anderen Hand hielt, öffnete die Faust und stieß den Pflock so fest durch Abels Herz, dass er seine eigene Handfläche durchbohrte.

Abels Gebrüll wurde zu einem schrillen Kreischen. Schock und Entsetzen malten sich auf seinen Zügen ab, und er schlug beide Hände vor das Loch in seiner Brust.

»Geh zu ihr, Abel! Bitte sie um Verzeihung!«, sagte Fen ruhig; dann schnitt er mit dem silbernen Messer, das er immer bei sich trug, Abel die Kehle durch. Er musste die Kraft des Wächters dazu verwenden, ihm den Kopf abzureißen.

Überall war Blut. So viel Blut. Sein Blut, Abels Blut ... Er war so müde. So furchtbar müde. Eigentlich erwartete er, dass die Fledermäuse sich jetzt auf ihn stürzen und ihn in Stücke reißen würden, doch als Abels kopfloser Rumpf zu Boden fiel, floss noch mehr Wasser in den Bau, viel schneller jetzt als zuvor. Es stieg so rasant, dass die Fledermäuse die Flucht ergriffen.

Mit letzter Kraft blickte Fen durch die Löcher im Dach zum Himmel auf. Noch immer zuckten Blitze zwischen den Wolken auf, und er rief sie herab, lenkte sie auf Abels Körper und Kopf und sah zu, wie sie trotz des steigenden Wassers in Flammen aufgingen. Es schien viel Zeit und eine gewaltige Anstrengung zu erfordern, den Körper zu verbrennen, doch irgendwann war nichts anderes mehr davon da als Asche.

Fast ein bisschen erstaunt, dass es vorüber war, schaute Fen sich um. Das Wasser war mehr rot als braun. Erschöpft schloss er die Augen. *Tatijana, meine Liebste! Ich werde mein Versprechen vielleicht nicht halten können, aber du sollst wissen, dass ich dich von ganzem Herzen liebe.*

KAPITEL ZWANZIG

F*en, du musst die Augen öffnen. Wach auf! Tu es für mich!*, versuchte Tatijana nun schon den siebten Abend, ihren Seelengefährten zu wecken.

Doch Fen schlief wie ein Toter, und seine Verwundungen waren so schwer gewesen, dass er ein paar Minuten später schon gestorben wäre, wenn Gregori ihn nicht in Abels Unterwasserburg gefunden hätte. Es hatte ihrer aller Kraft erfordert, Fen zu retten. Alle Karpatianer hatten an dem heilenden Gesang teilgenommen und waren zusammengekommen, um Fen Kraft und das dringend benötigte Blut zu geben, während Gregori, Tatijana, Branislava und Mutter Erde um sein Leben gekämpft hatten.

»Ich verstehe nicht, wieso er nicht erwacht, Gregori«, sagte Tatijana mit Tränen in den Augen.

In einer bei ihm seltenen Geste des Mitgefühls legte der Heiler seine Hand auf ihre und drückte sie. »Er lebt, und er erholt sich sehr viel schneller, als ich erwartet hatte. Jetzt kann ich es dir ja sagen, Tatijana, aber ich hatte wirklich nicht damit gerechnet, dass er überleben würde. Du musst Geduld haben. Sein Geist scheint weit entfernt zu sein, doch er klammert sich ans Leben.«

»Manchmal kann ich seinen Geist anrühren, aber dann entgleitet er mir wieder«, gestand sie. »Ich will doch nur, dass er mich für einen Moment in sein Bewusstsein hineinlässt, und dann werde ich endlich wieder richtig atmen können.«

»Das ist nur eine ganz normale Reaktion bei Seelengefährten«, erwiderte er ruhig. »Wenn sie zu lange voneinander getrennt sind, kann das schädliche Auswirkungen haben. Aber du weißt, dass Fen lebt, Tatijana, und dass er zu dir zurückkommen wird.«

Gregoris Worte enthielten eine Warnung. Es war schwierig, ruhig und konzentriert zu bleiben, wenn sie befürchtete, dass Fen ihr schon viel zu weit entglitten war. Sie hatte ihm jedoch etwas versprochen, und dieses Versprechen würde sie auch halten. Egal, wie viel Kummer auf ihr lastete, sie würde einen Weg finden durchzuhalten, so wie er es tat.

Die Höhle, die zur Heilung diente, war ein friedvoller Ort. Die Erde hier war dunkel und sehr reich an Mineralien. Fen war auf direktem Weg von Gregori hierhergebracht worden, und die Karpatianer hatten sich schnellstens um ihn versammelt, um ihn zu retten. Tatijana war entsetzt gewesen, als sie Fen gesehen hatte. Seine Haut war an vielen Stellen vom Körper abgeschält gewesen, und an diesen langen rohen Stellen fehlten ihm auch ganze Stücke Fleisch. Noch größere waren an seinen Schultern und an seinem Nacken herausgerissen. Das Schlimmste jedoch war sein Bauch. Gregori hatte auf dem Weg zu der Höhle Fens Eingeweide festhalten müssen, damit sie nicht herausfielen.

»Tatijana«, sagte der Heiler scharf, doch dann wurde seine Stimme wieder sanfter. »Er wird von Nacht zu Nacht stärker.«

»Warum ist sein Geist dann irgendwo, wo ich ihn nicht anrühren kann?«

»Ich weiß es nicht. Vielleicht ist er allein unterwegs, während er gesundet. Sieh dir seinen Körper an! Er hat sich weitaus schneller regeneriert, als ich erwartet hatte.«

Tatijana nickte. »Du hast recht. Ich weiß, dass du recht hast.« Es war nur so, dass sie Fen in den Armen halten, ihn an sich drücken und sein Herz im gleichen Rhythmus wie ihres schlagen hören wollte. Nur für einen Moment, dann würde sie wieder ruhiger atmen. Denn im Moment fühlte es sich so an, als drohte sie zu ersticken.

»Was wirst du ihm über Dimitri sagen?«, fragte Gregori, offensichtlich in der Absicht, sie abzulenken.

Tatijana zwang sich zu einer Antwort. Ablenkung war jetzt genau das, was sie brauchte. Trotzdem legte sie ihre Hand auf Fens Brust, direkt über seinem Herzen. »Selbst Skyler konnte Dimitri nicht erreichen, und ihre geistige Verbindung ist unglaublich stark. Ich weiß nicht, wie ich ihm beibringen soll, dass Dimitri von den Lykanern gefangen genommen wurde und niemand, weder ich noch Skyler oder irgendeiner von euch, Kontakt mit ihm aufnehmen kann.«

Sie strich ihr Haar zurück, obwohl kein Grund dazu bestand. Keine Strähne hatte sich aus dem Zopf gelöst, aber sie war schrecklich unruhig und wollte nicht, dass Gregori es merkte. »Mir ist, als hätte ich ihn im Stich gelassen. Sobald wir erfuhren, dass Dimitri vermisst wurde – als Vikirnoff Anzeichen dafür gefunden hatte, dass er von den Lykanern gefangen genommen worden war –, haben Bronnie und ich die ganze Gegend abgeflogen, doch nicht einmal mit der hervorragenden Sicht des Drachen konnten wir ihn finden. Ich war so besorgt um Fen, so *verzweifelt* bemüht, ihn zu retten, dass ich einfach nicht hoch genug geflogen bin.«

»Unsere besten und schnellsten Jäger sind ihnen nachgeeilt«, gab Gregori zu bedenken. »So vielen Jägern ist noch nie zuvor etwas entgangen, und doch kamen sie mit leeren Händen zurück, Tatijana. Dimitris Verschwinden ist nicht deine Schuld.«

»Zev hat Mikhail gesagt, dass zwei seiner Elitejäger Dimitri gefangen genommen haben«, sagte Tatijana kopfschüttelnd. »Wollen sie einen Krieg beginnen? Ist ihnen nicht klar, dass Fen nicht eher aufgeben wird, bis er Dimitri wiederhat? Und er wird bei seiner Verfolgungsjagd gnadenlos sein.«

Gregori nickte. »Das ist mir durchaus bewusst und dem Prinzen auch. Zev hat unserem Prinzen versprochen, dass Dimitri vorläufig sicher sein wird. Der Rat der Lykaner hat sich bereit erklärt, zu einem Gespräch mit Mikhail zu kommen. Die Lykaner wollen keinen Krieg mit uns. Keine der beiden Spezies würde siegen, und wir alle wissen das. Die Lykaner werden Dimitri nichts antun, während dieses Gipfeltreffen stattfindet.«

»Aber warum können wir Dimitri telepathisch nicht erreichen? Warum kann es nicht mal Skyler?« Unter ihrer Hand, die noch immer auf Fens Brust lag, glaubte sie, sein Herz flattern zu fühlen, und das ihre schlug gleich schneller vor Freude und Erleichterung, doch als sie auf ihn herabsah, lag Fen völlig unverändert da.

»Sie ist kaum mehr als ein Kind«, erwiderte Gregori herablassend. »Du sagst, sie hätten eine besonders starke Verbindung, aber sieh dich und Fen an! Er ist hier, direkt neben dir, und trotzdem wacht er nicht auf, so sehr du ihn auch darum bittest. Manchmal begibt sich der Geist allein auf Reisen, während der Körper heilt.«

»Soll das heißen, du vermutest, dass Dimitri so schwer verletzt ist, dass er nicht antworten *kann?*«, fragte Tatijana. »Denn wenn es so ist, drängt die Zeit, und wir müssen etwas unternehmen. Zev müsste wissen, wohin diese Lykaner ihn bringen würden.«

»Das weiß er ganz bestimmt. Dimitri ist vermutlich auf dem Weg zu ihrem Rat. Er ist *Hän ku pesäk kaikak* – der Wächter aller für uns, aber ein *Sange rau* für sie, und sie fürchten den *Sange rau* mehr als irgendetwas anderes«, antwortete Gregori.

»Fürchten sie den *Sange rau* auch mehr als einen Krieg mit uns?«, entgegnete Tatijana scharf.

Gregori seufzte. »Ich wünschte, ich hätte die Antwort darauf, doch Mikhail hat alle Karpatianer zu diesem Gipfeltreffen einberufen. Wir haben den Lykanern unmissverständlich klargemacht, dass dieser Gipfel nicht stattfindet, falls sie Dimitri töten.

Sie kommen trotzdem, was vollkommener Wahnsinn wäre, wenn er nicht noch leben würde.«

»Natürlich lebt er«, sagte Tatijana. Sie war es leid, sowohl Mikhail als auch Gregori erklären zu müssen, dass sie *wusste*, dass er noch lebte, weil Skyler es wusste. Sie waren einfach nicht davon abzubringen, dass Dimitris Seelengefährtin noch ein halbes Kind war, und glaubten daher auch nicht wirklich an ihre Fähigkeiten.

»Mikhail hat in aller Stille begonnen, ein Team aus einigen unserer besten Jäger zusammenzustellen. Sobald es dir gelingt, Fen zu wecken, und wir wissen, dass er stark genug ist, werden die Jäger, die Dimitri aufzuspüren versuchen, heimlich mit Fen und unter seiner Führung ausziehen. Wir wissen, dass ein paar der lykanischen Jäger in der Nähe sind, um sicherzugehen, dass wir keinen Angriff auf ihre Leute starten oder uns zu rächen versuchen. Deshalb müssen wir das alles praktisch vor ihrer Nase tun, ohne erwischt zu werden.«

Fen würde es egal sein, ob die Lykaner wussten, dass er sich aufmachte, um seinen Bruder zu befreien. Wahrscheinlich würde er sogar wollen, dass sie es wussten. Er würde vollkommen gnadenlos und unerbittlich sein, und vielleicht *mussten* die Lykaner das ja sogar sehen.

Gregori schien ihre Gedanken gelesen zu haben, denn er beugte sich vor und schüttelte den Kopf. »Du kannst Fen nicht auf die Suche nach seinem Bruder gehen lassen, ohne die Konsequenzen zu bedenken. Wenn die Lykaner wissen, dass wir kommen, um Dimitri zu befreien, würden sie ihn möglicherweise sogar töten. Wir haben keine Ahnung, wo er ist. Sie haben einen Weg gefunden, ihn zum Schweigen zu bringen, damit er keinen telepathischen Kontakt zu uns aufnehmen kann.«

»Was noch beängstigender als alles andere ist«, warf Tatijana ein.

Wieder spürte sie das seltsame Flattern unter ihrer Hand. Sie beugte sich über Fen und hauchte einen Kuss auf seinen Mund. *Komm zurück zu mir, mein Liebster! Ich muss wissen, dass du am Leben bist.*

»Ich glaubte Zev, als er sagte, er habe nichts mit Dimitris Gefangennahme zu tun, aber viel wichtiger noch ist, dass auch Mikhail ihm glaubte. Er weiß, wann Leute die Wahrheit sagen. Zev hat nicht den Befehl gegeben, Dimitri gefangen zu nehmen. Er wusste nicht einmal von seinem gemischten Blut«, erklärte Gregori. »Ich vermute, dass die beiden Lykaner Dimitri kämpfen sahen und er sich zwangsläufig dadurch verraten hat.«

»Weiß Zev, dass Fen gemischtes Blut hat?« Tatijana bemühte sich um einen ruhigen Ton, aber trotzdem hatte sie das Gefühl, als zitterte ihre Stimme.

Zum Glück schien Gregori es nicht zu bemerken. »Nein, das weiß er nicht. Ich glaube, er denkt, dass Fen hierbleibt, weil er sich in dich verliebt hat. Er sprach mit Mikhail darüber und sagte, eine solche Verbindung sei bei den Lykanern verboten. Es ist jedoch offensichtlich, dass er Fen schätzt und bewundert und ihn als Elitejäger für sein Rudel gewinnen will.«

Tatijana runzelte die Stirn. »Es ist aus lykanischer Sicht verboten, dass Fen sich in mich verliebt, nur weil ich Karpatianerin bin? Ist das nicht ein bisschen archaisch?«

»Sie wissen, dass Karpatianer Blut austauschen.«

»Als sie verwundet waren, waren sie froh, unser Blut zu bekommen«, zischte Tatijana. Wieder flatterte Fens Herz. Sie drückte ihre Hand noch fester an seine Brust und schrie fast auf vor Freude. Das musste ein Herzschlag sein! Sie irrte sich nicht. Tränen schossen ihr in die Augen und schnürten ihr die Kehle zu. Fen lebte! Er kam langsam wieder zu sich.

Neben ihnen bewegte Fen sich unter der dicken Schicht heilender Erde, die ihn immer noch bedeckte. Tatijana stieß einen Freudenschrei aus. Seine Wimpern flatterten, und dann blickte er zu ihr auf. Sein Gesicht war noch sehr blass und von Linien gezeichnet, die vorher nicht da gewesen waren, doch er lächelte sie an!

»Wie schön es ist, dich beim Erwachen zu erblicken, Liebste!«

»Nun, du bist für mich auch ein erfreulicher Anblick.« Sie würde *nicht* weinen. Sie erwiderte sein Lächeln und ließ ihre Hand auf seiner Brust liegen, weil sie seinen beruhigenden Herzschlag spüren wollte, der wie Musik für sie war.

»Du bist also wieder bei uns«, bemerkte Gregori, dessen silbrigen Augen nichts entging. Fen atmete ein bisschen flach und schien noch immer Schmerzen zu haben, war sich aber allem um ihn herum bewusst. »Wie viel von unserer Unterhaltung hast du mitbekommen?«

Fen räusperte sich. »Genug, um zu wissen, dass wir herausfinden müssen, wer die beiden Lykaner am See waren. Wie konnten sie Kenntnis davon haben, wo wir den Unterschlupf des letzten *Sange rau* vermuteten? Dimitri und ich fanden ihn nur, weil wir Abel aus unserer Jugend kannten.«

»Das ist eine sehr gute Frage«, stimmte Gregori zu.

»Wenn Zev also nicht wusste, wo wir waren, und er nicht diese Jäger schickte, um uns zu helfen, warum waren sie dann nicht bei ihrem Rudel, um gegen die Werwölfe zu kämpfen?«, fragte Fen. »Zev hat mehr zu sagen als der Alpharüde seines Rudels; er ist der eigentliche Chef. Kein Rudelführer, der etwas auf sich hält, würde Rudelmitgliedern erlauben, die anderen bei einem Kampf im Stich zu lassen und sich ohne ein Wort zu entfernen.«

»Zev ist in großer Eile von hier aufgebrochen. Vielleicht stellte er sich ja die gleichen Fragen«, überlegte Gregori. »Jedenfalls sah er nicht sehr glücklich aus.«

»Das war er sicherlich auch nicht. Falls Mitglieder seines Rudels jemanden gefangen genommen und ihm nicht einmal davon berichtet haben, ist das Meuterei im Rudel. Eine Infragestellung seiner Führerschaft. Diese beiden werden mit Zev um die Position als Führer kämpfen müssen«, erklärte Fen. »Der beste Jäger ist immer der Scout und daher auch der dominante Alpharüde.«

»Du hast uns zugehört?«, rief Tatijana, die noch immer nicht ganz glauben konnte, dass Fen wieder bei ihnen war. »Du hast unser *ganzes* Gespräch gehört?«

»Du hattest mich gerufen und klangst dabei sehr bedrückt«, sagte Fen. »Und da bin ich gekommen.«

»Ich habe dich schon an den letzten sieben Abenden gerufen, Fen.«

»Wirklich?«, murmelte er stirnrunzelnd. »Das tut mir leid, Tatijana. Ich hatte keine Ahnung, wie die Zeit verging. Wenn dein Geist auf Wanderschaft geht, hast du kein Gefühl mehr für Zeit. Ich war auf der Suche nach meinem Bruder.«

»Du wusstest, dass Dimitri vermisst wird?«, fragte Tatijana ein wenig anklagend. Trotzdem konnte sie nicht aufhören, sein Gesicht mit Küssen zu bedecken. »Du hast mich zu Tode erschreckt.«

»Das tut mir leid. Aber ich konnte nicht an zwei Orten gleichzeitig sein, dazu war ich zu schwach. Mein Körper musste genesen, und ich dachte, ich wäre nur kurz weg gewesen.« Er legte seine Hand auf ihre. »Ich würde dir doch wissentlich niemals Kummer bereiten.«

Er versuchte, sich aufzusetzen, aber Gregori drückte ihn sanft zurück. »Noch nicht. Vorher würde ich gern sichergehen, dass alles gut verheilt.«

Fen blickte sich um. »Du hast mich in die heilende Höhle gebracht. Dann muss ich diesmal ja wirklich ziemlich ramponiert gewesen sein.«

»Du warst sieben Tage und Nächte bewusstlos«, wiederholte Tatijana.

»Ich habe Dimitri gesucht«, erklärte Fen erneut. Seine Stimme wurde bereits stärker. »Als ich mit Abel in dessen Unterwasserburg war, spürte ich Dimitris Schmerz, für einen Moment nur, doch ich wusste, dass es *sein* Schmerz war. Ich habe das höllische Brennen von Silber schon oft gespürt, und diesmal war es allumfassend. Ich wusste sofort, dass sie ihn darin eingewickelt hatten, was nur eins bedeuten konnte: dass sie ihn gefangen genommen hatten.«

»Du hättest es mich wissen lassen können«, sagte Tatijana. »Ich bin deine Seelengefährtin, Fen.«

»Es war nicht leicht für sie«, fügte Gregori hinzu. »Dein Geist war weit entfernt und erschien nur manchmal, um gleich wieder völlig zu verblassen.«

»Es tut mir leid.« Ohne Gregoris Warnung zu beachten, setzte Fen sich behutsam auf. Sein Bauch protestierte, doch er schaffte es und nahm Tatijanas Hand, um sie an seine Lippen zu ziehen und zu küssen. »Ich wollte nicht, dass du dir Sorgen machst. Ich dachte, bis mein Körper verheilt wäre, hätte mein Geist Dimitri gefunden, und wir könnten aufbrechen, um meinen Bruder zu holen.«

Tatijana schaffte es irgendwie zu lächeln. Nun, da Fen lebte und mit ihr sprach, verblasste all der Kummer, der sie in den vergangenen Nächten belastet hatte. »Du lebst, Fen. Das ist das einzig Wichtige für mich. Das und Dimitri zurückzubekommen.«

»Ich muss ihn suchen und befreien, Tatijana«, sagte Fen.

»Wie willst du ihn ausfindig machen, wenn du keinen geistigen Kontakt zu ihm aufnehmen konntest?«, fragte Gregori. »Wir haben ihnen Tomas, Andre, Mataias und Lojos nachgeschickt und konnten keine Spur von ihnen finden. Hast du eine Ahnung, wohin sie Dimitri gebracht haben könnten?«

Fen seufzte und schüttelte den Kopf. »Nein, und der Rat der Lykaner ist sehr verschwiegen. Wenn sie ihn vor den Rat bringen, wird es äußerst schwierig sein, sie aufzuspüren.«

»Der Rat kommt hierher«, versicherte ihm Gregori. »Und da

wir nicht glauben, dass Dimitri vor oder während des Gipfeltreffens etwas zustoßen wird, haben wir noch Zeit. Zev überbringt ihnen eine Nachricht von uns. Und es ist eine ziemlich strenge. Mikhail hat sich nicht gerade in Zurückhaltung geübt, als er diese Nachricht formulierte.«

Der Heiler stand auf und streckte sich. Tatijana hatte ihn selten müde gesehen, doch heute schien er es zu sein. »Ich lasse euch zwei allein, aber sorg dafür, Tatijana, dass er nicht zu lange wach bleibt! Ich habe ihm Blut gegeben, doch er muss seinen Körper seine Arbeit tun lassen. Du regenerierst dich übrigens erstaunlich schnell, Fen.«

»Danke, Gregori.« Tatijana stand auf, um den Heiler zu umarmen. Es fühlte sich für sie so an, als umarmte sie eine alte Eiche. »Du hast ihn gerettet.«

»Es war Teamarbeit«, sagte Gregori, »aber wahrscheinlich einer der schwierigsten Kämpfe, die ich je geführt habe.«

Er tätschelte ihr ein wenig ungelenk die Schulter. Offenbar hatte er nur wenig Kontakt zu Frauen, sah man einmal von seiner Seelengefährtin und seiner Tochter ab. Trotzdem war Tatijana ihm sehr dankbar. Gregori war jeden Tag in die Höhle gekommen und hatte mit ihr bei Fen gewacht. Auch Bronnie war oft bei ihr gewesen, und wenn sie nicht körperlich anwesend war, beruhigte und tröstete sie Tatijana auf telepathischem Weg.

Als sie mit Fen allein war, legte sie eine Hand auf seine Schulter und drängte ihn sanft, sich wieder hinzulegen. Sobald er es sich bequem gemacht hatte, streckte sie sich neben ihm aus, wobei sie jedoch darauf achtete, keine der Stellen zu berühren, an denen er so schlimm verwundet worden war. Tatijana konnte aber nicht anders, als die Hand auf sein Herz zu legen; sie musste einfach spüren, wie es schlug.

»Versprich mir, mich das nächste Mal wissen zu lassen, dass du zu mir zurückkommst, bevor du in der Finsternis umherstreifst! Aber vielleicht wird es sowieso nie wieder dazu kommen, weil ich dich nämlich lange Zeit nicht mehr aus den Augen lassen werde«, sagte Tatijana mit gespielter Strenge.

Sie wollte das Gefühl auskosten, ihn endlich wieder wach und lebendig neben sich zu haben. Es war ein so wundervolles Gefühl, dass sie die Augen schloss und ihren Herzschlag dem seinen anpasste, nur um sicherzugehen, dass sich sein Zustand nicht veränderte.

»Es tut mir leid, *sívamet*«, entschuldigte er sich noch einmal und wandte den Kopf, um ihr in die Augen sehen zu können. »Ich würde dir nie wissentlich Kummer bereiten. Aber ich hatte einfach kein Zeitgefühl. Ich hätte Monate oder auch nur ein paar Minuten weg sein können. Als du mich dann jedoch riefst, bin ich gekommen.«

Sie sah die Liebe in seinen gletscherblauen Augen, die so aufrichtig und unverkennbar war. Er versuchte nie, seine Gefühle vor ihr zu verbergen. Seine Liebe war etwas, worauf sie bauen konnte.

»Ich wusste nicht, dass ich so empfinden würde, Fen«, gestand sie. »Als ich dich das erste Mal sah und mich zu dir hingezogen fühlte, wollte ich nichts riskieren. Als wir uns dann kennenlernten und ich sagte, ich wolle nicht von dir beansprucht werden, wäre ich nie und nimmer auf die Idee gekommen, dass ich jemals so für dich empfinden würde.«

Er beugte sich vor, um einen Kuss auf ihre Schläfe zu drücken. »Wolfsmänner können sehr überzeugend sein.«

»Wir werden Dimitri zurückbekommen, Fen«, erklärte sie in einem Ton, der nicht den kleinsten Zweifel zuließ.

Fen nickte. »Ich weiß. Du bist Drachensucherin und ich ein Wächter. Zusammen werden wir ihn finden.«

Tatijana verschränkte die Finger mit seinen und drückte sie ganz fest. Sie glaubte ihm und glaubte *an* ihn. Sie würden Dimitri finden, weil Fen nie aufgeben würde, und egal, wohin die Jagd sie führte, seine Drachensucherin würde an seiner Seite sein.

»Schlaf jetzt wieder, Fen!«, sagte sie mit sanfter, liebevoller Stimme. »Je schneller du gesund wirst, desto rascher können wir mit der Suche beginnen. Ich bleibe hier bei dir und werde auf dich aufpassen.«

Fen schenkte ihr ein schwaches Lächeln, doch er protestierte nicht. Tatijana sah, wie seine Lider schwer wurden und sich schlossen, und Sekunden später schien sein Herz zu schlagen aufgehört zu haben, und auch seine Brust hob und senkte sich nicht mehr unter seinen Atemzügen.

Tatjana war damit zufrieden, einfach nur still neben ihm zu liegen. Sie wusste, dass er lebte, und das war das Einzige, was zählte. Sie hatte ihn wieder, ihren Fenris Dalka. Ihren Seelengefährten.

DANKSAGUNGEN

Dr. Christopher Tong schrieb ein wunderschönes Lied für Fen, das dieser seiner Tatijana widmete. Tausend Dank, Chris! Das Lied war in jeder Hinsicht vollkommen.

Vielen Dank auch an meine Schwester Anita Toste, die meinem Ruf stets folgt und wie ich so viel Spaß am Schreiben von Zaubersprüchen hat.

Ein besonders großes Dankeschön an C. L. Wilson und Sheila English, die so freundlich waren, mich in ihre Power-Writing-Sessions einzubeziehen. Wir haben es geschaukelt, nicht?

Es würde *Das Flüstern des Blutes* ohne Brian Feehan oder Domini Stottsberry nicht geben. Sie haben viele Stunden gearbeitet, um mir bei allem zu helfen, vom Brainstorming, um Ideen zu finden, und Recherchieren bis zum Bearbeiten. Es gibt keine Worte, um meine Dankbarkeit oder Liebe zu ihnen zu beschreiben. Vielen herzlichen Dank euch allen!